Gerhard Dallmann

Dornenzeit

Ein Hiddensee-Roman

Husum

Umschlagbild: Antonie Biel, Auf Hiddensee, um 1864

Bibliografische Information der Deutschen Nationalbibliothek

Die Deutsche Nationalbibliothek verzeichnet diese Publikation in der Deutschen Nationalbibliografie; detaillierte bibliografische Daten sind im Internet über http://dnb.dnb.de abrufbar.

3. Auflage 2023

Gesamtherstellung: Husum Druck- und Verlagsgesellschaft
Postfach 1480, D-25804 Husum – www.verlagsgruppe.de
ISBN 978-3-96717-128-0

Vieles ist so gewesen, vieles hätte so sein können.

ERSTES KAPITEL
1773 – 1775

EIN leiser Wind spielte über die Insel. Irgendwo stieg er auf. Wer weiß schon, wo Wind geboren wird. Er ist. Er kommt, er geht. Durch ihn lebt das Leben vieler, das der Fischer, das der Seefahrer, das der Windmüller – auf der ganzen Welt. Heute stand seine Urquelle wohl im Baltischen, im Osten. Er kam über die Haffs, über die flachen Strandseen Kurlands, und trug mit würziger Wärme den Atem des Röhrichts, den der dunklen Wälder herüber. Entlang der Pommerschen Küste hatte er die Süße staubender Getreidefelder aufgelesen und die brackigen Dünste, wie sie aus den Fischnetzen quollen, dazu die Teergerüche aus den Bottichen der Fischer und einen Schwall Blütenhauchs sommerlich mittagswarmer Wiesen. So gesättigt fuhr er westwärts, strich über die Wälder Wollins und Usedoms, segelte über die See, über die Insel Rügen, über Hiddensees kahle Hügel und weiter, weiter, irgendwohin, um zu verwehen, um nicht mehr zu sein.

Mittagsstille über Hiddensee – das große Sommerglück. Da regte sich noch nicht einmal das dürre Gras. Die Möwen träumten vor sich hin, in langweilendem Gleichmaß schwappten auslaufende Wellen über den Uferkies am Außenstrand oder verloren sich binnen im Schilf. Ein Stockentenpaar umruderte lautlos seine fiependen Jungen, Wippsterts schnappten nach ihren Mücken, Austernfischer mit roten Hackschnäbeln wateten am Wasserrand, die Heidelerche trillerte sich in den blassblauen Himmel, und im Schilf wachte der langbeinige Reiher. Neben Stoffer Schlucks Katen in der Vitte döste ein Schaf, und an den Hängen des Dornbuschs lagerten die Rinder und mahlten gedankenlos mit ihren Mäulern. Und der Duft frischen Heues füllte die Luft.

Jäh wurde diese Welt aus ihrem Dämmerschlaf gerissen. Die

Tür vom Schluck'schen Katen flog auf, ein Mann stürzte heraus, barfuß, hastete hinüber zum Nachbarn, riss die Tür auf und rief ins Haus: „Tilde, Tilde, komm fixing raus, sie kann't nich mehr halten." Er musste sich anlehnen. Solch Rennen war er nicht gewöhnt. Dazu die Angst um Anna. Da flabberte sein Herz und der Atem flog. Hatte sie drinnen nicht gehört? „Tilde! Mach fix, komm raus", dremmelte er. „Eilig, eilig! Lat mich doch nich so betteln!"

Aufgeregt schlug er mit der Hand gegen den Türrahmen. Hörte sie nicht? Er hielt den keuchenden Atem zurück und lauschte. Der Geruch gebratenen Fischs kam ihm entgegen. Deutlich hörte er, wie sie drinnen aßen, Mathilde Gau und ihr Mann. Doch, sie hatten wohl gehört. Aber immer so eilig? „Allemal bei't Essen", nuschelte sie vor sich hin, raffte sich aber auf und schlurfte zur Tür. Als sie Stoffer Schluck sah, wie er da stand, die heilige Angst in den Augen, dachte sie, es ist wirklich eilig. Ihre Zunge sog die Reste des Zerkauten aus den Zahnreihen. Sie sagte kurz und bündig: „Is gut, ick bin glieks da." Mathilde Gau hatte sich schon viele Jahre hindurch als Wehmutter auf der Insel bewährt. Wie oft man sie schon in der Vitte hatte rufen müssen, als Beistand, als Trösterin, konnte sie nicht zählen. Gelernt hatte sie das nicht, etwa unter der Anleitung eines Physikus, eines Medikus oder gar eines Doktors. Dann hätte sie schon jenseits der Fähre wohnen müssen, auf der großen Insel, in Gingst oder Bergen oder Stralsund. Denn auf die Insel kam keiner von denen deswegen. Lehrmeister war allein die Erfahrung gewesen, als Mutter selbst oder beim Zugucken. Diese Erfahrung ließ sie tun, was sie für richtig hielt. Vom Wechselbad wusste sie, wenn ein Kind nicht schreien will, und abnabeln konnte sie. Sie wusste, dass man der Frau die Beine zusammendrücken soll, wenn das Blut nicht stehen will. Und dass alles Zeugs abgekocht und sauber zu sein hat, das wusste sie auch, und darauf achtete sie. Mehr wussten die anderen auch nicht. Diese Weisheit wurde von Generation zu Generation auf der Insel weitergereicht und hatte zu genügen. Dass Mathilde Gau darüber hinaus die Gabe besaß, mit gutem oder, wenn es sein musste, mit scharfem Wort einer Kreißenden zuzusprechen, verlieh ihr das Zeugnis: Peter Gau seine Tilde, die kann das, die soll man holen, wenn es so weit ist.

Is gut, ick bin glieks da, hatte sie also gesagt. Auf der Stelle drehte sie sich um und verschwand im Düstern ihres Katens. Das Essen ließ sie stehen. Sie raffte zusammen, was sie brauchte, band sich rasch eine dunkle Schürze um und störkte hinaus. Ihr Mann, ungerührt von all dem, saß am Tisch und spuckte Gräten. Er ließ sich nicht stören. Er kannte das schon. Hummeln hat sie im Mors, dachte er und kaute weiter. Er nickte nur, als sie ihm zurief: „Dat Gör kommt zu früh. Wart man nicht auf mich, dat kann lang dauern.“ Mit dem Bündel unterm Arm eilte sie aus dem Haus in der Meinung, Stoffer würde draußen auf sie warten. Als sie sah, dass er bereits fort war, trat sie auf die Bank zu, die an der Hauswand stand. Diese Bank gab es, solange es das Haus gab. Roh zusammengeschlagen aus irgendwann mal ans Ufer getriebenem Holz, im Lauf der Jahre von Wind und Wetter angenagt, stand sie an der Südwand des Katens, an der Sonnenseite. Für einen Augenblick setzte sich Mathilde Gau nieder. In aller Ruhe wollte sie sich auf das einstellen, was auf sie zukommen würde, auf das ewig Ungewisse. Sie brauchte Kraft, dem Schreien der Gebärenden standzuhalten und, wenn es schlimm kommt, zu entscheiden, ob sie das Kind der Mutter lassen kann oder beiseite packen muss. Da saß sie nun und drückte ihre zerfurchten Hände fest ineinander. Die Augen fest geschlossen, sprach sie in sich hinein: „Gott, mach wat du willst, aber lass mich die Göre durchkommen. Wir sind hier auf der Erd, und du bist im Himmel, und dat is so weit weg. Ich weiß ja gar nich, ob du mich hören tust. Aber ick glaub dat. Darum dein Wille werde geheiligt.“

„So!“, setzte sie hintendran. Das war ihr Amen. Damit stand sie auf und ging schnurstracks auf das Schluck'sche Haus zu. Ihr langer Rock trug noch den Geruch des Gebratenen mit sich und strich über das dürre, knisternde Gras. Stoffer Schluck wartete in der Tür auf sie. Er winkte heftig, denn drinnen stöhnte Anna jämmerlich unter dem

Druck der Wehen. Jedes Mal, wenn sie durchschossen, krümmte er sich mit und biss sich dabei die Lippen wund. Er konnte es einfach nicht mehr mit anhören. Kurzerhand befahl sie ihn hinaus: „Wenn du dat nich abkannst, geh Piratzen sammeln oder mach sonst wat. Aber lass uns allein."

Das war deutlich. Stoffer schob sich widerspruchslos, mehr rückwärts als vorwärts, zur Tür hinaus. Er fühlte sich plötzlich so überflüssig, pulte an seinen Fingernägeln und fragte sich, was er hier noch sollte. Stehen bleiben? Bis morgen? Bis sie damit durch ist? Kotzerbärmlich war ihm zumute. Dieser dämliche Kloß im Hals, dieses Würgen in der Kehle, dieses Kribbeln im Bauch. Ein paarmal streunte er wie ein verjagter Köter ums Haus, begann Holz zu hacken und ließ es wieder sein, räumte im Schuppen herum, irgendwie, irgendwas, sinnlose Kramerei. Bis es ihm reichte. Das Schreien drinnen schlug ihn windelweich. Er drückte sich die Daumen in die Ohren, lief weg und nahm Kurs auf seinen Kahn am Binnenufer. Hier war er allein, hier konnte er sich hinsetzen. Hier war es still, hier schrie keiner. Und weil ihm so war ums Herz, blickte er scheu zu den Wolken hoch und durch sie hindurch und sagte zu dem da drüber: „Vater unser, der du bist im Himmel, dat geht mich zu weit. Dat tut ihr doch weh. Geht so wat denn gar nich anners ab? Sieh ihr um Gotteswillen gnädig an. Du kannst dat doch. Dat bitt ick dich da oben in'n Himmel."

Vergeblich hatte er dabei versucht, die Finger ineinander zu drücken, wie er es beim Pastor fürs Beten gelernt hat. Finger aber, die von Kind an schwer haben arbeiten müssen, werden steif und grob wie Maulwurfschaufel. Er konnte nicht anders, als sie aneinanderlegen. Dreimal sagte er beschwörend Amen. Dann war er sicher, dass Anna ihre Sache gut abmacht, dass das Kind kommt und lebt.

Ruhig nahm er sich jetzt Bootsmannsarbeiten vor. Er spleißte ein Auge in eine Leine, was ihm besser von der Hand ging als das Händefalten. Dabei dachte er: Wenn sie damit durch is, geh ick zu Paster Crüger hin und sage: Paster Crüger, sag ick, Anna Druckrey, wat meine Frau ist, hat einen Bengel gekriegt. Wenn't einer wird. Oder ein Mädchen. Man kann ja nie wissen, Mädchens sind ja auch ganz schön, aber 'n strammen Bengel is noch wat anners. Und wenn er nach dem Namen fragen tut wegen der Tauf, denn sag ick, Anna sagt, Caroline Johanna soll sie heißen, wenn der Jung ein Mädchen is. Wenn aber der Jung ein Jung is, heißt er Niklas Jochim, so wie Onkel Hans seinen. Dat steht fest. Und Anna gefällt der Name auch. Die annern sagen, es wird bestimmt ein Jung, sonst hätt sie die braunen Mädchenflecken ins Gesicht gekriegt, sagen sie. Anna sagt auch, dat is ein Jung, weil er so in ihrem Bauch herummaracht. Niklas Jochim is ein schöner Name, sagt Anna, auch wenn bei Onkel Hans in Grieben sein Bengel ebenso heißen tut. Es gibt eben nich so viel Namen auf der Erd wie Kinder. Da überlappt schon mal einer.

Dies und viel anderes noch dachte sich Stoffer Schluck in seinem Fischerkahn zurecht. Wünsche und Vorstellungen über sein und seines Kindes Leben ließ er wie bunte Schmetterlinge in die Weite fliegen. Die Finger aber blieben dabei nicht untätig. Sie setzten neue Taklings auf die Leinen, kratzten angetrocknete Fischschuppen von Dollbord und Duchten und klöterten mit dem Ösfat, um das Wasser vom letzten Regen aus dem Boot zu schöpfen.

Plötzlich aber hielt er still, schlug sich knallend mit der Hand aufs Knie und sah zum Katen hinüber: „Jung", rief er aus, „wenn du ein Junge wirst, denn – denn – denn kann't sein, dat ick mich besauf. Du musst ein Bengel werden, so'n richtigen rotznäsigen Schluck, wie ick einer war. Klar? O Manning, Manning, wat is dat Leben doch schön."

Stoffer Schluck war ein durchaus frommer Mann. Was er dachte, sagte und tat, war rechtens und gut und niemals jemandem zu Schaden. Sein einfacher Hausstand gewährte ihm ein gerade noch erträgliches Auskommen. Schwein und Hühner, ein paar Quadratmeter Wiesen zum Heuen und lütt bisschen Grünland für das Schaf, dazu die Teilhabe in der Fischerkommüne, Kahn, Netze, Fanggerät, zusammen mit den anderen Kossäten in der Vitte. Das war schon was, andere hatten weniger.

Bauz! knallte seine Hand aufs Dollbord, ein Schlag, der den ganzen Kahn erschütterte. „Heia!“, rief er übermütig, „woll’n doch mal sehen, ob wir mit dem Kopp nich über Wasser bleiben. Der Bengel, wenn’t einer wird, soll mich nich hungern und Elend leiden. Achtzig Jahr alt soll er werden und mehr. An mir soll dat nich liegen. Bei Gott, dat schwör ick dir.“

Wie immer zu dieser Jahreszeit hatte der Ostwind gegen Mittag leicht aufgefrischt und nördlicher gedreht. Längst waren die Möwen aus ihrer Trägheit erwacht und hatten sich hoch hinaus in den Himmel segeln lassen. Der Wind hatte den Wasserspiegel gekraust und wie mit flüchtigen Pinselstrichen überpustet. Von Schaprode herüber kam er, sommerlich frisch und gesättigt mit den Düften von Land und Meer. Jetzt spielte er über Stoffers Leinenhemd und ließ es da, wo die Knöpfe fehlten, lustig flattern.

Stoffer erhob sich, sprang an Land, krempelte die Hosenbeine hoch und kontrollierte die Leinen am Boot, bevor er ging. Zuletzt strich seine Hand leise über alles, genau so wie der Bauer über einen Pferdehintern streicht, liebkosend, ohne Worte. Doch dann wandte er sich dahin, wo er sein Haus wusste, eins von den breiten, eckigen, rohrgedeckten Katen, bei denen das Dach bis fast auf die Erde reicht. Sein Haus.

„Ja“, sagte er vor sich hin, „is dat auch nich viel, so is dat doch senkrecht und knastfrei. Und so soll dat auch bleiben. Aber Anna, nu mach mal endlich los mit deine Kinderkriegerei und bring mich meinen Bengel. Beeil dich, ick komm nämlich jetzt hoch. Ick will ihn sehn!“

Damit machte er sich auf den Weg. Stürmisch streiften seine nackten Füße durch die Wiese. Erst als er oben angekommen war, merkte er, wie sich zwischen seinen Zehen ein Bärlappstängelchen verklemmt hatte und da klebte und nicht abzuschütteln war. Da lachte er: „Dat nehm ick ihr mit. Dat wird ihr Blumenstrutz. Mehr hab ick jetzt nich.“ Er nahm das Stängelchen, roch an der Blüte, betrachtete sie gedankenvoll, und dabei schien es ihm, als passte das alles irgendwie zusammen, Sommer, Blüte, nackte Füße und Geburtstag.

Je mehr er sich dann dem Haus näherte, umso verhaltener wurde sein Lauf. Da war sie wieder, diese Klemmklammer um sein Herz, ein Druck, den er sonst gar nicht an sich kannte. Er blieb stehen und lauschte zum Haus hin. Da aber tat sich nichts, da bewegte sich auch nichts. Unheimlich kam ihm das vor. Alles war bumsstill, das Schaf lag neben der Tür, den Kopf auf der Erde, und schlief. Das kam ihm furchtbar an. Annas Schreien vorhin klang noch immer in seinen Ohren nach. Die ganze Zeit hatte es ihn unbewusst begleitet, unten am Boot, als er da saß und über alles nachdachte. Jetzt war es die Stille, die ihm in die Ohren drückte. Das machte ihm Angst.

„Sie schreit nich mehr, ick hör nichts. Warum schreit sie nich? Woans is dat so? Is sie damit durch? Oder – hat er sie geholt? Oh, ick bin wat bang, ick bin wat bang!"

Doch dann begriff er sich und fuhr sich unwillig über die Stirn: „Wat is los mit dir, Schluck. Bist du twallig? Gehn bei dir die Pferde durch? Eben noch hei-up und nu ein Jammerlappen? Reiß dich zusammen!"

Mit zwei, drei Sprüngen nahm er die letzten Meter zur Haustür. Gerade wollte er sie aufreißen, als Mathilde ihm entgegentrat. Sie hatte ihn kommen sehen. Jetzt drückte sie den Finger auf die Lippen und gab ihm ein Zeichen: „Psst!"

Was er fragen wollte, las sie in seinen Augen ab. Ohne Worte, nur mit Fingerspiel, gab sie ihm die Antwort: Sie drückte den Daumen in die Faust und ließ den Mittelfinger locker in Richtung unten fallen. Das hieß: ein Junge. Im anderen Fall hätte sie beide Daumen längs aneinander gelegt. So verstanden sie sich dort aufs Geschlecht.

Stoffer schlug das Blut ins Gesicht. „Und Anna?"

Mathilde schloss die Augen, nickte und lächelte dabei. Das war Antwort genug. Oh! Überwältigt von dem Glück schlang Stoffer seine Arme um sie und wirbelte sie wie verrückt im Kreis herum, dass ihre Füße vom Boden abhoben. Erst als ihm schwindelte, stellte er sie wieder ab, knallte ihr aber einen so deftigen Kuss auf die Stirn, dass das Schaf neben der Tür erschrocken aufsprang und Wasser ließ.

Stoffer trat ins Haus und ging zu seiner Frau. Wie er sie so daliegen sah, blass und mit wirren Haaren, dazu den Glanz in ihren tiefen Augen, kamen ihm unversehens die Tränen. Verlegen zwirbelten seine Finger mit dem Bärlappstängel. Er merkte es nicht. Als Anna ihm ihren Arm entgegenhob, nahm er ihn wie zerbrechliches Glas und streichelte ihn mit seiner schweren Hand, streichelte und streichelte. Wohl wollte er etwas sagen, etwas fragen, doch kam ihm alles so leer vor, so, als gehöre es nicht hierher. Darum schwieg er, strich nur hier und da verschwitztes Haar aus ihrer Stirn, fuhr mit dem Finger über ihre eingefallenen Wangen, über die Nasenspitze, übers Kinn, bis er merkte, wie seine Linke noch immer das Stängelchen verwahrte. Da hielt er ihr die zerdrückte, armselige kleine Blüte unter die Nase und flüsterte: „Hier, riech mal."

Anna lächelte. Sie verstand ihn. Es brauchte keinerlei Worte mehr. Jetzt nicht. Sie war glücklich. Sie nahm die Blüte, roch dran und nickte. Dann aber hob sie den Kopf und winkte mit ihren Augen zur Seite, hin zu einem Bündelchen Kissengewickel: „Nu kiek ihn dir doch eins an."

Jetzt erst ließ er ihren Arm fahren und ging hin, seinen Jungen zu begrüßen. Der Augenblick war gekommen, der große Augenblick, den er sich hundertfach erträumt hatte. Ein Atemzug lang währte er, so ein Augenblick, der niemals wiederkehrt, der so einmalig ist, wie ein Augenblick nur einmalig sein kann. Stoffer kostete ihn aus, tief und lange.

Sehr ernst kehrte er zum Lager seiner Frau zurück und ließ sich an ihrer Seite nieder, um ihr ganz nahe zu sein. Er nahm ihr Gesicht in seine Hände und sagte leise: „Den ^ersten, Anna." Er warf einen Blick gegen die Stubendecke: „Er da oben muss ihn uns behalten. Und wat an mir liegt, du sollst dich nich beklagen."

„Nee", erwiderte sie ebenso leise, „ick beklag mich nich." Und weil er darauf nichts mehr zu sagen wusste, fing sie nochmal an:

„Sag eins, Schluck, freust du dich?"

„Und ob ick mich freue. Merkst du dat nich?“

„Gehst du zum Paster? Wegen der Tauf?“

„Morgen, gleich früh. Heut nich mehr. Is zu spät.“

„Ja, ist wahr.“ Sie streichelte seinen Arm und schob das Hemd zurück, ihn zu fühlen. „Du riechst nach draußen. Warst du am Boot?“

„Ja, vorhin. Und du – du riechst nach drinnen.“

„Ja.“ Und nach einer Weile: „Vergiss nich, Tilde auszuzahlen. Und sie kriegt außerdem ihr Abendbrot heut von uns. Dat is abgemacht.“

„Ich werd sie fragen, wat sie kriegt.“

„Ja. Und dann geh zu Onkel Hans Schluck und Jochen Höbner. Die sollen Gevatter sein. Und geh auch zu Johanna Gau, die hat ja sonst kein einen. Alle woll’n sie ihr nich. Und sag, dat der Jung gleich morgen getauft wird. Ick will dat so.“

„Ja, Anna, dat tu ick, glieks nachher.“

„Und denn stopp mich eins den Strohsack neu. Dieser is ganz nass unterm Hintern. Dat hängt alles mit dies hier zusammen.“ Sie klopfte auf ihren Bauch.

„Dat tu ich, Anna.“

„Und denn gib eins ein frisches Laken. Dat liegt oben in der Kommod, im Schapp.“

„Ja, Anna, dat tu ick.“

„Und denn lass mich schlafen, Schluck, mein oller, guter Stoffer du.“ Und schob seinen Arm zurück.

Nachdem er alles getan hatte, was sie ihm aufgetragen, verließ er leise, wie ein Kater auf dem Weg zu den Mäusen, das im Abenddämmer dunkelnde Gemach, um der Wehmutter Mathilde Gau wieder das Reich zu überlassen.

Stoffer versorgte in Haus und Hof, was noch versorgt werden musste, und ließ dann dankbar Gott und seinem Weib gegenüber den Abend gesegnet sein. Er suchte sein Nachtlager auf einer Bank. Die war zwar hart und beengt, aber Anna hatte auf Mathildes Geheiß fürs Erste unter ihrer Decke allein zu bleiben. Denn sonst schliefen die beiden im Alkoven ja eng beieinander.

In dieser Nacht fand Stoffer keinen Schlaf. Darum stand er bald wieder auf und trat vors Haus. Noch hing der Schein des vergangenen Tags am Himmel. Der wanderte in Mittsommernächten in ganzer Breite den nördlichen Horizont ab und zeichnete zu dieser frühen Stunde Land und Meer mit fahlen Farben. Ein paar blasse Sterne schimmerten auf. Der Mond mit dünner Sichel hing schief und stieg nur wenig über die Kimm. Bald verging sein Schein im Morgenlicht.

Stoffer, durch sein Fischerleben dazu erzogen, war gewohnt, jeden Tag früh zu beginnen. Mit einer gründlichen Morgentoilette hielt er sich für gewöhnlich nicht auf. Eine breite Tonschüssel stand auf dem Futterkasten. Er tauchte das Gesicht hinein, und was nass war, verwischte er flüchtig mit den Händen und trocknete mit dem Tuch nach. Er warf sich in seinen blauen Tuchrock, den vom Vater geerbten. Hat er beim Pastor zu erscheinen, gehört sich das eben so. Dann, einen Knust Brot zwischen den Zähnen und einen Schluck von dem gebrannten Gerstentrank zum Aufweichen hinterher, marschierte er los. Einen Blick noch warf er in die Stube. Anna lag auf der Seite und gab ihrem Jungen die Brust.

„Ick geh jetzt nach'm Paster", flüsterte er und hob die Hand zum Gruß.

Anna blickte auf. „Is dat nich zu früh? Is doch noch Nacht."

„Is nicht mehr Nacht. Ick geh trotzdem." Behutsam schloss er die Tür und machte sich auf den Weg.

In dicken, runden Perlen lag der Tau auf den Gräsern. Kein Laut in der Luft, nur fern ein Hahnenschrei. Im Nordosten ging die Sonne auf, ein glühender Ball mit flibbernden Rändern. Mit ihr stieg die Lerche hoch, die Enten begannen zu schnaken, der Kibitz schrie im Gaukelflug über seinem Nest, die Schnepfen stoben auseinander, als Stoffer daherkam. Und in der Ferne flötete die Amsel.

Stoffer umging das große Flach und nahm den Weg, der unter dem backsteinernen Torbogen der ehemaligen Klostermauer hindurch und die kleine Anhöhe hinauf zur Kirche führte. Bei der Kirche, südlich vom Friedhof in einem

Garten, von Obstbäumen beschattet, stand das Pfarrhaus. Er nahm Kurs auf die Haustür und klopfte, erst zaghaft, dann tüchtig. Er will schließlich den Pastor sprechen. Eine Geburt will er melden, um eine Taufe will er bitten. Im Haus ist noch alles nachtensstill. Stoffer guckte links, guckte rechts – nichts. Er schlich um das Haus herum – nichts. Er bollerte mit der Faust gegen die Tür, dass es drinnen nur so dröhnte. Er lauschte – nichts. Da trommelte er gegen ein Fenster, so lange, bis eine mürrische Stimme schalt:

„Wat is, Schluck! Bist du rammdüsig? So tief in der Nacht?"

„Is all Morgen, Paster!"

„Is noch nich klock fünf. Wat is?"

„Ick komm wegen der Tauf, wegen meinem Sohn, wegen heut, weil ... "

„Da kommst du jetzt, wo noch die Hühner schlafen? Geh wieder nach Haus, komm später wieder."

„Zurück in de Vitte? Nee, Paster. Ick geh hier sitzen und wart." Er fand ein Gestell, taunass noch, einer Bank ähnlich, wischte drüber und setzte sich. Die Kühle des Morgens drang durch seine Kleidung. Da stand er auf und wanderte ziellos umher.

Drinnen rührte es sich leise, eine Tür ging, ein Fenster schlug, ein Riegel knirschte. Dann erschien Pastor Crüger, der hochgelehrte Magister, flüchtig in einen Mantel gehüllt. Mit schlafträger Bewegung noch streckte er Stoffer die Hand entgegen und sagte kurz: „Komm rin, Schluck. Hast mich reineweg aus dem Muspott geholt."

Mit verlegenem Lächeln und Rudern seiner Arme folgte Stoffer der Aufforderung. In der Amtsstube wies ihm Crüger einen Stuhl, blickte ihn an und fragte nochmal, was anlag.

Stoffer zögerte, drehte die Mütze in den Händen und blickte zu Boden. Das machte der Amtsraum, der wirkte beklemmend durch seine Andersartigkeit. Hier roch es nach fremd, nach Buch, nach Tinte, nach kaltem Tobak. Hier im Halbdüstern, im Muff des ungelüfteten Raumes verschloss es ihm erstmal den Mund. Schließlich hockte er sich auf eine Stuhlkante, schabte sich am Kinn und wiegte den Oberkörper her und hin. Er wusste nicht, wie er beginnen sollte, es war doch das erste Mal, dass er wegen einer Taufe beim Pastor war. Immerhin aber sagte er: „Ja, Paster, so is dat denn."

Magister Crüger kannte seine Leute. Solche Benehmen waren ihm nichts Ungewöhnliches. Draußen auf dem Feld oder im Schiff, im Stall, da waren sie ungeniert, da sagten sie zu ihm du und klopften ihm auf die Schulter. Hier drinnen aber, im Raum der Geistlichkeit, der irdischen Allmacht, hier gingen sie in die Knie, einer wie der andere, und machten sich selber zu Armsünderlein.

Crüger dremmelte: „Los, Schluck, fang an."

„Naja", kam es zögernd, „die Anna – gestern hat sie – is ein Junge geworden – sie liegt noch, aber ick bin nu hier – wegen der Tauf. Und derwegen will ick Euch bitten, Paster." Crüger lächelte vergnügt: „Na, Schluck, das ist ja man schön. Dann dank man Gott, deinem Herrn."

„Dat tu ick, Paster, dat könnt Ihr mir glauben. Derwegen bin ick hier. Wegen der Tauf."

„Und? Frau und Kind? Beide gut zuwege?"

„Anna? Ja. Dat is sie. Und der lütte Bengel auch." Jetzt flog ein Strahlen über sein Gesicht. Vaterfreuden überwältigten ihn und, um auf solche Frage eine allumfassende Antwort zu geben, beugte er sich vor, hob den Finger und bestätigte den Tatbestand: „Süffeln tut er wie ein Loch. Und schreien? Wie ein Alter. Und – gekackt hat er auch schon."

Crüger wischte sich ein Grinsen vom Mund. „Naja, muss ja wohl so sein. Aber Anna Druckrey, weißt du – du hast eine gute Frau. Merk dir das, Schluck."

„Ja, Paster, ick weiß dat."

„Und? Wer hat das Kind geholt?"

„Mathilde, die Gau'sche von nebenan."

„Mathilde Gau also. Nun denn."

„Die hat dat aber gut gemacht."

„Schön, schön, Schluck. Wenn alles in Ordnung ist, freu dich man."

Stoffer blickte den Pastor an: „Ihr schlagt doch heut dat Kreuz über ihm? Ick will dat, dat Ihr das Kreuz noch heut über ihm schlagen tun, dat er getauft wird, heut Nachmittag, Paster. Die Paten wissen all Bescheid, Anna sagt auch ... "

Crüger winkte ab, sagte nichts, stand auf und klopfte ihm väterlich auf den Rücken: „Klock drei nachmittag bin ick da, mein Jung. Klock drei."

„Danke, Paster." Er stand auf, ging aber nicht vom Fleck. Da lag noch eine Frage in der Luft. Die drückte ihn.

„Und – wie is dat mit dem Bezahlen? Ick muss doch wat zahlen."

„Tja, irgendwas musst du dann wohl zahlen, Schluck."

Stoffer blickte ihn rührend ratlos an. „Ick meine – da muss ick – kriegt Ihr nu 'ne Gans oder 'ne Ent dafür? Ick hab ja bloß ein Schaf und ein paar Hühner."

„Ja, denn ... " Crüger konnte sein Grinsen kaum verbergen, „denn schick mir mal eins – ja, was denn nu eigentlich? Nu sag mir mal erst all die Namen. Das andere kriegen wir später."

Er nahm ein Papier zur Hand. „Anna Schluck, das ist die Mutter, das weiß ich, frühere Druckrey. Und du bist – heißt du nun eigentlich Stoffer oder Christoffer oder Christoph? Wie soll ich dich richtig schreiben?"

„Dat weiß ick nich. Ick denk wohl, Stoffer is richtig, weil se mich alle so nennen. Ick denk, Ihr schreibt Stoffer."

Nachdem Crüger notiert hatte, was er wissen wollte, zog er Stoffer an die Seite: „Eh ich's vergesse – hier ist die Taufschale. Nimm sie mit, aber gib gut auf sie acht. Das ist ein kostbares Stück, mein Junge. Darin bist du auch mal getauft worden. Peter Gau hat sie vor achtzig Jahren unserer Kirche vermacht, denk dran und schmeiß sie mir nicht in den Dreck. Und nun geh und grüß mir meine kleine Anna Druckrey schön und sag ihr, der alte Paster Crüger freut sich."

Als Stoffer noch einmal wegen der Honorierung fragen wollte, schob er ihn einfach zur Tür hinaus. Da kam es dem guten Jungen an, als müsse er fliegen, als würde er von unsichtbaren Flügeln getragen. Die Erde hielt ihn nicht mehr, er begann zu laufen, zu rennen, schneller, immer schneller, er sprang durch die Luft wie ein wild gewordenes Füllen auf der Weide.

Außer Atem gekommen stürzte er ins Zimmer und rief: „Er kommt, er hat gesagt, klock drei."

Anna zischte ihn an: „Psst! Er schläft doch, mach ihn mich nicht wach!"

Mit Umsicht hatte Stoffer die Stube auf ihre große Stunde hin hergerichtet. Vom Bett aus verfolgte Anna seine Hantierungen mit einem Blick, der sagte: Mach nur, wie du denkst.

Stoffer hatte den Tisch dicht an ihr Lager gerückt, ein Laken darübergeworfen, es hübsch sorgsam glatt gestrichen, zwei Kerzen in geborgten Leuchtern draufgestellt und sie lange und prüfend hin- und hergeschoben. Zuletzt garnierte er den Tisch mit einem aus grünem Mohrrübenkraut zusammengelegten Kreuz. Daneben stellte er die Taufschale, trat ein paar Schritte zurück und begutachtete sein Werk: „Is dat ordentlich so oder soll dat anners?"

„Ein schöner Altar. Aber vergiss nich dat Wasser."

Stoffer ging und holte Wasser aus dem Brunnen. Er goss die Schale voll bis an den Rand.

„Gib nicht so viel, dat plempert sonst über."

„Je mehr Wasser, je mehr hilft die Tauf, denk ick."

„Is auch wahr, Stoffer. Dann lass die annern mal kommen."

„Die kommen von selber. Aber gib du ihm man noch eins de Titt, sonst kreischt er, wenn er eingetünkt wird."

„Der wird nicht eingetünkt. Der Paster macht ihm bloß den Kopp nass."

„Bloß den Kopp? Denn brauch ick ja gar nich so viel Wasser. Für so'n lütten Kopp."

„Sag ick doch. Und denn stell man noch'n paar Blumen hin."

„Wat für Blumen, ick hab keine."

„Dann geht dat auch so."

Nach einer Weile kam der erste Gevatter, Hans Schluck, der blutjunge Segelknecht aus Grieben. Er trug eine dicke Bibel unterm Arm mit braunem, ledernem Deckel. Fein hatte der sich gemacht, richtig staatsch sah er aus mit Tuchrock, Mütze und blanken Schuhen. Die Bibel legte er neben das Rübenkraut auf den Tisch.

„Dat ist für den Lütten. Aber nur für nachher. Die nehm ick nachher wieder mit."

Stoffer strich leis über das Buch. „So'ne schöne Bibel."

„Ooch", lachte Anna, „dat lütte Quaas kann doch noch gar nich lesen."

„Is ja nur für nachher, ick nehm ihr denn wieder mit. Aber Gotts Wort muss sein."

„Is auch wahr. Aber kiek eins nach, wer da kommt, Schluck."

Draußen schurrte sich jemand über den Sand. Jochen Höbner, der baumlange Kerl. Er musste sich tüchtig bücken, als er durch die niedrige Tür wollte. Auch er hatte sich fein gemacht, saftig rot glänzte sein frisch barbiertes Gesicht. Kaum eingetreten, suchte er den Jungen, fand ihn an Annas Brust tutschen und sah still zu, was da so war. „Wie dat aussieht, Anna, so wat Schönet."

Seine Augen blieben an diesem Bild selbstvergessen hängen. Bis es ihr zu viel wurde: „Kannst deine Mütze vom Kopp nehmen, Jochen."

Jochen Höbner schien nicht gehört zu haben. Er sagte ganz seiner Betrachtung hingegeben: „Dat is er also."

„Ja, Jochen, dat is er", antwortete Anna. „Einen annern haben wir nich."

Jochen wiegte seinen Kopf auf dem langen Hals, nach links, nach rechts. „Sowat Lüttes, nee. Du bist auch mal so lütt gewesen, Stoffer. Ick weiß dat noch."

„Du auch, Jochen. Da kannst du sehn, wat aus den Menschen werden tut. Aber nu lang mich mal endlich deine Mütz her."

Da erschien auch Johanna Gau von nebenan. Mit ihr waren die Gevatter zusammen. Johanna war auf Latschen gekommen. Ihre Schuhe waren verbraucht. Wegen ihrer missgebildeten Hüfte konnte sie nur unter Mühen gehen. So humpelte sie zu Anna ans Bett und hielt ihr mit wichtiger Miene ein kleines Ding unter die Nase:

„Kiek eins, Anna“, sagte sie, „dat is für den Lütten. Damit kann er spielen, wenn er größer is. “

„Dat is schön“, lächelte Anna. „Wat is dat denn für einen? Is dat ein Pferd? So braun mit vier Beine?“

„Ja, dat is wohl ein Pferd.“ Die Gau’sche wusste es selber nicht.

„Oder ist dat’ne Kuh?“

„Kann auch ’ne Kuh sein. Damit soll er spielen später“, betonte sie nachdrücklich und legte das Ding, das aussah wie ein Kuhpferd, neben die Schale auf den Altartisch. Alle sollten ihr Geschenk sehen.

Indessen drängten sich draußen am Fenster die Kinder, guckten und drückten sich die Nasen platt. Als sie nachher den Pastor kommen sahen, stoben sie auseinander. Sie wussten es, der alte Pastor liebte das nicht, das Gucken, und wen er dabei erwischte, dem zog er die Ohren lang.

Der alte Mann war zu Fuß gekommen. Den Wagen anspannen wollte er nicht, reiten konnte er nicht mehr. Seine Stimme klang müde, als er in die Stube trat und grüßte. Er sah sich um. „Schön habt ihr das gemacht, mit Mohrrübenkraut. Sieht gut aus. Warum sollen das die Hasen fressen. Aber nun stich mal eins auch die Kerzen an, Stoffer, das gehört dazu.“

Anna richtete sich im Bett hoch, um alles sehen zu können, was geschah. Sie sah, wie der Pastor das Kuhpferd beiseitelegte. Mumpitz, sagte er dabei leise, Mumpitz, sowas gehört nicht auf den Altar. Er nahm Onkel Hans Schlucks Bibel, schlug das Evangelium auf und las: „Wie denn geschrieben steht bei dem Heiligen Evangelisten Markus im zehnten Kapitel: Und sie brachten Kindlein zu ihm ... “ Und das Schweigen füllte den Raum, ein großer Augenblick.

Nachdem er zu ihnen gepredigt hatte und sie alle ihren Glauben bekannt, taufte er den Jungen. Mit ruhiger Hand schaufelte er dreimal eine volle Hand Wasser über das Köpfchen, schlug über Stirn und Brust das Kreuz und sagte dabei: „Niklas Jochim Schluck, ich taufe dich im Namen des Vaters und des Sohnes und des heiligen Geistes."

In Stoffers Kehle presste es wie ein dicker Kloß. Er dachte: Nu is der Jung bei Gott in Gnade, nu gehört er ihm.

Anna sagte: „Danke, danke, lieber Paster", und wischte sich über die Augen.

Jetzt ermahnte Crüger die Gevatter, einen wie den anderen, künftig auf die Erziehung des Jungen zu achten. Und sie ließen sich das sagen. Der lange Jochen Höbner war ein stiller, treuer Mann. Als Stoffer Schlucks Nachbar und Mitfischer in der Reusengemeinschaft hatten sie es für richtig erachtet, ihn zum Gevatter zu bestellen. Die Johanna Gau wollte Anna haben, und eigentlich nur aus Mitleid. Die Gausche war arm, einsam, zwar ein bisschen einfältig, aber gutmütig und wegen ihres Hüftleidens von vielen gemieden. Onkel Hans aus Grieben gehörte zur weitläufigen Familie. Einen aus der Familie mussten sie schon zum Gevatter bestellen, und da war ihnen Hans Schluck der liebste. Doch ihr Onkel war er nicht, sie nannten ihn nur darum so, weil es neben ihm noch drei andere auf der Insel gab, die den gleichen Namen trugen.

Bevor Crüger ging, trat er ans Bett der Wöchnerin und strich ihr väterlich über die Stirn: „Nu hab man Vertrauen, Kind. Du und dein Stoffer, ihr beide schafft das schon. Hab ihn man nur lieb. Das andere macht unser Herrgott."

„Ihr habt dat schön gemacht, Paster. Ick dank auch dafür." Sie streckte ihm die Hand entgegen und schummelte ihm eine Münze in die Finger, die Crüger aber beim Hinausgehen heimlich unter die Taufschale schob. Stoffer fand sie nachher beim Aufräumen, schämte sich auch, als er erfuhr, dass Anna ihm die gegeben hatte. „Du hast ja an sowat nich gedacht", rügte sie ihn.

Die Taufe war geschehen. Die Männer blieben noch ein Weilchen, die lahme Gausche wollte nach Hause. Bevor sie ging, grapschte sie das Spielzeug vom Fensterbrett und warf es dem Lütten in die Kissen: „Spiel schön damit, mein kleiner Schnippelpisser, und denk an die Gausche!", lachte in sich hinein und hinkte davon.

Am Abend schrieb Magister Christian Crüger in das dicke, aus fussligem Papier gefertigte Taufregister unter dem Jahrgang 1773 ein:

Am 13. Juni gebar Stoffer Schluck in Vitte seine Ehefrau einen Sohn, der den Tag darauf getauft und Clas Joachim genant wurde. Die Gevatter waren Hans Schluck, Jochen Höbner, die Joh. Gausch.

Mit dem Erscheinen des kleinen Niklas Jochim Schluck auf der großen Erde war zwar nichts Außergewöhnliches vor sich gegangen, doch hatte sich das Leben im Schluck'schen Katen verändert. Denn mit ihm, dem kleinen Mann, war noch jemand ins Haus gekommen, Maria Amalia Carstens, ein neunjähriges Mädchen. Sie war eine von denen, die sich am Tauftag am Fenster die Augen aus dem Kopf geguckt hätten, wäre nicht der alte Pastor erschienen. Maria Amalia hatte Schick und Eigenwillen. In jüngster Zeit schon schwänzelte sie um Anna Schluck herum wie ein hungriges Hündchen. Jetzt sagte sie, als der Knabe Niklas Jochim in seiner Schrag, dem Kinderbettchen, krähte: „Ick will ihn mir eins ankieken. Darf ick?"

Anna sagte gerne ja, denn es ehrte sie, wenn jemand nach dem Kind fragte, und sei es nur ein törichtes lüttes Gör. Von dem Tag an verfolgte Maria Amalia, was mit dem Kind geschah. Wissbegierig war sie nur einmal und für ihr Alter erstaunlich verständig. Sie fragte nach alledem, was einen Jungen besonders betraf, und Anna gab Antwort. Sie muss sehr bedenkenlos geantwortet haben, denn seitdem betrachtete das Mädchen alle Jungen auf der Insel als etwas vom lieben Gott zu ganz Besonderem bestimmt.

Neben der Maria Amalia war es auch die lahme Gausche, die den Schluck'schen Katen täglich aufsuchte. Sie bestand darauf, als Gevatterin Anteil nehmen zu dürfen am Wachsen und Werden des lütten Quaas, wie sie ihn nannte. Das Glück eines eigenen Kindes war ihr versagt geblieben. Nun kam sie, wann sie Lust hatte, setzte sich hin und sagte kaum etwas, gab aber ihrer Meinung nach wichtige, weise Ratschläge.

Eines Abends, als die drei Alten auf der Bank vor dem Haus saßen, hatte sie plötzlich das Kuhpferd in der Hand und zwirbelte es zwischen ihren knöchrigen Fingern.

„Kiek eins“, sagte sie, „dat hab ick von meinem Vadder. Dat is von einem untergegangenen Schiff, sagt er. Und wer so wat hat immer bei sich, der geht nich tot, der bleibt alleweg leben. Derwegen hab ick dat dem lütten Quaas in die Tauf gelegt. Dat wollt ick man vertellen. Und nu lasst ihm dat und nehmt ihm dat nich weg. Vielleicht hilft ihm dat mal. Sagt ihm, er soll immer an die olle lahme Gausche denken.“

1774

EINE Insel ist eine Insel. Nicht nur geografisch, auch was das Leben auf ihr anbelangt. Spärlich nur tröpfelt aus der großen Welt auf sie herab, was Leben heißt. Kann sein, mal ein bisschen Mode, eine Nachricht über eine politische Nouvelle, ein bisschen Kultur oder der Hauch fortschreitender Technik. Gewiss, man hat zur Kenntnis genommen, dass vor drei Jahren Seine Königliche Majestät Adolf Friedrich von Schweden gestorben sei und dass an seiner Stelle ein Gustav III. auf dem Throne sitzt. Doch blieb das für die Hiddenseer völlig bedeutungslos. Schwedens Könige kochten ihren Brei in Stockholm und nicht in Pommern. Pommern hatte den Brei nur zu bezahlen.

Kaum anders war es, als die Hiddenseer Herrschaft wechselte. Am Trinktisch, in Blössings Krug, wurde zuerst darüber geredet. Der Major von Loos, hieß es da, sei nun endlich tot. Die Erben hätten das Allodialgut Hiddensee zum freien Verkauf feilgeboten, der Stralsunder Kaufmann Ulrich Giese habe die Insel bereits erworben mit allem lebenden und toten Inventar. Ein Klugschieter flüsterte sogar, er wisse aus erster Quelle, was Giese hätte zahlen müssen, nämlich zehntausend vierhundert vierundsechzig lautere, gute, gangbare Stücke Reichstaler über die Bank, und die hätten den Giese überhaupt nicht gejuckt.

Worauf einer sagte: „Solche lächerliche Summe is 'ne Beleidigung für uns alle. Dat is doch kein Geld nich für uns." Ein anderer setzte dagegen, Jesus von Nazareth hätte nur dreißig Taler gekostet, aber der sei doch mehr wert als dieses Inselland. Dagegen behauptete ein anderer, so viel Geld auf einen Haufen gäbe es gar nicht, und wenn sie alle ihre Kröten zusammenscharren sollten. Worauf der Redner des Tags sie alle auslachte, mit der Faust auf den Tisch schlug und dreckig lachte: „Viel zu viel für diese olle Hungerinsel, dies Mistland."

Da hatten sie ihm eine aufs Maul gehauen und ihn vor die Tür gesetzt.

Ganz gleich nun, ob die Herrschaft von Loos hieß oder Giese, der Hiddenseer war an den einen wie an den andern mit Leib und Leben verkettet und verknotet, mit Kind und Kindeskind. Hatte nicht Magister Christian Crüger am 11. Februar 1754 die gesamten Untertanen am Tag der Übergabe in die Kirche beordert und unter gebührender Vermahnung von ihnen den Eid der Treue für diese als neue Herrschaft abverlangt? Und sie haben es alle getan – alle. Und keiner hat's nicht getan.

Das war vor zwanzig Jahren gewesen. Und seitdem? Nichts. Zugegeben, die Gieses waren angenehmere Leute als die von Loos. Dem Giese sagte man allerlei Gutes nach. Er verstehe mit dem einfachen Mann menschlich zu reden, sei freundlich und habe nicht den üblichen Herrschaftsfurz im Kopf. Dass er einen Haufen Ärger um die Ohren hatte, wusste man auch, den Krach mit Seiner Majestät in Stockholm und die Sorgen um die Porzellanfabrik. Jacob Bluhm hatte diese Fabrik seinerzeit mit Schwung aufgebaut, Giese verwandte Hiddensee'sche Cyprinentonerde, und die Fabrik arbeitete zu aller Zufriedenheit, bis Ehrenreich sie kaufte, in Konkurs ging und das ganze Ding obendrein noch Schaden litt durch die Explosion eines nahegelegenen Pulverturmes. Ehrenreich floh darauf nach Danzig und war auf Nimmerwiedersehen verschwunden. Giese, weil er die Fabrik liebte, blieb nichts andres übrig, als sie wieder zu übernehmen und unter viel Mühen in Gang zu halten. Denn Böttgers Porzellan aus Meißen beherrschte mehr und mehr den Markt, samt Silber und Zinn.

Schlimmer sei noch das mit der Krone gewesen, wusste man. Der Krieg zwischen Preußen und Sachsen, an dem sich der Schwedenkönig schlecht und recht um billiger Vorteile willen beteiligte, kostete diesen Herrn ungeheure Summen, welche die ohnehin belastete Staatskasse nicht leisten konnte. Kaufmann Giese half daraufhin gewaltig aus – und mit Fantasie. Begabte Juden holte er in die Stadt, richtete zusammen mit seinem Freund von Olthof auf dem Grundstück der Fayencefabrik in der Tribseer Straße eine Münzprägerei ein und versorgte aus ihr mit mittelmäßigem

Gelde die hungernde, lungernde, marodierende Masse schwedischer Soldaten. Das hieß: Giese zahlte ihnen den seit Monaten ausgesetzten Sold, eine Summe, die über die Jahre zusammengerechnet bis an die Grenze von einer Million Reichstaler ging und Gieses Privatkapital wie nichts verschluckte.

Giese reiste nach dem Friedensschluss zu Hubertusburg nach Stockholm, vom König die geliehenen Gelder zurückzuerbitten.

Statt der Rückgabe würdigte der König Gieses vaterländische Verdienste zwar mit großen Worten und ernannte ihn zum Kammerrat, doch dann drückte er ihm eine beschämend geringe Abfindung in die Hand und schickte ihn wieder nach Pommern zurück. Das war Gieses Schicksal, über das man hier und da mit zwielichtigen Bemerkungen redete, auf dem Lande sowohl wie auf der Insel.

Resignation stand nicht in Gieses Natur, doch war sein Herz gebrochen. Ruiniert war er, geprellt und betrogen. Die Faust gegen Schweden gerichtet, ließ er seinen Zorn ungehemmt vor seinen Freunden aus: „Nie wieder würde ich so etwas übernehmen“, wetterte er. „Eher will ich die Schweine hüten bei meinen Bauern auf Hiddensee!“

Das zu hören tat den Inselbewohnern wohl. Sie schätzten die Gieses daher, vornehmlich die Frau Sophie Elisabeth, jüngst Frau Kammerrätin geheißen. Weil sie sich nur selten auf der Insel blicken ließ, war sie vielen von Ansehen her unbekannt, doch allein der Ruf, der ihr vorausging, machte sie in aller Ohren angenehm.

Giese war Kaufmann und beileibe kein Landwirt. Er unterhielt die Stralsunder Lotterie und hatte seine Geschäfte. Landwirtschaftliche Belange hatte er gern seiner Gemahlin Sophie Elisabeth übertragen, welche die Tochter eines gewieften Landwirts war und Voraussetzungen mitbrachte, über die Ulrich Giese nicht verfügte.

Dagegen schlug Ulrich Giese anderweitig Brücken zum Festland, über die er den Wohlstand der Insel zu heben gedachte. Nicht allein der Abbau von Cyprinentonerde für die Porzellanproduktion diente ihm dazu. Er lieferte auch zum Wohl der Stadt und zum Ausbau ihrer Befestigungen Jahr um Jahr Mengen der Granitblöcke, die am Steilufer herumlagen. Er ließ sie sprengen, abfahren und verkaufte sie der Stadt. Denn, was die Insel bot, war sein Eigentum. Er konnte frei über alles verfügen.

Auch beschäftigte ihn, was ihm sein Schwiegervater Christian von Schwerin ins Ohr geflüstert hatte: die von den Dänen einstmals kahlgeschlagenen Hügel baldmöglichst aufzuforsten, um das Land vor Versteppung zu bewahren. Holz auf der Insel – ein verwegener Traum. Holz war kostbarer als Gold. Bei Grieben hatte Giese es bereits versucht, die Tannenpflanzung hatte angewurzelt. Nun sollte es auf dem Dornbusch weitergehen.

Auch darüber wusste man in Blössings Krug genauestens zu berichten. Dennoch blieb die Insel eine Insel.

An einem Morgen gegen Ende März – noch hing der Nachtschleier über der Stadt – hielt der schwarz gelackte Wagen vor dem Portal des Giese'schen Hauses in der Enge der Tribseer Straße. Die Hufe der Pferde kratzten über das Kopfsteinpflaster, ihr unruhiges Schnauben schall durch die noch leeren Gassen. Feine Nebelfeuchte, frühlingsträchtig und voller Aromen vom Land her, durchzog die Luft. Wintherson, der junge Pferdeknecht aus Katrineholm in Schweden, jüngst aus Militärdiensten entlassen und um der drallen pommerschen Mädchen willen im Land geblieben, stand bereit. Eingemummt in einen pelzbesetzten Kutschermantel wartete er mit Jungfer Marie Pagel, dem anmutigen Kammerfräulein der Sophie Giese. Die hatte sich in ihrer Kapuzenmantille verkrochen, die Schultern hochgezogen und fröstelte sehr. Abgebrochener Nachtschlaf und Morgenfrische zeichneten ihr zartes Gesicht klein und grau.

Das Reisegepäck der Herrschaft lag bereits verstaut auf dem Wagendach. Nun standen sie da, rückten mit der Weile aneinander in der Meinung, das könnte wärmen. Zu reden stand ihnen nicht der Sinn. Was hätten sie schon reden sollen zu dieser frühen Morgenstunde, in der noch die Sterne am Himmel standen und der Bettzipfel zog.

Kammerrat Giese, umwallt von einem fein bestickten Morgenrock, trat aus dem Haus, grüßte kurz und gab Wintherson einige Hinweise. Er half dann seiner Gemahlin Sophie in den Wagen, setzte Jungfer Marie ihr gegenüber und hob die Hand: „Adieu, ma chère, und bliw mi gesund."

Wintherson drückte den Wagenverschlag zu, stieg auf den Kutschbock und fuhr ab. Kammerrat Giese hatte sich kurz zuvor entschließen müssen, im Geschäft zu bleiben. Er war ein sehr geforderter Mann.

Tage zuvor hatte er eine Extrafähre angefordert, die zu dieser Stunde segelklar am Bollwerk zu liegen hatte. Die Fähre über den Strelasund verband das Herzogtum Pommern mit dem Fürstentum Rügen und gehörte zu jenen lebenswichtigen Einrichtungen der großen Insel, die ihren Lebensnerv speisten. Die Fährschiffer segelten zwar nicht gern außer Fahrplan, aber unter den Dienstleuten hatte es sich herumgesprochen, dass Gieses Obolus unter besonderen Umständen reichlicher flösse als der anderer Herrn.

Mit Geschick verstand es Wintherson, das Gefährt auf den Fährkahn zu lenken. Während der Überfahrt blieb er vorne bei den Pferden. Zur Sicherheit hatte er sie mit starken Leinen an die Poller gebunden, und immer wieder sprach er ihnen beruhigend zu. Einen schwankenden Schiffsboden waren seine Pferde nicht gewöhnt.

Der Wind kam günstig. Von Südwesten drückte er und schob den breiten, kantigen Kahn rasch an das jenseitige Ufer. Drüben angekommen, drängte Sophie zur Eile. Sie zitierte eine oft gesagte Meinung ihres Ulrich: Verquaste Zeit hasse ich wie der Hund die Katz.

Bald unter dem Wegweiser *To de olle Fehr* führte der Weg nordostwärts hoch, über die Flecken Samtens und Gingst. Erst dort ging der Tag richtig auf. Die Möwen balzten, ihr Geschrei drang bis ins Wageninnere, die Erde roch, an Waldsaum und Böschung blühte auf weiten Flächen das Buschwindröschen, und sein leuchtendes Weiß flebberte zart auf, wenn der Wind darüberstreichelte.

Während Wintherson vom Kutschbock aus sein Gespann

mit Pfiffen und Schnalzen antrieb, führten die beiden Frauenzimmer im Wagen lustige Gespräche, bis Maria Pagel sich, von Reisemüdigkeit überwältigt, in die gepolsterte Ecke lehnte und sanft einduselte. Sophie Giese dagegen war hellwach. Als sie bemerkte, wie der Jungfrau Marie die Wimpern zufielen, wandte sie sich zur Seite und schaute durch das Fenster ihrer Insel entgegen.

In Trent, gleich hinter der wuchtigen Kirche, lenkte Wintherson von der Nordroute ab und setzte auf einen Landweg über. Der führte westwärts, Schaprode zu, dem Ort der Schiffer und Fischer. Auf den letzten Meilen war der Landweg im Grund kein Landweg mehr, vielmehr eine Zumutung für Tiere und Reisende. Vom Tauwetter aufgeweichte Erde, leidlich durch Wind und Sonne übertrockneter Ackerboden, in den die Wagenräder tief einspurten, das war der Weg. Das Prusten der Pferde mischte sich mit dem Hüh und Hott Winthersons, und Sophie sah ein übers andere Mal hinaus, was es wohl war, was das Fahren so beschwerlich machte.

Der Fährhof Seehof, dem sie zustrebten, befand sich auf flacher Landzunge. Landeinwärts gab es da ein vom Wetter angenagtes Fachwerkgebäude, umgeben von knorrigen Eichenbäumen. Daneben lehnte noch ein Stall. Der Weg dorthin und zum Anlegesteg führte an einem Wind und Schnee fangenden Streifen in sich verhakelter Weißdornbüsche vorbei, verlor sich aber irgendwo am Wasser oder in der weitflächigen Uferwiese. Hier hatte der Wagen die westliche Spitze Rügens erreicht. Nun sollte es mit dem Fährkahn weitergehen.

Ungehindert blies der kühle Frühjahrswind übers Land. Er wirbelte um Pferd und Wagen und verfing sich in den Mänteln der Reisenden. Marie Pagel bibberte, während Sophie sich tapfer gegen den Wind lehnte. Sie blickte dem Fährkahn entgegen, den Wintherson herbeigerufen hatte mit laut schallendem *Hol öwer.*

Seit wenigen Wochen hatte der Fährknecht Johann Tode bei der Herrschaft diese Fährstelle gepachtet. Ihm oblag es, die Verbindung zwischen Rügen und Hiddensee zu schaffen, bei bösem wie bei gutem Wetter, tags wie nachts. Eine verteufelt harte Arbeit. Sophie hatte diesen hageren Mann, der in seiner abgerissenen Kluft jetzt vor ihr stand, noch nicht kennengelernt. Nun erfasste sie Schauder und Mitleid zugleich, als sie seine erbärmliche Gestalt betrachtete. Das eingefallene Gesicht, dem die Schneidezähne fehlten, wirkte noch hagerer, als es wohl schon war. Ungepflegt und in grauen Strähnen hingen die Haare unter seinem Schlapphut hervor und stülpten sich am Jackenkragen hoch. O Gott, ist das noch ein Mensch? Dieses fleischlose Skelett? Wie kann sowas noch leben? Und dann diese harte Arbeit. Sooft sie ihren Blick von ihm abwenden wollte, sie musste ihn immer wieder anschauen, und das mit Herz.

Tode ruderte seinen Kahn gegen die querlaufende Strömung am *Kleinen Troch.* Er stand im Kahn, ein Bein nach vorn, eines nach hinten gestemmt, und drückte seine Arme gegen die Riemen, die, in den Dollensticken vom täglichen Scheuern wund und aufgesplittert, bei jedem Schlag hölzern knirschten. Dies hier war sein Beruf, sein Broterwerb. Hiermit hielt er Frau und zwei Söhne am Leben. Mutterseelenallein stand seine Hütte auf der Fährinsel zwischen dem *Kleinen Troch* und der *Bäk.* Hier hatte der Vater schon gewohnt und so lange gearbeitet, bis er eines Tages umfiel. Wenn er selber einst nicht mehr wird arbeiten können, wird sein Sohn Peter es tun müssen. Der Jüngere, der Clas, ist nicht verlässlich genug. Peter wird es tun müssen.

Einkünfte? Die wenigen Leute, die er zu fähren hatte, füllten nicht seine Hände. Und die Herrschaft von Loos hatte gesetzt, ohne Gebührenforderung gefährt zu werden. Umso heftiger riss Johann Tode jetzt die Mütze vom Kopf, riss sie tief hinab bis auf die Bodenplanken seines Kahns, weil Wintherson anstelle eines hingeworfenen Dankesworts ihm mit einem freundlichen *Is gaud, min Jung* auf die Schulter klopfte und ihm auf Sophies Geheiß eine dicke, glänzende Silbermünze zwischen die dürren Finger presste.

Tode stammelte tonlos: „Euer Hochwohledlen ... hochgnädigsten Euer Edelgeborn ... “ Mehr gab sein Vokabular nicht her. Wintherson winkte ab und wies mit knapper Bewegung auf seine Herrschaft. Sophie blickte verstört weg, die Armut ihrer Leute berührte sie tief.

Magister Crüger, über ihr Kommen unterrichtet, war persönlich erschienen, die Herrschaft am Fähranleger zu empfangen. Mit seinem Einspänner war er vorgefahren, ein vor langer Zeit einmal braun gestrichener Wagen auf hochgefederten Achsen. Crüger wartete dort, wo sich die Salweiden verdichteten und Rosa canina und Centifolia, die dorngestängelten Heckenrosen, wucherten. Er hatte das Herannahen des Fährkahns verfolgt. Nun trat er den Ankommenden entgegen und entbot seinen Gruß.

„Wie schön", sagte Sophie, „wir werden abgeholt." Mit vornehmer Geste streckte sie dem alten Mann ihre Rechte hin, den gebräuchlichen Handkuss anzunehmen. Dann, nach taktvollem Austausch höflicher Begrüßungsformeln und Erkunden über das Ergehen sagte Crüger: „Ich wähnte, der Herr Kammerrat Giese wäre mit von der Partie. Sollte der Herr Gemahl erkrankt sein, dass er Euch lässt allein reisen?"

„Ich reise doch nicht allein, lieber Pastor", entgegnete Sophie und wies auf ihre beiden Begleiter. „Doch ist es wieder einmal so, die Geschäfte, immer die Geschäfte. Akzeptieren wir das."

„Das ist schade. Ich bekenne, zu gern hätte ich mit dem Herrn Kammerrat über einiges gesprochen, was mir am Herzen liegt."

„Nun, mein Lieber, ich bin doch auch noch da. Doch das nachher. Wollen wir fahren?"

Sie ordnete an: „Wintherson, kümmert Euch um die Bagage und kutschiert uns rasch nach Hause. Ihr, mein guter Pastor, setzt Euch neben mich. Ich denke, wir beide haben viel zu plaudern. Die Zeit wird uns nicht genügen, bis dass ich wieder abschwirre. Und du, Marie, setz dich uns gegenüber. Dann aber los. Mich zieht es unter ein wärmendes Dach."

Wintherson lenkte den Wagen durch die flache Bäk. Erst auf festem Boden ließ er die Zügel locker. Marie rutschte sich auf ihrem schmalen Sitzbänkchen zurecht, unbequem, zum Sitzen kaum geeignet. Der Wagen schaukelte arg, und wegen der Kühle kuschelte sie sich tief in ihre Mantille und döste vor sich hin.

Sophie dagegen, obwohl sie sich mit dem Pastor angeregt unterhielt, ließ ihre Blicke über die Landschaft gleiten. Vor ihnen wuchs die Anhöhe des Dornbuschs auf, erhaben und schön. Nach Nordwesten hin fiel sein Hang ins Meer, dort, wo die Wasser in jahrhundertelanger Wühlarbeit die gewaltigen Granitblöcke aus dem Erdreich gespült haben. Hoch über dem kahlen Bergschädel segelte ein Seeadler seine Kreise ab, sein heller Schrei hängte sich unter den abendlichen Himmel, und die Vogelwelt floh vor ihm ins Gesträuch. Nachher wandte sich der Weg nach rechts und führte durch die Reste des Torbogens der alten Klostermauer. Von dort war es nicht mehr weit bis zum Gutshof.

Als der Wagen vor der Freitreppe zum Stehen kam, trat der Inspektor ihnen entgegen: „Frau Kammerrätin zu Diensten. Willkommen im eigenen Domizilium. War die Reise erträglich?“

„Wie immer reichlich lang, lieber Inspektor. Man sollte ein Vogel sein, eine Graugans meinetwegen oder eine fixe Seeschwalbe, dann wäre man eher am Ziel“, lachte sie, ließ sich die Hand reichen und aus dem Wagen geleiten. Der Inspektor nahm die Anwesenheit des Pastors mit einem lässigen Kopfnicken zur Kenntnis und hängte sich an die Seite seiner Herrschaft, in einer Art, als wolle er beweisen, wer der eigentliche Herr auf diesem Eiland war. Aufrecht war sein Gang, taktvoll abgemessen einen halben Schritt hinter Sophie Giese her. So schritten sie die Stufen empor, die in das Haus führten.

Sophie Elisabeth Giese bezog ihre Räume. Marie Pagel ging ihr dabei zur Hand. Danach richtete sie sich selber in einer neben Sophies Gemach liegenden Kammer ein, tauschte ihre derbe Reiserobe gegen eine leichte für den Abend und trat ans Fenster, um über das wie ein ausgestreckter Finger nach Süden weisende Inselland zu blicken. Dann band sie eine hübsche Schürze über ihren rundlichen

Körper und klopfte bei Sophie an die Tür: „Ich bin fertig, Frau Kammerrätin. Wie findet Ihr mich?“

Sophie lächelte. „Komm, Marie, wir werden zum Essen erwartet.“

Sophie begab sich nach dem Essen hinüber ins Pfarrhaus. Auf Begleitung verzichtete sie, obwohl es stockdunkel war. In der Stadt hätte man sich schwer dagegen ausgelassen, doch hier auf der Insel herrschte nicht städtische Manier. Hier streifte man die Röcke hoch, wenn es durch Pfützen ging, hier war der gute Ton der einfache, der lautere, der ungenierte. Hier ließ Sophie von dem, was sie in der Stadt als hochvermögende Frau auszeichnete. Es kam ihrem Wesen entgegen und sie wusste gut, dass es auf dem Land nicht geraten sei, sich anders als die hier Lebenden zu bewegen. Gleichwohl verleugnete ihre beachtenswerte Erscheinung nie, wes Standes sie war, und jeder, der ihr begegnete, zollte ihr darum die ihr gebührende Achtung.

Frau Pastor Crüger, eine schmächtige, fast unscheinbare Frau, empfing ihren Gast mit offener, unverhaltener Freundlichkeit und führte die Angekommene in die von Petroleumlicht sparsam erhellte Stube.

„Meine gute Pastersch sieht müde aus“, begann Sophie, als sie sich gegenübersaßen.

„Müde? Ach“, winkte sie ab, „das bringt die Zeit mit sich. Die Jahre, die Jahre! Der Winter war lang. Die Sonne aber wird uns wieder zu Kräften kommen lassen. Sechsunddreißig Jahre sind wir hier. Die machen schon müde, ich gestehe es.“

„Euer Schwiegersohn Scheer wird Euch im nächsten Jahr entlasten. Junge Kräfte, liebe Frau Pastersch.“

Frau Crüger ging über diesen Einwand hinweg. „Wenn die seelischen Kräfte erlahmen, dann hinkt der Glaube nur noch schwach hinterher. Mein Mann ist verbraucht, Frau Kammerrätin.“

Eben wollte ihr Sophie ihr volles Verständnis aussprechen, als sich die Tür öffnete und Dorothee, Crügers Tochter, eintrat. Die begrüßte den Gast mit ehrbietendem Knicks, charmant und freundlich.

„Sieh das hübsche Frauenzimmerchen“, entfuhr es Sophie, „die künftige hiddenseesche Pastorsch. Ich bin erfreut, dich zu sehen, Dorothee.“

Rasch nahm die Mutter das Wort: „Dorothee hilft mir, Schule zu halten. Ob wir mal einen richtigen Schullehrer auf die Insel bekommen? Es wäre bitter nötig.“

„Das ist ein viel strapaziertes Thema. Wie soll ich da helfen!“ Sophie wandte sich Dorothee zu, um ein wenig vom Thema abzulenken:

„Gibst du Lesestunden? Erzähle mir, wie du das machst.“

Dorothee war fleißig mit dem Mund: „So lange das Wetter es zulässt, hocken wir draußen auf der Erde. Mit einem Holz schreiben wir im Sand. Eine Tafel haben wir ja nicht, auch kein Papier und keine Bücher. Aber wir lernen Buchstaben schreiben und Zahlen. Maria Amalia kann schon den ganzen Katechismus lesen und etwas rechnen.“

„So so. Und – wenn das Wetter es nicht zulässt?“

„Dann hocken wir in unserer Wohnstube. Wir brauchen eben einen richtigen Schullehrer und eine Schule, wie die auf dem Festland.“

„Gibt es denn wirklich niemand auf unserer Insel, der bereit ist, fähig, begabt ... “

„Frau Kammerrätin! Ich lache. Das wisst Ihr doch genau! Es – gibt – hier keinen!“, versetzte sie mit Nachdruck. »Und ich befürchte, die Leute hier werden noch in hundert Jahren so leben wie heute, wenn nichts geschieht. Und bleiben dumm und unerfahren.“

„Dorothee!“, mahnte die Mutter. „Dein Ton!“

Dorothee ließ sich nicht einschüchtern. „Bitte, Frau Kammerrätin, einen tüchtigen Mann aus Eurer Stadt. Ist das wirklich nicht möglich?“

Ratlos warf die Angesprochene die Arme. „Ich will es mit meinem Gemahl ernstlich erwägen, jedoch ... “

„Frau Kammerrätin, nicht nur ein Schullehrer fehlt uns. Es fehlt uns auch ein Küster. Alles muss Vater allein machen, und wenn Mutter ihm nicht hilft ... Den Glockenstrick ziehe ich auch, ich finde nichts dabei. Aber im nächsten Jahr bin ich aus dem Haus. Was dann?"

„Lass dieses Reden, Kind!", fiel ihr die Mutter energisch ins Wort. „Belaste unseren lieben Gast nicht mit Dingen, die ... Das sind Belange, die uns Alte angehen."

„Diese Belange berühren auch mich, Mutter. Frau Kammerrätin soll erfahren, wie sehr es Vatern unter den Nägeln brennt."

„Dorothee!"

„Vater ist alt. Ich kann nicht mehr mit ansehen ... "

„Dorothee! Ich ... "

„Mutter, jetzt rede ich. Wenn der Inspektor sie nicht alle anketten würde, alle! Für Vatern hat er nicht einen einzigen guten Blick."

„Dorothee, es reicht!"

„Aber so ist es doch. Du bist nur zu gut. Du gleichst nur immer aus. Man muss doch mal etwas sagen dürfen! Ich jedenfalls werde niemals Pfarrfrau auf dieser Insel sein wollen, wenn sich hier nichts ändert. Niemals."

„Schweig jetzt. Du weißt, dass du darüber nicht zu verfügen hast." Und zu Sophie gewandt sagte sie im Ton, der um Verständnis bittet: „Das ist nicht die Art, in der wir sie erzogen haben."

Sophies Augen aber waren, während diese sprach, nicht von Dorothee gewichen. Jetzt griff sie nach ihrer Hand, zog sie zu sich heran und forschte lange in ihrem jugendlichen und doch schon so reifen Gesicht. Sie nickte ihr zu, wohlwollend und verständnisvoll, und meinte: „Du hast doch nur allzu recht, liebes Kind. Ich will meinen Gemahl ... Ach, wie oft haben wir diese Frage schon bewegt."

Als nachher die Nacht über die Insel fiel, die Kerzen im Schlafgemach verlöschten und das Dunkel zu reden begann, klagte es in Sophie auf: Meine Insel, meine liebe Insel. Was kann ich dir nur Gutes erweisen? Denn die Augen Dorothees blickten sie unentwegt an, durchstachen das Dunkel und raubten den erbetenen Schlaf.

Wenn auch anderen Tags auf dem Rundgang durch Feld und Stall der Inspektor ihr Erfreuliches berichtete, die Erträge der Landwirtschaft mit eitler Übertreibung pries und den Fleiß seiner Leute lobte, war doch ein Schatten in ihrem Herzen hängen geblieben. Den nahm sie mit in die Stadt. Die Reise auf ihre Insel hatte nicht das gebracht, was sie sich erhofft hatte. Lange brauchte sie, um, wie sie sagte, über den Dingen zu stehen.

Was landläufig unter Bauernregeln verstanden wird, ist das Resultat langjähriger Erfahrungen mit den Gesetzen der Natur. Von Generation zu Generation weitergereicht, konnte man mit ihnen rechnen wie mit mathematischen Zahlen. So gewiss werden sie sich erweisen. Erwartungsvoll sahen die Hiddenseer Sankt Johann und Siebenschläfer entgegen, denn sie wussten: Wenn't nach Johanni Rägen giwwt für sieben Woch der Rägen bliwwt.

Am Johannistag, am 24. Juni, hatte die Insel ein höllisches Gewitter über sich ergehen lassen müssen. Ihm folgte eine kalte, windige Zeit mit Regen aus West, und das blieb über Wochen unverändert.

Regen war immer gut für die Insel. Was erwartete sie denn auf diesem ausgelaugten Land bei glühender Hitze, die das Grün von den Wiesen fraß, die fürs Vieh nichts übrig ließ als vergilbte, struppige Fransen? Versengt wären dann die Weiden, vertrocknet das Gemüse auf den Feldern, vermickert das Korn. Jetzt hatte der Himmel seinen nassen Segen reichlich ausgeschüttet. Die Weiden blieben grün, die Kühe brachten ihre Milch; da stampfte es frühmorgens in den Butterfässern, und die Schafe soffen die Molke, die Gänse rupften üppig sprossendes Gras, und die Ziegen meckerten zufrieden an ihren Zeiderstricken und schleppten ihre spitzen, vollen Euter.

Anna Schluck fuhr mit beiden Händen durch die fettige Wolle ihres Schafs, zupfte die Locken lang und maß ihre Länge. Auch sie pries den Regen, der hinter dem Katen den Kohl und die Mohrrüben wachsen ließ, deren Saft dem lütten Niklas Jochim so gut tat. Mohrrübensaft hatte der Physikus von Willich in Bergen empfohlen, und man sah es dem kleinen Gesichtchen an, das braun und brösig in die Welt guckte, wie er wirkte.

Niklas Jochim, nun bereits ein Jahr alt, war das Glück der Eltern. Immer, wenn Stoffer vom Fischen heimkam, war seine erste Frage:

„Wat makt der Jung, wo geiht ihm dat?"

Maria Amalia gehörte, wie es schien, zur Familie. Ihre Mutter, die Carstensch, war krank, der Vater lebte nicht mehr. Anna hatte sie aufgenommen, weil sie ein anstelliges Kind war, gelehrig, und ihr zu Hand ging, wenn's zu viel wurde. Maria Amalia war es auch, die die Mohrrüben zog, schälte, den Saft durch ein Leinentuch presste und dem Jungen zu trinken gab. Ihr machte es auch nichts aus, die Haufen, die der Lütte oft dahin setzte, wo andere sie nicht wünschten, wegzunehmen oder das abzuwischen, was er bepinkelt hatte. Er konnte das alles ohne Schwierigkeiten, denn er trug ja zwei Röckchen statt der Hose.

Maria Amalia besuchte auch die Lesestunden bei Dorothee Crüger, und was sie dort nicht lernte, lauschte sie den Alten ab. Kam die Zeit der Flachsernte, war Maria Amalia selbstverständlich mit auf dem Feld. Hatte sie gelernt, wie man ihn im Frühjahr aussät, durfte sie ihn später hacken helfen. Da erfreute sie sich an den hübschen, zartblauen Blütchen. Als dann die Halme gelb wurden, rupfte sie sie eigenhändig aus, bündelte Büschel um Büschel, um sie zum Trocknen aufzuhängen. Sie lernte das Riffeln der Stängel, bis sich der Bast löst, den die Schiffer zum Kalfatern ihrer Boote gebrauchen, sie lernte das Finden des feinen Leinens, von dem die lahme Gausche sagte: „Dat wird dich haltbarer als die teuerste ausländische Woll."

Zuletzt wünschte sich Maria Amalia die Wintertage herbei. Mit ihnen kam die Zeit des Spinnens. Da wurden die Fäden gedrellt. Fäden für Tücher, Fäden für Segel, Fäden für Tauwerk. Dann ging arme Musik durch Dielen und Tennen, dann liefen die Räder, schnurrten die Spulen, dann klapperten die Webstühle, dann saßen sie alle beisammen, vom Mädchen an bis zur zahnlosen Alten.

An solchen Tagen gluckten die Männer bei Blössing im Krug, machten ihre Politik und gingen nicht selten beim Krughalter in Kreide. Stoffer Schluck hielt da nicht mit. Er liebte Frau und Kind mehr als die Klugschieter in Kloster. Er setzte sich zu ihnen und schnitt seine Hausmarke in neu erworbene Gegenstände, in die Wäscheklammer, in den Besenstiel, in ein Küchengerät – ein N mit durchgestrichenem Häkchen an der Seite.

So baute das redliche Wesen der Schlucks dem lütten Niklas Jochim einen geordneten Lebensgrund. Unter den Eltern gab es keinen Streit wie bei vielen andern. Was der Tag brachte, sprachen sie miteinander durch und keiner verwahrte ein Geheimnis.

Darüber lief das Jahr hin. Harte Arbeit, wenig Ruhen. Die Insel forderte sie alle, wenn nicht auf dem Gutshof der Herrschaft, dann auf den eigenen Feldern, die Männer in der Garnpartie, in jener Fischergemeinschaft, die in der städtischen Amtssprache Kommüne hieß, ein Wort, das sich unter dem französischen Einfluss durchgesetzt hatte. Und jede Kommüne hatte ihren eigenen Namen, irgendwo entstanden, genannt, angenommen. Stoffers Kommüne war der *Barsgrieper,* weil einer von ihnen mal den Barsch mit der Hand aus dem Wasser gegriffen hatte.

Die Kommünen fischten bei jedem Wetter, es sei denn, es fielen Pech und Schwefel vom Himmel. Galt es doch, bares Geld einzufahren, um den Frauen und den kümmerlichen Alten den Tisch zu decken. Wie oft standen, wenn die Männer draußen waren, die Frauen am Strand, starrten hinaus über das Wasser und bissen sich die Finger wund, wenn der Sturm heulte und die See hoch ging. Dann beteten sie sich die Herzen aus dem Leib. Sie wussten doch, dass das Wasser keine Balken hat.

Unvergessen stand lange das Unglück der *Dörchhaler* wie eine dunkle Wand in ihren Erinnerungen, jenes Unglück, das eine Fuhre Armut mehr unter ihre Dächer schüttete. Und das war noch nicht lange her.

Zu der Garnpartie der *Dörchhaler* zählte Jochen Striesow, der das Sagen hatte, und Peter Niemann, der kurzhalsige Vierzigjährige, dem kürzlich die Frau an Auszehrung tot geblieben war. Weiter der lange Carl Niklas Höbner, Jochen Höbners Bruder, ein urgemütlicher Mann mit stark wippendem Adamsapfel. Weiter Hanner Beyers, der zwar stotterte, wenn er reden wollte, aber keineswegs schwach im Kopfe war. Schreiben und lesen konnte er nicht, denn er war armer Leute Kind und hatte wohl als Kind mehr Schläge bekommen als zu futtern. Weiter Peter Michel Gau mit der Schreistimme. Den hörte man schon von Weitem belfern. Er hatte der Kommüne den Namen gegeben. Immer wenn es ans Leinentrecken ging, hörte man ihn rufen: „Hal dörch, hal dörch." Von ihm erzählte man sich, er habe mit seinem Gebölke aus den Neuendorfer und Plogshagener Reusen die Fische vertrieben und in die Vitter Reuse gejagt. Peter Michel Gau trug seit einem Jahr ein besonderes Leid, denn sein Weib hatte sich beim Fallen den Zinken einer Heugabel durch den Leib gebohrt und war darauf an Wundstarre gestorben.

Weiter zählte zur Kommüne der rundgesichtige Jacob Schluck, von dem die Leute flüsterten, er hätte eine Wette im Krug verloren und sich darauf vollgesoffen. Um die Wette einzulösen, wäre er auf einem Zuchtbullen vom Hof bis in die Vitte geritten, in seinen Katen hinein wie der Leibhaftige, und die Frau sei darauf rammdüsig geworden und irre und hätte sich ertränkt.

Diese Männer gingen nun mit ihrem schwarzen Zeeskahn, dem *Dörchhaler,* nach dem 24. August Tag für Tag aufs Wasser. Stand der Wind günstig, gaben sie bei drei bis zwölf Faden Wasser die Netze über, oft dreißig bis mehr in einer Reihe gesteckt, und ließen sich bei dichtgeholten Segeln die Nacht hindurch an der Küste entlangtreiben. Schlaf gab's dabei nicht. Das war ihre Arbeit. Schwer wurde es im September, zur Zeit der Tagundnachtgleiche, wenn die Stürme kamen. Waren die Netze an Bord geholt, ging's ans Utpöllen. Fisch um Fisch wanderte in Kiepen, Kisten oder Körbe. Schafften sie es, bis zum Morgengrauen Stralsund zu erreichen, hatten sie Glück. Dann kam der Fisch auf den Markt. Wehte der Wind aber ungünstig oder gar nicht, kamen sie zu spät. Die Aufkäufer waren versorgt durch andere, und sie selber durften dann von Haus zu Haus gehen und ihren Fang unter Preis verhökern. Wie oft hieß es dann: „Ollen Hering? De is gammlich, den nehm wi nich."

Dann war alle Schinderei umsonst gewesen, das Frieren, der fehlende Schlaf, die Hoffnung, etwas verdient zu haben. Dann fuhren sie den ganzen Schiet zurück zur Insel, warfen ihn auf den Acker, wo er stank, bis der Pflug darüberging.

Als das Ende der Fangzeit heranrückte, meinte Jochen Striesow:

„Ick denk, dat is dat letzte Mal. Vielleicht lohnt es sich. Ick denk, wir brauchen dat. Der Sommer hat dies Jahr nich viel gebracht. Heut stehn Wind und Strömung gut. Vielleicht schaffen wir sogar zwei Törns."

Jeder hatte dazu seine Meinung zu sagen. Johann Peter Niemann sagte nichts. Er sog den Mund wie einen Hühnerpopo zusammen und – nickte nur. Der lange Niklas Höbner tippte mit dem Finger gegen die Mütze. Das war seine Antwort. Peter Michel Gau spuckte in die Hände, zerrieb das und gab sein Einverständnis. Hanner Beyers stotterte: „Ick riech Wwind. Dat dat kümmt heut nachtens." Er wiegte sein Haupt und meldete unentschieden an.

Jacob Schluck hatte sich nicht geäußert. Jochen Striesow musste ihn erst auffordern, denn zu allen Unternehmungen brauchte die Kommüne die Stimme jedes Einzelnen. Schluck schob die Mütze hinten hoch und kratzte sich den Kopf. Schon lange hatte er was fragen wollen. Jetzt war letzte Gelegenheit. Und weil er lange überlegte, wie er es den andern verklaren sollte, hatte er auch lange zu kratzen.

„Wat is dich, Jacob, wat liegt dich quer?"

„Quer liegt mich nischt, man der lütte Gottschalk, wat mein Neffe is, der liegt mich all lang an. Der will auch mal mit raus, wenn Nacht is. Und nu is't dat letzte Mal. Soll er an Bord oder soll er nich an Bord?"

„Du kennst die Partieordnung, Jacob. Wer nich Haus hat und nich Hoff, darf nich in der Kommün mitmachen."

„Mit föffteihn Jahrn hat kein ein nich Haus und Hoff, Jochen. Dat weißt du grad als ick dat weiß."

„Na siehste."

Jacob Schluck ließ nicht locker. „Aber wat werden dich dat für Bengels, die sich nich mal 'n nassen Mors holen, wenn se noch jung sind. Wenn einen föffteihn is, dann ward dat Zeit."

Jochen Striesow sagte nichts. Er sah die andern an. Die Kommüne muss entscheiden. Peter Michel Gau brüllte seine Meinung raus:

„Aus Kindern Männer machen! – Er soll mit!" Höbner zog die Schultern: „Mir is't egal."

Johann Peter Niemann nickte schwer. Er hatte nichts dagegen. Nur Hanner Beyers warnte: „Ick rriech Wwind, und bei Wwind schschiet er sich in de Büx." Doch widersprochen hatte auch er nicht.

Da gab Jochen Striesow den Kurs an: „Denn sag ihm, er soll sich bei uns vorstellen. Klock sechs gehn wir raus."

Nun das klar war, wahrschaute Jacob Schluck seinen Neffen Johann Jacob Gottschalk.

Diese Fahrt zu den Fischgründen bei Arkona wurde zum letzten Fangtörn der *Dörchhaler.* Den Berichten des jungen Johann Jacob Gottschalk zufolge hatte sich eine schreckliche Lage ergeben. Vor dem Gericht erklärte er es so:

„Eine halbe Stund nach Sonnenuntergang, so bei Klock sechs, lief die Kommün aus. Der Wind kam günstig aus Südwest, Strömung stand gut. Die Bewölkung durchlässig, Mond kam gegen sieben hoch und gab gutes Licht. Gegen acht standen die Netze auf zwanzig Faden. Beigedreht treckten wir bei Strömung immer längs de Küst. Jochen Striesow meinte, wir hätten 'ne gute Mütz voll Fisch in. Beim Einholen kam der Kahn bannig voll. War aber noch nich Mitternacht. Wir machten den Törn nochmal, gaben die Netze bei 18 bis 22 Faden. Da sagt Jochen Striesow: ‚Mich gefällt da wat nich, dat is mich irgendwo Kaleika.' Mit eins kam der Wind anners, und Jochen hat ihn kommen gesehn. War aber zu spät. Mit eins eine Sturmbö, dabei hatten wir die Netze noch buten. Die Bö kam, die Segel schlugen back, drückten den Kahn über die Netze weg, wir konnten nich mehr hochholen, abschneiden auch nich. Mit eins baut sich See auf, kurz und hoch. ‚Fier weg die Segels', hat Michel Gau geschrien. Dabei kriegt Hanner Beyers die Spier vom Bullmast ins Gnack und ging über Bord. Ick klemm mich ins Vorschiff. Michel schrie noch ‚Netz afsnieden', aber kein ein hat Metz bei der Hand. Da war die See hoch und schwappt in'n Kahn, immer breitseits. Die Ladung rutscht nach Lee, unten zog das Netz, da sind wir gekentert. Onkel Jacob hat noch gerufen: ‚Nimm'ne Spier und hol dich fast'. Dat war dat Letzte von meinen lieben Onkel. Ick hab noch gesehn, wie der Kahn is abgesoffen – weg. Man gut, dat ick noch hab mit der Spier schwimmen können."

Die Herrschaft in Stralsund nahm kurzzeitig Anteil an diesem schrecklichen Geschehen. Giese schrieb wohl einen Brief an Pastor Crüger, er wolle die Zusammenhänge genauer erfahren, und ob da nicht Leichtsinn im Spiel gewesen wäre. Auch fragte er, ob und in welcher Weise den Notleidenden geholfen werden sollte. Er, Ulrich Giese, denke daran, sich an *Hilfsmaßnahmen, so sie erforderlich seyen, maßgeblich zu betheiligen.*

Als Crüger das las, war er entrüstet. „So sie erforderlich seien? Er sich maßgeblich beteiligen? Was heißt erforderlich, was maßgeblich. Soll er doch herkommen und den Leuten unters Dach kriechen, dann weiß er, was erforderlich und maßgeblich ist. Hohle Worte sind das!" Ärgerlich stampfte der alte Mann durch die Stube. Seine Frau fürchtete, er könne etwas Unüberlegtes tun, so war er in Fahrt.

„Ich verstehe", sagte sie, „dass dich sein Unverständnis verletzt. Aber tue ihm nicht Unrecht. Die Herrschaft redet mit anderem Vokabular."

„O ja, o ja ! Da hast du recht. Zu seinem Vokabular gehören Vertröstungen, Anfragen, wieso und warum. Soll er sich doch einmal mehr auf seiner Insel sehen lassen." Crüger wandte sich zum Fenster und schaute hinaus. Zorn kochte in seinem Blut. Leise trat sie hinter ihn und rührte ihn an:

„Ich verstehe dich ja, Christian. Aber du weißt, in welchem Maße wir von der Herrschaft abhängig sind, und weißt, dass beide Gieses, er und sie, gar nicht so unrecht sind. Du hast das mehrfach zugegeben und ich selber halte sie für ausnehmend gute Menschen."

Crüger schaute sie lange an. In ihrem Blick gewann er von der Ruhe wieder, die er zum weiteren Handeln brauchte. Am Tag drauf griff er zur Feder und schrieb an Hochwohlgeboren Kammerrat Ulrich Joachim Giese einen langen Brief. An Deutlichkeit ließ er es darin nicht fehlen, dass sich *bey den besagten Familien die Armuth voll eingenistet habe. Eine umfassende Hülfe wäre die angemessene und finanziell immer geraten.*

Nun aber erkühnte er sich, noch etwas zu klagen. Es fehle noch immer an einem Schullehrer, es fehle auch ein Schulraum, *darum die Kinder in einem Wohngemach hocken. Hinterher stinke der Raum, weil die Kinder zum Theil ungepflegt seyn ob der Armuth der Elteren willen.* Er selber versehe zwar den Dienst, doch stünde das *nicht in seinem Vertrag und er genösse keine Honorierung.* Zuletzt wies er auf *schadhafte Stellen im Gedache der Kirche* hin und dass nunmehr *schon die Nässe ins Gemäuer* zog. *Auch hier wie in obigen puncti wäre maßgebliche Hülfe angebracht.*

Bevor Magister Crüger diesen schweren Herzens verfassten Brief postfertig gemacht hatte, kramte er in den Akten herrschaftlicher Schreiben, suchte und fand die Kontrakte, auf die er sich zu berufen gedachte. Mit gemischten Gefühlen, ja mit verächtlicher Miene überflog er die Zeilen, in denen zu lesen war:

> *Wie nun die Herrschaft das Schulhaus, Gott zu Ehren und dem Christenthum erbauen will, so erhalt künftig die Gemeinde dasselbe in baulichem Zustande und die Herrschaft leistet ihm allen Schutz wider Inholentien, verpflichtet sich auch ihm beyständig zu seyn, daß ihm von den Kirchspiels Leuten alles richtig gegeben werde und daß solches ihm und seinen Nachkomen verbleibe,*

zu mehrerer Bekräftigung wird die es von der Herrschaft eigenhändig unterschrieben, und was von Kirchen wegen und Pastoris betrifft wird ihm darüber ein sicherer Revers gegeben werden von dem Hern Amtshauptmann und Pastori.

Hittensee ulto Novem. 1755
J. U. Giese
Herrschaft

Diese Vereinbarung in der Hand ging Crüger zu seiner Frau und sagte nichts als: „Dies hier ist vor zwanzig Jahren verfasst worden. Vor zwanzig, liebes Kind. Und wir sind nicht um einen Schritt weitergekommen."

1775

KAMMERRAT Gieses unerwarteter Besuch auf der Insel in den Januartagen bot den Inselbewohnern reichhaltigen Stoff zum Klatsch. Was man ahnte, flog als Wissen von Ohr zu Ohr: Giese kontrolliert seinen Inspektor. So meinte man zu wissen.

Doch worin sollte der Kammerrat seinen tüchtigen Inspektor wohl kontrollieren? Die Wirtschaft hätte beim besten Willen nicht einträglicher laufen können. Belegt waren die Lieferungen an die Aufkäufer, die Abgaben der Leuteschaften standen excellent in den Büchern vermerkt, merklich unterschieden in ihrer Höhe, je nach Stand, ob Einlieger, Kossäte, Freier oder Untertan. Warum also war Giese so unvermutet gekommen?

Eines Tages lüftete sich das Geheimnis. Der Inspektor hatte seine Leute vor das Gutshaus befohlen und ihnen mitgeteilt, dass das herrschaftliche Gutshaus abgerissen und an die gleiche Stelle ein neues, besseres gebaut werden solle. Und alle Mann hätten dabei tüchtig mit anzufassen.

Die Winterzeit bot sich dazu an. See und Äcker lagen unter Schnee und Frost. Da hieß es: „Ran, Leute, brecht das Dach ab, sichtet das Holz, stapelt die Steine, weg mit dem Schutt, den werfen wir ins Wasser, dann ist er hei-hopp, Balken sortieren, ran, ran und wehe, wenn einer was nimmt, was ihm nicht gehört! Tut alles der gnädigen Herrschaft zuliebe. Ihr habt es beeidet!“

Das waren entscheidende Worte. Der Inspektor setzte den Tag fest, an dem die Herrschaft tabula rasa sehen wollte. Da begann eine harte Zeit für die Hiddenseer Untertanen. Ingrimmig nannten sie den Inspektor das Ekel, den Antreiber, wenn er mit spitzem Schlag die Gerte gegen seine Stiefel schlug, die Augen zukniff und seine Stimme hell und hart über den Hofplatz knallte: „Ran, ran, de Sünn geiht glieks unner!“

Ende Februar schlug das Wetter um und der Tauwind kam. Als eines Abends die Hofjacht Gieses neben einer Unmenge von Baumaterial auch den Maurermeister und den Polier auf die Insel brachte, war das alte Gutshaus bereits beiseite geschafft. Tabula rasa.

Was aber sollten die Kommünen als Erstes tun? Beim Bauen helfen? Drängte es sie nicht hinaus, den Hering einzuholen? Der stand jetzt in dicken Schwärmen im Bodden. Auch mussten die durch Eisgang zerstörten Reusen neu gestellt werden. Wie aber sollte eine Reusengemeinschaft arbeiten, wenn die Männer zu Handlangerdiensten herangezogen werden? Drei Tage in der Woche hatten sie ohnehin sich dem Hof zu stellen. Ohne Einsehen achtete der Inspektor darauf, mit der Liste in der Hand. Dieses Ekel! Und die Frauen? Sie rackerten sich auf dem Acker ab, die Frühjahrsbestellung war in vollem Gang. Aber hatten sie nicht auch ihre eigenen Hufen und Kaveln, wenn auch nicht viel, so sollten auch sie nicht vergessen sein.

Sah Giese das nicht? Sah der Inspektor das nicht?

Ulrich Giese nahm die geputzten Berichte seines Inspektors mit wahrer Freude entgegen. Der Bau wuchs, es wird auf der Insel schöner werden als zuvor.

Der alte Pastor Crüger litt unter dieser Drangsalierung seiner Pfarrkinder. In der Familie machte er seinem Ärger Luft in einer Weise, als säßen die Schuldigen mitten im Raum, und er rechnete mit ihnen ab. Während seine Frau ihn zu beschwichtigen suchte, mischte sich die tapfere Dorothee ein und beschwor den Vater:

„Klage das doch nicht uns, Vater. Sag's ihm doch selber, mitten ins Gesicht. Ihm! Ihm! Aber dazu hast du ja keinen Mut!"

„So!", sagte er entrüstet, „meine Tochter behauptet, ihr Vater hätte keinen Mut. Was weißt denn du schon vom Leben! Er ist der Patron, wir sind an ihn gebunden."

„Gebunden, gebunden", fauchte sie. „Vater, wo auch immer ich einmal Pfarrfrau sein werde, in solche Bindungen werde ich mich niemals begeben."

Crüger blickte seine Tochter missbilligend an: „Ich fürchte, Dorothee, du wirst nicht danach gefragt werden, wohin du gehen wirst. Du wirst gehen, wohin der Herr dich sendet und deinem Gemahl folgen ohne Widerspruch. Es wird über euch entschieden. Dein Liebster weiß das ganz genau. Deine Auffassung aber tut mir weh.“

Dorothee suchte Vaters Augen und rätselte in ihnen herum. Sie hatte ihn doch nicht verletzten wollen. Und doch – hatte sie nicht ein kleines Recht, zu sagen, was sie dachte? Sanft legte sie ihre Hand auf die seine: „Mein liebster Vater, sollte solche Schinderei, wie sie hier an den armen Menschen geschieht, wirklich Gottes guter, gnädiger Wille sein? Antwortet mir, Vater.“

Diese Frage, oft von ihm selber bedacht, jetzt kam sie aus jungem Mund, offen ausgesprochen. Langsam wiegte er sein altes Haupt, erhob sich schwer und begab sich in seine Amtsstube. Eine andere Antwort gab er nicht. Dort lehnte er sich über sein Schreibpult, presste das Gesicht in die Hände und betete, bis endlich die ersehnte Ruhe über ihn kam. Da sagte er zu sich selber: Ich bin alt, ich tauge nichts mehr, ich habe mich nicht mehr in Zucht, ich entgleite mir selber. Dabei will ich's doch allen nur recht machen. O Gott, hilf mir durch meine letzte Zeit, dass ich sie ohne Anstoß bestehe.

Kurz vor Einbruch des Winters suchte Ulrich Giese noch einmal die Insel auf, um den Fortgang des Baues zu verfolgen. Was er vorfand, stellte ihn vollauf zufrieden. Formschön wand sich die Treppe in die höhere Etage, leuchtend rotes Rüsternholz. Der von gedrechselten Stäben gehaltene Handlauf mündete in einem Löwenkopf aus, kunstvoll geschnitzt, ein Meisterwerk des Zimmermanns, des gleichen Meisters, dessen sich Ulrich schon beim Bau des Schlosses in Niederhof bedient hatte.

Auch die Flügeltüren schwenkten schon in ihren handgeschmiedeten Angeln – ein dumpfer, warmer Laut, wenn sie zusammenschlugen. Das Messing der Klinken und Beschläge fand sich in feiner Harmonie zum stumpfen Glanz der Füllung und der Schnitzwerke, die die Türen zierten. Mit Wohlgefallen strich seine Hand über das alles, und er sparte nicht mit anerkennenden Worten. Als er dann Sophies Raum betrat, glitt ein vergnügtes Lächeln über sein rundes Gesicht. Die Wandfliesen, so wie Sophie sie sich gewünscht hatte, Fliesen eigener Produktion, Darstellungen blauer, in Weiß gehaltener Schmetterlinge und Fantasievögel, vergoldet und betupft. Beim Durchwandern der Räume auch des anderen Flügels erfüllte ihn Genugtuung. Standesgemäß sollte Sophie auftreten, nichts sollte sie hier entbehren. Das zu erreichen, war sein Ziel. Sophies Raum und das Herrenzimmer wünschte er mit Kachelöfen zu sehen, die bis an die Decke reichen, gebaut aus Fayence seiner Stralsunder Fabrik. Und doppelte Fenster waren wegen der starken Winde winters auch geboten. Für alles dies gab er seine Aufträge.

So entstand das Herrenhaus auf Hiddensee ganz nach Gieses Vorstellungen, allerdings unter einer Einschränkung. Giese musste Abstand nehmen von dem im Begeisterungsschwung gefassten Vorhaben, den Prenzlauer Meister Philipp Hackert zum Ausmalen der Festräume zu gewinnen. Wie gut hätten sich seine heimischen, schwedischen oder gar pommerschen Landschaften als tapezierte Wände im Salon dargestellt. Aber dessen Honorarforderung war gepfeffert. Nicht alles konnte die städtische Lotterie begleichen.

Gegen Abend suchte Kammerrat Giese auch das Pfarrhaus auf. In einem langen Monolog verbarg der alte Pastor nicht seinen Unmut über das Ausbleiben der erforderlichen, maßgeblichen Hilfe. Absichtlich zitierte er Gieses eigene Worte – machte auch seinem Herzen Luft über die Tatsache, dass der Bau des Herrenhauses Menschenkräfte verschlissen habe in unverantwortlicher Weise. Die Forderungen des Inspektors seien bei Weitem über ein erträgliches Maß hinweggegangen. Und ob Hochwohlgeboren Kammerrat Giese bei allem nicht bedacht habe, dass unter solchen Umständen die Leute hier nicht in die Lage kämen, ihre armseligen Kabachen und Wohnhöhlen – er gebrauchte bewusst diese Worte – instandzuhalten. Aber – Crüger ereiferte sich der Herrschaft gegenüber, wie er es noch nie getan hatte – es sei ja wohl nicht Gottes Wille, dass es auf Erden zweierlei Kategorien Menschen gäbe, die einen, die sich den anderen gegenüber verhielten wie der reiche Mann dem armen Lazarus.

Giese wurde abwechselnd rot und bleich. Er wollte aufbrausen, doch Crüger hielt ihm die Hand entgegen: „Sagt nichts, Kammerrat Giese. Das alles ist Wahrheit, glasklare Wahrheit."

Crüger fühlte, wie ihn Gieses Blick durchdrang, er hielt diesem Blick aber stand. Solche deutliche Privatpredigt hatte er sich vorgenommen, seitdem Dorothee ihm damals ins Gesicht gesprungen war mit ihrem unvergesslichen „Sagt's ihm, ihm, ihm, nicht uns". Nun war es gesagt. Und nun gewann seine Stimme wieder an Ruhe:

„Es geht doch nicht um mich, lieber Kammerrat. Einzig um meine Pfarrkinder geht es mir. Denn diese Menschen sind auch Menschen. Sie haben doch ein Lebensrecht wie jeder andere von uns. Präpositus Picht in seiner Gingster Gemeinde hat dieses Recht schon für alle erwirkt, schon im vergangenen Jahr. Er ist Euch voraus, Kammerrat! – Mit Verlaub, ich bin ein alter Mann. Nehmt es mir nicht übel."

Giese hatte dies alles anhören müssen. Crügers Worte waren dermaßen zwingend, dass er sich ihnen nicht hatte entziehen können. Nun legte er dem Pastor die Hand auf die Schulter und sagte, alle wohl verständliche Erregung zurückdrängend: „Ist gut, lieber Pastor, ich habe vernommen, ich werde über alles nachdenken. Aber nun halte ich es für angebracht, der Frau Pastor meine Grüße zu entbieten."

Crüger nickte. Er hieß mit empfehlender Geste seinen Gast vorangehen. Dabei kam ihm in den Sinn, jetzt sei der Augenblick gekommen, in dem die Herrschaft vergleichen könne zwischen ihrer beiden Domizile. Die Gegensätze werden für sich sprechen. Ich werde nichts zu bemerken brauchen.

Sie trafen die Pastersch beim Wirtschaften. Sie saß auf einem Hocker, die Füße auf einer Rutsche, sie vor dem kalten Zug zu schützen, der vom Abgussloch an der Außenwand her über den steinernen und vom Wrasen her ewig nassen Fußboden ging. Crüger fragte sich, ob seine Herrschaft das wohl entdecken würde, ob er auch den windschiefen Feuerherd aus gerissenen Mauersteinen und die gelb verschmierten Kalkwände bemerken wird und den versotteten Kamin, von dem aus die Wohnstube geheizt werden kann. Ob er das wahrnehmen wird?

Frau Pastor Crüger erhob sich schwerfällig, wischte sich verlegen die nassen Hände an der Schürze ab, strich sich die weißen Haare aus dem Gesicht und bat um ein Minütchen Zeit, um sich umzukleiden, indem der Herr Kammerrat sich in die große Stube begeben möchte, die sei geheizt. Sie stieg in ihre Holzpantoffeln und ging hinaus.

Ulrich Giese atmete nicht nur den muffigen Geruch dieser feuchten Wohnung ein. Ein flüchtiger Blick gegen die durchhängende Zimmerdecke überzeugte ihn, dass in diesem Haus grundlegende Reparaturen an der Zeit wären. Sie sollten ja auch geschehen, sobald, sobald ... Vorrangig jedoch seien die begonnenen Arbeiten am Herrenhaus sowie die am Niederhöfer Schloss, auch die an den Gebäuden in der Stadt, im Fabrikgelände, in der Tribseer Straße, in der Kiebenhieber Straße und ... Schließlich war die neue Hofyacht auf Kiel gelegt. Das alles wollte zunächst bezahlt werden. Danach würde er an die Insel denken.

Unauffällig betrachtete Crüger seinen Gast. „Möchtet Ihr die anderen Räume auch besehen? Wir sind zwar nicht auf herrschaftliche Visite eingestellt, jedoch ... "

Giese schüttelte den Kopf. „Bitte keine Mühe. Ich muss mich für einen Moment setzen." Während er das sagte, fuhr seine Rechte zum Herzen, und schmerzvoll verzog er das Gesicht.

Crüger erschrak: „Ist Euch nicht wohl? Habt Ihr etwas?"

„Es geht – wieder vorüber – beunruhigt Euch – nicht." Seine Stimme klang beängstigend matt.

„Kann ich etwas tun? Ich eile."

„Das sind – nur Augenblicke ich – ich kenne mich – darin. Es geht schon vorüber."

Als Ulrich Giese tags darauf mit der alten Hofyacht nach Stralsund zurücksegelte, bereitete ihm nicht nur sein angeschlagenes Herz Kummer. Was Crüger ihm gesagt hatte, das wollte noch immer seinen Ohren nicht bekommen. Zugegeben, in manchem soll er recht behalten. Doch denkt er nicht daran, seine Persönlichkeit an eines Pfarrers Worten messen zu lassen. Wenn Sophie bloß nicht so große Stücke auf den alten Mann setzen würde. Immerhin – zum Donnerwetter – sind wir sein Brotgeber gewesen seit zwanzig Jahren!

Mit Sophie sprach er natürlich nicht darüber, weder über Crügers Angriffe noch über den erneuten Herzanfall. Baldmöglichst gedachte er, seinen Arzt aufzusuchen, sowie er nur ein wenig mehr Luft in seinen Geschäften fände.

Unter diesen Vorzeichen ging der Bau des neuen Herrenhauses seiner Vollendung entgegen.

AN der Ladepier im Hafen von Cardiff lag Schiffer Erdmanns PETRINE klar zum Auslaufen, eine Galeass unter schwedischer Flagge, bis dicht unter die Luken vollgestopft mit kostbarer Ladung, feines, vortreffliches walisisches Tuch. Schiffer Erdmann wollte diese Fracht nach Rostock bringen, eine gewinnbringende Ladung.

Am 6. Oktober klock fünf p. m. verließ die Galeass PETRINE bei auslaufender Tide den Hafen. An Bord befand sich neben dem Schiffer Erdmann sein Steuermann Klaas Bones, der Koch Peter Roßnagel aus Waase, der Schiffszimmermann Hans Ralow, die Segelknechte Klaas Grotjehann und Johann Jacob Gottschalk von Hiddensee und der Schwede Tys Dalmar. Johann Jacob Gottschalk war der jüngste Mann an Bord. War er vor Kurzem noch dem harten Zugriff des Meeres entronnen, als er bei der Verunglückung des *Dörchhaler* als Einziger das Land erreichten konnte – es hatte ihn nicht an Land gehalten. Das Meer zog ihn an mit unwiderstehlicher Gewalt. Darum hatte er im Frühjahr bei Johann Erdmann auf der PETRINE angeheuert.

Erdmann war als umsichtiger Mann unter seinesgleichen bekannt, und die PETRINE ein verlässliches Schiff. Johann Jakob Gottschalk wollte selber einmal Schiffer werden. Da hielt ihn nichts von ab.

Am Kap Lizard fanden Schiff und Mannschaft den Tod. Es zerschellte im Sturm an den Felsen und sank und mit ihm ging die kostbare Ladung in die Tiefe. Nur zwei der braven Schiffsleute überlebten diese schreckliche Katastrophe, der Schwede Tys Dalmar und der Schiffsjunge Johann Jacob Gottschalk. Wie durch ein Wunder gelang es ihnen, vom gebrochenen Mast hinüber auf eine Felsnase zu springen. Nach unsäglichen Mühen und zahllosen körperlichen Qualen, bei Kälte und Nässe, bei Hunger und Durst schafften sie es, sich bis nach Plymouth durchzuschlagen. Ein Schiff trug sie nach Karlskrona, wo sich die beiden trennten. Dalmar hatte sein Heimatland erreicht, Gottschalk ging mit dem Postschiff über Ystad nach Rügen. Am 5. Dezember setzte Johann Jacob Gottschalk, abgerissen und jämmerlich heruntergekommen, seinen Fuß auf pommerschen Boden. Wieder hatte ihn das Meer nicht halten können, den tapferen Jungen.

Beim Postinspektor des königlich-schwedischen Posthauses auf Wittow fand er für eine Nacht Logis und Kost. Postinspektor Wallis sagte beim Verabschieden: „... und wat nu deine Schuld ist, mein Jung, dat bezahlst, wenn du wiederkommst, oder schick durch einen annern. Ich verbuch dat, ick hab ja die Copia."

Gottschalk las während der Überfahrt nach Vitte, was Wallis geschrieben hatte. Da stand:

> *Der Segelknecht Johann Jacob Gottschalk aus Plogshagen, welcher auf der Galeasse,* PETRINE *genand, des Capitaines Johann Erdmann, von Cardiff gefahren und bei Verunglückung dieser Galeasse auf Cap Lizard am 28. october 1775 sein Leben kümmerlich gerettet, ist von Ystad mit Königl. Paquet-Jagt hier angekommen und hat hieselbs zu Seinem Untherhalt empfangen und verzehret wie folgt, das Decemb. 5.*

Ist allhier angekommen und empfangen

gespeiset	*4*	*Sch.*
für Licht	*2*	»
Schlafgeld	*1*	»
Brandtwein und Bier	*2*	»
fur Holtz zum Einheitzen	*1,2*	»
dito 6. Vollfrühstück	*4*	»
Fährgeld gratis	—	—
	14,20	*Sch.*

Königl. Post-Haus auf Wittow
den 6.ten decemb 1775
Johann Wallis

Am Tag des Heiligen Nikolaus betrat Johann Jacob Gottschalk wieder sein elterliches Haus. Was er durchgemacht hat, ließ denen, die es hörten, das Herz still stehen. Sagten die einen dazu: „Ja ja, so is dat denn", hoben die anderen den Finger und gaben es zu, was sie doch schon lange alle wussten: Das Meer ist ein Moloch und nur Gottes Gnade kann uns vor dem nassen Tod bewahren. Die Mutter zog dann ihren Jungen beiseite und bettelte ihn heimlich an: „Nu bleibst du doch an Land, oder treckt es dich wieder raus?"

„Ick weiß nich, Mudding", erwiderte er, „manchmal is dat buten so schön, so schön. Ick bin doch schon zweimal wiedergekommen. Mal eins kieken, wat wird."

ZWEITES KAPITEL
1776 – 1779

DIE Kammerrätin Sophie Elisabeth Giese pflegte längere Zeit im Jahr auf ihrem Landsitz zu verbringen, in dem herrlichen Barockschloss, das Ulrich ihr geschenkt hatte. Sie sagte von diesem Haus, es sei ihre seelische Oase, an der sie von Zeit zu Zeit nippen dürfe. Nun, diese Welt blumenduftender Parkanlagen, von einer Ahorn- und einer Lindenallee durchzogen, dazu die mit Mummeln und Froschgesang reichen Teiche, der Irrgarten, vor allem die Nähe des Strelasunds, der hier und da durch das bewaldete Hochufer schimmerte, das alles erlaubte nicht nur ein bescheidenes Nippen, wie ein Spatz es an einer Pfütze tut. Im Gegenteil bot diese Oase Wassers die Fülle, sich am köstlichen Überfluss satt trinken zu können, übersatt.

Schloss Niederhof war unleugbar ein Paradies, und die Kammerrätin genoss ihr Leben dort in vollen Zügen.

Anders ihr Gemahl. Ulrich hatte wenig Anteil an diesem Besitz nehmen können. Seine Geschäfte hielten ihn in der Stadt gefangen. Allerdings, seitdem sich seine Herzanfälle mehrten, verlangte es auch ihn dorthin. Nicht nur auf Verordnung des ihn behandelnden Arztes, auch auf herzandringliche Bitte Sophies, die sich um seinen Gesundheitszustand ernstlich Sorgen machte. Ulrich, so empfand sie, war einfach überarbeitet, und nicht aufhörender Ärger kam dazu. War Schloss Niederhof auch zur Stunde noch verschuldet, so doch aufs Beste eingerichtet. Und hier sollte er sich erholen.

Auf Schloss Niederhof mangelte es auch nicht an Freunden. Freunde, die in Rufnähe standen, Freunde aus alten Zeiten, Regierungsrat von Olthof zum Beispiel, obwohl beide Gieses wussten, wie eifrig dieser lebelustige, dieser ulkige Mensch an ihrer Geldbörse sog. Freunde, die mit unversiegbarer Treue zu ihrer Herrschaft hielten, wie die liebenswürdige Kammerdienerin Marie Pagel, seit Kurzem verehelichte Wintherson, sie und ihr Mann jetzt verlässliche Haushalter des Niederhöfer Schlosses. Nicht zu vergessen der ehrenwerte Präpositus Gottlieb Picht, der Pfarrer aus Gingst.

Dieser Kreis der Freunde erweiterte sich noch beträchtlich durch illustre Gäste, durch reisende Künstler von Rang und Namen, durch welche die festlichen Abende im Strahlenschein kristallener Leuchter mit geistvoller Kurzweil gewürzt wurden. Seide, Samt und berauschende französische Parfums durchwehten die hohen Räume, Charme und Esprit spielten um die Wette, und die schönen Musen riefen. Musikalisch überreich zeigten sich jene Tage, von denen der Maler Matthieu noch lange erzählte, als die durch den Theatermäzen Hahn vermittelte italienische Harfenistin Petrini dem Giese'schen Haus unbeschreibliche Kunstgenüsse schenkte. Das sei ein wunderbares Spiel gewesen, betonte Matthieu immer wieder, besonders dann, wenn sie sich mit ihrem bezaubernden Sopran in italienischen Canzonen oder Arien Pergolesis oder anderer Meister des Belcanto selber begleitete.

Sogar die Franzesca Cuzzoni, ebenfalls durch Hahn den Gieses ins Haus geschickt, weil auf einer Durchreise von London begriffen, war noch kurz vor ihrem Tode vor sechs Jahren im Giese'schen Schloss gewesen, hatte etwas erfahren lassen von dem Geist der großen Welt, von Kunst und Bühne der fremden Metropole, in welcher der Meister Georg Friedrich Händel regierte. Musik im Niederhöfer Schloss, ein reiches Feld, wenn sie sich über die Kunst des großen Bach, dem Sohn eines Leipziger Kantors austauschten, seine köstlichen und gar nicht leicht zu spielenden Klaviersonaten zu Gehör brachten, dem Mann, der sich schon als Cembalist am Preußischen Hof beim Flöte blasenden, komponierenden Friedrich dem Zweiten einen Namen gemacht hatte.

In solchen Zeiten sprang Sophie Elisabeth Giese das Herz auf. Sie wehte durch alle Räume ihres gepflegten Hauses, sang und führte Conversation par excellence, rezitierte wohlklingend im Glanz der französischen Sprache, und, wenn Ulrich dann selbsteigen noch auf dem Clavichord vorspielte, war sie des Glückes voll.

Georg David Matthieu, der hochbegabte Porträtmaler, mit dessen über Wochen währenden Anwesenheit sich eine Flut aufklärerischen Geistes französischer Herkunft einschlich, konnte es nicht unterlassen, die anmutige Gestalt Sophies immer erneut mit der Bleifeder in seinem Skizzenbuch festzuhalten.

„Chère madame", hörte sie ihn plötzlich rufen, „restez là! In dieser Haltung möchte ich Euch gern bewahren." Mit wenigen Strichen bannte er sie aufs Papier, gewillt, in Farben nachzutragen, wie sie das Gedächtnis ihm eingab. Doch wie oft er sie skizzierte, Unzufriedenheit war das Ergebnis.

„A bas l'improvisation!", rief er eines Tages unwillig, „Ihr seid zu überzeugend. Ich möchte Euch ein Bildnis malen, das alle Welt einmal gern beschauen soll und das Eures Herzens Milde, ja Euch ganz entspricht. Ich bitte Euch zu Modell."

Nun arbeitete Matthieu an einem Meisterwerk: Sophie Elisabeth, in ihrem Wohngemach sitzend, aufs Kleinste der Faltenwurf ihres weißen Atlaskleides, ziseliert der Brokat, anmutig die feinen Hände, und so fraulich und schön das zarte Gesicht, die eingefallenen Wangen und die großen, warmen, und so ganz offenherzigen Augen.

Sophie betrachtete hernach das vollendete Bildnis sehr lange.

„Bin ich das wirklich?", fragte sie verwundert, „Ihr schmeichelt mir." Weil Matthieu darauf nichts erwiderte, legte sie ihm unter lächelndem Gewährenlassen Ulrichs ihre dünnen Lippen auf seine Wangen und hauchte ihm einen artigen Kuss darauf. „Danke", flüsterte sie.

Danach malte Matthieu den Kammerrat Giese in rotem Samtrock am Clavichord sitzend, in einer Hand ein Notenblatt, die andere zum improvisierenden Spiel leicht auf die Tasten gelegt, und trug ihm ein so gemütvolles Lächeln auf seine Wangen, so fröhlich, als hätte er eben etwas Köstliches betrachten dürfen.

Als Matthieu in den folgenden Tagen damit befasst war, auch den von Olthof zu konterfeien, wurde er durch Unruhe, die von unten her an sein Ohr drang, gestört. Palette und Pinsel in der Hand hielt er inne und lauschte. Deutlich hörte er Marie Winthersons beschwörende Stimme:

»... sie lässt sich nich abweisen, Frau Kammerrätin. Sie lässt sich nich. Sie is eine von die, die wir nich gern von vorne wollen sehen, weil ... "

„Ist gut", vernahm er Sophies klare Stimme. „Lass uns bitte allein." Matthieu wandte sich wieder seiner Arbeit zu.

Unten aber war eine Frau ins Haus getreten, die nicht nur Marie Wintherson ein Rätsel aufgab. Eine Frau von Mitte dreißig, sie kam und nannte ihren Namen. Aus ihren Augen klagten Schmerz und Hilflosigkeit, und ihre ärmliche Kleidung sprach für sich selbst. Schon beim ersten Anblick wurde Sophie von starkem Mitgefühl ergriffen.

„Was soll ich Euch tun? Was habt Ihr?", war ihre leise Frage.

Die nur durch einen Wink angedeutete Aufforderung, Platz zu nehmen, befolgte die Frau nicht. Sie blieb stehen und sah Sophie mit einem Blick an, der sie verwirrte. Zwei Frauen standen sich gegenüber, deren Erscheinung nicht gegensätzlicher hätten sein können. Die eine in weißem, bis über die Füße reichendem Gewand, die Haarpracht hochgebunden und mit einem Blümchen verziert, duftend nach ausgesuchten Aromen und maßvoll behangen mit Kostbarkeiten aus einer Stralsunder Bijouterie. Die andere das erschreckende Gegenteil. Strumpflos, in verschlissenen Schuhen, verängstigt, verweint. Ihre Gestalt in ein verwaschenes Kleid gehüllt, darüber ein schwarzes Tuch, einfach um die Schultern gelegt, ein Bild stillen Jammers. Ihre Finger spielten erregt an den Tuchfransen, Finger, fein geformt und doch schrecklich schmutzig. Wirr fielen die Haare über die Stirn, durch fahrige Bewegungen immer wieder erfolglos zurückgestrichen. Was Sophie an dieser Frau fesselte, waren ihre Augen, ihre braunen, träumenden Augen über der scharf gebogenen semitischen Nase.

Von ihr erfuhr Sophie in hastig herausgesprudelter Klage,

dass ihr einziges Kind gestorben sei. Sie gehöre zu jenen, die einst als jüdische Zuwanderer mit den Münzern in die Stadt gekommen waren, dass sie selber in enger Verwandtschaft zu Moses Israel und Mayer Juda stand. Vor ein paar Jahren hätte sie Salomon Hertz geheiratet. Das einzige Kind dieser Ehe sei nun tot, und niemand gewähre ihm einen Begräbnisplatz.

Sophie wusste von diesen Leuten, wie sie ihren Handel trieben, den redlichen Kaufleuten Ärgernisse bereiteten und die Bürger zu missbilligenden Bemerkungen veranlassten. Auch der Klerus stand gegen die jüdischen Einwanderer, deren Zahl sich unangenehm mehrte. Wohnrecht allein gewährte ihnen ein königlicher Schutzbrief, der jederzeit widerrufen werden konnte. Starb einer von ihnen, hatte die Leiche unverzüglich außer Landes geschafft werden müssen. Auch davon wusste Sophie.

Niemals hatte sie über solche menschenunwürdigen Gesetze nachzudenken brauchen. Ihre eigenen toten Kinder schliefen in gesegneter Erde. Jetzt, mit dieser Frau, kam es auf sie zu, massiv, bedrückend, der unbeschreibliche Jammer einer Mutter.

„Mich hat Amtsmagistrat wie Hund verscheucht. Wenn Ihr nicht seid gut, bleibt mir nur mich legen neben Kind und sterben“, winselte die Arme. Sophie senkte ihren Blick vor ihr.

„Ich brauche Platz, nur kleinen Platz, so lang, so breit, so tief“, hörte sie wie aus weiter Ferne. „Kein Stein, kein Hügel, nur Ruhebettchen für Miriam, dass sie kann sehen die Stadt des Gerechten unter dem Trost Israels. Helft, Madame, ich küsse die Füße, die Euren Leib tragen, einen Platz für Miriam, wo ich kann weinen ... “, und warf sich vor ihr auf den Boden, und ihre Finger suchten Sophies Füße.

„Nein!“, befahl sie schroff, als sie den Druck der Lippen auf ihren Füßen spürte. „Nicht so!“, wehrte sie die Aufdringliche ab und trat rasch zurück, schamübergossen. Ein Mensch im Staub zu ihren Füßen, das ertrug sie nicht. Das hat’s noch nie gegeben. „Nicht so, Frau Hertz! Ich bestehe darauf!“ Sie ergriff die Frau und zog sie an den Händen hoch. „Lasst mich Euch ansehen, richtig ansehen. Werft Euch doch nicht weg! Nicht vor mir. Wer bin ich denn!“

Sie führte die Weinende zu einem Sessel und drückte sie hinein. Mein Gott, dachte sie, sollte es eine Mutter geben, die ihr Kind nicht in Gottes Erde legen darf? Welches Gesetz verbietet das? Welche Religion? Der Magistrat? Hier bin ich Gesetz, ich Sophie Elisabeth Giese, Herrschaft auf Niederhof und Hiddensee. Sechsmal habe ich ein Kind begraben müssen, so lang, so breit, so tief, geborgen in Ewigkeit. Einen Platz? Hat nicht Ulrich, habe ich nicht Platz die Fülle?

„Mein Gemahl“, sagte sie, „ist nicht im Haus. Ich werde allein entscheiden müssen und – ich habe entschieden. Kommt, Frau Hertz, Eure Miriam soll einen Platz in meinem Garten bekommen. Vor dem Magistrat werde ich jederzeit Rechenschaft geben, sollte es darauf zu sprechen kommen. Was ich auf meinem Grund und Boden tue, geht niemanden etwas an.“

Sie rief nach Marie Wintherson und bat um ihr Cape. Dann gingen die beiden Frauen hinaus, hinauf zu dem bewaldeten Hügel, durch dessen Bäume das Wasser glitzerte, und der einem grünen Gewölbe glich unter dem Säulensaal schattenspendender Buchen.

„Hier, dachte ich“, sagte Sophie, und ihr Arm zeigte in die Runde.

„Gott der Gerechte, der du siehst an das Elend der Armen“, brach es aus der Gequälten hervor. Sie warf sich auf den Boden und küsste ihn lange und leidenschaftlich. Als sie endlich aufsah, klebten Klumpen nassgeweinter Erde in ihrem Gesicht. Sie warf die Arme empor und sang ein Gebet und pries Gott darin, den Vater Abrahams, Isaaks und Jacobs mit Worten, die Sophie nicht verstand.

Sophie war erschüttert über das Fremdartige, wo doch so viel Mütterliches, Natürliches diese Frau umgab, wandte sich ab und kämpfte vergeblich gegen ihre Tränen.

Ulrich, dem sie darüber berichtete, hatte gegen ihre Entscheidung nichts einzuwenden, hob aber seinen Finger:

„Eines wird ein anderes nach sich ziehen, liebe Sophie. Was aber soll ich noch sagen? Wenn du dein Herz sprechen lässt, muss ja alles andere verstummen."

Auf leisen Sohlen bewegte man sich in den Räumen des Hiddensee'schen Pfarrhauses. Magister Crügers Tochter Dorothee, die sich einmal geschworen hatte, niemals Pfarrfrau auf Hiddensee zu werden, hatte ihren Schwur gebrochen, hatte den jungen Georg Christian Scheer geheiratet, welcher der Nachfolger des alten Magisters wurde.

Nun hatte Dorothee entbunden, ein Junge war geboren worden. Doch war die Niederkunft entsetzlich schwer gewesen, das Kind hatte zu lange in der Geburt gestanden, Mutter und Kind hatten gleichermaßen leiden müssen. Die alte Pastersch und die Freundin Regina aus Stralsund hatten nächtelang an ihrem Lager gewacht, mit Umschlägen geholfen, gebetet und geweint. Am dritten Lebenstag verweigerte er noch immer die Mutterbrust. Der herbeigerufene Arzt sprach von Bläschen im Mund und verordnete Spülungen mit Kamillentee. Doch das Kind siechte dahin.

Über den Gesundheitszustand von Mutter und Kind schnellstens in Kenntnis gesetzt, hatte sich, als Nottaufgevatter gebeten, Schwager Johann Christian Crüger, der Swantower Pastor, unverzüglich auf den Weg gemacht, damit das Kind in aller Ordnung getauft werde und im Herrn erhalten bleibe. In der Frühe des folgenden Tags, beim ersten Strahl der aufgehenden Sonne, taufte der Vater sein Kindchen, und im Gebet trösteten sie einander. Bald darauf tat das Kind seinen letzten Atemzug.

Spät dann in der Nacht, beim ruhigen Schein der Kerze, schrieb Georg Christian Scheer in das Register der Getauften:

Am 25. September auf Mittag um ein Uhr wurde meine liebe Ehefrau von einem Sohn entbunden, welcher wegen Krankheit die Nothtaufe erhielt, in welcher ihm der Name Johann Christian gegeben wurde. Seine Paten waren:

1. *der Magister Christian Crüger, bisheriger Pastor hierselbst und mein werter Schwiegervater*
2. *mein lieber Schwager, der Pastor Johann Christian Crüger zu Schwantow*
3. *die Demoiselle Regine Schewenius in Stralsund.*

Sophie Giese erfuhr von dem unerwarteten Leid im Hiddensee'schen Pfarrhaus. Beim Schreiben der Condolatio erinnerte sie sich an Frau Hertz und wurde sich dessen bewusst, recht gehandelt zu haben. Wer kann denn, fragte sie sich, den Schmerz einer Mutter beim Anblick ihres toten Kindes mehr ermessen, als die Mutter selbst! Und sie sandte gute Worte auf *ihre* Insel.

Der Katen, den Stoffer Schluck bewohnte, glich den anderen in der Vitte, dem der lahmen Gauschen, dem Peter Gaus, dem Jochen Höbners. Von den Vätern aufgebaut, war ihnen ihr Alter anzusehen. In einfachster Weise gezimmert, Fachwerk mit Ständern, Riegeln und Stielen, Pfosten und Sattelholz aus Kiefer, umwickelt mit in fetter Tonerde gebadeten Graszöpfen, oder einfach geschichtete, roh gestochene Torfstücke, die die Fächer füllten, außen glatt verstrichen und gekalkt. Hatte sich auch im Lauf der Jahre das Balkenwerk verzogen, was machte das schon. So lange es noch das schwere, bemooste, wassersaugende Rohrdach trug, würde der Katen nicht einfallen. Stoffer Schluck teerte seine Tür. Mit kleckerndem Quast trug er das heiße Zeugs auf die Balken, dabei vergeblich bemüht, sich den lütten Niklas Jochim vom Leib zu halten, den das Feuer unter dem Teerpott begeisterte. Als Stoffer das schließlich zu viel wurde, und er die Quengelei nicht mehr ertrug, nahm er kurzerhand einen Tampen und band den Bengel an einen Wäschepfahl. Anna, mit dem Aufhängen von Wäsche beschäftigt, lachte sich eins. Der Bengel schrie Zetermordio, die Eltern lachten, wandten sich ihrer Arbeit zu, und bald wurde es still hinter ihnen. Niklas Jochim hatte sich ins Gras gehockt und spielte mit Käfern. Nach einer Weile rief Anna: „Stoffer, kiek eins, wer da kommt." Magister Crüger, der alte emeritierte Pastor, war in die Vitte gekommen, Kranke zu besuchen. Jetzt winkte er mit dem Gehstock. Stoffer steckte den Quast in den bruddelnden Pott und ging ihm entgegen. „Na, Paster, hast keine Ruh nich? Kommst immer noch mal her?" „Stoffer", sagte er, „ich muss eins mit dir reden. Lass mich in dein Haus sitzen gehen." „Wenn't so is, denn komm rin, Paster. Aber pass Achtung, die Tür ist frisch gepönt." In der Stube rückte er zwei Stühle zurecht, schob die Tischdecke gerade und rief hinaus: „Anna, bind den Lütten seine Lein los und bring ihm her. Der Pastor soll ihm eien."

Crüger blickte sich im Raum um: „Na, mein Jung, verändert hat sich hier nichts. Noch alles wie im vorchten Jahr. Und das komische Eselkamel da auf dem Sims, das gibt es ja auch noch." „Dat is den Lütten sein Spielzeug. Die lahme Gausche hat ... " „Ich weiß, ich weiß", winkte Crüger ab. „Die treibt damit ihren Kult. Die ist lütt bisschen versponnen."

Niklas Jochim kam hereingetappelt, steuerte auf den Pastor zu, kletterte auf seinen Schoß und ließ sich von ihm streicheln. Stoffer sah das mit Wohlwollen. Anna war in der Tür stehen geblieben, wischte sich die nassen Waschfrauenhände an der Schürze ab und fuhr sich übers Gesicht. „Wat is, Paster? Wat kann ick für Euch tun?"

„Zuhören kannst du, Anning, und mir beistehen. Ich komme wegen Stoffer her."

Anna blickte erschrocken auf: „Is er nich so, wie er sein soll?" Ihre Augen wanderten von einem zum anderen.

Crüger wandte sich Stoffer zu. „Hör zu, mein Junge, die Sache ist ernsthaft." Stoffer zog das Kinn an und sah ernst aus. Sein Blick fragte an.

„Ich kenne dich, Stoffer Schluck, als einen rechtschaffenen Mann."

Stoffer spielte mit den Fingern. Wo will dat hin?

„Du hast eine ordentliche Familie, bist ehrlich und fleißig."

„Dat soll wohl so sein, Paster."

„Und dumm – dumm bist du auch nicht, oder?"

„Hm.“

„Und saufen tust du doch auch nicht, oder?“

Stoffer wiegte sein Haupt. „Saufen? Naja, aber nee, Paster, saufen tu ick nich.“

„Denn kriegt hei wat mit’n Latsch!“, lachte Anna von der Tür her.

„Wie aber, mein Jung, ist dir das um deinen Gottesglauben bestellt und mit deiner christlichen Lebensführung. Ist da alles in Ordnung?“

Anna hörte fein hin. Warum fragt er dat? Hat Stoffer Heimlichkeiten? Hat er wat verbockt? Sie bemerkte Stoffers Zögern und atmete auf, als er sagte:

„Naja, dat mit der christlichen Lebensführung, ick weiß nich, dat könnt woll besser sein. Ick glaub, den Katechismum, den hab ick vergessen.“ Magister Crüger beugte sich vor. „Du musst mir versprechen, dass du darin nicht lass wirst. Befleißige dich des Glaubens und der Ehrbarkeit gegen jedermann, bleib im geistlichen Wandel, in der Liebe, und halte die Gebote. Ich will nicht, dass die Leute schlecht über dich reden.“

Stoffer zuckte zusammen: „Tut wer dat? Wer tut dat?“

„Ruhig, ruhig, keiner tut was. Ich möchte nur, dass das künftighin so bleibt. Eben komm ich vom alten Henning Gau. Ich brauche an seiner Stelle einen jungen Kirchenvorsteher. Er ist krank, er kann nicht mehr aus dem Haus. Jetzt frage ich dich, Stoffer Schluck, ob du für ihn willst Kirchenvorsteher werden in der Vitte, die hiesigen Pfarrkinder in der Gemeinde vertreten und meinem Schwiegersohn bei der Arbeit helfen, als Ratgeber, als Kirchenvorstand. Sag ja oder sag nein, klipp und klar.“

Dieser Antrag fiel so plötzlich über Stoffer her, er konnte nichts sagen. Crüger half ein bisschen nach. „Wir werden dich selbstverständlich richtig wählen, wie das Kirchengesetz vorschreibt. Ich muss dich aber vorher fragen.“ Stoffer linste zu Anna hinüber. Die zuckte mit den Schultern. Aber Crüger wartete auf eine Antwort, und die kam dann auch, langsam und mit Bedacht: „Nu denn, Paster, wenn du mich haben willst, denn segg ick ja. Ja.“

Crüger schlug mit der flachen Hand auf den Tisch. „Das ist ein klares Wort, Schluck. Ich danke dir dafür. Ihr Schlucks seid doch alle ohne Wenn und Aber. Ich werde es meinem Schwiegersohn", er lächelte wehmütig, „dem richtigen Pastor von Hiddensee, sagen." Zur Besiegelung dieser Abmachung stieß er den Gehstock kräftig auf den Boden. „Aber, Schluck, noch eine Frage. Du kannst doch lesen?"

„Ja", lachte Stoffer, „lesen kann ick und schreiben auch."

„Siehst du, das ist gut. Denn man los." Er hob den Knaben vom Schoß und stellte ihn auf die Erde, erhob sich schwerfällig und ging mit kurzem Gruß hinaus. Wankend war sein Gang, nicht ein einziges Mal schaute er sich um. Stoffer blickte ihm nach, bis er hinter Jochen Höbners Katen verschwunden war. Dann nahm er den Quast aus dem Teerpott und arbeitete weiter. Dabei liefen ihm seine Gedanken davon, kreisten um Zucht und Glaubensgehorsam und um manches andere, an das er bisher nie gedacht hatte, und meinte, das alles würde ihm jetzt abverlangt.

Abends, als die beiden unter ihrer Decke lagen, fasste Anna nach Stoffers Hand und streichelte sie. „Sie werden dich nehmen, Schluck, ganz bestimmt. Der Paster is einen guten Mensch."

„Ja, dat is er wohl."

„Ick mein, sie werden dich nehmen im Kirchenrat."

„Ja, dat werden sie denn wohl."

„Denn ist dat nischt mehr mit deine Seefahrt, wat du doch immer träumen tust. Nu schon gar nich."

„Ick fahr nich zur See, ick kann't doch nich."

„Seefahrer und Schiffer sind eben zu lang weg. Die passen nie in den Kirchenvorstand."

„Nee, die passen nich."

„Oder – Schluck, du hast doch nich etwa Bang?"

„Bang? Wovor? Woso?"

„Ick denk immer an dat, wat Hanner Gottschalk vertellt hat mit die vielen Schiffbrüche, mit die Dörchhalers und die Petrine. Ick denk, dat macht dir bang."

„Ach Anning, wat redst du. Ick und bang. Wat meinst du,

wie mich dat nach buten treckt, nach Chihuahua und wat weiß ick wohin. Aber, sei man ruhig. Ick bleib hier. Vielleicht fährt der Jung eins zur See."

„Kannst ja auch gar nich weg, Schlucking, bist ja nich frei, gehörst doch Giese. Dat ist so, as dat is. Dein Vater musst' ja auch sein Finger heben bei der Abstimmung damals, als Giese kam, mannich?"

„Nu gehör ick dem Paster, und dat is auch ganz gut. Aber nu holl din Mul und räd nich so viel. Schlaf lieber."

Nach einer Weile: „Noch eins, Schluck."

„Wat is?"

„Bist du nu stolz?"

„Stolz? Werwegen?"

„Wegen dat Amt."

„Nee, stolz bin 'k nich."

„Na, denn is gaut. Ick dacht schon. Un nu kann ick schlafen."

Sie ließ seine Hand los, drehte sich auf die Seite und lauschte dem Wind nach, der kühl und nass ums Haus blies. Stoffer, dachte sie, muss nu bald heizen, sonst holt sich der Lütte die Schieterie.

In jenen Herbsttagen begannen die Graugänse sehr früh, ihre Rastplätze auf der Halbinsel Wittow anzufliegen. Mit ihrem schrillen Schreien segelten sie durch die Dämmerung, morgens, abends, wehten in schwingenden Einsen oder Pfeilen, laufend ihren Weiser wechselnd, über die Rügen'sche Insel hinweg und strichen landeinwärts. Die Störche waren bereits lange abgezogen, lange vor dem Bartholomäustag. Geheimem Fühlen zufolge hatten sie sich aufgemacht, einem frühen Winter zu entfliehen. In den Gärten waren die Herbstblüher eher als gewohnt in Blüte gelangt, die Dahlien, die Astern, nicht nur im Giese'schen Gutsgarten in Kloster, auch nebenan in Grieben, wo der Einlieger Gottschalk ein paar besonders schöne Blumenrabatten pflegte.

Wer in der Natur zu lesen verstand, verstand auch ihre Sprache. Die Hiddenseer hörten genau auf sie und hielten es für klug, sich danach zu richten. Nun hing seit Tagen grauer Nebel über dem Land, bleiern, grau in grau, unbeweglich in einer Windstille, wie sie die Insel nur selten kannte. Klatschnass lösten sich die letzten Blätter vom Holunder, von den Salweiden, Kleider und Schuhe blieben klamm, und muffig roch es in den Häusern. Wer jetzt nicht einen Ofen heizte, dem verstockten Tuch und Mehl und Brot. Aber vor der Zeit den kostbaren Torf durch den Schornstein jagen? Wussten die Hiddenseer, wie lange sie noch Torf stechen konnten? Bis zum Frühjahr musste er reichen, und Holz gab es nicht. Wer Rheuma hatte, der wickelte sich in Decken und soff literweise Holundertee oder tröstete sich mit der Hoffnung auf die erlösende Todesstunde. Der Winter auf der Insel forderte Jahr für Jahr seine Opfer.

Jochen Höbner, Stoffer Schluck und wie sie hießen, die zur Garnkommüne der *Barsgrieper* zählten, standen an ihrem Schuppen, die Hände in den Taschen, und berieten, was bei diesem Wetter werden sollte. „Der Winter kommt bannig, die Reusen müssen rin", sagte einer.

„Erst muss der Nebel weg sein", sagte ein anderer.

„Wenn kein Wind nich is, kommen wir nich hin."

Die *Kleine Reuse* von der Vitte stand mit der von Neuendorf zusammen weit unten am Gellen. Das Tageslicht würde nicht reichen für den langen Weg dorthin und für die Arbeit. Dazu der Nebel. Die Luft glich dem Wrasen im Brühpott.

Als Tage später der Himmel aufklarte, die Temperatur sank und der erste Frost kam, gingen die *Barsgrieper* mit sieben Mann noch vor dem Hellwerden los. Der Winter war im Anmarsch, es wurde dringend Zeit, das gesamte Fanggut einzuholen, die Netze mit Wehr und Steert, Leinen und Pfählen. Das wird ein schweres Abmarachen, aber es muss sein, damit das unersetzbare Zeug nicht verkommt.

Hand über Hand holten sie dann das Netz aus dem eiskalten Wasser. Bebartet war es mit Kraut und Seegras. Was an Fischen mit heraufkam, teilten sie untereinander. Hol up, ging es, hol up, gleichmäßig und im Takt. Meter um Meter fiel das Garn ins Boot. Blopp, machte es, wenn die leichten Pappelholzschwimmer gegen das Dollbord schlugen.

Als sie es drinnen hatten, rief Jochen Höbner, der hier das Sagen hatte: „Jetzt kommt dat anner an de Reih." Er meinte das Pahltrecken, das Brechen der Pfähle aus dem Grund, die Pfähle, die sie im Frühjahr erst unter Mühen metertief eingedroschen hatten. Dreißig Stangen, fest verankert und mit dem Grund verwachsen. Sie herauszuheben war eine Teufelsarbeit, und nur die Praxis, übernommen von Vätern und Vorvätern, half ihnen dabei.

Sie sammelten sich im Bootsheck, das sich unter ihrem Gewicht tief ins Wasser senkte. Der Pfahl, dicht ans Heck gezurrt, muss dem Druck nachgeben, wenn das Boot, einer Wippwapp gleich, nach oben schnellt, weil alle Mann ins Vorderschiff jumpen. Solcher Zugkraft kann kein Reusenpfahl widerstehen. Entweder er hebt sich aus dem Boden oder er reißt ab. Solche Arbeit war nur gemeinsam zu leisten. Und mit Gesang. Gröhlend schallte es aus rauen Kehlen weit über das Wasser:

O du min Jonni Buck,
wi haln, wi haln tau gute,
o du min Jonni Buck
wi haln di doch noch rute.

Als die Männer bei Tagesende die Reuse eingeholt hatten, breitete sich bereits knisternder Frost über das Land. Der Winter war da, früher als gewöhnlich. Störche, Gänse, Astern und Dahlien hatten recht behalten.

Niklas Jochim lief eingepümpelt wie eine Wollmaus draußen umher. Er fror nicht, und wenn ihm der Rotz noch so fleißig aus den Nasenlöchern seiberte. Er hatte nicht zu frieren. Abgehärtet hatte er sich auf ein Inselleben vorzubereiten. Gewöhnung, lautete Stoffer Schlucks Grundsatz, und mit jung fängt dat an.

Einer auf der Insel hatte es besonders schwer. Johann Tode, der alte Fährknecht. Jedem Wetter hatte er sich zu stellen, konnte auch dem Wind nicht vorschreiben, wie er zu blasen hatte. Wenn der Ruf ging: Hol öwer, dann, ob Regen, ob Sturm, musste er los, musste seinen Kahn nehmen und hinüberfahren, immer denselben Weg über den *Kleinen Troch,* her und hin, her und hin, als gäbe es keinen anderen Weg auf der Welt als diesen.

Waren die Gewässer zwischen Rügen und der Insel überfroren, kam der Schiffsverkehr mit der Stadt zum Erliegen. Die Schuten, mit denen Giese seine Steine nach Stralsund segeln ließ, lagen vertäut und eingefroren am Bollwerk. Auch die Tonerde konnte nicht mehr abgefahren werden, und die Porzellanfabrik musste sich für Monate auf Materialsperre einrichten. In der Schaproder Bucht ruhten die Frachtschiffe im Winterlager. Die einzige Verbindung mit der Welt, wenn nicht über tragfähiges Eis, war Todes Fährweg über den *Kleinen Troch.*

In jenen Tagen lag der Sohn des Inspektors krank und hatte hohes Fieber. Heftiges Schütteln und Fantasieren schwächten den kleinen Körper zusehends, Tee und Wickel verschafften nicht die erwartete Linderung, erprobte Hausmittel schlugen nicht an. Ein Arzt musste kommen, ein Mediziner. Von Rügen herüber. Von Gingst am besten, der alte Doktor.

Der Inspektor rief Andres Schomaker, einen vertrauenswürdigen Mann, schob ihm ein paar Schillinge in die Tasche und schickte ihn los. Und bei seiner Seelen Seligkeit solle er ja nicht ohne Doktor zurückkommen.

Schomaker machte sich unverzüglich auf den Weg, trommelte Johann Tode heraus und dremmelte: „Setz mich fix öwer, Johann, ick muss den Doktor holn."

Tode stieg in seine Hosenstiefel, warf sich eine Felljacke über und stapfte voran. Hart klangen ihre Schritte auf der gefrorenen Erde, über die der Wind staubte, denn Schnee war noch nicht gefallen. Tode überlegte: „Dat Eis hält noch nich. Wir nehmen dat lütte Boot, und du musst mir helfen. Nimm eins die Axt und hau mir die Rinne frei."

Sie brachen das kleine Boot aus dem Eis und begannen eine abenteuerliche Fahrt. Andres kniete im Bug und drosch eine Rinne durch das Eis, Schlag für Schlag, mal rechts, mal links. Das Eis riss, brach in Schollen ab und schob sich übereinander, wenn Tode mit dem Peekhaken von achtern her das Boot durch die aufgebrochene Rinne trieb. Eine mühevolle Arbeit, bei der sie einander abwechselten.

Mehr als zwei Stunden brauchten sie für diese Überfahrt und hatten sich doch nicht eine Sekunde Ruhe gegönnt. Schomaker war nass bis auf die Haut. Doch dies war erst der Anfang des beschwerlichen Wegs. Als er beim Absetzen dem Tode eine Münze in die Hand drückte, wollte der sie nicht nehmen. „Die hast du dich verdient, Andres“, sagte er, denn in Wahrheit hatte der mit der Eisaxt eine Teufelsarbeit geleistet. Tode kehrte dann sofort um, noch gab die Rinne ihm den Rückweg frei. Ein paar Stunden später wäre sie zugefroren.

Indessen stolperte Schomaker über hartgefrorene Maulwurfshügel und Ackerfurchen hinunter nach Poggenhof. Dort lieh er sich ein Pferd und schaffte es, bis zum Abend in Gingst zu sein. Der Himmel atmete grausige Kälte aus, und die Sterne standen klar.

Der alte Gingster Doktor aber lag krank. Er schlug das Anliegen ab, verwies Schomaker an den jüngeren Kollegen von Willich in Bergen und gab ihm Grüße mit. Schomaker jagte noch in der Nacht nach Bergen, stöberte den Doktor auf und nahm ihn in Schlepptau.

Das wurde nun ein schlimmer Ritt durch Nacht und Kälte. Schomaker ritt, ritt wie der Wind, und von Willich, der sich auf einem Pferderücken beileibe nicht zu Hause fühlte, hatte Mühe mitzuhalten. Darüber wurde es Mitternacht und Morgen. Und der Morgen warf noch mehr Kälte aus als die Nacht. Ausgeblasener Hauch fusselte weiß erstarrt an den Nasen, und das Blut wollte in den Adern gefrieren. Doch was half 's? Ein Arzt muss dem Ruf eines Kranken folgen. Moritz von Willich war an den Hippokratischen Eid gebunden. Ein Zögern gab es nicht, sie mussten durch.

In Trent ruhten sie eine Weile aus, es ging nicht mehr. Eine Pause war einfach notwendig. Schon während der Nacht hatte eine Wolkenwand den Himmel von Westen her überzogen. Als der Morgen dämmerte, staubten die ersten Schneeflocken herab, und als die beiden in Poggenhof ankamen, wirbelte es schon tüchtig. Sie gaben die Pferde in Obhut und gingen zu Fuß weiter. Von Willich, den es noch nie in diese Gegend getrieben hatte, hängte sich an den Arm des Hiddenseers, der mit der Sicherheit eines Blinden den Weg zum Fähranleger bei Seehof fand. Matt hängte sich das Tageslicht an den Himmel, eine Schneewand schüttete sich aus wie ein Federbett, das dunkle Weißdorngestrüpp wuchs gespenstisch links des Weges aus dem Schneetreiben heraus und zeigte ihnen als einzige Wegweisung die Richtung.

„Ist hier die Welt zu Ende?“, fragte der Doktor und sah mit zweifelsvollem Blick seinen Gefährten an. Schomaker wies mit knapper Bewegung nach vorn: „Rüber.“

„Übers Eis?“

„Wat anners geht nich. Jetz kommt der Fährmann nich.“

„Übers Eis?“

„Dat Eis hält. Wat anners geht nich.“

Den Doktor schauderte es. Ringsum stoben die Flocken, waagerecht sausten sie durch die Luft von scharfen Böen getrieben, bissen in Augen, Ohren und Wangen, und von Willichs Finger und Zehen brannten vor Kälte. Zurück? Nein! Drüben schreit ein Kranker. Aber wird das Eis tragen? Vornan vielleicht, aber über der Tiefe?

Noch nie hatte der Arzt aufgegeben. Hier aber stand er vor Unüberwindlichem. Um wenigstens etwas zu tun, riss er die Handschuhe von den Fingern, formte die Hände um den Mund und schrie, so unsinnig es ihm auch vorkam, in das höllische Gewirbel hinein:

„Hol öwer!“

Der Ruf aber zerfetzte wie die Schneeflocken, irgendwo im Nichts. Kein Echo kam, keine Antwort, wie sehr auch sein Ohr ins Wetter spannte. Andres Schomaker schüttelte den Kopf. „Lat sein, Doktor. Da kommt keiner.“ Fasste ihn an den Schultern und schob ihn vor sich her aufs Eis. Willich riss sich los. Nein, aufs Eis geht er nicht.

Schomaker sagte nur: „Ick geh, und du gehst auch!“ Damit ging er voran und ließ den Doktor stehen. Von Willich kämpfte schwer mit sich. Was aber sollte er tun. Bevor den andern der Schneesturm aufgeschluckt hat, musste er ihm folgen. Und er tat es, und das Eis trug.

Indessen saß Tode in seiner Hütte und wartete auf einen Ruf, von dem er wusste, dass er längst hätte gekommen sein müssen. Längst müsste Schomaker sich gemeldet haben. Innere Unruhe trieb ihn in der Stube umher, von einer Ecke in die andere, bis ihn seine Frau anranzte: „Nu giww endlich Ruh, du Staksbein. Wekker soll dat aushalten. Du kiekst dich noch den Düwel bei.“

„Schomaker bringt den Dokter. Ick muss röwer.“

„Du kannst nich röwer. Wart bis morgen. Kiek den Schnee.“

„Ick muss aber. Der Dokter!“

„Und ick segg, du kannst nich. Nicht bei dieset Wetter.“

„Red mich nich dagegen, Frau, ick ... “

„Du bliwwst hier, Tode! Ick will dat“, drohte sie.

„Ick geh!“, sagte er und machte sich fertig.

„Mein Gott noch eins, hört denn diese Schinderei nie nich mehr auf? Du marachst dich noch mal dot. Ick seh dat kommen. Wenn der Inspekterbengel verreckt, wat kannst du dafür, du vermadderter Dickschädel.“

Er überhörte ihr Zetern, stieg in seine Hosenstiefel, nahm die fellgefütterte Jacke vom Haken, band sich einen Wollschal über die Mütze und trat vors Haus.

Jungedi, das wehte da. Der Wind schlug die Tür mit Krawuch ins Schloss, dass das ganze Haus wackelte. Die Rinne, gestern durchs Eis gehauen, war dick zugefroren. Klares Eis, gründunkel gefärbt, umgeben von Höckern ausgebrochener Schollen, zeichnete ihm den Weg vor. Eine sichere Spur im Eis, und diese Spur führte hinüber nach Seehof.

Gestern waren sie zu zweit gewesen. Heute musste er es alleine schaffen, die Rinne hacken, den Kahn voranbringen. Allein! Johann Tode gab seine letzten Kräfte her. Schweiß rollte über sein Gesicht, Schweiß klebte auf dem knochigen Rücken, Schweiß durchnässte Hemd und Hose und rann in die Schuhe. Und der Schnee schlug ihm in die Augen. Doch weiter, immer weiter, immer die gleichen Bewegungen – freihacken, rechts links, nachstoßen, drücken, schieben, vorwärts, immer vorwärts ... Trieb ihn ein Wahn an, ein Wahn, der keine Erschöpfung kannte, kein Atemholen, kein Einhalten, um zu rufen, zu horchen? Hacken, stoßen, weiter, immer weiter ...

Oder? Rief da nicht einer? Hol öwer? Sinnestäuschung? Bin ick verrückt, dat ick träume? Nein, er rief nicht zurück. Verbissen wühlte er sich weiter durch Wirrnis und Eis, nur der einen Spur nach, die da war, und gab nicht auf, bis er den Bootsanleger sah, der sich dunkel von schneeigem Grund abhob. Er arbeitete sich heran, torkelte an Land und blickte sich um. Hatte er sich selber genarrt? Nichts sah er, nichts als ein paar überwehte Fußspuren, aufs Eis gepresster Schnee. Spuren, die aufs Eis führten, aufs blanke, glatte Eis, über das der Schnee trieb.

„Mann Gottes, wenn dat wahr is !", rief er aus. „Die rennen in meine Rinne, sie saufen ab. Ick muss zurück." Er stolperte in seinen Kahn und drückte ab, zurück, zurück. Er horchte hinein in die einsame, tote Weite; er rief und schrie und glaubte selber nicht daran:

„Hiierheer! Hiierheer!"

Da kam es zurück: „Halloo, halloo!"

Nun flog es her und hin, Ruf und Gegenruf, kam näher, zog sich heraus aus dem Verlorenen, und endlich tauchten zwei Gestalten auf, überschneite, dunkle Figuren. Schon taumelten sie ins Boot, gerettet vor dem kalten Tod. Tode aber brach zusammen. Seine letzte Kraft war verbraucht.

„Mach du, Andres", sagte der Doktor und kümmerte sich um den alten Mann. Der lag zusammengesackt auf dem Schiffsboden und hatte die Augen geschlossen. Schomaker brachte den Kahn durch die Rinne auf die Fährinsel. Den Erschöpften trugen sie der Frau ins Haus und machten sich auf den Weg nach Kloster, ein weiter Weg noch bis zu dem Kranken.

Als von Willich endlich am Bett des fiebernden Jungen stand, drückte der Vater ihm die Hand: „Ihr habt Euch herbemüht. Das werde ich Euch gut bezahlen, Dokter." Andreas Schomaker nickte er zu: „Nu slap dich man eins aus. Auf dich is Verlass, dat weiß ick doch, Andres."

Nachdem die Pfarrfrau Dorothee von dieser Schreckensnacht erfahren hatte, trug sie Butter, Brot und ein fettes Huhn in die Fährhütte und ließ es sich nicht nehmen, täglich nach Johann Tode zu sehen. Unter ihrer Fürsorge kam der alte treue Mann langsam wieder zu Kräften. Von Willich aber bekam Achtung vor den Leuten auf der Insel und erzählte diese Geschichte niemals, ohne Schomakers Treue zu rühmen.

DIESER strenge Winter forderte wahrhaftig zum Überleben heraus und wurde für manch einen, der ihn nicht bewältigen konnte, der letzte. Die Arbeit aber musste weiterlaufen, Hofdienst, dreimal in der Woche, rief die unfreien Vitter nach Kloster. Der Inspektor führte Buch über versäumte Tage und erließ niemandem auch nur eine Stunde. Er führte ein festes Regiment. Die Fischerei beschränkte sich in solchen Zeiten aufs Eisangeln. Viel holten die Männer aus den Löchern ja nicht heraus, und auch von diesen schmalen Erträgen forderte der Inspektor für die Herrschaft noch die vorgeschriebenen Abgaben. Auf diese Weise gingen bei den Leuten die Vorräte zur Neige, der Brotkorb hing schon bei vielen dicht unter der Decke, und in manchem Magen brannte der Hunger. Auf der Speisekarte stand einzig Fisch, Fisch und nochmals Fisch, gebraten, gekocht, gesalzen und, wo es allzu schmal wurde, war getrockneter Hering, Flickenhering, zäh wie darres Leder, fasrig und geschmacklos, das Allerletzte, das auf den Tisch kam. Manch einer sang da ein Lied mit dem Kehrreim: Flickenhiering, Flickenhiering, den ät ick gar tau giern.

Bei denen, die neben den Erträgen ihrer armseligen Feldarbeit vom Fischfang lebten, und das waren die meisten auf der Insel, den Krughalter, den Müller, den Zimmermann und einige Einlieger in Grieben ausgenommen, schlich eine zunehmende Sorge ins Haus. Der Fastenhering wird unter dem Boddeneis auswandern, die März- und Aprilschwärme gehen verloren. Und was dann? Gerade von diesen Fängen hing ein großer Teil ihrer Einkünfte ab. Eis, wenn es lange blieb, wurde zum bedrohlichen Feind für alle auf der Insel. Ein schrecklicher Winter. Das war im Jahre 1777. Grausam wütete er unter den Tieren. Die schwachen blieben auf dem Eis, Möwen, Enten, Schwäne. Der Fuchs kam oder wildernde Hunde von Rügen herüber und fraßen sie auf.

Entsetzlich litten auch die Menschen. Hanner Niemann, der die Kuhlen auf dem Friedhof schaufelte, schaffte seine Arbeit nicht mehr. Kindergräber, Gräber für die Alten, Gräber für die, die aufgegeben hatten. Denn nur wer stark war, überwand. Pastor und Doktor stritten sich über den Leichen. Pastor Scheer sprach vom unerforschlichen Willen des Allmächtigen, der Doktor dagegen von der natürlichen Auslese, und es ginge dem Menschen wie dem Vieh.

In diesen Tagen wurde der alte Pastor Witwer. Die Insel weinte, als sie von dem Tod der Pfarrfrau erfuhr. Doch am Begräbnistag ließen sie ihren alten Freund allein, die Kälte war nicht zu ertragen. Sperlinge fielen tot von den Zweigen, und auf den Wangen der Weinenden gefroren die Tränen. Hohl bollerten die Erdklumpen auf den Sarg, es klang, als würfe Niemann mit Steinen der Toten nach. Niemann tat das im Herzen weh, und er klagte, diese Frau hätte wahrhaftig ein würdigeres Begräbnis verdient.

Lebenssatt nun und müde ordnete Crüger sein eigenes Leben, um es zu Ende zu bringen. Für ihn gab es nichts mehr zu tun. Gegenwart und Vergangenheit liefen ineinander über, das Heute trat ins Gestern zurück. Mehrere Jahrzehnte hatte er auf dieser Insel gelebt, gedarbt, gebangt, geliebt und gearbeitet, Jahre, die ihn zurechtgeschmiedet hatten zu einem prächtigen, starken Gottesmann. Dachte er heute an seine Berufung, kam ihm sein ehrenwerter Schwiegervater und Vorgänger im Amt in den Sinn, und er erinnerte sich seiner weissagenden Worte: „Die Insel, mein Sohn, wird dich lehren und zwingen und dich nach altem Spruch bewerten: Willst du, dass wir mit hinein in das Haus dich bauen, lass es dir gefallen, Stein, dass wir dich behauen."

Und die Jahre haben es getan, haben ihn geformt und für ein Inselleben zurechtgeschlagen. Nun fühlte auch er seine

Kräfte schwinden. Sein alter, verbrauchter Leib wollte nichts mehr tragen. Über Nacht war es dann über ihn gekommen, kein Schlagfluss, kein Bruch, keine Auszehrung, kein Fieber, nur eine große Schwäche. Von Willich kam herüber und sprach vom Lauf des Lebens, er möge langsam Abschied nehmen und sich für die letzte Wanderung rüsten. Und er nannte das Altersschwäche.

Bertram Ludwig Crüger, des alten Pastors einziger Sohn, kam seit Mutters Tod öfter als bisher auf die Insel. Gern suchte er dann auch seinen Jugendfreund Stoffer Schluck auf. Sie hatten von Kind an viele schöne Jugendjahre miteinander gespielt, getobt, und sich auch gebalgt, wie junge Füchse es tun. Stoffer Schluck war als Kirchenvorstand darüber in Kenntnis, dass Crügers Schwiegersohn Scheer das Inselpfarramt wieder verlassen wollte. Jetzt erinnerte er den Bertram Ludwig an dessen eigenen Entschluss: ‚Wenn ick später mal Paster bin, Stoffer, dann komm ick auf die Insel und paster hier, und du musst mich allemal zuhörn.' Heute schien die Zeit dafür reif geworden zu sein.

Eines Abends rief Magister Crüger seinen Sohn zu sich. Ihn trieb die Sorge um sein liebes Pfarramt noch immer um. „Ich würde mich freuen", sagte er, „dich hier bald als Georgs Nachfolger zu wissen. Ich werde es zwar nicht mehr erleben, aber – wie stehst du dazu?" Bertram überraschte diese Frage nicht. „Sehr positiv, lieber Vater. Aber wir wissen, dass bei einer Pfarramtsbesetzung andere mitzuberaten haben."

„Eben. Die vortrefflichen Gieses haben das Patronat. Ich bin überzeugt, ihr Einfluss beim Greifswalder Konsistorium ist nicht gering, Ulrich ist eine bekannte Persönlichkeit. Bedenke nur seine weitläufige Verwandtschaft in vielen Bereichen, bis in die der Künste. Wir sollten den Kammerrat bald darauf ansprechen. Doch nun eine zweite Frage, lieber Junge, wie steht es um dein Herz?"

„Mein Herz?" Bertram Ludwig lächelte. „Du weißt es doch, Vater. Die Hedwig."

„Ich weiß, doch lass dir eines sagen. Zu einem guten Pastor gehört eine ebenbürtige Frau, verlässlich, treu, fromm, denke dabei an deine liebe Mutter. Das allein sollte für jede Ehe genügen. Nicht aber auf unserer Insel. Hier wird von einer Pfarrfrau mehr abverlangt im Vergleich zu den Amtsbrüdern in den Städten. Wie also steht es? Wird sie umlernen können?"

„Sie wird, Vater. Ich weiß das."

Der Alte griff nach der Hand seines Jungen und drückte sie. „Sage ihr, sie solle bald kommen. Ich will euch noch meinen Segen geben."

Bertram Ludwig Crüger hatte viel von der Art des Vaters, nur in der Statur schlug er mehr der Mutter nach: zart wie sie, beinahe ein bisschen zu schmächtig für einen Mann, und gesundheitlich wohl nicht der Kräftigste. Nur schwer erkannte man in ihm einen Mann von neunundzwanzig Jahren. Und die Jungfrau von Gagern und Stubbe, die sein Herz sich geangelt hatte, schien auch nicht für ein hartes Inselleben geschaffen zu sein.

Das Gespräch mit dem bald scheidenden Vater hatte den Anlass zu weiterem Handeln gegeben. Bertram Ludwig kündigte seine Hauslehrerstelle auf und nahm Gelegenheit, im Hause der Gieses in der Tribseer Straße vorzusprechen und die bevorstehende Verlobung anzuzeigen, um von der Herrschaft die freundliche Zustimmung zur Ehe zu erbitten.

Sophie Giese empfing ihn überaus herzlich: „Ich brenne darauf, junger Freund, oder richtiger, mein zukünftiger Pastor, Eure Herzensdame kennenzulernen. Ich bitte Euch, sie mir bald zu schicken. Freude soll dann an die Stelle meiner kindischen Neugier treten."

Hedwig Agnes Christine von Gagern, so steht ihr Name im Taufregister der Kirche, ging mit vollen Segeln dieser Einladung entgegen. Sie kleidete sich königlich. Ihr Vater, Herr auf Gagern und Stubbe im fruchtbaren Innern Rügens, war wohlsituiert und versprach zum Tag der Heirat eine ansehnliche Mitgift. Hedwig kannte sich im guten Ton aus und war angetan mit allen vortrefflichen Manieren, wie ein Frauenzimmer sie wohl pflegen sollte.

Für Sophie also überraschend, als sie in ihrem Gast eine

vigilante, unterhaltsame Demoiselle fand, beschlagen in französischer Conversation einerseits, andererseits zu Hause in ländlichem Milieu und dabei entfernt von aller Arroganz, wie hochgezüchtete Töchter sie oftmals an sich trugen. Vom ersten Begegnen an entspann sich ein ganz reizendes Verhältnis zwischen den beiden altersmäßig doch recht unterschiedlichen Damen, eine Tatsache, die die Beziehungen zwischen Herrschaft und Pfarrhaus in guter Weise vertiefte.

IN Blössings Krug – das Haus lag unterhalb des Klostertorbogens auf dem Weg nach der Vitte – ging es oft hoch her. Bier und Branntwein flossen, Kartenspiel, Tobaksqualm, Schweißdunst und Gegröhle feister, heller, hoher pommerscher Stimmen, wie oft quoll und scholl das durch Fenster und Türen. Hier im Krug wurde politisiert und wurden die Nachrichten der *Stralsundischen Zeitung* durch die Hirne gezogen. Auch bewegte alle die Angelegenheit mit der Heringssalzerei, eine Einrichtung auf der Insel, die sich, wie Ulrich Giese bald zugeben musste, als Fehlinvestition erwies. Denn der Fastenhering war zu fett, die Lake griff nicht genügend durch und der Fisch verfaulte im Fass. Woher auch soll ein Kammerrat wissen, dass fetter Hering zum Versalzen ungeeignet ist?

Die im Krug, die wussten das natürlich, stritten auch darüber, wer es als Erster gesagt hatte. Bis ein neues Gerede entstand, ein Gerede, angezettelt durch die Geschichte mit dem Hofmädchen Lene Collwitz, und wie der Inspektor mit ihr umgesprungen ist.

Lene Collwitz war ein vollbusiges, siebzehnjähriges Frauenzimmer, eines von der Art, das manch einer gern angeknabbert hätte, sommersprossig und mit wuschligen Haaren. Eines Nachts war sie nicht nach Haus gekommen. Darauf nahm der Vater sie am nächsten Tag ins Gebet und zwang sie mit glühenden Augen, die Wahrheit, ja die Wahrheit zu sagen. „Steh Rede!“, befahl er.

Lene berichtete, wie ihr einer was hat antun wollen, verschwieg aber den Namen des Mannes, aus Angst darüber, bestraft zu werden. Als sie aber sagte: »... da hat er mich in'n Pferdestall geschubst und auf dat Stroh und wollt mir mang die Beine ... ", da bollerte der Vater los: „Wekker war dat. Segg dat!"

„Segg ick nich. Nachher schlägst du ihm dot."

„Ick will aber wissen, wekker dat war. Segg dat! Auf der Stell!"

„Segg ick nich, aber ick kenn ihm."

„Segg mich seinen Namen, stantepeh, der Düwel soll ihn holn."

„Frag nich, Vadder, sonst segg ick gar nischt mehr!"

„Denn vertell! Und lass nischt aus. Ick will allens wissen."

Sie sagte ihm dann, wie sie den Kerl verdroschen hatte, ihm erst eins aufs Maul gegeben und dann in die Klöten getreten. Wo er dann nicht mehr hatte gehen können, sei sie ihm ausgerissen und habe sich die Nacht über hinter Gieses Klamotten am Steilufer verborgen. „Ick zeig dich auch die Stell. Nachher glaubst du mich dat nich. Und derwegen bin ick nich nach Hus kommen."

„So. Und wekker war dat?" Er ließ nicht nach. Sie aber verriet den Namen nicht und berichtete weiter, wie sie beim Hellwerden einen Bernstein gefunden habe, den der Inspektor ...

„Dat war so, Vadder, ick kiek mir den Stein an mit drei Fliegen in, und da kommt der Inspekter. Woher kommst, fragt er. Woans bist du nicht bei die Pferde. Is all klock sieben und du labummelst hier rum. Dann kiekt er auf meine Hand mit dem Stein in. Wat is dat, fragt er und ick sag, dat is mein seinen, dat hab ick gefunden. Lass mich eins durchkieken, sagt er und nimmt mich den Stein weg. Er grinst sich eins, sagt sich wat von Elektriden und Konklusio, wat ick nich konnt verstehen, und sticht ihn in seine Tasch. Ick segg, dat is mein seinen. Seggt er, wat an'n Strand liegen tut, is die Herrschaft seinen. Deinen is, wat die Hühners pinkeln. Und geht sich dann mit meinen schönen Stein weg. Derwegen war ick nachts nich zu

Haus. Nu weißt du dat, Vadder, und mehr kann ick nich seggen."

„Für mich is die Geschicht noch nich zu End. Segg mi, wekker dat war. Du kennst ihm doch."

„Nee, nachher schlägst du ihm dot."

Da griff der Vater das Mädchen bei den Schultern und schüttelte sie wie einen Siebkasten: „Wekker dat war, will ick wissen, du!" Lene schrie und wehrte sich. „Nu fängst du uk noch an. Ich segg und segg und segg dat nich." Da holte der Vater aus und schob ihr seine Pranke so derb ins Gesicht, dass sie in die Ecke flog. Lene heulte: „Kannst ja kieken, wer as so'n Borch rumhümpelt. Der war dat denn. Aber seggen, seggen segg ick nischt."

Nun hielt der Vater die Augen auf und sah sich alle Männer auf dem Hof an, ganz gleich ob jung, ob alt. Bis ihn einer anranzte: „Wat kiekst du immer so plietsch. Hab ick dich wat getan?" Denn in ihren Holzschuhen hümpelten und stolperten sie ja alle über Stock und Stein, einer wie der andere. Schließlich gab Collwitz es auf und hielt Lenes ganze Geschichte für erlogen und erstunken.

Am nächsten Morgen aber hatte der Inspektor seinen Sohnemann an die Seite gezogen und ihn genau betrachtet. „Wat hümpelst du mich so twallig rum, Knabe. Und wat is mit deinem Gesicht. Habt ihr euch geprügelt?"

Der Junge wand sich heraus: „So'n Ochs vom Hof hat den dämlichen Heuwagen im Tor stehen lassen. Bin dagegen gerannt, oben und unten", kam die schnoddrige Antwort.

„Wekker Heuwagen? Ick hab nischt von einem Heuwagen gesehen."

Der Junge hob die Schultern hoch und verdrückte sich. Viele Tage ließ er sich auf dem Hof nicht blicken. Erst als seine Blessuren verwachsen waren, wagte er sich wieder unter die Menschen. Als Lene Collwitz ihm dabei über den Weg lief, strich er frech an ihr vorbei und pfiff sich eins:

Kommste mit nach Ritzepittel
mit de Leinwandkittel
mit de Holzpantin.

Gelegentlich einer Fahrt in die Stadt überreichte der Inspektor der gnädigen Frau Kammerrätin den Bernstein, den er Lenchen Collwitz abgenommen hatte. Er hoffte auf Anerkennung seiner Ehrlichkeit und legte ihn ihr in die Hand mit dünkelhafter Selbstgefälligkeit: „Frau Kammerrätin, ein armer Edelstein in der Hand eines unübertrefflichen Diamanten."

Sophie Giese überhörte solcher Art Geschwätz. Sie dankte kurz, winkte die zur Stunde im Hause weilende Marie Wintherson heran und zeigte ihr das seltene Stück. „Willst du, Marie? Es ist von meiner Insel."

„Frau Kammerrätin, Ihr macht mich glücklich." Marie betrachtete den Stein, hielt ihn gegen das Licht und war entzückt. Da zog der Inspektor ein langes, dummes Gesicht und schwor sich, nicht einen Bernstein mehr, und sei er noch so kostbar, der Herrschaft zurückzugeben. Am Biertisch aber in Blössings Krug rätselten sie noch lange an dieser Geschichte herum, wer der Kerl gewesen war, der die Lene malträtiert habe, und wo der schöne Bernstein abgeblieben sei, der in der Stralsunder Bijouterie gewiss seine zehn Schilling gebracht hätte.

SEIT Ostern besuchte Maria Amalia Carstens den Konfirmandenunterricht. Ihre kindliche Gestalt hatte sich zu einem mit deutlichen Merkmalen ausgestatteten Mädchen entwickelt. Auf Kinn und Wangen mischten sich rot gekratzte Pickel zwischen die üppig perlenden Sommersprossen, stark wölbten sich ihre Lippen, durch Wind und Wetter aufgeplatzt, über den großen, auseinanderstehenden Zähnen; die Wangenknochen traten hervor und formten das jugendliche Gesicht geradezu grob und unschön.

Und doch trug dieses Mädchen eine Art an sich, die sowohl den Pastor als auch den seit Kurzem auf der Insel wirkenden Schullehrer Korth aufmerken ließen. Da stand nämlich ein hellwacher Geist vor ihnen, der Maria Amalia von allen anderen Kindern beträchtlich unterschied. Schulaufgaben, sagte Korth, löste sie mit dem Kleinfinger, regelmäßig und bei jedem Wetter käme sie zum Unterricht, und sie wäre die Einzige, die unaufgefordert ihre zwei Schillinge Küstergeld für die Lesestunden auf den Tisch legte. Dabei sei sie von Hause aus arm.

Eines Tages behielt Küster Korth sie zurück und tat sehr wichtig: „Mike Carstens“, sagte er, „du bist mich ein schlaues Gör. Willst du mich mal helfen mit die Lütten rechnen? Meine Bienen schwärmen, ick muss mich kümmern gehn. Nimm dich eins die Kleinen und rechne, wat du weißt. Und wenn sie genug haben, schick sie nach Haus.“

Maria Amalia schnipste mit den Fingern. Das ließ sie sich nicht zweimal sagen. Sie stellte sich vor die Klasse, wie Korth es machte, und spielte mit den Kindern Schule. Keinem zog sie die Ohren lang, keinen ziepte sie an den Schläfen die Härchen aus, sie spielte mit ihnen Rechnen, mit den Lütten das kleine, mit den Großen das große Einmaleins. Und als sie nachher nicht mehr weiter wusste, spielte sie mit allen *Ick seh dich nich wat du dich siehst.*

Als Korth zurückkehrte, meinte er eine leere Schulstube vorzufinden, so leise war es darin. Doch Maria Amalia saß vor den Kindern, die Ellenbogen aufgestützt, das Gesicht in die Hände gelegt, und las Geschichten aus der Heiligen Schrift vor. Und die Kinder hörten ihr zu, artig wie die Lämmer. Korth nahm den Unterricht wieder auf und hütete sich, davon zu erzählen. Wäre das dem Pastor zu Ohren gekommen, würde es einen Krach, wenn nicht gar eine strenge Maßregelung geben. Denn Scheer hatte die Schulaufsicht und war darin pinselig wie kein anderer.

Küster Korth war ein Mann mit wechselndem Temperament. Mal verdrosch er die Kinder, mal tanzte er mit ihnen, mal betete er und sang, mal jagte er sie achtkantig über die Rüben. Doch die, die nicht ganz auf den Kopf gefallen waren, lernten bei ihm zu zählen und abziehen, lernten, wie man Buchstaben liest und Wörter schreibt, und die lernten auch den Katechismus und manch gutes Kirchenlied. Er selber aber fragte sich, wie lange er wohl auf dieser scheußlichen Insel bleiben würde, denn das Leben hier schien ihm, als hätte die Welt ihn vergessen.

Maria Amalia war über das notwendige Schulwissen weit hinaus. In der Vitte half sie darum den schwachen Kindern nach und spielte auch dort Schule, und sie sang mit ihnen und tanzte lustige Ringelreigen. Den lütten Niklas Jochim hielt sie dabei stets fest an der Hand. Er war ihr kleiner Freund. Sie wirbelte und kullerte mit ihm, bis ihm schwindlig wurde. Stoffer Schluck lachte sich dann eins und meinte, sowas wäre gut, das übe sich gegen die Seekrankheit.

Mit Purzelbaum sauste das über die Wischen, und das kleine Kroppzeug, das hinter ihr herlief, hängte sich an Maria Amalias Rockzipfel. Weit übers Dorf hinaus flog das Geschrei ...

Hopp-hopp, hopp-hopp höling,
Jochim ritt up Föhling,
Lotting up de bunte Kauh,
riedens beid na de Möhl hentau
mitn Schäpel Weiten,
den sall de Möller upgeiten.
Hei geit den Weiten woll up den Rump,
dunn seggt den Möhl klumpumpulumpump.

... und rissen sich dabei fast die Arme aus dem Leib. Die Kleinsten schleiften über das Gras und brüllten, die Größeren traten über sie hinweg, ein wüstes Knäuel von Armen und Beinen. Und wenn dann noch die Röcke hochflogen und die nackten Popos zum Himmel hinaus strahlten, schrien die Bengels Morsblanker, Morsblanker und knallten ihnen noch eins obendrauf. Maria Amalia aber, wie ein Wildling, drehte sie an:

Bimmel, bammel, beier,
de Köster mag kein Eier.
Wat mag hei dann?
Speck in de Pann.
De Köster is ein Leckermann.

Weiß der liebe Himmel, wo das Mädchen dies alles aufgeschnappt hat. Vom Küster Korth bestimmt nicht. Der fühlte sich durch dieses Lied vergackeiert. Aber so war es, was Maria Amalia einmal gehört hatte, behielt sie fest im Gedächtnis. Und der lütte Niklas Jochim war immer mittenmang dabei, war der wildeste von allen und nicht zu halten. Und das bei seinen gerade vier Lebensjahren.

Drang der Kinderjubel bis an das Krankenlager der Carstenmuddersch, horchte sie nach draußen, lächelte schmerzvoll und wusste: Wenn ich nicht mehr bin, schlägt sich das Kind alleine durchs Leben. Um sie brauche ich mich nicht zu sorgen.

Die Carstenmuddersch starb, als das Wasser ihr das Herz abgedrückt hatte und unter großen Qualen. Der Arzt aus Bergen setzte seinen Namen unter den Totenschein, und Pastor Scheer brachte sie mit guten Worten unter die Erde. Von dem Tag an war das unmündige Mädchen auf die Freundlichkeit anderer angewiesen. Die aber fanden sich sogleich. Die lahme Gausche hätte sie gern zu sich ins Haus geholt, obwohl sie selber nichts zu beißen hatte. Doch Stoffer Schluck bestand darauf: „Die Göre kommt bei uns!" Kurz und bündig war das gesagt. Das war der Maria Amalia sehr lieb. Anna führte sie hoch in die Ook und sagte: „Hier oben kannst du machen, was du willst. Nur kein Feuer nich."

Die Ook, ein niedriger, enger Raum mit einem kleinen Fenster zum Giebel hin war zugig und winters kalt. Aber ein Stuhl hatte darin Platz und das Bett und ein Regal. Maria Amalia zog mit ihren wenigen Sachen ein, stellte einen Pott mit Wiesenblumen auf das Fensterbrett und daneben das lütte Kuhpferd, das sie aufbewahrte, denn Niklas Jochim warf damit herum wie mit einem Ball. Der Katen der Mutter blieb von da an verschlossen.

Im Schluck'schen Katen fühlte Maria Amalia sich geborgen. Wenn abends der Wind über die Insel rauschte und an dem Rohrdach rüttelte, wenn er durch die undichten Fenster und Türen zischte, bekümmerte sie das nicht. Sie rollte sich wie ein Igel unter ihrer Decke zusammen und wärmte sich Bauch und Füße an Beuteln aufgeheizter Kastanien.

Niklas Jochim wurde ihr nun ein Brüderchen. Sie hatte seine Taufe gesehen, sie hatte ihn das Gehen gelehrt, sie hatte ihn auf dem Arm getragen und gekost. Jetzt, wo sie für immer wohl in diesem Haus sein durfte, begann sie auch, für ihn zu denken. Abends kniete sie an seinem Bett nieder und betete mit ihm, wie sie es beim Pastor gelernt hatte. Unbewusst entfalteten sich in ihr mütterliche Gefühle, und darum war ihr so wohl, wenn er zu ihr hinaufschlich und sich unter ihre Decke streckte, wenn sie seinen warmen, weichen Körper neben sich spürte und ihn streichelte, und wenn sein duftender Atem ihre Nase traf.

Anna Schluck stand oftmals hinter der Tür, lauschte nach oben und war beglückt, wenn die beiden miteinander ihr Schlafliedchen sangen:

Eia wi wi
wekker slöpt öwer Nacht bi mi?
Dat sall min lütten Niklas daun,
min lüttes, säutes Zuckerhaun,
Eia wi wi.

Eines Tages sagte Pastor Scheer zu Anna: „Dass ihr die Mike Carstens habt in eurer Haus genommen, das vergisst euch der Herrgott nicht."

„Nu red nich so wat, Paster", erwiderte sie. „Wir haben die Göre doch lieb. Is doch schlimm, wenn so ein Kröt Vater und Mutter nich mehr haben tut."

„Und – was wollt ihr nun machen mit ihr? Sie wird nächstes Jahr konfirmiert."

„Dat wissen wir noch nich, Paster. Aber lernen, lernen soll sie wat."

„Dat ist wohl so, Schlucksche. Sie ist nämlich ein bannig kluges Frauenzimmer."

1778

Es mehrten sich die Anzeichen, dass der alte Magister Crüger zum Sterben kam. Über Nacht schien sein Gesicht zusammengefallen zu sein, gezeichnet von müder Ausdruckslosigkeit, bläulich spitz stand die Nase, weiß die Stoppeln auf den unbarbierten Wangen. Öffnete er die Augen, sprachen sie unmissverständlich vom Wissen um das nahe Ende. Seine Hände glichen Krallen, von durchscheinender Seidenhaut überspannt, durch die die Adern wie aufgeblasene, dunkle Schnüre schimmerten. Stunde um Stunde hielt er sie gefaltet und bewegte sie nur, wenn eine liebende Hand über sie fuhr.

Bald darauf ging die Kunde aus dem Haus, der alte Magister Crüger sei für immer eingeschlafen. Pastor Scheer ließ dem Arzt die Nachricht zukommen. Der trug auf dem Totenschein das Datum des 27. Januar als den Sterbetag des Hiddensee'schen Pastors ein. Magister Crüger war seiner lieben Frau ein Jahr nach deren Abscheiden in die Ewigkeit gefolgt.

Am Beisetzungstag kamen sie alle, Männer und Frauen aus Grieben und aus den Süderdörfern hoch, ihrem lieben Pastor die letzte Ehre zu erweisen. Selbst die lahme Gausche war nicht zurückgeblieben. Stoffer Schluck hatte sie auf seiner Netzkarre von der Vitte heraufgeschoben. In der Kirche rückte ihr Küster Korth einen Stuhl zurecht, gleich neben Altar und Sarg.

Die Leichenpredigt hielt der Sagarder Pastor von Willich, ein Bruder des Medikus aus Bergen. Mit guten Worten ließ er ein über dreiundachtzig Jahre gelebtes Leben an ihnen vorüberziehen. Und von Willich rühmte des Magisters unerschütterliche Gläubigkeit und seine Treue zu Amt und Herrschaft genauso wie seinen Mut, gegen alle Unbilden menschlicher Schwächen einzuschreiten.

Die Predigt dauerte lange. Maria Amalia hatte sich schon an den Stuhl der lahmen Gausche lehnen müssen. Gelangweilt blätterte sie in Annas Gesangbuch und fand Gefallen an dem Bild auf dem Titelblatt, das einen an hohem Altar knienden Engel zeigte. In sich versponnen betrachtete sie es und begann zu lesen, flüsterte erst, dann brummelte sie selbstvergessen vor sich hin.

Denen durchs Blut Jesu geheiligten Kirchen-Gemeinen Schwedisch-Pommern und Rügen Gnade und Friede von Gott unserm Vater, seinem Sohne und dem Heiligen Geiste.

Allerliebste Mitchristen.

Gegenwärtiges Gesangbuch ist im Jahre 1723 mit Genehmigung der hiesigen Königl. Regierung durch den wohlseligen Herrn General-Superintendenten

DOCTOR ALBERT JOACHIM VON KRAKEVITZ,

gesammelt und zum Druck befürwor …

„Psst! Lies nich so laut!“, fuhr die Gausche sie an und gab ihr einen tüchtigen Fuck in die Seite. Ihr fiel das Buch aus den Händen und klatschte – platsch – auf die Erde. Mit aufgefächerten Seiten lag es im Schmutz. Und Maria Amalia schämte sich in Grund und Boden.

Sophie Giese, durch dieses Geschehnis auf sie aufmerksam geworden, sah sie an und fand das blutübergossene Gesicht des Mädchens einfach anmutig rührend. Interessiert hielt sie es für einen Augenblick mit den Gedanken fest, und als Maria Amalia aufschaute und sie verstört ansah, lächelte sie sie an und zwinkerte ihr zu. Und Maria Amalia, sie lächelte zurück, zaghaft bescheiden und artig. Unbemerkt beobachtete Sophie das Mädchen weiter und fand Gefallen an ihr, weil sie sich um die lahme Frau im Stuhl so fürsorglich kümmerte.

Der Pastor segnete den Toten aus, und die Kirchenvorsteher trugen ihn zu Grabe. Als der Sarg in die Erde gesenkt wurde, sangen Schulkinder mit jämmerlich dünnen Stimmchen das von Küster Korth eingedrillte Lied „Was ist der

Mensch, die arme Made, dass du, o Gott, an ihn gedenkst." Dann trieb die Januarkälte sie alle rasch nach Hause ins Warme. Die Frauen an den häuslichen Herd, die Männer noch kurz in den Blössing'schen Krug. Im Pfarrhaus sammelten sich die Gäste und stellten sich rund um die Öfen.

Dabei gedachten sie einmal ihres lieben Verstorbenen und, sicher in dessen vollstem Einverständnis, setzte Bertram Ludwig Crüger seine Hochzeit mit Hedwig von Gagern auf die erste Woche nach dem Ablauf des Trauerjahres fest.

Die Herrschaft verweilte noch einige Tage auf Hiddensee. Die stille Winterwelt tat beiden gut, und Sophie kam die Erkenntnis, dass es sich auch wintertags wohl gut auf diesem lieben Ländchen leben ließe. Sie müsse sich nur den Gegebenheiten anpassen.

An einem dieser Tage inspizierte Kammerrat Giese in Begleitung seines Inspektors das Inselgut, vornehmlich den Viehbestand und den noch vorhandenen Vorrat an Ufersteinen, von denen er sich noch ergiebige Erträge erhoffte. Bei diesem Rundgang fiel dem Inspektor auf, wie stark Giese sich verändert hatte. Vor Jahren pflegte er ihn wohlbeleibt und brösig zu nennen, hinter vorgehaltener Hand sogar einen fetten Truthahn. Das wollte nun nicht mehr in ihm übereinkommen. Wo ehemals Behändigkeit und sprudelndes Leben diesen Mann auszeichneten, stand nun offenbare Mühsal. Sein Gesicht, unter der leisesten Anstrengung gerötet, wie dunkle Ränder unter den Augen, und sein Atem ging kurz und gequält. Im Gespräch erschien er müde und ideenlos, selten kam eine Frage, noch seltener eine Anweisung. Statt ihrer sagte er wiederholt: „Ist gut, Inspektor, macht weiter so, ich bin zufrieden."

Als der Inspektor die missratene Heringssalzerei erwähnte, machte Giese nur eine wegwerfende Handbewegung: „Ist vorbei, Inspektor, ist vorbei. Die Steine allerdings ... " Ja, die Steine müssten noch etwas bringen. Auch wäre über die nach Stürmen angespülten Bernsteine zu reden. Hier lagere noch Kapital. Doch das war eigentlich alles, was Giese bewegte.

In der gleichen Zeit, als die beiden unterwegs waren, führte Sophie mit Pastor Scheer ein langes Gespräch. Da ging es ihr um den Kontrakt, den sie seinerzeit mit dem Magister abgeschlossen hatte. Dieser Kontrakt brachte eine Frage aufs Papier, wie die Pfarre von landwirtschaftlichen Belastungen befreit werden sollte. Als Entschädigung für fehlende Einkünfte sollte die Pfarre jährlich sechzig Reichstaler erhalten. Heute nun fragte Sophie nach dem Stand der Dinge. „Wie sieht es mit den sechzig Talern aus, Pastor Scheer? Ich habe diesen Betrag", sie tippte mit dem Finger auf das Datum, „zu Michaelis angewiesen. Eurerseits erfolgte keine Bestätigung, soweit ich mich erinnere. Ich frage, ob dieser Betrag bei Euch zu cassa ging."

Scheer hob die Schultern, er zeigte seine Unkenntnis an.

„So kümmert Euch darum", forderte sie kurz, „gehen wir puncto für puncto weiter." Sie fuhr mit dem Finger die Zeilen ab. „Hier Abschaffung des Ackers, Inspektor übernimmt. Abschaffung allen Viehs, also bei Euch Schafe und Gänse, ein Pferd behaltet ihr und die Hühner. Was die vier der Pfarre gehörenden Kühe anbelangt, zwei gehen an den Hof. Die anderen beiden? Was ist mit denen?"

„Werden durch die Magd gemolken und gefüttert, sommers von den Hirten der Holländerei gehütet, der Milchertrag wird verrechnet."

„Dass ihr das Pfarramtsland los seid, ist Euch doch nicht leid?"

„Leid? Keineswegs. Ich wäre ohnehin ein miserabler Bauer. Mein Acker würde eher Melde und Nessel tragen als ein paar kümmerliche Rüben."

„Sagt doch gleich Dorn und Distel, um biblisch zu bleiben", lachte sie. „Nun, Ihr sollt es ja auch nicht, wenn es Euch nicht von Hand geht. Mein Gemahl und ich wollen, dass Ihr es leichter habt."

Weiter ging es um den zu liefernden Torf, den weißen Sand zum Scheuern und um die Schweinehaltung. Sophie Giese merkte wohl, dass Pastor Scheer allzu großzügig mit dem umging, was ihm im Grunde zustand, und sie ermahnte ihn ganz ernstlich: „Dieser Kontrakt, Scheer, hat seine Gültigkeit. Also kümmert Euch. Es ist Eure Deputatsordnung, Ihr lebt davon.“

Lange hatten sie diese wichtigen Fragen bewegt. Eben wollte sie sich erheben, als ihr noch etwas einfiel, was sie zu fragen fast vergessen hatte. „Da ist noch etwas – das Mädchen – Scheer, erinnert Euch – gestern in der Kirche – sie hatte das Gesangbuch fallen lassen – wer ist dieses Mädchen?“

Pastor Scheer sagte, was er über Maria Amalia wusste, sagte auch von Stoffer Schluck, der sie nach dem Tod der Mutter in seine bescheidene Behausung aufgenommen habe, erwähnte dabei die Absicht, sie vielleicht nach der Konfirmation ins Pfarrhaus zu nehmen, sie fördern, wie sie es ihrer Intelligenz entsprechend wohl verdiene. Und er schloss: „Die kleine Carstensch ragt in der Tat durch ihre fröhliche Art über die anderen weit hinaus. Leider ist sie sehr arm.“

„Darin sagt mir gelegentlich von ihr, damit wir uns um sie kümmern können.“

Als sich Tags drauf Sophie und Ulrich Giese während der Rückfahrt austauschten, bekannte sie: „Mir hat dieser Inselbesuch gut getan. Ich glaube, es wäre geraten, mit diesen redlichen Menschen längere Zeit zusammenzuleben. Dieses schreckliche Intrigantentum, wie es uns in der Stadt begegnet, scheint es hier nicht zu geben.“

„Meinst du? Ist nicht die Welt an all ihren Ecken mit Menschen aller Sortierung gleich bestückt? Dein Auge sieht immer nur das Gute, Sophie Elisabeth, du wunderliche Herrin. Demungeachtet, mich hat diese Reise sehr angestrengt. Ich sehe mich kaum in der Lage, alles recht zu führen. Du scheinst ihnen gewogener zu sein. Schenke ihnen deine Aufmerksamkeit und nenne diese Insel, und bitte mit vollem Recht, *deine* Insel.“

1779

Der gewaltige Schneesturm der letzten Februartage hatte alles Leben auf der Insel für Tage lahmgelegt. Wieder mal lagen Häuser und Wege wie begraben, die Brunnen waren verschüttet, das Vieh litt, der Mensch litt, Insel und Bodden waren zu einer einzigen weißen Decke zusammengewachsen, und die Leute mussten sich aus ihren Häusern buchstäblich herausschippen.

In dieser Zeit brauchte Küster Korth keine Schule zu halten. Keinen Hund hätte man vor die Tür gejagt, geschweige denn Kinder zur Schule geschickt. Darum brauchten die Eltern keinen Schulgroschen zu bezahlen, darum verlor Korth an Einkünften, darum gab es immer den gleichen Ärger. Eins hing eben am andern.

Der Kuhlengräber Niemann hatte über den Friedhof einen Weg zur Kirche freigelegt, die Tür geöffnet und hineingesehen. Entsetzt prallte er zurück. Auf dem Hacken drehte er sich um und rief den Pastor. Der kam und schlug die Hände über dem Kopf zusammen.

„Nu kiek dich dat eins an, Paster, unsere schöne Kirch. Wat nu?" Ihm schien, als hätte das Wetter hier mit besonderer Boshaftigkeit gespielt und den Schnee, der draußen keinen Platz mehr gefunden hatte, in der Kirche zuhauf gepackt, um ihn loszuwerden ...

Scheer verfasste einen Rapport an die Herrschaft in Stralsund. Dieser sagte aus, dass *unzählige Ziegel aus dem Dache gefallen und große Löcher klaffen, dareyn der Schnee gefahren und den Dach-Boden mit dicken Hauffen beleget. Auch sind Fensterglas in die Kirchgeräume gedrükket und zerspellt. Noch itzt bedecket Schnee handhoch den Altar wo auch alle Bände sind in Mit-Leidenschaft gezogen, daß es große Anstrengung bedürfet, die Fuhren Schnee hinaus zu schafen und das Gottes-Haus wieder in Stand zu setzen. Dabey ist die Frage um die personalia. Solch Handarbeit muß entlönet werden, doch hat das Etat für solchartig Vorkomniß kein habet, aus dem geschöpft werden kann, etc.*

Diesem Bericht fügte er seine Klage über den allgemein miserablen Zustand des Gotteshauses bei, womit er im Grunde nur weiterführte, was schon sein Schwiegervater Magister Crüger bisher ergebnislos getan hatte.

Ulrich Giese las zwar aufmerksam, legte den Bericht aber beiseite. Nach seiner Meinung sei Kirchenreinigung, denn um anderes ginge es hier ja wohl nicht, Sache der Eingepfarrten. Was den Gebäudezustand betrifft, war ihm hier nichts Neues gesagt. Der junge Pastor möge sich bittschön in Geduld fassen, Rom sei auch nicht an einem Tag erbaut. Sobald der Winter vorüber ist, werden wir uns kümmern, schrieb er zurück.

Sophie dagegen verstand es, den hohen Geistlichen, den Generalsuperintendenten Quistorp für ihre Insel zu interessieren, indem sie ihm eindrucksvoll anlässlich einer Begegnung das Leben der Eingepfarrten schilderte, und dabei besonders ihre Armut. Und wie zum Beweis schob sie ihm den jüngst empfangenen Brief Pastor Scheers unter die Augen, den Quistorp sehr genau las.

„Wir empfehlen unsererseits“, sagte er und nahm sich damit dieser Angelegenheit an, „an maßgebliche Stellen zu appellieren und wir meinen“, dabei tippte er lächelnd gegen seinen Jackenknopf, „unsere Namensunterschrift könnte ein wenig mehr bewirken als die Eure. Wir versprechen, uns zu verwenden.“

Noch am gleichen Tag diktierte Generalsuperintendent Quistorp seinem Schreiber einen Brief an den höchstwohlgelehrten Rat der Stadt Stralsund, beschrieb darin den Zustand der Inselkirche als *hochkatastrophal,* schilderte die magere *financia* der Pfarre als *am Boden liegende* und ersuchte den hochwohlgelehrten Herrn Generalstatthalter zu Stralsund um *Unterstützung behufs einer collectierung von Spendengeldern im Pommerschen.*

Mit diesem Schreiben wurde Wirklichkeit, was schon Magister Crüger zeit seines Lebens ersehnt hatte: Die Öffentlichkeit nahm von der Existenz der Inselgemeinde endlich Kenntnis.

Was kaum zu erhoffen war: Quistorp hatte die Landeskirche bewegen können, zu einer landesweiten Kollekte aufzurufen. Den Patronen und Gutsherrschaften ging das sicher gegen den Strich, immerhin aber erhielt das Patronat in Stralsund – zu Händen des Herrn Kammerrats Giese – im Juli einen formellen Bescheid

von der Königl. Mayest zu Schweden
zum pommerschen Etat verordneter
Generalstatthalter und Regierung.

Unseren Gruß zuvor, Wohledle und Veste, Hoch- und Wohlgelehrte, Hoch- und Wohlweise, Hoch- und Vielgeehrte Herrn!

Als Sr. Durchl. und der Königl. Regierung sich veranlaßt gefunden, zu Widerherstellung der Kirche zu Hiddensee eine Kirchen Collecte im gantzen Lande zu bewilligen, so gesinnen Wir an dieselbe hierdurch, zu veranstalten, daß in den hiesigen Stadt-Kirche sotane Collecte gesammelt, die Collecten-Gelder aber dem Herrn Pastoris Scheer zu Hiddensee gehändigt werden.

Göttlicher Obhut empfohlen
Stral und, d. 17. July 1779
Olthof, Horn, Putbus, Engelbrechten

Das war mehr als erwartet! Sophie Giese ließ eine *Copia* fertigen und versicherte dem Pastor Scheer gegenüber ihre Freude und *daß die Herrschaft, so sie in der Lage sey ihr Möglichstes beabsichtige beyzusteuern. Denn das sey gewiß, daß seitens der Eingepfarrten wohl keine umfassende Hilfe zu erwarten sey. Doch möchte diesem Schreiben hintangestellt sein, wie weit die Pfarrkinder, sonderlich die Begüterten unter ihnen, Schiffer und Einlieger, ordentlich um ihre Beyträge angegangen seyn.*

Scheer fand diesen Brief auf der einen Seite beruhigend, konnte aber eine leise Verstimmung nicht leugnen. Er legte das Schreiben ad acta. Die hintergründige Aufforderung, zusätzliche Gelder aus seinen Leuten zu pressen, war ihm ärgerlich und stand gegen das Anliegen der Kollektierung. Sehr schroff und in aller Deutlichkeit betonte er Dorothee gegenüber, dass er nicht auf die Insel gekommen sei, seine Gemeinde zu schröpfen. Basta!

Im Lauf der Zeit hatte sich Niklas Jochim Schluck zu einem handfesten Hiddensee'schen Rabauken entfaltet. So etwas kommt von selber, so etwas wächst heran, wie Unkraut und Weizen auf ein und demselben Acker. Die Alten machen es den Jüngeren vor, die Jüngeren machen es den Kindern vor, und die sind stolz darauf, wenn sie sich geben können wie die Großen. Sie lernen, mit Steinen zu schmeißen, auf dem Kopf zu stehen, Mädchen zu ziepen, alles.

Niklas Jochim hatte wache Augen und helle Ohren, er sah und hörte alles, auch das, was er nicht sehen und hören sollte. Auch er gab sich wie die anderen, hatte Mus in den Mundwinkeln und Rotz in der Nase, mit seinen abstehenden Ohren an seinem kahl geschorenen Kugelkopp prügelte er sich mit denen aus Plogshagen herum wie die andern auch, steckte den Mädchen Hagebuttenkerne in den Hals, dass die vor Jucken das Heulen kriegten, ritt auf Tilde Gaus Ziege, bis die zusammenbrach, schob dem lütten Striesow angefaulte Heringe in die Pantinen und kriegte Kloppe. Petzte er sich aus, belehrte ihn Vater Stoffer:

„So wat kommt von so wat. Zwei Hähn up einen Hoff, dat giwwt Streit und Mord. Treck den Düwel nich am Steert, der dreiht sich um und kniept."

Seit Kurzem war Anna Schluck der Meinung, es ginge nun wirklich nicht mehr, dass der sechsjährige Bengel noch immer in Röcken umherstörkt. „Orrentliche Büchsen braucht er. Wekker sich in Dreck sühlt as so'n Schwein, muss entsprechend Kledasch haben. Ick prün ihm wat tosamm."

Ja, sie prünte was zusammen, aus Stoffers abgelegten Tuchhosen. Sie nannte das, als es fertig war, eine richtige Hose, puffig und lang. Die kratzte zwar hier und scheuerte da, war auch am Bauch ein bisschen zu weit gefasst, aber die Träger über den Schultern hielten sie hoch, wenn die nicht von den Schultern rutschten. Anna meinte:

„So wat wächst sich rein. Jedet Jahr ne neue Hos, dat kann ick nich ab.“

Stoffer lachte laut auf, als er den Jungen darin herumhüppen sah:

„Wat hast du aus ihm gemacht, Anning. Dat passt doch nich tosamm, dat is ein Scheffel Hos und bloß ne Metz Mors.“ Wahrhaftig, Niklas Jochim lief herum wie ein Sack auf Beinen, barfuß, aber flink, überall und nirgends zu finden. Dreck am Mund, Strohflusen in den Haaren, Heringsschuppen in den Kleidern, kerngesund, die Freude von Vater Stoffer und Mutter Anna, das war Niklas Jochim.

Seitdem Maria Amalia nach ihrer Konfirmation den Schluck'schen Katen verlassen hatte und ins Pfarrhaus gezogen war, wie Scheer es gewünscht hatte, um sie zu fördern, fühlte sich der Junge vereinsamt. Die schöne Zeit der Ringelreigen war vorbei, er musste sich neue Freunde suchen. Verloren aber hatte er sie nicht. Denn was dieses Mädchen dem Jungen in seinen ersten Lebensjahren ins Herz gesät hatte, das wird Früchte tragen, Früchte, die besser waren als Küster Korths bester Weidenstock, der gar nicht so selten auf seinem Hosenboden tanzen sollte.

Maria Amalia wohnte in der Ook im Pfarrhaus. Etwas beengt war es da, wie überall unter den Dächern, die Diele war schief und Lichteinlass gelang nur durch ein kleines dreieckiges Fenster. Ihr Meublement, eine Liege, ein Spind, Tisch und Stuhl, ein Waschständer mit Kanne und Schüssel. Das musste genügen und genügte auch. Einen Ofen gab es nicht, gab es in keiner Ook. Darum litt Maria Amalia im Winter sehr unter der Kälte. Wochen hindurch musste sie morgens das Eis auf dem Waschwasser zerschlagen. Die Kleidung blieb klamm, und nur ihr abgehärteter Körper konnte diese harte Lebensweise durchstehen, ohne Schaden zu nehmen.

In diesem Hause, dessen Tage von innerer Herzlichkeit erwärmt wurden, bildete sich in Maria Amalia ein junger Mensch heraus, der die Freude der Pfarrersleute wurde, wie auch vieler anderer. Was sie sagte, war lieb, was sie tat, war gut. Und sollte ein Jüngling sie mal heimlich maßnehmen, würde er deutlich erkennen, dass sich in diesem Haus ein kräftiges, wohlgestaltetes Weibsbild befindet, das wert war, angeguckt zu werden. War sie auch im Gesicht eckig und kantig, spröde in der Haut, so doch nicht in ihrer Seele. Den Mannsleuten sah sie aber nicht hinterher. Sie war noch nicht so weit.

Hans Schluck aus Grieben, der Taufgevatter Niklas Jochims, war ein freier Mann. Gleich nach seiner Konfirmation hatte er als Segelknecht bei Schiffer Fredrichs auf der HERMINE angeheuert. Seitdem fuhr er große Fahrten mit. Nun kehrte er nach langer Seereise wieder einmal zurück auf seine geliebte Insel Hiddensee, gefüllt mit Erlebnissen, die des Erzählens wert waren.

Die HERMINE lag für Wochen zur Überholung in einer Wolgaster Werft. Bodenwrangen und Spanten sollten erneuert, die Panzer der Seepocken abgekratzt und das Unterwasserschiff kalfatert werden. Fredrichs schickte seine Leute derweil nach Hause, was sollte er sie an Bord durchfüttern. Hans Schluck fand in Wolgast eine Schaluppe, die ihn nach Stralsund segelte. In Stralsund stieß er auf Schomaker, der ihn auf der Hofjacht rasch nach Hause brachte.

Hans Schluck hatte es schon in seinen jungen Jahren weit herumgetrieben. In den Schären Norwegens hatte er gekreuzt, Schwedens Häfen ausgelotet, das Kattegatt kannte er wie seine Seekiste, die Rigaer Bucht war ihm ein zweites Zuhause geworden, in Saint Malo kannte er eine superbe Demoiselle, Mont St. Michel hatte er von Weitem bestaunt, bei den ‚Tschänneleiländs' hatte er massive Stürme kennengelernt, bis zu den Kanaren war er vorgedrungen und hatte mehrmals Gibraltar umrundet, Berge, Klippen, Meere ... Und das alles unter Schiffer Fredrichs Order und Schwedens schöner Flagge.

Als ihm jetzt aber der heimatliche Dornbusch vor die Augen kam, wurde ihm doch weich ums Herz, der Blick wurde nass und in den Lidern rann es zusammen. Wie lieblich schlicksten die Wellen des Schaproder Boddens gegen die Bordwand, alte, liebe Lieder, kindliche Erinnerungen. Da wird auch ein handfester Seemann spüren, dass er eine Seele hat.

Schiffer Fredrichs hatte ihn zu einem solchen handfesten Seemann gemacht, einem Mann, dessen Arme Eisen zerbiegen, dessen Rücken breiter ist als eine Kombüsentür, dessen Brustkasten zwei ausgewachsene Frauenzimmer nicht umspannen können. Dieser Hans Schluck stieg nun in Kloster an Land. In seinem Seesack brachte er mit, was er nicht hatte zurücklassen wollen, feine Sachen aus fremden Ländern und kaputte, dreckige Wäsche. Alles andere blieb wohlverwahrt in der Seekiste an Bord. In ein paar Wochen würde er doch wieder auf der HERMINE herumjumpen, bei Schiffer Fredrichs, dem guten, erfahrenen Mann, zusammen mit dem Steuermann Heiner Willbrand, Kaller aus Ziegenort und dem Schiffsjungen aus Wolgast. Zwei, drei Wochen reichten fürs Land. Dann wollte er wieder aufs Wasser.

Hans Schluck wohnte in einem der acht Häuschen in Grieben. Der Weg in sein Dorf war nicht weit, und weil ihn niemand erwartete, nahm er erstmal Kurs auf Blössings Krug. Heimatliches Bier saufen und einen Stremel vertellen, danach stand ihm der Gaumen. Alte Gesichter wiederzusehen und Neues zu hören, das sollte das Erste sein. Im Krug erfuhr er, dass Giese noch immer Steine abfahren lässt und Tonerde für seine Porzellanpötte, dass er aber bis aufs Fleisch verschuldet wäre und deswegen Herzanfälle kriegte, dass der olle Magister tot geblieben und der junge, wat dem Ollen sein Schwiegersohn ist, wieder weg will, und sie erzählten auch noch einmal von Johann Jacob Gottschalken seine Verunglückung bei Kap Lizard, aber nu sei Hanner Gottschalk wieder unnerwegs.

Hanner Schluck hatte anderes zu erzählen. Er wusste von Benjamin Franklin zu berichten, der ne weiße Perück trägt, und Bord an Bord sind sie gefahren da, wo sich der Äquator über das Meer treckt. Wusste auch von dem Flötepieper von Zankzussi zu sagen, und wie der mit den Östreichern rumstänkert. Kam von französischen Kriegsgaleeren auf das Sankt Elmsfeuer zu reden, wo die Rahnocken glühen wie giftige Luftdüwels, und war gerade dabei, von einer Ramming mit so'n hundfottschen inglischen Schlapmütz unglaubliche Dinge auszubreiten, als einer der

Vitter über sein Garnspinnen den Daumen senkrecht auf die Tischplatte setzte und koppschüttelte: „Hanner, ick glöw, du lüggst."

Da stand Hanner auf, zahlte seine Hörer aus, schob sich durch die Stühle und ging hinaus. Der Weg führte ihn am Pfarrhaus vorbei. Da gefiel es ihm, kurzerhand bei Pastor Scheer einzugucken und Salut zu schießen, kannte er doch Dorothee noch aus ihrer Kindheit. Darum schlug er einen kleinen Bogen und steuerte piel auf das Pfarrhaus zu.

Maria Amalia, noch spät damit beschäftigt, Unkraut vor der Tür zu ziehen, pulte Gras zwischen den Steinen heraus. Sie summte dabei leise vor sich her und hörte nichts und sah nichts als ihre Graszipfel. Tief gebückt in ihre Arbeit versunken, streckte sie die rundliche Pracht ihrer unteren Kehrseite in die abendliche Welt. Hans näherte sich ihr unbemerkt und zog – ruckzuck – die Schleifenbänder der Schürze auf. Doch schneller als der schnellste Blitz fuhr sie herum und – patsch – kriegte er mit ihrer sandbekrümelten Hand ein Pfund Maulschelle hinter die Ohren, dass es nur so schallerte, saftig und gekonnt. O Mann, war das eine Begrüßung!

Bedust rieb er sich die Backe und starrte Maria Amalia an. Die sah plötzlich einen Mann vor sich, errötete bis unter die Haarwurzeln, rief entsetzt: O Gott, und wollte weglaufen. Aber Hans hatte sie schon am Arm gefasst und hielt sie mit eisernem Griff fest:

„Wat schadt dich Mädchen? Wat hab ick dich getan?"

Nur schwach kam ihre Gegenwehr: „Dat – dat wollt ick nich."

„Na?"

„Wirklich."

„Wirklich?" Hans Schluck griente.

„Jaa!"

Jetzt sah er sie erst richtig an. Er dachte nach. „Bist du nich ... dat kann't doch nich geben ... Mike Carstens, die immer mit den lütten Kinders Ringelreigen spielt?"

„Ja", sagte sie. „Kennst mich?"

„Bist 'ne ordentliche Dirn geworden, segg ick. Lass dich eins ankieken."

„Bist du nich ... du bist doch Hanner Schluck aus Grieben?“

„Siehst, nu kennst du mich auch. Du hast doch nischt dagegen?“

„Mann! Und dir hab ick eine geknallt?“

„Soll ick sie dir wieder zurückgeben?“

„Dat möchst wohl! Da helf ick dir aber, dat kannst wissen.“

„Und wenn ick dat doch tu?“

„Denn kriegst wieder eine zurück, aber mit Krawuch.“

„Ha!“, rief er, „du bist doch einen feinen Mädchen.“ Griff mit seinen Pranken ihr Gesicht, riss es an sich und presste ihr zielgerichtet den ersten Kuss auf die Lippen. Fort konnte sie nicht, er hatte sie zwischen seinen Pfoten wie die Fußangel den Fuchs. Sie stieß wohl und boxte, sie trampelte und kniff, doch er lachte nur dabei. Als sie keinen Atem mehr bekam, ergab sie sich, hielt still und fühlte sich wohlig schlapp. Erst als sie willenlos in seinen Armen lag, schraubte er die Zange seiner Arme auseinander und gab sie frei. Er sagte nichts, sie sagte nichts, sie blickten sich nur in die Augen.

Schließlich ribbelte sie sich den Sand von den Fingern und fummelte ihre Schürzenbändsel hinter sich zusammen, aber die Finger waren fahrig und zitterten, und sie fühlte ihre Wangen brennen. Hanner Schluck grinste sich eins und tat zuletzt, als wäre nichts gewesen. Er fragte: „Sag eins, Mike, is der Paster an Bord?“

„Ick denk“, brachte sie leise hervor. „Musst eins nachkieken.“

Hans drückte sich an ihr vorbei. Dabei flüsterte er ihr zu: „Hat gut geschmeckt, Mike. Andermal mehr von dat.“

Sie wich nicht, sie stand still und hielt seinem dunklen, nach Bier duftenden Atem stand. Es durchzog sie so eigenartig, als er mit seinen klobigen Seemannsfingern so zart über ihr Gesicht strich, als wäre sie zerbrechliches Glas. Da musste sie einfach fragen, sie konnte sich nicht zurückhalten: „Kommst wieder her?“

„Ollreut, tomorro! Ick komm!“ Er ging ins Haus.

Maria Amalia war in den nächsten Minuten zu nichts anderem fähig, als dazustehn, und sie stand wie ein dummes, träumendes Kälbchen. Plötzlich raffte sie sich auf, lief ins Haus und schloss sich in ihrer Kammer ein. Aufs Bett geworfen, die Augen geschlossen, griffen ihre Hände nach ihm, nach ihm, und fassten zu und, griffen sie auch ins Leere, so meinte sie doch, ihn zu fühlen. Sie leckte über die Lippen, denn der Kuss lebte nach, warm und süß und voller Kraft. Erst als es draußen ganz dunkel geworden war und sie überzeugt, Hans hätte nun wohl das Haus verlassen, stieg sie hinunter und vollendete im Schein einer Laterne ihre Graszupferei.

Es folgte darauf eine schreckliche, durchwachte Nacht. Am Morgen drängte es sie, Dorothee davon zu sagen, wie es gekommen und was sie gefühlt und ob das Sünde sei. Die Pfarrfrau hatte das Mädchen reden lassen. Still hatte sie zugehört. Als Maria Amalia zum Schluss fragte, ob sie sich nun schämen müsse, legte sie ihr leise die Hand auf die Schultern und beruhigte sie darin, wie natürlich es sei, wenn sich ein Mädchenherz einem guten Jungen gegenüber öffnete, sagte auch, dass ihr der Hans Schluck als ein ordentlicher Jungmann bekannt sei, aber – aber, sie möge wohl bedenken, dass ein Schiffsmann ein Schiffsmann sei und viele Monate auf dem Wasser zubringe und es von daher besser sei, wenn sie ihr Herz ..., sie sei doch erst fünfzehn, sechzehn Jahre alt ...

„Du weinst, Mädchen? Ich will nicht, dass du weinst. Du bist ja eine ganz dumme, kleine, liebe ... ach was. Ich bin nicht deine Mutter – oder doch, ich bin's. Hör also auf zu flennen. Das macht doch alt und albern. Sieh mich an, sieh mich richtig an!"

Sie hob das verweinte Gesicht zu sich hoch und las darin so viel köstliche Offenheit, dass sie das Mädchen einfach kurz und kräftig an ihr Herz drückte. Sollte sie dieses junge, unerfahrene Gemüt mit Schimpfen und Verboten verschüchtern? Immerhin aber gab sie unbemerkt mehr Obacht auf das Kind, das sie zu erziehen sich angeboten hatte.

Doch sollte diese Obacht nicht mehr lange dauern. Gegen Jahresende verließen die Pastorsleute die Insel. Scheer wechselte die Pfarre Hiddensee mit der Brandshagens aus, und damit erfüllte sich Dorothees prophetisches Wort, sie würde nicht Pfarrfrau auf dieser elenden Bettelinsel sein wollen. Das Hiddenseer Pfarramt ging über in die Hände Bertram Ludwig Crügers, der nach Ablauf des Trauerjahres seine Hedwig von Gagern als Ehefrau auf die Insel führte. Maria Amalia verblieb als tüchtige Hilfe in ihrem Hause.

Der Name Hans Schluck aber wurde nicht ein einziges Mal mehr erwähnt. Nur manchmal, wenn es über sie kam, ertappte sie sich dabei, wie ihr Finger über ihre Lippen strich, um sich gewiss zu sein, dass da nichts sei, was sie meinte zu fühlen von dem, was damals war, so süß, kräftig und warm. Währenddessen segelte die HERMINE mit Hans Schlucken längst wieder auf fremden Gewässern, irgendwo, irgendwo ...

Die neue Pfarrfrau Hedwig Crüger fand sich in das Leben auf der Insel, das so gegensätzlich ihrem bisherigen war, erstaunlich zurecht. Sicher verhalf ihre frischfröhliche Wesensart ihr, das Vertrauen der Leute zu gewinnen. Kinder sprangen auf sie zu, Bedürftige gingen getröstet fort, und wer einen guten Rat suchte, fand ihn bei ihr. Da war nichts von der ihr einst nachgesagten Noblesse zu spüren, da war sie eine von der Insel. Sehr bald hatte sie auch jenen altvertrauten Namen bekommen, der im Pommerschen einer guten Pfarrfrau zugehört: die Pastersch, oder besser, die Pasterolsch.

Bertram Ludwig musste das damals geahnt haben, als er, noch ein Greifswalder Studiosus, der liebreizenden Haustochter des hochwohlgelehrten Herrn Archidiakonus von St. Nicolai, dem Julius von Aeminga, den Hof machte und vor der schamhaft Errötenden die Mütze zog. Wie hatte er vor ihr von seiner Insel geschwärmt, von seinen verehrten Eltern erzählt, von dem Inselpfarrhaus, von seinem Freund Christoffer Schluck, vom Sonnenaufgang, Sonnenuntergang, vom Rauschen der See, vom Eisschollenfahren, und wie begeistert hatte sie ihm zugehört. Schon damals hatte sie den stillen Wunsch gehegt, dieses einmal alles erleben zu dürfen.

Nun war sie hier, nun erlebte sie es, nun sagte sie sich, dass alles hatte so kommen müssen. Darum gab sie auch der neuen Heimat ihr Herz. Was ihr darüber hinaus an Bildung, an gesellschaftlichen Umgangsformen eigen war, der Ton eines angesehenen Elternhauses und was auch immer sie mit in ihr Leben hatte bringen dürfen, fand anderswo seinen Platz. Die Insel verlangte sie auf neue Weise, und der gab sie nach.

In einem langen Brief an ihre Herrschaft Frau Sophie Giese schilderte sie, wie ihr die Insel Hiddensee bereits heimatlich werden wollte, auch wie sie denke, ihr Nest zu bauen, für die, *die nach Gottes Willen ihrem Schooße entspringen werden,* schrieb auch, *daß sie trotz der geringen Belöhnung ihres Mannes ihr leydlich Außkommen fänden,* schilderte auch *ihre Freude an den Garten-Blumen, die sie hüte wie kleine Menschen-Hertzen,* vergaß auch nicht *die Maria Amalia Carstensch* zu empfehlen, *mit der sie einen guthen Griff gethan.* In Offenheit der Erzählfreude ließ sie nichts aus, was ihr neues Leben auf der Insel anbetraf, und schloss mit hurtiger Feder und einem so formvollendeten Gruß, wie er einem vorzüglichen Hofknicks gleichkam.

Sophie erhielt diesen Brief auf ihrem Sommersitz in Niederhof zu einer Zeit, in der es ihrem Ulrich nicht gut ging. Sie vermochte unter diesen Umständen nicht gebührend darauf zu antworten, ihr Kopf war mit sorgenvollen Fragen belastet. Bei Ulrich nämlich hatte sich das Stechen in der Herzgegend häufiger gezeigt. Der ihn behandelnde Arzt hatte dringend empfohlen, von jeder Art Arbeit und jeglichem Ärgernis Abstand zu nehmen.

„Ärger", belehrte er ihn, „ist Gift für Leib und Seele, denn er gibt Säfte frei, die den Kreislauf des Bluts confusieren. Nichts rate ich Euch darum dringlicher, als die Ruhe auf Niederhof. Der Kammerrat möchten in den schönen Parkwegen wandeln, möchten bitte das Sinnieren unterlassen, sich dagegen an schönen Künsten erfreuen, auf dem Wasser rudern und viel und tief durchatmen. Die gute Landluft trägt Hochwohlgeboren zum Wohlbefinden bei. So Ihr den Mut habt, steigt bis an die Waden ins Wasser und stampft darin herum. Wir halten das für gut, und zahlreiche Medici unterstützen diese Erkenntnis, denn Kaltwasser tritt dem Herzen kräftigend entgegen. Sind auch manche Doktores anderer Meinung, der geschätzte Physikus von Willich in Bergen baut auf dieserart vortreffliche Heilerfahrungen."

Daraufhin verbrachte Ulrich Giese viele Wochen auf Niederhof. Die Fayencefabrik lief weiter, die Lotterie ebenfalls, und Sophie entlastete ihn nach Vermögen. Sie führte die Geschäfte des Niederhöfer und Hiddensee'schen Guts und legte nur dann und wann, wenn es unumgänglich war, außergewöhnliche Schreiben ihrem Gemahl zur Unterschrift vor. Alles übrige arrangierte sie.

Eines Tages wurde sie selber zu Außergewöhnlichem herausgefordert. Jüdische Bittsteller hatten Niederhof aufgesucht. Sie baten um die Erlaubnis, einen ihrer Sippe, den Onkel des seinerzeit hier beerdigten Kindes Miriam Hertz ebenfalls am Hochufer unter jüdischem Ritual beisetzen zu dürfen. Vor Jahren war ihr allein die Entscheidung überlassen. Damals hatte sich eine verzweifelte Mutter vor ihr auf die Erde geworfen, für ein Kind. Seitdem waren Jahre darüber hinweggegangen, und das kleine Grab war ihrem Gedächtnis entschwunden. Nun deckten diese Männer das Verschüttete wieder auf. Sophie Giese aber fand keinen Anlass, die Bitte der Männer abzuschlagen. Hatte nicht Jesus Christus gesagt: Wer zu mir kommt, den will ich nicht hinausstoßen? Sollten wirklich die Toten wie verreckte Hunde auf Karren außer Landes geschafft werden müssen?

Wieder entschied sie sich gegen das Gesetz. Ihr galt das der Liebe mehr, und das war für sie verbindlich. Außerdem – wem schadete sie durch ihr Verhalten denn?

Ulrich Giese wiegte darauf bedenklich sein Haupt. „Ein Kind, meinetwegen, das war damals ein besonderer Fall. Nun ist's ein Erwachsener. Kommt der eine heute, kommt der andre morgen, und wir werden sehr bald einen allerliebsten jüdischen Friedhof in unserem Garten haben. Was werden die Leute sagen? Was die Gesetze? Überlege es dir genau, Sophie."

„Und wenn? Was ist dann? Was gehen uns die Leute an? Du selber hast selten nach der Leute Meinung gefragt." Ulrich sah sie an und sagte nur das eine Wort: „Stimmt." Dann trat er ans Fenster und blickte durch die Scheiben. Fragend wies er auf die Bewaldung.

„Wieder dort? Oder wo?"

„Nur dort", antwortete sie. „Unter den Bäumen ist Friede, und sie lieben die Anhöhe für ihre Gräber. Ich verstehe das."

Ulrich fuhr sich mit dem Finger über die Nase. „Du wirst schon wissen, was du tust. Es ist mir alles recht." Darauf ließ Sophie den guten Wintherson kommen und wies ihn an, den Männern die Stelle zu bezeichnen.

Zwei Tage darauf ankerte ein flaches Schiff unterhalb des hohen Ufers. Es brachte in Begleitung eines großen Gefolges den Toten. Neugierige, die hinter Strauchwerk verborgen den Akt der Bestattung mit angesehen hatten, flüsterten hinterher Unheimliches und mieden diesen Ort von Stund an, weil ihre einfachen Gemüter behaupteten, „hier wohnt de Düwel selbst".

DRITTES KAPITEL
1780 – 1782

AM Dienstag der letzten Märzwoche bewegte sich ein dunkler Zug von fünf Wagen auf dem Landweg von Stralsund hinab nach Brandshagen. Reiter, die dem Zug entgegenkamen, stiegen aus den Sätteln, entblößten das Haupt, verneigten sich vor dem auf flachen Wagen stehenden und mit schwarzem Tuch überdeckten Sarg und ließen den Leichenzug vorüber, bevor sie weiterritten.

Die beiden den Sargwagen ziehenden Pferde führte ein an der Seite schreitender Fuhrwerkslenker an den Zügeln. Die Tiere waren mit einer schwarzen Kopfhaube behängt, die nur Augen und Ohren frei ließen, ein Tuch, nach hinten über die Rücken gebreitet und von silbernen Bordüren eingefasst.

Dem Sargwagen folgte eine geschlossene Kutsche, an deren schwarz gelackten Türen die ineinander verwobenen und in Gold geprägten Initialen J·U·G prangten. In diesem mit rotem Plüsch ausgeschlagenen Wagen saß Sophie Elisabeth Giese mit ihren drei jüngsten Kindern, der vierzehnjährigen Amoena Elisabeth, der um zwei Jahre älteren Schwester Johanna Christina Friederika und dem Bruder Philipp Friedrich, der vor Kurzem elf Jahre alt geworden war. Der zweite Wagen, die Schwerinsche Chaise, brachte die älteren Kinder Sophies, Thuro Joachim, Carl Friedrich, kaum zwei Jahre jünger, die reizende Schwester Christina Amalia, die blass und übernächtigt ihren Kopf an des Bruders Schulter legte und hin und wieder aufschluchzte, und Adolph Friedrich, der gerade an das Mannesalter rührende Junge. Er reichte der Schwester mit nimmermüder Geduld sein Schnupftuch, wenn über sie das Weinen kam, dasselbe Tuch, in das er jüngst mit waschechter Farbe die schwedische Krone eingestichelt hatte, weil er selber den Namen Seiner Majestät des Königs von Schweden trug, Adolph Friedrich.

Mit dem dritten Wagen kamen Ulrichs Schwester Christina Maria mit ihrem Gemahl Andreas Friedrich Bohnstedt sowie der Präpositus Gottlieb Picht aus Gingst und nicht zuletzt Ulrichs frohsinniger Jugendfreund, der Regierungsrat von Olthof, der den plötzlichen Tod seines Freundes einfach nicht wahrhaben wollte. Diesem Wagen folgten in gehörigem Abstand die Ratsherren, Stadtobere, der Inspektor vom Hiddenseer Gut und das Pfarrehepaar Crüger. So hatten sie sich zum letzten, ehrenden Geleit auf den Weg gemacht.

Die sich diesem Zuge nicht anschließen konnten, waren Bürger Stralsunds, die Ulrich nahegestanden haben, Leute aus der Porzellanfabrik und alle Mitarbeiter aus der nach dem Kriege erloschenen Münze, wie Moses Israel und sein Bruder Joseph Israel und der Mayer Juda und, aus lauter Dankbarkeit, die Frau Hertz, deren Kind auf Gut Niederhof begraben lag. Sie hatten in der Ausgabe der *Stralsundischen Zeitung* vom siebten März die *Notification* gelesen, in der es hieß:

> *Es hat Gott nach seinem in Demuth zu verehrenden Rathschluß gefallen, meinen Ehemann, den Königlichen Kammerrath, Jochen Ulrich Giese, im 61.ten Jahre seines Lebens, nachdem er einige Monate mit Brustbeschwerden behaftet gewesen, am 4.ten dieses Nachmittags um 1 Uhr plötzlich durch einen Stichfluß mir und meinen Kindern zu entziehen. Ich ermangele nicht, diesen uns aufs tiefste beugenden Todesfall allen Freunden und Verwandten, mit Verbittung der Condolence, hiedurch anzuzeigen.*

Stralsund, am 6sten März 1780
verwitwete Giesen, geborene von Schwerin.

Für Sophie war diese Reise die schwerste ihres Lebens. Ulrichs Tod war so erbarmungslos plötzlich, so unbegreiflich über sie hergefallen, sie konnte seinen Austritt aus dieser Welt noch nicht einordnen. Dreißig Jahre hatte ihre Ehe gewährt, vor Gott und unter seinem Wort hatte sie ihren Anfang gefunden. So sollte sie auch enden, damit erfüllt wird, was das Wort bedeutet: bis dass der Tod euch scheidet. Nun war diese Stunde gekommen.

Ihre Augen blickten durch das Wagenfenster, blickten aber ins Leere, ins Weißnichtwohin. Was draußen an Leben vorüberging, hielt das Auge nicht, dagegen erstand in lebendiger Ursprünglichkeit jene erste Begegnung mit ihm, dem Geliebten, als sie, die Fünfzehnjährige, mit Ulrich beim Haschenspiel atemlos über die Blumenwiesen tobte, mit wehendem Haar im Wind, in schneeweißem Atlaskleid, um sich endlich im Übermut der Lust von ihm fangen zu lassen ... Jener andere Augenblick, als sie sich zwei Jahre später am Altar vor Gott die Treue gelobten ... und dann kam das Leben. Herrlicher Aufschwung und beängstigender Niedergang, Kinder gebären, Kinder begraben, Lachen und Weinen, Sommer und Winter, Tag und Nacht – und alles, alles hatte seine Zeit. Das war das Leben. Das war's.

Und nun ist dieses Leben Vergangenheit. Was nun werden soll, fragst du, mein Herz? Drei noch unmündige Kinder, verschuldete Wirtschaft, zwei große Landgüter mit Personal und Inspektoren ... in Niederhof das Schloss, der Park – in der Stadt die Grundstücke, die Fabrik, die Lotterie, die Geschäfte, die Geschäfte, immer wieder die Geschäfte – O Gott, lass mich nicht allein.

Sie fühlte nicht, dass bei all ihrem Denken ihre Finger über die Hand des kleinen Philipp Friedrich fuhren, unablässig, immer hin und her und her und hin, als meinte sie eines anderen Hand.

Auf dem Brandshäger Pfarrhof, unter hohen, noch winterkahlen Kastanien traten zueinander, die zur Abschiedsstunde gekommen waren. Der treue Wintherson hatte sie erwartet. Doch die Art, in der er nun wie ein erfahrener Zeremonienmeister die Dinge in die Hand nahm, Anweisungen an die Träger gab, das Aufnehmen des Sargs, den Zug zum Hügel hinan zur Kirche ordnete, bewies seine tiefe Verehrung zur Herrschaft. Marie, ganz in Schwarz gekleidet, hatte sich gleich nach Sophies Ankunft an ihre Seite geschoben und war nicht mehr von ihr gewichen. Mit ihnen füllte sich die Kirche bis auf den letzten Platz.

Wie oft hatte Sophie mit ihren Kindern in diesem Gotteshaus gesessen, in dem mit ihrem Namen bezeichneten Gestühl. Wie oft hatte sie dann das am Triumphbogen hängende, übermannsgroße Kruzifix betrachtet oder den Altar mit seinen Stifterbildnissen angeschaut, vor dem die Kinder jedes Mal die gleiche Frage stellen mussten, warum statt der Namen Isaak Schinkel und Anna Rebecca Bluhm nicht der Name Giese stünde. Und wie oft hatte Klein Philipp an das von Scheven gestiftete Betglöcklein schlagen dürfen. Wie oft das alles, wie oft. Nun ist das alles nicht da, nicht Altar, nicht Gewölbe, nicht Kruzifix. Nur der Sarg war da, nur der Sarg mit seinem entsetzlich nackten, bleichen Holz.

Sophie hatte sich das Wort gewünscht: Das Wort Gottes bleibet in Ewigkeit. Das wollte sie auch auf dem Leichenstein eingemeißelt sehen. In seiner Leichpredigt sprach der Pastor unendlich gute Worte über Ulrich. Sophie forderte beim Hören von sich selber, das künftige Leben in Ulrichs Sinne weiterzuführen, und bat Gott um Kraft dafür.

Unter dem Geläut der Glocken führte Sven Wintherson den Toten hinaus. Wintherson hatte sich auserbeten, selber das Kreuz bis ans Grab vor dem Sarg herzutragen. Zuletzt dann, als alles gesagt war, schlug der Pastor das Kreuz über dem Grab und befahl den Toten der ewigen Ruhe an.

Der Ordnung nach entbot dann jeder dem Toten seinen letzten Gruß, wandte sich und ging fort. Zurück blieb der Kreis der treuen Freunde. Jeder von ihnen legte Sophie noch ein gutes Wort ans Herz. Wintherson trat als Letzter an das Grab. Als er Sophie seine Hand reichen wollte, brachte er unter Tränen hervor: „Frau Kammerrätin, von nun an kann ich für den Herrn Gemahl nichts mehr tun. Dies war mein letzter Dienst.“ Er schlug die Hände vors Gesicht und weinte in sich hinein wie ein Kind.

Marie hatte dagegen eine erstaunlich feste Stimme, als sie zu Sophie hochschaute. „Vergesst uns nich, Frau Kammerrätin. Ihr könnt glauben, auch wir fühlen uns jetzt verwaist. Was soll werden ohne den lieben Mann. Kommt doch nach Niederhof immerzu, immer wenn Ihr wollt. So lange Marie Pagel lebt, sollt Ihr es bei sie gut haben."

Sophies Hand fuhr über Maries nasse Wange: „Ich weiß, Mariechen, ihr meint es alle gut. Mit euch wird es schon gehen. Es muss gehen."

Als nachher der letzte Wagen den Pfarrhof verlassen hatte, trug Christian Scheer, der Brandshäger Pfarrer, mit flüchtiger Hand in das Register der Gestorbenen ein:

> *den 28. Mart ist der Hr CamerRath Jochen Ulrich Giese nachdem derselbe den 4 Martii in Stralsund gestorben, hierselbst mit allen ceremonia begraben, 60 Jahr alt.*

Sophie Giese trug viele Monate hindurch schwarze Kleidung, entsagte sich nach Möglichkeit aller Gäste, sorgte sich um Haus und Kinder und richtete sich ein mit dem, was ihr verblieben war. Die Stadt verließ sie vorerst nur, das Grab Ulrichs aufzusuchen. Sie hatte dort ein Denkmal, eine Stele aus grauem Sandstein errichten lassen, nicht größer als all die andern dort. Darauf war zu lesen:

Joachim Ulrich Giese
gebohren 4. Sept. 1719

gestorben 4. Mart. 1780

VERBUM DEI MANET
IN AETERNUM.

Mehr gedachte sie der Nachwelt nicht zu übergeben. Alles andere bewahrte sie in ihrem Herzen.

Von Olthof trug schwerer am Tod seines Freundes, als er wahrhaben wollte. Dazu kam, wie ihm übel bewusst wurde, dass er bei Ulrich noch bei 5000 Reichstaler in Schuld stand. Weil er, der im Lauf der Jahre alle seine Besitztümer lebefreudig verjubelt hatte, sich nicht in der Lage sah, der

Witwe Sophie Elisabeth wenigstens einen Groschen zurückzugeben, versuchte er nun, statt sich mit schlechtem Gewissen heimlich von ihr abzusetzen, die Freundschaft mit der liebenswerten Frau weiter zu pflegen. Er war gewiss, dass sie ihm seine Schulden nicht vorhalten würde. So half er beim Auflösen des mobilen und immobilen Vermögens und beriet Sophie und ihre Kinder bei der Suche nach gangbaren Wegen in die Zukunft. Und das hieß bei ihm, zu halten was zu halten war.

Thuro Joachim dagegen wehrte sich heftig gegen die Aufgabe, die Olthof ihm zudiktierte, nämlich die Güter des Vaters weiterzuführen. „Eine Zumutung“, ereiferte er sich. „Die Löcher zuzustopfen, die Vaters unkontrollierte, allzu gutmütige Art in die Geldstrümpfe gerissen hat, ist nicht mein Metier. Ich setze mich weder auf der Insel noch auf Niederhof fest. Was natürlich nicht heißen will, dass ich unserer lieben Mutter nicht an die Seite trete.“

Lange, lange ging es zwischen ihnen hin und her. Eines Abends beendete Sophie das Für und Wider, das Ulrichs Werk so schmerzlich entwertete. Sie sagte, sie habe sich entschlossen, alles aufzugeben, was ihr Leben angenehm und reich gemacht habe, und dieser Entschluss sei endgültig. Sie wolle auf ihre Insel ziehen, um wenigstens dort den Kindern etwas von dem zu erhalten, was der liebe Vater geschaffen hatte.

Thuro Joachim, eben im Begriff aufzubrausen, wurde mit einer Handbewegung zum Schweigen gebracht. Sophie kam ihm zuvor:

„Eben das, meine Lieben, eben das habe ich vor. Ich begebe mich auf meine Insel. Nirgend sonst wohin.“

Aus dem Nebenzimmer klang der helle Schlag der Spieluhr durch die plötzlich eingetretene Stille. Warm malte sich der Kerzenschein auf die Tapeten und warf zitternde Schatten darüber, wenn von Olthof sich bewegte. Thuro saß steif in seinem Sessel, drehte an den Polsterknöpfen und überspielte seinen nur schlecht beherrschten Unwillen.

Nach einer Weile sagte Sophie: „Ich habe unter den Papieren etwas gefunden, was mich in meinem Entschluss bestärkte. Es ist“ – sie reichte ein Blatt über den Tisch – „der Vertrag über den Kauf von Hiddensee. Lasst es mich lesen, bevor ich es wieder in den Tresor tue. Es sei denn, es interessiert sich jemand dafür, was ich nicht glauben mag.“

Sie rückte den Leuchter ein wenig näher, bog das Blatt dem Licht zu und begann zu lesen: „Kaufvertrag. Wir Endesunterschriebenen erklären hierdurch vor uns, unseren Erben und, und – kann ich nicht lesen – dass wir durch Herrn Bankier Joachim Ulrich Giese in Stralsund auf Neujahr verkauftes Allodialgut Hiddensee zehntausendvierhundertvierundsechzig Reichstaler undsoweiter undsoweiter ... aaach ... “

Das Blatt entglitt ihrer Hand. „Mein Gott, das war vor 26 Jahren. Und mir ist, als sei das gestern gewesen. Welchen Tag haben wir heute?“

„Den neunzehnten April, Mutter.“

„Und hier steht geschrieben, am neunzehnten April 1754 gehalten und befunden – du warst gerade dreihalbe Jahre alt, mein Junge – befunden worden in Gegenwart des Hochwohlgeborenen Herrn Capitäns Christian von Schwerin. Dein lieber Großvater. Er hat gesehen, was Ulrich mir geschenkt hat. Soll ich nun darauf verzichten? Nein. Im Übrigen – ach was. Olthof, lieber Freund, lasst uns gemeinsam überlegen, wen wir zur Aufstellung unseres hiesigen Inventars gewinnen können. Ihr kennt sie besser als ich, die Juristen, Ältermänner, Beistände, Kuratoren. Infrage kommt alles, was sich unser Eigentum in der Stadt nennt. Niederhof biete ich komplett an. Der Erlös kann einige Schulden decken. Sucht mir ehrenhafte Leute aus und bittet sie für mich, diese entsetzliche Arbeit zu tun.“

Von Olthof trug namhaften Männern der Stadt dies Geschäft auf, den gesamten Nachlass des wohlseligen Herrn Kammerrats Ulrich Giese zu inventieren. Am 12. Mai verabschiedeten sie ein Protokoll. Gesichtet wurde auch die Kasse, die nur wenig Bargeld aufwies, dagegen ein Schuldverzeichnis mit den Namen der Gläubiger. Beim Durchblättern dieses cahiers fiel Hofrat Schewen die unter Nr. 126

im Verzeichnis laufende Bemerkung auf. Unverständnis lag in seiner Miene, als er kopfschüttelnd las:

1. Verzeichnis in Schweden ausstehender an die Herrn Regierungsrath v. Olthof und Kammerrath Giese oder deren ordre gerichteten Wechsel. Davon wenig oder gar nichts mehr zu hoffen ist und deshalb laut eines beiliegenden Scheins des Hrn. Kammerraths Giese dem Herrn Hofquartiermeisters Sundberg versichert worden, wegen deren ... reibung keine weitere Forderung an ihn zu machen.

„Schlimm, schlimm“, flüsterte Schewen dem Hofrat Pommer-Esche zu. „Giese hat sich einfach nicht mehr nach dem Schlag mit der Krone erholen können. Schlimm, schlimm.“

Die endgültige Reinschrift wurde nach längerer Zeit verfasst und lag dann perfekt und ohne Auslassung auch nur eines festgestellten Objekts vor. Einmal nur warf Sophie einen Blick auf die letztverfassten Worte, wo da stand:

Protocollum Generationis habitum in aedibus des Wohledlen Herrn Kammerraths Giese zu Stralsund den 21. 22. 23. und 26. Juny 1780 in Gegenwart der verwittweten Frau Kammeräthin Giese, des Herrn Hoftraths Pommer-Escher, Kaufmanns Lucas, Friedrich Stegemann subscribieret.

Leise fuhr ihre Hand über alles hinweg. Dann wandte sie sich um, schob die Akte in den Tresor, drehte den Schlüssel, zog ihn ab und verwahrte ihn mit ernster Sorgfalt.

DIE kräftigen Novemberstürme, die vor dem ersten Adventssonntag die Küstenbewohner in Atem gehalten hatten, erwischten Schiffer Fredrichs mit seiner HERMINE bei Petersburg. Eilig und beim Einsetzen der ersten Schneeböen verließ das Schiff die östlichen Bereiche, wurde es doch höchste Zeit, vor Wintereinbruch Mannschaft und Ladung in Sicherheit zu bringen. Die HERMINE hatte Äpfel geladen, Kisten um Kisten allerfeinster Äpfel, kostbare Fracht, die manchen Silberling einbringen dürfte. Bis unter Deck hatten sie gestaut und das Logis war voll und die Vorpiek dazu, und überall duftete es verlockend. Wenn der Jung mal rasch unter Deck verschwand, drückte Fredrichs beide Augen zu und grinste sich eins, wenn der Bengel auf beiden Backen kauend an Deck irgendein Versteck suchte. Zu Willbrand sagte er und winkte mit der Hand ab: „Wenn er mich man dat Meiste lässt, denn schad mich dat nischt. Ich hätt dat uk nich anners makt."

Als nach Tagen Kap Arkona in Sicht kam, zog Fredrichs die Tonbuddel aus dem Schapp und reichte sie zuerst dem Mann am Ruder. Willbrand und Hanner aus Ziegenort nahmen jeder einen kräftigen Schluck. Da sah Fredrichs den lütten Wolgaster Jungen an, hielt ihm die Buddel hin, weil er so plietsch guckte, und sagte:

„Na, Jung?"

Wie der nun zugreifen wollte, zog Fredrichs sie – rips – zurück und der Junge griff in die Luft. „Du Pissbengel", lachte er, friss mich man lieber noch eins von meine Äppel. Wär doch schad um jeden Droppen." Dann setzte er selber an und ließ es gluckern.

In Stralsund löschten sie die Ladung. Als die letzte Kiste von Bord ging, wehte mit ihr auch der letzte Hauch Petersburger Äpfel hinaus. Zurück blieb das ewig beherrschende, süßherbe Gemisch von Gerüchen, wie sie Teer und Leinenwerk, Flachs und Hanf, Petroleum und angegammeltes Holz ausströmen, und ohne die kein Seemann leben will. Hanner Schluck sagte mal darüber, dat riecht tausendmal besser as ne Kist von de Pipelinen.

Die Ladung ging von Bord, Schiffer Fredrichs strich mit gleichgültiger Miene das Geld ein und ließ es aus voller Hand in seinen Lederbeutel klingeln. An Bord und hinter verriegelter Kajüttür goss er es auf der Back aus, schaufelte mit seinen Händen darin herum, stapelte die Münzen zwölf auf zwölf und betrachtete die kleinen glänzenden Türmchen mit Wohlgenuss.

Damit endete der letzte Seetörn der HERMINE für dieses Jahr. Fredrichs zahlte die Heuer aus und schickte seine Leute von Bord, nachdem die HERMINE im Schaproder Bodden ins Winterlager gegangen war. Hans Schluck setzte von dort direkt nach Kloster über, um Maria Amalia zu überraschen. Doch kaum an Land gestiegen, preite ihn einer an: „Hanner Schluck, kiek eins, bist wieder zurück. Willst Weihnachten bei uns machen?"

„Stoffer! Ssallüh! Dat ick dich gleich treff, dat find ick gut. Komm mit nach Blössing, lass uns palavern. Teek ein Drink wiss mi." Stoffer warf seinen Arm um den Heimkehrer und drückte ihn an sein Herz, und so, Arm in Arm, zogen die beiden zum Krug, mitten am hellichten Nachmittag. Denn das Bier schmeckt dann noch viel besser, wenn die Frauen nichts davon ahnen.

Von Stoffer erfuhr Hanner Schluck das Neueste von der Insel, wer gestorben und wer krank, wer sich wann um was geprügelt, wie die Fischerei lief und dass Anna das komische Zeugs anbaut, das der Inspektor Kartoffel nennt, und dass sein Patensöhner Niklas Jochim ein ganz dreibastiger Maulaff geworden ist und anfängt, überall Menkenker zu machen. Sie prosteten sich zu.

Hanner aber wollte zu gern noch etwas anders erfahren. Er holte sich langsam an die Frage heran: „Segg eins, Stoffer, du bist dich doch so einen Kirchenvorstand. Wie geht dat denn so beim Paster?"

„Wie dat da eben so geht. Woso?"

„Ach – nur mal so."

„Der olle Magister ist dot, aber dat weißt du ja."

„Ja, dat weiß ick. Und Paster Scheer?"

„Scheer is wieder weg. Der war man ja bloß Vertretigung."

„Und sonst?"

„Tja, wat soll sonst so sein. Der Bertram Ludwig, wat mein oller Jugendfreund is, der is nu all dran."

Nach kurzem Schweigen und Grübeln steuerte Hanner

endlich rechtweisenden Kurs: „Segg eins, Stoffer, war da nich mal beim Paster son lüttes Frauenzimmer? Wie hieß die man, wie hieß sie man, ick weiß gar nich ... “

„Woso?“

„Is uk egal. Ick mein man bloß so.“

„Die lütte Quaas, die Maria Amalia Carstensch. Ja, die is noch beim Paster. Woso fragst du?“

„Ick kann doch fragen. Warum soll ick nich fragen? Du fragst ja uk, wat du nich weißt“, wich er aus und wischte sich mit dem Handrücken über den Biermund.

„Dat will ick dich seggen, Hanner, dat Mächen ist einen ganz respektablen Mächen. Wer die mal kriegen tut! Da wirst du rein neidisch.“

Als Hanner Schluck das hörte, kribbelte es ihm mächtig im Hintern. Unvermittelt stand er auf: „Ick muss gehn. Ick glaub, die warten all auf mich.“ Er warf Blössing eine dicke Münze hin, schaukelte sich zur Tür in der Art, wie er an Bord zu gehen gewohnt war, und steuerte piel auf das Pfarrhaus zu. Zu Stoffer, der sich an ihn hängte, sagte er, er wolle bloß dem Pastor Guten Tag sagen.

„Denn lass uns man zusammen gehn“, meinte Stoffer. „Ick hab ihm auch noch wat auszurichten.“ Schlupp – griff Hans Stoffers Jacke und holte ihn zurück. In sehr bestimmtem Ton sagte er:

„Stoffer, dat geht nich. Einer kann nur bein Paster gehn. Du oder ick. Wat soll er mit uns beide?“

Stoffer guckte bedripst. „Wat is dich? Wat soll dat?“

„Wat dat is? Geh du man voran. Ick wart hier an der Eck, bis du zurück bist. Und mach nich so lang.“ Stoffer schien nicht richtig gehört zu haben. Ist dem was quergeschossen? Oder hab ich was Falsches gesagt? „Hanner“, er hob den Finger. „Da sticht doch wat achter?“

„Ach, hol din Mul, wat soll da achter stichen. Geh eins hin und komm wedder rut.“ Und wandte sich grinsend ab.

Stoffer hatte verstanden. Er ging ins Haus, fischte sich kurzerhand das Mädchen und flüsterte ihr Heimliches ins Ohr. Heia – wie flog sie dem Hanner Schluck in die Arme, ließ ihn aber gleich wieder fahren, denn Stoffer stand hinter der

Tür und guckte frech zu, wie sie sich küssten. Dabei lachte er laut: „Dat hab ick doch gewusst, dat hab ick doch gewusst!“

„Geh rin und klink die Tür von innen dicht!“, befahl Hanner und zeigte ihm einen Piepmatz. Dann nahm er Maria Amalias schmale Hände in seine Seemannspranken und blickte sie an, bis sie puterrot wurde. „Ick bin wieder da, Mike!“ Mehr kriegte er nicht heraus.

„Ja“, hauchte sie. „ick seh und ick freu mich so. Du – du riechst ganz nach draußen.“

Winterabende laden zum Erzählen ein. Trübe blakte die Lampe, ihr Schein quälte sich durch den Tobaksqualm. Aber gerade das ist das Trauliche. So sitzt man und sitzt, und man erzählt von gestern, heute und morgen.

Auch im Schluck'schen Katen gluckte man zusammen, Stoffer, Mutter Anna, die lahme Gausche, Hanner Schluck und besuchsweise Maria Amalia. Die hatte den lütten Niklas Jochim auf dem Schoß, und beim Zuhören ging ihre Hand sacht über seinen Leib. Sie hatte ihn lieb, den kleinen Schnurchelpieps. Hans Schluck erfuhr in diesem Haus Neuigkeiten ohne Ende.

„Der Inspekter hat einen Trall linksrum“, sagte Stoffer. „Will der dich die Sandberge auf dem Dornbusch mit Buchenheistern und jungen Eichen festlegen. Dat soll, so seggt Giese damals, später eins Wald werden. Seggt er. Und nu will er, dat wir sollen pflanzen und Wasser tragen und jedeinen Baum gießen mit so'ne plötrige Kann. Dreimal in der Woch! Nu im Winter ja nich, aber dat stell dich eins vor, Hanner, so'ne Schietarbeit. Is dat wat für'n Kommünfischer? Up See is dat anners. Da hast du mehr Wasser oft as nötig is. “

„Ick will uk mal eins hin, wo so viel Wasser is“, piepste Niklas Jochim dazwischen.

„Mulap! Weißt doch, dat du dat nich dürfst. Wer nich frei is, dürf nich aufs Wasser fahrn und so weit weg. Die Herrschaft will dat nich. Dat is Gesetz.“

„Wat is dat, Gesetz?“, wollte er wissen.

„Dat is, wenn dat so ist, as dat is und du nie nich wat dagegen machen kannst, auch wenn't Quatsch is. Dat seggt die Herrschaft."

„Ick denk, die Herrschaft is dot?"

„Die ein ja, aber die anner nich. Herrschaft giwwt das immer."

„Aber wenn ick dat doch will?"

„Bist still jetzt oder kriegst wekk mang Schnut."

Hans Schluck mischte sich ein. „Nikker, bist ja mein Patensöhner. Onkel Hans seggt di wat anners. So fein nämlich, as du dich dat denkst, is dat up See ja nu uk nich. Mannichmal is dat da richtig nass, und denn makt dich de Wind koppheister. Oder was die Dänen sind, die kapern dich und fressen dich up."

„Setz ihm doch nicht so'n Quackel in'n Kopp, Hanner!", schimpfte Anna. „Er glaubt nämlich allet, wat du ihm vorflausen tust."

„Mein liebes Anning", hob Hans Schluck bedeutsam an. „Du weißt ja nich, was wahr is. Mit die Dänen gibt dat allewege Rangelei. Schipperst du durch den Sund, knöppt er dich die letzten Dukatens ab. Dat sind keine Menschen nich, dat segg ick dich."

Stoffer stimmte ihm zu. „Dat mit dem Sundzoll, dat hab ick uk gehört. Schipper Franz Wolter aus Schaprode, den haben sie jetzt am Kanthaken, nur weil er mit pommerschet Getreide nach Karlskrona wollte, und auch nur, weil er sich aus Schaprode stammt, wat ja nur ein popliges Dorf is und nich 'ne Stadt wie Stralsund oder Barth. Und dat mittenmang in unser schönet schwedisch-pommerschet Königreich."

„Und allewegen nur wegen dat Manimanni", hängte Hanner dran.

„Wegen wat?", fragte Anna.

„Wegen dat Geld. Dat is inglisch."

„Ja so. Aber Seefahrer wird mich mein lütt Schnuckel nich. Da bin ick jetzt schon angst und bang."

„Dat legt sich, Anning", beruhigte Hanner Schluck. „Aber dat muss ick doch seggen", und er lehnte sich im Stuhl zurück und reckte wohlig die Arme, „du glaubst nich, wie schön dat is da buten. Andre Häfen, andre Sprachen, Chinamänner, Negers und Indjaner, und Berge und Wälder ... Da steht dich ein Baum neben den annern. So wat kennst du hier nich. Wenn du dat allet mal gesehn hast, denn ... "

„Und andre Mädchens, in jedem Hafen'ne anner", schabernackte Stoffer.

„Quatsch nich dusslig, Stoffer. Du weißt, dat ick nich einer von die bin, die an jeden Mast 'ne anner Flagg hängen." Er glubschte zu Maria Amalia hin mit einem Blick, der da sagen sollte: Glaub mich, ick bin wirklich keiner von die. Ick hab doch dich.

Niklas Jochim dremmelte: „Vertell eins weiter, Onkel Hanner." Da erzählte Hanner Schluck haarsträubende Geschichten und segelte mit der HERMINE von Haparanda nach Liverpool, von Riga nach Gävle durch stille Mondnächte, wo die Meerweiber anfangen zu singen, und erzählte, bis dem Lütten die Augen zufallen wollten.

„Ick bring ihn in'n Kahn", sagte Maria Amalia, nahm den Jungen, brachte ihn in seine Koje und steckte ihn unter die Federn.

Später dann schnappte sich Hans Schluck sein Mädchen und ging mit ihr zum Pfarrhaus zurück. Der Weg von der Vitte nach Kloster war weit, und dunkel war es auch, und das war noch gar nicht mal so schlecht. Als sich endlich hinter ihr die Tür schloss, machte der junge Seemann einen Luftsprung, wie er ihn noch nie vollführt hatte, und sein Herz lag in ihm ganz verquer. Donnerlüttchen noch eins!

Im Frühjahr dann sollten die Bäume gepflanzt werden. Der Stralsunder Forst hatte sie geliefert, über tausend Heister, darunter Buchen und Eichen. Mit diesen Pflanzen hatte der Inspektor Ulrich Gieses letzten Auftrag erfüllen können. Eifer trieb ihn, das Werk zu vollenden, denn er rechnete damit, dass sein eigener Name mit dem künftigen Waldstück verbunden werde.

Er hatte beim Böttcher mehrere Hundertliterbütten schlagen lassen, runde, nach oben hin erweiterte Tröge, hatte sie auf Einachser setzen lassen, um mit ihnen das Wasser auf die Höhe zu schaffen. Das Wasser sollte am Bessin, wo das Ufer seicht war, geschöpft werden. Jetzt scheuchte er seine Leute alle zwei Tage den Berg hinauf, um dort, wie Stoffer sagte, mit Wasser zu plempern.

Dass Pastor Bertram Ludwig Crüger seine Bedenken gegen dieses Verfahren offen aussprach, störte ihn nicht. Dessen Bedenken erhoben sich einerseits gegen das Bewässern mit salzhaltigem Seewasser, andererseits hielt er den dürren Boden für ungeeignet, Hartholzpflanzungen darauf vorzunehmen. Nadelhölzer, meinte er, dürften geeigneter sein.

Der Inspektor, der nicht vertrug, wenn seine Anweisungen hinterfragt wurden, setzte in herablassender Weise entgegen, als eben der bedeutend ältere und in Landwirtschaftsfragen erfahrenere, dass durch Schöpfen aus dem Hofbrunnen dieser bei solcher Menge Wasser ruiniert würde, und ob der Pastor das wohl wolle. Er gab ihm zu verstehen, dass er ein Sprichwort kenne, nach dem jeder Schuster bei seinem Leisten bleiben solle.

Bertram Ludwig schwieg, befürchtete aber, der Inspektor würde die alten Spannungen zwischen Hofleitung und Pfarrhaus nun auch auf ihn übertragen, und nahm sich in Acht.

❖

SOPHIE Giese wurde nach dem Tode Ulrichs gar bald und sehr direkt in die laufenden Belange Hiddensees einbezogen. Wie zwei sich magnetisch aufeinander zu bewegende Pole rückte die Insel auf die Tribseer Straße und die Tribseer Straße auf die Insel hin. Anfragen, Stellungnahmen, Entscheidungen, Klagen, Briefe, Anweisungen ... Dass Hiddensee *ihre* Insel war, wollte sich jetzt erweisen. Sie begann, ihren Umzug vorzubereiten. Der Hausstand war bereits sichtbar reduziert, die Stralsunder Grundstücke aufgeboten, bis auf Ulrichs liebstes Kind, die Fayencefabrik. Am schwersten jedoch fiel ihr das Aufbieten des Gutes Niederhof. Da war der herrliche Park mit seinen Anpflanzungen, dem Irrgarten und den Alleen, da war der jüdische Friedhof mit den mit hebräischen Inschriften versehenen Stelen, da war das Schloss, ihre Oase, Ulrichs Sanatorium, der Lust- und Lebegarten ihrer Kinder, die Stätte einer gepflegten Kultur. Und auch Winthersons waren da, die treuen Freunde. Sollte dies alles aus ihrem Denken weggestrichen werden wie eine Fliege vom Tisch?

Ein Herr von Klinckowström war an Niederhof interessiert. Darum hatte sie rasch alles nach Stralsund holen lassen, was sie einfach nicht aus der Hand geben wollte, die drei Porträts aus Matthieus Künstlerhand, die Musikinstrumente, an denen Ulrich seine Freude gehabt hatte, Reiseandenken, Kristall und liegen gebliebenes Spielzeug der Kinder. Das war's dann.

„Was nun noch dort verblieben ist", äußerte sie gelegentlich, „soll meinetwegen unter den Hammer. Jeder Tag lehrt mich neu das Leben loszulassen. Eine harte Schule, aber eine gute Schule."

Von dem, was Ulrich unter Geschäften meinte, verstand Sophie so gut wie nichts. Sie wusste nur, dass es die Banken betraf, die Ulrich unterhalten hatte, mit Anleihen und Wechselkursen, mit Zinsen und Prozentsätzen sowie die Lotterie, durch die er sich dann und wann erträglichen Reingewinn versprochen hatte. Sophie sah sich nicht in der Lage, solche ihr fernliegenden Aufgaben zu bewältigen. Die Geschäfte übertrug sie dem Hofrat Pommer-Esche, die Lotterie einem vertrauenswürdigen Kurator.

Mitten in diesen Sophie zermürbenden Alltag traf sie ein Brief Bertram Ludwig Crügers, mit dem er sich über den desolaten Zustand der Inselkirche beklagte, *an der sich noch immer keyne Reparation angezeiget.* Pastor Scheer hatte zwar *einige Collecten verbuchen* können, *wie Quistorp die gantze Geschichte veranlahst hatte,* aber *dabey wäre es geblieben.* Jetzt drängte Bertram Ludwig darauf, dass *endlich Durchgreifendes geschähe.* Und weil *der Inspektor* anscheinend *kein Ohr für seine Klagen öffne,* der ja wohl *über die ersten Hülfen verfügen* dürfte, ersuche er *die hochwohledle Herrschaft um Unterstützung bei entsprechenden Instantien.*

Sophie begriff, dass sie sich dieses Hilferufs nicht entziehen konnte. Sie verwendete sich unverzüglich und ließ im *Stadtcontoir* einen Kontenauszug anfordern. Bereits wenige Tage darauf erhielt sie einen unter längst verstrichenem 21. Februar datierten Bescheid, die gesammelten Gelder seien dem Generalsuperintendenten *Doctori* Quistorp zugestellt.

Bertram Ludwig Crüger musste sich noch gedulden, wohl oder übel. Das Geld gelangte nicht in seine Hände. Indessen nagten Wind und Wetter weiter an der kranken Bausubstanz des Gotteshauses. Grunderneuernde Arbeiten zum Verhüten weiterer Schäden konnten nicht vorgenommen werden, wenn die erwarteten *Collecten nicht a conto und unter Angabe ihrer Höhe in Reichsthalern benant bereyt stünden.* Denn auf Credit wollten weder Bertram Ludwig Crüger mit den Kirchenvorstehern noch Sophie selber wirtschaften.

Letztere lehnte solche Weise mit Entschiedenheit ab und ließ die Pfarre wissen: Die *vocabula Credit* können ihre armen Ohren nicht mehr vertragen.

Erst in Sommersmitte brachte die Post ein sowohl tröstliches als auch enttäuschendes Schreiben, in dem es hieß:

> *dahs Dato Ein Bank worin 34 Reichsth 22 3/4 Schilling seyn soll, an den Gen. Sup. Quistorp in Greifswald gemerkt* H.G.S.D.Q. *in hiesige, Königl. Post-Contoir eingeliefert worden solches wird hiermit bescheiniget.*
>
> *Stralsund den 31. May ao 1781*
> *Königl. Post-Contoir*
> *Cummerow*

Sophie eilte, Pastor Crüger über dieses Schreiben zu unterrichten und fragte so nebenbei an, ob diese schrecklichen und unverständlichen Buchstaben eventuell Hauptmann General Superintendent Doktor Quistorp heißen könnten, und falls sie falsch geraten habe, möge er, ihr hochgelehrter Herr Theologicus, sie doch berichtigen. Weiter schreibt sie: Herzlich wenig haben die Leute zusammengescharrt. Nennt man so etwas landesweite Collectierung? Lasst uns nun versuchen, mit weniger als fünf Broten und zwei Fischen Kirche und Pfarre zu ernähren. Ein Wunder zuzubereiten ist indes unser Geschäft nicht.

Erst als Sophie Gewerke des Guts endlich anwies, wie es der Inspektor längst hätte tun müssen, kam es zu einem ersten durchgreifenden Zulangen am Gebäude. Zimmermann Schlieker hatte einen windfangenden Vorbau zur Aufnahme der Glockenstühle zu errichten, die gotischen Fenster wurden vergrößert und nach oben mit einem flachen Segmentbogen abgeschlossen. Dass Sophie ihre Kirche mit einer Empore ausstattete, hielt Bertram Ludwig für überflüssig. Sie machte sich aber gut zu der neuen, in der Art eines Tonnengewölbes gehaltenen hölzernen Decke. Und doch, dies alles war nur eine trügerische Zudecke über das kranke Mark der Kirche.

IN dem großen Giese'schen Haus an der Ecke, an der die Tribseer Straße beginnt, lichteten sich Schränke und Gelass. Sophies Auszug hatte begonnen. Ulrichs Bibliothek, die Kupferstiche und Gemälde, Geschirr und Silber warteten, in Kisten verpackt, auf das Fuhrwerk, das sie zum Transportschiff bringen sollte. Sophie wohnte aber schon einige Tage auf der Insel. Sie hatte die Kinder bei sich, um ihnen den traurigen Anblick einer von allem Liebgewonnenen entblößten Wohnung zu ersparen.

Hier auf der Insel erwarteten sie Aufgaben, denen sie sich stellen wollte. Einen unüberhörbaren Anruf hatte sie neulich in einer Predigt empfunden, und ihr war, als hätte Gott selber auf ihr Herz gezielt. Hinterher sagte sie zu Bertram Ludwig Crüger: „Ich habe mir jedes Wort gemerkt, lieber Pastor, und ich zitiere es Euch: So jemand der Welt Güter hat und sieht seinen Bruder darben und schließt sein Herz vor ihm zu, wie bleibt dann die Liebe Gottes in ihm. Hieß es nicht so?“

Dieses Wort hatte sie bis tief ins Innerste unruhig werden lassen. Darauf forderte sie vom Inspektor alle Listen, in denen die Namen aller ihrer Untertanen aufgeführt sind, zum Verwundern des Inspektors. Bis tief in die Nacht hinein saß nun Sophie Giese und las, las alles, jeden Namen, jede Leistung, übersah kein Häkchen und kein Komma, und als sie am Ende angekommen war, sagte sie zu sich:

„Eine unschöne Lektüre, die ich mir da vorgenommen habe. Das Schlimmste an ihr ist ihr Alter. Wie konnte es mir nur einfallen, die von Loos'schen Festlegungen damals ungelesen zu übernehmen? War ich wirklich noch so ein Kind gewesen? So ist es nicht gut. Ich werde hier menschlichere Regelungen schaffen. Was heißt es denn, wenn da steht: 25 % des Fischereiertrags gehört dem Grundherrn. Strandfischerei nur mit Genehmigung des Grundherrn? Was bleibt den Leuten dann selbst? Die Griebener haben mit den Vittern drei Tage Hofdienst zu leisten. Gut, das ist verträglich. Nun sollen sie Wasser fahren, zusätzlich. Habe ich das verlangt?“

Sie las, dass die Vitter allerdings keine bestimmten Tage in der Woche Hofdienste abzuleisten hätten, doch wann, das bestimmt der Inspektor. Gut, dafür ist er da. Aber müssen die Armen das herrschaftliche Getreide, wie es hier heißt, mit ihren eigenen, eigenen Schiffen und ohne Entlöhnung in die Stadt segeln? Ich sehe das nicht als recht an. Die Frauen haben, wie es hier steht, für mich 7 Pfund Flachs oder 14 Pfund Heede zu spinnen und an Naturalabgaben Mengen, die ich mit meiner Familie mein Leben lang nicht verzehren kann. All den Aal, den Lachs, Hering, Dorsch, Hornfisch und, wo sie es nicht können, mit Bargeld aufzuwiegen.

Verstimmt schob Sophie die Akte von sich weg und lehnte sich müde zurück. Nein! Nicht so! Wohl bin ich die Herrschaft, und mit gewaltigen Abänderungen kann ich meinem lieben Ulrich nicht in den Rücken fallen, aber das Wort der Bibel habe ich verstanden, und es wohnt in mir, und ich habe der Welt Güter, und ich sehe meinen Bruder darben, und das redet mir niemand aus.

Der Inspektor zog die Brauen hoch, als Sophie ihm ihre Gedanken offenbarte. Als sie aber sein undurchsichtiges Wesen empfand, sein Unverständnis und sein Lächeln sah, bei dem sich nur der Mund verzog, doch die Augen kalt blickten, behielt sie den Rest ihrer Gedanken für sich. Indessen versuchte der Inspektor, sich bei ihr einzuspielen, auch sprach er vor ihr deutlich von einer Fehlinvestition auf dem Dornbusch, und er meinte die Pflanzung:

„Die ganze Arbeit, Euer Hochwohlgeboren, ist ein einziger Reinfall gewesen. Ich hab's im Voraus gewusst. Doch wie sollte ich dem Herrn Kammerrat widersprechen. Nicht ein Fünfteil der Bäume hat ausgeschlagen. Da wird auch der Rest nicht durchtragen. Ich hab's gewusst."

Der leise Triumph, der in seinen Worten lauerte, reizte Sophie. Eine Weile blickte sie ihn forschend an, und das verunsicherte ihn. Dann fragte sie in einer Art, der er nicht ausweichen konnte: „Ihr habt, wie ich gehört habe, mit salzdurchtränktem Seewasser gegossen. Ist das richtig?"

Er spielte sich auf. „Mit Salzwasser? Wenn Ihr das Wasser am Bessin salzig nennt, Euer Hochwohlgeboren, dann, o ja, dann mit Salzwasser." Doch nun wurde er zynisch. „Mit Verlaub, gestattet mir zu fragen, war das eben Eure eigene Meinung? Das hat Euch doch der Pastor zugeschoben?"

„Welch ein Ton, Inspektor! Diese Art gefällt mir nicht. Sie tut mir weh. Nun ja, er wars. Aber denkt mir rasch nach, warum Ihr mich das fragt." Damit erhob sie sich und ließ ihn stehen. Dem Inspektor zitterte das Bärtchen unter der Nase. Was war das? Tritt jetzt jemand gegen mich auf? Er presste die Zähne aufeinander, dass die Kiefernmuskeln spielten, und war den ganzen Tag mürrisch und ekelhaft anzusehen.

Auch an Sophie ging dieses Gespräch nicht spurlos vorüber, doch mehr als an diesem Ärger trug sie an der Tatsache, dass Ulrichs Mühen um die Insel ein Fehlschlag gewesen sein sollten. Um seinetwillen tat ihr das Leid, mochte nun wirklich der Salzgehalt des Wassers oder eine unsachgemäße Auswahl der Jungbäume oder der magere Boden Schuld daran haben. Um Ulrichs willen tat es ihr Leid.

In Schaprode hätten sich die Seeleute ihre feurigen Wetten sparen können, ob Schiffer Fredrichs seine HERMINE noch vor Wintereinbruch vor Anker kriegt oder nicht. Jemand hatte die späte Kunde gebracht, er hätte das Schiff noch Ende September unter Englands Küste kreuzen sehen. Andere behaupteten, Fredrichs hätte von gewinnversprechenden Frachten gefaselt.

Von all dem wusste Maria Amalia nichts. Dafür stahl sie sich hinunter ans Ufer und hielt nach dem blauschwarz gepönten Schiff Ausschau, fragte auch Schutenschiffer und Fischer, was sie wohl über das Schiff wüssten. Doch stets lautete die Antwort: „Is nischt, Mädchen, keine HERMINE nich." Sie kannten sie doch alle, diese prächtig in Farbe stehende Brigantine von Jacob Fredrichs. Mit der Zeit ahnte Maria Amalia etwas davon, wie einer Frau zumute sein kann, wenn sie ihren Mann bei Nacht und Eis draußen weiß, irgendwo, und wie es ist, wenn sie keine Nachricht bekommt.

In der Tat hatte die HERMINE in Hull, in der Grafschaft East Reding, Wolle geladen, herrliche Wolle einheimischer Schafe, krüsselig, dunkel und in Ballen geschlagen. Der Frachtvertrag hatte dem Schiffer doch zu lieblich in den Ohren geklungen: Wolle nach Schweden.

Von Hull aus hatte er dann bei handlichen Westwinden Skagerrak umsegelt, war auf Südsüdostkurs gegangen und machte bald darauf in Schwedens neuem Osthafen Norrköping fest. Die Mannschaft, das waren Heiner Willbrand, Hanner Schluck, Kaller aus Ziegenort und der Schiffsjunge aus Wolgast, die wusste schon, dass ihr Schiffer nichts riskiert, was ihm und Schiff Kopf und Kragen kosten könnte, aber dass er, wenn das Geschäft blüht, draußen bleibt, soweit es möglich ist. Sie grollten ihm also nicht, als er die

HERMINE bei der vorgeschrittenen Jahreszeit noch einmal nach oben trieb, die schwedische Küste entlang, immer höher hinauf, obwohl kein pommersches Schiff mehr nordwärts zog. War die englische Wolle an das Ostergotlands Haupt- und Handelskontor in Norrköping gerichtet, so wollte er jetzt noch die Vitte, die Fischanlandung von Gävle, mit Kistenholz beliefern. Auch dieser Törn lief prächtig. In Gävle ließ Fredrichs umladen, nahm Klippfisch an Bord, die Last prallvoll mit diesen lederhart gedörrten Kabeljaufilets. Mit dieser Fracht ging es nach Petersburg hinüber. Und Petersburg stand, kostete, was es wolle, in jedem Jahr in seinem Kalender. Petersburger Äpfel nach Rostock, das war vertraglich geregelt.

Doch unweit der Ålandsinseln, genau in der Düse zwischen Åland und der schwedischen Küste, kriegte die HERMINE noch einmal bannige Ohrfeigen. Orkanartige Böen hinderten ihn beim rechtweisenden Navigieren, und Willbrand kam Tag und Nacht nicht vom Ruder weg. Als es nach Tagen endlich ruhiger geworden war, brauchte die HERMINE fast eine Woche, um dieses Defizit wieder einzulösen, so weit hatte der Sturm sie zurückversetzt. Doch Fredrichs gab nicht auf. Petersburg musste erreicht werden, Petersburg und seine Äpfel.

Spät im Jahr wurde es, der Dezember ging auf seine Mitte zu, als sie die Leinen in Petersburg übernahmen, Fracht wechselten und ohne Verzögerung auf Heimatkurs gingen. Der aus der Last wehende Duft des köstlichen Obstes versöhnte sie mit dem Unangenehmen der Kälte, Nässe und den ewig klammen Hemden und Hosen. In Warnemünde gingen die ersten Schneeböen übers Wasser. Was machte das. Der Schiffer ließ die Branntweinbuddel kreisen, und diesmal bekam der Junge sein gut Teil ab, er hatte ihn sich redlich verdient.

Mit dem ersten Tagesschein des 22. Dezembers verließ die HERMINE die Warnemünder Ladepier und ging unter vollen Segeln auf Kurs Hiddensee, lief mit gebändigter Fahrt durch den *Großen Troch,* durch die *Libben* und warf nach alter Gewohnheit ihre Anker im Bodden westlich des

Kirchdorfs Schaprode. Nun konnte der Winter kommen. Wer da wegen der HERMINE gewettet hatte, kriegte jetzt sein Geld oder musste bezahlen. Der Schiffer klarte winterfest auf, gab Heuer aus und einen „gauden Wiehnachten boben up“ und schickte seine Leute nach Hause.

Ein Hiddensee'scher Fischer kam längsseits, angelte sich Hans Schluck samt seiner Seekiste und setzte ihn bei Kloster an Land. Hanner Schlucks Seekiste hütete ein Geheimnis. Schon vor Monaten hatte er ein Geschenk für Mike Carstensch besorgt. Er überraschte sie mitten bei ihrer Arbeit im Pastorhaus, und sie war so verbiestert, dass es ihr das Maul verschloss. Sie hängte sich an ihn, sie musste ihn erst begreifen, fühlen, drücken, riechen, schmecken, ehe sie etwas sagen konnte.

„Ich bin doch da, Mächen, nu mach doch nich so'n Gewese.“

„Zehn Monate ist heil zu lang, Hanner“, wimmerte sie. „Jeden Tag hab ick einzeln gezählt.“

„Musst nich zählen, Mike. So lang as ick bei Fredrichen fahren tu, komm ick allewege zurück. Aber nu nimm dies hier mal.“ Er öffnete seine Kiste und wühlte darin herum, bis er's fand. Er schob ihr ein Bündel unter die Nase: „Dat's din. Nimm dat.“

„Dat is min?“

„Nu tüter man eins up.“

„Wat is denn da in?“

„Musst eins nachkieken.“

„Nee, Hanner, kaum bist du hier, schon bin ick glücklich.“

„Nu schlag doch eins dat Tuch auseinanner und kiek rin.“

„Nee, Hanner, wat makst mit mich. Bringst mich so wat Schönet mit.“

„Nu tüter doch erst up, sonst is nachher gar nischt in.“ Mit kindlich neugierigem Getue schlug sie das Tuch auf. Hanners Überraschung schien gelungen. Er strahlte übers ganze Gesicht, als er ihre Freude sah.

„Dat – dat soll – dat's wirklich min?“

„Ja, dat hab ick dich mitbracht, aus Hull, aus so'm inglischen Stor."

„Oh, Hanner, zwei niedliche Porzellanköters, mit glubsche Augen, wie nüül." In ihrer Freude drückte sie mal ihm, mal den Hunden ihr Küsschen auf die Schnuten. Dann fragte sie:

„Und wat macht man damit?"

„Ankieken, hinstellen und ankieken."

„Mehr nich?"

„Nee."

„Dat is aber schön."

Doch nicht genug damit, er griff in seine Kiste und zog ein viele Meter langes Band aus Seide hervor, blau-weiß-rot gewebt und sehr hübsch. „Dat uk."

„Dat uk? Dat is doch reineweg zu viel."

„Is von Holland. Da giwwt sowat."

„Wat is die Welt doch groß. Holland – und England – und überall. Da warst du mit deine Hermine und hast an mich gedacht. Oh Hanner!"

Hans Schluck war glücklich. „Ja", sagte er, „dat heww ick."

Sie wand das Band um ihre schmale Hand, nahm es wieder ab und hängte es sich über die Schulter. Dabei fiel ihr ein: „Weißt wat, Hanner? Die eine Hälft, die größere, die geben wir Pasters. Oder nich? Ick mag die Pasterollsch so gern. Sollst sehen, dat steht fein an ihr." Sie sah ihn an und ihre Augen glänzten feucht und verlangend.

NUN war die Zeit der langen Winterabende gekommen. Draußen wehte der Wind ums Haus, der Torf im Ofen glimmte, die Lampe blakte, die Kerzen brannten herunter, der süße Duft der Tobakspfeife würzte den Raum. Da war es gut sein im Schluck'schen Katen, da schickten sie Herz und Sinne in die Weite, unter den Segeln der Fantasie und Träume in fremde Häfen und Länder und über unbekannte Meere.

Auch Segelknecht Johann Jacob Gottschalk hatte sich wieder auf der Insel sehen lassen. Was er bei Kap Lizard erlebt hatte, den Untergang der PETRINE, den Tod der Freunde, seine wunderbare Errettung, all das kam wieder und wieder zur Sprache.

Niklas Jochim, nun schon neun Jahre alt, gluckte neben Maria Amalia und ließ sich kein einziges Wort entgehen. Schiffbruch und Errettung, Kriege und Handel, Sonnenschein und Sternennächte, davon zu hören konnte er nie genug kriegen. Und was sein kleiner Verstand fasste, behielt er fein.

Gottschalks Erzählungen führten über Europas Grenzen hinaus auf den Ozean. Dagegen bekannte sich Hans Schluck bescheidener. Er sagte:

„Ick bin ja man bloß 'n Nord- und Ostseeschipper. Wat aber einen richtigen Seemann is, der segelt übern Ozean. Ans anner End von der Welt, da soll dat schön sein. Häuser, ganz aus Gold, mit Menschen drin, die sind sich schwarz und gelb und haben sich krüslige Haar und schlitzige Augens oder haben drei Köpp. Gesehen hab ick dat noch nicht, aber geben gibt's die. Dat segg ick."

Und immer, wenn Hans Schluck so in Fahrt war und seine verdutzten Hörer mit sich in Schlepptau nahm, zappelte Niklas Jochim los: „Ick will uk eins up See. Wann nimmst mich mit, Onkel Hanner?" Bis es Mutter Anna zu bunt wurde. „Nu geht dat Gejibber all wieder an. Ick kann dat nich ab. Ick lass und lass und lass dich nich aufs Wasser. Willst du mich genauso absaufen as all die annern?"

„Hanner Schluck kommt doch uk immer wieder zurück. Oder is er mal buten geblieben?"

Anna schüttelte sich: „Nee, segg ick. Nee!" Stoffer beruhigte sie und strich über ihre Hand: „Lass ihn man reden. Erstmal is dat noch lang hin, und denn dauert dat noch, und denn geht dat nich so fix. Außerdem sind wir keine freien Leute nich. Er kann gar nich up See fahrn."

„Dat seggst du immer so. Und dat stimmt uk nich. Unfreie fahrn uk up See."

„Jaa“, meinte Stoffer, „Schutenschiffer und mal so mit der Hofjacht as der Andres Schomaker. Aber weit nach buten ... “

„Ick will aber, Vadder!“, krähte der Junge.

„Da siehst du, wie ihm dat ins Blut sticht“, klagte die Mutter. Stoffer warf die Hände: „Wenn ihm dat ins Blut sticht, kannst nie nich wat an ännern. Denn is dat so.“

1782

„Er hat geschrieben, Thuro! Klinckowström hat sich gemeldet. Lies bitte." Eine Depesche, auf die Sophie brennend gewartet hatte, war endlich angekommen. Sie reichte ihm das Schreiben. Doch wie er es überflog, zog er missbilligend seine Brauen hoch. Er las bis zum Ende. Dann ließ er das Blatt auf den Tisch segeln, und unwillig platzte er heraus: „Beschämend, Mutter, einfach beschämend. Für uns und für ihn. Siebenunddreißigtausend Taler für Niederhof! Ein Skandal! Das Anwesen allein ist schon das Doppelte wert, das Schloss nicht einbezogen. Ihr dürft Euch diese Demütigung nicht bieten lassen."

Sophie blickte ihren Sohn wie aus weiter Ferne an und zog die Schultern: „Es ist subscribiert, mein Junge. Was bleibt mir anderes übrig. Sag mir, auf wen du noch warten willst. Nenne mir einen einzigen Namen! Ich jedenfalls bin es müde, Niederhof wie saures Bier anzupreisen."

„Ich bleibe dabei, Mutter, ich finde diesen Kaufpreis beleidigend. Ihr könnt mir doch nicht einreden, dass ihr das so gelassen hinnehmt, wie ihr jetzt tut."

Sophie trat auf ihren großen Sohn zu, und ihre Stimme trug etwas schmerzlich Flehendes in sich, einen Ton, der Herzen bewegen kann: „Thuro, mein lieber Sohn, versteh bitte deine Mutter. Ich muss doch einmal, einmal mit allem zum Ende kommen, ich muss mich von den Ketten lösen, die mir, glaub es mir doch, sehr schwer anhängen. Außerdem, und das weißt du, ich brauche das Geld lebensnotwendig. Vielleicht hat er's schon a conto überwiesen, oder er wird's bald tun."

Wollte Thuro es nicht verstehen oder konnte er es nicht? „Es ist also beschlossene Sache? Niederhof ist ein für allemal perdü?"

„Es ist beschlossene Sache und ich bin nicht willens, sie rückgängig zu machen. Und nun Schluss damit. Meine Insel wird mich schon reichlich mit Aufgaben versehen."

„Deine Insel, Mutter. Aber nicht meine."

Sie schloss, vor so viel Unverständnis kapitulierend, die Augen, nahm das Blatt und trug es hinaus, es den Niederhöfer Akten beizulegen.

RASCH wie der Sturmwind flog die böse Nachricht über die Insel, Johann Walter Striesow sei nachts von einer Sturzsee über Bord gespült und nicht mehr gesehen worden. Im Kattegatt soll das gewesen sein, als der Nordwester gegen die Ebbe stand und die See verrückt spielte. Diese Nachricht verbreitete eisigen Schrecken. Die haben auf der Insel den Atem angehalten und für die Witwe gebetet. Johann Walter Striesow war der jüngere Bruder von Jochen Striesow, der vor Jahren mit den *Dörchhalern* bei Arkona umkam. Wieder ein Ernährer weniger.

Als diese Nachricht Anna Schluck erreichte, schwor sie bei ihrer Seelen Seligkeit, niemals, niemals ihren Niklas Jochim, ihren Hannefatzke, auf ein Schiff steigen zu lassen, egal, was für ein Kahn das auch wäre. „Er soll mich nich versaufen, er is mein Einziger. Wekker soll uns versorgen, wenn wir oll sind?", wehklagte sie. Wenn sie mit Stoffer darüber stritt, wurde ihr Blick hart. Sie beschwor ihn: „Versprich mich, dat du wat dagegen tust, dat du dagegen bist." Vor seinen Ohren zählte sie an den Fingern ab, was sie vom nassen Tod wusste. Sie begann nicht erst bei Schiffer Erdmann, sie nannte die *Dörchhalers,* nannte Namen um Namen, und ihre Finger reichten nicht aus, so viele waren zu nennen.

Stoffer sagte nicht nein, nicht ja. Wie konnte er so was versprechen? Wer kann gegen die Natur, wenn der Körper Verlangen danach hat? Und hat nicht Hanner Schluck gesagt: „Wenn ihm dat im Blut sticht, dann kann keiner wat an machen, denn is dat so?" Stoffer wusste, wie wahr das ist. Er drückte sich die Finger in die Ohren, wenn Anna darüber das Jammern kriegte. Und weil sie absolut nicht damit aufhören wollte, schlug er eines Tages mit der Faust auf den Tisch: „Nu hör mich endlich auf mit dies Gequake, alte Jös!

Ick kann't nu nich mehr vertragen. Dat kommt allet so, wie't kommen soll. Du redst, as wenn du keinen Glauben mehr hast."

„Denn bind ick ihm an! Sollst sehen!", schrie sie.

„Denn bind ihm an, wenn du meinst, dat dat hilft", schrie er zurück, stürmte hinaus und knallte die Tür, dass der Verputz von der Wand bröckelte.

Anna Druckrey sollte nun lernen, dass ein hiddenseescher Bengel von neun Jahren sich nicht mehr in Ketten schlagen lässt. Niklas Jochim riss aus, wenn die Mutter ihn aufs Land befahl, Niklas Jochim hörte nicht zu, wenn sie ihm vom quaddernassen Tod erzählte. Täglich trieb er sich am Wasser herum, und wenn sie es ihm verbot, tat er's heimlich. Zu Anfang gab es nur Schimpfe, später Prügel, und oftmals musste er sich den Hintern reiben, weil Anna kräftig zuschlug. Als er wieder einmal heimlich mit der Polte ausgebüchst war und mit nassen Kleidern heimkam, knöpfte sie ihn sich fürchterlich vor:

„Ick treib dich den Düwel aus, du dreibastigen Lumich!" Und drosch mit dem siebenstriemigen Karbatsch auf ihm herum, dass er noch Tage danach die schmerzenden Schwellungen fühlte. In dem Jungen kochte aber eine Wut hoch gegen seine Mutter, und noch während sie keifte und schlug, brüllte er zurück: „Nu geh ick erst recht, du hier mit diese olle Schteinerschtube, du schtinkst mich an." Und heulte Rotz und Wasser. Ein schrecklicher Krieg war zwischen den beiden entbrannt, und sie hätte den Jungen wohl zum Krüppel geschlagen, wäre nicht die lahme Gausche dazwischengetreten: „Wenn du willst, Anna, dat die Kröt eins Dags so rumläuft wie ick, denn mach weiter so. Denn hast ihm an Land, denn aber für immer!"

Darauf kriegte Anna das Weinen, verzog sich und wollte keinen mehr sehen und hören. Doch der Kampf war entschieden. Leise sagte sie und streckte die Waffen: „Ick segg nu nischt mehr. Up mich hört ja doch kein ein."

Unten am Außenstrand hatten sich die Kinder aus rundgewaschenen Steinen ein Boot, eine mächtige Fregatte zusammengeprimelt. Die Bordwände aus Stein, zerbrochene Reusenstangen zu prächtigen Masten, Lumpen zu sturmzerfetzten Segeln, zertrümmerte Fischkisten zu königlichen Kajüten ... das war ein Schiff, das sich sehen lassen konnte. Niklas Jochim Schluck war der Kapitän, er durfte Kommando geben, durfte schnauzen und loben, und unter seiner Führung segelten sie zwischen Palmen und Eisbergen hindurch, fischten in norwegischen Schären den Kabeljau, in der Ostsee den Salhund, hundertmal ging ihr Schiff zu Bruch, hundertmal retteten sie sich gegenseitig – ein herrliches Spiel, ein großartiges Spiel. Und seefest blieben sie alle.

Die Mädchen durften in der Nähe stehen und zugucken. An Bord durfte keine von ihnen, denn Weib an Bord gibt Streit und Mord. Auch davon erfuhr Anna Schluck, sie sagte aber nichts mehr dagegen, sie hatte aufgegeben.

An einem Sonntagmorgen, als die Luft voll war von würzigen Heudüften, der Klee blühte und die Möwen in höchster Höhe segelten, als leis der Wind kam und kleine Wellchen ans Ufer warf, stand Anna Schluck, das Kirchtuch über die Schulter gelegt, und wartete vor der Katentür auf Stoffer, um mit ihm den Gottesdienst bei Bertram Ludwig zu besuchen. „Wenn du schon nich mitkommst, Junging“, sagte Mutter Anna zu Niklas Jochim, „denn bliww mich wenigstens artig zu Haus. Tu mich den Gefallen.“

Doch kaum, dass die Eltern hinter Jochen Höbners Haus verschwunden waren, rannte er zum Wasser hinunter, dorthin, wo die Polte lag, dieses lütte, flachbordige Boot. Vater hatte ihm neulich gezeigt, wie er wriggt, wenn er nur einen Riemen benutzen will. Wie er den Riemen in die Keep legen und mit schlagartigem Drehen arbeiten muss, mal so, mal so. Heute wollte Niklas Jochim das mal richtig üben.

Wriggen, mit einem Riemen den Kahn vorwärts bringen, das war was. Da war er Schiffer auf eignem Kahn. Die Beine gespreizt und die Füße fest auf die Bodenbretter gestemmt, mit der rechten Hand oder mit beiden Händen den Dreher im richtigen Augenblick gewriggt, das konnte er schon ganz gut. Ein wahres Glücksgefühl packte den Jungen, wenn sich im Kielwasser die Quirle zogen und der Riemenschlag im Takt ging, ruck – dreh – ruck – dreh ...

Eigentlich gehörte die Polte der Garnkommüne. Das kleine Boot aber war alt und angegangen und sollte längst zersägt werden. Niklas Jochim aber meinte, weil Vater in der Kommüne ist, gehöre auch ihm das Ding, und er brauche niemanden darum zu fragen.

Gerade wollte er die Festmachleine lösen und abstoßen, als er ein Mädchen bemerkte, das sich hinter einem Weidenbusch versteckte, eine von denen, die immer lachend auf den Piller zeigten, wenn die Jungen nackend badeten, Gretchen Beyers aus Plogshagen, Jean Beyers ältere Tochter. Niklas Jochim wollte sie erst wegjagen, doch dann dachte er, er könnte einem Mädchen aus den Süderdörfern ja mal weisen, wie ein Vitter Junge wriggen kann. Umständlich darum und mit übertreibendem Eifer marachte er an dem Boot herum, was zwar nicht nötig war, aber Eindruck machen sollte. Denn er wollte dabei gesehen werden.

Gretchen Beyers trat aus ihrem Versteck hervor, schabte sich den Hintern und sah zu. Sie mochte wohl gern mitfahren. Da kam schon seine Frage: „Willst mit?“ Sie zog die Schultern. „Weiß nich.“

„Hast Angst?“

„Weiß nich.“

„Oder dürfst nich?“

„Doch, ick dürf.“

Schlupps, die hinderlichen Röcke hochgerissen, sprang sie in den Kahn, setzte sich so ungeschickt auf die Seite, dass der Kahn wippte und Wasser nahm. Niklas Jochim grinste. „Hast’n nassen Mors gekriegt?“

Jetzt zeigte er, was in ihm steckte. Erst noch auf dem flachen Grund gestakt, setzte er vom Land ab. Wo das Wasser tiefer wurde, legte er los, Schlag auf Schlag, und nicht ein einziges Mal sprang das Holz aus der Keep. Ihm wurde warm, er zog das Hemd aus und ließ die Muskeln spielen. Sie sollte das sehen!

Kräftig rührte er den Riemen, sie dümpelten mal nach

steuerbord, mal nach backbord. Und damit es auch richtig schaukelte, drückte er heimlich mit den Füßen nach, so weit, dass auch tüchtig Wasser hereinschwappte. Sie soll seekrank werden und das Kotzen kriegen, wünschte er sich. Gretchen Beyers aber fand das alles sehr lustig. Unter ihr glänzte der kiesige Grund auf, Fahnen von Kraut und Tang wehten leise in der Strömung, und zwischen den langen Fasern flitzten klitzkleine Fischlein blitzschnell davon. Quallen konnte sie mit bloßer Hand käschern. Das gefiel ihr, sowas hatte sie noch nie erlebt.

Niklas Jochim spuckte große Bogen. Für ihn war das alles nur ein Pup. Doch als er sah, wie es ihr gefiel, träumte er sich in eine ihn sich vergessen machende Rolle hinein. Er fühlte sich davongesegelt, ein Steuermann auf großer Fahrt, Ladung nahm er und löschte sie, Geld schaffte er zusammen und verschenkte es, durch Stürme segelte er und Nächte, und kehrte als angesehener Schiffer zurück. Und dabei wriggte der Riemen und das Boot schaukelte und immer weiter entfernte sich das Ufer.

Zu spät merkte er, was indessen geschehen war. Die durch Sommerhitze ausgespakte Polte zog in den oberen Gängen Wasser auf der ganzen Länge. Jetzt rinnsalte es so stark hinein, dass das Wasser zu ihren Füßen gehörig zu schülpern begann. Da gab es nur eins: schleunigst an Land zurück. Aus wars mit der Fahrt über den großen Ozean. Deibelnichnochmal! Dass er das nicht eher gemerkt hat! Hier ging ihm etwas an seine Jungenehre.

Er lenkte das Boot auf eine flache Stelle. Da sackte es ab. Gretchen Beyers fragte verständnislos: „Wat nu? Soll ick aussteigen?"

„Hast Schiss gehabt?"

„Schiss? Woso? Ick kann doch schwimmen."

„Wat kannst du?" Niklas Jochim traute seinen Ohren nicht. Ein Mädchen und schwimmen können? „Sag, dat du lügst."

„Ick lüg nich. Bestimmt. Nimmst mich mal wieder mit?"

Wie sie so dastand, sich an ihren Beinen kratzte, immer hoch und runter, sie mit ihrer drummligen Nase unter den

Sommersprossen und dem verdreckten Kinn, und wie sie ihn so keck ansah, sagte er:

„Weiß nich. Wenn du willst?"

Sie patschte durch das Flachwasser davon. Niklas machte sich an der Polte zu schaffen und dachte, eigentlich hätte sie mir helfen können, aber lass. Sie is ja man bloß ein Mädchen. Immerhin – ein Mädchen, das schwimmen konnte, ein Junge, der wriggt, das passt zusammen. Sie trafen sich oft, manchmal Tage hintereinander, und die Polte war ihr beider Einundalles. Bis Gretchen ihm eines Tages von ihrem Versteck erzählte, das niemand kannte und betreten hatte, auch ihre Schwester Lene nicht. Das war zwar nichts weiter als eine Grube, aber ausgelegt wie eine Hasensatte, mit Seegras und lockerer Erde. Dieses Versteck lag gerade so zwischen Neuendorf und der Vitte, dort, wo Buschwerk und Heidekraut und Wacholder wachsen und wo die Plogshagener und Neuendorfer ihre Schafe laufen lassen.

Von dem Tag an war Niklas Jochim Stunden von der Bildfläche verschwunden. Zeit hatte er genug, die Schulstunden fielen aus, Küster Korth war weggelaufen. Mutter Anna konnte ihn nicht dauernd unter Aufsicht halten und sie war froh, als sie erfuhr, er tobt nicht auf dem Wasser herum, sondern hockt irgendwo an Land.

Hier in diesem Versteck tauschten sich die beiden Kinder ihre Spielsachen aus. Gretchen schleppte eine kaputte Puppe an, eine Halskette mit bunten Glasperlen oder eine Scherbe, die grün war und durch die man hindurchgucken konnte. Niklas Jochim zeigte ihr das Kuhpferd. Als sie es ungeschickt drückte, fiel ein Bein aus seinem Halt. Gemeinsam machten sie sich dran, das Ding zu heilen. Niklas Jochim spuckte in seine Hand, zeigte ihr das und sagte: „Du auch."

Gretchen gab ihre Spucke dazu. Nun tunkte er das Holzbeinchen in das Blasengepampe und rührte tüchtig darin herum, steckte es zurück in das Löchlein, drehte es fest und sagte: „Kiek, so macht man dat."

„Spucke klebt", sagte sie.

„Spucke quellt", verbesserte er. „Wenn Holz nass wird, geht dat auseinanner. Als wenn du Luft holen tust, denn gehst du uk auseinanner. Hol mal Luft.“ Sie atmete tief ein, er fasste ihr um den dünnen Leib und fühlte, wie sich die Rippen weiteten.

„Und nu du.“

Sie legte ihre Arme um seinen Brustkorb. Da pumpte er sich auf wie ein Ballon und reckte sich und bewies, dass ihre Arme kaum ausreichten, ihn zu umspannen. Sie drückte dabei ihr Gesicht gegen seinen nackten Bauch und pustete und sagte: „Mann!“ Dann zeigte sie auf das Kuhpferd und fragte: „Schenkst mich dat?“

„Nee“, antwortete Niklas Jochim, „dat kann ick nich. Die Gausche fragt immer danach, ob ick dat noch hab.“

ZUM ersten Mal erlebte Sophie Giese die Missstände der Schule aus nächster Nähe mit, die Schule ohne Lehrer. Wozu hatte Ulrich ein neues Schulhaus bauen lassen? Die Kinder lungerten umher und verlernten das Wenige, das ihnen eingeprügelt worden war. Bertram Ludwig Crüger hatte gegen viel Versprechungen einen unscheinbaren, aber sehr selbstgefälligen Mann namens Klein gewinnen können, einen jener Leute, die über keine Ausbildung verfügten. Klein war ein stellungsloser Schuhmacher, der über etwas Rechnen und Schreiben verfügte und den Katechismus auswendig konnte, doch kaum etwas darüber hinaus wusste, und dessen menschliche Qualitäten nicht abgefragt werden durften.

Küster Kleins Art, mit den Kindern umzugehen, war von Anfang an fragwürdig. Der leichtgläubige Pastor hätte gut daran getan, lieber die Taube auf dem Dach statt den Sperling in der Hand zu wählen. Es dauerte auch nicht lange, da liefen die Kinder davon. Küster Klein war unerträglich. Anfangs bändigte er die Kinder nur mit Gebrüll und Prügel, doch zogen auch diese Strafen nicht mehr, weil die Kinder gar nicht erst erschienen. Eines Tages war er selber verschwunden, und niemand weinte ihm eine Träne nach. Kirche und Herrschaft standen wieder vor der Frage, wie es mit dem Unterricht weitergehen sollte. „Tja, wenn wir in Preußen lebten, da gibt es die Schulpflicht. Und in Stettin bilden sie sich Lehrer heran“, wusste Crüger zu klagen.

Klein schrieb eine kurze Rechtfertigung an die Herrschaft. Der Grund, so gab er an, wären die unmöglichen Lebensumstände, die ihn zermürbt hätten. Es möge niemand in den Irrtum verfallen, Hiddensee böte eine attraktive Schulmeisterstelle. Seitdem ging in der Stadt die Rede, die Schullehrerwohnung auf der Insel sei eine Beleidigung. Das Dach wind- und wasserdurchlässig, das Zimmer kalt und nass, der Kamin versottet und die Türen fielen aus den Angeln. Sophie Giese prüfte das nach und bezichtigte den Mann einer vollendeten Lüge.

Dass zur gleichen Zeit auch der Inspektor seine Arbeit niederzulegen gedachte, traf sie zwar nicht unvorbereitet, doch just in diesem Moment brauchte es ja auch nicht zu sein, meinte sie und war traurig darüber, wie Menschen mit ihr verfahren.

Ein glücklicher Umstand hatte den Inspektor bewogen, sich rasch zu entschließen und seine Stellung aufzukündigen. Ihm war zugetragen worden, dass der Verwalter eines Guts in der Nähe Barths gestorben sei und die Witwe eine passable Frau und die Arbeit überschaubar. Der Herrschaft auf Hiddensee versprach er aber, die Kündigungsfrist einzuhalten.

Sophie sagte und lächelte ihn verständnisvoll an: „Ich glaube, lieber Inspektor, dieser Weg ist gut für uns beide. Ich wünsche Euch einen guten Anfang.“

Noch am gleichen Abend griff sie zur Feder und schrieb einen Brief an die Winthersons in Niederhof, denn Sven Wintherson und Mariechen sollten als Erste darüber hören. Wen hätte sie wohl lieber an dieser Stelle als diese beiden. Sophie kannte Winthersons gefällige und stille Art und seine innere Geradigkeit, und von Marie versprach sie sich auch nur liebenswürdige Nähe.

Was sie mit eilender Hand aufs Papier gesetzt hatte, las sie sich selber noch einmal vor:

Meine theuren Winthersons, liebste Marie.

Wie wäre es mir wohl lieber, Euch nach den Monathen der Trennung selber in die Augen zu sehen, als dieser Brief es thut, der ia nur den geistigen Theil meiner existance vorstellt. Allein ein plötzlicher Umstandt ist über mich gekommen. Ist er ein böser, ist er ein guther? – Laßt es mich kurtz dar legen. Der Inspector, dessen arrogance mich schon vielmahlen geärgert, hat mir itzteben seine Kündigung angezeiget, was mich weder erfreut noch echauffieret. Damitt wird die Inspection auf meinem Hittenseeischen Guthe vacant.
Könntet Ihr wohl denken, wen ich lieber an dieser Stelle sähe als Euch? Mein Herzenswunsch ist hiemitten ausgesprochen. Würdet Ihr zustimmen, so lasset um Gottes Willen keine Zeit verstreichen. Sagt von Klinckowström meinen ergebensten Gruß, bin ich doch darin versichert, er würde Euch des Wegs ziehen lassen, wenn ich darüm bäte. Aus der in endigen Bitte Eure Entschließung mir baldig mitzutheilen ersehet Ihr, daß ich Euch nicht vergessen kann. Wie habt Ihr mir doch stehts Anhänglichkeit bewiesen. Hier erwartet Euch, wie Ihr wohl wisset, kein Schloß, kein Park, kein Irrgarten. O, was sage ich, doch ein Irrgarten. Gilt es doch viel Unanständiges und Verirrendes gerade zu richten. Gewiß ist vieles primitif, simple und pauvre, darin ein Verwöhnter sich nicht leicht geben mag. Aber solltet Ihr das nicht wissen?
Nun in täglicher Ungeduld auf Eure reaction schreibt und bittet Eure in Zuneygung verbundene – ach ja – Kammerrätin

Hittensee dat. 16. Julius 1782
Sophie Elisabeth Giese

„So gut, soll es so gehen.“ Sie sagte das, faltete das Papier, gab ein Tupferchen Leim drauf und verschloss es. Sie übertrug dem verlässlichen Schomaker, diesen Brief mit aller

Schnelligkeit an Ort und Stelle zu schaffen und, so es möglich wäre, die Antwort gleich mitzubringen.

Andreas Schomaker segelte die Hofyacht in einem Zug durch bis in die Bucht von Niederhof. Unterhalb des jüdischen Friedhofes legte er an und begab sich unverzüglich ins Schloss. Er fand Marie, überreichte ihr dienernd die Post in einer Art, als hätte er die Frau Kammerrätin selbst vor sich stehen.

„Ein herrschaftliches Schreiben an Euch. Und sollen glieks antworten. Ick soll warten."

Marie erschrak. „Ist etwas vorgefallen?"

Schomaker zog die Schultern. „Ick soll warten", wiederholte er. Marie eilte zu Wintherson, öffnete vor seinen Augen den Brief und las ihm vor. Dann, ein kurzer Blick in seine Augen, fiel sie ihm um den Hals:

„Sie braucht uns, Sven, liebster Männe, sie braucht uns." Wintherson, der sich allzu stürmischen Liebkosungen seiner Frau gern entzog, drückte sie auch jetzt ein wenig von sich ab. Wie immer, wenn er nachdachte, zwirbelte er an den Borsten seiner Brauen. Sein Blick ging dabei weit ins Leere.

„Du überlegst noch, Sven? Willst du etwa unsere allerbeste Freundin im Stich lassen?"

Wintherson wiegte sein Haupt. „Solche Entschließung ist kein Katzendreck. Wir sind nicht mehr die Jüngsten, Marie. So was will bedacht sein."

„Sven!" Marie richtete sich auf die Zehenspitzen, drückte ihren üppigen Busen an seiner Brust platt und fasste ihn bei den Ohren. Sie zog ihn nieder und hoch und wieder nieder und brachte es wahrhaftig fertig, dass sein Kopf auf- und niederwippte. „Siehst du, jetzt sagst du ja und ja und ja."

Lachend wollte er sie abschütteln, aber sie hielt fest.

„Du bist eine ganz entsetzlich schlimme, fürchterliche Weibsperson! Lass doch los!"

Noch einmal zog sie seinen Kopf tief herunter. „Also ja! Du sagst ja, weil du so wunderbar nickst."

Jetzt nahm er ihre Hände fort und sagte ernst: „So was is kein Katzendreck, Marie, lass uns das in Ruhe überdenken."

„In Ruhe, wo mich mein Herz so unruhig springt?"

„Gut“, willigte er ein. „Morgen in der Früh geh ich zu Klinckowström. Er wird uns müssen lassen ziehen.“

Marie jauchzte auf, riss den Brief an sich und schrieb ihre Antwort:

Hochzu verehrende Frau Kammerräthin, hertzaler liebste ergebdste Freundin. Hier habt Ihr meine Antwort da zu.

Wir laßen Euch nicht im Stich. Sven spricht morgen in derfrü mit Capitain von Kli. Wir sind jeden Fals willich zu komen und werden so bald als möglich bey Euch seyn. Untherthänigsten Dank für das Zuvertrauen und eben Fals untherthänigste Grüße von Eurer all Zeit dienstbaren

Marie und Sven Wintherson

Sie eilte hinaus und fand Schomaker noch genau so stehen, wie sie ihn verlassen hatte. Sie drückte ihm den Brief in die Hand, drehte ihn an den Schultern und und schob ihn hinaus. „Beeilt Euch um Himmels willen und grüßt mich die Frau Kammerrätin ja sehr, sehr herzlich von uns beide.“

Nach dem Fortzug des Inspektors ließ Sophie sofort die Wohnung für Wintherson herrichten. In dieser Zeit, in der das antreibende Haupt des Gutshofs fehlte, lernten die Hiddenseer Hofleute ihre gnädige Herrschaft von einer ganz neuen, einer wunderlichen Seite kennen. Sophie Giese selber war es, die mit ihnen beim ersten Hahnenschrei, in einen derben Mantel gehüllt und in schweren Stiefeln stapfend durch die Ställe ging und, wo es nötig war, Anweisungen gab. Dabei scheute sie sich nicht, ihre Sprache zu sprechen und auch von ihnen mancherlei Geschicklichkeit abzugucken, und sie sparte nicht mit guten Worten. Wo sie jedoch etwas anordnete, tat sie das in lieber Erinnerung an die Art ihres Vaters, denn wie er mit seinen Leuten umgegangen war, freundlich, sachlich und bestimmend, doch immer im Ton einer gefälligen Bitte, das war auch ihre Art.

In dieser Zeit hatte sich auf dem Gutshof schlagartig etwas verändert. Niemand konnte sagen, was es war und wie und warum, aber sie sagten es untereinander, und so flog es auch von der Insel aufs Land, vom Land in die Stadt und gelangte in alle Kreise, auch in die der Hochnoblen. Bald hieß es, und oft mit einem Anflug von Ironie: *Die Königin von Hiddensee* regiert auf ihrer Insel. Konnte sich doch niemand vorstellen, wie eine Herrschaft in Person einer feingebildeten Frau Kammerrätin frühmorgens durch die Viehställe streifen könnte oder gar bei Wind und Wetter über das Land reiten, um Felder zu inspizieren, Hand in Hand mit ihren Untertanen. Doch von Mal zu Mal, je öfter man über sie sprach, füllte sich dieses Wort mit wachsender Hochachtung: Sophie Elisabeth Giese, *die Königin von Hiddensee.*

VIERTES KAPITEL
1783 – 1785

AUF dem Landweg zwischen Poggenhof und der Fährstelle Seehof stapfte ein müdgelaufener Mann. Er trug einen bis ans Gesäß reichenden Mantel und auf dem Kopf einen übertrieben breitkrempigen Hut nach holländischer Art aus schwarzem Sammet. Und das bei der Sommerhitze! Kein Wunder, wenn ihm das Wasser über die Schläfen rann und dass er sich danach sehnte, seine Füße bald unter einen gedeckten Tisch strecken zu können.

Am Seehofer Fähranleger rief er: „Hol öwer!" Danach warf er seine Bagage ins Gras, legte sich lang und wartete. Die windabfangenden Weißdornbüsche standen schon in vergilbender Blüte. Wenn der Wind durch ihre Zweige fuhr, huschten sie leise auf, und auch in den Eichen hinten am Hofhaus zitterte das Laub. In der Moorwiese linkerhand, zwischen Moos und Gras, wo das warme Wasser stand, blies der Seefrosch seine silbrigen Schallblasen auf und quakte seinen monotonen Gesang. Von den Büschen schnarrte eine Elster ab und strich, von wachsamen Möwen verjagt, in schwingendem Flug über den Fremden hinweg. Der hörte das alles und sah das alles und lächelte zufrieden. Leicht, ja liebkosend fuhr seine Hand über die kleinblütigen Pflänzchen des Lerchensporns und sagte damit: Hier ist es schön. Drüben wird es nicht anders sein.

Indessen kam Tode herübergerudert. Breitbeinig stand er im Kahn und drückte die Riemen vor sich her. Matt waren die Schläge, langsam nur schlich das Boot durch das stillstehende Wasser. Strom stand heute nicht im *Kleinen Troch*. Das ersparte dem Fährmann zusätzliche Mühe. Tode drückte dem Fremden seine knochendürre Hand zum Gruß, half ihm beim Einsteigen, wendete den Kahn und setzte über.

Johann Tode war alt und schweigsam geworden. Lange hielt er seine Frage dem Fremden gegenüber zurück. Über sein Woher und Wohin zu erfahren, verlangte ihn aber doch. Irgendwann hielt er mit Rudern inne: „Wat bist du für einen? Ick kenn dich nich.“

Die Antwort kam kurz. „Die Herrschaft will mich als Schullehrer für die Gören und als Küster für die Kirch.“

„Mm“, machte Tode, stemmte sich wieder gegen die Riemen und gab dem Kahn Fahrt. Jetzt war an dem Fremden zu fragen:

„Segg eins, Fährmann, woans geht dat hier so?“

Tode antwortete nicht gleich. Es war nicht seine Art, sich von Fremden ausfragen zu lassen. Am Ende schüttelte er den Kopf:

„Frag mich wat du willst, man ick segg nischt. Wirst ja selber sehn.“

Der Fremde machte ein verdutztes Gesicht. „Stimmt hier wat nich?“

„Stimmen stimmt allet, man bloß dat du in kurzer Zeit der Wievielte bist. Kein ein von die Schullehrers hält dat hier aus.“

„Madame Giese hat mich dat aberst anners verklart.“

„Madame Giese? Na, wenn du meinst?“ Kräftig drückte er die Riemen und schob seinen Kahn voran.

„Aber die brauchen doch einen Lehrer, oder nich?“

„Brauchen?“ Tode zog seinen zahnlosen Mund zusammen.

„Brauchen brauchen se einen. Dat's wahr. Denn mach dat man. Wat den ein sein Abgang, is den annern sein Anfang.“

„Wat heißt dat, wat willst du damit seggen?“

„Ich will seggen, mach dat man.“

Mehr redeten die beiden nicht. Tode schaffte seinen Fahrgast auf die Insel, wies ihm den Weg, nahm die ihm zustehende Münze mit eingewöhntem Dienern an und reichte ihm das Gepäck nach. Der Fremde machte sich ohne Zögern auf den Weg nach Kloster, um sich bei der Herrschaft melden zu lassen.

Sophie empfing ihn an der Freitreppe mit freundlichem Gruß. „Ihr seid gekommen, Brüdgam, Ihr habt mich nicht warten lassen. Seht, der prächtige Sommertag und ich, wir heißen Euch willkommen." Brüdgam bedankte sich und hauchte, wie die Etikette es vorschrieb, einen kurz zu erledigenden Kuss auf die dargebotene Rechte Sophies. Darauf ließ er sich ins Haus führen, um dort nach einem stärkenden Imbiss die Belange durchzusprechen, die sich aufs Schulamt bezogen.

Sophie legte ihrem künftigen Schullehrer Brüdgam die unter *ultro Novembris 1755* datierte und gültige Deputats- und Honorarfassung vor, ein mehrseitiges Papier, das dem Lehrer den Lebensunterhalt zu sichern hatte.

„Mit einer Veränderung", flocht sie ein, „einer sozusagen lang überholten Floskel. Nämlich das in diesem Papier erwähnte Schulhaus ist von uns neu erbaut worden, und ich denke, dass es Eure Billigung finden wird. Es steht denen im Lande in keiner Weise nach. Darin habt Ihr auch Eure Wohnung." Und fügte hinzu: „Unsere Leute wissen die Arbeit des Schullehrers nicht recht einzuschätzen. Erzieht sie nur in rechter Weise, und Ihr habt unsere Unterstützung."

„Ist es wahr, Frau Kammerrätin, dass, wie mir gesagt wurde, mein Vorgänger nicht lange ... "

„Es ist wahr", sie ließ ihn nicht aussprechen, sie hatte so etwas erwartet. „Man redet über uns Böses. Die Gründe liegen bei den Betreffenden selber. Uns jedenfalls ist sehr daran gelegen, die Kinder zu lehren, alle, ohne Ausnahme. Sie sollen Schritt halten mit dem Leben draußen. Die Welt", lächelte sie, „ist ja nicht am ersten Schöpfungstag stehen geblieben."

Brüdgam nahm diese lockere Bemerkung auf. „Beileibe nicht. Was ich von Frankreich weiß ... "

„Frankreich?" Sophie hob abwehrend die Hand. „Frankreich wollen wir bitte mit Vorsicht aussprechen. Geht nun erstmal zum Pastor Crüger hinüber. Auch ihm liegt das Schulamt sehr am Herzen, und er ist Euer spiritus rector. Was die Küsterei anbetrifft, auch das regelt bitte mit ihm. Den Kontrakt gebt mir morgen bitte subsigniert zurück."

Auf seine Frage, wann sie sich den Beginn des Unterrichts dächte, antwortete sie: „Mir wär's gleich noch heute am liebsten. Jeder verschlafene Tag ist ein verlorener Tag. Ich werde sogleich in die Dörfer schicken lassen. Sagen wir am Montag. Und nun ans Werk, mein Lieber."

Brüdgam richtete sich ein. Noch ehe der Abend hereinbrach, hatte er Pflichten und Rechte des Kontrakts sorgfältig studiert. Er setzte das Datum des nämlichen Tags, des *3. July 1783*, unter alles, seinen Namen dazu und nahm damit Schulamt und Küsterei in seine Pflicht.

Früh am nächsten Morgen weckte ihn das Schreien balzender Möwen, vermischt mit dem pfeifenden Sang der Amsel, herab vom höchsten Zweig des Apfelbaums im Pfarrgarten. Die ganze Nacht über war es nicht dunkel geworden, denn um Mittsommernacht wandert der Abendschein über den Norden ab und weitet sich bereits in den ersten Stunden des neuen Tags. Bald darauf drängt die Sonne nach.

Als Brüdgam ans Fenster trat und hinausschaute, bemerkte er eine eigentümliche Verfärbung des Himmels im nordwestlichen Bereich, etwa über Dänemarks Küsten, und rätselte an ihr herum.

„Wat bedeutet dat? Woher kommt sich dat?" Auch die Hofleute stutzten und sagten, so was hat es noch nicht gegeben. Einige unter den Weibern faselten von bösen Vorzeichen und Weltuntergang. Mit zunehmendem Tag verdichtete sich der Schleier, bedeckte bald den gesamten Himmel und nahm der Sonne die Kraft. Der Sang der Amsel verstummte, die Möwen gingen bis aufs Wasser nieder und äugten misstrauisch in die Höhe. Nur witzige Gesellen lachten und zeigten nach oben: „Nu kneift der Herrgott seine Augen zu. Warum, fragen ihm die Engelchen. Da sagt der Herrgott: Kiek man nich hin, die Hiddensee'schen haben'n neuen Schullehrer gekriegt."

Brüdgam aber und die, die solche Erscheinungen ernster nahmen, fanden keine Erklärung. Bertram Ludwig erhob sie sogar zu einem Hauptgedanken in seiner Sonntagspredigt. Er wollte, sagte er, beweisen, wie Gott seine Zeichen deutlich an den Himmel setzt, um etwas Großes anzuzeigen. Er wies auf Noah hin, dem Gott nach Ende der Sündenflut einen schönen Regenbogen geschenkt hatte. Die Männer in der Kirche stießen sich an und sagten: Ja, ja, so wat giwwt dat. Anders, erklärte der Prediger, sei es bei Josua gewesen. Da hatte die Sonne stillgestanden zu Gideon und der Mond im Tal Ajalon beim Streit für das Volk Israel. Da stießen die Männer sich an und sagten: So wat kann er nich, dat geht nich an. Noch anders sei es gewesen in der heiligen Sterbestunde des Herrn auf Golgatha, als Gott den Himmel verdüsterte und die Sonne ihren Schein verlor. Da stießen sich die Männer zum dritten Mal an, nickköppten und sagten: Wenn einer sterben tut und dot bleibt, denn is dat so.

Zuletzt aber horchten sie alle erschrocken auf, als der Pastor die himmlische Schrift als dunkle, ja als letzte Mahnung auslegte.

„Überdenkt Eure Leben, meine Pfarrkinder. Gott schreibt solche Zeichen nicht ohne Grund für euch." Und sah sie alle der Reihe nach an.

Diese Predigt hatte sie seit Langem wieder einmal gepackt, denn sonst hörte man sie wohl gern, aber sie traf sie nicht. Am Ausgang fragte ihn Stoffer Schluck: „Segg eins, Bertram, meinst du dat so, as wie du dat verklart hast?"

„Stoffer! Du bist Kirchenvorstand und fragst so wat? Meinst du wirklich, ick flunker? Denn brauchst nich mehr in die Kirch zu kommen."

„Ick frag doch nur, ob du dat so meinen tust, as wie du dat seggt hast."

„Ja, so hab ick dat gemeint und mein dat noch so und nie anners."

„Denn lat mich man eins darüber nachdenken. Gottes Wege sind eben höher as unsere Wege und seine Gedankens höher as unsere Gedankens. Kannst eben nich wissen, wat kommen tut. Also nischt für ungut und Dank für diese Predigt." Er nahm Anna an die Hand und ging mit ihr zurück in die Vitte.

Auch Hedwig Crüger lenkte das Gespräch auf die Predigt. Sie sagte, er sei ein Unheilsprophet und gestand, dass ihr selten eine Predigt von ihm so unter die Haut gegangen sei. „Ich habe dein aufgescheuchtes Gesicht beobachtet. Du warst nicht wie sonst. Deine Unruhe hat sich auf uns alle übertragen. Sag mir, waren das nun deine Worte allein, oder was ist in dich gefahren?“

„Ich weiß es nicht“, gab er zu. „Ich fühlte da etwas auf mich zukommen. Ich gestehe dir, liebe Hedwig, dieser Himmel macht mir Angst. Seit Tagen dieses unerklärliche Dunkel. Das ist doch keine Einbildung. Ich befürchte Schlimmes. Gott zeigt es mir an, ich kann nichts dagegen tun.“

Am nächsten Morgen hatte Küster Brüdgam seine Arbeit aufgenommen. Wie der Kontrakt es regelte – er belehrte die Kinder in den geforderten Grundfächern, im Lesen, Schreiben und Rechnen, im Singen und in der Kenntnis biblischer Geschichten. Über das, was noch immer am Himmel stand, sprach er auch, aber nur mit den Größeren, doch tat er das in einer Art, die im Widerspruch zur Sonntagspredigt stand.

Niklas Jochim merkte das und redete dagegen: „Vater seggt, der Paster seggt, seggt Vater, wenn so wat am Himmel is, sticht Gott seinen Zeigefinger in die Höcht, denn läuft unten wat nich klar, und wir solln passacht geben, dat uns nischt aus den Händen rutscht, seggt der Paster, seggt Vater.“

Worauf Brüdgam abwinkte: „Wenn der Paster dat seggen tut und Vater dat uk seggt, denn is dat ja man gut. Man wecker recht hat, dat wird sich finden. Aber nu setz dich hin und holl din Mul. Diese griesegraue Wolk macht uns noch allzusamm twallig.“

„Dat is aber kein griesegraue Wolke nich, dat is ein Gotteszeichen, seggt Vater.“ Niklas Jochim hielt sich daran fest. Vaters Worte gingen ihm über alles und hatten den Wert ewiger Wahrheit. Brüdgam, dem nicht gefiel, dass so ein Hosenschieter schon eine Meinung hatte, blitzte ihn an: „Sett di hen und holl din Schnut. Näkstmal giwwt wat mit’n Schacht!“

ALLJÄHRLICH im Sommer war die Zeit, die Garnboote für den Herbstheringsfang zu überholen. Schamfielungen mussten ausgebessert, die Landings kalfatert und alles Holz tüchtig mit Teer bequaddert werden, von Kiel und Bodenwrangen hoch bis ans Setzbord. Wer diese Schmierarbeit machen musste, darüber entschied das Los. Ein saudreckiges Geschäft für den, der dran war.

Das Trecken aus dem Wasser geschah durch die ganze Kommüne, mit *Hiev up* und *Jonni Buck* holten sie die schweren Fahrzeuge über Rollen an Land, damit Sonne und Wind das Holz übertrocknet. Alles andere machte dann der, den das Los bestimmt hatte. In diesem Jahr fiel das Los auf Stoffer Schluck. Gelassen nahm er das hin, spuckte in die Hände, zerrieb das und sagte: „Denn man tau. Wat sin möt, möt sin."

Er verklarte seinem Söhner Niklas Jochim dann, wozu das Teeren gut sei, und wie man das macht, und wenn er es lernen will, soll er zugucken. „Aber immer fein Abstand halten", warnte er ihn. „Teer muss kochen, und wenn er kochen tut, spritzt er, und dat verbrennt dich bannig die Haut. Und aus Jack und Büchs kriegst du dat nie und nimmer nich mehr raus. Und stinken tust drei Seemeilen gegen den Wind."

Anna Schluck zeterte wieder los: „Ick kann dat nich ab, dat du ihm so wat lernst. Wozu braucht er dat. Er soll nischt haben mit der Schifferei." Sie verbot dem Jungen dabeizustehen und wollte ihn am liebsten nach Grieben schicken, nur damit er weg wäre. Als Stoffer aber den Teerpott aus dem Schuppen holte, sprang der Junge an Vaters Seite. „Wat Mudding immer reden tut. Wenn ick nur zukiek, wat is denn dabei?"

Stoffer kniff die Augen zu, zog eine neckische Fratze und sagte leise zu ihm: „Lass ihr, sie meint es nur gut. Aber nu pass auf, wat ick dich zeigen tu." Und er belehrte ihn darin, dass das Teeren nur hilft, wenn das Holz trocken ist, sonst bliebe es nur „oberflächig", und dass es in die Poren einziehen muss, und je heißer der Quadder sei, desto besser für das Holz.

Niklas Jochim verstand. Begeistert verfolgte er nun, wie Vater mit dem schwarz bekleckerten Teerpott herummarachte. Stoffer hatte sich, um seine Anziehsachen nicht zu bekleckern, ein altes Segel um den Leib geschlungen, das bis über die Füße reichte und um den Bauch mit einem Bändsel zusammengeknotet war. Hinderte es ihn auch beim Gehen, so schützte es doch vor den heißen Spritzern.

Den Teerpott, gefüllt bis an den Rand, hängte er an einen Haken in die Spitze eines Dreifußes und entzündete darunter ein Feuer. Niklas Jochim durfte sich auf den Boden legen und tüchtig pusten, damit es besser Flammen schlug. Dann warteten sie beide, bis der Sud aufkochte. Vater sagte: „Gluckern muss dich dat, richtig gluckern." Niklas Jochim stand da wie seines Vaters Ebenbild. In Luv der Feuerstelle, breitbeinig, den Bauch herausgedrückt, die Unterlippe vorgeschoben, starrte er ins Feuer. Aufmerksam hörte er zu, wie Vater sich die Arbeit dachte. „Dat musst du allet lernen, Piepmatz, sonst kannst dat nich", belehrte er seinen Jungen. Und nach einer Weile: „Ick glaub, nun blubbert er all. "

„Kann ick nich helfen, Vadder?", dremmelte der Junge.

„Nee, kannst nich. Weißt ja, wat Mudding seggt hat."

Niklas trat ein paar Schritte zur Seite und sah zu, wie Vater aus dem Teerpott das kochende Zeug in eine Bütte schülperte, ein Schwapp, noch ein Schwapp, wie es mörderisch spritzte, wie Vater die heiße Bütte zum Boot schleppte, den Quast eintunkte und mit der Arbeit begann. Mit wichtiger, weiser Miene bedachte Niklas Jochim: „Is gut, Vadder, dat du hast dat Schlappertuch um, sonst brennt dich noch der Nabel ab."

Doch Vaters Entgegnung kam unvermittelt schroff. „Holl Mul! Meinst, mich macht dat Spaß? Red mich jetzt nich an, sonst gehst weg!"

Von da an verfolgte er Vaters Hantieren schweigend, ja ein bisschen mit Achtung und mit den Träumen eines Jungen, der sich langsam in die ernste Arbeitswelt der Erwachsenen hineinsehnt. Bis ihm das Pullern ankam. Da lief er ein bisschen zur Seite, dem Vater aus dem Blick, und ließ es laufen. Er malte mit seinem Strahl Kreise und Figuren über den Muschelboden, her und hin und her und hin und betrachtete dabei selbstvergessen den Erfolg seiner Bewässerung.

Stoffer, gerade dabei, die leergeschöpfte Bütte neu zu füllen, vermisste den Jungen und schaute nach ihm aus. Beim Gehen verhedderte er sich im Segeltuchgeschleuder, trat auf den Saum und stolperte. Er suchte nach einem Halt, er griff in die Luft, er taumelte, er schlug gegen den Teerkessel, der Kessel schwenkte aus, ein kochendheißer Schwall schwappte über und ergoss sich über seinen Leib. Der Kessel schwenkte zurück, ein zweiter Guss, Stoffer trat aufs Tuch, rutschte aus und schlug ins Feuer ... ein Schrei ...

Niklas Jochim hörte ihn, den Schrei, wie er nie einen solchen Schrei gehört hatte. Er lief hin und – sein Herzschlag setzte aus. Vater!

Glutrote, giftig glimmende Flammen breiteten sich über den Daliegenden, erfassten seine Kleidung, qualmten hoch. Er wälzte sich wie ein Wurm, wand sich über den Boden und schrie und schrie und schrie. Der Junge drückte sich die Finger in die Ohren, glotzte auf das brennende Bündel Mensch, erstarrt, zu Stein geworden. Vor ihm der Leib, der da zuckte und röchelte. Mit einem Mal sprang der Junge los, jagte hoch zum Katen, schrie nach einem Menschen, jagte von Haus zu Haus, trommelte gegen Türen und Fenster und schlug sich die Fäuste blutig:

„Hilfe – Vater is verbrannt unten – beim Teern."

Die ihn gehört hatten, eilten hin. Was sie zu sehen bekamen, war schrecklich. Die Flammen waren wohl erloschen, aber das dicke Segeltuch glimmte noch, sein beißender Qualm verschlug den Atem. Stoffer Schluck, sein Gesicht, sein Körper todwund, krümmte sich, gab sich auf, fiel zurück, die Hände krampften, blutiger Speichel seiberte aus seinem Mund – was war da noch zu helfen?

Die Männer hoben ihn auf, trugen ihn in sein Haus und legten ihn Anna vor die Füße. Sie schnitten ihm die Kleider vom Leib, alle, bis auf die Haut. Als sie sahen, was der kochende Teer angerichtet hatte, kam ihnen der Ekel hoch. Niklas Jochim stürzte in eine Ecke und erbrach. Anna wimmerte noch: „Dat soll mein Mann sein, mein Mann?" Dann brach sie in Jochen Höbners Armen wie leblos zusammen.

Einer fand einen Topf Leinöl, er betupfte das verbrannte, rohe Fleisch, Bauch, Beine, Brust, Rücken, das sollte den Schmerz lindern. Nackt legten sie ihn auf sein Bett und deckten ihn mit einem leichten, kühlenden Laken zu. Einer sagte: „Wir brauchen den Dokter."

Einen Doktor? Der ist weit weg. Sie sahen sich an, hoben die Hände. Wer geht ihn holen? Niklas Jochim hörte das. Wie ein Blitz war er zur Tür hinaus. Er jagte zum Ufer hinunter, schob die Polte ins Wasser und wriggte los, Schlag um Schlag, hinüber, hinüber, zum Dokter, zum Dokter, pochte es in ihm, schneller, schneller ...

Wie er das mit dem lecken Kahn und in solcher Wahnsinnseile geschafft hatte, wusste er selber nicht. Seine Hände voller Blasen, wund gescheuert, rohes Fleisch, Blut klebte am Riemen und hochauf schwabbelte das Wasser im Kahn. Nass bis auf die Haut trieb es ihn vorwärts, gepeitscht von den Schreien, die ihm in den Ohren gellten.

Mit dem Physikus Moritz von Willich kehrte er auf die Insel zurück. Zwei Tage und zwei Nächte war er unterwegs gewesen, bis er den Doktor in Bergen fand. Er hatte weder geschlafen noch gegessen. Jetzt war seine Kraft verbraucht. Vor der Tür kippte er um. Er hatte einen Arzt geholt.

Doch – zu spät. Eine Stunde zuvor hatte Stoffer seinen letzten, zuckenden Atemzug getan. Er war vergiftet vom beißenden Teer und an den Verbrennungen erstickt.

Als Pastor Bertram Ludwig Crüger von dem schauerlichen Sterben seines Freundes erfuhr, ging er in seine Kammer und schloss sich ein. Hier haderte er mit Gott. Solch früher Tod, und so schlimm, und so unnütz, so grausig und sinnlos. Mein Gott, was sagst du dazu? Red doch!

Vor Anna suchte er nach tröstenden Worten und fand keins, denn sie wollte sich nicht trösten lassen, es war aus mit ihr. Seine Trauerrede dann, so gut, so lieb, so vollherzig er sie erdacht hatte, erstickte in seiner Kehle. Es war das erste Mal, dass er, die Hände vors Gesicht gepresst, sich abwenden musste, um zu weinen, am Altar, vor aller Leute Augen.

Sophie legte die schönsten Blumen ihres Gartens der Witwe in den Schoß und strich ihr über die Wangen. Anna fühlte es nicht. Ihr Herz war kalt. Wie eine Blinde ließ sie sich am Grabe führen, gestützt von Thilde Gau und Maria Amalia. Ihren Jungen hatte sie an der Hand gefasst, ohne es zu wissen.

Die Getreuen aus der Garnkommüne trugen den Sarg, und als der dicke Tampen durch ihre Hände glitt und der Sarg in der Grube verschwand, stöhnte Anna auf: „Warum, warum, warum!“ Jochen Höbner wollte dem Freund noch einen letzten Gruß zurufen, doch ihm blieb das Wort in der Kehle stecken. Er wandte sich ab und lehnte sich an einen Baum. Johanna Gau, die Lahme, auf einer Netzkarre hergebracht, blickte in die Gruft. Ihr Gesicht glich dem einer Totenmaske, grau wie der Himmel.

Noch immer stand die unheimliche Gräue über ihnen, beherrschte den Himmel und drückte der Welt ein düsteres Schweigen auf. Nun kam das Grau dieser Stunde dazu wie ein unheimlicher Geselle. War es das, was Pastor Crüger in seiner letzten Sonntagspredigt gemeint hatte? Redet Gott wirklich zu uns durch unerklärliche Zeichen? Ist seine Schrift an den Himmel geschrieben, jenes nicht fassbare Mene Tekel? Was hat Stoffer Schluck denn Übles getan? Warum, o Gott, warum?

Selbst der Schullehrer Brüdgam kam ins Grübeln. Zwar wollte er von einem Ineinanderweben von Himmel und Erde oder, wie er sich ausdrückte, von Kosmos und Kreatur nichts wissen, denn er hielt alle Ereignisse für erklärbar und voneinander unabhängig. Und doch – diese Zusammenhänge und Crügers Predigt am Sonntag brachten auch ihn durcheinander.

Die Zeit verging, der Hügel auf dem Friedhof blieb zurück. Anna verzog sich still in ihr Haus, umtröstet von der lahmen Gausche und Maria Amalia. Ihren Jungen befahl sie der väterlichen Obhut Jochen Höbners an. Darüber hinaus verfluchte sie alles, was Schiff und Seefahrt hieß.

Niklas Jochim heulte noch nachts im Schlaf auf, wenn die Träume kamen. Doch mit der Zeit verklärte sich das Bild des Vaters in ihm. Vater wurde in eine Herrlichkeit erhoben und begleitete ihn von dort auf Schritt und Tritt. Als der

Sommer zu Ende ging, hockte der Junge wieder am Wasser oder in Gretchen Beyers Kuhle und neckte sich mit ihr. Und kam irgendwo und irgendwann die Rede auf seinen Vater, sagte er stets: „So wie Vadder, so will ick uk eins werden." Damit hielt er ihn in seinem Herzen lebendig.

BEI Wintereinbruch suchten die Schiffer ihre Heimatorte wieder auf. Schiff und Mannschaft sollten ausruhen. Den einen trieb das Heimweh, den andern Frau und Kind, der dritte hatte die Nase voll von fremden Häfen und dauernd wechselnden Frauenschößen. War aber einer auf großer Fahrt und plätscherte im Atlantischen herum oder gar im *Mare terramum* und schaffte den Weg nach Hause nicht, blieb er eben draußen. Bei ihm mehrten sich dann die Taler im Sparstrumpf, und das sollte ihm nicht zum Schaden sein.

Johann Jacob Gottschalk segelte jetzt bei Schiffer Niclas Baier auf der PEGASUS, einem piekfeinen Schiff. Ließ das Meer den Hanner Gottschalk nicht oder ließ er das Meer nicht – wer vermochte es recht zu sagen. Er, den die Fluten schon zweimal aus ihren Fängen hatten geben müssen, war diesem Meer mit Leib und Seele verschworen. Er liebte und lachte sich auch sonst durchs Leben, sauber und anständig, er fürchtete Gott und den schwedischen König und lernte bei allem mehr Häfen und Länder kennen, als er Haare auf dem Kopf hatte.

In diesem Winter musste die PEGASUS gründlich überholt werden. Schiffer Baier hatte ihr im letzten Törn zu viel zumuten müssen. Ein knackiger Sturm südlich von Korsika war gerade noch zu tragen gewesen, wenn auch alle Segel dabei in Fetzen gingen. Später hatte in der Biscaya ein Wirbel die Stenge vom Großmast abgeblasen, Schanzkleid und Reling zertrümmert und das schöne Schiff auch sonst reichlich demoliert. Nun sollte eine Werft in Oostende den Kram gegen Barzahlung wieder in Ordnung bringen.

Da machte sich Johann Jacob Gottschalk gegen Jahresende auf den Weg nach Hiddensee, zuerst gestiefelt bis nach Lübeck, von dort auf einem lütten Segler nach Malmö, wobei er sich durch Handanlegen und Wachegehen die Überfahrt verdiente. Von Malmö gelangte er nach Ystad, nahm dort das Postschiff und kam über das Wittower Posthaus, in dem der alte Wallis noch tüchtig wirkte, endlich auf seiner Heimatinsel an.

Viele Jahre lang war er fort gewesen. Darüber sind Vater und Mutter zu Grabe gegangen. Seine Mädchen, die mit hungrigen Lenden nach ihm ausgeschaut hatten, bekamen das Warten satt und ließen sich von anderen umfangen. Wer von ihnen wusste denn, ob Hanner Gottschalk nicht längst versoffen war?

Aber nun war er wiedergekommen, zurückgekehrt auf seine süße, liebe Insel. Was er mit sich gebracht hatte in lederner Geldkatze, darüber durften sie alle nur vermuten. Denn sein Beutel hatte ein angenehmes Gesicht bekommen, rund und prall und klimperte auch vielversprechend. Der Gedanke, sich bald ein seetüchtiges Schiff zu kaufen, auf dem er als sein eigener Schiffer Frachten fährt, war seit Langem schon kein eitler Traum mehr für ihn.

Da saßen sie dann in Blössings Krug in Kloster oder unter den geduckten Dächern der Katen in der Vitte. Die Insel lebte auf unter den Nachrichten, die der Fahrensmann ins Land brachte. Namen ferner Welten, Palermo, Tunis, Barcelona oder Lissabon zerschmolzen ihm wie Honig auf der Zunge. Spanisches Nachtleben unter mitternachtsschwarzen Palmenalleen beschrieb er so lebendig, als wäre er von Kind an unter ihnen zu Hause gewesen. Wahrlich, Johann Jacob Gottschalk war ein phantasievoller Erzähler.

Zur gleichen Zeit war auch Hans Schluck zurückgekehrt. Die HERMINE lag wie gewöhnlich in der Schaproder Bucht vor Anker, und Schiffer Fredrichs hatte seine Leute nach Haus geschickt. Bei Blössing sah er Hanner Gottschalk wieder. Das gab ein Hallo und Schulterklopfen, und Blössing kam kaum mit dem Einschenken nach, und bis tief in die Abende hinein ging das Vertellen und der Klönsnak, denn die Welt der Seeleute war grenzenlos und voller Wunder.

Stoffer Schlucks Tod aber konnte Hanner Schluck nicht verwinden. Immer wieder ließ er sich berichten, wie es kam, und was sie mit ihm gemacht hatten, und dann ging er zu Anna ins Haus, setzte sich zu ihr, nahm ihre Hand und streichelte sie still. Den Jungen aber griff er sich, zog ihn beiseite und sprach mit ihm über das Sterben in seiner guten, belehrenden Art:

„Wenn so ein Leben auch immer mit dem Tod enden tut, so is doch der Tod wat ganz Schlimmes, und kann auch wat ganz Schönes sein, mal Feind, mal Freund."

Und Niklas Jochim hörte gern auf ihn. Eines Tags fragte er:

„Segg eins, Onkel Hanner, dürf ick nu gar nich mehr up See fahrn? Mudding ist doch nich twatsch, man sie seggt, dat ick dat nich dürf, und dat find ick nich richtig von ihr."

„Nu wart eins ab", sprach er ihm Geduld zu. „Noch is't ja nicht so weit. Wat in dich in sticht, dat will eines Tags raus, und denn kann kein einer wat dabei machen. Und denn helf ick dir, mein Jung. Verlass dich auf Onkel Hanner."

Einmal sprachen die Männer auch über die Predigt von Pastor Crüger und was das war mit der grausigen himmlischen Erscheinung. Kaum aber hatte einer davon angefangen, fragten Hanner Schluck und Hanner Gottschalk wie aus einem Mund: „Wann war dat? Segg eins, wann dat war." Einer meinte, so um Juli rum. Ein anderer: „Nee, dat war paar Dag früher."

„Ick hab dat gesehen!", bestätigte Schluck. „Wir gingen hoch nach Haparanda. Stürmann Willbrand hat mich gewahrschaut und seggt immer: ‚Kieck dich dat an, so wat hab ick mein Lebtag nich gesehn. Wat soll dat wohl bedeuten?' Fredrichs hat dat ins Logbuch geschrieben und gekoppschüttelt: ‚Ick kann mich dat nich verklaren, da hat de Düwel seine Hand in.' Und von die schweflige Luft haben wir alle dat Husten gekriegt. Tage hat dat gedauert, bis dat vorbei war."

Johann Jacob Gottschalk sagte das anders. „In Venedig hab ick dat gewahrschaut. Piel nordnordwest war dat grau in grau. Ick hab denn in inglisch Juspeper gelesen. Da is in Island ein banniges Erdbeben losgegangen, auf der Insel hat dat gespiecht und gespuckt, schüst wie bei Sodon und Komolla. Ta-ge-lang! So hab ick gelesen. Laki oder soans heißt sich dieser feuerspeiende Berg. Und dat kann ick glauben. Überall wo du bist hingekommen, haben die Leut davon gesnakt."

Pastor Bertram Ludwig Crüger wollte zwar solch zwielichtige Erklärung abweisen, Brüdgam dagegen fühlte sich bestätigt. Nicht immer, sagte er, habe der liebe Gott seine Hand im Spiel. Oft erklären sich die Dinge anders, als es die Bibel sagt. Doch um des Friedens mit dem Pfarrhaus willen posaunte er diese Meinung nicht öffentlich hinaus.

In diesem Winter hielt Hans Schluck die Zeit eigentlich für gekommen, dem Pastor eine mögliche Hochzeit mit Maria Amalia anzuzeigen, zuppte aber im letzten Augenblick zurück. Sein Beutel war noch nicht stramm genug, er wollte erst noch ein paar blanke, hübsche Talerchen zusammenkratzen. Dann aber! Nun, stattdessen nahm er sein Marieken Tag für Tag an den Kanthaken und drückte ihr, wo immer es nur möglich war, Küsschen um Küsschen auf die immer bereiten, blutvollen, lechzenden Lippen, doll, kräftig und nass.

Als nun draußen der Schnee wehte und die Menschen sich einen warmen Platz am Ofen suchten, saß auch Marie Wintherson in einer molligen Ecke, und Sven in ihrer Nähe. Sie quälte sich mit einer Handarbeit ab, die ihr anscheinend zu schaffen machte, denn sie blickte kaum zu ihm hin, als er mit ihr redete. Fahrig kamen ihre Antworten, die Hände klapperten mit den hölzernen Nadeln, sie zählte die Maschen durch und wurde fuchtig, wenn sie sich vergaloppiert hatte. Schließlich unterbrach Wintherson sein Erzählen:

„Was machst du da eigentlich. Du scheinst mir verdreht an was zu knütten. Was soll das?"

Marie ließ die Hände sinken und blickte ihn mit ihren pommersch blauen Augen so treuherzig an, wie sie nur konnte: „Das wird was Jackiges für eins aus der Vitte."

„Hör ich richtig? Du knüttst für andere?"

„Wieso nich?"

„Die aus der Vitte – gehn die dich was an?"

Sie warf ihren Kopf in den Nacken: „Unsere Frau Kammerrätin knütt't auch."

„Du willst mich doch nich weismachen, die Herrschaft knütt't für andere Strümp und Röck!"

„Tut sie aber, Svenner, tut sie aber. Maria Amalia hat das gesagt, und Amoena hat das bestätigt."

„Sieh an. Aber hört da nicht die Feinheit einer Herrschaft auf?"

„Frau Kammerrätin is nich fein, sie is nur – fein."

„Ich verstehe. Die eine hat's äußerlich, die annere innerlich. Sie hat die Feinheit im Herzen, das is wahr. Denn knütt man weiter, ick sag nichts gegen so was. Für wem seinen is das denn?" „Für die Schluck'sche Anna. Seitdem der Stoffer – du weißt ja. Sie hat doch keinen, der ihr was macht. Und nu geht ihr sowieso nischt von der Hand neben all das Spinnen und Weben, wovon sie leben tut."

„Hast noch lang damit zu tun?"

„Ick fang nur an. Die lütte Carstensch will das fertig machen, ick lern ihr das. Guck, so: zweimal linksherum, zweimal rechtsherum und zum Schluss abnehmen ... "

„Ach", lachte er, „lass mich mit so'n Tüttelkram zufrieden." Doch gönnte er ihr von Herzen die Freude, die sie daran hatte. Dafür hatte er andere Freuden. So ließ er es sich gefallen, dass der jüngste Giese, der Knabe Philipp Friedrich, sich an ihn hängte wie an einen guten Onkel. Und der war Sven Wintherson ganz gewiss. Er war dem aufgeweckten Jungen von Herzen zugetan. Darum nahm er ihn gern mit, wenn er in die Süderdörfer ritt oder auf dem Pferd hinauf zum Dornbusch jagte. Er lehrte ihn so manches, von dem andere nicht wussten, so auch, dass es christlich sei, den Tieren am Weihnachtsmorgen was Gutes in die Krippe zu geben, den Pferden einen Lecker Zucker, den Schafen eine gereinigte Mohrrübe, den Kühen und Schweinen schöne runde Äpfel, aus lauter Dankbarkeit darüber, dass damals Maria und Joseph ihr Kind haben in die Krippe legen dürfen, weil sie sonst nicht gewusst hätten, wohin mit ihm.

Diese Art blieb nicht verborgen und hatte sich bald herumgesprochen. Die einen fanden das gut und sagten, so was habe der olle Inspektor nie getan. Andere dagegen notterten: „Denn woll'n wir dat uk haben, denn wir sind doch uk man bloß 'n Stück Vieh."

1784

DASS Küster Brüdgam sich als Schullehrer eine Kuh halten durfte, gewährte ihm der Kontrakt. Versorgt wurde die Kuh vom Hof. Dort stand sie im Stall, zusammen mit den beiden, die dem Pastor zu führen erlaubt waren und die mit den übrigen des Guts gemolken, gefüttert und geweidet wurden, sommers draußen, winters im Stall. Auch ein Schwein zu halten, war Brüdgam zugesichert worden. Jedoch nicht auf dem Gutshof, sondern im eigenen Stall, dicht neben dem Schulhaus. Eines Tages brach dieses Schwein aus. Geblendet von der Weiße frisch gefallenen Schnees blinzelte es den sonnenklaren und kalten Februarhimmel an. Da schnüffelte der Rüssel, da quiekte der Schlund, da mahlten die Kiefer, da hob sich der Ringelschwanz und gab frei, was in den Därmen drückte. Wohlig schnaufend setzte es sich danach in Bewegung, fand einen Weg in den Küstergarten und zerwühlte die Beete, stob aber dann hakenschlagend davon, als Brüdgam das Schulfenster aufriss und, entsetzt über das, was er sah, es mit Donnerstimme zurückkommandierte.

Doch das Tier gehorchte nicht, wie es wohl sollte, sondern wechselte hinüber in den Pastorgarten. Den kümmerlichen Zaun, der beide Grundstücke voneinander trennte, zerbrach es wie nichts. Mit Schrecken bemerkte Brüdgam, was das Tier dort anrichtete. Eingefangen musste es werden, sofort eingefangen. Ein rettender Gedanke kam: Die Kinder. Ja, die Kinder mussten helfen, alle, vom Piepsgössel an bis zum stimmbrüchigen Fischerbengel. „Die Sau is weg“, brüllte er sie an, „meine schöne Sau. Helft mich, sie einzutreiben!“

Das gab ein unbeschreibliches Hallo. Im Nu war’s mit der andressierten Schulhausdisziplin vorbei. Küster Brüdgam versuchte verzweifelt, die aufgescheuchte Horde zu ordnen, denn sie sollten das Vieh nur einkreisen und zum Stall zurückdrängen. Von ihm aus mit Knüppeln, Steinen oder was sie fanden. Doch so gewaltig, wie er sich auch als Feldherr aufspielte, die Lust seiner Armee, ein Schwein weit über die Äcker zu jagen, war verlockender, als es einzufangen. Ihr haltloses Gebrülle vertrieb es schon von Weitem. Es rannte hinauf zum Friedhof, zertrampelte gepflegte Grabhügel, versackte in Schneewehen, arbeitete sich schnaufend heraus und setzte sich endlich ab in Richtung Grieben. Doch bevor das gehetzte Tier zum Stehen kam, hatten längst die Verfolger ihre letzte Puste verloren.

Brüdgam blieb nichts übrig, als seine Armee nach Hause zu schicken. Er dagegen warf sich in seinen Mantel, griff den weitkrempigen Hut und machte sich auf den Weg, sein Schwein zu suchen und einzutreiben.

Pastor Crüger war diese Geschichte zu Ohren gekommen, er ließ seinen Küster zu sich kommen. Er machte ihm arge Vorhaltungen über den selbst verschuldeten Unterrichtsausfall. Verärgert über das Vorgefallene tippte er zählend gegen die Finger und sagte: „Der eine lässt den Unterricht fahren, weil seine Bienen schwärmen. Der andere, weil er sich nachts den Podagra geholt hatte, dabei hatte er zu viel Bier getrunken. Der dritte, weil es ihm so einfiel. Und was tut mein Schullehrer Brüdgam? Er jagt sein Schwein. Da hört sich doch alles auf. Wann zieht in unsere Schulstube endlich Ordnung ein?“

Brüdgam rechtfertigte sich. Er wehrte sich gegen den Vergleich seines Schweinetreibens mit den Unlauterkeiten seiner unrühmlichen Vorgänger. „Ihr wisst genau, Paster, dass es im Katechismus heißt, seines Nächsten Gut und Nahrung helfen bessern und behüten. Ich bin mich selbst der Nächste. Ist das so verwerflich? Aber ich weiß, der Müller und sein Esel haben ja nicht immer die gleichen Gedanken, und im Schnabel der Henne hat der Wurm kein Recht. Ist es nicht so, Paster?“

Crüger wischte sich über die Hosen wie einer, der sich getroffen weiß und seine Verlegenheit nicht verbergen kann. Das waren eben Worte, über die er nachzudenken hatte.

„Nun gut“, sagte er und reichte Brüdgam seine Hand hin, „ich wünsche keine Unstimmigkeiten zwischen uns beiden. Lasst es hiermit gut sein. Erzieht mir meine Pfarrkinder, wie sich's gehört, und hütet sie. Nichts anderes will ich von Euch." Um das Gespräch in dieser Weise nicht beendet zu haben, suchte Crüger ein anderes Thema. Er erkundigte sich nach dem augenblicklichen Stand der Zöglinge und wie sie den Unterricht besuchten.

„Die einen", erklärte Brüdgam, „kommen zu meiner Zufriedenheit. Die lassen sich anleiten und lernen fleißig. Das sind die aus Grieben und vom Hof, die keinen weiten Schulweg haben. Dazu der Niklas Schluck aus der Vitte. Der macht mich Freude. Die andern kommen, wenn sie Lust haben, was mich nicht gefallen tut. Von die Neuendorfer und die aus Plogshagen ist nichts zu erwarten."

„Ihr Weg ist weit, jetzt haben wir Winter", gab Crüger zu bedenken.

„Wat soll das, Paster. Da gibt es Wagen und Pferde. Es liegt ans Wollen."

„Und an der Einsicht?"

„Nee, Paster, ans Geld liegt es, nur ans Geld. Sie wollen mir das Schulgeld nicht lassen." Er warf die Hände beschwörend in die Höhe: „Alte Missstände und Wanzen sind nicht leicht zu vertilgen, Paster. Der eine hat den Beutel, der andere das Geld. Das ist das wahre Leiden in meine armen Welt. Ha!"

Brüdgam stand da, ein Bild bemitleidenswerter Ratlosigkeit.

„Auf die Dauer lässt sich so aber nicht leben, Paster!"

Crüger blieb ernst. „Das Eintreiben der Schulgelder ist allein Eure Sache. Davon kann ich Euch nicht entbinden. Die gnädige Herrschaft denkt darüber genauso."

„Die Süder unterstehen aber der Herrschaft nicht. Die können zu nichts gezwungen werden."

„Zugegeben. Dennoch müssen wir gegen das Analphabetentum einschreiten. Das ist und bleibt Eure Sache, Brüdgam. Die Welt draußen rüstet sich zu Großem. Denkt nur an das Geistesleben der Franzosen, auch wenn sie unsere Städte mit ihrem schändlichen Liberalismus verseuchen. Denkt aber auch an die Literaten unserer deutschen

Länder, Gellert, Wieland, Goethe, die in vieler Munde sind. Sollte unsere Insel ... "

„Paster, Paster", unterbrach Brüdgam. „Die Schöngeister auf diese erbärmliche Insel? Brokat zwischen Flickenhering? Dass ich nicht lache. Wenn die Sonne auf einen Misthaufen scheint, antwortet der mit Gestank. Ich merk's doch!"

„Brüdgam! Immer habt Ihr so widerlich ausgesuchte Worte parat. Schämt Euch. Einen Misthaufen nennt Ihr unsere Insel! Lasst das keinen hören!"

„Sehr wohl einen Misthaufen, auch wenn sich hier und da mal ein Schmetterling verirrt, der sich auf ihm niederlässt, aus Irrtum. Ich gebe Euch völlig recht. Eine Veränderung ist nötig, nicht nur hier, grundlegend, neue Formen vons Denken, neue Formen vons Zusammenleben, an Haupt und Glieder, wie Doktor Luther sagt." Crüger sprang auf, wollte etwas sagen, verschluckte es und schritt erregt durchs Zimmer. Plötzlich blieb er vor Brüdgam stehen: „Ihr geht zu weit, einfach zu weit. Ich kann Euch da nicht mehr folgen. Tut daher nur das, was Euch aufgetragen ist, und das in der Verantwortung vor der gnädigen Herrschaft – und Gott natürlich. Dann wird alles seine Ordnung haben."

Damit entließ er ihn. Brüdgam überdachte die Reihenfolge der genannten Autoritäten, erst die gnädige Herrschaft, dann der liebe Gott, natürlich. Er lächelte vergnügt in sich hinein. Er hatte einen Nerv seines Pastors schmerzhaft berührt.

An einem der folgenden Tage machte er sich auf den Weg trotz Schnee und Kälte, hinunter nach Plogshagen. Die Erfolglosigkeit seines Ganges dem Pastor nachher auf den Tisch zu legen sparte er sich zunächst auf. Dagegen mühte er sich gutwillig, mit dem dürftigen Einkommen von Schul- und Küsteramt auszukommen. Anderes blieb ihm nicht. Der Kontrakt band ihn hier fest.

Darüber nahm das Jahr seinen Lauf, die Schiffer zogen im Frühjahr wieder in die Weite, die Erdkugel drehte sich unaufhaltsam weiter, die Jahreszeiten wechselten einander ab. Das Leben lebte weiter.

HANS Schlucks Brief, geschrieben in der schaukelnden Kajüte von Schiffer Fredrichs HERMINE im schwedischen Hafen Gävle, gelangte über Ystad nach Wittow. Tags darauf leiteten ihn die zuverlässigen Hände des alten Posthausinspektor Wallis hinüber auf die Insel, und schon am Nachmittag hielt Maria Amalia diesen Brief in ihren Händen, den ersten richtigen, weit gereisten Brief ihres Lebens, persönlich an sie gerichtet, wie denn die Anschrift keinen Zweifel darüber ließ:

An die Jumpfer Maria Amalia Carstensch
in der Fitte auf Hitten See
Norrtyskland via Köngl. Postcontoir Wittow

Immer wieder drehte und wendete sie ihn, sie konnte es einfach nicht glauben. Zwanzig Jahre musste sie erst werden, um einen richtigen Postbrief zu bekommen. Nachdem sie sich dann begriffen hatte, ließ sie auf der Stelle liegen, was sie eben noch gehalten, eilte hinauf in ihre Ook, nahm ein Messer und ritzte mit fast feierlichen Bewegungen den Brief auf. Mit dem Finger fuhr sie die Worte ab, die Hans für sie, nur für sie geschrieben hatte, in ungelenker Schrift, mit seiner harten Hand. Wie sollten auch Seemannsfinger einen puzzligen Federkiel sauber führen können. Mit feuchten Augen las sie ihn, einmal, zweimal, immer wieder, und indem sie las, flüsterte es von ihren Lippen:

Aler liebst Maria.

Ich sitze in der Hermine und, denk nur an dich. Und da fält mich ein. Ich will dich heyrathen nich in dieses Jar. Fredrichs will up Werft mit dat Schipp. Er sagt november da geht das, sagt er. Nun geh du eins zu Paster Crüger und verklar ihm das wie das bey uns stehen tut. Ich will das so. Du bist meyn Hertzens-Pup. Ich wil nie nich eine andre freyen außer dich. Dann heißt du nach-

her Maria Amalia Schlucksch und, nich mer Carstensch. Ich bring dich auch was schöns mitt. keyn engelske Köters. Vergiß nich Paster Crüger an zu spreyen. Ocktober bin ich bey dich und denn küß ich dich wohin du wilst. Grüse Niklas und Anna Druckreysche und ale, ale, ale von deinen Hertz liebsten Hanner.

Gävle dato d. 23. April 1784

Maria Amalia musste sich anlehnen, ihre Beine wollten sie plötzlich nicht tragen. Was war das, was fuhr ihr in den Magen! Sie drückte den Brief an die Lippen, an den pochenden Busen. Heiraten? Hatte er das wirklich geschrieben? War sie jetzt eine Braut? Sie konnte es nicht fassen. Zu gern hätte sie selber jetzt zur Feder gegriffen und ihm geschrieben, ihre Gefühle, ihre Gedanken, einen Brief, einen Brief. Aber wohin? Wohin nur?

Sie suchte ihre Frau Pastor auf, ihre vertraute, mütterliche Freundin, und sagte ihr von ihrem Glück. Hedwig überraschte dieses Geständnis nicht. Das hatte so kommen müssen, sagte sie ihr, denn der Hans Schluck sei doch ein feiner, guter Junge. Und, gab sie lächelnd zu, gesehen habe sie das schon lange. Dann holte sie sich gleich von ihrem lieben Pastor Crüger die Einwilligung. Denn um diese hatte Hanner sie ja ausdrücklich gebeten.

Am Abend dann, still für sich allein, rechnete sie sich die Wochen durch, die bis November noch anzuzählen waren, um die Tage für eine unbehinderte Liebeshochzeit festzulegen. Sie errechnete die Zeit um den zehnten November. Nun sie das gefunden hatte, durfte ihr Herz auf diesen Tag hin brennen, ihre Träume Wahrheit werden und ihr Leib sich dem entgegensehnen, was eine Frau zur Frau macht.

Ihr nächster Weg war der in das Haus der Herrschaft. Als sie ihre künftige Vermählung der Sophie Giese anzeigte und sogar noch eine in rührender Ungeschicklichkeit gestammelte Einladung aussprach, drückte Sophie das Mädchen an sich und sagte mit leisem Nachdruck: „Das ist das erste Mal, dass mir so etwas geschieht. Ich freue mich sehr, Kind, und ich danke dir. Ich werde ein Stündchen unter euch sein.“

Maria Amalia jauchzte: „Nun wird das Fest noch einmal so schön. Wir haben Euch doch alle so lieb.“

„Ist das wahr, wirklich wahr?“

„Ja, Frau Kammerrätin, ganz, ganz wahr.“

Sie löste sich aus ihren Armen, knickste tief und ergeben und stürmte dann hinaus. Wie war doch ihr Herz voll. Der Lebensfrühling hatte sich laut angesagt.

Sophie dagegen trat ans Fenster und sah hinaus in die Weite. Still dachte sie über eines nach, das ihr kürzlich in den Sinn gekommen war: Auch die Abendsonne genießt noch im Untergehen der Menschen Lobgesänge. Und dankte Gott für solche, für diese Menschen.

EIN prächtiger Sommer kleidete die Insel in sein köstlichstes Gewand. Blau wölbte sich der Himmel von Kimm zu Kimm, lau stand die Luft in leisem Wind, würzig drang sie von der See her, die Lerche trillerte in der Höhe, die Möwen lachten um die Wette oder stießen nach den Fischen, die junge Brut zu füttern.

Da kauerte Niklas Jochim mit Gretchen Beyers in ihrem Versteck, das er *de Kajüt* nannte, und spielten ein lustiges Spiel. An Gretchens magerem Körper, an den hervortretenden Rippen lehrte er sie das Zuzählen und Abziehen mit kleinen Zahlen. Wobei es ihr besonderen Spaß machte, wenn er an ihren Brustknöpfen mit Zählen begann und an ihnen kitzelte.

In ihrer *Kajüt* saß es sich gut. Mannshohe Wacholder deckten die Sicht vom Land her ab, Schilf und langstielige Seggen verbargen die Grube sicher vor jedem neugierigen Blick. Niklas Jochim fand das wichtig und weise ausgesucht. „Wo man nich rauskieken kann, kann uk kein ein rinkieken“, sagte er.

In diese Gegend verirrte sich niemand sonst. Die Grundherrschaft hatte dieses Stück Land zwischen der Vitte und

Neuendorf den Schafen überlassen. Die hielten das Gras kurz und rein von Ungeziefer und gelangten auch nicht hierher an den Schilfrand. Gerade jetzt im Juni, um Johanni herum, blühte die Glockenheide hoch an langen Büscheln. Da eben war es schön in der *Kajüt.*

In letzter Zeit jibberte Gretchen Beyers schon richtig danach, dass Niklas Jochim dicht neben ihr saß. Warum, wusste sie nicht zu sagen. Er saß dann da und ersann Geschichten über Geschichten. Und von ihm ließ sie sich dann mitnehmen auf den Flügeln des Fischadlers hoch in die Luft, nach Amerika und weiter über den Ozean, auf Sturmwolken oder auf seinem Schiff, dessen Ruder er, der erfahrene Schiffer, führte, an ferne Küsten, durch Stürme und Seeräubereien. Sie hörte zu wie kein anderer, und, wenn es sie besonders packte, ribbelte sie vor Begeisterung den Sand von den Zehen oder kratzte sich die Schenkel oder die verharschten Beine. Und sie trafen sich oft und immer wieder in ihrer *Kajüt,* Niklas Jochim und Gretchen Beyers aus Plogshagen.

Doch vergaßen sie nicht ihr wichtigstes, ja ernstes Spiel zu spielen: Schule mit Rechnen, Schreiben und Lesen. Als Gretchens Rippen für die höheren Zahlen nicht mehr ausreichten, übten sie es auf festgeklopftem Sand und schrieben mit den Fingern. Ja, so spielten sie Schule, und Gretchen zeigte sich in keiner Weise ungeschickt.

Doch eines Tages forderte Niklas Jochim seinen Lohn. „Gretchen“, sagte er, „wenn ick dich Rechnen zeig, musst du mich wat anners zeigen.“

„Und wat? Du kannst doch allet.“

„Kann ick nich allet. Dat mit dem Schwimmen, dat kann ick nich.“

„Dat is doch ganz einfach. Musst nur mit dem Kopp drüber bleiben und immer so machen, kiek, so!“, und sie ruderte und kreiste ihre Arme und Beine und schwamm ihm in der *Kajüt* was vor.

„Dat kann ick auch“, sagte er und äffte sie nach. „Aber ins Wasser is dat anners. Da sitzt du nich mit’m Mors auf der Kist wie hier.“

„Da geht dat von selber. Sollst sehen."
„Glaub ick nich."
„Kannst aber glauben."
„Denn mach mir dat eins vor."
„Vormachen? Jetzt?"
„Ja, ick will, dat du mir dat lernst. Wenn ick später auf See bin ... sonst mach ick mit dich kein Rechnen nich mehr, und denn kriegst du von Köster Brüdgam ein paar Knallerballer."

Gretchen überlegte lange. Dann aber – ritsch – zog sie ihren Leinenkittel über den Kopf und warf ihn zur Seite. Ihm folgten ein, noch ein und noch ein Rock, und schon hüpfte ein bleicher, dürrer, nackter Frosch auf und sprang mit langen Sätzen zum Wasser hin, nach ein paar Sprüngen vom Schilf verschluckt.

Niklas Jochim hörte es knacken. Dann war es still. Jetzt wartet sie auf mich, dachte er. Sie will mir das wirklich zeigen. Schon flogen auch ihm Jacke und Hose vom Leib und – huschdi-wuschdi – war auch er in Richtung Wasser verschwunden.

Gretchen hörte ihn kommen und sah sich nach ihm um. Sie betrachtete wohl kurz, was ihn, den Jungen, von ihr unterschied, achtete es aber nicht. Als er bei ihr war, sagte sie: „Jetzt zeig ick, wie du dat machen musst." Sie warf sich vor und plantschte mit Armen und Beinen, prustete und schnaufte, weil das dazugehörte, und nannte das Schwimmen. Niklas Jochim versuchte das in gleicher Weise, doch nur mit dem Erfolg, dass er versackte, Wasser schluckte, spucken und husten musste. Ärgerlich gab er auf: „Ick kann dat nich, ick will dat nich. Lass mich mit dieses olle Gestrampel zufrieden."

„Du stellst dich nur so twallig an", meinte sie. Er aber winkte ab.

„Schwimmen is schlimmer als absupen!" Und lief an Land zurück. Hier, in ihrer Kajüt, wischten sie sich gegenseitig mit Daumen und Handkante die Wasserriesel von ihren bibbernden Körpern und, um nicht zu frieren, stiegen sie noch halbnass in ihre Kleidung. Außerdem wurde es für Niklas Jochim Zeit, sich zu Hause blicken zu lassen. Gerade wollte er aufbrechen, als er hinter sich ein Geräusch vernahm, das da nicht hingehörte, ein Knacken, ein Rascheln, das sich entfernte. Niklas sprang auf und erwischte nach ein paar Sätzen Maria Helene Beyers, Gretchens jüngere Schwester, hinter einem Wacholder. Er griff sie und zerrte sie ohne Erbarmen in die Kajüt, wie sehr sie sich auch wehrte und um sich schlug.

Gretchen war außer sich, ihre Schwester hier zu finden. Sie sprang auf sie zu, riss sie an den Haaren, stieß mit dem Fuß nach ihr und schrie sie an: „Wat suchst du hier, du Schielaug!"

„Ick hab allet gesehen", drohte die Kleine, „allet hab ick gesehn. Ick sag dat Papa."

„Alte Petze!", zischte Gretchen und versetzte ihr Ohrfeigen, stark und knallig und treffsicher dorthin, wohin sie gehörten, mitten in das Gesicht. Lenchen antwortete mit einem so lauten Geschrei, dass Enten und Reiher in der Nähe aufflogen und sich davonmachten. Eine Katzbalgerei begann, wie Niklas Jochim sie sonst nur unter Jungen kannte. Keine der beiden wollte nachgeben, die Röcke flogen und rissen, ihre Mäuler verbissen sich in Beinen und Hintern, und eine drückte der anderen Sand und Dreck ins Gesicht. Wer von ihnen Sieger würde, konnte Niklas nicht erraten. Er stand nur dabei und lachte sich krumm.

Doch damit diese blödsinnige Keilerei ein Ende bekam, riss er die beiden Prügelweiber auseinander und stieß sie grob zu Boden, die eine rechts, die andere links. Da lagen sie nun, verbeult, verheult, mit aufgerissenen Hemden, die Gesichter voller Dreck, die Mäuler voller Sand. Schon fing die Lütte wieder an: „Immer gehst du weg, du Sau, immer lässt du mich allein."

Gretchen wollte wieder auf sie los: „Spiel doch mit deine Pupp, du schieliget Aas. Ick muss Rechnen machen, ick bin schon elf und du erst zehn, olle Pissgöre." Erst kriegte Niklas Jochim das Lachen, dann aber reichte es ihm. Er zeigte beiden einen gehörigen Piepmatz, drehte sich um und rannte nach Hause. Was die beiden nun machen, kümmerte ihn nicht mehr.

Mutter Anna hatte schon auf ihn gewartet. „Kommst spät. Wo warst? Nu iss dich erst mal wat.“ Sie schob ihm eine Satte hin mit Grütze und einen Pott Milch von der Ziege dazu. „Nachher holst dat Schap rin und kiekst zur Gausche rum, sie will wat.“

Niklas Jochim schlug sich den Bauch voll. Ziegenmilch und Grütze schmeckten ihm immer gut. Doch die Bilder von vorhin ließen ihn nicht los. Wo mag sich Lenchen das kaputte Auge geholt haben? Auch bei einer Prügelei? Sie schielt nach außen, komisch. Aber zuhauen kann die, Donnerwetter nochmal. Nur – das mit dem Schwimmen, das war schietig. Und er fragte sich, ob er denn schwimmen können muss. Die Gottschalks beide, Schiffer Baier, Peter Gau und all die andern konnten doch auch nicht schwimmen. Und wer es kann, versäuft auch. Also, warum?

Der Sommer flog wie der Wind durchs Jahr, der Herbst kam und mit ihm der Oktober. Am fünften Tag dieses Monats ging die HERMINE, wie Hans Schluck es geschrieben hatte, in eine Werft, sich über Winter neu aufputzen zu lassen vom Kiel bis zum Topp. Fredrichs hatte für diese Zeit seine Besatzung nach Hause geschickt.

Nun hielt der Hanner Schluck seine Maria Amalia im Arm und flötete ihr allerhand Liebliches in die Ohren, auch solches, was ihr die Wangen rötete und den Atem benahm. Die Hochzeit, darüber ließ er sie nicht in Zweifel, solle eine Kapitalhochzeit werden, und sein Sparbeutel würde schon einige Taler auskotzen können, ohne die Auszehrung zu kriegen.

Er sagte – er tätschelte ihre Hand dabei, als drehe er einen vierkardeeligen Tampen in seinen Pfoten – er brauche einen großen Raum für alle und Johann Blössing müsse ihm den ganzen Krug vermieten. Er sagte auch: „Du brauchst ein schicket Kleid, weiß mit oben Tüll und unten Tüll. Und Tanzschuh soll dich der Schauster anpassen, so lütte Tüffel oder so wat.“

Maria Amalia schluckte und hatte Mühe, nicht laut aufzujauchzen. „Tanzschuh? Brautkleid?“ Ihre Stimme zitterte bei alledem.

„Woran du nicht allet denken tust. Man – wecker soll dat bezahlen?“

„Dein Hanner“, tat er großmännisch, „dein Hanner ganz allein. Und wenn wir denn gefreit haben, kriegst du dein Leben lang einen neuen Außenanstrich, von der Kielsohle an. Dann hört mich dat auf mit deine Bettelgänge.“

„Aber, Hanner, wat soll ick denn kochen für so viel Leute, ick glaub, ick kann dat nich.“

„Du sollst gar nich kochen. Aber du sollst wat essen, wat du dein Lebtag noch nich gekaut hast, und wat nur die Seeleute kennen.“

„Flickenhiering?“, fragte sie, halb scherzend, halb misstrauend.

„Quackischnacki! Labskaus.“

„Labskaus? Wat is dat?“

„Siehste, dat kennst du nich. Dat fressen die versoffenen Seeleut bei den Engeln im Himmel, und der liebe Gott leckt sich alle zwanzig Fingers dabei ab, so schön schmeckt dat.“

„Zwanzig? O Hanner, wat redst du für Kraut.“

„Zwanzig, Mike. Zehn und zehn sind zwanzig, die an die Füß mit eingerechnet.“ „Und wecker kocht den Sud? Ick kann dat nich.“

„Ick weiß keinen nich, der dat besser kann as mein Freund Willbrand, der Steuermann auf der HERMINE.“

Überwältigt von solchen Vorstellungen stöhnte sie ergeben auf:

„Hanner, Hanner, wat will dat werden mit uns zwei beide.“

„Ne Kapell hab ick auch, Fidel und Brumtata.“

Da fasste sie nach seiner Hand, streichelte sie und schaute ihn nicht an, als sie mit leiser Stimme zögernd hervorbrachte: „Wenn’t so is, denn – hab ick auch – was Schönet, wat ganz Schönet – für dich.“ Wieder schoss ihr das Blut ins Gesicht, eine verräterische Röte, die ihn aufmerken ließ. „Kiek mich nich so an“, sagte sie.

„Ick mein, ick hab die Wochen nämlich ausgerechnet. Dann kommt dat gerade so hin, dat nischt dazwischen is. “

Hans Schluck war sich nicht ganz sicher, ob er sie richtig

verstanden hatte. „Du meinst – äh – Frauensach und so wat?“

„Hm“, nickte sie zögernd. Da ging ein Glänzen über sein Gesicht, sein Mund zog sich in die Breite bis hin an beide Ohren, die Zähne bleckten und die Nase stieß hörbar den Atem aus.

In den nächsten Tagen lief Hans Schluck nur noch mit seinem ledernen Geldsack umher. Nicht, dass er sein Erspartes den Fischen zum Fraß vorwerfen wollte. Nein, da war vieles zu berappen. Der Küster Brüdgam wollte bezahlt werden, acht Schilling kriegte er fürs Beiern und alles andere. Der Pastor bekam sein Teil, Blössing tat auch nichts umsonst. Bier, Essen, Kleid und Schuhe verlangten nachher auch noch eine offene, spendable Hand. Maria Amalia sah wie aus weiter Ferne zu und fühlte sich wohlig an eine starke Hand genommen, schon jetzt, obwohl sie noch gar nicht vermählt waren.

Ein Geheimnis aber hatte sie zu bewahren, ein süßes Geheimnis: Sophie Giese hatte sich ausbedungen, für den Brautkleidstoff selber aufzukommen. Niemand sollte davon erfahren. Sophie Giese wünschte es so. Anpassen aber und Maßnehmen sollte bei ihr im Gutshaus geschehen.

Da stand nun Maria Amalia in dem großen Raum, an dessen Wänden die Fayencekacheln prangten, blauweiß, mit Vogel- und Blumenmustern ausgesetzt, und wusste nicht, wie ihr geschah. Welch ein Gegensatz zu ihrer kleinen Ook im Pfarrhaus. Vor ihr kniete Marie Wintherson und raffte, kniff, zog und hob und schnürte zusammen, was sie für nötig hielt, und Maria Amalia ließ es sich widerstandslos gefallen. Sie war einfach berauscht. Marie Wintherson redete dabei mit hundert Stecknadeln im Mund und sagte zuletzt, indem ihre Hand über das weiße Leinen strich: „Wo muff eff gehm. Iff wie niff hübff, umwre Braup?“

Maria Amalia aber fühlte sich wie ein Mensch, der in solche Welt nicht hineingehört. Blickte sie an sich herunter, fielen ihr ihre schäbigen Röcke ein, geflickt und ausgeblichen, dazu der Stallgeruch, ihr zerfallender Katen in der

Vitte, überhaupt ihr bisheriges Leben. Als ob Sophie Giese ihre Gedanken erraten hatte – sie schob das Mädchen vor den großen Spiegel und sagte herzensgütig: „Schau dich richtig an, Kind. Schön, nicht wahr? Einmal im Leben, das solltest du dir schon gönnen."

Marie schnabbelte los: „Für manch einen ist das Brautkleid auch das Leichenhemd, hat man mir erzählt ... "

„Marie! Das dürfte wohl nicht der rechte Zeitpunkt für diese Bemerkung sein!", rügte Sophie.

„T'schuldigt, Frau Kammerrätin, ich meinte nur so", und strich, um ihre Torheit wieder gutzumachen, liebevoll über Maria Amalias Arm.

Zwei Tage vor dem Hochzeitstag kam Steuermann Willbrand auf die Insel. Er nahm direkten Kurs auf den Krug und inspizierte Blössings Kombüse, verhandelte mit ihm über Fleisch, Zwiebeln und teuren Pfeffer und erteilte Aufträge, als sei er hier der Herr und nicht Blössing, der Wirt. Dieser aber witterte gute Einkünfte, notierte, veranschlagte Summen und setzte, um das Ganze abzurunden, hier und da noch manchen Schilling ungesehen drauf.

Willbrand entpuppte sich vor Blössings Ohren als ein Meister seines Fachs. Er legte, um die Anzahl der Zutaten festzuhalten, für jede einzelne ein Schwedenhölzchen auf den Tisch und zählte auf:

„Kartüffel – Kalbfleisch – Hering, viel Hering – Zwiebel – Salz – Pepper – sure Gurk – Kuhbutter und frische Kuhmilch."

Neun Hölzchen lagen auf der Tischplatte, fein nebeneinander. Blössing fegte sie mit einer Handbewegung weg. „Wat soll dat, Willbrand. Wo willst du herhaben Kartüffel, Kalbfleisch, Pepper, sure Gurk. Nich eine einzichte Kartüffel kriegst du bei unsere Leute. Und den Hof, den prei ick nich an."

„Denn holst du dat aus der Stadt. Ick segg di dat, Blössing, ick will dat so." Willbrand war Steuermann. Unmögliches wurde unter seiner Ruderführung möglich. Widerspruch ertrug er nicht. Blössing kratzte sich den Schädel und überlegte. „Und wecker bezahlt mich dat?"

Zweifel an seinen Worten beleidigten Willbrand aufs Tiefste. Deutlich bewies das seine Miene. Flach knallte seine Hand auf den Tisch. „Blössing", drohte er, „ick segg dich dat, morgen Abend bei zwei Glasen sind alle diese Dings hier auf der Back. Chottverdorri. Dat is bei mich klock sechs. Wenn nich, brüh ick dich in deinem eigenen Kessel zum Labskaus. Anderständst du mich?"

Wie Blössing das dann doch geschafft hatte, alles Benötigte herbeizuholen, blieb Willbrand ein Rätsel. Die Luft draußen stand totenflau, glanzlos lag das Wasser in feinem Nieselregen und bleiern um die Insel. Aber Blössing hätte sich eher in den Hintern gebissen, als sich solch Geschäft entgehen zu lassen. Er kriegte Sven Wintherson auf seine Seite, der wieder flüsterte mit der Pagel'schen, und die ging zur Herrschaft. Gemeinsam kämmten die beiden die Gewürzkammer durch und fanden Pfeffer, Gurken und Zwiebeln, so viel gebraucht wurde. Auch Fleisch fand sich. Den Hering lieferte Blössing selber, denn er hatte heimlich für sich gesalzen und gelakt. Recht muss Recht bleiben, sagte er sich, griff mit der Holzzange tief in die Lake und holte zwanzig wohlfeine Heringe ans Licht, setzte aber fünfundzwanzig auf die Rechnung. In Stücke geschnitten fiel das nicht auf.

Der Kirchgang dann war feierlich, und die Worte Bertram Ludwigs rührten seit Langem wieder an die Herzen. Viele waren gekommen, die Braut zu sehen, doch die Feier im Krug hinterher holte auch die Letzten aus den Stuben, die Gaus, die Niemanns, die Collwitz', die Schlucks, die Höbners, die Todes und wie sie alle hießen. Hübsche Deerns unter den Weibern, die sich hier ihren Bräutigam ausgucken wollten, Backpfeifengesichter unter den Jungs, deren Atem nach Bier stank. Alle wollten sie was abbekommen. Die, die nicht geladen waren, durften an den Fenstern stehen, drinnen aber ging es zu mit Juchhei und Up un Dal.

Zwei schwedische Straßenmusikanten, echte Armeleutefiedler, hatte Hanner Schluck aufgegabelt, irgendwann, irgendwo in einem Südhafen Schwedens. Der eine schlug seine Rumpumpelpauke, der andere strich die Holzschuhfidel, ein armseliges Instrumentchen, das sich der Kerl aus einem holländischen Klompen eigenhändig gebaut hatte, mit vier Darmsaiten, Steg und Griffbrett. Die beiden Musikanten kriegten, was sie verlangten, ein paar Schillinge, Essen, Trinken und eine Ecke zum Überschlafen. Dafür hatten sie mit Fidelfitz und Rumpumpelschlag die ganze Gesellschaft ins Schwitzen zu bringen. Da ging es nicht nur um das allbekannte *Wenn de Pott öwer nu'n Loch hat*, da feuerte Willbrand in ausgelassener Laune die Leute an wie ein Droschkenkutscher seine Pferde:

Juche, Hochtid ist hüt.
Kiek de schmucke Bruut mol an
und den drallen Brüdgamsmann,
wie sie sich so herzig schnütern
und mit Füerogen klütern.

Alle mussten sie tanzen, tanzen, tanzen. Und sollte sich einer zum Labskauskessel verholen wollen, wurde er von den andern hoppheit. Willbrand führte den Taktstock wie das Ruder der HERMINE, und unter Gröhlen und Lachen gings an den Durchläufer:

Wenn hier 'n Pott mit Bohnen steht ...
Marie, Marie, Marutschkaka ...

Willbrand war in Fahrt, immer neue Lieder fielen ihm ein. Der arme Fidelmann strich schon mehr in der Luft herum als auf seinen Holzschuhdärmen, und das Paukenfell kriegte schlaffe Falten vor Müdigkeit. Den Mädchen aber kroch die Röte ins Gesicht, und offene Blusen hatten sie, und die Bengels guckten oben rein. Die Tische wackelten, die Dielen knackten, und das machte die Polka:

„Wer weit, wie dat noch kommen kann, wer weit, wie dat noch kümmt, wer weit, wer mi noch nehmen deit, wer weit, wer mi noch nümmt.“

Endlich aber krochen sie alle, einer nach dem anderen, bedust und ausgepumpt in eine Ecke, auf wackligen Beinen, denn diese pausenlose Hopserei hatte sie alle geschafft. Vom Labskaus hatten sie so reichlich genossen, dass ihnen die Nabel glänzten. Die draußen gucken durften, hatten auch ihren Teil abgekriegt, und Maria Amalia ließ es sich nicht nehmen, ihren lieben Pastorleuten eine Schüssel, gestrichen voll, ins Haus zu tragen.

Irgendwann entdeckte Willbrand, dass das Brautpaar sich verzogen hatte. Da rief er Schluss, Ende, der Kehraus war sowieso nicht in seinem Sinn. Denn einer hielt sich nur noch mühsam am andern fest, die Frauenzimmer kriegten das Kreischen, grell und unfein, und die unsaubersten unter ihnen hatten schon die erste Senge bezogen. Ein Wink von Willbrand und – Blössing schob kurzerhand sie allesamt zur Tür hinaus. Wer nicht über die Schwelle fiel, kugelte die Außentreppe hinab. Die Hochzeit war beendet.

Das Brautpaar aber war längst auf und davon und tat sich wohl, wie es auch nicht anders sein soll.

Hans Schluck hatte in der Vitte eins der festeren Häuser bezogen. Gleich am nächsten Tag ging er dran, seinen Stall für Schaf und Federvieh zu errichten. Das Dach bekam frisch geworbenes Rohr, die Türen neue Farbe und, als alles fertig war und das Frühjahr kam, sagte er zu Maria Amalia: „Nu mach dich dat hier gemütlich, Mike. Die Sonn steigt höher, ick fahr nun bald los. Wenn der Winter kommt, bin ick wieder bei dich bei. Dat dauert nich lang."

Jetzt wusste Maria Amalia, dass das Glück des Zusammenseins ihr Leben lang zu kurz kommen würde, wusste auch, was alle wussten, die einen Seemann gefreit hatten: Wen die See erst gepackt hat, der gibt nicht Ruhe mehr, und der Kuss der Frau bleibt nur ein vorübergehend, nebensächlich Ding. Und sie begann schon insgeheim, die Seefahrt zu verwünschen, wie Mutter Anna es schon lange tat.

Ja, das Frühjahr kam, die Sonne stieg höher. Die Seeleute gingen auf ihre Schiffe und fuhren hinaus. Wer zurückblieb, hatte zu warten, zu hoffen, zu bangen. Die Sonne stieg, die Sonne sank, die Ernte wurde eingebracht, die Blätter fielen, die Gänse zogen und gegen Ende des Jahrs leitete eine klare

Woche kalten Wetters den Winter ein, und mit ihm das Jahr 1785. Die Regenpfützen vereisten, die schwarze, wasserdurchtränkte Erde überfror mit harter Kruste. Ein Winter kam, der tat sehr weh.

Spät erst, im April, brach das Eis auf. Bei den Kossäten und Einliegern sah es schlimm aus, die Vorräte waren aufgebraucht, der Torf verbrannt. Wer vorher eine Katze hatte, hatte sie nicht mehr, und manches lieben Menschen letzte Speise war getrockneter Hering. Die Kinder gingen räubern und machten es den Alten nach, sie bekamen Durchfall und starben. Thilde Gau zog den Müttern tote Kinder aus dem Leib, und eine Epidemie holte sich, was ihr sonst noch in die Hände fiel. Nur die Starken überlebten.

Als der Fischfang endlich wieder Brot versprach, der Hering vor Fett troff, Ziegen und Schafe wieder Milch gaben, die Kühe vom Hof zum Gellen hinabgetrieben wurden, begann sich die Insel zu erholen. Das Postschiff fuhr seinen Törn zwischen Ystad und Wittow, die Kinder wurden wieder in die Schule geschickt, und Gretchen Beyers probierte ihren seit Maria Amalias Hochzeit gängigen Abzählreim neu an ihresgleichen aus:

Ene mene mopel – wer frisst Popel
Dat ist de Brut – und du musst rut.

Maria Amalia aber war schwanger.

DAS war die Zeit, in der Sophie Giese über die Zukunft der Insel nachdachte. Zusammen mit ihrem Sohn Thuro Joachim und dem treuen Wintherson beriet sie, was zu tun sei. Seit dem Tod Ulrichs hatte ihre Lebensweise grundlegende Änderungen erfahren. Wesentliches war unwesentlich geworden, liebe Gewohnheiten hatten an Leben verloren. Unbenutzt standen Clavichord und Flügel da. Zwar spielte Amoena Elisabeth noch ein wenig, lernte aber nicht mehr dazu, nachdem Hauslehrer Kellmann die Johanna Frederike gefreit und auf dem Land eine Pfarre aufgenommen hatte. Über Couperin und Frohbergers Suiten und Tänze kam sie nicht mehr hinaus. Schließlich verlor sie die Freude am Spiel.

Unangetastet blieb auch der Rest der Bibliothek Ulrichs. Sophie las seit Kurzem nicht mehr. Ihre Augen schmerzten, sie benötigte eine Brille und mehr Licht. Dafür stickte sie mühevoll Monogramme in Amoena Elisabeths Aussteuer, nachdem die ältere Schwester ausgesorgt war. Die Gäste, die ehemals gern in die Tribseer Straße gekommen waren, hatten sich verloren. Sogar Freund von Olthof hatte sich zurückgezogen. Entweder klagte er über Unpässlichkeiten oder er war unter seiner Schuldenlast erstickt. Zugang zu Künstlern der neuen Zeit fand Sophie nicht mehr. Ihr war, als sollte sie langsam daran denken, die Zügel aus der Hand zu legen, bevor Gott selber sie ihr entreißen würde.

Also hielt sie die Zeit für gekommen, Soll und Haben gegeneinander aufzurechnen. Rosig stand es nicht um Gut Hiddensee. Das war kein Geheimnis. Stadt und Land wussten davon. Die Leuteschaft, die sich den Gieses mit erhobenem Schwurfinger vereidet hatten, taten, was sie konnten, und der Mühen waren viel.

Sophie dachte nicht daran, die Zwangsabgaben zu erhöhen, um ihren Haushalt und Wohlstand aufzubessern. Sie hatte vor ihren Leuten genau wie vor Gott ihr Gesicht zu bewahren.

Thuro dagegen dachte anders. Sollte es die Zeit wirklich so fügen, dass er Herr auf Hiddensee sein solle, dann möchte bitteschön er nicht als armer Landgutbesitzer ohne Hintern in der Hose seinen stolzen Vatersnamen diskreditiert in die Öffentlichkeit tragen müssen. Erstens sollten die Leute mehr einbringen. Zweitens drängte sein Sinn nach Höherem. Er wünsche sich, sagte er der Mutter, in die Gemeinschaft des Adels, und wenn es auch nur der Name wäre, der darauf hinweise. Das wäre ihm schon recht.

Umso mehr regte sich sein Widerstand, als er Mutters Bemerkungen entnahm, sie wolle sich aus Gründen ihres Alters von der Insel zurückziehen, um ihren Lebensabend in der Stadt zu beschließen.

„Du kennst das Haus in der Langenstraße. Dorthin möchte ich eines Tages, und du, mein Sohn, wirst es mir gewähren müssen."

„Das kann nicht Euer Ernst sein, Mutter!", protestierte Thuro. Er rechnete ihr an den Fingern vor, wie sie bei geschickter Wirtschaftsführung doch noch zu zusätzlichen Gewinnen gelangen könnte, und wo die Einkünfte zu steigern wären, und sie möchte nicht allen Leuten gegenüber so verdammt nachgiebig sein.

„Was wir nicht vergessen sollten – die Steine, die draußen so nutzlos herumliegen, geben nach meiner Schätzung mindestens fünftausend Taler. Fünftausend Taler, mein Gott, wem wollt Ihr die in den Rachen schmeißen, Mutter!"

Sophie blickte auf ihre Finger und sagte nichts. Thuro aber war am Zug: „Was die Porzellanfabrik anbetrifft – sie ist doch noch in Gang und wird es noch Jahre hindurch bleiben. Die Leute arbeiten, bekommen ihr Geld und sind zufrieden. Die Produktion ist nicht gut, nicht schlecht. Zugegeben, in den Himmel versetzt sie uns nicht, aber Ihr wisst selber, was sie für uns abwirft. Billiger könnt Ihr nicht gewinnen. Aber das Gut von der Stadt aus zu dirigieren – unmöglich. Ihr könnt nicht weg von hier!"

Erregt und mit großen Schritten durchmaß er das Zimmer. Sophie hob die Hand und sagte leise : „Die Art, mein Sohn, in der du mit mir redest – überlegst du sie dir genau?"

Thuro winkte ab. „Nun ja, verzeiht, aber mich regt Euer Verhalten auf. Ich gebe ja auch nur zu bedenken. Da ist nämlich noch ein Drittes. Nach jedem Sturm liegt am Außenstrand Bernstein um Bernstein, in Hülle und Fülle, sage ich. Ich hörte mehrfach, dass sich die Leute widerrechtlich daran vergreifen. Sie sammeln und bieten ihn hinter Eurem Rücken in der Stadt feil. Eine Schande! Euer Kapital, Euer Vermögen, Mutter. Vermögen, das einfach deswegen verschlunzt wird, weil Ihr Euch nicht darum kümmert. Wir sollten einen Pächter finden, der sich dieser Sache annimmt. Wenn wir schon selber nicht am Strand herumkrauchen, hätten wir wenigstens die Pacht."

Sophie blickt ihn mit großen Augen an und – schwieg. Endlich schüttelte sie den Kopf. „Ich bin nun einmal kein Kaufmann – und müde bin ich auch. Anders machen als ich bin, das kannst auch du nicht. Vielleicht solltest besser du die Insel übernehmen und mich in Ruhe ziehen lassen."

„Ich?", lachte Thuro auf, „ich die Insel nehmen? Wo denkt Ihr hin!"

Sophie zitterte das Herz. Fahrig spielten ihre Finger, zupften an der Tischdecke, und dann, ohne ihn anzusehen, erhob sie sich und verließ den Raum. In einer durchwachten Nacht ist ihr das Unumkehrbare ihrer Absicht, die Insel zu verlassen, noch einmal ganz klar geworden. So stand am Ende nach Überdenken dieser schmerzlichen Auseinandersetzung fest: Aufbieten des Guts Hiddensee zu gefälligem Verkauf. Rechtsberatung darin erlangte sie jederzeit bei ihrem Freund Hofrat Pommer-Escher. Sie setzte ihn von ihrem Vorhaben in Kenntnis, schlug jegliche Einwände Thuros in den Wind und übertrug ihm, ihrem Ältesten, von einem noch nicht fest zu benennenden Tage an sich als Herrschaft der Insel Hiddensee zu betrachten. Ihm allein käme diese Aufgabe zu. Zwar hatte Sophie auch an ihre anderen Söhne gedacht, wenn Thuro sich dermaßen querstellt. Doch Carl Friedrich stand als wohletablierter Posthaus- und Lottosekretär sowie als Packhausinspektor voll in Diensten. Adolph Friedrich war als Offizier nach Preußen ausgewandert und Philipp Friedrich noch nicht mündig.

Als Thuro Joachim sich noch einmal schroff gegen Mutters Ansichten äußern wollte, wischte sie seine Argumente glattweg vom Tisch, ließ Hofrat Pommer-Esche zu sich kommen und entwarf mit ihm das Aufgebot als Annonce für die *Stralsundische Zeitung.* Dieser Annonce war zu entnehmen, was die Insel an lebendem und totem Inventar anzubieten hatte, allerdings mit Worten, die für mancher Leute Augen in zu viel Glanz und Sonne getaucht waren. Sophie sagte abschließend dann: „Über die Kaufsumme sollten wir an Ort und Stelle entscheiden."

So erschien in der Ausgabe der *Stralsundischen Zeitung*

am Donnerstag, dem 29. September 1785, in der Nummer 117:

Die Insel Hiddensee, welche ein den Herren Erben des sel. Kammeraths Giese *zugehörenden Allodium und fast dritthalb Meilen lang und an einigen Stellen eine halbe Meile breit ist, soll unter Vorbehalt der Obervormundschafllichen Genehmigung und des Zuschlags des Königl. Hochlobsamen Hofgerichts, verkauft werden. Sie besteht ausser dem sogenannten Kloster (wo der Herrschaftliche Hof vor etwan 20 Jahren neu erbauet und die Zimmer zu etwan 11 000 Rth. zur Brandkasse geschätzet worden. Wobey ein guter Herrschaftlicher Garten und etwan 5 Lasten Aussaat aller Arten Korns, und Wiesenwachs von 80 großen Hof-Pudern salzen Heues, so daß eine Holländerey von 60 Kühen und eine Schäferey von 300 Schafen gehalten werden kann, und wo eine 220 Rth Pacht gebende Windmühle und 3 Einliegerwohnungen, auch die zur Schlemmung von Fayence-Erde und ein unerschöpflicher Vorrath dieser Erde befindlich) aus dem Dorfe* Griewen, *welches von 4 Vollbauren, 2 Halbbauren und 11 Einliegern bewohnt wird, dem Dorfe* Vitte, *worin 12 Käther und 22 Einlieger wohnen, den Dörfern* Plogshagen *und* Neuendorf *neb dem* Göllen, *wo bis 700 Hammel und 150 Häupter Rindvieh jährlich fett geweidet werden können, und der sogenannten* Fähre. *Sie ist mit der oberen und unteren Gerichtsbarkeit, Jagd und Fischereygerechtigkeit, auch zur Feuerung hinlänglich mit Sodentorf versehen, enthält ohngefähr 280 Unterthanen und viele freye Einwohner und hat außer anderen an jährliche Recognition der freyen Schiffer und der vielen unterthänigen sogenannten Segelknechte ansehnliche fixe Einkünfte. Man ist willens, den Versuch eines Aufgebotes dieser Insel, wobey alle bestellten Winter- und Sommersaaten, Vieh und Ackergeräthe gelassen, und davon die Ablieferung Trinitatis 1786 geschehen soll, am 9.ten des nächsten kommenden Octobermonaths, morgens um 10 Uhr, in Stralsund, in der Frau Kammeräthin* Giese *Quartier, in des*

Perückmachers Beetzen *Hauses in der Langenstraße, zu machen und sind die Bedingungen vorläufig zu Hiddensee auf dem Hofe, wo man auch allemal die Freyheit zur Besichtigung der Insel erhalten kann, und in Stralsund bey dem Herrn Hofrath und Procuratore Domaniorum* Pommer-Escher *zu erfahren.*

Diese Annonce schlug auf der Insel ein wie ein Blitz. Die Leute auf dem Hof und in den Dörfern mutmaßten, wetteten, ereiferten sich, setzten sich als die Klarerdenkenden zusammen und wurden sich auf eine Ungeheuerlichkeit einig, eine Einmütigkeit, die es auf der Insel noch nie in dem Maß gegeben hatte. Am Abend vor dem Erntedankfest versammelten sich wohl an die fünfzig Männer und Frauen aus den Reihen der Untertanen vor dem Herrenhaus zu einem dichten, murmelnden Haufen. Als der nichts ahnenden Sophie Giese mitgeteilt wurde, was sich draußen vor ihrem Hause tat, dachte sie an eine der auf Rügen hier und da geschehenen Meutereien, sprach sich Tapferkeit zu und trat hinaus auf die Freitreppe.

Da sah sie nun die stumme, sich dicht aneinanderdrückende, schiebende Menge – ihre Leute. Doch war da nichts von aufständischem Gehabe zu erkennen, vielmehr blickten die vielen Augen betrübt und verschämt auf die Erde. Schließlich schoben sie Schomaker vor, der sollte etwas sagen, wie sehr er sich auch dagegen sträubte.

„Euer Hochwohlgeboren“, begann er stammelnd, „edle wohledle Frau Kammerrätin. Wir wollen sagen, dass – wir – wat in der Zeitung stand – Euer Wohlgeboren sollen wissen – wir alle – wir dienen Euch immer. Wir fragen, ob wir die Frau Kammerrätin beleidigt haben oder versäumt oder sind faul gewesen oder wat. Wenn Frau Kammerrätin uns an einen Neuen verkaufen wollen, da machen wir nich mit. Wir möchten Frau hochwohledlen Frau Kammerrätin wat bitten – nämlich sie soll hierbleiben und nich weggehen. Wir wollen nochmal so viel dienen und allet bestens machen und arbeiten und aber nich weggehen soll Frau Kammerrätin. Dat wollt ick sagen und die da“, er zeigte in die

Runde, „die sagen dat auch. Dat is so und kein ein hat uns dat befehligt."

Schomaker versuchte sich an einer Verneigung, trat zurück, und die andern flüsterten untereinander, dass seine Worte gute Worte waren.

Sophie war fassungslos. Ihr traten die Tränen in die Augen. Das war mehr als Treuegelöbnis, das war eine Liebeserklärung. Doch waren die Würfel nicht bereits gefallen? Es blieb ihr nichts im Augenblick, als ihren Leuten ein paar gute Worte zu sagen. „Danke, Schomaker, danke, ihr alle. Ich bleibe doch noch ... so schnell ... nicht."

Ihr brach die Stimme. Die Hände vor den Augen, wandte sie sich um und lief in ihr Haus zurück. Die Leute, tief von all dem bewegt, gingen still an ihre Arbeit, doch irgendwo hörte man diesen und jenen sagen, sie wäre doch zu uns wie eine Mutter.

Nun die Insel durch die Zeitungsannonce der Öffentlichkeit preisgegeben war, griff Thuro Joachim dort ein, wo er meinte, es nütze einträglichen Geschäften. Er sah sich nach einem Mann um, der sich für die Bernsteingewinnung eignen könne als verlässlicher Pächter, und kam auf Moses Israel. Dieser war der Familie Giese seit der Zeit der Münzerei angenehm verbunden. Die Männer schlossen einen *Contract über die alleinige Ausbeute des Hiddenseeschen Bernsteins. Beyde Parteyen* handelten zwischen sich aus, dass jeder am Ende hochbefriedigt seinen Namen unter das Papier setzte. Die Pachtsumme belief sich auf 330 Rth. jährlich, von der *je eine Hälfte um Trinitatis, eine um Michaelis a conto Giese zu überweisen sey.*

Thuro Giese hatte sich also doch, wie er sagte, für ein paar lumpige Monate, zur Führung der Inselgeschäfte bequemt.

Maria Amalias Zeit war noch nicht gekommen. Nach ihrer Berechnung stand der Tag einer Geburt noch um zwei Monate aus, doch konnte sie ihr Kind nicht mehr halten, die Anzeichen waren untrüglich. Als sie sich, besorgt von Anna Schluck und der lahmen Gauschen, ächzend auf ihrem Lager krümmte und den Wehen nachgab, kam ein Kind zur Welt, untergewichtig und schwach. Winzige Schreie blieben als einzige Lebensäußerung in ihrem Erinnern. Nach wenigen Minuten erschlaffte der kleine Körper, eine Hand voll gewesenen Lebens, und verstummte.

Maria Amalia ertrug diesen Schlag mit großer Tapferkeit. Doch überfiel sie Angst bei dem Gedanken an Hanners fragende Augen und an seine Traurigkeit, wenn er gegen Winter zurückkehren wird. Auch sann sie darüber nach, wo wohl die Ursachen solcher widernatürlicher Geburten liegen könnten. Hätte sie sich mehr schonen sollen, wie man den Schwangeren immer vorsorglich riet?

Ein unscheinbarer Hügel in einer Ecke des Kirchhofs in Kloster wurde für kurze Zeit ein stiller, nur ihr gehörender Platz. Als nachher der Schnee darüberging, ebnete er, was da war. Im Frühling des kommenden Jahrs würde die Stelle nicht mehr wahrzunehmen sein.

FÜNFTES KAPITEL
1786 – 1789

MIT einem traurigen und einem lachenden Auge beobachtete Sophie Giese die Zuneigung, mit der ihre Tochter Johanna Friederika Christina dem hochgebildeten Hauslehrer Carl Hermann Kellmann entgegenblickte. Nichts wünschte sie als Mutter lieber, als allen ihren Töchtern Männer an die Seite, zu denen auch ihr Mutterherz ein volles Ja sagen konnte. Nachdem sie auch dieser Vermählung zugestimmt hatte, und Kellmann in der Pfarrstelle Brandshagen institutiert werden sollte, war die Hauslehrerstelle im Hiddenseer Gutshaus vacant geworden. Amoena Elisabeth drängte aus dem Haus, weil ein Sohn des Clausdorfer Gutsherrn ihr zugezwinkert hatte und sie verunsicherte. Blieb als Einziger nur noch der sich begeistert der Landwirtschaft zuwendende Philipp Friedrich. Allein für ihn einen teuren Hauslehrer zu engagieren, konnte sich Sophie nicht entschließen. Gern gab sie daher dem Rat Thuros nach, den Jungen in die Stadt zu geben, er selber würde sich des Jüngsten der Brüder herzlich annehmen wollen. Sophie Giese ließ auch ihn los, ein für sie schmerzvoller Akt.

Philipp Friedrich Giese zog in die Stadt. Unter den renommierten Familien gewann er zahlreiche Freunde, und bald galt er, der junge Herr, in ihren Häusern als gern gesehener Gast. Er selbst, soweit es seinem Alter entsprach, empfand den Charme und den Reiz der Damenwelt als willkommenen, süßen Beigeschmack in den von landwirtschaftlichen Studien vollgestopften Tagesläuften.

Nun kam der Tag heran, an dem sich Philipp Friedrichs siebzehntes Lebensjahr vollendete. Um diesen Tag fröhlich zu feiern, hatte er den engsten Kreis seiner Freundschaft zu Muttern auf die Insel geladen. Er folgte damit Sophies Bitte, die sich vereinsamt fühlte und darum von Zeit zu Zeit junges Leben um sich wünschte.

Den 9. März nun, als seinen Geburtstag, gedachte der Junge durch ein besonderes und nur selten mögliches Vergnügen zu krönen, nämlich durch eine Eiswanderung vom Binnenstrand hinaus in Richtung Schaprode. Dieser Gedanke fand bei allen, die die Tücke des Eises nicht kannten, begeisterte Zustimmung. Bereits am frühen Nachmittag marschierte er mit seinen Gästen hinaus, drei junge Frauenzimmer, vier junge Herren, sie stapften, schlitterten und tanzten über die harsche und waschbretthafte, schneebedeckte Fläche. Jugendliches Lachen schallte, von windstiller Luft getragen, weit über die Insel.

Zur gleichen Stunde befand sich Niklas Jochim am Binnenstrand. In der Kommüne hatten sie sich um seine Polte gestritten, die längst zersägt und das Holz unter ihnen aufgeteilt sein sollte. Allein Jochen Höbner hatte immer wieder ein gutes Wort für den Jungen eingelegt und gesagt, der Kahn tauge zwar nichts, sei aber eine Erinnerung an den Vater Stoffer, und sie sollten dem Bengel das Wrack bloß lassen. Niklas Jochim hatte von ihrem Streit erfahren und ging daher immer wieder hinunter, sein Schiff zu besehen, sein erstes eigenes Schiff, das zwar an allen Ecken und Kanten leckte und Wasser zog wie eine Pumpenschnauze. Trotzdem, er hielt den Kahn für eine königliche Fregatte.

An Land gezogen lag sie den Winter über mit dem Rücken zum Himmel. Gern setzte er sich drauf, klopfte auf die Bodenplanken und redete mit ihr, wie Schiffer mit ihren Schiffen reden: „Du bist min, kein ein kann dich mich abjökern."

So saß er auch heute und schaute hinaus übers Eis. Plötzlich horchte er auf. Von draußen her drangen Stimmen zu ihm. Er blickte genauer hin und gewahrte das lustige Völkchen, wie es sich amüsierte. Er dachte, wollen die sich einen nassen Hintern holen? Das Eis hält doch nicht.

Nein, diese Geschichte kam ihm nicht geheuer vor. Er kniff die Augen zu einem schmalen Spalt zusammen und verfolgte, was da draußen geschah. Als ihm bewusst wurde, was da vor sich ging, wurde er wild. Schon verstummte auch das Lachen, angstvolle Schreie flogen übers Eis, er sah, wie jemand winkte, mit den Armen schlug und um Hilfe rief.

Treiben die mit einer Scholle ab? Jochen Höbner hat gesagt, das Eis treibt schon bannig weg. Wenn sie nun absacken! Ich muss hin. So dachte Niklas Jochim.

„Ick, wecker sonst! Mit der Polte, womit anners!", rief er laut, wütend über den Leichtsinn der Kerle da draußen. Mit aller Kraft stemmte er sich unter den Rand des Bootes und schaffte es tatsächlich, es umzuwenden, brachte es dann mit Rucken und Racken voran bis an den Rand des Eises, auf tragendes Eis und klemmte sich hinter das Heck und schob, dem Schiff nachlaufend, es in eiligem Lauf hin zu den Gefährten. So, wusste er, trieb man ein Eisboot vorwärts.

Völlig außer Puste gekommen, langte er bei den jungen Leuten an, denen die Verzweiflung im Gesicht geschrieben stand. Einer versuchte sich mit weitschweifenden Erklärungen. Doch Niklas Jochim hatte die Lage mit einem einzigen Blick überschaut. Das Eis war gebrochen, und eine Scholle trieb ab und mit ihr eine Frau und ein Mann, in dem er den jungen Giese erkannte. Kurzerhand schob er den, der eben noch viele Worte machte, beiseite und gab zu wissen, wer hier jetzt das Sagen hatte:

„Platz da, ihr Mulapen!" Er trieb sie, wie sie da standen, auseinander: „Nu steht doch nich alltosamm an eine Stell'. Dat Eis hält nich, ihr Dösbattel." Wie aufgescheuchte Gänse schlitterten die Mädchen zurück, eine hier hin, die andere da hin. Die Herren dagegen warfen die Köpfe in den Nacken mit einem Blick, der sagen wollte: Wat will dieser hiddenseesche Wasserfloh.

Niklas Jochim verlor keine Sekunde, er stieß seinen Kahn in das neben der Scholle plätschernde Wasser und sprang nach. Das Boot schwamm, er hockte trocken darin. Jetzt hin zu den Abtreibenden, hin und sie zurückholen, war sein einziger Gedanke. Plötzlich lief es ihm heiß über den Rücken. Er hatte den Riemen zum Wriggen an Land gelassen. Die Eile des Aufbruchs war schuld daran. Nichts blieb ihm anders, als die Hände als Paddel zu benützen und mit den Armen zu rudern. Alle Vorsicht missachtend packte er sich bäuchlings über die Bugspitze, stieß seine Arme bis an die Ellbogen in das eisige Wasser, ruderte sich wild und verzweifelt voran, stip-stip, schlag-schlag, und die Arme brannten wie Feuer, und der Schmerz drang bis in den Magen, und der Bauch fing die Spritzer auf, und die Kleidung durchnässte, doch nur so, nur so konnte er sich der rasch davontreibenden Scholle nähern, die die beiden Gefährdeten mit sich forttrug.

Als Erste zog er die wimmernde Dame ins Boot. Danach den jungen Herrn. Nun waren sie ihrer drei in einem lecken, viel zu kleinen Boot. Von allen Seiten rinnsalte klares Wasser durch die Planken. Niklas Jochim fieberte, in Wahnsinnseile patschte und ruderte er zurück. Wadenhoch schon stand das Wasser im Kahn. Wenige Minuten noch, dann würde es über das Dollbord herüberschwappen. Aber er schaffte es, er brachte sie zu den anderen zurück. Niklas Jochim hatte zwei junge Menschenleben vor dem sicheren Tode bewahrt.

Die Dame, als sie nachher davonhumpelte, beklagte ihre verdorbenen Schuhe und eisnassen Füße. Der junge Herr, bleich und durchfroren, bedankte sich zwar kurz mit anerkennenden Worten, drängte aber zum Land hin, den anderen nachzulaufen, als Niklas Jochim ihn am Arm zurückriss: „Der Herr muss die Lein mit anpacken. Allein krieg ick dat Boot nich aus 't Wasser."

Philipp Friedrich guckte gar seltsam, weil er sich von einem Hiddensee'schen Jungen so einfach angeredet hörte, griff aber doch einsichtsvoll zu. Gemeinsam brachten sie die vollgewässerte Polte zurück aufs tragende Eis. Zurück zum Land schaffte Niklas Jochim sie allein.

Dem armen Jungen waren die Arme blau gefroren, von den Füßen fühlte er nicht mehr, dass er sie hatte, die Knochen schmerzten zum Wahnsinnigwerden. Seine Kleidung, nass wie ein Schwamm, holte ihm die letzte Wärme aus dem Leib. Es gab nur eins: zurück ins warme Haus, an den Ofen, aufwärmen, aufwärmen. Als die Mutter ihn später vorfand, unterbrach er sein Wimmern, und mit schiefem Gesicht frohlockte er vor ihr: „Ick hab Schiffbrüchige gerettet, Mudding. So geht dat. Nich alle bliwwen buten!“ Am andern Tag schickte Sophie Giese nach dem Jungen und ließ ihm sagen, er solle gleich nach dem Schulunterricht zu ihr kommen. Warum, dachte er, wat soll ick da. Aber er ging doch hin. Weil Madame Giese dat will, erklärte er.

Nun stand er vor der Tür des Herrenhauses, unschlüssig und mit einem Gefühl im Magen – soll ick oder soll ick nich. Er ließ den Klopfer gegen das Holz fallen, erst zaghaft, dann kräftiger, das Fräulein Caroline kam, Sophies neues Hausmädchen, öffnete und nahm ihn an die Hand. Sie führte ihn durch den großen Korridor in eine von Sonnenlicht durchflutete Stube, in der Sophie in einem hohen Sessel saß und ihm aufmunternd entgegenblickte.

Diese Stube betreten zu dürfen, über die Maria Amalia so viel Schönes erzählt hatte, hätte Niklas Jochim nie zu träumen gewagt. Scheu ließ er seinen Blick umherwandern. All die jungen Leute von gestern fand er hier wieder, festlich gekleidet, die Herren mit fest anliegenden Knopfjacken, und bei den Damen schleppten die Kleider lang über den Boden. Von der Decke herab ein glänzender Leuchter, blauweiß gekachelt die Wände, ein Spiegel so groß, wie er ihn nie gedacht hatte, breite, plüschbezogene rote Sessel, ein Teppich, der weich war wie junges Gras, gold umrandete Bilder neben den hohen Türrahmen ...

Da stand er nun, stand da und wusste nicht warum. Am liebsten wäre er auf der Stelle weggerannt, hätte Sophie Giese ihm nicht beide Hände entgegengestreckt, ihn dicht an sich herangezogen und ihm den Arm um die Hüfte gelegt.

„Du bist also der kleine Held von gestern, der so viel von sich reden macht. Mein Sohn hat mir von dir erzählt. Wir alle sind sehr stolz auf dich. Deinen Vater kannte ich übrigens auch. Schön ist es, dass du uns besuchst.“

Niklas Jochim schaute zu Boden und schnüffelte mit der Nase. Um nichts sagen zu müssen, fuhr er mit seinen harten Lederschuhen das Teppichmuster ab.

„Du hast uns gestern etwas getan, was wir dir niemals vergessen werden, mein Junge. Die Geschichte hätte sehr, sehr schlimm enden können, wenn du nicht gekommen wärst. Ich möchte dir dafür danken."

Um ihm zu zeigen, wie ehrlich und gut sie es mit ihm meinte, strich sie ihm über den Kopf. Streicheln aber war etwas, was er auf den Tod nicht leiden konnte. Wie ein Aal wand er sich und wollte sich ihr entziehen. Sophie spürte seine innere Abwehr, griff ihn darum an beiden Händen und drehte ihn zu sich herum, sodass er sie anschauen musste. Sie lobte seine Tat mit guten Worten, sie pries seine Umsicht und Tüchtigkeit und fragte ihn und wollte viel von ihm wissen.

Er aber presste die Lippen zusammen. Was sollte er sagen. Wie von tausend Blicken fühlte er sich aufgespießt und tausend Ohren hörten ihm zu. Am liebsten wäre er davongelaufen, würde sie ihn nicht so zwingend festhalten. Nein, er schwieg, er sagte nichts als ja und nee, und fragte sich bei allem, warum er hier stehen müsse. Bis eine Frage kam, die ihm die Zunge löste, denn Sophie, die ihre Inselkinder kannte, hatte ermutigend zu fragen nicht aufgehört. Diese eine Frage traf ihn nun doch an einem ihm lebenswichtigen Punkt. Was er einmal werden möchte, wenn er groß wird?

Da straffte er sich: „Zur See will ick fahrn, Schiffer, mit eignet Schiff." Diese Antwort, laut und deutlich gesagt, blieb im Raum. Sie zeigte jetzt nicht den verschüchterten Hofjungen, sondern einen, der weiß, was er will.

Sophie hielt ihn fest und blickte ihm tief in die Augen. „Ist das dein Ernst?"

„Auf den Hof geh ick nich", kam prompt darauf.

„Hm", machte Sophie und dachte nach. „Das wird nicht so leicht sein ... dein Vater ... und deine Mutter auch ... sie sind doch ... Nein, das wird nicht so leicht sein ... "

„Auf den Hof geh ick aber nich."

Sophie zog die Brauen hoch. Der Junge hatte sich wohl schon voll entschieden? Sie warf Philipp Friedrich einen verstohlenen Blick zu. Der zuckte nur mit den Schultern. „Nun", meinte sie, „der eine will dies, der andere das. Wann wirst du Konfirmation haben?"

„Nächstes Jahr“, antwortete er stolz und legte den Kopf zurück, dabei bestrebt, sich endlich ihrem Griff zu entziehen.

„Ich lasse dich ja gleich los, mein wilder Seemann, aber eine Frage musst du mir doch beantworten, dann kannst du gehen. Wie heißt du ganz genau. Sag mir alle deine Namen und an welchem Tag du geboren bist.“

Niklas Jochim sagte es. Darauf ließ sie seine Hände fahren. Sie läutete mit einem Messingglöckchen, Caroline kam und brachte den Jungen wieder zur Tür zurück. Aufatmend trat er ins Freie.

Vor dem Haus hatte sich eine Horde Jungen und Mädchen versammelt. Sie lauerten ihm auf, denn sie wussten, dass er bei der Herrschaft war. Jetzt bestürmten sie ihn: „Wat wollt sie? Hast wat gekriegt? ’n Taler? ’n Stück Schoklan?“

Niklas Jochim zischte sie an: „Lat mich taufreden!“ Und boxte sich durch sie hindurch. Was eben gewesen, wurmte ihn mächtig. Mit Worten hatte sie ihn abgefertigt, mit Fragen durchlöchert und weiter nischt. Weder Taler noch Schokolade hat sie ihm gegeben. Was hat Vadder immer gesagt? Bei so wat werden die Leut mit Höflichkeit abgespeist. Tass Kaff und Zigarr. Ja, so war’s. War es Wut oder Enttäuschung, er sagte niemandem darüber ein Wort, sogar vor der Mutter schwieg er sich darüber aus. Er lief zu seiner Polte, setzte sich drauf, legte sein Gesicht in die Hände und klagte sich seinem Schifflein gegenüber aus: So sind sie alle. Wat wäre, wenn du nich gekommen wärst, Polte, und ick. Versoffen wär’n sie all bei lebendigem Leib.

Darüber lief die Zeit hinweg. Zeit macht vergessen, und so sprach man bald auch nicht mehr von diesem Ereignis. Eines Tages aber hielt der Einspänner vom Hof vor dem Schluck’schen Katen. Die Herrschaft selbst besuchte Anna Schluck. Auf ganz besondere Art gedachte sie ihr, der Mutter, zu danken für ihren tapferen Sohn. Anna überschlug sich fast vor Unterwürfigkeit. Solchen Besuch hätte sie niemals erwartet in ihrem armen Haus. Die Herrschaft selber kam zu ihr? Und was die Herrschaft gar von ihrem Jungen erzählte, war rein zu viel. So viel Lob hat er doch gar nicht verdient. Sie sagte zu allem nur immer ick weiß nich, ick weiß nich und wat giwwt dat all, und doch erfuhr Sophie viel Gutes über die Schluck'sche Familie, dass sie fleißige Leute waren, arm, aber rechtschaffen. Bevor sie nachher das Haus wieder verließ, schob sie der Anna noch einen gefalteten Brief auf den Tisch und sagte: „Nimm dies, Anna Schlucksche, lies es durch und bewahre es gut auf.“ Sie reichte ihr die Hand, sagte Adieu und fuhr nach Kloster zurück.

Anna strich sich über die Stirn. Ein Brief? Wat soll ihr ein Brief? Sie stakste durch den matschig aufgetauten Boden zu Maria Amalia, damit sie ihr vorlas. „Segg eins, wat da in steht. Die Madame Giese hat mich dat eben gegeben.“

Maria Amalia überflog die Zeilen, blickte auf und geriet zusehends in Erregung. Anna forschte in ihrem Gesicht: „Is wat Schlimmet? Lies mich doch eins vor, lies laut.“

Maria Amalia las, und während sie las, blickte sie mehrmals zu Anna hin:

Ich, Sophie Elisabeth Giese, Grundherrschaft des Guths Hiddensee erkläre mit diesem Scriptum originale der Anna verwitwete Schlucken in Vitte aus Dank für die Lebens-Errettung meines Sohnes Philipp Friedrich Giese und der Jungfrau Aurelia Schewenius vor dem Tode des Ertrinkens in Eiswasser die Lösung vom Unterthaneneide betreffend den Sohn

Niklas Jochim Schluck,

gebohren den 13. Junius 1773 in Vitte vom heuthigen Tag an. Er wird ab dato als freyer Mann erklärt. Seiner beruflichen Neygung als See-Fahrer wird von meiner Seite nichts in den Weg gestellt.

Sophie Elisabeth Giese
Herrschaft zu Hittensee,
Kloster, den 14.ten Martii 1786

Anna stand starr. Das war zu viel. Maria Amalia aber flog auf sie zu, umarmte sie stürmisch und weinte laut vor Freude. „Anning, Anning, Nikker is ein freier Mann. Wenn dat Stoffer wüsst, wenn er dat wüsst!“

Anna bog sich zur Seite weg. Sie nahm ihr den Brief aus der Hand, faltete ihn, ohne ein Wort dazu zu sagen, zusammen und ging hinaus. Totenblass war ihr Gesicht, eine merkwürdige Schwäche überfiel sie. Zu Hause legte sie sich rücklings aufs Bett und deckte ihr Gesicht mit den Händen zu, als könne sie auf diese Weise schreckliche Bilder abwehren. Niklas Jochim? Ein freier Mann? Und Seefahrer? Er ist doch noch ein Kind.

Doch ein Kind, wie Anna es sich wünschte, war Niklas Jochim beileibe nicht mehr. Nur, sie hatte es nicht bemerkt. Er befand sich in jenem Alter, in dem sich der künftige Mann in ihm ankündigt. Kräftig war er geworden. Mit wachen Sinnen begann er sich für die Welt der Erwachsenen zu interessieren. Was Maria Amalia ihn einst gelehrt, als er noch Kind war, Ringelreigen und Huckedipack, das reizte nun nicht mehr. Dafür verlangte es ihn nach Kampfspielen und Seeräuberrangeleien, bei denen es sich herrlich prügeln ließ. Wehe den Plogshägern und Neuendorfern, die sich in seine Nähe wagten. Die kriegten die Jacke voll, und ausgeschlagene Zähne waren das wenigste, was sie nach Hause brachten.

Auch Seehund fangen mochte er gern spielen, wo einer ins Netz laufen musste und die andern ihn übers Feld reißen, dass die Kleider in Fetzen gingen. Und wenn dann der gefangene Seehund winselte, sangen sie laut und zum Spott:

Hal mi den Salhund von'n Strande to Lande.
Hei hett mi all dat Nett terreten.
Hei will uns uk all upfreten.
Hal mi den Salhund von'n Strande to Lande.

Mitsingen konnte Niklas Jochim das nicht. Die Stimme gab's nicht her. Oben piepste sie, unten klang sie wie ein hohles Fass. In dieser Zeit legte er sein Kindsein ab. Oft kam es über ihn, dass er sich selber nicht mehr mochte, sich hässlich und blöde fand und der Mutter nur noch patzige Antworten gab. Selbst Gretchen servierte er eines Tages kurzerhand ab, weil die andern hinter ihm herriefen:

„Niklas, Niklas, Röckezippel, Tittenwibbel!"

Ja, nun spürte er es selber. Weiber sind Weiber. Sie sind so anders und sind eben keine Männer. Seitdem gab es Gretchen Beyers für ihn nicht mehr.

Mit diesen und anderen Erkenntnissen begann die erste richtige Kurswendung in seinem Leben. Gern sah er zu, wenn sie in der Garnkommüne der *Barsgrieper* marachten. Dabei fand er in Jochen Höbner, seinem Taufgevatter, einen lieben Lehrmeister. Dieser vergaß niemals, das gute Bild seines Vaters in dem Jungen aufzurichten. Oftmals sagte er: Dein Vater hätte jetzt ... oder: Wenn ick dein Vater wär ... Dann sperrte Niklas Jochim seine Löffel noch einmal so weit auf. Von Jochen Höbner lernte er viele wichtige Kniffe und Pfiffe, ohne die ein echter Seemann kein Seemann wird. So lernte er, wo der Stopperstek und wo der Webleinenstek anzusetzen ist, wie man den Langspleiß steckt oder den Takling benäht. Jochen Höbner war es auch, der ihn zum Seegraskratzen heranholte und ihn zum Lohn für seine Arbeit mit auf den Prahm nahm, das Seegras in die Stadt zu segeln, wo er es verhökerte an den Grossisten Kronfoth in der Ossenreyerstraße und bares Geld einsteckte.

„Onkel Jochen", rief der Junge begeistert, „dat geht ja ratzbatz. Dat mach ick später auch."

„Du wirst noch anner Zeugs fahrm as dieset Schietgras. Aber fang mich man erst mit lütt an. Immer dat Fahrwasser längs, mein Jung, erst Schippsjung, denn Matrose, denn Steuermann und zuletzt Schipper. Anners gedeiht sich dat nich."

Weil Jochen aber des Jungen geheime Wünsche kannte, sah er sich schon jetzt nach einem guten Schiffer um. Im nächsten Jahr, gleich nach der Konfirmation, könnte er auf die erste Reise gehen.

Der Junge sehnte diesen Tag mit brennendem Herzen herbei. Er lebte auf ihn hin. Das Meer, von dem Wunderdinge ausgingen, sollte sein Meer werden. Schon sog es ihn an, schon hatte es ihn gepackt, ehe er es überhaupt erlebt hatte. Kaum verging ein Tag, an dem er der Mutter nicht damit in den Ohren lag. Mutter Anna war taub, aber ihm war sein Weg vorgegeben.

IN dem einst in früheren Jahren so bunten, von wechselnden Ereignissen durchwobenen Leben ist es still geworden. Und es wird noch stiller werden, wenn Amoena Elisabeth ihrem Liebsten, dem Clausdorffer Jungherrn Gustav von Hagemeister gefolgt und als letztes ihrer Kinder das mütterliche Haus verlassen hat. Im kommenden Jahr sollte das nun werden. Der schreckliche Gedanke an beginnende, ja vielleicht langjährige Vereinsamung ließ Sophie nicht mehr los. Dieser Gefahr schon frühzeitig entgegenzutreten, widmete sie sich mehr als bisher der Leuteschaft auf dem Hof in ihrer eigenen Art. Sie lud Kinder in ihren Garten zu Spiel und Tanz, sie besuchte die Kranken, ließ den Doktor kommen und zahlte ihn aus, sie schickte denen eine Mahlzeit, die sich selber nicht mehr helfen konnten, und das tat sie, weil es ihr das Herz befahl, ebenso, wie der Gefahr auszuweichen, zu nichts mehr nütze sein zu sollen. Die Leute bezahlten es ihr mit liebendem Vertrauen und grenzenloser Dienewilligkeit.

Auch das gute Verhältnis zum Pfarrhaus hatte sich nicht verändert. Sie war der Brotgeber, er war der Seelsorger, und in vielfältiger Weise luden sie voreinander ihre seelischen Lasten ab. Doch kam es in jüngster Zeit mehrfach vor, dass Bertram Ludwig auf ein besonderes Thema zusteuerte, der Schullehrer Brüdgam.

„Er ist ein durchaus kluger Mensch", gab er zu. „Was mir an ihm mehr und mehr nicht gefallen will, ist die infame Art, mit welcher er mir widerspricht. Seine Argumente, Frau Kammerrätin, Ihr solltet sie nur hören. Er schießt sie, wie soll ich's sagen, aus versteckten Ecken. Nein, er redet mir, wie es einem Schullehrer nicht ziemt."

„Ich kenne Eure Meinung über ihn, sie hat sich nicht verändert", sagte Sophie in ruhigem Ton ihm gegenüber, der sich leicht ereiferte. „Was meint Ihr denn, wie kommt er dazu, und was mag ihn berechtigen?"

„Seine Bücher sind's. Die zeugen mir davon, welch Geistes Kind er in Wahrheit ist. Ich entdecke, neugierig wie ich nun einmal bin, unter seinen Exlibrien die Franzosen in mehreren Ausgaben. Sollten wir da nicht sehr, sehr vorsichtig sein? Frau Kammerrätin wissen, wie der neue Geist ... "

„Was ein Mensch zu denken hat, dürfen wir ihm nicht vorschreiben. Wir treiben keine Inquisition. Wollt Ihr etwa seine Bücher konfiszieren?"

„Bewahre, nur ... "

„Auch mein Gemahl liebte französische Lektüre."

„Gewiss, gewiss, Lektüre allein macht es nicht. Nur ihr innewohnender Geist ... "

„Erlaubt mir zu fragen: Welche Autoren meint Ihr denn?"

„Nun – um nur einen zu nennen: diesen Monsieur Rousseau."

„Ach, Rousseau. Ein außerordentlicher Mann. Ich kenne seine Schriften, er bringt neue, umwerfende Gedanken unter die Menschen. Sich mit ihnen zu befassen hätte mein Gemahl brennend gern getan."

„Ich bin erstaunt, Frau Kammerrätin. Ihr spaßt!"

„Keineswegs spaße ich, mein lieber Pastor."

„So. – Dann pardon. Doch jene Leute, mit denen der Preußenkönig charmiert ... "

„Friedrich von Preußen ist kürzlich gestorben, las ich in der Journale." Sie legte ihre Hand auf die seine und blickte ihn an, halb belustigt, halb tiefernst: „Seid mir einmal ganz ehrlich, Crügerchen. Wollt Ihr den Brüdgam demissionieren?"

Er sah stumm auf ihre Hand und antwortete nicht.

„Hätte ich die Wahl", fuhr sie fort, „zwischen zwei Übeln mich zu entscheiden, würde ich immer das geringere wählen. Einen Schulmeister haben oder keinen, das ist doch wohl die Wahl."

„Wenn sich Brüdgam aber, wie mir scheint, als Freigeist entpuppt ... "

Es war Sophies Art, ihren Gesprächspartnern einfach ins Wort zu fallen. So auch jetzt wieder. „Was sagt denn der weise Gamaliel in der Acta der Heiligen Apostel? ‚Ist der Rat oder das Werk aus den Menschen, so wird es untergehn. Ist's aber aus Gott, so könnet ihr's nicht dämpfen.' Ist es etwa nicht so?" Lächelnd lauerte sie auf seine Entgegnung.

Dass ihn sein Schulmeister in geradezu sophistischer Weise in die Enge trieb, kränkte ihn. Leider bewies Bertram Ludwig sich nicht als gewiefter Schlachtenkämpfer. Dass nun aber auch die Madame Giese auf dieser Linie marschierte, stimmte ihn traurig. Was sollte er sagen. Er griff darum noch einmal zurück: Nein, zu demissionieren hatte er nicht die Absicht. Zudem, der Kontrakt war von der Herrschaft unterschrieben worden und nicht von ihm. Doch die Schulaufsicht oblag ihm, dem Pfarrer. Und darum hatte er sich um den Geist auch des Schulhauses zu kümmern. Verstand sie das denn nicht?

Bei diesen mit Pastor Crüger geführten Gesprächen war Sophie in zunehmendem Maße aufgefallen, wie schlecht doch der Pastor aussah, wie er einem recht wechselhaften Gesundheitszustand unterlag. Sie befragte sich bei der Pfarrfrau, und Hedwig bekannte ihr gegenüber unverhohlen ihre eigene Sorge. „Seine ihn oft überfallende Müdigkeit. Sie erschreckt mich immer aufs Neue. Als ich ihn kennen lernte, wollte er die Sterne vom Himmel holen. Aber heute? Schon die leiseste Erkältung schlägt ihn nieder."

Sophie wandte sich in einem Sofortschreiben an den Landphysikus Moritz von Willich mit der Bitte, *so er die Insel demnächst aufsuche, auch die gesundheitliche constitution des Pastors Crüger zu befinden.* Von Willich kam bald, und weil er stets der Herrschaft seine Aufwartung machte, nahm Sophie seinen Besuch zum Anlass, hierüber mit ihm zu sprechen.

„Ich bin verwundert über Eure Methode, durch simple Kaltwassergüsse das Wohlbefinden Geschwächter zu heben. Allerorts spricht man darüber, teils unter Ablehnung, teils unter Verspottung. Kümmert Euch das nicht? Als mein Gemahl noch lebte, redete man darüber mit großen Vorbehalten. Ihr, lieber Doktor, vertretet diese Methode wohl als Einziger im Land. Ihr werdet Eure Gründe haben. Sagt mir an, ob es ratsam ist, auch unseren Pastor unter diese Prozedur zu stellen."

Von Willich erklärte, dass es sich bei seinen Wassergüssen keineswegs um simples Begießen handle, vielmehr um energetische und in ihrer Wirkung nicht zu unterschätzende Angriffe auf Arterien- und Venendurchflutung, die allerdings nicht bei jedem beliebigen Patienten angewendet werden dürften.

„Was nun Euren Pastor anbetrifft, dessen Konstitution mir bekannt ist – hier liegt eine innere Schwächung vor. Eine Wasserstrahlbehandlung würde sich in seinem Fall gefährdend auswirken. Ich schlage daher vor, sollte sich der Allgemeinzustand verschlechtern, Hundebluttrinkkuren zu verabreichen. Diese ist allerdings höchst kostenaufwendig, zumal", fügte er lächelnd hinzu, „der auf dem Hof wachende Hund wohl der Einzige wäre, der auf der Insel zur Verfügung steht."

Von Willich aber nützte die Gelegenheit seines Besuches, auch das anzubringen, was ihm selber auf dem Herzen lag:

„Ich fühle mich zwar noch nicht alt, chère Madame, doch das Übermaß an Aufgaben, die weiten Wegstrecken, dazu meine Forschung, und die Vielzahl meiner Assistenten, das zusammengenommen nagt allmählich an meinen Kräften. Ich wünschte mir, Eure Insel gehörte nicht zu meinem Beritt. Händeringend suche ich jemanden, der sich hier niederlassen möchte, aber da liegt der Knüppel beim Hunde, auf Eurer Insel würde jeder Medikus verhungern, weil ihn niemand bezahlen wird. Eure Güte allein reicht nicht aus, eines Studierten Leben zu erhalten, hochwohlliebe Frau Kammerrätin. Andererseits – wie sag ich's – es ist und bleibt eine Zumutung, dauernd einen Doktor von Rügen herüberzuholen, zumal wintertags. Meist kommt er zu spät, ist zwei Tage unterwegs ... "

Er unterbrach sich selbst, als er merkte, wie Sophie erblasste.

„Eine Zumutung? Doktor! Ich bin konsterniert. Darf ich Euch fragen, was Eurer Heiliger Hippokrates zu dieser Eurer Äußerung sagen würde?"

„Ich ... "

„Bitte nichts dagegen sagen. Aber ich verstehe Euch nicht. Ist nicht jeder Mensch, gleichwohl wo und wie er lebt, Gottes Schöpfung? Und da redet Ihr von Zumutung!"

„Zugegeben, dieser Ausdruck ... " Er hob, Wichtiges zu sagen, den Finger: „Gottes Schöpfung – das weiß ich auch. Ich betone dagegen noch einmal: Eure Insel braucht einen Arzt, einen, der nicht erst von Rügen oder vom Südpol herbeigeschafft werden muss. Das, Frau Kammerrätin, meinte ich."

„Dann sorgt Ihr doch dafür. Ihr kennt Eurer Collegium am besten. Fragt doch herum. Wen ihr uns empfehlt, soll uns nur willkommen sein. An den Bau eines Arzthauses würde ich denken. Aber Geburtshilfe muss er leisten können, exakt. Ihr selber wisst genau, wie es darin bei uns bestellt ist. Und – Ihr erspart Euch die Wege wegen der Totenscheine."

Neben all dem, was die Insel Schweres zu bedenken aufgab, stand Sophie aber auch Erfreuliches ins Haus. Nun Gustav von Hagemeister offiziell um Amoena Elisabeths Hand angehalten hatte, gedachte sie ein Fest zu feiern, von dem sie sagte, es würde das letzte dieser Art in ihrem Hause sein.

Der 22. September brachte diesen Tag. Im Hause wimmelte es von Gästen, und Sophie schwebte, alles Festliche zu arrangieren, durch die Räume wie eh und je. Sie, die reife, lebensweise Frau, in deren Antlitz trotz ihres Gealtertseins noch immer ein wunderbares Tüpfelchen Charme und Anmut leuchtete. Schmal war ihr Gesicht geworden, dunkel und groß blickten die Augen daraus hervor. Doch ihre Gestalt bestach in fraulicher Würde.

An jenem Tag ging ein lebhaftes Treiben durchs Haus. Hier der Klang kristallner Gläser, dort der Schall heiteren Lachens. Hier der Glanz vielkerziger Leuchter, dort der stille Austausch über französische Poeten oder Lessings Dramatik, wie auch über die fundamentale Sprachbildung eines Herrn Klopstock. Prognosen wurden laut über den Fortgang Preußens nach dem Tod Friedrichs in Sanssouci, doch achtete Sophie dessen schöngeistige Haltung mehr als seine politischen Unberechenbarkeiten.

Amoena Elisabeth war glücklich und wurde ein um das andere Mal von ihren Bewunderern in die Arme genommen. Ihr, der jüngsten Giesetochter, galten die allerbesten Wünsche. Die Hochzeit, so wurde festgelegt, sollte im nächsten Jahr, in Clausdorf dann, gefeiert werden.

War diese nun die letzte große Familienbegegnung im Giese'schen Herrenhaus auf der Insel Hiddensee? Sophie meinte es wohl. Bald darauf ließ sie in ihren Briefen an Freunde und Bekannte durchblicken, sie fühle sich alt geworden und sehne sich von Herzensgrund danach, ihr liebes Inselgut möge endlich Interessenten finden, es in Besitz zu nehmen. Sie wolle es nun wirklich nicht mehr tragen.

1787

Im Wohnhaus der Fährinsel hatten sie die Fenster verhängt, denn der alte Fährmann Johann Tode wollte nicht mehr leben. Bald nach Jahresbeginn, als das Eis schwer ging, hatte er eine Tour machen müssen, die ihm die letzten Kräfte abgefordert hatte. Hätte ihm der Postträger nicht den Peekhaken aus der Hand genommen, sie würden das Land nicht mehr erreicht haben.

Johann Tode war mitten in seiner Arbeit zusammengebrochen wie ein Karrengaul in den Sielen. Zu Hause spuckte er Blut, legte sich nieder und stand nicht mehr auf. Nun lag sein ausgemergelter Leib in den Kissen, der Atem pfiff und blutleer standen die Lippen wie dünne Striche in dem eingefallenen, zahnlosen Mund, und aus den Augen starrte die Angst, wie nur der Tod sie zeichnet. Die Frau, die an seinem Lager wachte, klagte mit ihrem immer wiederkehrenden „Achott, wat soll aus mich nu werden".

Johann Tode hatte den Pastor rufen lassen, er solle ihm die Vergebung der Sünden zusprechen. Crüger erkannte, dass es zu spät war, dem Sterbenden in Brot und Wein das Heilige Sakrament zu reichen. Er beugte sich über ihn und fragte:

„Johann Tode, hörst du mich?" Tode nickte schwach.

„Willst du deinem Herrgott noch was anvertrauen?" Wieder nickte er.

„Sag es mir."

Crüger blickte dem Alten auf die Lippen, und flüsternd kam es: „Hol öwer, Gott, hol mi öwer."

Crüger sah ihn an, und ein Schatten des Unmuts überflog seine Stirn: „Aber Tode! Ist das alles?"

Der nickte nur schwach und wiederholte: „Hol mi öwer, dat Eis geht hart."

Tode hatte sein Fährboot aus der Hand gegeben, nun rief er selber nach dem Fährmann, ihn zum anderen Ufer zu bringen. Noch zur gleichen Stunde hatte Gott der Herr ihn übergesetzt, still und ohne Aufsehen, wie er es gewollt hatte.

Pastor Crüger predigte über das Wort aus dem 90. Psalm: *Kommt wieder, Menschenkinder.* Darin pries er den Herrn als jenen treuen Fährmann, der alle seine Menschenkinder auf seinen liebenden Armen, einem sicheren Fährkahn gleich, an das Ufer der Ewigkeit trägt, und krönte das Leben des alten Tode mit guten Worten.

Sophie übertrug die Pacht des Fährgewerkes mit allen Anwesen auf den Sohn Peter. Dieser war ohne Einwände bereit, den Kontrakt in gleicher Weise zu übernehmen, wie der Vater ihn vor mehr als dreißig Jahren angenommen hatte. Zum Zeichen seines Einverständnisses drückte er drei harte Kreuze aufs Papier. Beide Vertragsparteien waren zufrieden. Es hatte nur einer Namensänderung bedurft.

Wenige Tage nach dem Begräbnis breitete sich eine dicke Schneedecke über die Insel. Der Januar hatte sich in winterliche Pracht gehüllt. Da verging den Kindern die Lust an der Schule. Schneeballern und Schlitterbahn begeisterten mehr als Brüdgams Stock und das ewige Kritzeln von Zahlen und Buchstaben.

Mit den Kindern blieb das magere Schulgeld aus, und auch an versprochenen Naturalien haperte es. Gewiss, der Hof hatte Holz und Torf angeliefert. Gewiss, der Ofen konnte gefüllt werden, aber nicht der Bauch. Sollte er sich etwa den Torf in den Rachen stecken und darauf herumkauen, bis er stumpfe Zähne kriegt? Blössing versagte ihm neuerdings den erbetenen Vorschuss, die Händler stellten auch nichts mehr in Kreide. Sollte er bei Wintherson schnurren gehen hinter dem Rücken der Herrschaft? Ein einziges Mal hatte er sich an den Pastortisch herangebettelt, doch bei den während der Mahlzeit hervorbrechenden Auseinandersetzungen hatte ihnen beiden das Essen nicht geschmeckt. Satt war er geworden, aber zum Kotzen satt.

„Verfluchte Insel“, notterte er vor sich hin. „Ich bin kein Perpetuum mobile, das aus nichts leben kann. Ich verlange mein täglich Brot.“

Er wandte sich an die Herrschaft. Thuro Joachim pochte auf den Vertrag, nach dem das Einholen des Schulgeldes des

Schullehrers eigene Sache wäre, sagte bei allem nur, was Brüdgam schon eh und je zu hören bekommen hatte: „Die Leute haben Bringepflicht. Macht es ihnen deutlich!" Thuro schob sich alles Missliche vom Hals.

„Wenn sie 's aber nicht bringen? Soll ich etwa mit der Mütz rumschechtern wie ein Jud?" Brüdgam kämpfte aber wie gegen Windmühlenflügel. Was zu Beginn seiner Tätigkeit im Kontrakt wohl anständig geklungen hatte, das erwies sich nun als dunkler, nicht tragfähiger Boden. Wie, fragte er sich verzweifelt, wie sollte hier ein Schulmeister, vielleicht noch mit Frau und Kind, sein Leben auskommend fristen können? Ein Krug geht nur so lange zu Wasser, bis er bricht.

Dann kam ein Sonntag, der Schnee taute auf und es regnete leise vor sich hin. Die Welt war nass und niemanden gelüstete es sonderlich hinauszugehen. Nur wenige hatten sich zur Kirche aufgemacht. Die meisten waren vom nahegelegenen Hof gekommen, vereinzelt aus der Vitte und aus Grieben. Nach langer Zeit saß neben seiner Mutter im Herrschaftsgestühl Thuro Joachim Giese, vorn im Altarraum, an der Seite des schwebenden Taufengels. Pastor Crügers Predigt riss, wie leider sehr oft, niemanden aus dem Schlaf. Crüger meinte es sicher gut, aber er predigte zu lange, seine Stimme schwamm ohne Farbe dahin, lebendiges Feuer fehlte ihr, und Sonntag für Sonntag wiederholte er sich in eingefahrenen Formulierungen. Er mahnte, er flehte, er forderte und betete am Ende für die Kranken in der Gemeinde, für die Herrschaft und für den schwedischen König.

Brüdgam hatte seinen Platz neben dem Altar, von wo aus er die Choräle anstimmte, den schleppenden Gesang kreischender Frauenstimmen. Er dämmerte vor sich hin. Er dachte wohl manchmal, wer viel Worte machen muss, hat wenig zu sagen, doch sprach er es nicht aus. Er tat seinen Dienst als Küster, und die Pfarre bezahlte ihn dafür.

Für den Nachmittag hatte er sich vorgenommen, die Süder wegen des ausstehenden Schulgeldes aufzusuchen. Er musste Ordnung in diese Angelegenheit bringen. Zu nichts

Besserem war dieser trübe Tag ja geeignet. So lieh er sich vom Hof den Einspänner, nahm die Zügel und ließ das Rösslein traben. Der Weg führte entlang der sandigen, ausgefahrenen Spuren durch die Vitte, durch die Heide, Neuendorf und Plogshagen entgegen. An durchschlagende Erfolge glaubte er nicht, Wunder würden sich auch heute nicht ereignen.

Als die ersten Häuser der Süddörfer vor ihm lagen, frei auf der Insel, ohne Gärten, ohne Zäune, zügelte er das Pferd zu ruhigem Schritt. Noch einmal sagte er sich die Namen vor, bei denen er einzukehren gedachte. Dann begann sein Bettelgang.

Der Erste, bei dem er anklopfte, war Jean Beyers. Gretchen würde nach ihrer Konfirmation zu Palmarum die Schule verlassen, aber noch standen vierzehn Monate versäumten Unterrichts und damit das Schulgeld aus. Schlimmer noch stand es mit der Schwester Maria Helene, wegen ihres Augenfehlers die Plierige genannt, die kein sonderlich angenehmes Kind war. Lene war bei ihm gemeldet und daher war für sie zu zahlen, auch wenn sie nie erschienen war, nicht einen einzigen Tag. Brüdgam forderte, drohte, redet sich den Mund fusslig, doch Jean Beyers schüttelte nur den Kopf: „Wat soll die Frauenzimmers lesen und schreiben. Schul für die Mächens brauchen wir nich."

Dem Einlieger Schlieker rechnete Brüdgam an den Fingern vor, was dieser ihm schulde. Doch der kam von der andern Seite und erzählte ihm, was er spare, wenn seine drei Gören nicht ... Er brauche sie bei sich und der Schullehrer soll sich von der Herrschaft bezahlen lassen. „Wat de Schul is, geht mich nischt an", war sein letztes Wort. Als Willem Möller ihm die Tür vor der Nase zuschlug, wusste Brüdgam endgültig, dass, wo Taubheit herrscht, alles Anklopfen umsonst sei. Denn er erhielt eine Abfuhr nach der anderen. Schließlich war er mit seiner Geduld am Ende. Wie eine Gewitterwolke aufgeladen ging er zu Niemann. Der schmiss ihn kurzerhand raus:

„Geh mich vom Acker, Schullehrer. Alle wollen nur haben, haben, haben. Bringen bringt mich keiner wat!"

Da reichte es ihm. Er sprang auf den Wagen, drosch auf das Pferd ein und jagte in einem Zug nach Kloster hinaus, überließ das schweißnasse Tier dem Pferdeknecht und steuerte schnurstracks auf das Herrenhaus zu. Zorn und Erregung füllten das, was er dem Giese berichtete.

„Euer Hochwohlgeboren haben die Auffassung, das Einziehen des Honorars sei Sache des Schulmeisters. Und ich sage, sie ist es nicht. Wohl weiß ich, eine Glocke läutet nicht, wenn man nicht am Strang zieht. Mein Arm aber ist zu kurz. Ihr sollt ab jetzt wissen, dass ich es müde bin, mich mit Euren Leuten wegen der mir zustehenden Pfennige herumzubalgen. Hiermit löse ich den Kontrakt. Bei allem guten Willen, hier ist mein Bleiben nicht ein Tag länger."

Thuro Giese brauste auf: „Brüdgam! Euer Ton! Hütet Euch! Vertragsbruch nennen wir das, und Vertragsbruch zieht eine Strafe nach sich. Wir vermahnen Euch, Eure Pflicht zu tun, und zwar so lange, bis wir, die Herrschaft, zur Einsicht gelangt sind, eine Änderung sei unumgänglich. Hier habt Ihr Euer Auskommen, anderenfalls sollten ... "

„Auskommen? Ha! Wenn Euer Hochwohlgeboren das Auskommen nennen ... "

„Unterbrecht mich nicht! Wir ... "

„Doch, ich unterbreche! Wo bleibt meine Ehre? Meine Würde? Sie ist perdü! Ihr erhaltet sie mir nicht."

„Ehre! Würde! Wir haben Euch Amt und Brot zu geben. Von Ehre steht nichts geschrieben. Für Eure Ehre sorgt bitte allein!"

„Es ist zu spät, schwimmen zu lernen, wenn einem das Wasser ins Maul steht."

„Spart Eure zynischen Bemerkungen. Ihr habt hier zu bleiben."

„Euer Hochwohlgeboren werden mich nicht halten können. Morgen früh werdet Ihr es schriftlich haben."

Der scharfe, laute Ton dieser Auseinandersetzung drang durchs Haus und rief Sophie Giese herbei. „Was, lieber Schulmeister, was werden wir morgen schriftlich haben?" Eine Antwort fordernd wanderten ihre Augen von einem zum andern.

„Meine Kündigung, Frau Kammerrätin, meinen sofortigen Weggang von dieser Hungerinsel."

„Aber Brüdgam! Ihr macht mir das Herz schwer. Ist etwas vorgefallen? Und wieso Hungerinsel. Meint Ihr es ernst?"

„Hungerinsel, wie sollte ich dieses Land wohl anders bezeichnen, wo ein Schulmeister nicht mehr gilt als eine Fuhre Mist."

„Ich protestiere!", mischte sich Thuro ein. „Das geht zu weit ... "

„Still!", unterbrach Sophie mit einer knappen Handbewegung.

„Wolltet Ihr Euch mir gegenüber deutlicher erklären, lieber Brüdgam? Aber bitte in Ruhe und Besonnenheit, so wie ich es liebe. Des Menschen Zorn tut nicht, was vor Gott recht ist, sagt der Apostel. Kommt mit hinüber in mein Zimmer, setzen wir uns dort zueinander. Und du, lieber Thuro, lass uns bitte allein miteinander reden. Angelika wartet nebenan sicher sehr auf dich, lass deine Braut nicht vereinsamen."

Lächelnd zog sie Brüdgam am Arm in ihr Gemach. Sophie hatte die Fäden wieder in der Hand. Brüdgam aber hütete sich, sich umgarnen zu lassen, Sophie mochte um ihn werben, wie sie wollte. Sein letztes Wort in dieser Angelegenheit blieb bestehen: „Frau Kammerrätin sollen wissen, dass ein Ochs langsam zieht, dafür aber gerade Furchen. So und nicht anders sehe ich mein Leben. Ich gehe."

Als Bertram Ludwig von Brüdgams Absicht erfuhr, meinte er nicht ohne innere Erleichterung, dass man reisende Leute nicht aufhalten soll. Wenige Tage später ließ sich Brüdgam nach Stralsund segeln. Die Schule wurde wieder einmal geschlossen.

DAS war die Zeit, in der Maria Amalia wieder niederkommen sollte. Trübe und lichtlos war der Himmel, trübe und lichtlos auch ihre Kammer. Feuchter Dunst füllte den

Raum, das Bett war zerwühlt, das Stroh tropfnass, denn die Geburt hatte schon kräftig eingesetzt. Bei jeder durchschlagenden Wehe war ihr, als hacke ihr jemand mit einer Axt ins Kreuz. Maria Amalia kämpfte verzweifelt gegen ihre Erschlaffung, bald aber konnte sie nicht mehr durchhalten. Das Kind hätte längst da sein müssen. Noch immer ging es nicht voran. Diesmal hatte sie statt der lahmen Gausche die Thilde Gau gerufen. Die aber stand jetzt nur da, stand und sah hin, wartete und sagte mehrmals: „Dat zweite muss von allein kommen."

Maria Amalia hatte schreckliche Angst. Das erste Kind hatte sie nach sieben Monaten geboren und es hatte nicht leben können. Dieses hatte sie ausgetragen, hatte sich über alle Bewegungen gefreut, wie es hüpfte und sich streckte, und nun wollte es nicht heraus. Als es dann doch endlich austrieb, wurde das Gesichtchen blau, der erste Schrei erstarb, von der gespannten Nabelschnur erwürgt. Maria Amalia brachte ein totes Kind zur Welt.

Wenige Tage zuvor war Hans Schluck von der Seefahrt zurückgekehrt. Als er erfuhr, dass auch dieses Kind nicht lebte, war ihm, als fühle er ein glühendes Messer in seinem Herzen. Wie ein vom Herrn getretener Hund kroch er an Maria Amalias Bett, legte seinen Kopf auf ihre Brust und klagte seinen Schmerz laut aus. „Oh, Mike, segg eins, woans kannst du dat nich? Warum geht dat bei uns nich richtig ab?" Kein Vorwurf klang in seiner Stimme nach, nur große, große Traurigkeit. Maria Amalia fasste seine Hand und strich liebend über sie hin:

„Ick weiß nich, Hanner, an mir liegt dat nich, und an dir auch nich. Wenn ick't könnt, wollt ick dat wohl ännern." Hans Schluck ließ sich streicheln wie ein Kind, still, lange und wohltuend. Irgendwann dabei fragte er und so leise, als schämte er sich seiner Worte:

„Woll'n wir dat – ick meine – noch mal probiern – du und ick?"

Ein rührendes Lächeln strich über ihr blasses Gesicht: „Von mir aus hundertmal – aber erst muss ick auf die Beine sein, verstehst, Hanner? Musst noch warten."

Hans Schluck zahlte die Mathilde Gau aus und schickte ihr die Mahlzeit, die ihr als Wehmutter vertraglich zustand. Danach trug er sein totes Kind, eingehüllt in ein weißes Leinen, in seinen Armen zart gebettet, hinauf nach Kloster auf den Friedhof. In jener Ecke, die sein erstes Kind aufgenommen hatte, grub er ein Loch, drei Spaten tief, zwei Spaten lang, einen Spaten breit, legte es hinein und sah, wie es da lag. Er kniete in den Schnee und verstand nichts mehr. Mit den Händen, damit es den kleinen Körper nicht schmerzte, streute er die erste Erde hinein, bis das Tuch bedeckt war und kein Weiß mehr schimmerte. Dann scharrte er das Loch zu. Zuletzt war nichts mehr zu sehen als ein Häufchen Erde, mit Schnee vermengt.

Spät am Abend kehrte er nach Hause zurück. Er sorgte sich um Maria Amalia in rührender Weise, damit sie wieder zu Kräften kam und blieb bei ihr bis auf die Ostern.

Ostern stand in diesem Jahr sehr früh auf dem Kalender, denn der Frühlingsvollmond fiel schon auf den 22. März. Am Sonntag zuvor feierten sie auf der Insel Palmarum, den Einzug des Herrn in Jerusalem, und in Pommern die Konfirmation. Jungen und Mädchen, die das vierzehnte Lebensjahr vollendet hatten, verließen die Schule, und vom Pastor mit Glauben und Katechismus ausgerüstet und gesegnet, traten sie ein in die Welt der Arbeit.

Niemand erwartete diesen Tag wohl stürmischer als Niklas Jochim, und niemand fürchtete ihn wohl mehr als Anna Schluck. Der Junge aber wusste genau: Hanneronkel hat mir auf der HERMINE eine Heuer verschafft, ich werde Segelknecht. Anna dagegen wusste ebenso genau: Ist der Junge aus dem Haus, findet mein Herz keine Ruhe nicht. Unaufhörlich sann sie darüber nach, wie sie den Jungen doch noch zurückhalten könnte, wenigstens für ein Jahr. Und sie betete auch darum. Aber der Himmel schwieg.

Schwieg er wirklich? Kam ihr nicht plötzlich ein Gedanke in den Sinn, ein Gedanke, der alles Ach und Weh verscheuchte? Sie sprang auf, warf das Tuch um die Schultern und rannte hinauf nach Kloster, überfiel den Pastor mit stürmischen Worten und tippte, um ihrem Anliegen Nachdruck zu geben, aufgeregt mit dem Finger auf den Tisch:

»... und nu kiek eins nach, Paster, in dat Register muss dat stehen. Ick hab an alle meine Finger abgezählt, her und hin und up und dal, und die lahme Gausche rechnet dat auch so aus. Er is noch gar nich vierzehn, und wecker noch nich vierzehn is, der dürf nich auf See. Kiek eins nach, dreizehnter Juni. Und heut is erst März."

Sollte hier wirklich ein Irrtum vorliegen? Doch ein Blick in das Register der Getauften sagte die Wahrheit. Wie kam das nur? Warum hatte er das vorher nicht bedacht? Mit großer Peinlichkeit gestand er, dass es wahr sei und Niklas Jochim noch nicht auf See dürfe. Darauf sagte Anna nur „Dat is Gottes Will, Paster", drehte sich auf der Stelle um und ging nach Hause. So, nun hatte sie das Tauende wieder fest in der Hand, mit dem sie den Jungen band.

Seine Konfirmation erhielt Niklas Jochim wohl, zusammen mit Gretchen Beyers stand er am Altar. Er empfing den Segen für sein künftiges Leben, aber seine Freude war dahin. Tränen in den Augen wich er jedem aus, der ihn trösten wollte, ja er schlug um sich, als die Jungen ihn neckten. Mit der Mutter redete er kein Wort. Er streunte an seiner Polte umher. Als Gretchen kam und etwas sagen wollte, kriegte sie einen Tritt: „Hau ab, du Zicke, und lass mich zufrieden."

Gegen das ganze Dorf richtete er seine Faust und fauchte: „Sollt sehen, ihr Morslöcher! Nächstet Jahr! Wenn dat Vadder Stoffer wüsst, der würd euch wat lüchten."

Hanner Schluck war durch diese dumme Geschichte verständlicherweise verärgert. Hatte er doch lange und nur mit großer Überredungskunst bei Schiffer Fredrichs für den Jungen auf der HERMINE eine Heuer herausgeschlagen, befristet, ohne Bezahlung, und Brot nur gegen Arbeit. Und das alles auch nur, weil er Stoffers Sohn war.

Auch Jochen Höbner geriet ins Dümpeln. Er hätte den Jungen in Schaprode auf einem Schiff verhökern können. Eins wie das andere fiel nun ins Wasser. Gesetz ist Gesetz. Was Höbner für ihn nur tun konnte: ihn zu sich in die

Garnkommüne zu nehmen, nur als Bammelbeian, um nichts mehr. Das musste er vor den andern versichern. Denn mit einem Hosenschieter von noch nicht vierzehn Jahren wollte keiner was zu tun haben. Und nur, weil er Stoffers Sohn war, gaben sie nach. Doch er hieß bei ihnen in der Garnpartie nur *dat lütte Beiboot*.

THURO Joachim Giese hatte sich dazu durchgerungen, Hiddensee in regelmäßigen Abständen aufzusuchen, um die Mutter zu entlasten. Brennendes Interesse daran bewies er allerdings nicht. All die Quängeleien der Bewohner, die Formalitäten, all das Lächerliche, das war nichts für ihn. Aber er kümmerte sich, weil er es ihr versprochen hatte. Beharrlichkeit zeigte er jedoch dort, wo ihm ein Geschäft ins Auge fiel. Da waren beispielsweise Moses Israel mit seiner Pachtzahlung für das Bernsteingewinnen, oder der Verkauf der restlichen Granitsteine an die Stadt. Hier wanderte manch guter Eintrag in die Kassenbücher. Zu allem anderen aber ließ er sich drängen.

„Ich will dir ja auch zur Seite stehen, mein Junge", sagte Sophie.

„Nein, noch mehr, ich möchte, dass künftig dein Name unter allen Papieren zu lesen ist an meiner Statt. Das soll so bleiben, bis jemand uns die Insel abkauft. Möchte es bald sein." Und sie fügte resigniert hinzu: „Auf unsere Annonce hat sich ja bis dato kein Einziger gerührt."

Mit dieser Bemerkung hatte die Mutter ihm offiziell die Vollmacht erteilt, und er durfte sich nun als Grundherr von Hiddensee betrachten. Das streichelte seine Seele. Maßgeblich also soll hinfort sein Name gesetzt sein unter Bilanzen, Protokolle, Gesetze. Er warf die Lippen in geheimem Stolz, als er zum ersten Mal ein offizielles Schriftstück statt mit seinem bürgerlichen Namen Thuro Joachim unterzeichnen konnte mit *Joachim Thuro von Giese, Herrschaft des Guths Hiddensee.* Das war ihm wichtig.

Sophie las es mit seltsamem Verwundern. Fast hätte sie gesagt, dass es sie schmerze. Was sie jedoch mehr schmerzte als die Art ihres Sohnes, war die zunehmende Klage der Pfarrfrau über den miserablen Zustand des Wohnhauses. „Abgesehen vom Dach sind es die Öfen, die Öfen. Die sind zerfallen, einer wie der andere, und fressen mehr Torf, als wir zum Verheizen haben."

„Ich werde es meinem Sohn ans Herz legen", versicherte Sophie und war überzeugt, dass er sich kümmern würde. In einem Brief an Thuro bat sie ihn dringlich, sich bei seinem fälligen Besuch unbedingt für einen Gang ins Pfarrhaus Zeit zu nehmen. Sie riet ihm auch an, den einst mit der Pfarre geschlossenen Kontrakt durchzusehen und ihn zugunsten der Pfarre zu verbessern.

Als Thuro Anfang des Monats auf die Insel kam und das Gespräch auf diese Sache brachte, meinte sie: „Es wäre außerdem ein kluger Vorschlag, wenn du von dir aus – und zwar jetzt gleich – das Pfarrdeputat erhöhtest, bevor ein neuer Besitzer, den wir ja noch nicht kennen, es tut."

Thuro lächelte, als er die Mutter in solch weiser Art argumentieren hörte. „Ihr seid mir ja eine heimliche Schnipp-schnapp-Politikerin, Mutter. So kenne ich Euch gar nicht."

„Du irrst, mein Sohn", erwiderte sie. „Ich tue nie etwas um der Optik willen. Ich habe mich vor widerlichem Spekulieren stets verwahrt. Doch schadet es uns nicht, wenn unser ohnehin geschwächtes Ansehen irgendwo noch in gutem Licht erscheint. Nein, es geht mir um die lieben Pastors. Er, Crüger, leidet sehr unter seiner angeschlagenen Gesundheit. Er braucht, ich weiß es von Hedwig, eine warme Stube. Gib ihm reichlich Torf, er braucht ihn dringend. Du wirst es in meinem Sinne machen, ich überlasse es dir."

Thuro studierte daraufhin die Vereinbarungen, die zwischen der Herrschaft und Magister Crüger anno 1777 getroffen worden waren. Bei dieser Durchsicht drängten sich ihm manche Fragen auf. Was meinte Mutter, wenn sie sagt, den Vertrag zugunsten der Pfarre zu verbessern. Hausreparationen? Das Dach? Die Öfen? Alles zugleich ist doch zu üppig. Mehr Torf, ja, das dürfte gehen, das fiele in die Augen. Die Kosten müssten durch Mehreinnahmen zu decken sein. Mehreinnahmen? Ei, sieh da, die Wiesen und Äcker bei Plogshagen, die scheinen mir mit Pfarrpacht unterbilanziert zu sein. Nicht sechzig, sondern siebzig müssten gezahlt werden, dafür gäbe es dann den Torf.

Mit solchen berechnenden Absichten ging Thuro zum Pfarrhaus hinüber. Gebeugt über das Vertragspapier erklärte Thuro mit Wohlwollen bezeugenden Worten, dass alles so bestehen bliebe, wie es vormals mit dem seligen Herrn Vater kontraktiert worden sei. Dass es ihm als Grundherrn aber sehr am Herzen läge, seinen Pastor mit einer warmen Stube zu erfreuen. Er setze darum statt der fünftausend Stücke Torf besser sechstausend an, getrocknet und angefahren natürlich, wie es der Pfarre zustehe. Der Hof zahle auch die vier Reichstaler für die Abschaffung der Schweine weiter, auch die beiden Kühe würden geführt und geweidet werden, und Wintherson würde er anweisen, vom Darß rechtzeitig getrocknetes Holz anzufahren. Lediglich erhöhe sich die Pacht der im Süden liegenden Äcker und Weiden um ein Geringes, gerade zehn Taler jährlich, also von sechzig auf siebzig, und diese möchten bitte bis Michaelis, per 29. September also, entrichtet werden, *anno curantis,* also bereits in diesem Jahr. „Ich denke, lieber Pastor“, schloss er das Gespräch, „das ist ein guter Vorschlag.“

Bertram Ludwig Crüger wurde blass. Tausend Stücke Torf geben, zehn Taler fordern! Das ist keine reale Rechnung. Er hatte das Gefühl, erst in Parfüm, dann in Jauche gebadet worden zu sein. Ihm zitterte die Hand, als er zur Feder griff. Sollte er das unterschreiben? Was hätte sein Vater getan?

Bertram Ludwig war keine Kämpfernatur. Als er sah, wie Thuro auf seine Unterschrift lauterte, stieß er mit der Feder so heftig in das Fass, dass es auf dem Glasboden knirschte. Mit unwilligem Ruck setzte er seinen Namen unter den Vertrag, kurz und bündig:

B. L. Crüger. Thuro zog, als das geschehen war, mit großmütiger Gebärde den Bogen zu sich herüber und schrieb links neben Crügers Namen: *am 4. Juni 1787 J. T. v Giese.*

Nach diesem wie immer nur kurze Zeit währenden Aufenthalt segelte Schomaker den jungen Giese mit seiner Anverlobten Angelika Bahls auf der Hofjacht in die Stadt zurück. Thuro hatte seit Kurzem eine feste, wenn auch nicht überragende Stellung übertragen bekommen, als Drittplatzierter die Prokura beim Grossisten Bahls, seinem künftigen Schwiegervater. Obwohl er sich, was ihn in den Augen angesehener Leute erhob, in die Rubriken des ländlichen Adels rangiert hatte, war sein Herz doch bei einer Bürgerlichen hängen geblieben. Die Wahl dürfte ihm dabei insofern nicht schwer gefallen sein, als Angelika, die einzige Tochter eines begüterten Kaufmanns, sich durch auffallende Schönheit auszeichnete und wohl auch die Gabe hatte, so reizend zu kokettieren, dass Thuro sein Herz zu bald auf sie werfen musste. Und Angelika sah in ihm, dem Giesesohn, eine gute Partie, er, ein Besitzer und Herr einer Insel, eines Gutes, vielen Viehs und großer Leutschaft, dazu eine eigene Jacht und, was nach außen hin noch immer viel bedeutete, Träger eines über die Stadt hinaus hoch angesehenen Namens.

Zu dieser Verbindung trug der alte Witwer Bahls nur zu gern bei. Er wünschte seiner Tochter einen guten Mann, erhoffte er sich doch für sein Altsein eine warme, liebende Umsorgung. So fiel es ihm nicht schwer, dem Giesesohn noch vor der Zeit eine Teilprokura seiner Firma zu übertragen. Dass das Gut Hiddensee nicht eines der ertragreichsten war, war ihm wohl bekannt. Doch dieser junge Mann bestach in seiner Art mehr als alle, die um die Hand seiner Tochter warben. Angelika selbst hielt ihn sogar für einen charakterfesten Menschen. Sie schenkte sich ihm und versprach ihm zeitlebens die Treue.

Arm war Thuro schließlich nicht, wenn auch die Fayencefabrik der Konkurrenz wegen die Arbeit einstellen musste. Von Hiddensee kleckerte es hier und da, Pommer-Escher als Verwalter ehemals Giese'scher Geschäfte stieß dieses und jenes ab, und zusammen mit der Honorierung am Bahls'schen Geschaffe sah er sich durchaus in der Lage, neben ansehnlichem Wohngelass Pferde und Wagen und Hausbedienung zu halten.

Sophie war über Thuros Neigung sehr erfreut und hoffte, von Angelika geliebt zu werden, damit sie, wenn einmal die Kräfte versagen, in der Notdurft des Alters Hilfe fände.

Als mit Beginn des Dezembers der erste Frost über die Insel fuhr und für alle wieder die böse Zeit begann, drückten auch Sophie einsame Stunden. Von ihren Kindern hörte sie nur dann und wann durch einen Brief. Manche Abende, wenn es so passte, verbrachte sie mit Pastors und Marie Wintherson bei Dominospiel oder stillen Gesprächen. Oder sie beantwortete die Briefe ihrer Kinder, wobei sie sich in letzter Zeit angewöhnt hatte, diese zu beenden mit den *Grüßen von Eurer alten Mutter.* Sophies Leben hatte eine neue Form gefunden.

Der letzte Tag des Jahres 1787 trug ihr eine unerwartete Freude ins Haus. Maria Amalia und Hans Schluck wollten ihrer verehrten Herrschaft ein gutes Neujahr wünschen. Die beiden kamen nicht mit leeren Händen. Hans Schluck hatte für sie eine hübsche, bronzene Gravurdose aus der Normandie mitgebracht, die er nun mit linkischer, aber so strahlender Herzlichkeit überreichte, die Sophie tief ins Herz rührte. Wie sollte sie ihm ihren Dank sagen. Sie fasste Maria Amalia beim Kopf, zog sie an sich und drückte ihr einen langen Kuss mitten auf die Stirn. „Gib ihn weiter, Kind, er gehört dir nur zur Hälfte."

Den Abend über blieben sie im Hause der Herrschaft, bis im Nebenraum die Uhr zwölf silberne Schläge in die Stille warf und bald darauf der Ton der Glocke vom Friedhof herüberschwang. Sie läutete das neue Jahr ein. Sophie leitete ihre Gäste zur Tür. Draußen strahlte ein Winterhimmel wie ein königliches Diadem, ein beständiger Ostwind blies steinerne Kälte übers Land. Sophie trat an das Fenster und behauchte die Scheibe, um nach dem Thermometer zu sehen, das sie seit Kurzem draußen hängen hatte.

Dieses Thermometer, eine schwarz gelackte Holztafel mit weißen Gradstrichen, Ziffern und Glasröhrchen zeigte in geschmeidiger Goldschrift den Namen des französischen Physikers Réaumur. Zum Schutz gegen Regennässe steckte es in einem kupfernen Behältnis. Es zeigte einundzwanzig Grade Kälte nach Réaumur an.

※

ÜBER Nacht hatte der Ostwind eisige Landluft herangeweht. Am Morgen verriet der Quecksilberstreifen fast 30 Grad unter Null. Bei solcher Kälte ging niemand hinaus, der es nicht lebensnotwendig tun musste. Die Alten verließen die Betten nicht mehr, Kinder und Frauen pinkelten in alte Pötte und kippten das kurzerhand vor die Tür. Die Männer, dick verpackt in wollene Hüllen, stapften übers Eis zu den Fischlöchern mit Hacken, Schnüren und fragwürdigen Ködern und brachten ein paar Mahlzeiten zusammen, denn wo das Brot aufgegessen und kein Mehl mehr im Haus war, blieb Fisch die einzige Nahrung.

Stockenten und Blässhühner hatten ihre Wasserlöcher verlassen müssen und sind auf freier Fläche umgekommen. Der Fuchs kam und holte sie sich. Die Plogshagener sagten, sie hätten ein Rudel Schwarzwild von Barhöft her übers Eis tippeln sehen. Es war jedenfalls ein harter Winter, wie man ihn selten kennenlernte. Jean Beyers Frau Magdalene, die Woltersch, bekam den Husten, sie erbrach Blut und stand nicht mehr auf. Es ging so schnell mit ihr, dass einen Arzt zu holen nicht nötig war. Gretchen und Lenchen standen bei ihr, als sie starb. Ihre Leiche gefror stocksteif auf dem Wagen, als der Mann sie zum Friedhof brachte.

Sophie schrie mehrmals nach einem Arzt für ihre Kranken. Von Willich schickte zweimal einen Assistenten, der aber gab auf, und nach ihm kam niemand mehr herüber.

Hans Schluck, gesund und stark, hielt durch wie der Knopf auf dem Kirchturm. Nachts wärmte er seine Frau, tagsüber dressierte er Niklas Jochim mit Knoten und Spleißen und zwang ihn bei diesem Geschäft aus aller verrückten Seemannsromantik auf den Boden der Wirklichkeit, mit steifen, vor Kälte brennenden, gefühllosen Fingern dickes Tauwerk zu behandeln. „Draußen“, sagte er dann, „wird dich dat nich anners sein. Damit du dich an dat gewöhnen tust. Handschuh ist wat für die Noblen, nich für einen, der auf die Hermine will.“

In diesen eiskalten Tagen kam Jochen Höbner zu Anna Schluck in den Katen und fragte nach dem Jungen. Anna saß, den Rücken zum wärmenden Herd, und spann ihre Wolle. Sie legte die Hände in den Schoß, wischte sich über die Stirn und sah ihn an: „Wenn er nich in der Koje liegt, ströpt er bei Hanner rum. Weißt ja, wat die beiden miteinander haben.“

Jochen Höbner trat zu ihr und legte ihr sacht die Hand auf die Schulter. „Anna, segg eins, bist du noch immer traurig, dat er nach Ostern gehen tut?“ Der gute Mann brachte tiefes Verständnis für diese Frau auf.

„Traurig? Aach, Jochen, dat hab ick mich abgewöhnt. Hanner seggt, wenn dat bei ihm brennen tut“, sie tippte gegen ihr Herz, „kannste nie nich wat gegen machen.“

„Er wird mal einen bannig geschickten Seemann, Anning.“

„Hör auf, ick kann dat nich ab. Dat weißt du.“

„Bist also doch traurig?“

„Ja, bin ick, Jochen, bis in die Zehenspitzen, vom Kopp bis runter.“ Sie stand auf und stellte sich vor ihn hin, dass er sie ansehen musste. „Ick bin ein altes Weib, nich? Kiek mich eins in die Augen. Wie seh ick aus? Wat außen is, dat siehst du – aber wat innen is bei mich, danach fragt ja kein ein. Segg, weswegen kommst?“

Jochen Höbner druckste: „Wir brauchen seine Polte. Ick muss mit ihm reden.“

„Seine Polte? Woans?“

„Zerhacken. Ick muss mit ihm reden.“

„Zerhacken? Gott sei Dank, dann is dat Übel endlich weg. Geh eins rüber, er klart sicher mit Netz und Tampen rum, den oll Schietkram.“

„Brauchst noch wat, Anna?“, fragte er und sah ihr lieb ins blasse Gesicht.

„Brauchen? Nee, brauch ick nich“, lachte sie schwach und

winkte ab. „Gib mir meinen Stoffer wieder. Aber dat kannst du nich.“ Und müde fügte sie hinzu: „Ihr nehmt mir ja meinen Jungen noch obendrein.“

„Anna, Mann, immer datselbe.“

„Ja, immer datselbe, immerzu, immerzu. Aber nu geh man, Jochen. Bist doch ’n guter Mann.“

Jochen blickte sie einen Augenblick an wie ein treuer Hund seinen Herrn. Dann drehte er sich um und ging hinaus, hin zu Hanners Haus. Hanner war gerade dabei, dem Jungen den vierkardeeligen Augspleiß zu verklaren, als Jochen Höbner eintrat und sagte, was anlag.

„Bei zwei aus der Kommün is’t Holz ausgegangen. Kommüneeigentum is Kommüneeigentum. Ick hab dat damals nur gut gemeint, aber du musst die Polte zurückgeben. Die Leute verlangen ihr Recht. Sie zersägen den Kahn. Sie sind schon dabei. Dat Holz geht in sechs Teile. Weil du offiziell nich zur Partie zählen tust, kriegst du nischt ab, kannst aber mein Teil haben.“

Jochen Höbner sagte das alles wohl in sehr ruhigem Ton, doch klang eine bitterharte Unabwendbarkeit durch, die Niklas Jochim wie ein Hammer traf. Seine Polte zersägen? Sie sind schon dabei? Ihm war das Blut aus dem Gesicht gewichen: „Dat – dat geht nich, dat is gemein! Dat is mein Schipp.“

Er hatte in der Tat nasse Augen. Jochen Höbner merkte, wie es den Jungen getroffen hatte. „Hast dein Schipp lieb gehabt, wat? Ja, ja, so geht einem dat, wenn man muss wat aufgeben. Ick kenn dat, mein Jung.“

Niklas Jochim versuchte es noch einmal: „Aber dat is doch mein seinen. Wegen Vadder hast du mich dat doch ... “

„Lass man, Nicker“, tröstete Jochen Höbner, „wenn dat Eis weg is, kriegst du deine Heuer und segelst ein großet Schipp. Dann fragst du nich mehr nach dieset olle Wrack.“

„War kein Wrack! War mein Schipp!“, fauchte er und fuhr sich über die mit Tränen bekleckerten Wangen.

„Tja, so is dat Leben, und dat Leben is hart.“ Jochen Höbner hatte es gesagt. Es tat ihm ja selber leid, denn er hatte den Jungen lieb. Er zog die Schultern hoch, sagte adieu und überließ die beiden sich selber und ihrem Takelkram.

Diese Nachricht ging in dem Jungen schwer um. Wer, fragte er sich, wer mag wohl damit angefangen haben? Wer waren die Männer in der Kommüne? Wer hat gegen Jochen Höbner gestimmt? Jan Möller? Vielleicht – oder nee. Der lütte Hein? Nee, der auch nich. Peter Gau, Thildes Mann? Kann ick mich nich denken. Der olle Quasdorp? Ja, der macht sowat, der Stänkerfritz. Der schielige Niemann? Vielleicht – oder nee. Aber Quasdorp. Bestimmt, der konnt mich nie leiden. Quasdorp, dat is so'n ollen Dwarsdriewer, und klauen tut der auch.

Er sagte zu Hanner, was er sich ausgedacht hatte und was er von dieser Geschichte hielt. „Quasdorp, du kennst ihm, diese Messsau. Dem setz ick noch mal'n roten Hahn aufs Dach!"

Hans Schluck, diesen Verdacht hören und reagieren, war eins. Er versetzte dem Jungen einen so heftigen Schlag, dass er in die Ecke taumelte über Tisch und Stuhl hinweg, dass es nur so krachte, und fuhr den am Boden Liegenden an:

„Dat merk dich ein für alle Mal. Der Gedanke is immer der Anfang von deine Tat. Segg so wat nich noch einmal! Bei der Garnkommüne ist ein wie der anner. Bringst du Streit, schmeißen sie dich raus. Denn kannst Seegras fressen gehn, mehr bleibt dich nich. Bewahr dein Maul vor Schimpf und Schand und falschet Gerede!"

Vom ollen Quasdorp wusste man, dass er heimlich ins Schilf ging und Rohr klaute, um es, klein zu klein zerhackt, unter den Kochtopp zu schieben, denn er hatte keinen einzigen Splitter mehr im Haus zum Verbrennen. Die es aber wussten, sagten nichts, denn er war ärmer dran als sie alle. Sein Sohn war blöde und gluckte nur in der Ecke, und die Frau hatte Gicht und lag.

Wie es dann passiert war, hat nie jemand herausgekriegt. Eines Nachts quoll dicker Rauch aus dem Gebälk bei Quasdorps Katen, der Wind blies die Flammen an, trieb sie hoch, und binnen weniger Minuten loderte ein Feuer, aus dem nichts mehr zu retten war. Das knackte, das prasselte, und das Geschrei der Frau holte die Nachbarn aus den Betten. Als Stunden später sich die Sonne durch den eisigen Morgennebel schob, glimmte nur noch ein Haufen zusammengefallener Sparren und Stiele dort, wo noch am Abend zuvor ein Haus gestanden hatte. Wer wollte, ging nun hin, um sich an der Glut wenigstens einmal in diesem Winter durchzuwärmen.

Quasdorp, seine Frau und der Junge hatten nichts als das nackte Leben gerettet. Sophie griff darum in ihre Schränke und reichte ihnen das Notwendigste. Die nahmen es an, flohen über Nacht damit übers Eis und verschwanden, alle drei. Die Schulzen wollten darauf hart vorgehen, denn das Recht stand auf Seiten der Herrschaft, und Quasdorps waren geschworene Untertanen. Sophie aber lehnte es ab, ihnen den Gendarm nachzuschicken. „Ich erwarte nichts von ihnen", sagte sie. „Lasst sie ziehen und seid nicht kleinlich. Sie haben nichts als ihr Leben, Angst und Mittellosigkeit."

Seit dieser Brandnacht hegte Hanner Schluck einen schlimmen Verdacht. Weil er ihn nicht auszusprechen wagte, quälte er sich Tag und Nacht damit herum. Da befahl er eines Abends Niklas Jochim zu sich ins Haus, packte ihn grob an den Armen, presste ihn gegen die Wand und sah ihm scharf in die Augen. Seine Stimme hatte jeden Klang verloren, sein Kinn bebte und in seinen Augen brannte unheimliches Feuer, als er hervorstieß: „Segg mich eins, Bengel ... ohne Ausweichen ... dat Feuer ... Quasdorp ... neulich Nacht ... hast du? ... Du hast wat vom roten Hahn gesagt. Wat hast du getan?"

Niklas Jochim traute seinen Ohren nicht. „Wat seggst du? Ick soll ... ? Lass mich eins los!" Hanner hatte den Jungen mit eisernem Griff fest in seinen Pranken und schüttelte ihn nach Strich und Faden durch: „Segg die Wahrheit, sonst brech ick dich alle Knochen!"

„Lass mich los, Hanner, lass mich los", drohte der Junge. Und dann, mit einem kräftigen Ruck, machte er sich frei und holte, ehe Hans Schluck es sich versah, mit der Rechten aus und donnerte ihm seine Faust mit solcher Gewalt ins Gesicht, dass der zurücktaumelte und sich die Fresse hielt.

Niklas Jochim, der vierzehnjährige Rüpel, hatte seinen alten Freund und Taufgevatter geschlagen!

Hans Schluck richtete sich auf, befühlte seine Zähne und schmeckte Blut auf den Lippen. Was seine Augen sprachen, hätte einen bissigen Köter in die Flucht getrieben. Doch noch ehe er etwas sagen konnte, schrie Niklas Jochim ihn an: „Seggst du nochmal sowat Böses über mich, schlag ick dich dot!“

Das musste noch gesagt werden. Gleich darauf folgte sein Zusammenbruch. Er stolperte rückwärts in eine Ecke, hockte sich auf den Boden, schlug die Hände vors Gesicht und heulte laut vor Reue und Scham. Das klang so jammervoll, dass es Hanner mitleidsvoll durchs Herz stieß, hatte er doch in Sekundenschnelle begriffen, dass sein schlimmer Verdacht unberechtigt gewesen war. Er wollte, er musste Abbitte tun. Er ging zu ihm, riss ihm die Hände vom Gesicht, zog ihn hoch und drückte seinen Kopf an seine Wange. Und Niklas Jochim ließ es sich willenlos gefallen.

Hanner streichelte ihm die Backe und flüsterte: „Vergib mich dat, Nikker, ja? Bist doch ein anständiger Kerl.“

„Dat hättst du nich dürfen sagen, Hanner“, würgte der Junge hervor. „Allet kannst du mich sagen, aber so wat, nee!“

„Ich dacht doch nur, weil ... O Manning, manning, wat macht dat verdammichte Misstrauen aus einem ordentlichen Menschen.“

„Is wieder gut, Hanner?“, fragte Niklas Jochim und quetschte sich ein Lächeln ins verheulte Gesicht.

„Is wieder gut, mein Junge. Aber dat eine muss ick doch seggen. Einen Schlag hast du am Leib, grad so as dein Vadder.“ Und er leckte sich die aufgeschlagenen Lippen.

AUCH der ärgste Winter geht vorüber. Die Sonne warf bald ihre erste Wärme übers Land, weit draußen dehnte sich das Eis und krachte auseinander. Wie donnernde Kanonenschüsse böllerte es über die Insel. Um die Zeit der Äquinoktien hatte sich ein lauer Südwester aufgemacht, brauste hohl übers Land und schob die ganze volle Armee der Eisschollen aus Buchten und Bodden durch den *Troch* nach Norden ab. Die Ufer wurden wieder frei. Bei den Vitter *Barsgriepern* begann die treibende Unruhe, die Kommüne hatte nachzuholen, was der Winter ihnen verboten hatte.

Niklas Jochim hatte seine Heuer. Als jetzt der Südwest heulte und die Luft nach frischer Erde roch, war seine Zeit gekommen. Hanner bollerte eines Morgens an die Tür des Schluck'schen Katens: „Stah up, Jung, wi willn an Bord." Und purrte ihn aus den Federn. Da sprang der Junge wie der leibhaftige Sturmwind hoch, schlug sich in seine Sachen und turnte die Leiter herunter, so fix wie ein Matrose über die Webleinen, wenn der Düwel hinter ihm her ist.

Hanner stand unten in der Diele, die Hände in den Taschen, und nickte ihm zu. Er trug einen neuen, von Maria Amalia zusammengeknütteten schafwollnen Troyer, eine blaue Tuchhose und feste, blank gewienerte Stiefel. Als er nun den Jungen vor sich hatte, ungekämmt, ungewaschen, eben aus dem Mustopp gekrochen, kriegte er ihn am Schlafittchen: „Buttig und stinkig as so'n Borch. Nee, Jung, so nehm ick dich nich mit. Wasch dich erst deinen Kadaver."

Niklas Jochim zog eine Schnute. Unter Aufsicht von Onkel Hanner waschen? Nachher kiekt er mich wat ab.

„Und nu iss dich erst wat", riet Hans Schluck ihm dann. „Der Tag auf See is lang und ohne wat Orrentliches mang die Kusen wird nischt. Merk dich dat gleich für't Leben."

Mutter Anna hatte ihrem Jungen den Tisch gedeckt, dicke Hafersuppe mit eingebrocktem Roggenbrot. Den Kumm hatte sie bis zum Rand voll geschlagen. Nun sahen beide zu, wie Niklas Jochim schluckte. Anna mit einem Blick trauriger Ergebenheit: Er is groß nu, wat kann ick olle Frau noch dagegen tun?

Hanner hielt sich abwartend, die Ellenbogen auf den Tisch gestellt, das Kinn in die Hände gelegt, sah er ihm zu und schluckte dann und wann mit, als äße er selber. Niklas

Jochim kratzte alles leer bis auf den letzten Fatz, stand auf, schlug die Hände vor den vollen Bauch, rülpste tüchtig und sagte dann: „Nu bin ick satt. Nu kannt losgehn."

„Nimm deine Seekist. Hast allet drin? Wir kommen so schnell nich wieder retour."

Niklas Jochim spuckte in die Hände, wuchtete die Kiste auf die Netzkarre und wollte abziehen, als Hanner ihn zurückpfiff: „Willst der Mutter nich adieu seggen, du verlorner Sohn?"

Niklas Jochim setzte die Karre ab, fasste sich an den Kopf, ging auf die Mutter zu und klopfte ihr auf den Rücken: „Ick fahr nu los, Mudding. Sei nich bang, ick komm, wenn't Winter wird, wieder zurück." Er machte diese Abschiedsgeschichte bewusst kurz ab, er wollte nicht, dass Mutter wieder zu heulen anfing. Er nahm die Karre und schob davon.

„Pass mich auf ihn auf, Hanner, und bring ihn mich wieder."

„Ollreut", sagte Hanner, legte die Hand wie zum Gruß an die Mütze und ging dem Jungen nach.

Anna ließ sie nicht aus den Augen, bis sie hinter dem letzten Haus verschwunden waren. Dann erst ging sie zurück. Weinen wollte sie jetzt nicht mehr. Sie hatte es sich selbst verboten. Dass ihr Haus nun leer geworden war, ganz leer, das war schlimm für sie. Alles Tun schien ihr sinnlos zu werden. Für wen, fragte sie sich, für wen? Was hätte Stoffer jetzt getan, kam es ihr in den Sinn? Er hätte angefangen zu arbeiten, irgendwas. Ja, das hätte er getan. Sie ging darauf in den Stall und versorgte Schaf und Gans, holte frisches Wasser und machte sich an die Wäsche. Und in ihrem Kopf pochte unablässig der Wille: Nicht aufgeben, nicht nachlassen, warten, warten auf den Jungen.

Sie ging auch zur lahmen Gausche, die nicht mehr recht auf die Beine kam, und versorgte sie mit dem Notwendigsten. Sie sagte zu ihr: „Nu ist der Jung auch weg. Nu bin ick allein."

„Jedweder geht seinen Weg, du deinen, er seinen, Anna. Dat is nu mal so im Leben."

„Ick weiß, ick kann ihm nich anbinden, er zerreißt jede Kett.“

Maria Amalia hatte ihren Mann loslassen müssen. Von nun an trugen ihrer beiden Seelen die gleichen Lasten. Doch während Mutter Anna, die mit Schmerzen diesem Tag entgegengesehen hatte, gealtert war, stand Maria Amalia als jugendschönes Bildnis vor ihr. Die Wangen blutvoll noch von der letzten Umarmung, die fragenden, hohlen Augen einer Schwangeren voller Leben, stramme, gesunde Beine und Arme, schmale, flinke Hände ...

Mutter Anna nickte ihr zu: „Nu hab ick wieder wat zu beten, Mike. Und du auch.“

„Weißt noch“, erinnerte sie sich, „wie ick ihm hab in'n Schlaf gesungen? Da war er noch so lütt.“

„Ja“, wiederholte Anna Schluck, „da war er noch so lütt. Aber nu lass ihm. Ick kannt nich ännern. Kommst nachher lütt bisschen rum? Zum Klönen?“

„Ick komm, Anning. Bist doch meine innigste Freundin.“

War es Zufall oder war es Absicht gewesen? Auf dem Weg zu Todes Fähranleger wartete Gretchen Beyers in einem Versteck. Als Niklas Jochim mit seiner Karre kam und sie entdeckte, reckte er sich großtuerisch in die Höhe und warf sich in die Brust wie einer, der etwas sagen will. Vor ihren Füßen stuckte er die Karre, dass die Seekiste ins Rutschen geriet, rieb sich die Hände und sagte ihr das Einzige, was jetzt dran war: „Heut Abend heuer ick auf der Hermine an, bei Schipper Fredrichs. Dat du dat weißt.“

Gretchen Beyers wusste das längst. Deswegen war sie doch hergekommen. Bevor er losfährt, wollte sie ihm etwas sagen, ihm allein. Aber in ihrer Art. Sie ließ die Augen sprechen, tat es in einer Weise, die den Jungen fesselte, festnagelte, zwang, mit unbeschreiblicher Glut. Wie sie ihn anblickte, anblitzte, durchstach, das fuhr ihm durch Mark und Bein.

Gretchen hatte darum gezittert, ihn allein zu erwischen. War es Zufall, dass Hanner noch einmal hatte umdrehen müssen, seine vergessene Pfeife zu holen? Jetzt hatte sie ihn allein, jetzt war die Stunde gekommen. Ihre Augen glühten.

Gretchen stand und stand und nichts bewegte sich an ihr, nur dass ihre Wangen leise bebten.

Diese Augen erkannten ihn nicht mehr als den kleinen Spieljungen, von dem sie sich in der *Kajüt* hatte befühlen lassen. Diese Augen zeigten ihr einen Jungen, fast schon einen richtigen Mann. Sie hatte den dunklen Flaum über den Mundwinkeln gesehen, den massiven, kräftigen Hals mit dem wippenden Knubbel vorne dran, das kantige, kecke Gesicht – und sicher sahen diese Augen ganz durch ihn hindurch und sahen wohl noch mehr, diese Augen. Gretchen Beyers war fünfzehn Jahre alt und wusste nicht nur von ihrem Körper alles. Schon brauste es durch ihr junges Leben wie ein Wildbach und war in seiner Flut, seit die Mutter nicht mehr war und Vaters Worte nicht viel galten, kaum mehr zu bändigen. Die Schule hatte sie hinter sich, mit ihrer jüngeren Schwester lag sie in andauerndem Streit, und wenn sie arbeiten sollte, kratzte sie aus. Wer über sie sprach, hielt sie für eine verdorbene Göre. Die *Kajüt* brauchte sie jetzt nicht mehr. Hier am Fähranleger stand sie, weil sie genau wusste, was sie wollte.

So sah Niklas Jochim sie, voller Glut. Plötzlich drehte sie sich um, sprang hinter einen Weidenbusch und winkte: Komm! Und er kam. Hier hinter dem Busch riss sie ihn an sich, umschlang ihn wie ein Krake, drückte ihren Mund auf seine Lippen, presste sich gegen seinen Leib und atmete schwer. Das war Sprache genug.

Niklas Jochim fühlte sie, fühlte sie ganz, fühlte das Mädchen, und ein heißer Strom durchschoss ihn bis in die Fußsohlen. Als seine Hand über ihren Hintern strich, stand Gretchen wie ein Stock, steif und unbeweglich, aber tief in ihr zitterte es. Da sahen sie Hanner Schluck kommen, er war nicht mehr weit. „Lass sein!“, stieß Niklas Jochim aus und wollte sie von sich wegschieben. „Hanner kommt, lass los.“

Sie aber klammerte sich noch fester an ihn. „Kommst wieder? Ick wart auf dich, auf kein annern. Nur auf dich.“

„Bist verrückt, Gretchen.“

„Ja, bin ick. Ick will dich, kein annern nich. Is versprochen.“ Sie ließ ihn los.

„Er kommt, verkriech dich!“, zischte er und wedelte das Mädchen hastig weg. Gretchen sprang in eine Kuhle, duckte sich und war verschwunden.

Am gleichen Abend gingen Hans Schluck und sein Patensöhner Niklas Jochim bei Schiffer Fredrichs an Bord. Fredrichs streckte dem Jungen die Hand entgegen: „Nu haben wir wieder'n Moses“, begrüßte er ihn. „Hanner, halt ihn dich gut in deine Augen. Aber der Schipper bin ick. Verklar ihm dat.“

Steuermann Willbrand schlug dem Jungen auf die Schulter, dass er gleich in die Knie ging. „Tag uk, mein Jung. Denn wolln wir mal aus dich ein Mann machen. Vierundzwanzig Stunden giwwt Arbeit. Die anner Zeit hast du für dich. Aber nun geh man erst und kiek dich eins an Bord um. Tomorrow musst du allens klar haben, wat dat hier so giwwt.“

Am andern Morgen nahm die HERMINE die Anker hoch und ging mit Kurs auf Stralsund. Dort wollte der Schiffer Fracht nehmen. Auf dem ersten Törn hielt er den Jungen wachsam im Visier und verfolgte all sein Tun. Bald hatte er heraus, dass der Junge bei Gott keine zwei linke Hände hatte, eher zwei rechte. Hanner war stolz. Er hatte seinem Schipper nicht zu viel versprochen.

Da war sie nun, diese heiß ersehnte Welt. Nichts, nichts würde er gegen sie eintauschen. Wie es hier roch an Bord, in der Last, bei den Segeln, vorn in der Vorpiek ... wie es hier klang, vom Wasser her, vom Wind her, wenn er durch die Takelage pfiff ... wie es sich fühlte, wenn das Schiff krängte, wenn es durch die See wühlte, wenn die Männer miteinander sprachen. Da war nichts mehr von Heringpöllen, von Schaf und Gans, von Seegraskratzen. Hier ging es los mit haudujudu und chottverdorri, mit Bullensteert und Öwerstaggehen. Bald hatte er diese Sprache weg und redete, als hätte er sie von Kind an gehört. Lag er in der Koje, genoss er das alles wie wundersame Musik, wenn die Fallen schlugen, wenn die Spriets knarrten, wenn die Schoten klapperten oder wenn zwischen allen Geräuschen Schiffer Fredrichs tiefe, ruhige Stimme erklang.

Von dieser Stunde an wusste Niklas Jochim Schluck: Dies hier ist mein Leben und wird es bleiben bis zum Ende. Wenn dat Vadder wüsst ... !

Lag er auf seiner Koje, dann bammelte am dünnen Bändsel das Kuhpferd herab. Es schlug wie ein Uhrpendel, wenn die HERMINE im Seegang lag. Er hatte es mitnehmen müssen. Die lahme Gausche hatte ihn darin beschworen: „Nimm ihm mit und verlier ihm nich. Dat is ein Stück Zuhause. Versprich mich dat."

Niklas Jochim hatte es versprochen, hatte es obenauf in seine Seekiste gelegt und nun hier angepinnt. Hanner Schluck hatte es wohl bemerkt. Auf einem Schiff gibt es keine Geheimnisse. Er sagte aber nichts darüber. Er wusste, wie jeder Seemann irgendwo sein kleines Zuhause bei sich hat. Da gab es nichts zu belächeln.

An die Mutter schrieb Niklas Jochim aus England. Auch Maria Amalia kriegte einen Gruß, denn sie sollte ja den Brief der Mutter vorlesen. An Gretchen Beyers – nichts. Erinnerungen an sie wehten mit dem Wind davon. Ihr Bild, ihr Kuss verblasste allzu bald. Eine andere Liebe hatte sein Herz fest im Griff, die Seefahrt.

MIT Beginn dieses Frühjahrs erschien im Giese'schen Haus in der Stadt ein Mann namens Carow. Er gedachte, sich bei der Hiddenseer Herrschaft um die aufgebotene Schullehrerstelle zu bewerben, denn Thuro Joachim von Giese hatte annonciert. Die beiden kamen ins Gespräch und Thuro, unter dem Zwang, endlich einen Lehrer anzustellen, verfügte, dass dieser sich Quasimodogeniti an Ort und Stelle einfinden wolle, um die Kontrakte auszuhandeln und zu baldmöglichstem Zeitpunkt seine Arbeit an den Inselkindern aufzunehmen.

Carow, ein auffallend groß gewachsener Mensch, wies sich durch ein bemerkenswertes Äußeres aus. Seine lange, krumme Nase stand wie ein Haken aus seinem Gesicht hervor. Wenn er redete, hopste sie hoch und nieder, ging er oder stand er, dann wackelte seine hagere Gestalt und jackelte wie ein Schiffsmast ohne Verstagung, jeden Augenblick in Gefahr, durchzubrechen. Carow war jung vermählt und suchte dringend eine Beschäftigung. Thuro stellte ihn ein. Wen hätte er sonst?

Am Sonntag Quasimodogeniti fand Carow sich auf der Insel ein. Im Beisein Pastor Bertram Ludwig Crügers wurden die Verträge unterschrieben, welche besagten, dass er nach Gepflogenheit der gültigen Schulordnung sich aller auf der Insel wohnenden Kinder anzunehmen hätte, im Schreiben, Lesen und Rechnen zu unterweisen, wie auch in den Anfängen christlichen Glaubens. Diese Verträge gingen auf eine Ausführung aus dem Jahr 1755 zurück. Thuro bestand lediglich auf Veränderung in einem Punkt. Er wünschte die Trennung von Schulamt und Küsteramt, eine eigentlich nur formelle Angelegenheit, da sie für den, der beiden Diensten ohnehin verpflichtet war, die Einkünfte beibehielt.

Was Carow eingehandelt hatte, wurde ihm bald bewusst. Er brauchte nicht lange, um zugeben zu können, dass jene recht behielten, die ihm von einer Bewerbung abgeraten hatten. Kuh und Schwein und ein bisschen Federvieh zu führen, war im Vertrag fixiert, und der Hof stand zu seinem Wort. Was aber die Leute ihm schuldig waren an flüssigem Bargeld, an Brot und Heringen und anderen Naturalien, das segelte nur, wenn überhaupt, wie ein blinder Zufall ins Haus. So kam es, wie es kommen musste,

Carow klagte sich bei der Herrschaft aus, die *Kinder, so sie eingetragen, komen wilkührlich und ohne regel, wissen auch nicht pünctlichkeit zu achten und sind nur mitt Stock und Straffe in ordnung zu halten.*

Liebe bei den Kindern erwarb er sich nicht, denn wer prügelt, kann nicht geliebt werden. Bald auch hatte er seinen Ökelnamen weg: *Rüsenstang* nannten sie ihn hinter seinem Rücken, wegen seiner klapperdürren Gestalt. Oder unter Anspielung auf seine Nase redeten sie von dem *Peekhaken*. Und wo immer sie konnten, wichen sie ihm im großen Bogen aus.

Pastor Bertram Ludwig Crüger bedauerte bereits nach

wenigen Wochen, ihn nicht schon bei der ersten Begegnung abgewiesen zu haben. Nun war's zu spät. Carow hatte die Arbeit begonnen. Seine röhrende Stimme, unter welcher er die Kinder traktierte, tat seinen Ohren weh.

Mit seiner Frau stand ein weiteres Ärgernis ins Haus. Diese, gar bald als Kodderschnauze und ordinär in weitem Umkreis bekannt, erhielt von Hedwig Crüger den liebevollen Beinamen *Kuhschnabbel*. Diese Frau sorgte dafür, dass sich zwischen Schulhaus und Pfarre kein inniges Verhältnis aufbauen konnte, so gern Crügers sich das gewünscht hätten.

Thuro, dessen Namenszug der Vertrag trug, hatte es gut. Er wohnte weit weg, konnte sich aus den Kleinkriegen heraushalten und sich in dem ruhigen Gewissen wiegen, einen Schullehrer bestellt zu haben. Die Vakanz hatte er besetzt. Alle weiteren, Schule und Kirche betreffenden Belange würden sich ohnehin seinem Einfluss bald entziehen. Er hatte die Insel und das Gut erneut und damit zum wiederholten Mal zum Verkauf angeboten. Eines Tages würde ein anderer Herr darauf wohnen. Der dürfte dann neue Regelungen treffen.

Auch dieser Sommer ging dahin, die Tage wurden kürzer, die Abende länger, die Nächte kälter. Als unter den Herbststürmen Hiddensees Außenstrand von gischtender Brandung überspült wurde, wenn ihr unheimliches Rauschen Tag und Nacht über der Insel stand, begann Anna Schlucks Herz ängstlicher zu schlagen. Öfter als sonst lief sie zur Fährinsel hinunter, um nach dem Schiff auszuspähen, das ihr den Jungen wiederbringen sollte. Dabei belog sie sich selber, denn wie sie von anderen wusste: Die HERMINE wird als letztes Schiff seine Anker werfen, beim Fallen der ersten Schneeflocken.

Gretchen Beyers Sehnsüchte waren anderer Art als die einer Mutter. Verborgen vor den Augen Neugieriger hatte sie einen Ort gefunden, mitten im Schilf, dicht am Ufer, von dem aus sie ungehindert den Schaproder Bodden überblicken konnte. Sie wollte die Erste sein, die die HERMINE entdeckt. Stundenlang hielt sie sich vom Hause fern, hockte bei Wind und Kälte auf ihrem Wachposten, was auch ihre Schwester petzte, wenn auch ihr Vater ihr das

Essen entzog – Gretchen träumte sich ihrem Liebsten mit heißem Brennen entgegen.

Als die HERMINE am ersten Advent vor Anker ging, war Gretchen die Erste, die das Schiff wahrnahm. Da lief sie nach Hause, verkroch sich in ihrer Ook, wühlte sich in ihre Kissen und dachte nur an ihn. Das Wie, das Was, das Wann und Wo hatte ihr, ihn zu haben, ihre Fantasie längst in buntesten Farben vorgezeichnet.

Anna Schluck war, wie an jedem Sonntag, auch an diesem Advent in die Kirche gegangen. Von innerer Unruhe ergriffen, verließ sie sie noch vor Beendigung des dahintröpfelnden Gottesdienstes und drängte nach Hause. Unterwegs kam ihr Jochen Höbner entgegen mit der Nachricht, die HERMINE läge vor Schaprode und nun hätte ihr Warten ein Ende gefunden. Als Anna das hörte, drehte sie auf der Stelle um, eilte nach Kloster zurück und trommelte Marie Wintherson heraus. „Marieken“, flüsterte sie ihr ins Ohr, „gib mich eins ’n Hümpel Kartüfften, der Jung is gekommen. Ick will ihm wat Deftiges schmurgeln, der is mich sicher ganz vom Fleisch gefallen.“

Marie Wintherson steckte mit schelmischem Lächeln den Finger in ihr rundbrösiges Gesicht und überlegte. „Komm!“, winkte sie ihr, „ich geb dich von unsern eignen. Wenn ick jeden Tag eine Tüfft weniger schäle, fällt dat kein einem auf. Und du kannst nach meine Berechnung 365 Tüfften kriegen, ohne dat einer wat merkt. Aber – psst!“

Sie lief in den Keller und kehrte bald darauf mit einem prall gefüllten Säckchen wieder. „Mehr kann ick dich nich geben, Schlucksche, aber mit dies kriegst du eine ganze Schweineherde durch den Winter.“ Dass Anna nicht bezahlen konnte, wusste sie ohnehin. Sie drückte ihr den Sack in die Hand und schob sie – psst – zur Tür hinaus mit den Worten: „Man gut, dass du bei mich gekommen bist. Und grüß deinen Jungen von mich.“

Anna schleppte sich schwer an dem Sack. Was aber tat das schon, wenn auch der Rücken schmerzte und die Arme lang zogen. Der Jung is da, er ist wiedergekommen, jubelte ihr Herz. Da soll es ein Festmahl geben wie nie zuvor, und Hanner und Mike sollen kommen, und der lahmen Gausche werd ich was rüberbringen. Doppelt und dreifach hatte sie jetzt zu denken. Ihre Hände flogen, als sie die Spickaale abzog, ihre Hände flogen, als sie die Tüfften schälte, als sie die Zwiebeln schnitt und die Herdringe schob. Bald schon duftete es in dem Haus nach garer Aalsuppe, würzig, verführerisch und zum Heulen schön.

Als ihr Junge endlich vor ihr stand, kriegte sie das Bibbern in den Beinen. Lange bevor sie ihn in ihre Arme schloss, musste sie ihn erst ansehen, von oben bis unten, musste erst fassen, was aus ihrem Jungen geworden war. Denn da war beileibe nicht mehr der lütte Hosenschieter. Da stand ein junger Mann vor ihr in strotzender Kraft und Gesundheit, der nichts anderes zu sagen wusste als ein mit den Armen schlenkerndes „Tach, Mudding, ick bin wieder da. Wenn't Eis weg is, fahr ick wieder los."

Mutter Anna drückte ihn, wie eine Mutter ihren Jungen nur drücken konnte, strich ihm über den Rücken, über die Arme, über den Kopf und brachte nichts anderes mehr heraus als ein wiederholtes „Bist wieder da, mein Jung, bist wieder da". Und fühlte für wenige Augenblicke in ihrer Seele unendlich tiefes Glück.

Dass sie auch ein bisschen stolz auf ihn war, durfte sie weder vor sich noch vor anderen zugeben. Ihr Junge, in fremden Ländern, unter fremden Menschen und Sprachen. Bemerkte auch mit stiller Freude, wie er ihrem lieben seligen Stoffer immer ähnlicher wurde. Der ganze Vater schien in ihm zu stecken, in seinen Bewegungen, in seinem Reden. Sie beschloss, wenigstens unter dem Eindruck dieses Augenblicks, das Tauende nur noch locker in den Fingern zu halten, mit dem sie meinte, ihn führen zu müssen.

Nur nachts, wenn der Wind an die Fenster schlug, krampfte sich ihr Herz zusammen. Denn sie zählte die Wochen an den Fingern ab, die der Winter bringt, und wusste, es sind nicht viele. Dann wird sie ihn wieder ziehen lassen müssen. Und befahl ihn der Gnade Gottes an.

1789

SEITDEM Niklas Jochim wieder auf der Insel war, suchte Gretchen Beyers Gelegenheit, ihn für ein paar Worte zu erhaschen, für ein paar Worte nur. Vater Jean aber hielt sie fest am Band, und wenn sie ihm doch mal hätte ausreißen können, spürte ihr gewiss die Schwester nach. Doch Gretchen wusste, was sie wollte. Längst hatte sie sich bei den Schlucks eine lange Leiter ausgeguckt, die unterm Rohrdach am Hausgiebel hing und bis an das Fenster der Ook reichte. Hier die Leiter, da oben die Ook mit dem Fenster, und wenn es nachts dunkel ist ... ? Je mehr sie sich in solchen Gedanken bewegte, desto heißer begehrte sie den Jungen.

Vor Lenchen verbarg sie dies wie alle ihre geheimen Gedanken. In ihren Augen war die jüngere Schwester immer noch das lütte Pissgör, auch wenn sie bemerkt haben dürfte, welche Veränderungen auch Lenchens Äußeres im letzten Jahr sehr deutlich erfahren hatte. Wie aber sollte sie wissen, was in Lenchens Innerem herangereift war und über den Weg der Träume und Fantasie zum Getanwerden drängte. Lenchen träumte nicht weniger vom heimlichen Küssen als ihre Schwester, und sie sah ihn, den kräftigen Bengel, durchaus mit den Augen eines Mädchen, das schon alles weiß. Indem sie im Stillen ihre wonniglichen Empfindungen auf verschwiegene Weise anheizte, geschah etwas, was niemand für möglich gehalten hätte: Lenchen Beyers trabte plötzlich zur Schule, Tag für Tag, Wind und Unwetter nicht achtend, und sonderbarerweise gerade jetzt, im Winter. Sie gewann dabei die Gunst Carows, der sich ihr besonders widmete und ihren Fleiß und ihre Ausdauer vor den andern herausstellte. Dass Lenchens Weg nach Kloster durch die Vitte führte und zweimal dabei am Schluck'schen Katen vorbei, dass sie dort immer wieder verstohlen durch die Fenster blickte und wie eine Katz den Muspott das Haus umstrich, war niemandem aufgefallen. Die Schule war nur Vorwand für sie, in die Vitte zu gelangen. Ein allerdings teuer erkaufter Vorwand.

Gretchen nahm dieses Verhalten ihrer Schwester zunächst als Albernheit auf, doch kamen ihr mit der Zeit die Zweifel, und sie stellte ihr nach. Eines Tages hatte sie es heraus. In ihr kochte es auf:

„Warte, du Aas! Den Jibber auf meinen Nicker treib ick dich aus!“ Doch zu einer Prügelei zwischen den beiden Schwestern kam es nicht. Gretchen besann sich eines Besseren, aus gegebenem Anlass. Februar war's. Das Eis krachte, milder Südwest ließ den Schnee schmelzen. Da ahnte sie, dass sich die Seeleute bald zur Ausfahrt rüsten werden. Und Niklas Jochim wird wieder dabei sein. Da hielt sie die Zeit für gekommen, sie wagte den gefährlichen Sprung. Sie brauchte Beistand, sie brauchte Lenchens Hilfe. Wie sie es dann anstellte, was sie ihr sagte und ihr versprach, und wie freudig verstehend Lenchen darauf ansprang, hatte sie niemandem erzählt. Fiebrig, begierig, nur auf das eine gerichtet zog sie ihre Schwester zu sich ins Bett, und hier, dicht an dicht, redete sie mit ihr, redete auf sie ein, wie nur Weiber reden können, wenn ihnen die Liebe im Leibe kocht. Und Lenchen verstand. Und wie sie verstand! Nachher küssten sie sich und versprachen einander, gegen jedermann zu schweigen.

In der nächstfolgenden Nacht sah Lenchen zu, wie sich die Schwester gründlich wusch, in saubere Wäsche kleidete, die Mantille umwarf und, die Schuhe in der Hand, leise wie ein Hauch die Stiege hinunterkletterte und forthuschte. Lenchen warf sich in ihre Federkissen und kämpfte gegen den Schlaf. Beim ersten Hahnenschrei hörte sie Gretchen wiederkommen. Sie richtete sich auf und sah ihre Schwester fragend an. Gretchen trug einen Schwall herbfrischer Luft in die Kammer, ihr Atem flog trocken und hart nach dem eiligen Lauf, sie warf sich aufs Lager und sagte kein Wort.

Als der Tag gekommen war, erschien sie, als wäre sie ein neuer Mensch. Ohne Widerrede griff sie die Arbeiten an, die der Vater ihr zudiktierte, zeigte sich flink und anstellig und wäre wohl ein liebes Kind genannt worden, hätte nicht ein stolzes Lächeln auf ihren blutvollen Lippen gestanden. Und die Wangen glühten noch wundersam bis in den helllichten Tag hinein. Als Lenchen sie kurzerhand am Arm packte und ihr in die Augen blicken wollte, warf sie den Kopf in den Nacken, sagte leise, aber sehr bestimmt Ja, schüttelte sie ab und ging an ihr vorbei.

Niklas Jochim aber taumelte am Morgen durch die Gegend wie ein angetrunkener Labummel. Der Mutter wich er aus, dem Jochen Höbner gab er eine patzige Antwort, vor Hanner ließ er sich verleugnen, ihm war kotzelend. Er konnte sich nicht erklären, wie es zu dem, was in der Nacht geschehen war, hatte kommen können. Jetzt trieb ihn das schlechte Gewissen. Er hatte obendrein Sorge, es könnte ihn der Duft, der Gretchens Haut entströmt war und ihm noch süßsauer in der Nase klebte, vor aller Welt verraten. Er war froh, dass es wieder auf See ging. Das war einzig gut. Am ersten März nahm Schiffer Fredrichs HERMINE die Anker auf und ging Kurs Süd, um in Stralsund erste Ladung zu nehmen. Das Schifferleben hatte wieder begonnen.

Gretchen Beyers hockte im Schilf und blickte übers Wasser. Das Schiff war bereits abgefahren. Sie biss sich in den Jackenärmel und verscheuchte aufkommende Wehmut. Doch ihre junge Liebe hatte das erste Leiden erfahren.

Lenchen litt anders. Doch um den Schein zu wahren, ging sie noch ein paar Tage in die Schule, gab dann aber auf. Sie hätte Lesen und Schreiben gelernt, behauptete sie, und das war nicht gelogen. Nach ihrer Konfirmation zu Palmarum verdingte sie sich als Dienstmagd in Trent auf Rügen und ließ Gretchen mit ihrem Vater allein zurück.

IN diesem Frühjahr war allen, die in die Kirche kamen, aufgefallen, wie es darin stank. Das war nicht der gewöhnliche Muff ungelüfteter Stuben. Das war feuchter, klebriger Schimmelgestank. Küster Carow behauptete, es handle sich um Schwamm, und er bewies das auch, weil es im Kirchengehölz saß, braunstaubig, mit weißen Rändern und Fäden. Carow beschwor den Pastor, dringend etwas zu unternehmen.

Bertram Ludwig Crüger blätterte in der Akte mit der Aufschrift *Reparation Kirche Hittensee* und zählte darin die Schreiben, die von seiner und seines Vaters Hand dieserhalb schon an die Herrschaft verfasst worden waren. Nun setzte er wieder einen Klagebrief auf, der alle bisherigen an Bitterkeit übertraf.

Crüger überschrieb *An die Hochwohlgebohren Herrschaft Capitain Thuro von Giese zu Stralsund, Herr des Guths Hittensee* und ließ wissen, dass,

> *so es nicht bald zu einem Eingriffe kommt, die Kirch einer desolatio verfallen wird, wobey nichts mehr denn Grundmauren zu retten sind. Der Schwamm, welcher das Holz ergriffen, stinkt und setzt sich in den Nasen fest, so daß niemand mehr gern die Kirch betreten möchte. Hochwohlgebohren Capitain v. Giese bitte ich untherwürfig um Verständniß, wenn ich anzufragen ermuntere, ob Herr General-Superintendent Doktor Quistorp über weiter eingelaufene Collecte verfüge. Falls dem so sey, erbitte ich die Überweisung, damit nothwendig Handwerksarbeiten vorgenommen werden können. Gleichwohl erachte ich, daß alles nur dem Tropfen auf den heißen Stein gleichet, ist doch mittlerweyle an dem, daß nur eine General-Reparation dem Kirch-Gebäude das Bestehen retten kann. Dies sey dem Herrn Patrone ergeben zur Kenntniß gegeben. Nun ich schon an Euer Hochwohlgebohren diesen Brief richte, erlaube ich mir anzuzeigen, daß meine Frau und ich zur Beyhülfe im Haus-Standt die Griewener Magd, jetzo confirmieret, namens Maria Hedwig Collwitz und Tochter des Griewener Freyen Jacob Collwitz in unser Hauß genommen. Sie erweist sich als kluge und anstellige Jungfer, ist noch ein gehorsam Kind und empfängt wie üblich zu Monathsende einen Groschen bar auf die Hand, von Logis und Kost und beyläufig Kleidung abgesehen. Das ist auf Anrathen des Landphysicus von Willich geschehen, der über meine Gesundtheit die Nase rümpfet. Er hat Recht, denn ich fühle mich oftenmahls elend und zerschlagen.*

So daß ich der Frau nicht dergestalt zur Hand gehen kann, wie es mich reitzet zu thun. So es Euch in ab ehbarer Zeit wieder auf Eure Insel ziehet, möchte ich ergeben um ein Gespräch gebeten haben.

Thuro von Giese las den Brief und stöhnte auf: „Immer diese Kirche. Wann werde ich diesen elenden Kasten einmal vom Halse haben. Verzeih mir, hoher Gott, aber es ist mein heißester Wunsch."

Er gab Pastor Crügers Bitte an den Generalsuperintendenten Dr. Quistorp nach Greifswald weiter. Dieser überwies eine lächerlich geringe Summe

in die Hand des Hiddenseer Pastors mit dem Ausdruck des Bedauerns, da das Kirchenvolk Schwedisch-Vorpommerns nicht mehr hat zusammentragen wollen. Es ist die colleclio mehrerer Jahr. Sie möge helfen, das Gotteshaus in seinem Bestande zur Ehre des Allmächtigen und zu Seines Namens Lob zu erhalten.

Als Bertram Ludwig das Geld erhalten hatte, quittierte er mit schmerzlichem Lächeln, scharrte das Häufchen Münzen vom Tisch in die hohle Hand und ließ es in die Kasse rieseln, damit er es sicher verwahre. Wintherson bat er, den Zimmermann zu schicken. Der Zimmermann, nachdem er den Schaden betrachtet hatte, riet sowohl zum Auswechseln der befallenen Hölzer wie auch zum Schaffen einer besseren Durchlüftung: „Die Kirch, Paster, hat nur eine Tür nach Süden hin, da is kein Durchzug nich. Aber eine Tür an der Nordwand, dat wird schwer werden und viel Geld kosten. Die Mauern sind aus Feldstein."

Der Kirchenvorstand beschloss darauf, alles so lange beim Alten zu belassen, bis ausreichend Kollekten eingegangen wären. Allein das Auswechseln und Verölen des befallenen Holzes würde das vorhandene Geld voll verschlingen.

So geschah also nichts. Die Fäulnis im Gebälk arbeitete sich emsig voran, und der Gestank, wenn auch ein wenig verringert, blieb im Raum. Machtlos stand der Pastor diesem Verfall gegenüber, ein Schatten, der seine Freude, Pastor zu sein, ständig mehr verdunkelte.

Ein kleiner Lichtschein aber wanderte durch das Pfarrhaus. Die im Brief erwähnte Maria Hedwig Collwitz war dieser feine Lichtschein. Hedwig Crüger hatte das Kind lieb gewonnen. Sie war anstellig, aufgeweckt, des Lesens kundig, war auch ein sauberes Frauenzimmerchen, kindhaft noch und offen in Herz und Sinn. Weil Crügers Ehe noch kein Kind hervorgebracht hatte, schenkte ihr Hedwig Crüger umso mehr mütterliche Zuwendung. Sie unterwies sie im Führen eines Haushaltes, in der Kunst des Kochens und Nähens und lehrte sie das Singen frommer Lieder. Und weil sie so war, wie sie war, nannte man sie auf dem Hof bald die *lütte Pastersch*.

IM Sommer des Jahres 1789 befand sich die Galeass PEGASUS, geführt von Schiffer Niclas Baier, nach langer Fahrt endlich wieder auf Heimatkurs. Von Brindisi im südöstlichsten Italien kommend hatte der betagte Schiffer sein Schiff unbeschadet durch die Meerenge von Gibraltar gesteuert, hatte ihm zum wiederholten Mal die stürmische Biscaya zugemutet, danach den Kanal mit seinen tausend Tücken, die mörderische Nordsee, um schließlich Kristiansand anzulaufen, um dort Frachtgut zu löschen und, wie er sich auszudrücken pflegte, die Penunse einzustreichen, das schöne Geld, mit immer vollen Händen. In Kristiansand nahm er noch einmal Fracht, bestimmt für Svendborg im Dänischen. Svendborg aber lag auf direktem Kurs nach Pommern.

An einem denkbar schönen Morgen bei ausgehender Tide verließ die PEGASUS den Hafen von Kristiansand. Vor ihr lag das Skagerrak und die Einfahrt in den Großen Belt im Kattegat. Hier roch das Wasser schon nach Ostsee, vertraut und schön. Hier hatte er den Jungen ans Ruder gestellt und Steuermann Johann Jacob Gottschalk die Wache übertragen. Ein kurzer Blick noch zum Himmel, im Südwesten ballten sich ein paar Wolkentürme, hatte er dem Steuermann einen Wink zugeworfen: „Oll reut, alles klar."

Das aufziehende Gewitter schien ihn nicht zu beunruhigen. Nach seinen Beobachtungen steckte in den Wolken nichts Ungewöhnliches. Schiffer Niclas Baier begab sich in seine Kajüte, um zu ruhen.

Das Gewitter kam. Der Wind drehte, kam dwars und briste schwach auf. Es kam ein Gewitter jener Art, das ein Seemann nicht gerade fürchten muss. Was jedoch niemand hatte vorausahnen können, war ein Blitzschlag, ein einziger fürchterlicher Blitzschlag. Der traf den Großmast und hieb ihn bis unter die Saling auf. Mit Donnergetöse krachten Rigg und Takelage in sich zusammen, die beiden Rahen schlugen aufs Deck, zertrümmerten das Schanzkleid und blieben, ein in sich verhakeltes Durcheinander, halb außenbords hängen. Was heruntergeprasselt war, hatte Luken und Deck zerschlagen und begrub das Schiff unter einem heillosen Chaos.

Der Junge fand sich, er wusste nicht wie, unter Deck wieder, Steuermann Gottschalk lag längelang neben dem Ruder. Jetzt betastete er seine Glieder und versuchte, das Ungewöhnliche zu begreifen. Von den drei anderen an Bord befindlichen Seeleuten war keiner zu sehen. Schiffer Baier war wie von einem Peitschenhieb getrieben hochgejagt. Was er an Deck erblickte, raubte ihm für Sekunden den Verstand. Doch kaum, dass er sich umgesehen und die Lage gespannt hatte, schrie er: „Seid ihr alle da? Is wem wat passiert?"

Die drei vermissten Matrosen arbeiteten sich unter dem Gewühl von Leinen, Stangen, Pardunen und Segeln hervor und zeigten ihrem Schiffer, dass sie noch heil und in Gang waren. Außer ein paar Schrammen und Quetschen hatten sie keine Verletzungen.

Da stand der Schiffer Baier mitten in dem Tohuwabohu still, zog seine Mütze vom Kopf und murmelte dumpfe Worte vor sich hin, den Blick aber hatte er zum Himmel geschickt. Er dankte seinem Herrgott dafür, dass keiner seiner Leute ernstlich Schaden genommen und sein Schiff nicht Feuer gefangen hatte.

Aber sein Schiff, die PEGASUS, sein schönes, schönes Schiff, von dem er behauptete, es sei der schönste Kahn unter Gottes Himmel, es war in einer Sekunde zum Wrack geschlagen, zum Krüppel, hatte seine herrliche Krone, die Masten und die Segel, ablegen müssen wie ein entthronter Monarch. Nun dümpelte es, ein Bild des Jammers, mit Schlagseite wie ein dummer Spielball in den Wellen. Ein einziger Wetterschlag nur, dieser eine Blitz! Das wollte keinem von ihnen in den Sinn.

Schiffer Baier fasste sich und gab sich wieder ganz so, wie sie ihn stets kannten: „Oll Piepel, herhörn! Wir klaren auf." Er wusste, was er wollte. Er forderte seine Leute bis an die Grenze ihres Vermögens. Nach unbeschreiblicher Schwerarbeit brachte er eine Notbesegelung zum Stehen, mit der es ihm gelang, die PEGASUS an Lohals vorbei, die Westküste Langelands entlang bis nach Svendborg zu bringen, eine Leistung, die nur ein alter, erfahrener Schiffer vollbringen kann.

In Svendborg konnte er die unversehrt gebliebene Ladung löschen und das diesmal besonders schwer verdiente Geld einstreichen. Er fand auch eine Werft, die sich des Schiffs annahm. Baiers Auftrag hieß, vollständig neu aufriggen nach vorgegebenen Maßen, sowie Aufbauen aller zertrümmerten Teile. Für die Zeit des Werftlagers schickte er die noch immer verstörte Besatzung von Bord. Er selber hatte vor, zusammen mit seinem Steuermann das liebe Ländchen Hiddensee aufzusuchen. Dort stand sein Elternhaus. Vater und Mutter waren längst gestorben und das Haus stand Jahre leer. Verheiratet war er nicht, irgendwo hatte er mal ein zweifelhaftes Liebchen gehabt. Was sollte es. Jetzt, wo er fühlte, dass er alt geworden sei, wäre es Zeit, einmal nach dem Rechten zu sehen.

Niclas Baier wusste, nüchtern wie er war, dass seine Lebenskurve den Zenit weit überschritten hatte. Für ihn ging es nach fast fünfzig Jahren Seefahrt auf den Abend zu. Wo sollte er den wohl besser verbringen als in der Vitte auf der Bank vor seinem Haus? Hier lagen seine Eltern und Voreltern begraben, hier wollte auch er seinen Hafen finden.

Mit einem Gedanken schlug er sich deswegen schon lange herum. Sein schönes Schiff durfte nur in gute Hände gegeben werden, nur in gute Hände. Mit niemandem hatte er je darüber gesprochen, noch nicht einmal mit seinem vertrauten Freund, dem Steuermann Johann Jacob Gottschalk. Dies trieb ihn nun nach Hause. Nachdem er also dem Werftmeister in Svendborg genaue Instruktionen gegeben hatte, gingen die beiden über See zu ihrer Insel.

Baier hatte, wie nicht anders zu erwarten war, an seinem Haus erhebliche Schäden zu beheben. Gottschalk ging ihm dabei tüchtig zur Hand. Sie arbeiteten hier genau wie auf ihrem Schiff, ohne viel Gewese, ohne viele Worte. Beim Rohrdachflicken verstanden sie mit Haumesser, Schlagbrett und Rödeldraht umzugehen, als hätten sie ihr Lebtag nichts anderes getan. Und beim Fensterpönen und Balkenteeren wurde kein Wort zu viel verloren.

Niclas Baier war kein sonderlich gesprächiger Mensch. Immer genügten nur ein paar Worte, aber die trafen stets den Kern der Sache. Anders war es, wenn er ein gewisses Quantum in sich hineingespült hatte. Dann rannte seine Zunge los wie ein Gespann durchgehender Pferde. Auf ein paar Pützen fantasiegeladener Übergüsse kam es dann auch nicht mehr an.

Eines Abends kam über ihn das starke Grübeln. Er ging zu seinem Spind, griff hinter einen Hümpel Wäsche und zog einen aus dickem Tuch genähten Beutel heraus. Dieser Beutel war mit einem Lederbändsel verschlossen und nach Seemannsart verknotet. Den, voll und schwer, bauzte er auf den Tisch, betrachtete ihn nachdenklich, bevor er ihn mit großer Ruhe, ja mit beinahe feierlichen Gesten öffnete. Vorsichtig schüttete er das Geld heraus, Geld, Geld, Münze um Münze, unerschöpflich fast, blinkendes Silber, rotes Kupfer, leuchtendes Gold. Was er durch die Jahre zusammengetragen hatte, lag nun aufgehoben in baren Stücken vor seinen Augen. Wie viel es war, wusste er nicht. Er hatte immer nur dazugetan.

Er griff hinein in den Haufen mit seinen verhornten, an Schwerarbeit gewöhnten Fingern und baute in geduldiger Kleinfummelei aus all den Münzen Türmchen um Türmchen, je nach Art und Größe, immer ein Dutzend übereinander. Zuletzt zählte er alles zusammen, merkte es sich und schob mit der Hand das Ganze vom Tisch in den Beutel zurück. Den Beutel verbarg er vorläufig wieder hinter der Wäsche und murmelte: „Dat geht zur Bank, dat soll wohl genügen."

Er nahm Papier und Feder, setzte sich an den Tisch und schrieb etwas auf, einen Brief vielleicht, kurz und knapp, oder nur ein paar Notizen. Das faltete er dreifach um, gab Kleister drauf, setzte einen Namen oben über und steckte ihn unter die Bettdecke in seinem Alkoven. Bevor er bald darauf das Haus verließ, blickte er sich noch einmal gründlich in der Stube um, ob auch alles seinen Schick hatte. Dann nahm er seine Mütze vom Haken und ging hinauf zum Krug. Als hätte es so sein sollen, traf er auf Johann Jacob Gottschalk.

Die beiden nahmen sich gegenseitig in Schlepptau, denn zu zweit trank es sich besser.

Blössings Krug war wohlanständig besucht. Als die beiden eintraten, rückten die, die da saßen, zur Seite und buhlten um ihre Gunst: Sett di bi mi hen, Niclas; sett die bi mi hen, Johann, hieß es, denn unter den Leuten auf der Insel ging die Rede um, alle Schiffer und Fahrensleute hätten es dick im Beutel und wären reiche Knöppe.

Schiffer Niclas Baier ließ sich nicht lumpen. Er bestellte für alle, Blössing schenkte ein und zog senkrechte Kreidestriche dicht nebeneinander, bis die Tafel voll war. Schiffer Baier aber war König, das ließ sich nicht leugnen.

Als sich ihm nach kräftigem Umtrunk die Zunge gelöst hatte, fing er an, von dit und dat, von binnen und buten zu erzählen, von Klippen und Wellen und von Gotts gnädiger Hand. Wehe dann dem Mann, der Baier in seiner Brassfahrt stoppen wollte durch dummes Zwischenfragen oder gar Koppschütteln. Solch Brägenklüterkopp könnte gar zu fix am Kanthaken genommen und mit zusätzlichem Tritt in den Hintern vor die Tür gehievt sein. Darum hielt man tunlichst sein Maulwerk, wenn Baier erzählte. Blössing passte dabei auf, dass es nicht zur Rawasch kam. Nicken durften sie, beistimmen, wichtige Miene machen. Sowas beflügelte nur den Erzähler, hier und da ein bisschen dicker aufzutragen.

Als der Schiffer in die Runde fragte, wer die Geschichte von der Appelsinschlacht kannte, wollte einer wissen, wat so ein Appelsin denn sei. Äpfel kannten sie auf der Insel, Erdäpfel und Pferdäpfel, aber keine Apfelsinen.

„Ein Appelsin“, erklärte Baier, „dat is nämlich ein ausländisch Frucht, binnen saftig und buten trocken, und schmeckt dich beinah so gut as ’n gebratener Hiering. Die kannst abpellen und auffressen, kannst dat aber auch sein lassen.“

Sie drängten ihn, weiter zu erzählen, denn sie wollten die Geschichte von der Appelsinschlacht hören.

„Jaaa“, begann er denn auch, „dat war so. Wir lagen vor Anker in das Mare Mediterra Mum oder, wie man auf Deutsch seggen tut, in das Mittelländische Meer. Dat is ganz in der Nähe vons Heilige Land, wo dat Jerusalem is und dat Bethlehem und woans Paster Crüger uns dat vertellt hat aus der Heiligen Schrift. Wir kommen also an’s Heilige Land. Da is dat auch im Winter warm, und Eis giwwt nich so wie hier dat is. Und da, in der Bucht von Jaffa, da schmeißen wir Anker.“

Blössing kam und goss nach, wobei er selber sich heimlich beide Backentaschen füllte, denn heute blühte sein Geschäft.

„Als wir denn so vor Anker lagen“, fuhr Baier fort, „kamen die Inländischen längsseits auf lütte Bootens. Bei die luden wir aus und ein, weil die in Jaffa kein Bollwerk haben so wie Stralsund oder Warnemünd. Materal luden wir aus, und dat ging ja ganz gut. Man bloß die Sprach. Dat is keine Sprach nich, weil die kein normaler Mensch kann verstehen. Schallemachei, echem, bechem, kechem, ach marach, so ging dat wie ne holländische Klappermühl. Und für dat Materal haben wir denn Appelsins an Bord bracht. Dusend, zweidusend, föfftigdusend feinfeine Appelsins haben wir geladen, alle ein wie die anner, gelbrot und rotgelb.

Da war’n nu aber noch anner Schipps, die lagen dich auch vor Anker, der ein steuerbords, der anner backbords von meine Pegasus. Ick denk, wat woll’n die? Woll’n die uk Appelsins aus Jaffa holn? Dat giwwt nich, denk ick. Der ein war ein holländisch Schipp, der anner ein Franzosenschipp. Die haben keine Appelsin mehr abgekriegt. Gott, ick kann't verstehn. As denn morgens die Sonn so schön über Jerusalem und Bethlehem aufstehen tut, treck ich mein Anker auf und will absegeln. Und wat machen die annern, der Franz und der Datschmänn? Die trecken ihre Ankers auch auf und segeln mich nach. Dat is gut, denk ick noch, unsere schöne schwedische Fahn mitten mang den Hollandsch und Franzos. Wat meine Pegasus is, die is schwanger as 'ne sechsstrichige Kuh und liegt doch voll von Appelsins bis knass unner Deck in das Mare Mediterra Mum. Und du weißt ja auch, mit vollem Bauch geht dat auch bei dich nich so fix vorwärts.

So kamen dich die beiden Fahrzeuch näher und näher, der eine backbords, der anner steuerbords, und ick mit meine Pegasus mitten mang. Sie kamen mich so dicht ran, dat se mit ihre dämlichen Rahnocken an meine schöne Rahnocken schamfielen. Dat kann ick ja nun nich ab. Ick schrie rüber, erst zu dem holländisch: Mijnheer, mach mich kein Orlog nich, und denn zu dem Franzos: Lässeh mi contank, Müssjöh. Und dat heißt so viel as: Wat will ji, lat mi tofräden, ick bün 'n akkeraten hiddenseeschen Schipper. Wir woll'n aber auch Appelsins, ruft sich der Holländsch, und der anner ruft sich dat auch, nur auf französisch. Na, segg ick, denn is ja man gut, wenn ihr nur 'n paar Appelsins haben wollt. Ick segg zum Jungen, Jung, segg ick, hol man für jeden Schipper einen Appelsin hoch. Und der Jung geht und holt mich für jeden Schipper einen Appelsin.

Die baller ick auf ihr Schiff, erst nach steuerbords, weil dat die vornehme Seit is, und dann nach backbords. Und wat die Schipper sind, die fangen die auf und fressens glieks mit Haut und Haar. Aber mit eins giwwt dat ein Geschrei. Da störkens nu alle annern an, de Steuermanns, de Janmaaten, de Matrosen, de Smeerkätelskapitäns, de Ober- und Unterkommandörs und zuletzt 'ne ganze Mütz von Schippsjungs. Ick denk, glieks schickens dich noch die Ratten auf den Hals. Und dat schrie und zackeriert, Appelsins woll'n wi haben, giww uns Appelsins. Da kann ick nich widerstehn. Ick zähl an meine Finger ab, woans dat is, schick den

Jung unner Deck, und der Jung bringt mich 'ne heilvolle Kist nach baben. Und nu baller ick jed einen von meinen schönsten Appelsins rüber, und se fangen se alle auf. Alle, dat muss ick seggen. Da makt mich dat bannig Spaß, und ick segg zum Jung, Jung, segg ick, nu hol man noch 'ne Kist rauf. Ick denk, auf zwei Kisten kommt nich auf an, wir haben ja mehr als dreidusend geladen. Und ick baller immer ein Appelsin nach dem annern rüber, mal zu den Hollandsch, mal zu dem Franzos.

Aber nu kannst du die Mentalitäten von die Banausen merken. De Hollandsch seggt Mange tak, dat is dänisch und heißt so viel as: Vielen Dank, das war sehr freundlich von dich. Aber de Franzos, der Klüterkopp, der kann nich genug kriegen. Plü wiet, plü wiet, schrie sich der immer: schneller, schneller heißt dat, und schnappt sich ein Appelsin nach den annern. Da werd ick fuchtig, ziel und klatsch ihm ein von meine beste Appelsin mitten in seine Visasch. Batsch – hat dat gemacht, und denn kann er nich mehr kieken. Nu wird er fuchtig und ballert mich einen zurück, trifft aber nich mich, sondern dat schön gewienerte Kajütfenster. Und da kleckert sich die Appelsin nu runter. Dat kann ick nu wieder nich ab. Dat ärgert mich, und ick nehm die größt Appelsin, die ick in meine Kist finden tu, und baller, und ick treff ihm so in't Mul, dat sich de Appelsin da in verklemmen tut, und er kriegt de Ramm, und dat hakt ihm de Kinnbacken aus. Ick seh, dat mich der Franzos den Appelsinkrieg erklärt, wie sie sich all an der Reling längs postieren, ein neben den annern, vierzig, fuffzig, sechzig Mann. Plötzlich schreit sich einer: Wief la gäär! Und schmeißt mit eine von meine schönen Appelsins retour und jüstemang gegen meine schöne schwedische Fahn."

Dass Blössing unaufhörlich nachschenkte, jedem ein übervoll gerüttelt Maß, erschien allen jüst und korrekt. Dabei setzte er die Kreidestriche schon lange nicht mehr ganz senkrecht, und einer meinte sogar, er zöge sie doppelt.

„Ick denk, dat is Majestätsbeleidigung. Wenn die so dwars anfangen, denn kann ick dat auch. Und ick segg zum Jung, Jung, segg ick, hol man glieks drei Kisten hoch, wir brauchen jetzt Munitijon. Und denn ordne ick meine Menagerie oder woans dat heißt längst de Reling, einen neben den annern, fünf Mann. Mehr hab ick ja nich an Bord, mich und den Jungen inclusiviert. Und die da visavis, dat sind dich mehr as sippzig Kreaturens. Aber wir, denk ick, wir haben die Munitijon. Und denn geb ick Kommando und segg: Immer mang de Schnut, immer auf die Augens! Und befehlige: Geewt Füer!

Und wat meine Jungens sind, die ballern, wat dat Zeuch hält. Achtzig Köpp, dat sind hunnertsechzig Augens. Und dat sind hunnertsechzig Appelsins. Da geht der Jung heimlich binnenbords in de Last und holt sich Kist um Kist nach baben. Nu kriegen de Franzensmänner eins auf den Deckel, dat glaubst du nich. Meine Jungs haben ihre Sach gut gemacht, hunnertachtzig und mehr Augen zugekleistert, hunnert und mehr Mulwerks verstoppt, Naslöcher demoliert, und manch einen hat 'n Loch im Kopp. Kannst woll glauben. Und dat Franzosenvolk hat kein einzig Mann mehr am Ruder und auf den Webleinen. Alle halten sich die Augens und schreien au je mineh, aber auf französch. Und der Schipper brüllt und kann nischt hörn, weil er hatt 'n Appelsinkern von mich als Proppen in beide Ohrlöcher gekriegt. Da läuft sich dat Schipp aus dem Ruder und fährt geradwegs auf Kreta zu, strandet an Kretas hohe Klippen, und die Mannschaft wird trauriges Opfer von die Menschenfresser. Und kiek eins, so haben wir die Appelsinschlacht gewonnen."

„Aber – woans ist dat. Warum hast du uns nu keine von deine Appelsins mitgebracht, Baier?", wagte einer zu fragen.

„Kein ein mitgebracht? Hab ick dat nich grade vertellt? Dat war doch unsere Munitijon. Mit die haben wir doch den Feind erschlagen! Prost."

Schiffer Baier war fertig. Stolz lehnte er sich zurück, dass der Stuhl unter seinem Hintern knackte. Blössing musste nachschenken.

Spät in der Nacht dann und auf weich getrunkenen Beinen wankten sie nach Hause. Der Weg war weit, der Himmel dunkel. Gottschalk schwieg, und Baier hatte genug geredet. Jetzt kam diesem aber etwas anderes in den Sinn.

Noch hatten sie nicht die Hälfte des Weges hinter sich, als er seinen Steuermann am Arm packte und stillzustehen zwang. Schwer klang seine Stimme, als er sagte:

„Johann, bleib eins stehen. Ick hab dich wat zu sagen."

Gottschalk sah seinen Schiffer an. Trotz der Dunkelheit bemerkte er ein Flackern in Baiers Pupillen. „Wat is?", fragte er.

„Hör mich eins zu", begann der Alte. „Ick bin nich duhn. Und wat ick dich jetzt sagen tu, dat segg ick bei vollet Bewusstsein. Und du hörst jetzt zu."

Gottschalk nickte. „Wat is?"

„In der Nacht, Johann, is der Mensch ein anner as am Tag. Am Tag, da is dat buten hell und in der Seel duster. Aber nachtens, da is dich dat umgekehrt. Da is dat buten duster und binnen hell. Oder nich?"

Gottschalk nickte. „So is dat."

„Und mit dem Leben, Johann, is dat auch so. Am Tag is dat hell und wenn't Abend wird, wird dich dat duster. Und ick denk, bei mir is der Abend nu bald da. Ick sag dich dat man ganz allein, und du sagst dat kein ein weiter, verstehst?"

Er nickte. Worauf will dat hinaus?

„Ick hab heut Kasse gemacht. Ick allein mit dat, wat ick so in Luv auf der Kant hab, an Penunse. Dat reicht mich für die paar Jahr, die mich der Herrgott noch über dat irdische Meer kreuzen lässt. Wenn ick den letzten Hafen muss ansteuern, dat weiß sowieso nur der da baben. Ick weiß't ja nich. Verstehst?"

Ja, er verstand. Sein Schiffer redete von seinem Ende. Das tut jeder mal. Das kann kommen, heute, morgen, übermorgen. Auf See ist das nun mal so.

„Wenn meine schöne Pegasus, wat ein bannig schönet Schiff is, all wieder fix und fertig geriggt und segelklar is, denn will ick noch einen einzigen Törn mit ihr machen. Mal sehen, wat sich bieten tut, nach Haparanda hoch oder runter nach Tunesien oder Alexandricha. Und denn will ick aussteigen, will hier in der Vitt vor meinem Haus sitzen gehn und auch wieder in die Kirch bei Paster Crüger. Dieser Kurs, Jochen, der liegt heut bei mir an. Sterben will ick noch nich. Dat sollst du nich denken. Aber mein Schiff in Grund und Boden donnern, weil ick alt werd und nich mehr klar kieken kann, dat will ick auch nich. Dat mit dem Gewitter im Großen Belt, dat war mir ein Schuss vor den Bug. Immer hab ick glücklich gefahrn, hab Schiff und Mannschaft durchgebracht, dat weißt du, Johann. Aber der Blitzschlag, der liegt mir auf der Seel. Verstehst?“

Gottschalk nickte diesmal nicht. Er dachte nach, denn wenn Baier in solch ernster Weise mit ihm redet, steckt ganz sicher etwas dahinter. Irgendwas kommt noch, dachte er und wartete. Baier ließ seinen Arm los, langsam setzten sie sich wieder in Bewegung, nüchtern im Geist, auch wenn der Boden unter ihnen ging wie die See in der Biscaya.

„Und dabei“, fuhr Baier fort, „kam mich der Gedanke: Niclas, wenn du dein Schiff abgeben musst, dann gib ihm nur in gute Hände. Kein Türk, kein Franzos, kein Hottentott soll meine Pegasus steuern. Nur ein Hiddenseer, dacht ick. Verstehst?“

Gottschalk trabte neben ihm her. Er wagte nicht, weiter zu denken. Wo will dat hin?, dachte er. Sein Kopf war hellwach.

Nach längerer Pause sagte Baier: „Und ick denk, wenn der Johann Jacob Gottschalk die Pegasus mal haben will, denn soll er sie haben. Niclas Baier is kein Halsabschneider nich, und schon gar nich bei seinem Steuermann. Kiek eins, dat war, wat ick wollt mit dich unter vier Augen reden. Nu denk mal darüber nach.“

Gottschalk ging wie auf Schlick. Mit so was hatte er bei seiner Seel nicht gerechnet.

„Johann“, sagte Baier nach einer Weile, „bei Nacht kommt dich der Gedanke. Bei Tag is alles anners. Dat Geschäft aber musst du am Tag machen. Lass uns bei Tag darüber reden.“ Danach fiel kein Wort mehr. Sie gingen auseinander, ein jeder in sein Haus.

Am nächsten Tag bei klock zehn stand Schiffer Baier vor Gottschalks Tür. Ohne Fisematenten zu machen oder drum herum zu reden, begann er gleich: „Wat ick dich heut nachtens gesagt hab, dat hab ick ernst gemeint. Ick wollt dich dat nur noch eins versichern. Einen Törn mach ick noch. Danach kannst du mir geben, wat du kannst. Nur eins musst du mir versprechen, und ick sag dat schon heut, damit du dich kannst darauf vorbereiten. Du musste die Pegasus halten wie eine Braut, wenn du weißt, wat ick meinen tu. Sie is meine Braut von Anfang an gewesen und noch heut wie am ersten Tag. Und sollst kein Hass und kein Streit an Bord aufkommen lassen und Gotts Gebot bewahrn. Aber dat können wir noch verklaren, wenn't mal so weit is. Hier", er griff in seine Jackentasche, „hier geb ich dich einen Brief. Darin steht wat geschrieben. Und wenn der Tag kommt, wo ick muss nach Gotts Willen über Stag gehen und Kurs auf Himmel fahrn, denn machst ihn auf, nur du allein, und denn steht da wat drin, wat du machen musst. Aber vorher mach ihn nich auf. Ick vertrau dir dat an, Johann."

Gottschalk flirrte der Kopf. Traurig sah er seinen Schiffer an.

„Hast Ahnung, Niclas?", fragte er ihn leise und zupfte an seiner Jacke. „Ick meine so, as wenn ... "

Baier winkte ab. „Ahnung hat jedweder mal. Kommt nur drauf an, sie mit dat innerliche Auge zu sehen. Du weißt nu Bescheid.

Den Brief hast du hier. Steck ihn dich weg. Und – wat ick seggen wollt, nächste Woche gehn wir an Bord. Wir können mit Giese seinen Steinprahm segeln, wenn sich nischt bessret findet. Und von da aus glieks rüber nach Dänemark. Ick hab all so'n Jibber nach meinem schönen, schönen Schipp."

Gottschalk drückte seinen Schiffer an beiden Armen so fest wie unter zwei Schraubzwingen. Und die Blicke ihrer Augen stießen für Sekunden tief ineinander.

„Dank auch, Niclas, für dat Vertrauen. Bist 'n guten Kerl."

ALS Sophie erfuhr, dass Maria Amalia niederkommen sollte, erinnerte sie sich daran, dass sie schon zweimal hatte ein Kind hingeben müssen. Zu gut wusste sie, wie es ist, Kinder in freudig banger Hoffnung auszutragen und sie wieder abgeben zu müssen. Eine Mutter, die das erfahren hat, wird entweder hart oder mitfühlend. Dann aber öffnet sie ihre Hände.

Sophie schätzte die Schluck'sche sehr. Ihre Bekanntschaft hatte begonnen bei der Beerdigung des Magisters Crüger. Sophie musste noch jetzt lächeln, wenn sie sich Maria Amalias erschrockenes Gesicht vorstellte beim Fall des Gesangbuchs, und wie sie sich über den Sarg hinweg angeblickt haben, so lustig.

Sophie wusste auch, dass Hans Schluck die längste Zeit des Jahres auf See war. Sie schickte Andres Schomaker mit einem Brief in die Vitte. Sie hatte geschrieben, Maria Amalia möge sich ohne Verzug in ihr Haus bequemen, denn sie wolle ihr helfen.

Schomaker fuhr in die Vitte und übergab den Brief. Maria Amalia las, versuchte zu verstehen und sagte schließlich: „Ja, ick komm. Dreh man Pferd und Wagen um, ick muss noch wat holen."

Sie ging in ihre Stube zurück. Hier musste sie sich erst mal fassen. Die Herrschaft holt mich zu sich? Warum ick? Warum bei ihr? Womit hab ick dat verdient? Was sie mitzunehmen gedachte, raffte sie zusammen. Wäsche für sich, Wäsche für das Kleine, schlug alles in ein Laken und schleppte sich damit zum Wagen. Bevor sie aufstieg, eilte sie noch zur lahmen Gausche und zu Mutter Anna, von der sie sich den Segen geben ließ. „Bet für mich und bet für dat Kind, Anna. Wenn't wieder nischt wird, will ick nich mehr leben."

Während sie dann fuhren, lenkte Schomaker sein Fuhrwerk vorsichtig um alle Unebenheiten herum. Mehrmals wandte er sich Maria Amalia zu und fragte sie in mildem Ton: „Is't schon schlimm? Soll ick anhalten?"

Maria Amalia aber plagte bei dieser Fahrt ein anderer Gedanke. Ob sie'n Doktor holt? Mein Gott, ick kann ihn doch nicht bezahln. Wat soll ick nur tun. Am Gutshaus half

Schomaker ihr die Freitreppe hinauf. Sophie empfing sie, als wäre sie ihre eigene Tochter, sie hakte sie unter und leitete sie ins Haus. Drinnen in der Stube ließ sie sie wissen: „Es ist mir das wichtig, Kind, dass du meine Bitte erfüllst. Schau, ich bin in diesem großen Haus ganz allein. Ich habe mein Lebtag viel zu danken. Lass mich das auf meine Weise tun, indem ich dir mein Haus anbiete. Du hast in deinem jungen Leben schon so oft anderen zur Seite gestanden. Ich weiß das. Ich denke, nun bist du dran."

Maria Amalia wollte etwas dagegen einwenden, doch Sophie schnitt ihr jede Rede ab. „Es ist gut, mein Kind. Sag nichts und lass es dir gefallen." Sie führte sie in eine Stube, hell und sauber, breitete die Arme aus wie vor einem einladend gedeckten Tisch und sagte: „Hier, dachte ich, hier sollte es sein. Hier hast du alles, was du brauchst. Caroline wird dir das Essen bringen."

Zwei Tage später, am 9. Juli 1789, nachts um drei Uhr, gebar Maria Amalia Schluck im Haus der Frau Kammerrätin Giese. Sie brachte einen Jungen zur Welt, gesund und kräftig, und nannte ihn Jochim Friedrich. Den ersten Namen gab sie, weil er ihr gefiel, den zweiten aus Dankbarkeit der Herrschaft gegenüber, denn alle deren Söhne, Thuro Joachim ausgenommen, trugen den Beinamen Friedrich.

Als sie wieder gut auf den Beinen war, meldete sie die Geburt ihrem lieben Pastor Bertram Ludwig Crüger. Dabei fragte sie, ob es nicht möglich wäre, die Taufe bis zur Rückkehr von Hanner aufzuschieben. Crüger meinte, sowas sei zwar nicht üblich, aber weil das Kind alles andere als schwächlich sei, dürfe es wohl sein.

Von diesen Tagen an, da sie ihr Kind stillte und auf den Armen wiegte, schien die Sonne seit Langem wieder hell in ihrem Haus. Dieses freundliche kleine Glück sprang über auf die Katen der Anna Schluck und der lahmen Gausche.

Monate später, als die Tage schon kurz waren, segelte die HERMINE in der nördlichen und östlichen Ostsee, und Schiffer Fredrichs kam es nicht in den Sinn, eher seinen Jahrestörn abzubrechen, bevor sie nicht seine obligatorische

Fracht Petersburger Äpfel bei Wintereinbruch nach Mecklenburg gebracht hatte.

Die HERMINE erreichte Warnemünde am 25. Dezember unter Mühen und auch nur im allerletzten Augenblick. Am nächsten Tag hätten Eisbarrieren den Zugang zum Hafen verschlossen. Niklas Schluck und Onkel Hanner nahmen die Post über Stralsund, kriegten den Sprung zur Insel gerade noch so und gingen mit Todes Eisboot über den *Troch*. Das war am letzten Tag des Jahres in der Frühe. Endlich, am Silvestervormittag, konnte Hans Schluck seinen kleinen Schnippelpisser in seine Arme nehmen, ein lüttes, quarrendes Bündel Mensch. Wie ein Tiger im Käfig wanderte er mit ihm in der Stube umher, lachte ihn aus, ließ ihn schreien und bewunderte ihn über die Maßen. Bis sich Maria Amalia die Brust freimachte und verlangte: „Lass ihn jetzt, du musst auch an ihn denken. Er hat doch Durst."

„Ja, dat is wahr, Mike", gab er zu. „Durst is schlimmer as Heimweh."

Als der Junge getauft wurde, stand als Gevatter ihm zur Seite kein anderer als Niklas Jochim. Die große Kette der Freundschaft war um ein Glied reicher geworden.

Gretchen Beyers hatte natürlich von Niklas Jochims Rückkehr erfahren. Irgendwo hatte sie es aufgeschnappt. Da schürzte sie sich heimlich auf und strich zur Dämmerstunde am Schluck'schen Katen herum. Sie wartete. Sie überraschte ihn draußen im Schnee, als er sein Wasser abschlagen wollte. Sie hielt ihn fest und zwang ihm das Versprechen ab, die Luke zur Ook abends nur anzulehnen. Das mit der Leiter mache sie selber.

In Niklas schlug das Blut hoch, und er gab nach. Gretchen war in dieser Nacht wieder unerbittlich. Am nächsten Morgen schwor er sich hoch und heilig, sie nicht mehr einzulassen, denn er wollte nicht ins Gerede kommen. Man sprach nicht gut von ihr, und viele hielten sie für ein durchtriebenes Stück. Trotzdem wünschte er sie in seine Kammer. Er wusste auch nicht, warum.

SECHSTES KAPITEL
1790 – 1793

DURCH das Kind Jochim Friedrich wurde Maria Amalias Leben wunderbar verändert. Nun brauchte sie nicht mehr unentwegt ihrem Hanner in die Ferne zu folgen auf den Wolken sorgender Gedanken. Hier hatte sie vollauf genug für die Hände und fürs Herz. Sie musste den Jungen stillen und mit Reinlichkeit versorgen, sie musste ihn in den Armen wiegen und ihm vorsingen, sie musste mit ihm sprechen und ihm gut sein. Betrachtete sie ihn, kam es wie ein Wunder über sie, wenn sie Hanners Gesicht in seinem Gesichtchen wiederfand. Das Kinn, die Augen, das ganze Köpfchen ... Einmal führte sie ihn der lahmen Gausche vor:

„Kiek eins, Gausche, dat is Hanner, ganz und gar. Von mir hat er nischt."

Die aber setzte dagegen: „Wat du redest. Dat bist du, as du noch lütt warst. Die Augen, die Nas, der Kopp. Ick kenn dich doch von erste Stund an."

Maria Amalia war in ihrer Seele glücklich. Bettete sie ihn abends in den Schlaf, betete sie über ihm, bat um Behütung des Leibes und der Seele für ihn und für den Vater auf See. Mit der Zeit kamen ihr auch die alten Reigenlieder wieder in Erinnerung. Dann summte sie ihm zärtliche Weisen ins Ohr, drehte sich mit ihm und singsangte:

Jetzt danzt Hannemann und seine lewe Fru.
O du mein Möppelken bist du.
He hett schew Gesicht und sie'n paar grote Ohrn.
O du mein Möppelken bist du.

Also verlief das Jahr bei ihr in anderer Weise als bisher. Haus und Hof lebten unter ihren fleißigen Händen, sie webte, sie spann, sie half auch auf dem Gutshof aus und steuerte damit ein paar Zimperlinge bei zu dem, was Hanner ihr zum Haushalten zurückgelassen hatte. Sie war nicht arm, sie war nicht reich, sie lebte, wie sie alle in der Vitte lebten.

Durch Jochim Friedrich verinnerlichte sich auch das Verhältnis zu Mutter Anna. Da war nicht mehr ältere Freundin und jüngere Freundin, nicht mehr Vormund und Schulkind, nicht mehr Mutter und Tochter. Da war vor allem ein Stück, ein Ineinander zweier Leben. Dies trug sie beide hindurch, dies war Balsam auf den Wunden der Vereinsamung, und nun gab es auch nichts mehr, was die eine nicht von der anderen wusste.

Bisher zählte noch die lahme Gausche zu ihnen, um das Dreieck verlassener Frauenzimmer zu vollenden, doch die lag seit Wochen schon in ihrem Bettkasten und wollte nicht mehr leben. Behinderung und Schmerzen hatten sie vom Leben abgeschnitten und so vergnatzt, dass niemand sie mehr mochte. Und wer überdies noch eine empfindliche Nase hatte, hielt es in ihrem Zimmer nicht aus. Nur die beiden Schluck'schen Frauen kümmerten sich in rührender Fürsorge um die Vereinsamte. Die wussten mehr von ihr als alle anderen im Dorf, wussten, dass sie eine Frau war, die niemals richtig Frau hatte sein dürfen und die von sich selber sagte, sie sei, wenn nicht von ihren bösen Eltern, dann vom lieben Gott in den Dreckgraben des Lebens geschmissen worden.

Nun verwelkte sie in ihrem Bett, verging wie die Flamme einer niederbrennenden Kerze. Anna tat, was sie konnte, brachte das tägliche Mahl, wusch sie und umsorgte sie im Wechsel mit Maria Amalia. Das sollte nun zu Ende sein, denn die Zeit war gekommen, in der Johanna Gaus Geist den unumkehrbaren Weg in die Ewigkeit suchte. Ihr Gesicht hatte die Frau schon verloren, ein Totenschädel lag in den Kissen, von faltiger, ausgedörrter Haut überzogen, kantig und hart. Ihr zahnloser Mund klappte auf und zu, pausenlos, und der Atem pfiff im Hals. Die Hände, braune dürre Krallen, strichen fortwährend über das Betttuch. Sie wusste es nicht mehr. Als Maria Amalia an den blau unterlaufenen Fingerkuppen las, was die Stunde geschlagen hatte, dass der Tod bereits in der Stube stand, rannte sie zu Mutter Anna: „Komm fixing, es geht zu End mit ihr."

Johanna Gau starb dann. Sie starb verarmt und hinterließ nichts. Ihre Möbel waren wackliger, wurmstichiger Trödel, die Wäsche zerschlissen, das wenige Hausgeschirr zum Verschenken zu schlecht, der Katen von fragwürdigem Wert. Maria Amalia deckte ein sauberes Leinen über den Leichnam, dann gingen sie und schlossen das Haus hinter sich ab. Der auf ihr Verlangen hin erschienene junge Doktor sollte den Tod bezeugen. Dem genügte es, in die Stube zu blicken, der Gestank trieb ihn buchstäblich hinaus. Er setzte seinen Namen unter ein vorgedrucktes Formular und überlies alles weitere den Frauen.

Johanna Gau wurde beerdigt. In der Leichpredigt sagte Pastor Crüger, dass sie ihr Leben lang hat auf ihren Beinen jümpeln und jackeln müssen, jetzt steht sie aufrechten Ganges vor ihrem Herrgott, weil alles Leid und Geschrei vor seinem Thron aufgehört hat zu sein, und er, der Herr selber, wird abwischen alle Tränen von ihren Augen. Und segnete die Tote aus.

Niemann hatte das Grab gegraben. Er schaufelte es auch hinterher zu und bereitete den Hügel. Erst auf dem Nachhauseweg kam Maria Amalia der Gedanke an die Bezahlung, den Schreiner für die Kiste, den Niemann für das Loch und Küster Carow für Singen und Beiern.

„Sie werden ihre Hände aufhalten", sagte sie.

Anna beruhigte sie : „Ick bezahl dat, Mike, kümmer dich man nich um so wat."

„Ick kann dat aber auch bezahln. Du musst nich."

„Wolln uns doch nich streiten. Ick zahl dat."

„Denn zahl ick den Dokter."

„Wat willst du ihm zahlen, wo er ihr nicht hat angerührt? So'ne lütte Münz giwwt gar nich, wie der sich verdient hat. Viertel Penning, segg ick. Wenn du den hast, kannst ihm zahlen."

In den beiden Frauen lebte die arme Frau noch lange nach. Immer wieder brach es auf, wenn sie beieinander waren:

Weißt noch, Anning ... wat hat se gesagt ... ? Se hat aber gesagt ... Das Kuhpferd wurde fast zu einem Phantom, das sie nicht in Ruhe lassen wollte.

Denn noch auf dem Sterbebett hatte sie Annas Hand gefasst und sie förmlich beschworen: Pass auf dein Niklas auf, dat Kuhpferd, er soll ihm nich verliern, denn is allet gut.

„So hat sie gesagt, genau so. Aber ick frag dich, wat soll dat mit dieset Spieldings."

„Lass ihr doch, is doch bloß Mumpitz."

„Du seggst Mumpitz? Ick glaub, dat is nich Mumpitz."

„Olle Magister Crüger hat auch gesagt Mumpitz."

„Lass ihr. Dat is dat Einzige, wat sie von ihren Vater hat übrig behalten."

Auf solche Weise blieb Johanna Gau in der Erinnerung lebendig. Doch wie es so geht, im Lauf der Zeit verblasste auch ihr Bild, denn das Leben lief seinen vorgeschriebenen Weg weiter, auch ohne sie. Am Ende dann fehlt niemand, der einmal gelebt hat.

Den bruchfälligen Katen übernahm Hinrich Gau, der Sohn Peter Michael Gaus mit der Schreistimme, der damals mit den *Dörchhalern* vor Kap Arkona abgesoffen war. Hinrich Gau richtete den Gauschen Katen wieder her und zog ein. Was er nicht gebrauchen konnte von all dem hinterlassenen Plunder zerhackte er zu Brennholz oder verbrannte es auf der Wiese.

Die PEGASUS, neu aufgeriggt, war wieder auf See. Was die niederschlagenden Masten und Spieren an Bord zertrümmert hatten, war neu aufgebaut und prangte nun in Helleiche, gefirnist oder in blau-weiß abgesetzt und bot einen Anblick, der Schiffer Niclas Baiers Herz immer von Neuem entzückte. Für diese Fahrt hatte er eine einfache Besatz angeheuert. Bei ihm geblieben war nur Johann Jacob Gottschalk, sein treuer Freund und Steuermann.

In Warnemünde nahm er die günstige Gelegenheit wahr, in Kisten und Säcke geschlagene Stückgutladung bei doppelter Frachtversicherung nach England zu schaffen, ein langer Törn, südlich um die britische Insel herum und dann nordostwärts hinauf nach Cardiff, für ihn eine ertragreiche

Reise. Ohne Verweilen ging es dann wieder zurück in die Ostsee, den Schiffsbauch prall gefüllt mit bestem englischem Weizen. England lieferte ja seit Kurzem seinen Weizen in das Dänische, drückte die Preise auf dem Markt und ruinierte die dänische Landwirtschaft in schmerzlicher Weise. Doch so was bekümmerte den Schiffer nicht. Er nahm Fracht, wie sie ihm geboten wurde. Für ihn war alles Geschäft, er lebte davon.

Schwer beladen hing nun die PEGASUS in der See. Baier ließ die handgedrechselten Speichen des Ruderrades durch seine Finger wandern. Ab und zu sandte er einen Blick hinaus, wo sich im Dunst des Tages schemenhaft die Höhenzüge von Saint Michels Mount zeigten, oder Kap Lizard, jene Klippen, an denen schon manch stolzes Schiff sein schmähliches Ende gefunden hatte. Während er die PEGASUS in bedenklicher Nähe an ihnen vorbeisteuerte, stand Johann Jacob Gottschalk über Schanzkleid und Reling gelehnt, schaute nach Kap Lizard hinüber und ließ seinen Gedanken freien Lauf, denn was vor sechzehn Jahren dort geschehen, erlebte in ihm eine feierliche Auferstehung. Jede Sekunde der Katastrophe kam ihm in den Sinn, das Krachen des Schiffs an den Felsen, der Schrei der Ertrinkenden, der Untergang der PETRINE, das Wüten der See, der gurgelnde Abgrund, dem er so wunderbar entkommen war. Und neben den Namen derer, die es nicht mehr gab, hörte er noch Tys Dalmars Stimme, dem einzig mit ihm Überlebenden. Beim Nacherleben des damals Geschehenen wunderte er sich heute selbst, dass er doch wieder auf ein Schiff gestiegen war.

Baier ahnte wohl, was in seinem Steuermann vor sich ging. Er fragte ihn nicht. Still stand er am Ruderrad und führte seine Gedanken andere, eigene Wege. Die Zeit war herangereift, dass er seine PEGASUS ein letztes Mal der Heimat zusteuern sollte, wo er zu Hause die nassen Decksplanken mit denen eines trockenen Fußbodens einzutauschen hatte.

Als sich Gottschalk nachher still zu ihm gesellte, blickten sie sich nicht an. Baier sagte irgendwann, und seine Stimme führte einen fremdartigen, weichen Klang: „Ick weiß, wat mit dich is, Johann. Aber lass man, gute Gedanken sind besser als gar keine Gedanken.“ Gottschalk wies mit dem Arm hinüber: „Da achtern is dat gewesen, da achtern, Niclas. Sechzehn Jahr is dat nu her, aber mich deucht, dat war gestern.“

„Ja, Johann, so is dat mit dat menschliche Leben, von dem Paster Crüger seggen tut, denn es fährt schnell dahin, als flögen wir davon.“

„Crüger hat recht, ick merk dat wohl.“

Schwer wiegte sich das Schiff in der vom Heck her drückenden See. Rauschend schäumte sie unterm Klüverbaum auf und machte der nächsten bereitwillig Platz. So ging das Stunde um Stunde. Gottschalk sagte dann und griff an das Rad: „Nu lass mich mal eins wider an't Ruder. Ick muss auf anner Gedanken kommen.“

„Ollreut“, willigte Baier ein, gab ihm die Kompasszahl und ging weg, ging dahin, wo eben noch Johann gestanden hatte, den Bauch gegen die Reling gedrückt, den Blick über das nach achtern ausschießende Wasser. Dort stand er lange, unbeweglich fast, eine Gestalt wie aus Holz gezimmert, die nur in der Bewegung mit dem Schiff hin und her geigte. Endlich wandte er sich um, trat auf Gottschalk zu und stellte sich so dicht neben ihn, dass er über Wasserrauschen und Windzischen hinweg leise mit ihm sprechen konnte. Denn was er hier oben zu sagen gewillt war, brauchte unten nicht gehört zu werden.

„Johann“, fing er an, „hör mir mal eins zu.“

Gottschalk blickte unverwandt auf Kompass und Segel. „Wat is, wat hast?“

Baier schob seine Mütze ins Genick und kratzte sich umständlich den Schädel. „Dat is nämlich so“, fuhr er fort und rückte die Mütze wieder zurecht. Und während nun die PEGASUS ihren ruhigen Kurs lief, legte Schiffer Niclas Baier seinem Freund Gottschalk klar auf die Back, wie er sich das mit dem Aussteigen und Ablösen und Anlandbleiben dachte. Doch indem er redete, spürte er nicht, dass er mit seinen Händen die Kompasshaube umklammerte und so fest zudrückte, dass die Finger weiß wurden. Es war wohl die längste Rede, die er je in seinem Leben gehalten hatte und die er mit den Worten beschloss:

„Ick bin kein Hals- und Ohrenabschneider, und ick lass dir dat Schiff für einen verträglichen Preis. Wat ick hab für mein Alter, dat liegt all auf der Bank bei über viertausend Taler. Wat soll ick dich zu einem armen Mann machen. Dat wäre gegen meine Natur. Aber“, und damit stieß er ihm mit dem Finger hart gegen das Kinn, „kiek mich an, Johann, dat seggst du kein ein! Dat bliwwt unner uns zwei beid. Is dat klar?“

„Dat versicher ick dich, Niclas. Dein Schipp is bei mich in orrentliche Händ, so wahr ick Johann Jacob Gottschalk aus der Vitte bin. Und mehr segg ick nich dazu. Du kennst mich ja.“

Von diesem Augenblick an nahm Niclas Baier Seemeile um Seemeile von seinem Schiff Abschied. Hatte er es nun einmal ausgesprochen, sollte es auch dabei bleiben. Die Sache war vernietet.

Johann Jacob Gottschalk aber strich über das Ruderrad mit liebkosenden Bewegungen. Seine Hände fuhren über alles, was sie fassen konnten, und seine Augen wanderten mit stillem Wohlbehagen über das neue Takelwerk: dats nu min, dats nu min, dats nu min. Denn der Gegenwert lag bereits sicher verbucht unter dem Namen Gottschalk, Johann Jacob, freier Seefahrer in Vitte, auf der Bank in Stralsund.

Mit dem Einbrechen des Winters ging die PEGASUS zum letzten Mal unter ihrem alten Schiffer Baier ins Winterlager. Noch vor Weihnachten ließ er das Schiff gerichtlich überschreiben. Die Besatz war ausgestiegen und suchte sich eine andere Heuer.

Baier, nachdem er seine Plünnen und sein Privatissimum in die Gig geladen und hinüber zur Insel gerudert hatte, ging ein allerletztes Mal an Bord, um Abschied zu nehmen. Mehr als dreißig Jahre hatte ihn die PEGASUS durch Sturm und Dreck, durch nahe und ferne Häfen, durch sternenübersäte Nächte und knackige Sommerhitze gefahren. Jetzt sagte er ihr adieu, sagte adieu von vorn bis achtern. Jedes Stück an Bord, jeden Gording und Spaken fassten seine alten, fleckigen Hände noch einmal und sagten ihnen adieu, die Winschen, die Koffeinägel, die Skylights, alles was über Deck stand. Stieg danach hinunter bis in die Bilge, kroch in alle Ecken, schaute in alle Schapps und sog ein letztes Mal die liebe Kajütluft voll in seine Lunge, um sie wie des Schiffes eigene Seele mit sich nach Hause zu nehmen. Bevor er dann sein Schiff endgültig verließ, kniete er neben der Ankerwinsch nieder, drückte die breiten Finger fest ineinander und flüsterte: „Lieber Herrgott, das soll't nu gewesen sein. Ick dank dich auch für dat allet." Erhob sich, stieg ins Boot und ruderte davon. Sein Schiff, je weiter er sich von ihm entfernte, wurde immer kleiner und kleiner. Bis sich eine Schilfnase zwischen die beiden schob. Das also war's gewesen.

In jener Zeit fuhr Schiffer Fredrichs noch immer seine HERMINE. Wie er es mit fast krankhafter Gewohnheit zu tun pflegte, führte er sein Schiff auch in diesem Jahr erst kurz vor dem Zufrieren der Gewässer dem winterlichen Schlafplatz zu. Just an dem Tag, an dem Niclas Baier seinen Namen unter das Verkaufszertifikat setzte, rauschte vom Bug der HERMINE die Ankerkette durch die Klüse, der Anker fasste Grund, das Schiff schwojte aus und kam zur Ruhe.

Als Fredrichs vom Eignerwechsel auf der PEGASUS erfuhr, erfreute ihn die Tatsache, dass gerade der Gottschalk das Schiff übernehmen sollte. Denn auch er hielt Johann Jacob für einen guten Schiffer nach allem, was er über ihn gehört hatte, dazu auch dessen menschliche Seite. Nun rätselte man, ob er seinen Neffen, den Hans Peter Gottschalk mit übernehmen würde, ein junger Kerl, der bei denen, die ihn näher kannten, ebenfalls in gutem Ruf stand. Und was das Schiff selber betraf, heia, solchen Kahn wie die PEGASUS hätte sich selbst Schiffer Fredrichs nicht ausreden lassen.

Fredrichs versuchte, Baiers Aussteigen zu verstehen, obwohl er selber gegenteilig verfahren würde. Er hielt es mit dem Spruch, dass ein echter Schiffer mit seinem Schiff untergehen müsse. Er hielt sich an die Rede, das Meer ernähre und trage, solange es will, dermaleinst aber holt es dich hinab und du musst ihm deinen Herzschlag, Leben und Seligkeit verschreiben. Dann erst wäre ein Schifferleben vollendet.

Auch Hans Schluck und Niklas Jochim erfuhren von dem Verkauf. Die beiden hatten, weil das Jahr wieder zur Neige ging, ihre Füße wieder auf den Inselboden gesetzt, um sich von liebenden Armen umfangen zu lassen. Maria Amalia brannte ungeduldig darauf, Hanner den lütten Jochim Friedrich vorführen zu können. Hanner sollte sehen, wie schön er stehen könne, und dass er eben solche abstehenden Ohren am Kopf habe wie er.

Anna Schluck, nachdem Niklas Jochim sie mit großer Herzlichkeit umarmt und mit seinen Ankerflunkenarmen bald zerdrückt hatte, bat ihn ein ums andere Mal, er möge ihr doch erzählen, „von buten, von allet, woans sich dat Leben da so is und wo die Welt zu End is. Ick fahr doch immer mit dich mit. Und brauchst auch deine Geheimnisse mich nich zu seggen."

Geheimnisse? Niklas Jochim wurde unsicher. Hatte Gretchen Beyers sich verraten? Andere Geheimnisse kannte er selber bei sich nicht.

In der Tat streunte Gretchen in letzter Zeit in der Vitte herum und warf ihren Blick auffallend oft auf den Schluck'schen Katen. Sie sah nach der Leiter, die unter dem Rohrdach hing, und wünschte sich, sie würde eines Tages, nein bald, bald, an die Giebelwand gelehnt sein.

An einem Abend, nachdem sie sich tagsüber dem Niklas Jochim bemerkbar gemacht hatte, fand sie die Leiter, aufrecht gestellt, gleich unterhalb des Fensters der Ook. Das war das Zeichen, das war mehr als das, das war Einladung, war Befehl: Komm!

Von dem Tag an stand die Leiter Abend für Abend, und Gretchen stieg über sie ein in das bereite Gemach. Das ging wohl lange in stillem Einvernehmen gut, und niemals hatte jemand etwas davon erfahren. Bis in Niklas Jochim eine Art Ernüchterung aufbrach, bis er nicht mehr mochte.

Oder hörte er doch schon die Geister flüstern? Piepten es nicht doch die Spatzen schon vernehmlich von den Dächern? Er war sich, beschaute er sich im Spiegel, sicher, dass jeder ihm die durchbrachten Nächte aus dem Gesicht ablesen müsste, denn er selber kam sich vor wie ein ausgelaugter Hering. Scham und Ekel vor sich selber begannen ihn umzutreiben.

Bald zog ihn Hans Schluck auch beiseite und plierte ihn neugierig an. „Wat is mich mit dich, Nikker? Siehst aus as so'n Kalkpott mit Braunbier und Spucke, schleichst rum as so'n Mummelgreis. Ick riech wat. Ick mein, ick hab's auch gesehen. Abends steht sich die Leiter unter deine Ook, morgens hängt se an'n Haken. Is dat wahr, dat die Beyers ... ick mein, sie is achtzehn Jahr, und du bist auch'n Mann. Aber so geht dat ja nu auch nich. Pass auf dich auf, du."

In Hanners Worten lag etwas Unerbittliches, sie schlugen dem Jungen hart ins Gewissen, umso mehr, als er sich ja selber schon an den Kopf langte über das alles. Er konnte nichts dazu sagen. Brauchte es auch nicht, denn Hanner war noch nicht fertig. Er hielt ihm seine offene Rechte unter die Nase, und sein Ton wurde jetzt glasscharf:

„Kiek dich eins diese Hand an. Die schlag ick dich in Gnack und Fress, wenn du noch einmal – noch einmal ... du weißt schon. Du hast deinen Vater Stoffer selig nich mehr. Jetzt bin ick mal dein Vater. Und ick schlag dich zusammen, dat du in kein Sarg nich mehr passt. Kümmer dich um Haus und Hoff und deine Mutter und um weiter nischt. Sonst lass ick dich auch nich mit einem einzigen Zeh mehr unner mein Dach. Dat verrat ick dich hoch und heilig."

Er griff ihm hart und schmerzhaft in die Schulter und drehte ihn zu sich hin. „Wat hast du dazu zu seggen? Äußer dich, ick höre!"

„Ick – ick weiß auch nich", stieß Niklas Jochim heiser hervor.

„Mal is't mich angenehm, mal is't mich zum Kotzen. Aber lassen, lassen will ick ihr auch nich. Ick mag ihr nämlich."

Hans war einen Augenblick still. Er ließ den Jungen los,

ging einige Schritte auf und ab und überlegte. Dann drehte er sich knass um, hob den Finger und fuchtelte ihm damit vor dem Gesicht herum:

„Wenn dat so is, dat du ihr magst, dann giwwt dat nur eine Medizin. Und die heißt Abreisen. Du steigst aus von der Hermine, verstanden? Nich, dat ick dich verdammen tu. Denk nich, dat ick dich nich mag. Aber weil ick dich mag, muss ick und werd ick mich um dich kümmern, wie ick dat Jahr für Jahr getan hab. Johann Gottschalk hat vertellt, dat er Besatz braucht auf die Pegasus. Er will auch längere Fahrten machen, nich wie Fredrichs immer vor der Haustür und an de Küste längs. Er will ins Mittelmeer und nach Ägypten und rund um den Äquator und noch weiter, seggt er. Du steigst bei ihm auf. Ick will dat. Dann bist du für Jahre weg. Und wenn du denn wiederkommen tust, und wenn du dat Mädchen denn noch magst und du nich wen anners willst freien, denn soll't mich egal sein. Aber so lang hört mich dat Techtelmechtel auf. Trennung, Nicker, dat is dat Heilsame für Mann und Weib. Dat is die Medizin, die ick dich verabreichen tu, und die trinkst du. Hast mich verstanden?"

In Niklas Jochim wühlte es wie eine Brandungswelle. Der Gedanke, bei Gottschalken aufzusteigen, war wirklich verlockend. Das Gewese mit Gretchen – ja, wenn er auf diese anständige Weise damit aufhören könnte ... In diesen wenigen Augenblicken fielen die Würfel. Unwiderruflich, wie ein Wendekommando auf See, ging sein Trachten auf einen neuen Kurs. Niklas Jochim sagte, und nicht ohne Erregung:

„Onkel Hanner, hör mich zu. Wat du mich seggt hast – alles ollreut. Ick segg nur steuerbordhalsen."

Hans starrte ihn an. „Wat heißt dat?"

„Dat heißt, von nu an steuer ick annern Kurs. Wer steuerbordhalsen fährt, hat Vorrecht. Dein Kommando gilt. Ick lass ihr zufrieden. Ick steige um, wenn Gottschalk mich haben will."

Hans blickte ihn an, halb voller Zweifel, halb voller Vertrauen.

„Meinst du dat so, oder meinst du dat nich so?"
„Ick mein dat so, Hanner. Ick lüg dich nich an."
„Denn is dat gut. Ick dacht schon, du bist ein Dreckfink."
„Nee", erwiderte Niklas Jochim ruhig. „Dat bin ick nich. Dat brauchst nich von mich zu denken."

Jetzt verzog sich Hanners Gesicht zu einem breiten, verstehensvollen Grinsen. „Ick weiß doch, dat du einen orrentlichen Charakter in dich hast. Dein Vater Stoffer selig, der hätt dich kreuzlahm geprügelt. Dat is ja nu wohl nich mehr nötig. Ick lass dich von Bord gehn, mit Fredrichs geht dat ollreut. Aber dat is die Medizin, die du brauchst. Und nu geh und red mit Gottschalken. Ick hab mit ihm die Sach gestern schon kalkfatert."

Den ganzen Winter hindurch blieb die Leiter an ihrem Haken hängen, Nacht für Nacht, mochte Gretchen sich winden, wie sie wollte. Erst als das Wintereis verschwand und die Seeleute sich zur Ausfahrt klarierten und auch Niklas Jochim seine neue, große, schöne Seekiste packte, kam es noch einmal über ihn. Er lehnte die Leiter an, er musste es tun, er musste dem Mädchen einfach auf seine Weise adieu sagen, nicht draußen, nicht am helllichten Tag vor aller Augen. Nein, oben in der Ook. Da wollte er ihr sagen, dass er sie wirklich, wirklich lieb hatte, so lieb wie nichts auf der Welt. Und er wusste, dass er sich nicht selbst belog. Er sagte es ihr, sagte auch, dass er sie heiraten will, wenn er nach Jahren wiederkommen würde. Wenn sie ihn dann noch sehen will. Noch aber, sagte er ihr, sei alles zu früh, und er will erst was von der Welt sehen.

Gretchen Beyers glaubte ihm, glaubte ihm voll. Sie richtete ihr Leben darauf ein. Seine ehrliche Versicherung, er liebe sie, brach alle stürmische Sehnsucht in ihr ab und ließ ihr Herz, ja ihren fordernden Leib zur Ruhe kommen. Ja, ja, ja hatte er sagen sollen. Er hat es getan, und mehr hatte sie nie gewollt.

Von diesem Tag an wurde Gretchens Wesen auffallend angenehm. Wer nun mit ihr zu tun hatte, hielt sie nicht mehr für das Miststück, sondem musste gestehen: Kiek eins, Gretchen macht sich.

Auch ihre Schwester Lene, wenn sie die Insel aufsuchte, wandte sich ihr wieder zu, denn sie hatte aus Gretchens eigenem Mund erfahren, wie es um sie stand. Allerdings blieb ein Tröpfchen Bitternis bei Lenchen Beyers hängen. Niklas Jochim sollte nun bloß ihr Schwager bleiben, bloß ihr Schwager.

KÜSTER Carows Frau kam zum zweiten Mal nieder. Um ihr in ihrer schweren Stunde beizustehen, hatte sich Hedwig Crüger in ihr Haus, das Schulhaus, begeben und reine Leinen aus eigenem Besitz wie auch einiges zur leiblichen Stärkung mitgebracht, wie sie auch damals bei dem Erstgeborenen getan hatte. Diesmal war die lütte Pastersch mitgekommen. Hedwig Crüger wollte, dass dieses Mädchen frühzeitig lerne, wie eine Geburt geschieht.

Die kleine Collwitz erhob Bedenken: „Was wird die Kuhschnabbel sagen, wenn ick komm? Sie mag mich doch nich."

„Sie mag keinen, Kind, aber wir werden sie nicht danach fragen. Ich will, dass du dabei bist. Unwissenheit schadet, wissen kann man nie genug."

Als das Mädchen dem Vorgang beiwohnte, mischten sich Neugier und Ängste gleichermaßen in ihr und sie atmete befreit auf, als das quäkende, quaddernasse Etwas auf dem Laken lag und die Mutter ihre Arme nach ihm ausstreckte. Maria Hedwig Collwitz hatte den natürlichen Vorgang kennengelernt. Aber noch ein anderes. Sie hatte gelernt, wie ein Mensch trotz aller Abneigung gegen eine Person sich ihr doch zur Seite stellen kann, wenn es sein muss, dass so etwas Nächstenliebe heißt und man nicht fragen darf, ob die Person es auch verdient hat.

Carow selber war an diesem Tag, an dem die Weibsbilder in seinem Hause herrschten, bei Blössing im Krug versackt. Den langen Vormittag standen die Kinder vor der verschlossenen Schulhaustür, den Kindern zur Wonne, dem

Pastor zum Ärgernis. Mit verständlicher Empörung kündigte er eine Schulvisitation für den kommenden Tag an, der Carow sich wohl stellen musste. Um eines guten Eindrucks willen fegte der noch vor Sonnenaufgang die Schulstube aus und erwartete vor der Zeit, was er sonst nie getan hatte, die Kinder vor dem Haus.

Die Visitation zog dann auch in keinem Punkt für Carow etwas Rühmliches ans Licht. In einem noch am gleichen Tag verfassten Visitationsprotokoll, das Crüger aber nur für sich zu behalten und nicht weiterzugeben gedachte, klagte er über die Ungeschicklichkeit Carows, dass dieser *richtige von falschen Antworten oft nicht gleich unterscheide, dafür das Schimpfen kriege und die Kinder in Ängste setze. Auch nicht geduldig sey mit den Schwächeren unter ihnen, zumahlen sie nicht alle gleichmäßig gelehrig seyen des Abziehens und Zunehmens von Zahlen und selber nicht gelehrig sey bei schwierigen Aufgaben der Lehre der Regeldetrie und der Algebra. Das Lesen bei den Schulentlassenden ist trocken und erinnert an lahme Schafe. Kein Wort des Neuen Testments geht ohne Hinke aus dem Mund. So ist von Seithen der Elteren beinahe einsichtig wenn sie ihr Kind besser im Hause und Metier halten. Das Resultat ist ungenügend.*

Crüger hatte ihn danach auch gehörig ins Gespräch genommen. Wie schon mehrfach hatte er ihm nicht nur die Schwächen seines Unterrichts vorgehalten, sondern nun aus gegebenem Anlass auch seinen Wandel. Carow sagte zu diesem nichts, nahm aber die Gelegenheit wahr, seinerseits massive Klagen zu führen über die Zustände auf der Insel, insbesondere über seine wirtschaftliche Notlage, welche, da nun ein zweites Kind da sei, sich verschlimmere. Crüger riet ihm dagegen, er möge nun abwägen, was für ihn besser sei, mit Frau und Kindern das Weite zu suchen, wieder Schuster zu werden oder auf ungesichertem Boden herumzubetteln oder aber hier bei halbwegs gesicherter Grundlage als unausgebildeter Schulmann zu arbeiten, wozu er, Crüger, ihm aus Gründen der Barmherzigkeit dringend raten möchte.

Carow wägte ab und nahm die Schwächen der Insel vorerst in Kauf, versprach auch sein Bestes zu tun, keinen Anlass zu Ärgernissen mehr zu geben und nahm den Unterricht wieder auf. Seine Weise aber war, wie nicht anders zu erwarten gewesen, die gleiche geblieben. Das Schulwesen auf Hiddensee hatte sich in nichts geändert.

1793

WÄHREND hier die Frühjahrsstürme über die Insel brausten, das Eis zerbrach und die Schiffer im Norden sich zur Ausfahrt rüsteten, segelte die PEGASUS weit, weit unten im Süden in den warmen Gewässern an den adriatischen Küsten. Im Logbuch stand alles genau vermerkt, Kurs, Position, Wetter, Vorkommnisse und das Befinden der Besatz. Johann Jacob Gottschalk führte sein Schiff, sein neues, eigenes Schiff, wie ein anderer es kaum hätte besser fahren können, weil Schiffer Niclas Baier sein jahrelanger Lehrmeister gewesen war.

Auf diesem prächtigen Schiff fuhr nun auch Niklas Jochim, der junge Segelknecht. Der fühlte sich unter Segel und Deck geborgener als zu Hause in seiner Ook unter dem mürben, alten Katendach. Er hatte, wie zuvor auf Fredrichs HERMINE, auch jetzt das Kuhpferd über seine Koje gepinnt, wo es nun an dünnem Bändsel bammelte und ihm beim Krängen des Schiffs die Senkrechte lotete. Dieses dumme, nichtsnützige Spielzeug, dieses winzige Stück Heimat wirkte auf ihn in eigentümlicher Weise. Mal musste er sich eins grinsen, wenn er es schaukeln sah, mal fühlte er Heimweh, mal füllten sich die Augen mit Tränen, mal bekam er Magenkribbeln, besonders dann, wenn er mit ihm redete, nicht wirr, nicht betrunken, sondern ganz manierlich mit ihm sprach und dabei den Namen Gretchen Beyers nannte. Dann sah er sie vor sich, ihr schmales, herbes Gesicht mit den rötlichen Pickelchen drin, die flusigen, nach allem Möglichen duftenden Haare, fühlte geradezu ihren brennenden Blick und roch ihren heißen Atem. In solchen Augenblicken war er ganz weg vom Schiff, vom Meer. Eine seltsame Abwesenheit, die wohl jeder Schiffer kennt, wenn er sich jahrelang draußen zwischen Wellen und Fischen herumschlagen muss. Niklas Jochim segelte im *Mare mediterra Mum.*

Auf Hiddensee hatten sie jetzt mächtig zu tun. Die Zeit, den Fastenhering zu holen, war angebrochen, noch vor Ostern musste er auf den Tischen liegen, beim Küster, beim Pastor, bei den Herrschaften und auch bei den Bürgern in der Stadt. Jetzt dümpelten die dicken Boote an den Reusen, die Männer griffen ins eiskalte Wasser und zogen die Stellnetze hoch, unten am Gänsewerder und noch weiter unten in der Prohner Wiek. Den Männern stahl es die Nächte, und die Frauen schleppten sich krumm an den schweren Lasten, und dann gab es nur Fisch zu essen, Fisch, Fisch und nochmals Fisch. Die Barsgrieper, Jochen Höbners Schuppengemeinschaft, schafften, was sie konnten und brachten doch kaum mehr heraus, als die Abgaben, die sie zu leisten hatten. Ihr bisschen Land, Acker oder Garten, blieb zur Heringszeit liegen. Das Vieh, die Zicke oder das Schaf, bekam die Zeiderkette um den Hals und musste sich selbst versorgen. Die Kinder lungerten herum, weil sie niemand in die Schule jagte. Seitdem die Fischerei wieder voll im Gange war, hatte niemand Zeit für andere Gedanken. Was sollte die nichtsbringende Schule? Carow, ob er wollte oder nicht, musste sich dieser Ordnung beugen.

Anders sah es dagegen im Gutshaus aus. Sophie Elisabeth Giese begann, ihren sechzigsten Geburtstag vorzubereiten. Ein Tag sollte es werden, den sie auf ihrer Insel zu feiern gedachte, einmal noch in alter Weise, mit Kindern, Enkeln, Freunden und anderen guten Menschen, bevor sie dieses Land dann für immer verlassen wird. Sie hatte Marie Wintherson zu sich bestellt, hatte Einzelheiten mit ihr durchgesprochen und ihr zwei verlässliche Frauenzimmer an die Seite gegeben, Caroline und die lütte Pastersch aus dem Pfarrhaus. Der Hof und die Dörfer sollten regen Anteil an diesem Geschehen nehmen, doch waren alle dermaßen in ihre Arbeiten eingefordert, dass niemand Zeit noch Kraft für abwegige Finessen wie die einer Herrschaftsfeier aufbringen konnte. Andres Schomaker kam von der Hofjacht nicht mehr herunter. Er hatte die Gäste herbeizusegeln oder, wie er seinem Gehilfen zuflüsterte, allewege Fleisch to führn.

Sophie empfing ihre Gäste in ihrer eigenen Art. Die einen mit inniger Umarmung, die anderen, indem sie ihnen die

Kusshand bot. Die Geladenen kamen alle und mehr noch, als sie erwartet hatte. Der greisgewordene von Wolfrath, der Hofrat Pommer-Escher, den sie mit den heiteren Worten „Oh, lieber Hofrat, auch schon so entlaubt“ begrüßte. Mit ungespielter Freude empfing sie den geschätzten Gottlieb Picht, der seine Pfarre um des Festes willen an den Nagel gehängt und sich mit Extrapost herübergeschifft hatte. Sie reichte auch jenem Mann die Hand zum Kuss, dessen Ruf als Bernsteinhändler durch die Lande ging, Moses Israel. Das Haus bot genügend Platz, ihnen allen ein Eckchen für die Nächte zu garantieren, vom Keller bis unters Dach. Der angereisten Familie schaffte Thuro ohne Schwierigkeiten Raum. Er sperrte zusammen, wie es ihm einfiel, Männchen hier, Weibchen dort, drückte sich mit seinen Brüdern Carl Friedrich und Philipp Friedrich hüben, die Schwestern Amalia Christina Schewen, Johanna Christina Kellmann und Amoena Hagemeister drüben in die Räume, und siehe, es ging zu aller Zufriedenheit unter Lachen und Stühlerücken lustig her wie in ihrer gemeinsamen Kinderzeit. Einzig trübte das Fernsein Adolph Friedrichs, der in Preußen als Cornett marschierte und seit der Hinrichtung Ludwigs XVI. im Januar und der darauf erfolgten Einnahme von Mainz unter König Friedrich Wilhelm II. anscheinend unabkömmlich war. Die Brüder bedauerten sein Fernbleiben umso mehr, als sie gern aus seinem Mund etwas über die Vorgänge in Frankreich, über die Umstürzeleien, erfahren hätten, von denen man hier nur gerüchteweise hörte. Dennoch, die Familie war zusammen, und das machte Sophie glücklich.

War sie in früheren Zeiten diejenige gewesen, die wie auf schwebenden Füßen durch die Räume wehte, liebte sie es jetzt, in vieler Hinsicht mehr Zuschauer als Akteur zu sein. Gern ließ sie sich ein Umworbensein gefallen. Dann saß sie da, umringt von lieben Freunden und in Gesprächen vertieft, in ihrem rot bezogenen Plüschsessel, und fühlte sich im Innersten wohl. Klein war ihr Gesicht geworden, bedingt durch fehlende Zahnreihen und die sonst schon schmalen Lippen lagen darin wie ein feiner Strich. Doch glänzte in ihrer Gestalt noch immer ein unauslöschbarer Adel. In ihrem dunklen, silberdurchwebten Seidenkleid, das, dicht am Hals geschlossen, den alternden Hals bedecken sollte, die Haare hochgesteckt und mit goldener Spange hinterwärts zusammengerafft, wirkte sie wie eine Königin, wie eine heimliche Hoheit, ein Attribut, das ihr ihre Gönner unumwunden zugestanden. Sophie Giese, die *Königin von Hiddensee*, ein Ruf, der in Stralsund und über die Stadt weit hinaus liebevoll wehte.

Für das Festessen hatte Sven Wintherson etwas besonders Gutes aus dem Stall gezogen. Dieses mit köstlichen Gewürzen nach französischer Art und mit reichlich Burgunder Wein getränkte Gericht schaffte einen unvergesslichen Genuss. Während sich nach dem Essen die Damen an den in vielfältiger Weise angebotenen Zuckerpralinen ergötzten, schmauchten die Herren den englisch fermentierten Tabak *Navy cut*, und die Jüngeren unter ihnen sogen an portugiesischen Zigarillos. Draußen im Garten, soweit es das herbe Aprilwetter erlaubte, spielten die Kinder Ball oder Fangen oder drehten ihre Ringelreigen unter der fröhlichen Anleitung Maria Amalias, die es sich nicht hatte nehmen lassen, ihrer verehrten Frau Kammerrätin einen persönlichen Gruß zu bringen. Den Kuss, den sie bekam, spürte sie noch den ganzen lieben Tag nach.

Gegen Abend, als sich das muntere Treiben verlief, gelang Thuro Joachim die großartigste Überraschung: Mademoiselle Courtois, die von Thuro entdeckte und vom Theatermäzen Hahn vermittelte Künstlerin, hatte ihr Kommen zugesagt, zu ihrem, wie sie sagte, ersten Inselkonzert in ihrem Leben.

Nun kam doch noch einmal der schon fast vergessene Flügel zum Erklingen. Und wie schön! Tief bewegt lauschten sie alle, und Sophie versank in schmerzvoller Erinnerung an ihren geliebten Mann. Denn nicht die Courtois spielte dort, nein, Sophie sah nur ihn, sah nur Ulrich an seinem Instrument. Hörte sie überhaupt zu, als der Pianistin mit unvorstellbarer Brillanz die Sonaten eines Mozart aus den Fingern flogen, die Rondos jenes berühmten Hamburger Bachs? O ja, sie hörte zu. Hatte sie auch vieles von diesem Tag erwartet, dieses war zu viel für sie. Hier war ein Auferstehen verschwundener Lebensjahre, der reichen Musikabende auf Schloss Niederhof oder in der Tribseer Straße, dazu die Namen der Freunde, der Freunde, die nicht mehr waren: von Olthof, von Schwerin, viele Namen. Und Ulrich ...

Sophie stand diese Tage durch, die einen Abschied einleiteten und das Ende eines Lebens bedeuteten; und die sie sich und ihren Kindern hatte schenken wollen.

Wenige Tage nach der Abreise der Gäste stellte Wintherson Kisten und Kasten bereit. Sophie Giese begann, sich auf den Fortzug einzustellen. Eine Segelschute schaffte das mobile Inventar, von dem sie sich nicht trennen mochte, in die Stadt, wo sie sich in dem Preetz'schen Hause einzurichten gedachte, in drei gemütlichen, nebeneinanderliegenden Räumen einer ersten Etage in der Langenstraße, unweit des Marktes, der sich zu Füßen der Marienkirche ausbreitete.

Am Tag des Abschieds, an einem späten Maimorgen, ließ sie sich von Wintherson noch einmal den Berg hinauffahren, Marie an ihrer Seite, um ihrer Insel endgültig Lebewohl zu sagen. Ihr Blick glitt über das Land nach Süden. „Wie der Zeigefinger an einer Faust", sagte sie, „ein Zeigefinger, der dorthin weist, wohin ich noch heute segeln werde."

In der Ferne winkten die Kirchtürme der Stadt, weit hinten lagerte sich im Dunst die Anhöhe des Darß, ein feiner grauer Strich mit der Ahnung der Barther Kirche, linkerhand das Rügen'sche Land.

Winthersons strenge Gestalt stand unbeweglich neben Sophie. Frischer Wind spielte in ihren Mänteln, er schob graublaue Wolkenballen am Himmel entlang, fast greifbar nahe, und ging weiter über die kahlen, von magerem Gras leicht begrünten Hügel. Da fasste Sophie Maries und Sven Winthersons Hände, eine links, eine rechts, und drückte sie und sagte mit tiefem Atem: „Lasst gut sein, Kinder. Wir wollen gehen. Das war's gewesen."

Sophie schloss ein letztes Mal das Gutshaus zu und zog

den Schlüssel ab. Sie überließ ihn Wintherson mit den Worten: „Euch, mein treuster Verbündeter, brauche ich nichts mehr zu sagen."

Zur gleichen Stunde hatten sich alle Leute vom Hof vor dem Gutshaus eingefunden, Große und Kleine, Alte und Junge, Männer und Frauenzimmer standen und warteten. Als Sophie zum Wasser hinunterging, folgten sie ihr in gemessener Entfernung nach wie zu einem Begräbnis. Schomaker hatte die Hofjacht am Gutsbollwerk segelklar gehalten. Als Sophie auf das Schiff stieg, traten die Leute dicht ans Ufer heran, eine stumme Menge. Kinder schwenkten verhalten bunte Tüchlein, die Frauen wischten sich über die Augen, alte, abgearbeitete Hände falteten sich, und über dürre Lippen flüsterte es immer wieder: „Wat soll werden, wat soll nu bloß werden, wenn uns' Mudding nich mehr bei uns is."

Sophie sah das alles. Sie lächelte, aber sie lächelte mit nassen Augen. Den Arm gegen das Kajütdach gestützt, stand sie im Schiff. Danke, dachte sie, danke, mein Gott und Herr, danke, ihr meine guten Leute, ich danke euch allen. Und sie winkte und winkte, bis ihr der Arm erlahmte. Erst als ein Schilfkamp sich zwischen Boot und Ufer schob, wandte sie sich zu ihrem Schiffer Andres Schomaker um und legte ihm ihre Hand auf die Schulter:

„Schomaker, nu lass eins dein Boot tüchtig fahren. Ick will nu nach Haus. Der Strang achter mir, der is nu abgeschnitten." Der alte Mann blickte traurig und murmelte in seinen schütteren Bart hinein:

„Wenn Sie nich mehr woll'n, Fru Kammerrätin, denn will ick auch nich mehr. Ick hab all genug gedient, über sechzig Jahr und noch'n Zacken drüber. Und ick dank Sie auch für allet." Damit fasste er das Ruder mit fester Hand und segelte das Boot der Stadt entgegen.

Schiffer Fredrichs segelte den Sommer über seine Frachten im Ostseeraum. Ihm genügte es, er verlangte nicht nach großen Fahrten. Die Heuer konnte er zahlen, und für Schiff und Eigentümer blieb immer noch Zaster genug. Von einer

Gewohnheit aber konnte und wollte er nicht ablassen, nämlich kurz vor Wintereinbruch nach Petersburg zu segeln, um russische Äpfel nach Rostock zu schaffen. Appeltörn nannte er diese letzte Fahrt zum Jahresende. Maximilian Krohn, der Petersburger Grossist, sein seit über zehn Jahren vertragsgebundener Lieferant, kannte diese Gewohnheit und verließ sich fest darauf. Ja, er rechnete mit dem Kommen der HERMINE so fest, dass er einmal lauthals versichert hatte, als bei allen anderen die Speicher schon ratzekahl geleert standen: Fredrichs ist mein Mann. Ich setze meinen Kopf für ihn.

Und wirklich, in den Morgenstunden des zweiten November legte Fredrichs seine HERMINE am Bollwerk des Handelshafens in St. Petersburg an. Hier grüßten die Giebelhäuser der Stadt so heimatlich wie die von Stralsund oder Lübeck. Leichter, feiner Schnee rieselte, vom Wind getrieben, über das Pflaster und sammelte sich in bestaubten Dreiecken in den Mauerwinkeln der Speicher.

Fredrichs strich sich übers Gesicht, als ihm von der Halle her der gepflegte Duft von Äpfeln entgegenwehte. Da standen sie, die Stapel frisch gezimmerter Kisten, eine wie die andere auf das gleiche Maß geschnitten. Fredrichs kniff wie ein süßer kleiner Gauner die Augen zusammen beim Errechnen dessen, was ihm diese Fahrt wieder bringen würde. Geld, bares Geld in Silber, frisch auf den Tisch.

Zur Besatz hatte er erstmalig den lütten Peter Martens an Bord, bei dem, wie Kaller aus Ziegenort behauptete, noch die Eierschalen am Kopp backten, und der aus den Augen kiekt wie ein doofes Kalb. Kaller, Hanner Schluck und Steuermann Willbrand gehörten ja schon lange zur Besatz.

Heute schickte Fredrichs sie alle von Bord, als die HERMINE Ladung nahm. Sie sollten sich die Stadt ansehen oder tun, was sie lustig wären. Darauf schlugen sich Kaller und der Junge durch die Hafengassen, feilschten um irgendwelchen Tinneff und merkten, dass sie am Ende doch übers Ohr gehauen worden waren. Dagegen steuerten Hans Schluck und Heiner Willbrand zielgerichtet auf einen ihnen wohlbekannten Eckladen zu, in einem verwünschten Viertel der Stadt. Sie kannten sich aus. Über einer Ladentür stand vielversprechend und in weißen Buchstaben zu lesen:

Manasse Aaronsohn, Waren aller Art & Confectionen

Hans Schluck suchte etwas Schönes für Maria Amalia und für seinen lütten Hosenschieter Jochim Friedrich. In Aaronsohns vollgestopftem Laden schaute er sich um. Sein Blick blieb an einem rot gepönten, lustigen Schaukelpferd hängen. Das hatte ein aufgerissenes Maul mit spitzen, angemalten Haifischzähnen. Er fand das grausig schön und sah im Geist schon seinen Hannefatzke darauf herumklabastern und juchheien. Ein besseres Stück hätte er nirgendwo anders auftreiben können als in diesem Priemladen. Welches Gör auf Hiddensee hat denn schon ein Schaukelpferd! Da hüpfen sie herum mit einem Pricken zwischen den Beinen, so einen mit einem twalligen Pferdekopf oben auf.

„Und nu noch für die Madame wat, aber wat Orrentliches." Manasse Aaronsohn hatte das Richtige bald bei der Hand:

„Hier, mein Härr, was Gutts, was serr Gutts, einmalick und nurr bestimmt für die gutte Frau." Er breitete vor ihm ein lammfellgefüttertes Mieder auf den Tisch, mit bunten Fäden durchwirkt und bestickt mit hübschen Blumen. Manasse Aaronsohn machte mit seinen langfingrigen Händen entsprechende Bewegungen, als umfasse er einen fülligen Busen – „auch weit genuck da oben", erklärte er. Er hätte es aus Lappland bekommen, und es sei spottbillig. Er legte noch ein Paar in gleicher Weise gemusterte Fausthandschuhe daneben. „Geheert zusammen, mein Härr, und wird nicht teier."

Hans Schluck drückte den Kaufpreis herunter, zahlte, klemmte sich das Zeug unter den Arm und verließ den Laden. Willbrand trug das Schaukelpferd. An Bord führte er stolz vor, was er erstanden hatte, und erlaubte Peter Martens, sich draufzusetzen.

„Kannst mal wippwappen", sagte er. „Mach dich aber leicht, sonst bricht sich der Zossen dat Kreuz." Nach dieser Vorstellung ließ Hans Schluck das Ding verschwinden. In der Segellast stand es keinem im Weg. Was er Maria Amalia zugedacht hatte, packte er sorgfältig in seine Seekiste, strich sacht drüberweg und sagte: „So, dat is für Mike."

Das Wetter hatte aufgeklart. Die Wolken, aus denen noch gestern dünne Flocken wehten, hatten sich vollends verzogen. Bei aufgehender Sonne blaute bereits der Himmel über der Petersburger Bucht und ließ einen feinen Ostwind kommen, den Fredrichs zwar freundlich willkommen hieß, weil er günstig kam, der aber die Quecksilbersäule am Bordthermometer erschreckend in die Tiefe schickte. Zehn Grade minus am Morgen schon, das war nicht gut. Das verunsicherte ihn. Es wird kälter werden, und was dann?

Fredrichs Unruhe übertrug sich. Willbrand, der seinen Schiffer besser kannte als jeder andere, plierte ihn von der Seite an und sagte nichts, als Fredrichs das Ablegen der HERMINE ohne Zögern verlangte.

Ostwind, wenn er um ein skandinavisches Hochdruckgebiet kreist, frischt gewöhnlich tagsüber auf, steht dann durch bis auf den Abend und verschnauft sich erst, wenn die Sterne kommen. Damit rechnete Fredrichs und baute auf diese Erfahrung seine Entschlüsse auf. So hoffte er, die ganze Geschichte noch im Guten durchzubringen. Doch diesmal ging seine Rechnung nicht auf. Widerwillig gab er seinen Irrtum preis: „Nu slöpt der Wind bald ganz ein, und wir holn uns alle 'n kollen Mors."

Damit das kostbare Ladegut nicht erfror, ließ er alle verfügbaren Tuchbreiten aus der Segellast holen und über die Apfelkisten decken. Er schlug auch ein Schott ein, damit ein bisschen von der Kochofenwärme in den Frachtraum stoßen konnte. Den lütten Martens wies er an, den Kochofen ja nicht ausgehen zu lassen, dabei aber mit jedem Splitter Holz zu sparen.

Doch Schlimmeres als das Vorausgeahnte traf ein. Vier Tage abflauender Wind, bis zur Windstille, bis zur absoluten Pupe, wie Hanner sagte. Das Schiff machte keine Fahrt mehr, bei unter zwanzig Grad Réaumur zog sich die erste Eisdecke über das Wasser. Unter genügendem Wind hätte die hermine das Eis noch zerspellt, aber jetzt war kein Fatz Wind in den Segeln, kein Hauch, kein Nichts. Es gab auch keine Anzeichen auf eine Veränderung der Wetterlage. Statt dessen dickte das Eis nach unten aus, fingerdick, handdick, und hielt die hermine fest. Hatten sie die Seikariinseln noch bei zwei Knoten Fahrt hinter sich gebracht, bei der Lavansaari-Insel war es zu spät, um noch umzukehren, und schließlich, dreißig Seemeilen südlich der Suunsari war nichts mehr zu hoffen. Fest umschloss die eisige Klaue jetzt das Schiff und gab es nicht mehr frei.

Fredrichs besprach sich mit der Besatz und ließ keinen Zweifel darüber, dass sie nun ganz auf sich gestellt sein würden, würde nicht der, der im Himmel wohnt, anderes mit ihnen vorhaben.

Aus den Eintragungen im Logbuch der HERMINE, wie sie anfangs der Schiffer selber, nach ihm der Steuermann Willbrand vorgenommen hatte, ergaben sich später die wichtigsten Ereignisse an Bord, wie sie das Einerlei der schrecklichen Tage hier und da durchstießen. Da war unter anderem zu lesen:

11. Nov.	*Kl 8 a. m. T -24 Re. Schiff bottenfest. Versuch durch Schlingern frey zu komen auf gegeben Kl 1 p. m. T -24 Re Segel ab geschlagen*
12. Nov.	*Kl 8 a. m. T -25 Re Eis drei Finger dick. Versuch Schiff los zu hacken vergebens. Brennholtz kaum Vorrath*
13. dito	*Kl 8 a. m. T -20 Re Aufkomen nordost bedekt. Trink-Waffer gefrohren Kl. 3 p. m Einsetzen Schnee-Fall NO stark. Versuch Trink-Waffer auftauen vergeblich*
14. dito	*Kl 8 a. m. T -15 Re. Schnee-Sturm. Stark*

Eis-Druck auf Schiff. Eishacken ringsum. Sparen mit Brodt und Talg. Martens klagt über Kälte.
Kl. 3 p. m. Schnee-Sturm. Brenn-Holtz verbraucht. Fracht verdorben. Äpfel wie Stein, werfen über Bord. Beginn Kist-Holtz verbrennen.

15. dito *Kl 8 a. m. T -20 Re Schnee-Sturm abgeflaut, machen Schiff schneefrei.*
Kl 3 p. m. kochen Schnee-Wasser für Cofie. Brodt und Fleisch gefrohren. Kaller Finger angefrohren.

16. dito *8. a. m. T -20 Re Martens jammert Hunger, Kaller hat Läuse. Sehr kalt an Bord. Fracht geht weiter über bord. Um Schiff nur Eis und Äpfel.*
3 p. m. kochen Schnee-Wasser für Cofie. Immer Eis hacken.

17. dito *8. a. m. T -21 Re Keine enderung, Schluck Erfrierung an Füße. Eishacken. Schiffer Schwäche-Anfal.*
3. p. m. T -22 Re Schiffer Magen krank, durchfal. Letzter brandtwein ausgegeben.

18. dito *8. a. m. T -22 Re Eis-Decke drei Fuß. Eishacken. kurze Tage, lange nacht. Schlimm, kein Licht.*
3. p. m. Eishacken.

Außer der tagtäglichen Kontrolle, ob der Eisdruck dem Schiff geschadet hat, ob Wasser eingedrungen ist und gepumpt werden muss, stand nichts mehr eingetragen. Bisher hatte die HERMINE dem Eisdruck noch standgehalten. Unter dem 25. November war Folgendes zu lesen: *8. a. m. Schiff Schlagseite. Eisdruck stärker. Eishacken nur noch Willbrand. Sehr kalt, Gott hilf!*

Das waren Schiffer Fredrichs letzte Worte. Vom 31. Dezember an trugen die Eintragungen Willbrands Handschrift:

Schiffer ser schwach. hat seit Wochen dem Jung hälfte von sein essen abgetheilt, Kist-Holtz verbraucht. ser kalt Hans Schluck erfrohren Hände, Kaller Fieber und rächelt aus der Lunge.

1793 neu jar? in Eis und todt? Gott hilf uns arme Sünder.

7. Jan *Schiffer redet irr, das macht hunger und kälte. Leben nur von Eiswasser.*

21. Jan. *Schiffer morgends todt aufgefunden, starrgefrohren. Kaller schwach, mit Martens Schiffer von Bord gehieft und auf Eis geleget. Uber sein Leich gebetet.*

26. Jan. *Schluck bei Eishacken Axt ins Bein geschlagen. viel Blutverlust, verbunden gesalbt.*

4. Febr. *Schluck an Wundtbrandt gestorben. Viel Fieber und Schmertz gehabt. Gott hat ihm erlöst. Sein Leich auf Eis geleget und über ihm gebetet.*

11. Febr. *Kaller von Deck gefallen, hat Kopfplatz, ist ohn besinnung und wird todt beiben. Nur noch Martens und ich. Wenig essen. Martens will Schaukelpferd verheitzen. Nein! Nicht mehr so kalt.*

12. Feb. *8. a. m. T +4 Re. Regen. Eispanzer auf Rigg und Deck Eisdruck sehr stark, Marten schwach, guter junge. Gott behalt. Amen.*

2. Märt.	*Schiff schwimmt, hat viel wasser, jede Stund pumpen. eis bricht auff.*
	Kl 3 p. m. T. +9 Re.

Diese schreckliche Zeit, die die beiden Männer fast bis an den Wahnsinn geführt haben mag, standen der Steuermann Willbrand und der lütte Segelknecht Peter Martens durch. Wie, das wussten sie selber nicht. Wussten auch nicht, wie der völlig abgewirtschaftete Willbrand es mit blutigen, erfrorenen Händen und Füßen geschafft hatte, die todwunde HERMINE wieder flott zu kriegen und sie durch treibendes Eis bei Südkurs in der Nähe von Reval auflaufen zu lassen.

Im gleichen Augenblick, als das Schiff in Ufernähe über den Grund scharrte und mit Schräglage liegen blieb, brach Willbrand zusammen, wo er stand. Rettungsleute fanden ihn, glaubten ihn tot, rollten ihn in eine Decke und schafften ihn an Land, wo er erwachte. Sie bargen auch den Schiffsjungen Peter Martens, trugen ihn von Bord und besorgten für beide einen Arzt. Was auf der HERMINE an Leinen, Spieren, Segel, Kompass und anderem noch brauchbar war, wanderte unter die Räuber. Nur Willbrands und Martens Eigentum behielten die beiden, dazu auch das Schaukelpferd und die Seekisten, auch die der Toten. Das Logbuch der HERMINE nahm Willbrand zunächst an sich und verwahrte es wie den allerheiligsten Schatz, bevor es auf den Tisch des Schiffergerichts gelangte.

Mehrere Wochen lag die HERMINE dann noch da, ausgehöhlt, ausgeschlachtet, abgewrackt. Ein nächster Sturm und heftige Brandung hatten ihr eines Nachts so arg mitgespielt, dass sie zerbrach. Das Holz ging durch die Kamine der dort wohnenden Fischer. Bis auf das letzte Stück.

Immer wieder danach befragt, wie Willbrand es fertig gebracht hatte, bei seiner schlimmen körperlichen Verfassung das Schiff noch führen zu können, sagte er nur: „Da muss ein anner bei west sein, so mit ein paar dutzend Engels. Ick weiß dat nich, und nu lasst mich zufrieden."

Willbrand fühlte sich wie einer, dem das Herz aus dem Leib gestohlen worden war. An seiner Stelle klopfte nur eine stetig blutende Wunde. Fredrichs und Schluck und Kaller aus Ziegenort, und das Schiff HERMINE, sie alle hielten ihn hier fest, gaben ihn nicht frei, und in wirren Träumen ging es mit ihm nachtens durch, immer wieder durch Eis, durch Nacht, durch Kälte. Jene Monate Kampf um das nackte Überleben hatten unlöschbare Spuren in sein Wesen gegraben. Der sonst so heitere Mann war still geworden, still wie die Tiefe des Meeres.

Als er wieder so weit zu Kräften gekommen war, dass er sich eine Reise zutrauen durfte, machte er sich als Erstes auf, das Eigentum der Freunde dort abzugeben, wohin es gehörte. So setzte er am 3. Juni seine Füße auf die Insel Hiddensee. Die Seekiste von Hanner Schluck gab er vorerst in Verwahrung. Mit dem Schaukelpferd unterm Arm nahm er Kurs auf das Haus des Freundes Hanner Schluck.

SIEBENTES KAPITEL
1794 – 1796

Von dem unerwartet frühen Kälteeinbruch, der über den gesamten Ostseeraum hergefallen war, war auch Hiddensee heimgesucht worden. Die Reusengemeinschaften, auch die *Barsgrieper,* schafften es nicht mehr, ihre Standnetze aus dem Wasser zu holen, die Stangen froren ein und brachen ab, und die Fischer verloren kostbares Gut. Der Hof büßte Jungtiere ein, und bei den Einliegern blieben die Früchte ungeerntet auf dem Feld und verdarben. Auch mancher der erwarteten Frachtsegler kam nicht mehr rechtzeitig ins Winterlager und musste im fremden Hafen bleiben. Darum hatten sie auch das Ausschauen nach der HERMINE aufgegeben, es war sinnlos geworden.

Von Woche zu Woche nun wuchs die Angst, die schon massiv vor Maria Amalias Tür lauerte. Wohl hatte Niklas Jochim der Mutter Alma aus Neapel einen Gruß geschickt. Neapel aber war weit weg. Und es war Niklas Jochim, der geschrieben hatte.

Was aber war mit Hanner Schluck? Warum hatte der sich nicht gemeldet? Maria Amalia wandelte wie eine Schlaftrunkene durch die Tage, und die Nächte wurden qualvoll. Bilder mischten sich darein, die ihr vormalten, was ihm widerfahren sein könnte, und diese Bilder, so furchtbar sie waren, so sehr sie sich ihnen entgegenstemmte, verließen sie den ganzen Tag nicht. Zu viel schon hatte sie Geschichten anhören müssen, in denen es hieß: über Bord gespült, gestrandet und versunken ...

Maria Amalias Welt war dunkel geworden und stumm und taub. Und ihre Gebete zerrannen in Tränen. Anna sagte zu ihr: „Wein dich aus, Mike, dat hilft dich. Aber heul nich so laut, ick kann dat nich ab.“

Sonntag für Sonntag nahm Maria Amalia ihren lütten Jochim Friedrich an die Hand und lief mit ihm hinauf in die Kirche. Sie suchte in Pastor Crügers Worten Trost. Sonntag für Sonntag. Darüber ging das Frühjahr hin.

Als der Vogelzug längst vorüber war, die Hofkühe hinunter auf den Gellen getrieben waren, die Maiblumen blühten und der Kuckuck rief, hatte Maria Amalia blind geweinte Augen. Und wenn ihr Söhnchen rief: Mudding, wat is dich? strich sie ihm über den Kopf.

Ihr Blick aber ging ins Leere.

Am 3. Juni, als ein lauer Wind über die Insel ging, sah sie einen Mann vom Ufer heraufkommen, einen Fremden, dem sie keine sonderliche Aufmerksamkeit schenkte. Doch als er näher kam, glaubte sie in seinem schweren Gang den Steuermann der HERMINE zu erkennen, der ein rotes Gestell unter dem Arm trug. Da fuhr ein Frösteln durch ihren Leib, und der Boden begann unter ihren zitternden Füßen zu weichen.

„Heiner?“

Jetzt, dachte sie, jetzt wird er’s mir sagen. Sie war auf eine Todesnachricht eingestellt. Sie hielt sich am Türrahmen fest, als er sie anblickte und an ihr vorbei ins Haus trat. Als Willbrand dann berichtete, stach der Dolch zu, mitten ins bereite Herz. Die Hände vors Gesicht gepresst, den Körper vor Schmerz gekrümmt, drückte sie sich an die Wand. Was Willbrand vor ihren inneren Augen erstehen ließ, Eis, Kälte, Hunger, Blut und jammervolles Dahinsterben – das soll Hanners Ende gewesen sein?

Nur einmal fragte sie in ihre Hände hinein, tonlos, ohne Kraft:

„Und nu? Wo ist er nu? Hat er kein Grab nich? Kein ... “

Heiner Willbrand verneinte, wies nach oben, wies durch die Zimmerdecke hindurch und sagte nur: „Bei ihm, Mike, und da is es gut.“

Vor ihr wurde es schwarz, ihre Beine gaben nach und langsam glitt ihr Körper an der Wand abwärts auf den Boden, in das dunkle Loch der Ohnmacht. Der kleine Junge fragte: „Mudding, wat is?“ Heiner Willbrand nahm das Kind, schlug seine Hände um den kleinen Körper, drückte ihn an sich und weinte lautlos vor sich hin. Der Junge, das Ganze nicht verstehend, befreite sich aus den Armen des Fremden, sah das Schaukelpferde an der Tür stehen, setzte sich darauf und wippwappte mit Juchhei.

Später, beim Auspacken der Seekiste, hatte sie Mutter Anna dicht neben sich, einen kleinen Halt nur, aber einen lebendigen Atem, denn aus der Kiste wehte der Hauch des Todes mit den dunklen Flügeln seines Engels. Maria Amalia fand das lappländische Mieder, hielt es sich an die Brust, blickte einen Augenblick stumm daran herunter und gab es Anna: „Wozu? Leg es man ins Schapp ganz unten in die Kommod. Und die Handschuh pack man daneben."

Maria Amalia kleidete sich als Witwe, ging zu ihrem Pastor und bat ihn, den Tod ihres Mannes, des freien Seemanns Hans Schluck, von der Kanzel abzukündigen.

Bertram Ludwig trauerte mit ihr. Sein Mitleiden war echt und tief. Wie aber soll er sie trösten? Was ist Trost? Menschliches Wort? Wort aus der Schrift? Er hatte ihre Hände gefasst und sprach still auf sie ein.

„Trauer ist Arbeit", sagte er. „Manch einen schlägt sie um, Du aber, Maria Amalia, stelle dich auf deine Füße, leiste diese Arbeit. Du schaffst es. Willst du es?"

„Ja", hauchte sie, „ich will, ich will, ich will!", entzog sich seinen Händen, drehte sich um und verließ das Zimmer. Dabei war ihr, als hätte sie soeben drei Eide geschworen, einen vor Gott, einen vor Hanner, einen vor sich selbst. Zu Anna sagte sie : „Nu sind wir beide gleich. Du hast Stoffern in der Ewigkeit, ick meinen Hanner. Und wir beide haben nur noch die Jungen, du deinen, ick meinen." An der Verbindung zur Pfarrfamilie hielt Maria Amalia fest. Zwei Jahrzehnte schon hing ihr Herz an diesen guten Leuten, ob es der alte Magister war, die Scheers oder Bertram Ludwig. Sie brauchte das Pfarrhaus mehr als Fischgeruch und Spinnradstaub, sie brauchte das Wort Gottes wie tägliches Brot und daneben das Wort eines Menschen mit Herz. Sie griff nach allem, was Leben verhieß und Leben suchte.

Bald glitt auch wieder ein erstes Lächeln über ihr Gesicht.

Doch als sie den Jungen auf dem Schaukelpferd sah, und er rief „Mudding, dat is mein Schaukelschipp, dat is Papa seine Galeass", wurde sie todernst. Und weil er lachte und juchheite: „jetzt führt mein Schipp öwern Ozean", riss sie es ihm unter dem Hintern weg und versteckte es tief hinter abgestelltem Gerümpel. Denn sie begann das Meer zu hassen, wie Mutter Anna es hasste. Das Schaukelpferd gab sie nicht mehr heraus, mochte der Junge noch so dremmeln.

SEIT Kurzem hieß es auf der Insel, in Gingst gäbe es einen neuen Gendarm, der Alte sei weggelobt worden. Böse Zungen behaupteten, sie hätten ihn verdroschen und über die Rüben gejagt, weil er soff und bestechlich war. Dieser neue dagegen sei korrekt, er trüge einen Schnauzbart und wäre ein gutmütiges Schaf, aber er beiße auch, sagte man. Bei Blössing stritt man sich bereits um ihn. Ohne ihn jemals gesehen zu haben, wusste man doch, dass er ein Schreibbuch bei sich trüge, ein gefährliches Buch, darin er sich alle „Fälle" merke, und er schriebe mit Tintenstift, was keine Daumenspitz abribbeln könne. Ihm zum Hohn sangen sie bald das alte Lied:

> Da kamen dich von ohngefähr
> zwei riesengroße Polizisten daher.
> Die wollten dich wohl arretiern
> und auf die Polizeiwach führn,
> aber hörr dijax, beide Bax, am Kragen, uff 'n Wagen
> uff 't Schafott.

Der Beritt, der dem Gendarm unterstand, schloss die Insel Hiddensee mit ein. Den Schulzen und Ortsschreibern teilte er mit, alle Vorkommnisse, so sie ungesetzlich und unrechter Art wären, seien ihm stante pede anzuzeigen.

Solche neuartigen Forderungen fanden unterschiedliche Meinungen. Sagten die einen, dat is gut, nu kommt Ordnung in'n Laden, so schüttelten die andern ihre Köpfe:

Wat schadt dem. Wat wir hier machen, geht kein einen nischt an. Küster Carow blieb nicht ohne Spott, als er in der Bierrunde äußerte: „Neue Besen kehrn gut, aber auch die verliern dich ihre Borsten. Der will ja man bloß imponiern."

Als der Gendarm bald nach seiner Amtsübernahme auf die Insel kam, stand die Kornernte bevor. Er wusste, dass die Gutsherrschaft Hiddensee verlassen hatte und nur der Inspektor anzutreffen war. Kurzerhand machte er sich bei Winthersons bekannt und suchte von ihm zu erfahren, wie weit es auf der Insel rechtlich zuginge, fragte auch im Einzelnen, wie viel Diebestaten, Mörderei, Halunkereien es hier gäbe, ob der Krugwirt ehrlich sei oder korrupt, ob es Namen schmutziger Dirnen gäbe, die er sich notieren könne.

Wintherson winkte ab. Nein, niemanden wisse er zu nennen. Und um sich nicht weiter ausfragen zu lassen, nahm er den Polizeimann am Arm, führte ihn über das Gut und zeigte ihm Stallungen und Tiere, dazu das reife Korn, sprach auch gut über die Hofleute und bewies damit, dass auf der Insel alles bestens sei. Lediglich über den Griebener Tannenschlag, der sich fein herausgebildet hatte, ließ er sich bedenklich aus.

„Die Insel ist arm an Holz. Eine vorgenommene Aufforstung auf dem Dornbusch ist nicht gelungen. An Baumbestand haben wir nur diese Tannen und die Eschen vor der Freitreppe und ein paar alte Bäume beim Klosterhof. Ich befürchte, unsere Leute machen sich eines Tages an dieses Holz heran, weil der Torfstich bald nicht mehr lohnt. Da wird es schon mal Übergriffe geben."

„In solchen Fällen erwarten wir Eure Anzeige, Inspektor. Wir vertreten das Gesetz."

Aha, dachte Wintherson, wir erwarten, wir vertreten. O nein, dieser Herr darf sicher sein: Ehe ich einen unserer Leute solchem Gesetz überantworte, erschlage ich mich selbst.

Der Gendarm ließ sich Zeit. Er lieh sich ein Pferd und ritt über die Insel, wo immer er nur Boden unter den Hufen spürte, von Bessin über die Porzellainsbrück bis zum Gellen, das eine Ufer hinab, das andere wieder hinauf. Bei Johann Jacob Schlieker in Plogshagen futterte er sich durch, den Gaul ließ er in Neuendorf fressen, einen langen Tag verbrachte er bei Blössing in der Hoffnung, noch nicht Bekanntes von ihm zu erfahren. Blössing aber hielt sich mit Auskünften zurück, wollte er nicht eines Tages von seinen besten Kunden eine geballert kriegen.

Besuch im Gutshaus zählte, nachdem Sophie Giese sich aus dem öffentlichen Leben zurückgezogen hatte, mehr und mehr zu den Seltenheiten. Das große Gebäude stand so gut wie leer. Die Einzige, die regelmäßig durch die verlassenen Räume ging, war Marie Wintherson. Sie lüftete, prüfte die Fensterläden und sammelte tote Fliegen ab. Der Gutsgarten blieb liegen, die Sträucher wucherten aus, das Unkraut trieb, die Bäume schüttelten ihre Früchte ab und der Maulwurf wühlte sich ungestört durch alle Beete. Wenn Marie den schönen Garten sah, mochte sie eigentlich nur noch heulen.

Eine der wenigen, die sich zu Marie Wintherson hielt, war die *lütte Pastersch* Hedwig Collwitz. Sie fand die dicke Inspektersch nett und mütterlich und vertraute sich ihr an. Marie erfuhr durch diese Plappersuse so manches von dem, was im Pfarrhaus vor sich ging. Und so auch, wie sich Hedwig Crüger um ihren Bertram Ludwig sorgte, weil er oft fiebere und oftmals zu Bett läge.

Die *lütte Pastersch* erfuhr andrerseits von Marie Wintherson manche interessante Neuigkeit, und so auch, dass Thuro Joachim von Giese sich wieder angemeldet hätte, und sie ihm nun frische Blumen hinstelle und ihm das Bett richte, und dass die Herrschaft selten länger als eine Nacht bliebe. So klatschten die Weibsleute nach Frauenzimmerart.

Thuro hielt sich am liebsten bei Sven Wintherson auf, dem einzigen Mann auf der Insel, dem sein Besuch im Grunde gelten sollte. Bei ihm klagte er sich aus und ließ ihn wissen, dass eine Nachfolge in der Grundherrschaft noch immer nicht in Sicht sei, obwohl eine neuerliche Aufbietung der Insel endlich ein Echo hervorbringen sollte, was aber bis dato noch immer nicht geschehen sei. „Was, Wintherson, ist nur los mit diesem verwünschten Flecken Erde. Sagt mir ehrlich, kann man hier wirklich nicht leben? Mutter hat's doch bewiesen. Natürlich sehe ich ein, ohne die Einkommen der Fayencefabrik und die der Bernsteinpacht ist das Leben schmal, zugegeben. Steine fahren wir ja nicht mehr ab, die hätten noch einige Taler gebracht. Aber ein ausgemachter Hungerleider wird man doch wirklich nicht, oder?"

Wintherson dachte anders. Nicht das Gut und den Hof hatte er im Auge, sondern die Leute. „Wir dürfen die Menschen hier nicht vergessen, von denen viele große Not leiden. Ich sage es frei heraus: Sollte sich jemand für Euren Grund und Boden interessieren, wird er auch die Armut der Leute nicht übersehen können. Eine rechtschaffene Herrschaft wird das mit Vorsicht bedenken."

Thuro sog Luft durch die Zähne und sagte kurz: „Wollt Ihr es nicht kaufen? Bei Euch ist es in allerbesten Händen. Ich lasse es Euch billig und stunde Euch jedweden Betrag."

„Hm." Wintherson wiegte den Kopf. „Oh, Kapitän von Giese, ich kenne Euch, als Ihr noch ein heiterer, spielsüchtiger Knabe wart. Darum münze ich dieses Angebot als einen einfältigen Witz. Andernfalls wäre es wohl makaber. Ich gehe auf die siebzig Jahr. Habt Ihr das vergessen?"

Thuro sprang auf und lief durch das Zimmer. „Was bietet denn dieses Land, zum Donnerwetter, abgesehen von Grieben mit den guten Höfen. Nichts als Fisch und darren Boden. Seht Euch dagegen Niederhof an, Ihr erinnert Euch. Das war Land! Das war Land! Aber hier? Ich habe mich mit meinen Übertreibungen in den Aufgeboten bald lächerlich gemacht, denn jeder halbwegs gebildete Landwirt weiß, mit welch goldenen Verheißungen ich die Wahrheiten übertüncht habe. Bitte sehr, was bietet dieses Land?"

Wintherson lächelte bitter. „Dass der Torf zu Ende geht, dass wir keinen Arzt bekommen, dass die Toten unter den

Kindern und Seefahrern nicht mehr zu ertragen sind, dass wir keinen fähigen Schullehrer haben, dass die Mühle verfault und die Kirche ver…"

„Hört auf, Wintherson! Oder ich stopfe mir Dreck in die Ohren. Ich weiß das doch alles, ich weiß es doch!"

„Aber dieses habt Ihr eben zu bieten, Kapitän, wenn Ihr Euch nicht kümmert. Und Ihr müsst Euch kümmern. Sonst verblutet dieses Land!"

Thuro wurde bleich. „Ihr seid ausgesprochen hart, Mann! Sagt mir noch ein einziges Mal, dass ich mich nicht kümmere! Ich kümmere mich doch. Wäre ich sonst nicht hier?"

„Ihr seid nie hier, Kapitän."

„Ihr fordert mich heraus, Wintherson!"

„Nicht ich fordere Euch heraus. Die Menschen hier tun es. Sie sagen es nur nicht. Eure gute Mutter deckte alles zu und ersetzte nach Möglichkeit, wo es fehlte. Gewiss, Eure Leute sind seit Generationen gewöhnt, Eigentum der Herrschaft zu sein. Ich bin Schwede, ich denke darüber anders. Ihr habt dieses widernatürliche Gesetz nicht erlassen, aber Ihr pflegt es. Wie auch Euer seliger Vater und alle, die da Herrschaft heißen. Es ist ein System, Kapitän, aber ein sehr ungutes System."

Thuro blickte ihn ernst an. „Sagt, Wintherson, seid Ihr wirklich so ehrlich gegen Euch selbst oder seid Ihr ein Fantast? Ich gestehe, solche Gedanken noch nie gehabt zu haben. Ich beneide Euch."

Thuro segelte am anderen Morgen in die Stadt zurück. Lange hatte er an diesem Gespräch zu knacken wie an einer harten Nuss. Einen Käufer der Insel nach Wesen und Charakter aussuchen? Wie denkt Wintherson sich das? Ich habe ja noch nicht einmal einen gefunden, der die Insel geschenkt nehmen würde.

SEIT mehreren Tagen lag die PEGASUS am Bollwerk des Handelshafens von Salerno fest. Starke und vor allem konträre Winde verhinderten das Auslaufen, ein Schicksal, das

Johann Jacob Gottschalk mit anderen Schiffern teilen musste.

Die PEGASUS, mit Töpferware aus dem nordafrikanischen Raum hergekommen, hatte hier gelöscht. Jetzt wollte sie italienischen Süßwein, in Fässern abgefüllt, nach dem Westen schiffen. In dieser Zeit hockte Niklas Jochim in der Kajüte und nützte die Stunden zu einem wohl guten Geschäft. Er schrieb an einem Brief, den eine Hamburger Galiot, die wie die PEGASUS die Tage im Hafen festgehalten war, auf dem Weg in die nordische Heimat mitnehmen sollte.

Als Niklas Jochim alles geschrieben hatte, was er wollte, hob er das Blatt prüfend hoch und las für sich noch einmal durch, was seine Hand zustande gebracht hatte. Ein bisschen Krakelschrift aus ungeübter Klaue war es schon. Doch er war es zufrieden, und die Mutter würde es ja doch nur vorgelesen bekommen.

Liebste Mutter. Wieder wil ich dich schreiben, damit du weist das ich lebe und mir gut geht. Achteraus liegt eine Hamburgsche Galiot vertäut. die wil den brief mit nehmen. Ich hab Schipper Gottschalken gefragt, aber er wil disset Jahr nich nach Hus. Wir liggen in Salerno mit Weinbuddeln an Bord. Dat sind dicke Krüge, da is er in und schülpert. Erst haben wir afrikanische Pötte geladen, nu farn wir Wein nach Hispanien. Dat schülpert in der Last wi'n vollgesoffener Bauch. Salerno ist ein Stat mit niedrige Häuser. die Sprach versteh ich nich, die Menschen schreien und reden dich mit zwanzig arme und beine und specktackel wie der Düwel in der Höll. haben sich auch braune Augens und schwatte Haar. Und beschissen werden sie dich auch. Mich aber nich. Und Gottschalk past auf. In der nehe is der Wesuff, das ist ein feuer-speiender Berg. Der ist aber nich mer tätig. Ich weis noch wie im jar dreiundachzig das mal auf Hidensee so düster wurd weist du das auch noch, liebste Mutter. Der hamburger Schipper hat das auch gewahrschaut er sagt das war der Laki in Ißland wo eis ist komt heiß Wasser aus der Erde. Und der Laki is auch ein feuer-

speiender Wesuff. Liebste Mutter das Seefarn ist schön und ich dank dich auch, das du mich das erlaupen tust. nekstes Jar komm ich wieder hab keine Angst um mich. dat läuft allens klar. grüs mich die Gretchen Beyers und hab ihr lieb. Soll wissen dat ick ihr im neksten Jar wil heyrathen ich bitte liebste Mutter um deinen Segen Grüs auch meinen guten Onkel Hanner wen er weinachten to hus is und mein gute freundin Mike und mein Patensöhn Jochim Friedrichen. dich liebste Mutter enen Kus von deinen Nikker

Salerno am 25 ten august 1794
an bord der Galeaß Pegasus

Ende November dieses Jahres hielt Anna Schluck diesen Brief in den Händen. Ihr zitterte das Herz. Ein Lebenszeichen von ihrem Jungen. Eilig stob sie hinüber zu Maria Amalia, um sich vorlesen zu lassen. Maria Amalias Stimme klang ruhig, als sie las. Bis sie an die Stelle kam, in der es hieß: grüß auch meinen guten Onkel Hanner, musste sie sich umwenden und brauchte lange Zeit, bis ihre Stimme wieder Klang bekam, um die restlichen Grüße vorzulesen. Anna wusste nicht, ob sie sich freuen sollte oder nicht. Salerno? Was ist das für ein Salerno? Und Feuer spuckende Berge? Weil Maria Amalia das auch nicht wusste, suchte sie den Pastor auf. Bertram Ludwig fand eine Karte von Italien und zeigte ihr darauf, dass es nach Salerno sehr, sehr weit sei, über See noch weiter als über die Alpenpässe über Land. Anna Schluck verstand nicht, eine Landkarte zu lesen. Sie verstand nur, dass Niklas Jochim sehr weit von ihr weg war.

Maria ging dieser Brief in anderer Weise nach. Gab es wirklich noch einen Menschen draußen in der Ferne, der nach ihr fragte, der an sie dachte, der sie eine gute Freundin nannte? Ihren Hans hat er grüßen lassen. Wie sollte er auch wissen ...

Sie fragte sich auch, ob Niklas Jochim wohl Heimweh hätte, richtige Sehnsucht nach Zuhaus, wie sie hier nach ihm hat. Dabei fiel ihr ein, dass auch Grüße an Gretchen Beyers zu bestellen waren. Sie fragte Anna danach.

Anna winkte unwirsch ab. „Ick geh nich hin. Diese twatsche Göre. Wat hat er mit ihr?“

„Denn geh ick hin, Anna. Denn segg ick ihr dat. Dein Junge verlässt sich auf dat. So ein Gruß is anvertrautet Gut, dat kannst nich für dich behalten.“

Nach längerem inneren Hadern machte sich Anna Schluck doch lieber selber auf den Weg, hinunter nach Plogshagen. Sie traf Grete Beyers allein im Haus an und machte es ganz bewusst kurz. Sie trat gar nicht erst ein, sie richtete Niklas Jochims Grüße aus, verschwieg die Bemerkung über die Hochzeit, weil sie einfach nicht an solchen Unsinn glauben wollte, drehte sich um und ging wieder fort.

Sie war wohl schon eine halbe Stunde unterwegs, als sie eilige Schritte hinter sich vernahm und eine mit hechelndem, stoßendem Atem rufende Stimme hörte:

„Schluck'sche, bleib eins stehen, he, Schluck'sche.“

Als sie Gretchens Stimme zu hören glaubte, griffen ihre Beine schneller aus, und ihr Herz schlug im Hals. Wat will se von mir. Ick halt nich an. Ick hab dat nich nötig ...

Da war Gretchen Beyers schon heran. Sie fasste Anna am Ärmel und ließ sie nicht mehr los. „Ick will dich wat seggen, bliww doch stehn, Schluck'sche.“

Anna wollte sich ihr entwinden, aber Gretchen zwang sie, stillzustehen und sie anzuhören. Und redete auf sie ein, redete ohne Punkt und Komma, redet mit Nachdruck und sagte es so offen und ehrlich, wie es um sie stand, dass Anna schließlich den Kopf schüttelte und sie verwundert ansah. Langsam kam sie zur Ruhe. Sie wischte Gretchens Hand von sich ab und sagte:

„Is gut. Denn wolln wir mal morgen eins über dat allet reden. Aber nich hier in der Heide und denn so bei helllichten Tag. Komm eins morgen, denn kannst du hören, wat er hat geschrieben. Oder nee“, sie überlegte kurz, „komm man glieks mit. Sollst nu auch nich mehr warten. Ick weiß, wie dat is, wenn dat Herz lauern tut. In dem Brief steht nämlich wat in, wat du nich weißt und wat du wissen sollst. Maria Schlucken wird dich dat vorlesen.“

„Ick kann doch selber lesen. Hat er mich doch gelernt."

Von diesem Tag an strich Gretchen Beyers nicht mehr heimlich um den Schluck'schen Katen herum, sondern ging hier ein und aus. Sie half der Mutter Anna, wo sie konnte, und bewies, dass sie geschickte Hände hatte. Maria Amalia bemerkte das wohl und öffnete dem Mädchen ebenfalls gern ihre Türe. Das alles hatte Niklas Jochims Brief vollbracht.

1795

Wieder einmal trieb der Himmel seinen Unwillen und jagte einen Nordwester über die Insel, dass den Leuten angst und bange wurde. Der Sturm warf die See auf und stieß sie mit solcher Wucht gegen die Steilwände des Dornbusch, dass sein unterwühltes Erdreich in breiter Front ins Meer sackte. Tongeschiebemergel verfärbte das Wasser schmutziggelb, Strömung trug den feinen Sand mit sich fort, um ihn anderswo als unter Wasser liegende Nehrungen aufzustauen, zu Sandbänken, die der Seefahrt gefährlich werden konnten.

Sturm über der Insel, er fraß am Land, er fraß an den Gemütern der Bewohner. Wer jetzt von den Süderdörfern nach der Vitte wollte, hielt sich die Hände vors Gesicht, bevor es vom scharfen Seesand, der vom Außenstrand herüberflog, zerpiekt wurde. Pausenlos heulte er in den Ohren, der Sturm mit seinem Gebrüll, das Getöse der Brandungswellen brach sich Bahn bis in die Mägen und schaffte leibliche Übel. Da blieb auch kein Vogel mehr in der Luft, da ging kein Schiff mehr hinaus, da hielt sich alles, was lebte, an der Erde fest wie ein Wurm, um nicht weggewischt zu werden.

Der Müller Hans Gau dachte voller Angst an seine Mühle. Um sie vor Zerstörung zu bewahren, hatte er alles getan, was er konnte und was jeder andere auch getan hätte. Den Steert gesichert und piel nach Lee gerichtet, die Federn in den Flügeln auf Durchgang gestellt, um sie dem Windgang zu entziehen, lose Schalbretter festgenagelt und Türen samt Luken fest verriegelt. Trotzdem! Es zog ihn immer wieder in der Nacht ans Fenster. An Schlaf war nicht mehr zu denken. Er starrte den rasenden Wolken nach, die mit dem kaltäugigen Mondkopp und den Sternen um die Wette jagten, und erwartete Schlimmes.

Mitternacht war gerade vorüber, da nahm der Sturm einen neuen Anlauf. Orkan! Die Leute bangten um ihr Vieh, um ihre Katen, um ihre Häuser und löschten das letzte Torffeuer im Herd, damit ja keine Funken flogen. Die Luft stand voller salzigem Gischt. Orkan! Da stieg das Wasser über den Strand und überspülte kostbares Gartenland, verdarb die Weide, und manches Vieh, aus den Ställen geflüchtet, verschwand, vom Wind gepackt, irgendwo im Nichts. Und den nahe dem Wasser gelegenen Gebäuden von Neuendorf und Plogshagen drohte ein schreckliches Unheil. Orkan im März, wie er sonst um Jahreswende über das Land ging.

Nach Mitternacht fasste er das Mühlhaus und stieß es um. Ein paar Mal schwenkten noch die Flügel, dann tobte er mit Brausen über das Mühlenwrack hinweg. Was da lag, waren Trümmer. Die Wände zerschlagen, das Räderwerk verkantet, der Bodenstein zwar noch im Spann, der Mahlstein aber, aus dem Gehalte gerissen, zerschlug durch die Wucht seines Gewichts alles, worauf er fiel. Die Königswelle riss an ihrem Kopf aus dem Gefüge, die Zerstörung war vollkommen. Die gute, brave Gau'sche Mühle war in dieser Nacht gestorben.

Einer der Ersten, die sich nach Tagesanbruch auf den Weg machten, war der Müller selbst. Was er sah, konnte er nicht fassen. War das seine Mühle? Dieser zersplitterte Haufen Kleinholz? Hans Gau stand vor dem zerfallenen Kasten und heulte wie ein Kind.

Was diese Sturmnacht angerichtet hatte, war wirklich sehr schlimm. Netze, wenn sie nicht zerrissen waren, hingen voller Seetang, Schiffe, losgerissen oder abgetrieben oder vom Hochwasser aufs Flach geschmissen, lagen auf der Seite mit eingebrochenen Planken und Spanten. Die Zerstörung aber der Mühle beklagte man auf der Insel besonders, und viele kamen, sie zu besehen. Ein auf der Seite liegendes Mühlhaus, welch wunderbares, welch kostbares Brennholz! Das erblickte man nicht alle Tage!

Als Jean Beyers aus Plogshagen von der umgekippten Mühle hörte und dass nichts weiter sei als Bruch und Splitter, machte er sich mit einem Handwagen auf den Weg. Nach Kloster zog es ihn, zur Mühle, ob recht oder unrecht, was kümmerte ihn das. Er brauchte Holz, keinen einzigen

Span mehr hatte er im Haus. Hatten nicht die Hiddenseer vor Zeiten sogar ganze Schiffe stranden lassen, um sie auszurauben und zu zerhacken? Hier hatte der Sturm vorgearbeitet. Was ist schon eine Mühle? Er, Beyers, hatte nie etwas zu mahlen brauchen.

Jean Beyers war bei anbrechender Dunkelheit losgezogen. Erst gegen Morgengrauen kehrte er zurück. Gretchen erwachte, als sie das Knirschen und Knarren der Räder über den kiesigen Sand vor dem Haus vernahm, sprang aus den Federn und schaute durchs Fenster. Sie sah den Vater, wie er, den Zugstrick über der Schulter, sich mit dem vollbepackten Wagen quälte, lief vor die Tür und wollte tüchtig mit ihm schimpfen. Doch als sie vor ihm stand und gerade losnottern wollte, erschrak sie, denn der Vater sah bleich aus wie ein Leichenhemd, und sein Gesicht war tropfnass vor Schweiß.

„Wat is dich, Vadder, du siehst mich so geel aus!“ Jean Beyers zeigte ihr seine rechte Hand.

„Wat hast du gemacht? War dat nötig?“

Die Hand war dick geschwollen und unter der Jacke blutig. Ein Holzspan, tief hineingetrieben, steckte darin fest und war beim Versuch, ihn zu entfernen, abgebrochen. Es schmerzte fürchterlich.

„Treck ihm raus, Gretchen, mit der Kniepzang, denn wird's besser.“

Jetzt musste Gretchen erst mit ihm schimpfen: „Wat machst du auch so'n ollen Schiet, und denn mit der schweren Messkarr. Marachst dich ab und seggst mich kein Wort!“

„Treck den Dorn raus und holl din Mul!“, war seine kurze Antwort. Seine Hand zitterte, als er sie ihr entgegenhielt. Der Schmerz pochte hoch bis in die Ohren.

Gretchen packte zu. „Tut aber weh, musst aushalten!“, sagte sie und begann zu pulen, erst mit den Fingernägeln, dann mit einer Metallspitze, versuchte auch mit einer Schere den Dorn herauszuhebeln, nachher mit einem Küchenmesser, wagte sogar einen Schnitt in die Haut, aber alle Mühe war vergebens. Schließlich gab sie es auf. „Du musst zum Dokter, Vadder!“

„Zum Dokter? Damit er fragen tut, woans dat kommt. Nee, zum Dokter geh ick nich."

„Brauchst ihm doch nich zu seggen."

„Nachher schneidt er mich die Hand ab und wat dann? Und wekker macht dat Holz klein?"

„Nu schiet dich man nich in de Büchs. Wat schadt dich dat Holz. Die Hand geht vor."

„Morgen, wenn't nich besser wird. Vielleicht kommt der Schietspan von allein."

Jetzt pulte er wieder selber daran herum, bis er es nicht mehr aushielt. Die Wunde hatte schon einen rötlichen Rand, stand ganz im Zeichen einer starken Entzündung. Er kühlte mit Wasser, begoss den Schmerz mit Alkohol, sah aber nicht den roten Streifen am Arminnern, der sich bis in die Achselhöhle hinaufzog. Als dann das Fieber kam, rief er seine Tochter: „Pack dat Holz fest achtern Verschlag von'n Stall, wo dat kein ein findet, und denn fahr fix zum Doktor und segg ihm, er soll kommen."

Gretchen ließ das Holz Holz sein, schnappte sich eine Polte, ruderte hinüber nach Schaprode und fragte sich nach einem Doktor durch. Am andern Tag kehrte sie mit einem jungen Medikus zurück. Der fand einen hochfiebernden Patienten vor. Er betrachtete die geschwollene Hand und schüttelte vielsagend den Kopf. „Ich will versuchen, aber ... "

Hastig wischte er mit einem Lappen über die Wunde, stach ein Skalpell hinein und schnitt den Span heraus. Jean Beyers schrie wie ein Schwein beim Abstechen, und Gretchen zwang ihm die zuckenden Beine zusammen. Der Doktor ließ die Wunde tüchtig bluten, das Blut rann über die Bettkante, seiberte auf den Fußboden und gelierte. Ein zweiter Schnitt am Oberarm traf die Vene. „Das muss sein", sagte der Arzt. „Das Gift muss raus. Sonst bist morgen tot."

Er hielt den Span zwischen seinen Fingern und betrachtete ihn. Über zwei Fingerglieder lang! Sowas hatte er noch nicht gesehen, und ganz voller Dreck. So ein verfluchtes Biest!

Lange ließ er es bluten, dann strich er von der heilkräftigen Salbe der Calendula auf und verband Hand und Arm. „Hochhalten", befahl er, „hochhalten und nicht bewegen!"

Er sagte, er würde in drei Tagen wiederkommen, wenn's dann noch nötig sei, hielt die Hand auf und bat ums Honorar. Gretchen scharrte zusammen, was sie an Kleckermünzen im Haus fand, erklärte ihm, das sei alles, was sie besäßen und fragte, ob vielleicht ein Huhn ...

Der Doktor winkte ab. Von seinen Besuchen her wusste er, dass auf der Insel ein Doktor der Erste sei, der verhungern würde. Er warf noch einen vielsagenden Blick auf den Kranken und ging hinaus. Er hatte getan, was er konnte.

Einen Tag noch lebte Jean Beyers, dann starb er bei hohem Fieber. Er hinterließ seinen beiden Töchtern ein ärmliches Haus und einen Sack Armut. Um das Begräbnis bezahlen zu können, Niemann für die Gruft, Schlieker für die Kiste, Carow für das Beiern und den Pastor für die Leichpredigt, ging Gretchen bei Schiffer Niclas Baier in der Vitte betteln. Baier liebte weder Betteln noch Leihen. Seinem Grundsatz treu, verlieh er nur so viel, wie er auch verschenken würde, und sagte zu ihr: „Gib mir zurück, wenn du hast. Und wenn nich, kann ick dich dat auch vergessen." Baier hatte es weiß Gott übrig, außerdem tat ihm die Göre leid.

Bertram Ludwig erfuhr natürlich von der Ursache der Verletzung und dachte, der Gemeinde zur Verwarnung in der Leichpredigt das siebte Gebot unter die Nase reiben zu sollen, wo es hieß, dass niemand seines Nächsten Geld oder Gut nehmen dürfe, und suchte nach passenden, durchschlagenden Worten. Je mehr er aber über die Beyers nachdachte und sich fragte, warum der Alte das wohl getan habe, desto deutlicher trat ihm die Not dieser Familie vor Augen. So blieb zuletzt nichts anderes, als in die Klage des Hiob einzustimmen: *Der Herr hat's gegeben, der Herr hat's genommen, der Name des Herrn sei gelobt.* Crüger hatte den Beyersvater nicht verdammt. Er legte den Mann an die Seite seiner vor Jahren gestorbenen Frau Magdalene, der Wolter'schen, und segnete ihn aus auf den Tag seiner Auferstehung hin.

Nun waren die beiden Mädchen sich selbst überlassen. Lenchen diente noch immer in einem Rügen'schen Haushalt und kam nur selten auf die Insel. Gretchen umsorgte dafür das Erbe und hatte damit ihr Tun. Überfiel sie die Einsamkeit, lief sie in die Vitte und suchte in Mutter Annas traulicher Stube nach guten Menschen. In ihr und Maria Amalia fand sie eine Mutter und eine Freundin, wie sie sie als Kind und bis auf den heutigen Tag nie hatte kennenlernen können.

NIKLAS Jochim kehrte unvorhergesehen von großer Fahrt heim. Jochen Höbner war der Erste, der ihm über den Weg lief. Stürmisch rannte er ihm entgegen, breitete die Arme aus und rief: „He da, Onkel Jochen!"

Höbner kniff die Augen zusammen. „Onkel seggst du? Wat schadt dich? Wecker bist du?" Er hatte ihn nicht erkannt.

„Ha!", lachte Niklas Jochim auf und schlug ihm herzhaft auf die Schulter. „Kennst du deinen Patensöhner nich mehr, Onkel Jochen? Ick bin doch Anna Schluck ihrer!"

Jochen glaubte seinen Augen nicht trauen zu dürfen. „Nee, wat is mich. Hab ick kein Augen nich mehr in'n Kopp? Ick glaub, du lügst mich, mein Jung. Du bist dat nich. Lass mich dich eins ankieken."

Er fasste den stämmigen Bengel an den Schultern und drehte ihn um und um.

„Ick bin't aber, Onkel Jochen", lachte Niklas Jochim, und er lachte so, dass seine Zähne wie eine weiße Perlenkette glänzten.

„Nu kiek eins, unser lüttet Beiboot von der Kommün. Dat Ei is ausgekrochen aus seine Hüll und quäkt nu as son lütten Gössel. Komm mit nach Haus. Dein Mutter wartet sich all die Augen aus dem Kopp."

Drei Jahre hatten die beiden sich nicht gesehen. Drei Jahre, eine lange Zeit, in der viel Trauriges geschehen war. Bei diesem Gedanken wurde Jochen Höbner stiller und stiller, und als sie vor dem Schluck'schen Katen angelangt waren, sagte er nur: „Nu geh eins rein zu deine Mutter", und verschwand rasch um die Ecke.

Niklas Jochim pochte das Herz im Hals. Der Katen – genau wie früher. Der Riegel – er fühlt sich an wie damals. Die Diele – es riecht noch genauso – ein scheuer Blick durch den Vorhang ins Zimmer – der Schein der Petroleumlampe wie damals, goldgelb und matt. Leise hob er den Riegel und zog die Tür auf. Mein Gott, dachte er, ick bin wieder zu Haus.

Auf Zehenspitzen schlich er durch die Düsternis, stieß wogegen, taumelte gegen die Bank, auf der wie eh und je die Wasserpütz stand. Die kippte um und schepperte über den Boden – pläng plärreng.

Von drinnen tönte eine helle Stimme: „Komm rin, wenn du kein Snieder bist!"

Niklas Jochim stutzte. Dat war nich Mutters Stimm, dat war wer anners. Er stieß die Tür auf und ...

„Gretchen! Du?"

Ein Schrei, zwei ausgebreitete Arme, ein Satz und sie flog auf ihn zu, umschlang ihn und ließ ihn nicht mehr los, bis ihr der Atem schwer wurde. Sie stammelte nur immer: „Bist zurück, mein Lieber, Lieber, Lieber du. Wat hab ick gewartet, Tag für Tag hab ick gewartet und nu – nu bist du da und ick kann dat nich glauben."

Er brachte nur heraus: „Dat ick dich seh, Gretchen, dat is rein zu schön." Und strich ihr übers Haar, immer, immer wieder. Bis ihm plötzlich einfiel, dass hier was nicht in der Reihe läuft. „Wo is Mutter? Und wie kommst du hierher? Is wat Schlimmes passiert?"

„Mutter ist bei Maria Amalia. Die klucken doch immer zusammen."

„Und du? Woans bist du hier?"

„Wat du mich da fragst! Ick bin doch hier zu Haus. Hast doch selber geschrieben, dat ick dein Ehefrau soll werden. Da bin ick eben schon hier und wart auf dich. Und Mutter is nicht so allein."

„So is dat – komisch. Dat hab ick nich gedacht. Aber – nu lass mich man fixing zu Mutters gehen, und du machst einen feinen Abendessen, braten Hiering, 'n groten Hümpel, und bannig viel Tüfften. Mein Magen is leer as so'n gelöschten Frachtkahn."

Wenig später lag er in Mutters Armen, drüben, im andern Haus. Maria Amalia, obwohl sie sich von Herzen freute – das konnte sie nicht ertragen. Sie nahm ihren Lütten an die Hand und ging nach nebenan. Wann, dachte sie, wann wird er nach Hanner fragen?

Wer wird es ihm sagen? Sie selber? Oder Anna? Oder Gretchen Beyers?

Mutter Anna hatte es ihm gesagt. Was sie sagte, und wie sie es sagte, es traf ihn wie ein Messerstich ins Herz. Und dann erfuhr er auch über Jean Beyers. Oh – wie anders hatte er sich seine Heimkehr gedacht. Aber nun?

Mutter war ja noch da, und Maria Amalia, und Gretchen. Als er Maria Amalia einmal für sich allein hatte, wollte er ganz Genaues wissen über den Tod von Onkel Hanner und Schiffer Fredrichs. Die HERMINE war doch sein Schiff gewesen, auf dem er gelernt hatte, und – nur weil Onkel Hanner ihn rausgeschmissen hatte und bei Gottschalken angeheuert – darum war er, kaum auszudenken, nicht mit ins Eis gekommen. Hatte Onkel Hanner was geahnt? Hatte er ihn retten wollen? Tausend Fragen trieben ihn um, er musste darüber mit Maria Amalia reden, mit wem sonst.

Die aber wiederholte nur, was Willbrand ihr hinterlassen hatte, wurde aber selber betroffen bei den Gedanken, die Niklas Jochim ihr offenbarte.

„Nicker", sagte sie, „wenn du denkst, er hat dich von der HERMINE weggejagt, weil er dich retten wollte, bei Gott, dat ehrt dich, dat is so ein guter Gedanke von dich, da kann ick nischt mehr zu sagen. Ick trau ihm so wat zu, aber woher weiß er dat. Es is mich dat alles ein Rätsel, ick weiß auch nich."

Niklas Jochim bibberte das Kinn und aus seinen Augen tropfte es über die Wangen, und während sie so sprach, musste er sie unverwandt ansehen. Gequält brachte er nur hervor: „O Mike, is dat schlimm, is dat allet schlimm."

Maria Amalia wischte ihm wie eine Mutter ihrem Kind

die Tränen aus dem Gesicht. „Heul ruhig“, sagte sie. „Ick hab dat meiste schon hinter mich.“

„Mike“, fing er ganz leise an und griff nach ihrer Hand. „Ick muss dich wat seggen, ein wat, wat ick noch nie zu kein Mensch seggt hab und wat ick auch nur jetzt segg und denn nie wieder.“

Er fasste sie um und legte seinen Kopf an ihre Wange, fühlte ihre Wärme und flüsterte ihr ins Ohr: „Ick hab dich so lieb, Mike, as mein eigen beste Schwester. Glaub mich dat oder glaub mich dat nich. Aber so is dat und dat bliwwt wahr, so lang as ick leben tu.“

Maria Amalia schloss ihre Augen. „Ick – ick glaub dich dat, Nicker, ganz und gar. Und sollst auch wissen, Tag über Tag hab ick meine Händ gefaltet über dich und hab den lieben Gott beschworen, lass ihn mich und nimm ihn mich nich auch noch ... Und nu, Nicker, nu lass mich deine Schwester sein und du mein Bruder.“

Sie schlang ihre Arme um ihn und ließ ihn lange nicht los. Als sie seinen warmen Atem spürte, meinte sie noch etwas hinzufügen zu müssen. „Ick mein dat so, wie ick dat gesagt hab. Bruder und Schwester, und dat in Ehren. Mit dat anner halt dich an dein Gretchen, dat da kein ein falsch denken tut über uns beide. Macht bald Hochzeit, dat is gut für euch und für uns alle.“

An einem der nächsten Tage gingen Niklas Jochim und Gretchen Beyers nach Kloster zum Pastor, das Aufgebot zu bestellen. Niklas Jochim erschrak, als er Bertram Ludwig wiedersah. Er hatte ihn anders in Erinnerung, nicht mit diesen dunklen, tiefliegenden Augen und nicht so müde, nicht mit dieser matten Stimme und den feuchten Händen. Aber die Wiedersehensfreude war so herzlich, dass die Pastersch die beiden bat, doch zum Mittagsmahl bei ihnen zu bleiben. Sie sprach die Einladung aus mit einem eigenartigen Unterton in ihrer Stimme:

„Kein Mensch weiß, ob so was nicht ein letztes gemeinsames Mahl ist.“ Dabei warf sie einen sorgenvollen Blick auf ihren Mann, der im Lehnstuhl saß und sich das Essen aufgeben ließ.

Die Hochzeit fiel in den Dezember und wurde nur ein ganz bescheidenes Fest. Jochen Höbner holte den Pastor von Kloster mit dem Wagen ab. Nasskalter Wind fuhr ihnen ins Gesicht und machte, obwohl er in warme Decken eingemummelt war, den Pastor frösteln. Im Schluck'schen Katen, im gleichen Raum, in dem Niklas Jochim vor über zweiundzwanzig Jahren getauft worden war, empfing er zusammen mit Gretchen Beyers den Segen für die Ehe. Zu Gast waren nur die guten Freunde geladen, der Raum gab ohnehin nicht viel Platz ab, und die Trauer hing schmerzlich über dem Haus. Mutter Anna war da und Jochen Höbner, Maria Amalia mit ihrem Jungen, dazu Gretchens Schwester Maria Helene mit dem kranken Blick, die von Rügen herübergekommen war, und die beiden ehrenwerten Freunde Schiffer Johann Jacob Gottschalk und der alte Niclas Baier. Die Bibel, die Hanner Schluck damals bei der Taufe auf den Tisch gelegt hatte, diente auch jetzt wieder dem Pastor bei der Lektion.

Crüger wollte nicht zu Gast bleiben. Er fühlte sich nicht wohl und bat Jochen Höbner, ihn gleich nach Hause zu fahren. Er müsse sich wohl wieder legen.

Den Winter über wohnten die beiden jungen Eheleute bei Mutter Anna im Katen. Anna hatte sich oben in der Ook eingerichtet, hatte gesagt, zu zweit wäre es da zu eng, aber für eine olle Frau reiche es wohl. Gretchens Haus in Plogshagen wurde vorerst verriegelt.

Als die beiden eines Abends beieinander lagen, sagte Gretchen:

„Nu brauchen wir unsre Kajüt draußen nich mehr. Nu haben wir hier 'ne bessre. Aber in der da draußen, da hat dat mit uns beide angefangen. Weißt noch?“

Maria Amalia schenkte Niklas Jochim Hanners schwere Seekiste, ein heiliges, großes Andenken an einen herzensguten Freund. Sie war ihm eben mehr als nur eine Holzkiste.

Pastor Crüger war wirklich zum Liegen gekommen. Er meinte, er habe sich auf der Fahrt im Wagen eine Influentia geholt, aber die ginge bald vorbei. Doch dann überfiel ihn ein heftiger, trockener Husten, der lange anhielt. Die *lütte Pastersch* musste einen Arzt holen.

Glücklicherweise traf sie bereits im Dorf Trent den Landphysikus von Willich. Der machte sich sofort auf den Weg zur Insel und ins Pfarrhaus. Als er den Kranken sah, wurde er sehr nachdenklich. Sein Blick verriet mehr, als seine Worte sagten. Er zog Hedwig Crüger beiseite:

„Madame Pastersch, tu Sie mir den Gefallen und besorge Sie für die nächste Zeit unverzüglich Vertretung. Euer Mann hat sich bedingungslos zu schonen. Ich kann nicht verantworten, dass er sich auf den Friedhof oder in die Kirche oder zu irgendjemand begibt, wer es auch sei. Nur durch Ruhe kann er wieder zu Kräften kommen. Anders ist meine Kunst am Ende."

Hedwig Crüger bestellte auf Präpositus Pichts Veranlassung den Schaproder Amtsbruder Richter, der den Winter über alle Dienste versah. Sie selber aber sah sorgenschwer in die Zukunft.

1796

WER Sophie Elisabeth Giese von früheren Jahren her kannte, dürfte jetzt doch über ihr Verändertsein nachdenklich werden. Ihr sonst so glattes, durch *crème chinoise* konserviertes Antlitz war um die Wangen herum eingetrocknet und von unzähligen, filigranartigen Fältchen überzogen. Die Augen, einst in wunderschönes tiefes Blau getaucht, blickten matt und benötigten weithin die Brille. Seit Langem schon trug sie nur noch dunkelfarbige, dicht unterm Hals geschlossene Gewänder, deren Saum bis auf die Erde gingen und die die kamelhärenen Pampuschen verbargen, die sie der immer kalten Füße wegen anderem Schuhwerk vorzog. Der Geist aber, der in ihr lebte, war rege und wach wie eh und je und ließ sie an dem Leben teilnehmen, das draußen vor ihrer Tür vorbeizog, und wie es ihr die *Stralsundische Zeitung* ins Haus brachte, die sie täglich mit Eifer und Interesse studierte.

Heute, beim Lesen derselben, fiel ihr die wie eine nebensächliche Randnotiz aufgenommene Annonce in die Augen:

18. Januar

DIE ZAUBERFLÖTE

eine komische Oper in zwey Aufzügen
von Schikaneder,
mit Musik von Mozart

Eine Oper? dachte sie. O ja, von diesem Mozart habe ich doch schon gehört. Hatte nicht am Abend meines Geburtstages die Mademoiselle Courtois Sonaten von ihm gespielt? Auch erinnere ich mich, gehört zu haben, dieser Mozart sei erst vier Jahre tot und nicht sehr alt geworden. Es reizt mich, eine Oper von diesem Mozart anzusehen und Musik zu hören, schöne Musik.

Sie ließ durch das Mädchen Caroline drei Billettes bestellen und, weil im Komödienhaus die Bänke keine Nummern trugen, auf ihren Namen reservieren. Am Abend des 8. Januar rückte bei wirbelndem Flockenfall und feuchter Kälte der Hamburger Wagen vor das Haus des Perückenmachers Beetz in der Langenstraße. Die beiden Pferde schnaubten und warfen ihre Köpfe, als Sophie, von Thuro und der Schwiegertochter Angelika gestützt, in den Wagen stieg. In hurtigem Trab ging es dann hin zum Komödienhaus in die Mönchstraße.

„Ihr seht blass aus, Mutter. Es wird Euch nicht zu viel werden?“ Sophie winkte ab. „Lass gut sein, mein Junge, es geht mir ausgezeichnet. Ich hab's doch immer gern gemocht, Bühnenstücke, Theaterspiel – und nun sogar mit Musik. Schenken wir uns diesen Abend gegenseitig.“

Das Theater war im Gegensatz zu ihrer Wohnung ungeheizt. Die Musik, so gewaltig sie war, gereichte Sophie nicht zu vollem Genuss. Sie fröstelte, sie fror und klagte über kalte Füße. Zu Hause ließ sie sich wärmenden Tee bereiten und begab sich, eine heiße Kruke an die Füße gelegt, sofort ins Bett. Eine durchwachte Nacht folgte, und gegen Morgen spürte sie leichtes Fieber. Der herbeigerufene Arzt redete von starker Influentia, verordnete Lindenblütentee, kalte Umschläge und Hoffmannstropfen, außerdem strenge Bettruhe und eine vorzüglich geheizte Stube.

Sophie genas, gestand aber ihrem Sohne eine unerträgliche Schwäche in den Gliedern. Geselligkeiten wie Dominospiel und außerordentliche Besuche lehnte sie ab, sie ging auch nicht mehr aus dem Haus. Der Februar zeigte sich mit unangenehmen Schneefällen und eisigen Winden, der März warf eine seuchende Krankheit übers Land, der viele Menschen erlagen. Die Ärzte waren ratlos und warteten nur noch auf Wunder.

Eines Tages klagte auch Sophie über starke Kopfschmerzen, hauptsächlich hinter der Stirn, sagte auch, sie fühle feuriges Eisen in allen Gliedern fließen und verwehrte sich gegen jede Speise. Der Arzt kannte die Symptome und machte ein bedenkliches Gesicht. Er verschrieb Mixtura solvens und kalte Umschläge, das Fieber zu dämpfen. Linderung aber brachte das nicht.

Da schickte Sophie dringend nach Gingst, ihr alter Freund Johann Gottlieb Picht möge bitte kommen, sie möchte sich ihm anvertrauen, denn sie wäre bereit, sich der Ewigkeit zuzuwenden. Picht kam unverzüglich und schenkte sich ihr in einem langen, stillen Gespräch, bis sie, der Anstrengung zu viel, den Kopf zur Seite legte, um auszuruhen.

In den Morgenstunden des dritten April starb Sophie im Beisein ihrer Söhne und Töchter. Sie folgte ihrem Ulrich Jochim nach dreißigjähriger Ehe und sechzehnjähriger Witwenschaft in das ewige Leben.

Trauer stand über dem Haus in der Langenstraße. In einem verhangenen Raum, umgeben von glänzenden Kandelabern, lag die Verewigte aufgebahrt. Da geschah es zum ersten Mal, dass Thuro seine harte Hand, die er so oft von der Mutter zurückgezogen hatte, zart über die bleichen Wangen führte und ihr, die es nun nicht mehr hören konnte, zuflüsterte: „Ich habe Euch sehr lieb gehabt, meine gute Mutter, auch wenn ich nicht so war, wie Ihr mich habt sehen wollen. Aber lieb habe ich Euch gehabt, sehr, sehr."

Thuro hatte zwei Skripten aufgesetzt, von denen er eine mehrfach kopiert dem engsten Freundeskreis zuleiten ließ, darin es hieß *daß Sie von dem traurigen Ereigniß erfahren ... und wird das Begräbniß am 12. d. lfd. Monaths um 1 Uhr nachmittags auf dem Friedhof in Brandshagen geschehen ...*

Die andere Skripte war die für die *Stralsundische Zeitung* bestimmte Annonce, die das Hinscheiden der Mutter den Bewohnern der Stadt anzeigen sollte. Im Gegensatz zu den persönlich gefassten Worten des Freundesbriefs verblieb diese in jenem üblichen Stil, wie die Zeitung ihn abzudrucken pflegte:

Nachdem es der allweisen Güthe des Herrn gefallen, unsere liebe Mutter die Kammerräthin Sophie Elisabeth

Giese, gebohrene v. Schwerin durch sanften Tod abzufordern, wird das allen Freunden und Bekannten hierdurch schuldig angezeigt, die Beyleidsbezeugung aber verbeten von der Wohl el. hinterlassen Kinder

Stralsund, d. 4. April 1796

Doch die nächste Ausgabe der *Stralsundischen Zeitung* brachte die erwartete Anzeige nicht. Thuro entrüstete sich und fragte nach. Die Redaktion zeigte Unverständnis, man wüsste nicht, man hätte nicht, man wollte nachforschen ... Zuletzt hieß es, ein Manuskript läge nicht vor.

Im Wirbel der folgenden Tage vergaß man das Nachsetzen der Anzeige, und so erfuhren auf offiziellem Wege die Bürger der Stadt nicht vom Abscheiden Sophie Elisabeth Gieses, der einstigen Königin von Hiddensee.

Am 12. April wurde Sophie begraben. Thuro hatte den Leichnam schon tags zuvor nach Brandshagen überführt. Jetzt füllte sich der Platz unten am Pfarrhaus mit Gästen, lieben Bekannten, Kindern und Enkeln der Verstorbenen. Zwei Schiffe von der Insel waren gekommen und hatten unterhalb des jüdischen Friedhofs in der Bucht Anker geworfen. Küster Carow, Krugwirt Blössing, Müller Gau, Niemann, der Kuhlengräber, der ganze Kirchenvorstand, Leute vom Hof und aus Grieben, sogar der über achtzigjährige Andres Schomaker war dabei. Und Maria Amalia Schluck.

Wintherson, der den Päpositus Picht im Wagen von Gingst abgeholt hatte, ordnete sogleich nach seiner Ankunft den Verlauf der Handlung, so wie er es vor sechzehn Jahren bei Ulrich Joachim Giese auch getan hatte. Es war ihm dies ein innerstes Bedürfnis. Sophie Giese bekam ihren Platz vor dem Altar.

Als der alte Johann Gottlieb Picht Sophies Kinder begrüßte, kam es ihm schwer an, seine innere Rührung zurückzuhalten. Picht war von Thuro Joachim um die Leichpredigt gebeten worden. Dieser gute Mann legte nun den Trauernden sein eigenes Herz zu Füßen, warm, offen, unverhüllt und voller Mitgefühl. Er hatte, um das geistliche Leben Sophies zu würdigen, Worte gewählt, die er das Bekenntnis einer Bekennenden nannte, die da gesagt hatte: Wir warten eines neuen Himmels und einer neuen Erde nach Seiner Verheißung, in welcher Gerechtigkeit wohnt.

„Daran", sagte er, „hatte sie festgehalten und ihre Hoffnung tagtäglich wie von einem Schiff ein Seil an Land hinübergeworfen. Das war ihr Credo gewesen, ein Credo, wie es sich in ihrem Lebensalltag ausdrückte, bei aller menschlichen Schuld, Unzulänglichkeit und Schwäche."

Nach diesem stellte der Prediger Sophies reine Menschlichkeit ans Licht, die offen sein wollte für den Gedanken an ein Befreien vom Untertanengeist ihrer Inselkinder. „Würdevolle Hoheit", sagte er, „zeichnete ihre Natur aus, dazu ein gesunder Mangel an Scheu, den ärmsten ihrer Inselkinder in die Häuser zu folgen, um ihnen Hemden und Füße zu waschen und den Kindern die hungrigen Mäulchen zu stopfen. So wird ihr Name als eine kühne wie liebe Frau in der Familiengeschichte haften dürfen und im Gedächtnis derer, die sie liebten. Denn sie war eine höchst interessante Frau, die mit einem durchdringenden Verstande eine ungemeine Feinheit und eine liebenswürdige Denkungsart vereinigte. Man kann nicht leicht eine Gestalt sehen, die zugleich mehr Zutrauen und mehr Ehrerbietung einflößte."

Nach solchen Worten segnete Picht die Verewigte aus und hieß sie hinaustragen zum Acker Gottes, an die Seite ihres Gemahls. Als der Sarg in die Tiefe ging, setzte ein unbeschreiblicher Regenguss ein. In der Eile des Aufbruchs vergaß Pastor Kellmann, den Eintrag ins Totenregister der Kirche vorzunehmen, und so wurde Sophie Gieses Begräbnis in Brandshagen schriftlich nicht bekundet.

An dem auf den 12. April folgenden Sonntag ist der Hiddensee'schen Gemeinde aus dem Mund des Pastors Richter der Tod der Kammerrätin als Kanzelabkündigung angezeigt worden. Er selber aber führte die Register nicht, und Bertram Ludwig Crüger unterließ einen Eintrag, da die Herrschaft zur Stunde ihres Todes nicht auf der Insel weilte und ihr Begräbnis hier nicht gewesen. So unterblieb auch hier ein urkundliches Zeugnis.

Wochen vor Sophies Tod waren die hiddenseeschen Seeleute schon wieder auf ihren Schiffen, dem Fernweh nachzugeben, das sie dem Schoß ihrer Lieben alle Jahre nach dem Aufbrechen des Eises entriss. Gottschalk hatte verlauten lassen, dass es wieder eine weite, eine lange Reise werden würde, wohl an die zwei Winter würde er fortbleiben. Zwei Jahre? Eine liebesarme Zeit. Da hieß es für Gretchen Schluck, Vorauszahlung willig anzunehmen, und sie öffnete sich, um zu empfangen.

Wochen später, als sie ihrer Mutterschaft gewiss wurde, segelte die PEGASUS bereits unter dem Sternenhimmel des Skagerraks. Und Niklas Jochim pfiff sich eins und fragte den Himmel, was es wohl Köstlicheres auf diesem Erdball gäbe als unterm Hintern ein prächtiges Schiff und zu Haus eine Frau mit Feuer in Schoß und Hüfte. Und wenn es ihn dann so überkam, grabbelte er in seiner Seekiste herum, roch an seinen Klamotten und dachte, dass das alles noch nach Zuhaus stinkt. Und das Kuhpferd wiegte sich dabei an dünnem Bändsel über seiner Koje im Gang der gleichmäßig wogenden See.

PASTOR Richter aus Schaprode konnte sich den Vertretungsdienst auf der Insel nicht vom Halse halten, denn Pastor Crüger war nach einem Blutsturz zum Liegen gekommen. Seitdem ging man im Pfarrhaus auf Zehenspitzen, und Maria Hedwig Collwitz bemühte sich, der besorgten Pfarrfrau alle Wünsche von den Augen abzulesen.

Für Richter war das kein vergnügliches Arbeiten, denn jedes Mal hieß es, von Schaprode übergesetzt zu werden, ganz gleich, was für Wetter es war. Die kleine Hofjacht, die ihn brachte, war ein offenes Schiff, und durchaus nicht immer wurde ihm die Segelei über den Bodden zu einer Lustpartie.

Bertram Ludwig Crüger führte seine Amtsgeschäfte vom Bett aus, so gut er konnte, um Richter zu entlasten. Er konnte seinem Amtsbruder unmöglich den Kampf um sein Gotteshaus überstülpen wie einen nassen Hut. Denn wegen der Kirche, da reichte es ihm wieder mal. So legte er sich von seinem Lager aus einen Brief zurecht, von dem er sagte, der hätte Hörner und Zähne, einen Brief an die Herrschaft Thuro von Giese.

Hedwig stritt mit ihm darüber. „Vertage diesen Brief, Crüger! Ich bin mit deinem Eigenwillen nicht einverstanden. Leg dich hin und tue, was der Doktor dich geheißen hat."

„Ich liege doch, gutes Weib", erwiderte er.

„Du sollst aber ruhen!"

Bertram Ludwig widerstand. „Es geht mir im Augenblick recht gut, ich fühle mich stark. Schreibe ich jetzt nicht, wird es nie mehr etwas. Carpe diem!"

„Du weißt aber, was der Doktor ... "

„Ich weiß, aber es ist vielleicht mein letzter Dienst. Ich darf keinem etwas schuldig bleiben. Es ist ohnehin zu viel liegen geblieben, viel zu viel."

Hedwig gab's auf. Sie kannte ihren Mann. Fast siebzehn Jahre Ehe haben sie gelehrt, dass auch die rührendsten Worte es nicht schafften, ihn von etwas abzubringen, was er sich in den Kopf gesetzt hatte. Schweigen und Gewährenlassen waren das Einzige, und dann abwarten, was daraus wird.

Crüger entwarf einen Brief an die Herrschaft in wohldurchdachten Sätzen und diktierte ihn dem Amtsbruder Richter, als dieser bei ihm war. Unumwunden sollte bekannt werden, dass *der Verfall der Kirche, so ihm nicht entgegengesteuret, ihren baldigen Ruin herbeytragen würde.* Es fehle ihm, dem Pastor, nicht allein an Geldern, es fehle ihm ebenso an Materialien. *Dieses unterthänig gefaßte Schreiben sey nur ein Ultimatum,* denn er selber könne *sich dieser Klage nicht mehr entziehen. So bitte ich denn und flehe zum Herrn um Gnädige Annahme dieses Briefes. Ich fühle mich obendies am Ende meiner Kräfte.*

Tags drauf, am 25. April, ging dieser Brief *an die Herrschaft des Guths Hittensee Capitain Thuro von Giese* per Schiff durch die Hand eines verlässlichen Mannes und gelangte noch am gleichen Abend auf den Tisch des Adressaten. Thuro las ihn durch und seine Stirn furchte sich unwillig. Zunächst schob er ihn von sich weg. „Ich bin doch keine melkende Kuh, verdammt noch mal! Immer wieder diese alte Inselkirche!“ Das war seine erste Reaktion. Über Nacht aber ging es mit ihm um. Was half es, den Kopf in den Sand zu stecken. Er musste sich der Sache annehmen, ob er wollte oder nicht.

Am nächsten Morgen klopfte er an die Tür eines der im Rathaus weilenden schwedischen Beamten, legte Crügers Klageschrift vor mit der Bitte, sich zu verwenden und ihm nach Möglichkeit sogleich Antwort mitgeben zu wollen. Thuro schaute den Ratsherrn, währenddessen er las, voller Erwartung an. Die Antwort kam kurz und knapp.

„Wir werden darüber befinden, ob und wieweit unsere Hilfe nötig ist. Die Kirche zu subventionieren, ist nicht unser Amt, steht auch nicht in unserem Vermögen. Ihr, Kapitän von Giese, seid der Patron, Ihr wisst auch, dass die Gemeinden selbsteigen die Mittel aufzubringen haben, ihre Kirchenhäuser in Ordnung und Zustand zu halten.“

Thuro wies nun seinerseits auf die Armut der hiddenseeschen Pfarre hin, schilderte auch, indem er sich nicht schämte, seine eigene missliche Lage übertrieben darzustellen, und bat darum, die Klageschrift des Pastors Crüger wohlwollend anzunehmen.

„Wir werden, wie bereits gesagt, darüber befinden. Wir denken, einen sachverständigen Mann des Baugewerkes auf die Insel zu senden, welcher an Ort und Stelle prüfen und den Sachverhalt in Ordnung aufs Papier bringen sollte. Sagt dem Pastor das. Bis dahin geduldet Euch, wie wir bitten.“

Thuro gab diesen Bescheid an Crüger weiter. Es stimmte ihn zufrieden, dass Crügers Klage bei der Behörde Gehör gefunden hatte.

Einige Tage darauf erschien im Pfarrhaus ein älterer, klug

aussehender Mann, in dessen Gesicht sowohl Erfahrung als auch Selbstsicherheit und sachliches Urteilsvermögen abzulesen waren. Ohne viele Worte zu machen, nahm er sich des Auftrags an, prüfte den Zustand des Gotteshauses, machte sich entsprechende Notizen und ließ sich noch am gleichen Abend von Tode zurück auf die Insel Rügen fähren. Ohne Verzug erschien sein Bericht bei der Regierung. Dieser lief als die täglich übliche Kurrende von Hand zu Hand und gab mit seinem Wortlaut den hohen Herren unter der Überschrift *Unterthänig gehorsamster Bericht zu wissen:*

> *Dem von Euer Excellence und der Königl. hochpreislichen Regierung mir gewordenen hohen Befehle zufolge habe ich die Kirche zu* Hiddensee *in Loco untersuchet und die daran nach Maasgabe des Herrn Pastors* Krüger memoraliter *angezeigten Mängel folgendenmaßen vorgefunden.*

1. *An dem westlichen Giebel und auf dem Kirchendache ist auswendig die Kalkberappung gänzlich abgespület und auf dem Kirchendache sind hin und wieder Dachsteine vom Sturm abgeworfen und zerbrochen, imgleichen die Windfangmäuren für die Kirchenthüren gegen Süden und Westen etwas geborsten und versackt. Diese Mangel sind dadurch abzuhelfen, daß der Giebel aufs neue mit Kalk abgerapt, die fehlenden Dachsteine wieder aufgelegt, die Fugens mit Kalk verstrichen und die Borsten an den Windfangs-Mauren verzwicket und verstrichen werden.*
2. *In der Kirche ist am Altar der Fußboden und die Tischplatte, sowie auch der Beichtstuhl, Patronen und Herrschaftsstuhl, alle übrigen nahe dem Altar befindlichen Stühle und Bänke, auch die Kanzeltrepp und ein Stender unter dem Kirchenchore gäntzlich vom Schwamm verzehret, die übrigen Bänke für die Gemeinde sind auch zum Theil schon vom Schwamm beschädigt worden, und müssen erstere ganz neu, letz-*

tere aber reparieret werden und sind sämmtlich hiezu erforderlichen Baukosten im angelegten Kostenvoranschlage berechnet.

Ich vertraue unterthänig gehorsamst, hiermit dem hohen Auftrage ein pflichtschuldiges Genüge geleistet zu haben.

Stralsund den 25.ten May 1796

Bertram Ludwig Crüger erhielt das Duplikat, bei dem die Unterschrift fehlte. Das Beischreiben, der Kostenvoranschlag in Höhe von 167 Reichstalern fände die Zustimmung der Regierung, und diese Summe würde nach Fertigung der Arbeiten aus dem Staatsvermögen gezahlet, las Bertram mit Genugtuung. Der Zusatz, die Königl. Regierung lehne in Weiterem alle *Collecten* und Beihilfen ab, tat er mit der Bemerkung, dass solches vorauszusehen war, beiseite. Seine Klage war jedenfalls gehört worden und angenommen. Das war ein erster Schritt, dem ein weiterer nun folgen muss. Und der hieß, die Geschäfte der Reparation anzugreifen. Er beriet sich mit dem Kirchenvorstand aus den Dörfern. Dieser sagte ja und ja und nochmals ja, doch geschah nichts. Darüber ging der Sommer hin. Crüger war zu schwach, um sich gegen die Gleichgültigkeit noch weiter aufzulehnen. Im Herbst warf ihn ein zweiter Blutsturz nieder. Der Verlauf seiner Krankheit, die der Doktor schlechthin Auszehrung nannte, war ihm keine unbekannte Größe. Die ihm noch verbleibende Gnadenzeit verbrachte er im Trost des Gebets, im Lesen der Psalmen und in der Erwartung des ewigen Heils.

Als der erste Schnee fiel, und die Tage der Buße vor der Geburt des Herrn näher rückten, reichte ihm Pastor Richter unter Vorahnen des baldigen Todes das Sakrament der Liebe. Bertram Ludwig Crüger bekannte seine Fehler und empfing die Vergebung, wie das Evangelium sie zusprach. Bald darauf, unter Erstickungsqualen und Todesleiden, gab er sein Leben von sich. Hedwig von Gagern, nun verwitwete Crüger, hielt seine liebe Hand fest in der ihren, bis sie erkaltet war. Danach stand sie auf und zeigte den Tod an.

Maria Collwitz, die *lütte Pastersch,* ging durch die stillen Räume lautlos weinend ihrem Geschäfte nach. Maria Amalia kam, die Winthersons und Thuro von Giese, und sie teilten Trauer und Leid der Pfarrfrau. Und Anna Schluck klagte vor sich selbst: „Nu hat der Blitz zweimal eingeschlagen in unsere Freundschaft. Erst die Madame Giese und nu unser Paster. Es is doch rein zu schlimm."

Pastor Richter aus Schaprode begrub den am 4. Dezember, am zweiten Adventssonntag heimgegangenen Pfarrbruder unter dem Wort, wie Paulus es in seinem Brief an Timotheus geschrieben: *Ich habe einen guten Kampf gekämpft, ich habe den Lauf vollendet, ich habe Glauben gehalten. Hinfort ist mir beigelegt die Krone der Gerechtigkeit, welche mir der Herr an jenem Tage, der gerechte Richter, geben wird.*

Und die Gemeinde sang unter Tränen die Lieder, wie Küster Carow sie anstimmte. Die Kirche, Crügers arme, liebe, baufällige Kirche war besetzt bis auf den letzten Platz.

ACHTES KAPITEL
1797 – 1800

VERHANGEN wie der Himmel, ohne Horizont und Aussicht, war das durch Pastor Crügers Ableben getrübte Weihnachtsfest lichtlos über die Insel gegangen, und ebenso lichtlos hatte das neue Jahr seinen Anfang genommen. Nur bei Gretchen Schluck hatte sich ein feiner Lichtstrahl ins Haus gestohlen. Wenige Stunden nach Mitternacht wurde sie von einem Jungen entbunden. In ihrer schweren Stunde hatte sich Maria Amalia als eine sehr umsichtige und geschickte Person erwiesen. Sie hatte das Kind herausgezogen und besorgt und es der Mutter auf den Bauch gepackt mit den Worten, wie die Thilde Gau sie auszusprechen pflegte:

„Da hast du deinen Schnippelpisser, Gretchen. Nu hab ihn lieb und lass ihn später wat werden, Magister oder so wat. Aber nicht Schiffer. Versprich mich dat, sonst nehm ick ihn dir wieder weg."

Gretchen kam schnell wieder auf die Beine. Die Geburt des Söhnchens, das auf den Namen Ludwig Christoffer hören sollte, zeigte aber Maria Amalia anstelle der Mutter an. Als sie das Pfarrhaus betrat, kam es mächtig über sie. Hier kannte sie doch jede Stubenecke, aus jedem Gemach wehte ihre liebe Erinnerung entgegen. Nun schien das Haus tot zu sein. Das Amtszimmer ungeheizt seit Crügers Tod und unberührt, und die beiden, die alte und die lütte Pastersch, froren sich durch den Tag.

Hedwig Crüger, bleich und übernächtigt, hielt ihre Freude über den kleinen Jungen nicht zurück. „Christoffer?", fragte sie, „ein schöner Name, ein guter Name."

„Nach dem Großvater. Stoffer war ein guter Mann und ich kenne ihn noch", erklärte Maria Amalia.

„Aber Ludwig? Wirklich – Ludwig?"

„Weil – weil – Ihr versteht, Stoffer Schluck und unser lieber Paster waren doch so gute Freunde gewesen ... "

Hedwig tastete nach Maria Amalias Hand und drückte sie heftig.

„Danke, Mike, danke. Sag ihr das."

Das Amtliche, sofern es mit der Taufe und einigem anderen zu tun hatte, übertrug Hedwig Crüger dem Küster Carow. Pastor Richter hatte sie dazu ermuntert. Ihm war's nur recht, alles abzustreifen, was möglich war. Dem Carow aber tat solche Überlassung nicht sonderlich gut. Während sich Hedwig Crüger zurückzog, streichelte diesen Mann seine Eitelkeit.

Hedwig Crügers Leben wurde zusätzlich überschattet, als man sie wissen ließ, dass ihr Auszug aus dem Pfarrhaus in Bälde vor sich zu gehen habe. Seitdem tobte es wie ein Mühlstein in ihrem Kopf herum, immer wieder die gleichen Gedanken, ohne Aufhören, ohne Ende: Ausziehen, ja, natürlich muss ich das Pfarrhaus für einen Nachfolger frei machen. Wohin aber? Wird mir ein Zimmerchen vergönnt werden? Hier? Oder wo? Ich werde meinen Hausstand verkleinern müssen. Habe ich denn mehr, als ich brauche? Einen Zehrpfennig werde ich wohl bekommen, um leben zu können, die Kirchen im Lande ziehen ja den Pfarrwitwenpfennig ein. Was wird aber aus der lütten Pastersch? Ich kann sie nicht allein lassen, sie ist mir wie ein Kind geworden. Mit diesem allen hatte sich Hedwig Crüger herumzuschlagen, sie fühlte sich so schrecklich allein gelassen.

Für Carow aber war die Zeit gekommen. Jetzt führte er das Ruder. Und weil er keiner sonderlichen Kontrolle unterlag, denn Richter ließ ihn gewähren, forderte er für jede auch noch so geringe Leistung seiner zum Teil aufdringlichen Dienste einen Obolus mit immer weit geöffneter Hand. Die Höhe der Honorierung setzte er selber, und in dem Maß, wie man sie ihm beglich, stieg sein Selbstbewusstsein. Küster Carow machte sich auf der Insel einen Namen.

Dies wieder stieg der *Kuhschnabbel* in den Kopf. Jetzt fragte sie nach nichts mehr. Ungeniert keifte sie mit ihrer grellen Stimme über Zäune und Gärten, pfiff ihre Gören zusammen und ihr Geschreie, so sagte man, schalle bis auf die Fährinsel und noch weiter.

Diese Frau vermochte mit keinem Menschen Frieden zu halten, wer er auch sei. Mit einer Ausnahme: die Familie des Clas Tode. Das wog umso schwerer, als die Witwe Hedwig Crüger durch eine konsistoriale Verfügung gesagt bekommen hatte, sie möge bis Sommeranfang *das Pfarr-Haus von ihren privaten Meublen beräumen*, da in Aussicht stehe, *die Pfarre bald wieder voll instituiert besetzt* zu wissen. *Eine Wohnung sei im Vorübergehen im Schulhaus frei zu machen.*

Hedwig Crüger begriff nicht. Im Schulhaus? Mit dieser Familie Carow, mit dieser Frau unter einem Dach? Niemals! Nicht eine Stunde.

Sie klagte das dem Präpositus Picht, sie klagte das dem Wintherson, sie klagte das der Herrschaft in Stralsund. Was aber konnte Wintherson veranlassen, der ohnehin an baldigen Weggang dachte? Das Gutshaus hatte zwar Platz zu Genüge, aber darüber zu verfügen stand ihm nicht zu. Und Giese? Die Herrschaft hörte nur mit einem Ohr. Mögen sich andere Leute um die Streitigkeiten der Weiber kümmern. Präpositus Picht appellierte an wohlwollendes Verständnis beim hochwohllöblichen Konsistorium in Greifswald, bewirkte schließlich neben der Anerkennung dieser misslichen Lage die *Unterstützung, falls in dem Pfarrort Kloster auf Kirchgrund ein Pfarrwittwenhaus errichtet werden sollte, auf daß solcher und künftiger Nöthe abzuhelfen sey.* Dieses einzurichten bliebe jedoch Aufgabe der Kirchgemeinde.

Pastor Richter sagte zu alledem nur, dass er lediglich Vakanzverwalter sei, er denke nicht daran, einem baldigen Nachfolger mit Verordnungen vorzugreifen, wenn sie dermaßen weitgreifende Bedeutung haben. Also blieb Witwe Crüger mit ihren notvollen Fragen allein. „Wäre die Kammerrätin noch am Leben“, klagte sie der *lütten Pastersch*, „sie hätte sicher einen Weg gefunden, für uns beide. Eine Pfarrfrau, so sie zeitlebens hat gearbeitet, ist am Ende nichts. Was wollen wir nun tun, Kind?“

Schiffer Niclas Baier bewohnte in der Vitte ein richtiges Haus. Nicht etwa einen Katen wie die Schlucks oder Jochen Höbner ihn besaßen. Bei Baier brauchte niemand den Kopf einzuziehen, wenn er über die Türschwelle schritt. Wer hier eintrat, hatte Raum und Luft zum Atmen. Ein erster Blick wird ihm sagen: In diesem Haus ist ein weit gereister Fahrensmann ansässig. Kein Quallenfischer von der Binnenküste und kein Heringspuler. Ein zweiter Blick wird die aus der Ferne mitgebrachten Gegenstände bestaunen, die die Vitrine zieren, die Buddelschiffe, die zerfetzte holländische Flagge, das traute Paar sich anglotzender Porzellanmöpse aus Hull oder Plymouth, die schönen Tassen mit Kupferglasur, die Baier seine Goldpötte nannte, und die er bei einem Saufgelage erknobelt hatte, und nicht zuletzt über dem Bettzeug im Alkoven das kostbare bunte Kattun. Jedes einzelne Stück bewies: Hier steht die Landkajüte eines Seemanns erster Ordnung.

Baier lebte in einer zweigeteilten Welt. Die eine stand hier in seinem Vitter Haus und nahm seinen Leib auf. Die andere lebte und webte draußen und trug seine Seele auf den Planken seiner geliebten PEGASUS durch die Wellen und wiegte ihn träumend im Gleichgang der wogenden See. Wer sich mit dem alten Schiffer abgeben wollte, musste Verständnis für ihn aufbringen, viel Verständnis, denn meist war sein Geist entrückt in jene zweite Welt. Und wer ihm nicht dahin folgen wollte, gewann ihn nicht für sich.

Seit Kurzem flüsterte man im Dorf: Baier macht dat nich mehr lang, er is all tütelich und segelt as so'n ollen Dwarsdriewer, hat kein Haltfest nicht mehr.

In sich zusammengesackt sahen sie ihn auf der Hausbank sitzen, vornübergebeugt, die Hände über einen Krückstock gefaltet und das Gesicht draufgelegt. Dann schlief er wohl. Schlief er nicht, saß er an die Hauswand gelehnt, steif wie ein Peekhaken, an immer der gleichen Stelle, wo der Rücken den Kalkanstrich schon lange abgeschubbert hatte, und blinzelte in den Himmel. Gewiss segelte er dann auf seiner PEGASUS durch sein geliebtes Mare terra Mum, auf einem Schiff, das er für unsinkbar hielt und das nun unter

Johann Jacob Gottschalk Frachten fährt, wie er es ihn gelehrt hatte.

War es aber nicht seine PEGASUS, die er erinnernd steuerte, dann war es die ANNA CATHLEEN des flämischen Schiffers Waelbers oder die Brigantine CERES von Schiffer Dornhager oder gar die jüngst bei Comelius in Stralsund überholte Galeass HERMINE DOROTHEA von Schiffer ... von Schiffer ... – Düwel uk, wie heit de noch? – Und in jedem Schiff lebte Baier mit reichen Erinnerungen sehr praktischer Art, denn er besaß gewisse Anteile, seine Parts, und das waren versteckte Vermögen, Guthaben, Teilhaberschaften. Von diesen Parts wusste niemand auf der Insel. Er hatte niemals darüber gesprochen.

Jetzt machte Baier Inventur, die Zeit war gekommen. Dem Jochen Höbner gegenüber hatte er neulich geäußert, er würde bald an Gottes Ufer anlegen. Jochen soll sein Begräbnis ordnen, wenn er die Leinen übergeworfen hätte. Seitdem kam Jochen treu zu ihm ins Haus, ihn zu versorgen. An einem der letzten Tage sagte Baier zu ihm:

„Greif da mal in'n Schapp und nimm dich meinen Seepass. Ick brauch ihm nich mehr. Daneben liegt dat Schiffsbuch. Dat trägst du zur Schifferkompanie und seggst schönen Gruß vom ollen Baier, und sie solln dat aufbewahren bis auf den Tag von meine Auferstehung."

Baier hatte seinen Tod kommen sehen wie einen freundlichen Gast. Am 24. Mai fand ihn Jochen Höbner auf seinem Lager liegen, den Mund geöffnet, die Augen halb geschlossen. Der Arm hing schwer über der Bettkante herab und die Finger berührten den Boden. Er sah aus, als hätte er Anker geworfen. Höbner bestellte den Doktor. Der sprach von Altersschwäche und ließ sich bezahlen. Gute Freunde Baiers begruben ihn, und Pastor Richter aus Schaprode tröstete mit dem Evangelium.

Nach seinem Begräbnis öffnete Höbner einen Brief, den Baier ihm vor Jahr und Tag anvertraut hatte und las: *Imfals mich was geschehet und wann mich der Todt ergreisst an meinen Sohn senden ...*, und dahinter war der Name und die Wohnung angegeben.

Jochen Höbner kratzte sich den Kopf. Sein Sohn? Er hatte einen Sohn? Davon hat er nie was gesagt. Aber was sein letzter Wille ist, das muss wohl sein. Er nahm den Brief an sich, zog Erkundigungen ein und gab, nachdem sich alles als richtig erwiesen hatte, Nachricht, sich ohne Verzug nach Hiddensee zu bequemen.

Bald darauf erschien ein groß gewachsener Mann mittleren Alters, ein unverkennbares Ebenbild des Vaters in jüngeren Jahren. Höbner reichte ihm den Brief und erzählte von ihm als Freund und als einem auf der Insel geltenden ehrenwerten Mann. Den Sohn schien das nicht sonderlich zu rühren, er schaute auf den Brief und fragte sich, was das wohl bedeute, ob Schuld, ob Klage, ob Beichte ...

Beim Lesen schlug es ihn um. Der Brief offenbarte ihm eine Hinterlassenschaft von mehr als 3000 Reichstaler, verbucht auf der Depositenbank in Stralsund, die Zinsen nicht einbezogen, dazu die Parts an den Schiffen, die einzulösen wären und die den weitaus größten Anteil der Erbschaft ausmachten.

Der Sohn, sicher in einer lustigen Nacht in einem stillen Winkel gezeugt, trug leider nicht des Vaters gute Art in sich. Er ließ sich schnippschnapp alles auszahlen, was da war, zog ohne ein Dankeschön mit seinem Erbe ab und verschwand. Man schüttelte den Kopf über ihn: „Dat schöne Geld! Nur wegen dieset Ekel von Kegelgör. Wat hätt sich unsre arme Kirche gefreut über ’ne lütte Spend von dreidusend Talers.“

Baiers Seepass und sein altes Schiffsbuch, dessen präzise Eintragungen über Bestecks, Tiden und Ladungen und über alle Vorkommnisse von einem tüchtigen Schiffer Zeugnis gaben, übertrug Jochen Höbner der Schifferkompanie. Denn ein Schifferleben hat erst sein Ende gefunden, wenn alles, was das Schiff betraf, in Ordnung gebracht ist.

IN der Amtsstube des Gingster Pfarrhauses standen am Morgen des 29. März die beiden von Amts wegen und auch sonst innig befreundeten Männer, der Präpositus Picht und der Pastor Wilde in ernstem Gespräch beieinander. Während Wilde sprach, malte Picht verlorene Muster auf die beschlagene Fensterscheibe, hörte aber aufmerksam zu. Es ging um Wildes Berufung in das Hiddensee'sche Pfarramt als Nachfolger Bertram Ludwig Crügers. Im Grunde genommen war die Entscheidung bereits durch das Schreiben des Konsistoriums gefallen. Die Greifswalder Kirchenbehörde hatte verfügt und mit gleicher Post die Vokation beigelegt.

In Picht, wie er so dastand und seinen zeichnenden Finger auf der Scheibe verfolgte, stritten sich die Geister. Er hatte den menschlich so warmen und freundlichen Mann, den Johann Jacob Wilde, in den Jahren gemeinsamer Arbeit lieb gewonnen, seine Qualitäten schätzen gelernt und seine stets gründlich durchdachten und auf Ordnung gerichteten Arbeiten geachtet. Allein schon um dieser Vorzüglichkeiten willen hätte er ihn gern für sich in seiner Parochie behalten. Andererseits sah er vor sich die Inselpfarre mit ihren nun verwaisten Pfarrkindern, die wie Schafe waren, die keinen Hirten haben. Richter in Schaprode konnte er unter keinen Umständen länger die Vakanz übertragen. Was also sollte er tun?

Wilde konnte sich gegen den behördlichen Entscheid ja nicht sperren, wollte es auch nicht, denn für ihn galt das Prophetenwort: *Du sollst gehen, wohin ich dich sende*, auch wenn es schwer werden wird.

Wilde war nicht mehr der Jüngste. Er hatte bereits eine Frau mit einem Neugeborenen unter der Erde, hatte auch, wohl mehr um seines hinfälligen greisen Vaters willen zum andern Mal gefreit, denn der Vater war einer umfassenden fürsorglichen Pflege äußerst bedürftig. „Also dann", sagte Wilde, „geschrieben steht, ich sende Euch wie Schafe mitten unter die Wölfe ... "

Picht legte seine Hand schwer auf Wildes Schulter und erwiderte: „Wölfe hin, Wölfe her, wir wollen nicht vergessen, Bruder Wilde, auch dort leben Menschen mit einem Herzen, das fühlt wie wir. Sie bedürfen Eurer Predigt und Eures Segnens, Eurer Liebe und Zuwendung vielleicht sogar mehr als jene in anderen Gemeinden. Eine Goldgrube ist Hiddensee nicht, das wisst Ihr. Aber die Leute dort werden Euch, Wilde, gerade Euch, lieb gewinnen. Nicht jeder passt auf diese Insel. Aber Ihr. Ich weiß das. Die Insel fordert Euch, die Leute aber werden es Euch danken. Das wiegt die äußere Armut auf und erhöht den inneren, unsichtbaren Reichtum, wage ich zu sagen."

„Gut, ich gehe also nach Hiddensee, ich nehme es als Gottes Ruf und Sendung an. Doch eine Bitte, Picht, lasst mich hintenan setzen. Ihr seid bisher mein Beichtiger und Seelsorger gewesen. So möchte es, bitte, auch weiterhin bleiben."

Picht suchte seine Hände und drückte sie fest. „Ja, Bruder, so soll es unter uns bleiben."

Wilde ging. Seiner Frau Katharina Maria gegenüber äußerte er nachher, indem er auf die Vokationsurkunde hinwies: „Es war ein wie stets wertvolles Gespräch gewesen. Morgen werden wir auf die Insel reisen, der Weg ist uns bestimmt. Wir sollten uns alles ansehen und hinterher bei Pastor Richter in Schaprode vorsprechen."

„Wir? Ich komme aber nicht mit, Jacob. Ich muss mich um Vater kümmern. Du wirst mir ja erzählen. Ich muss es ja doch so annehmen, wie es ist. "

Noch war der nächste Tag nicht aufgegangen, die schwindende Nacht hielt sich schweigend unter dem fahlen Licht des Mondes, zog Wilde seinen Braunen aus dem Stall, legte ihm den Sattel auf und ritt über die noch schlafenden Wege, vorbei an Trent, am Mönchsstein, am Hühnengrab, über Poggenhof nach Seehof. Er erinnerte sich: auf der Insel gab es einen Inspektor Wintherson, von dem man Gutes sagte, und den Küster Carow und die Pfarrwitwe Crüger. Mit ihnen zu sprechen, stand auf seinem Plan.

In Seehof gab er sein Pferd in Obhut, rief, wie man ihm geraten hatte, „hol öwer", wartete dann unter den Eichen hinten am Haus, bis der Fährkahn herangekommen war. Zum ersten Mal setzte Wilde über den *Kleinen Troch.*

Wintherson traf er bei seiner Arbeit an. Er machte sich bekannt, und bald gesellte sich Marie zu ihnen. Wilde schmunzelte, als er Marie betrachtete, denn er wusste nicht, was ihn mehr belustigen sollte, ihre kugelige Gestalt oder ihre unüberbietbare Freundlichkeit.

Bei ihnen verspeiste er erstmal eine deftige Portion Hammelbraten mit kuhwarmer Milch. Nach intensivem Gespräch mit dem Inspektor begab er sich hinüber ins Pfarrhaus, in seine künftige Wohnung.

Schon mit dem ersten Blick erfasste er die Dürftigkeit des ganzen Anwesens. Trostlos erschien ihm der Kontrast zwischen Herrenhaus und Pfarrhaus. Es war schlimmer, als er es sich vorgestellt hatte.

Hedwig Crüger überraschte dieser unvermutete Besuch so, dass sie lange planlos im Haus hin und her lief und immer wieder bat, die Unordnung in den Zimmern übersehen zu wollen, da sie nicht auf das Kommen des Amtsbruders eingerichtet sei. Nachdem sie sich aber gefasst hatte, führte sie Wilde durch alle Räume bis hoch unters Dach. In der Art, wie sie Kammern und Stuben vorstellte und zu allem freundliche Erklärungen gab, stand unüberhörbar der Ton einer großen Verlegenheit darum, dass alles so war und aussähe, wie es war, jedoch ohne Vorwurf und ohne Klage.

Sie saßen dann noch einige Zeit im Wohnzimmer beieinander. Unbemerkt betrachtete Wilde das Angesicht der Witwe Crüger. Er las darin wie in Buchzeilen, die ein vieljähriges, arbeitsvolles Inselleben in das Gesicht einer Frau geschrieben hat, Gravuren, die von Entbehrungen zeugten, Augen, die viel Not gesehen haben, ein im Leben gereiftes Gesicht. Hedwig Crüger erzählte ihm, ohne zu übertreiben, wie sie als Pfarrfrau an der Seite ihres vielfach kranken Mannes oft hatte mittun müssen, und wie es hier liefe und wie die Menschen zueinander stünden, und dass sie sich manchmal sehr alleingelassen fühlten nach dem Fortzug der Madame Giese. Über diesen Bericht, aus dem Erfahrung sprach, wurde Wilde sehr nachdenklich, denn er verglich sein bisheriges Pfarrerleben als Stadtpastor, sowohl in Tribsees wie in Bergen und zuletzt auch in Gingst mit diesem auf der Insel. Solche Armseligkeit hatte er niemals kennenlernen müssen.

Als Hedwig Crüger auf ihren Wohnungswechsel zu sprechen kam, der unumstößlich feststand, gab er ihr sein Wort, alles zu tun, was in seiner Macht steht, ihr ein würdiges Altersdomizil zu verschaffen. Wilde verließ das Pfarrhaus mit einem Gefühl der Beklemmung. Er begab sich zum Schulhaus hinüber, wo er den Küster beim Unterricht vermutete, er fand ihn aber im Stall, gerade im Begriff, seine beiden Jungen mit dem Schacht zu maßregeln.

Carow trat dem Pastor mit auffallendem Selbstbewusstsein entgegen. Zunächst hatte Wilde den Eindruck, einem Schulmann mit angeborener Autorität gegenüberzustehen, revidierte sich aber bald, als er spürte, wie sich hinter seinem Auftreten eine hochgespielte Arroganz verbarg, eine Art, die ihm missfiel.

Im Haus sprachen sie dann über das Schulsystem und über die Mängel, wie sie die Insel im Besonderen hervorbrachte. Kamen auch auf das Küsteramt zu sprechen, und Carow klagte über die unzureichenden Bezüge. Alle Schuld, ob die im Schulamt oder im geistlichen Bereich, schob er dem Gutsherrn zu wie auch dem seligen Herrn Pfarramtskollegen.

Zuletzt ließ sich Wilde die Kirche zeigen. Von Carow vorgewarnt bestätigte sich ihm, welch unübersehbare Arbeit auf ihn wartete, und dass er seine ganze Persönlichkeit aufzuwenden habe, um den Missständen Einhalt zu gebieten. Der Verfall der Kirche war gräulich. Was er gesehen hatte, ernüchterte ihn dermaßen, dass er den kürzesten Weg nach Hause nahm, um nachzudenken. Den Besuch bei Richter in Schaprode schob er hinaus. Das heute Erfahrene reichte ihm.

Seiner Frau berichtete er zurückhaltend, damit ihr gutgläubiges Herz nicht von vornherein belastet würde. „Interessant, liebes Käthchen“, sagte er. „Sicher gute Leute dort, wenn auch einfach und arm. Der Hof steht unter denkbar bester Leitung. Leider denkt der Inspektor an seinen Abschied. Die Schule? Ja, die Schule. Küster Carow scheint mir ein zwielichtiger Mensch zu sein. Seiner Frau haben sie den Beinamen Kuhschnabbel gegeben, sicher nicht ohne Grund. Das Schulhaus selber hat Giese vor nicht langer Zeit erbauen lassen und ist in Ordnung."

„Und – das Pfarrhaus? Unser Haus?"

„Das Pfarrhaus – ja, da ist ... hm."

„Jacob! Ist da etwas nicht so, wie es sein sollte?"

Wilde legte die Hände vors Gesicht und kicherte in sie hinein.

„Kirche und Pfarrhaus, Käthchen, eine – ein-zige-Kata-stro-phe."

Die Pfarrfrau erbleichte. „O du lieber Himmel. Und da sollen wir hin?" Er nahm ihr Gesicht in seine Hände, schaute sehr ernst hinein und drückte ihr einen Kuss fest auf die Stirn: „Ja, liebes Weib, da sollen und wollen wir hin. Und es gibt maßlos viel für uns zu tun dort."

Nun hatte Wilde keine Zeit mehr zu verlieren. Noch in der gleichen Woche suchte er seine Herrschaft in Stralsund auf. Thuro von Giese als Patronatsherr empfing seinen neuen Pfarrer als einen durch den alten Hauslehrer Picht wärmstens empfohlenen Mann. Bereitwillig hörte er sich an, welche Vorstellungen Wilde vom Amt und Auftrag hatte, und wie er sich seine künftige Arbeit dachte, begann aber nervös zu reagieren, als der Zustand des Wohnhauses und der Kirche ins Gespräch kam.

„Ich verstehe Euch, mein guter Wilde", nahm er die Wende.

„Doch haltet Ihr es wirklich für diplomatisch klug, mir gleich beim ersten Begegnen nach Eurer Vokation Forderungen auf den Tisch zu legen, die mir nicht unbedingt schmecken könnten? Natürlich bin ich geneigt, nicht nur Eure Klagen anzuhören, sondern auch entsprechende Verbesserungen zu veranlassen. Die praktische Durchführung aller Reparationsarbeiten lege ich dann in Eure Hände, von denen ich denke, dass sie geschickter sein werden als die Eures von mir sehr wertgeschätzten Vorgängers. Jedoch ein Gutachten über den Zustand des Pfarrhauses einzuholen, halte ich für unnötig. Was darin verbessert werden soll, sagt es mir, es soll geschehen. Ich werde es prüfen und die geeigneten Gewerke selbeigen mit meinem Auftrag belegen."

Die deutliche Veränderung des Gesprächstons hatte Wilde feinfühlend empfunden. Was vorerst freundlich entgegenkommend schien, klang nun in förmlicher Sachlichkeit aus. Wilde antwortete in gleicher Weise:

„Ich bin Euch dankbar für Eure Zusicherung, Kapitän von Giese, erlaube mir aber, die Frage hintanzusetzen, ob die beklagenswerte Witwe Crügersch wirklich in das Schulhaus zu dem Küster Carow ziehen muss, oder ob sich bei gutem Willen nicht eine bessere Lösung finden lässt."

„Und die wäre?"

„Ihr wisst, dass die Kirchengemeinde nicht in der Lage ist, ein neues Pfarrwittum zu erbauen, jedenfalls nicht auf kurzer Hand. Wenn wir das alte Küsterhaus, wohlgemerkt, das alte, vor dem Verfall retten und seine Bestimmung umdatieren – es kostet Euch nur einen einzigen Federstrich."

Thuro blickte erstaunt, wanderte im Zimmer auf und ab und lachte plötzlich auf. Nichts sähe er lieber, als dass alle Belange der Insel sich mit einem einzigen Federstrich abhaken ließen. Er blieb vor Wilde stehen: „Damit kann man etwas anfangen. Warum sind wir nicht schon lange darauf gekommen!"

Wilde begab sich umgehend nach Schaprode und besprach sich mit Pastor Richter. Danach sollte die Umdatierung der alten Küsterei in ein Pfarrwittum ohne Schwierigkeiten vor sich gehen. Richter verfügte einfach über die Köpfe des Kirchenvorstandes hinweg und ließ Hedwig Crüger wissen, dass einige Räume der Küsterei für sie hergerichtet würden, schrieb auch dazu, *so es Euch anstehet, die Dienstmagd Maria Hedwig Collwitz mit ins neue Domicill zu übernehmen, haben wir keines dagegen zu wenden. Tut das, wonach Euer Hertz steht. Denn es sey dem Menschen vergönnet, sein Alter in Ordentlichkeit zu geniehsen.*

Die Zeit verging, die Küsterei wurde hergerichtet, und Hedwig Crüger konnte ihre Möbel umsetzen. Als das Pfarrhaus freigeräumt war, bestellte Thuro von Giese die

Gewerke, achtete aber darauf, dass nur das Augenscheinliche vorgenommen wurde. Als Wilde davon erfuhr, fühlte er sich missverstanden. Hier war etwas geschehen, das nicht seiner Ordnung entsprach. Die Abmachungen beliefen sich auf eine schriftliche Darlegung, wie Wilde sie als Zustand des Pfarrhauses in allen Einzelheiten festgehalten hatte.

Beim Durchlesen all des Geschriebenen schüttelte er mit müdem, schmerzlichem Lächeln den Kopf und flüsterte vor sich hin:

„Kinder, Kinder, ist das ein Palast. Stube, Druckschloss ohne Feder, Handgriff abgebrochen, zwei Fenster zerbrochen, Holz und Blei in schlechtem Zustand. Alkoven, eine Scheibe zerbrochen, Fußboden schlechte Bretter, zum Teil mit Stein ausgelegt. Speisekammer, Fußboden Ziegelstein, aufgebrochen. Küche, Tür sehr wurmstichig, Feuerherd an einigen Stellen ausgefallen, Fußboden von Feld und Ziegelsteinen, Oberboden versackt. Und die Große Stube? Ach die liebste Zeit, Eckofen mit eiserner Tür, ausgerissen, Fußboden nur wackelige Bretter. Der Saal versackt und pilzig, der Westgiebel versackt, vermorschte Kellertreppe, zerfallende Tür."

Und er schüttelte noch den Kopf, als er die ganze Niederschrift sorgfältig verwahrte, zur eigenen Kontrolle, wie er sich vornahm. Seiner Frau sagte er nur: „Es liegt dort so viel im Argen, dass ich es nicht überblicken kann. Dieses, meine ich, sollte in Arbeit genommen werden. Giese dagegen wird nur die Hälfte genehmigen. Wir werden sehen."

In einem festlichen Gottesdienst und in Anwesenheit vieler Pastoren aus der Nachbarschaft führte Präpositus Picht unter Assistenz Richters Wilde in der stinkigen Kirche Hiddensees in sein neues Amt ein.

Wilde versah zunächst den Pfarrdienst von Gingst aus, weil sich die Restaurierungsarbeiten am Pfarrhaus derart in die Länge zogen, dass ihm ein Aufenthalt dort nicht zumutbar war. Erst in den Adventstagen brachten schwere Wagen die Mobilien Wildes von Gingst nach Schaprode, wo sie, auf Schuten verladen, nach Kloster gesegelt wurden, um endlich das Haus wohnlich zu machen.

Pastor Johann Jacob Wilde hatte mit seiner Frau und dem schwerkranken Vater das Pfarrhaus bezogen. Nun konnte er in Ruhe die liegen gelassenen Arbeiten aufnehmen, die Register und Bücher sichten und Ordnung schaffen dort, wo Crüger sie hatte schleifen lassen. Er begann damit in der Sylvesternacht. Er nahm ein neues, dickwandiges Büchlein und setzte mit wohlgeformten Buchstaben auf die erste Seite, sozusagen als Zeichen seiner Pfarramtsübernahme zum Neujahrstag 1798:

JOHANN JACOB WILDE

Prediger auf Hiddensee
gebohren 25. 7. 1752 in Lübeck

vormahls Rector in Triebsees seit Johanni 1777
darauf Rector in Bergen seit Ostern 1779
darauf Diaconus in Gingst seit Michaelis 1780
jetzt Pastor zu Hiddensee vociert 1797 den 23. März
instituiert 24. Sept. cujus annus

DEI VOLUNTAS, MEA FELICITAS

und schrieb danach den ersten bedeutsamen Eintrag in das Totenregister:

> *4. Dezember 2. Sonntag im Advent starb mein Vorfahr im Amt Pastor Bertram Ludwig Crüger an der Auszehrung im 49. Lebensjahr und im 17. Amtsjahr.*

Darüber faltete er die Hände und segnete das Jahr aus, während Küster Carow sich bereitete, das Geläut zu Mitternacht vorzunehmen.

1798

IN der Neujahrsnacht hatte sich der Bodden mit einer ersten weißen Eisdecke überzogen. Damit begann für Peter Tode die schlimmste Zeit des Jahres: das Freihalten einer Fährrinne über den *Kleinen Troch.* Mindestens für den Arzt musste der Weg passierbar bleiben, denn Medikus Krüger aus Bergen kam an jedem zweiten Tag, der neue Arzt, um nach dem Vater des Pastors zu sehen. Der alte Mann streckte sich bereits sichtbar dem Tod entgegen. Er starb auch bald nach Jahreswechsel, am 6. Januar. Pastor Wildes erstes Begräbnis auf der Insel war das seines eigenen Vaters.

Medikus Krüger, vom Pastor hartnäckig darum gebeten, machte es sich nun zur Aufgabe, die Insel in regelmäßigen Sprechstunden aufzusuchen, um der Kranken willen. Er sagte es zu, und er blieb auch dabei. Das war bei ihm so: Was er sich einmal vorgenommen, ließ er nicht mehr fahren. Und dies geschah in klarem Einverständnis mit Landphysikus von Willich, der sich der Inselbesuche schon lange entsagen wollte. Einerseits wegen seines Alters, das ihm riet, mit den Kräften hauszuhalten, andrerseits nahmen die Aufgaben zu in einem sich sehr stark erweiternden Umkreis. Die von ihm beispielhaft praktizierten Wasserbehandlungen zeigten einen so auffallenden Erfolg, dass er von jüngeren Medici landauf und landab um Rat angegangen wurde. Sollte mit Medikus Krüger die Insel nun einen treuen Arzt bekommen haben?

Krüger nahm sich der Insel an. Er setzte einen Wochentag für seine Besuche fest und fragte dann nicht danach, ob Feuer oder Schwefel vom Himmel fiel. Er kam. Er stieg bei Wintherson ab und empfing dort die Kranken. Er nannte das ambulante Arztstunde. Hatte er die dann hinter sich gebracht, suchte er die auf, die in den Betten lagen. An solchen Tagen versorgte ihn Marie Wintherson aufs Beste.

Was Medikus Krüger auf seinen Wegen in die Kossätenhäuser zu sehen bekam, überstieg das Maß selbst seiner schlimmsten Erfahrungen. Elend und Erbärmlichkeit kannte er von Rügen her zur Genüge. Doch Land ist eben Land, und Insel ist eben Insel. Was ihm in der Vitte begegnete, war zum Teil unbeschreiblich. Da siechten die Alten hin, verdreckt, verkommen. Wie oft prallte er vor dem Gestank zurück, den ein übervoller Pisspott ausströmte, weil ihn zu leeren niemand kam. Wie oft verschlug es ihm den Atem in den muffigen Stuben, an deren Wänden das Schmelzwasser zur Erde rinnsalte. Wie oft stand er vor gichtgekrümmten Leibern in eisigen Räumen, weil Holz und Torf verbraucht und die Öfen ungeheizt waren, wo sich an den gekalkten Wänden der Wrasen absetzte und glitzernd gefror.

Überall traten ihm Mängel entgegen, denen er nicht zu begegnen wusste. Es fehlte einer, der Zähne ziehen konnte, der gebrochene Knochen zueinanderpassen und den Gebärenden die Kinder herausziehen konnte. Schlecht und recht halfen sie sich ja aus und in bewundernswerter Weise, eine erstaunliche Fertigkeit durch Generationen hindurch. Ging es aber einmal nicht nach der Regel, war der Sensenmann flugs bei der Hand. Und wie es heute war, wie sie es heute pflegten, hatten sie es schon vor Hunderten von Jahren getan. Hier war Unterrichtung unbedingt vonnöten.

Medikus Krüger begann darum, regelmäßige Berichte an die Herrschaft Thuro von Giese zu senden. Der las sie alle und sagte sich, dass ihn das nicht überrasche, was Krüger auf der Insel erlebte. Krügers Bemerkung, die Hiddensee'schen seien oft nicht willens, geringes Honorar zu zahlen, quittierte er mit Bedauern. „Das“, sagte er, „ist mir nichts Neues. Meine Schuld aber ist es nicht.“

Krüger schrieb darauf: *Wiewohlen er nicht geneiget sei, an ihnen verdienen zu wollen, lasse ihn doch überlegen, ob nicht zu lasten der Herrschaft ein Arzt auf der Insel bestallet werden müsse, um derent willen. Viele Krank- und Brestigkeiten entstünden wohl durch Armuth und Entbehrung.* Kurz, er, Krüger, *fühle sich in die Pflicht genommen, den Klageschrei der Armen der Herrschaft vorzutragen.*

Als Thuro das las, fuhr er sich durch die Haare: „Verrückter Idealist! Mag sich mein Nachfolger mit ihm herumschlagen. Ich bestalle keinen Arzt. Wie soll ich ihn bezahlen!"

Sein Antwortschreiben, zu dem er sich genötigt fühlte, klang allerdings versöhnlicher, indem er *einem passablen und discutablen Vorschlag nichts entgegenzusetzen* gedachte, Krüger aber darauf hinwies, dass es *nicht im Vermögen der Herrschaft liege, zur Zeit einen Arzt generaliter zu bestallen.*

Im Grunde hatte Medikus Krüger nichts anderes erwartet. Doch befestigte diese Antwort nur seinen Entschluss, die Besuche auf der Insel durchzuhalten. Mit Pferd und Wagen erschien er schon in frühesten Morgenstunden in Seehof, wo Peter Tode ihn zu erwarten hatte, um ihn ohne Verzögern auf die Insel zu führen. Pferd und Wagen ließ er dort, denn Wintherson stellte ihm den Einspänner vom Hof, mit dem er nach der Arztstunde in die Dörfer fahren konnte. Abends erst kehrte er über den *Troch* zurück, ein kräfteforderndes Stück Arbeit für ihn, den Armeleutefreund, wie Wilde ihn nannte.

Die Freundschaft zwischen ihnen beiden ließ an Herzlichkeit nichts zu wünschen übrig. Als die ärztliche Kunst wieder einmal ihre Grenzen zeigte, nannte Krüger den Pastor zwar seinen lieben Tröster und Seelsorger, bezeichnete ihn aber auch als seinen besten Nacharbeiter, der das in Ordnung bringt, was er verpfuscht.

Was Wildes Arbeit von der seines Vorgängers unterschied, fiel äußerlich nicht auf. Seine Art Fleiß bewies sich im stillen Hintergrund am Schreibepult. Wilde war es gegeben, flugs die Feder zur Hand zu nehmen und kurzerhand Briefe zu schreiben, Briefe an die Oberen, an die Behörden der Stadt, an die Herrschaft, an wer weiß wen, und kein einziger Brief war etwa belanglos. Dazu arbeitete er die vernachlässigten Pfarramtsregister auf. Verbissen wühlte er sich durch die lückenhaft geführten Eintragungen, um Ordnung darin zu kriegen, und er schimpfte nicht, auch wenn er nicht mehr durchfand. Mit gleicher Beharrlichkeit nahm er den Kampf auf mit der hohen Beamtenschaft der

Stadt und trat seiner Herrschaft Thuro von Giese so tüchtig und fleißig auf den Nerven herum, wenn es um seine Inselpfarre ging, dass dieser ihn bald auf eine ferne Insel verdammt hätte, wenn es ihm nur möglich gewesen wäre.

Noch waren die Frühlingsäquinoktien nicht angezeigt, flog wieder ein Brief auf den Tisch der Herrschaft. Wilde zeigte seine berechtigte Klage an, darüber dass *an der Kirche noch immer keine Reparation vorgenommen worden sey, auch die Belüftung noch nicht erbauet, die Gemeinde müsse sich weiterhin in der stinkenden Kirche sammeln, weil der Fußboden im Pfarrsaal endgültig gebrochen und der Giebel dermaßen gesacket, daß es gefährlich darinn zu seyn. Es ware auch der Glockenstuhl desolat, er bewege sich hin und her und es sey dem Küster Carow nicht mehr gestattet, die Glocke ohn gefahr zu ziehen.*

Thuros Antwort war schal. Er wünschte sich verzweifelt einen Menschen, der ihm die Ärgerinsel abkaufen möchte. Aber die wenigen am Kauf Interessierten hatten sich bereits wieder abgewandt. Seine Frau Angelika gab zu bedenken, er möge die Angebote attraktiver machen. Immerhin sei doch mit der wieder aufgebauten Mühle ein bemerkenswerter Anfang gemacht. Auch stelle sie die Frage, wie weit eine Fischräucherei auf der Insel, direkt an der Vitte, nicht denkbar sei.

„Rauchware“, sagte sie, „ist allgemein geschätzt. Wie ich weiß, stehen Flunder und Aal sehr gut auf der Insel, und beide sind als Rauchware hoch begehrt. Das als Erstes. Zum Andern solltest du an eine Aufforstung denken. Stehen erst die Bäumchen, wirst du dem Verkaufspreis ein Mehrfaches aufschlagen können, denn den Nutzen hat der Käufer. Und noch ein Drittes. Wie wäre es mit einer Ziegelei! Der Hof bietet sich an.“

Sie drang auf ihn ein. „Du musst aus dieser Insel etwas machen, Thuro. Gib ihr Zukunft! Eines Tages wird einer danach schnappen wie der Fisch nach dem Köderwurm. Fange an zu ködern. Thuro!“ Thuro blieb nicht viel Zeit zum Überlegen, Angelika lag ihm von nun an in den Ohren. Darum ließ er sich von fachkundigen Leuten in den Praktiken einer Fischräucherei unterweisen und gab der Baufirma Stüwe den Auftrag, *sofort und ohnverzüglich mit dem Bau einer solchen zu beginnen. Der Ort sei die Vitte.*

Es geschah, wie die Herrschaft es verfügte. Tatsächlich brachte diese Neuerung eine erfreuliche Bewegung auf die Insel. Die Frauen richteten die Fische zu, Wacholder, der weiter südlich in Massen wuchs, eignete sich getrocknet hervorragend zur würzigen Rauchentfaltung. Kisten aus Pappelholz, durch Schuten angefahren, waren preiswert zu bekommen, und bald lag an windstillen Tagen der Duft verqualmten Holzes über dem Land. Kinder umstanden das Rauchhaus und kriegten, wenn's keiner sah, eine fetttriefende, warme Flunder ins Maul gestopft. Und bald schon erzählte man auf dem Stralsunder Fischmarkt von der wohlfeilen hiddenseeschen Räucherware, eine Anerkennung, die der Herrschaft angenehm in die Ohren ging.

Daraufhin überlegte Thuro, wie er wohl eine Ziegelei erstellen könnte. Angelika hatte recht, die Insel sollte attraktiver werden.

DAS kleine Glück, das mit der Person Ludwig Stoffers in den Schluck'schen Katen eingezogen war, nahm Mutter Anna wie ein neu geschenktes Leben an. Der kleine Junge hatte sich bereits zu einem starken Kerlchen entwickelt, ein richtiger Schluck ist er geworden. Kleinkind noch und doch schon nach Maß geschneidert. Die Hände grapschten zu, die Zähnchen bissen, das Mäulchen plapperte, und seine Pfützen setzte er, wohin es ihm einfiel, worauf er Dresche bekam auf den Nackten und schrie. Es war eben alles bei ihm in Ordnung.

Neulich hatte sich Gretchen mit ihrem Jungen auf dem Arm an den Binnenstrand begeben und ihre Kajüt aufgesucht, die alte Kuhle am Schilfufer. Die war mittlerweile von Kraut und Gras überwuchert. Mit nacktem Fuß schurrte sie den Grund frei, bis der blanke Sand zum Vorschein kam.

Dann setzte sie sich hinein, strich den Rock über die Knie hoch, nahm den Jungen auf den Schoß und drückte ihn an sich.

Hier, dachte sie, riecht es noch wie damals, hier sieht noch alles genauso aus, nur ein bisschen anders. Aber hier, hier habe ich ihn mir ausgeguckt, hier hat er mich zum ersten Mal betatscht, von hier aus bin ich ihm nachgerannt, ihm, der wriggen konnte, lesen und rechnen, ihm, der den Philipp Friedrich aus dem Eiswasser gefischt hatte, ihm, der mir hier den ersten Kuss gegeben hatte, dessen Atem ... dessen Körpergeruch ... haach. – Fest presste sie den kleinen Jungen an sich und strich ihm mit zitternder Hand über den Kopf. Denn nun kamen ihr die Fragen, wie jede verlassene Frau sie sich hundertfach stellt: Wo er jetzt wohl ist, wo er jetzt wohl seine Kajüt hat, in Sturm und Wetter oder in einer Spelunke, in einem fremden Hafen mit einem fremden Frauenzimmer, oder im Schoß einer ... Nicht dran denken, nich an so wat. Denn wat man denkt, dat wird.

Wohin Gretchens Sehnsüchte sie in letzter Zeit trieben, verriet sie niemandem. Maria Amalia betrachtete mit wachsender Unruhe, wie sich in Gretchen eine Veränderung vollzog. Ihre immer rotfleckigen Backen, ihr aufächzender Husten, was sollte das bedeuten?

Maria Amalia, im Gegensatz zu Gretchen, hatte ihre Sehnsüchte begraben. Sie hatte ihren Mann gehabt. Nun lebte sie dahin, wie sie alle lebten, die es nicht weiterbringen konnten als von der Hand in den Mund zu leben. Hartes Arbeiten war ihr nicht beschieden. Obwohl im Gesicht derb und kantig und auch sonst von kräftiger Gestalt, hatte die Natur sie mit auffallend schmalen Händen ausgestattet, Hände, die nicht recht zugreifen konnten, die schnell in den Gelenken erlahmten und schmerzten. So blieb ihr eigentlich nichts anderes als das Spinnen und das Weben und andere nebensächliche Handgriffe.

Ihr Jochim Friedrich war ein aufgewecktes Kind. Er tobte mit seinesgleichen in Schilf und Heide, holte sich Beulen und Schrammen und prügelte sich, wenn es hieß, unter den Dorfrangen der Stärkere zu bleiben. Jochen Höbner, der alte gute Freund, hatte ihm aus Kisten eine Schlurre zusammengepriemelt, einen Tampen vorgebunden und gesagt: „Dat is nu deine Herrschaftskutsch. Nu fahr damit nach die Fitschiinseln."

„Und wat soll ick auf die Fitschiinseln?"

„Boddermelk schlapsen. Die schmeckt gut."

Darauf hatte Jochim Friedrich den lütten Ludwig Stoffer in die Herrschaftskutsch gesetzt, sich als Gaul davorgespannt und ist mit hopp-hei zu den Fitschiinseln gestürmt. Die lagen nicht weit entfernt, gleich hinter der nächsten Hausecke bei Höbners Katen. Buttermilch gab's zwar nicht, aber eine Tasse Zuckerwasser, die gab's.

Spiel aber und Freude – alles hatte seine Zeit. Eines Tages verlor die Sonne über dem Schluck'schen Katen ihren hellen Schein. An seine Stelle rückte eine Nacht herauf, die das Leben verdunkelte und nicht mehr weichen wollte. In Plogshagen und Neuendorf hatte es angefangen, zuerst bei den Collwitz'schen Zwillingen, dann bei Grieshafers Töchterchen und bei den beiden Kindern von Mize Gau. Halsweh und Fieber waren der Anfang, und dann starben sie weg unter Luftnot und Schmerzen. Medikus Krüger versuchte es verzweifelt mit Luftröhrenschnitten, doch die Kinder starben ihm unter den Händen. Halsbräune, schrieb er auf die Totenscheine.

Als erste Mutter in der Vitte trug Gretchen Schluck ihren Jungen zu Grabe. Es war schrecklich mit anzusehen, wie sie sich wehrte, es wahrzuhaben, und sie schlug Niemann mit den Fäusten, als er ihr das Kind entriss und es in die Grube tat. Krüger war nahe dran, sein Amt als Doktor wegzuschmeißen. Ohnmächtig stand er vor den kleinen Körperchen und konnte nichts, nichts für sie tun.

Als Jochen Friedrich über Halsweh klagte, beschlich Maria Amalia eine betäubende Angst. Die Hausmittel, die bei Gretchens Kind versagt hatten, wandte sie verzweifelt an. Tassenweise gab sie ihm Heringslake zu trinken, nichts als Heringslake, die er erbrach, und dazu wechselweise Halsumschläge, mal eiskalte, mal brühheiß. Sie legte ihre Lippen auf seinen Mund und suchte, ihm die Seuche aus dem Leib zu saugen. Als sie den Atem des Kindes roch, wusste sie endgültig Bescheid. Sie rief nach dem Arzt. Als Krüger kam, war auch dieses Kind nicht mehr zu retten. Er ermahnte sie, sich dem Jungen nur bedingt zu nähern und sich auf keinen Fall anhauchen zu lassen. Er ließ ihr ein Flakon Wasserstoffsuperoxyd zurück zum Gurgeln und riet, den Jungen mehrmals am Tag kalt abzuwaschen. Doch kam dieser Rat zu spät. Der Hals schwoll zu, und ehe Krüger den vielleicht noch rettenden Schnitt in den Hals tun konnte, war Jochim Friedrich auf dem Weg ins Reich der Engel, seinem kleinen Spielgefährten Ludwig Stoffer nach. Maria Amalia trug ihren Jungen auf den Friedhof und begrub ihn nahe der Stelle, wo Gretchens Kindlein lag. Dann ging sie nach Hause, schloss sich ein und legte sich ins Bett, um zu schlafen. Als sie nach Tagen vor ihr Haus trat, war sie um Jahre gealtert. Sie sah die vergessene Schubkarre Höbners stehen, nahm sie hoch und schob sie neben das rote Schaukelpferd hinter verstaubtes Gerümpel.

Pastor Wilde kämpfte mit Gott wie Michael mit dem Drachen. Sechs Kinder aus den Süderdörfern und sieben aus der Vitte, in einer einzigen Woche ... O Gott, schenke mir einen unerschütterlichen Glauben, dass ich ihn übertragen mag denen, die ihn brauchen. Wiege mich, und befinde mich nicht zu leicht, und lass mein Wort Dein Wort bleiben.

Medikus Krüger gestand dem Pastor, er habe beim Anblick des sterbenden Kindes geweint. „Wie leid tut mir diese Maria Amalia Schlucken, dieses sonst doch so lebensfrohe Frauenzimmer“, sagte er. „Neulich erfuhr ich, sie habe ihren Mann auf eigentümliche Weise bei der Seefahrt verloren. Und nun ihr einziges Kind. Wie hält sie das aus?“

„Sie ist sehr gläubig“, erwiderte Wilde.

„Das ist wohl gut. Wir sollten sie für unsere Arbeit gewinnen, sie fordern, damit sie drüber hinwegkommt. Zum Grätenpulen scheint sie mir einfach zu schade.“

Wilde strich sich übers Kinn und überlegte. „Vielleicht Lehrerin? An Carows Stelle ... “

„Pastor! Unmöglich. Ein Frauenzimmer und Schulmeister! O nein, sie besitzt höhere Gaben als das Eindreschen des Einmaleins oder das Buchstabenschmieren. Trauen wir Gott doch zu, dass er diesen Menschen einen ganz besonderen Weg führen will. Wir sollten dem Herrn da oben ein bisschen assistieren. Ich meine das nicht ironisch."

VON Niklas Jochim kam eine Post aus Palermo, adressiert an die Greten Schluck in der Vitte auf Hittensee, Postcomptoir Wittow über Stralsund im Schwedisch-Pommerschen. Darin schrieb er, dass er noch vor Advent nach Haus käme.

Noch vor Advent? Gretchen hielt sich daran fest. Doch das Jahr lief bergab, und die Zeit zu warten wurde ihr lang. Kürzer wurden die Tage, länger die Abende, in klaren Nächten strahlte der Himmel auf im Glanz uralter Sternenmuster. Morgens dann perlte kristallner Tau auf Gräsern und Dächern, bis die Sonne ihn aufgeleckt und zu silbrigem Dampf verzaubert hatte. Noch schnauften die Rinder gesättigt auf, die sich südlich Plogshagen auf dem Weidegras des Gellen durchgefressen hatten. Bevor der erste Frost kommt, wird für die der Auftrieb nach Kloster beginnen. Es sollte nicht mehr lange dauern, Schwäne und Blässhühner sammelten sich bereits mit ihren Jungen in der Klimphorisbucht im Vorahnen eines nahenden Winters.

Auf den Gutsäckern waren die letzten Kartoffeln aus der Erde gekratzt, die Einlieger hatten ihr Grummet von den Wiesen geharkt und die Fischer standen an den Fangplätzen, den Fisch einzuholen. Der Räucherkaten qualmte, die Netze rochen dumpf nach Tang und die Möwen zogen drüber weg und zankten sich um dürftigen Abfall.

Lange schon stand es schlimm um Gretchens Seele. Mit dem Tod des Jungen war in ihr etwas zerbrochen. Wie abwesend schlich sie durch den Tag, nicht ansprechbar, weder mit guten noch mit harten Worten. Nichts, nichts wollte ihr Herz erreichen. Wirr hingen ihre Haare ihr ins Gesicht, und sie begann, sich zu vernachlässigen. Schweigend löffelte sie, was Mutter Anna ihr vorgesetzt hatte, sagte nicht danke, sagte nicht amen, stand auf vom Tisch und ging fort, setzte sich stumm, die Hände in den Schoß gelegt, und starrte vor sich hin. Mutter Anna rückte beängstigt von ihr ab, Medikus Krüger sprach von Schwermutsanfällen, die nur mit der Zeit oder durch ein freudiges Ereignis ihr Ende finden würden. Sie solle sich auf den Tag der Wiederkehr Niklas Jochims gedulden. Maria Amalia war ihr gut, denn sie verstand Gretchen wohl am allerbesten.

Schlimm wurden die Nächte. Ruhelos wälzte sie sich, geplagt von hartem, würgendem Husten, auf ihrem Lager, böse Bilder vor den inneren Augen, oder sie lief schreiend im Haus umher und brachte Mutter Anna zum Verzweifeln. Erst beim Hellwerden kamen beide zur Ruhe, ein Leben, das kein Leben mehr war, das mit der Zeit unerträglich wurde.

Da gab auch Maria Amalia es auf, Gretchens verdunkelte Seele ans Licht zu holen. Medikus Krüger hatte recht: Gretchen war krank, war sehr krank. Er dachte daran, sie zu von Willich nach Bergen in sein Lazarett zu überführen, war sich aber nicht sicher, ob das noch etwas helfen würde.

Als der Novembernebel über der Insel hing und die Feuchte der Luft durch die Häuser fuhr, als das Sonnenlicht spärlich wurde, nur noch der Schein kürzer werdender Tage, wandelte Gretchen oft hinunter zum Binnenufer. Dort kauerte sie sich in ihre *Kajüt* und starrte hinüber nach Schaprode und wartete auf das Schiff. In den Tagen vor dem ersten Advent blieb sie oft bis weit in die Nacht in ihrer Kuhle, und kehrte sie dann ins Haus zurück, schlotternd, bis auf die Haut durchnässt, schüttelte sie der Husten. Schließlich kam das Fieber dann. In der letzten Nacht glühten ihre Wangen heiß, und das Fieber jagte mit Hammerschlägen durch die Adern. Da fasste sie ein wunderbarer Wahn. Sie sah ihren Niklas Jochim, wie er auf sie zukam, übergroß in Person, Schritt um Schritt, näher und näher, sie zu umfangen. Sie stand auf von ihrem Lager und ging ihm lächelnd entgegen, barfüßig, im dünnen Gewand, hinunter zum Ufer, vorbei an der Kajüt, dorthin, wo das Wasser ans

Ufer schlug und weiter, die Arme vorgestreckt, dem Geliebten näher zu sein, bereit, ihn zu umfangen. Sie spürte nichts von dem eisigen Wasser, das um ihre Knöchel spülte, das über die Knie und Schenkel stieg, über den Bauch und weiter, spürte nicht, wie ihr Hemd wie von einer Luftblase gehoben über ihrem Kopf zusammenschlug, wie ihre Füße den Grund nicht mehr fanden und unter sich ins Leere traten. Und ihre Seele schrie: Liebster, ich komme. Aber über diesen Schrei gurgelte die Flut hinweg, ungehört erstarb der Ton, von ihr selbst nicht mehr vernommen.

Der Morgen nach diesem ersten Adventssonntag offenbarte die schreckliche Gewissheit: Gretchen Beyers hatte sich das Leben genommen. Mutter Anna wich der Toten aus, ihr graute, sie anzusehen. Stark blieb nur Maria Amalia. Hatte sie Gretchen auch nicht halten können, so war ihr doch eins ganz gewiss: Gretchens Krankheit war Sehnsucht und Liebe, eine Liebe, die sie bis in den Tod bewahrt hatte, der sie entgegengelebt hatte bis zum Wahnsinn. Und sie war darin gewiss: Im Augenblick ihres Todes wird sie abgrundtief glücklich gewesen sein.

Jochen Höbner, dem alten guten Freund, brach es das Herz vor Mitleid mit den Schlucks. Angst hatte er vor dem Augenblick, an dem Niklas Jochim es erfahren würde.

Eine Woche später, einen Tag nach dem zweiten Advent, stand Niklas Jochim vor seiner Mutter. Begreifen konnte er nichts. Er schlug die Hände vors Gesicht und musste sich an die Hauswand lehnen, sonst hätten ihn die Beine nicht mehr getragen. Sein Körper bog sich wie unter den Schlägen einer Peitsche.

Am Tag danach nahm Mutter Anna ihren großen Jungen an die Hand und führte ihn hinauf zum Friedhof. Dort zeigte sie ihm die vom ersten Schnee zart überrieselten Hügel und sagte: „Das da – das is dein Vater. Und das da – das is deine Frau und das da – das is dein Sohn.“ Da schlug er die Arme um seine Mutter. Sagen konnte er nichts.

1799

UNMITTELBAR nach dem Tode ihrer Schwester hatte Lenchen Beyers ihre Hausmädchenstelle auf Rügen aufgekündigt und war auf die Insel zurückgekehrt. Ein paar Ersparnisse halfen ihr über die erste Zeit hinweg. Sie war Erbin des Hauses in Plogshagen und nahm es sofort voll in Besitz. Den Rat, es zu verkaufen, befolgte sie nicht. Sie hatte anderes vor. Bei einer Vermählung, auf die sie trotz ihres nicht begehrenswert machenden Augenfehlers hoffte, konnte sie wenigstens einen vollständigen, wenn auch kümmerlichen Hausstand anbieten, als Speck für die Maus, wobei sie allerdings noch nicht wusste, wer diese Maus sein könnte.

Am Neujahrstag hatte sie ihren Kirchgang nach Kloster vor, denn an diesem Tag würde Pastor Wilde Gretchens Namen vorlesen, und für sie wollte sie beten gehen. Sie hatte sich in eine hintere Ecke der Kirche gedrückt, denn sie wollte Niklas Jochim, ihrem Schwager, ausweichen. Von hinten her sah sie ihn zwischen seiner Mutter und der Maria Amalia sitzen, und traurig blickte sie zu ihm hin, denn er tat ihr in der Seele leid.

Als Pastor Wilde nachher die Namen derer verlas, die im hiddenseeschen Kirchspiel im *verblichenen Jahre getaufet, confirmieret, copulieret und zum Begräbnisse geführet worden*, nannte er die Namen der Verstorbenen mit tiefer, ernster Würde. Unter ihnen auch

> Jochim Friedrich Schluck aus Vitte, 10 Jahre alt,
> Ludwig Stoffer Schluck aus Vitte, 2 Jahre alt,
> Grete Schluck, gewesene Beyers, aus Vitte, 26 Jahr alt.

Niklas Jochim tastete nach der Hand der Mutter. Mutter Anna hatte ihr schwarzes Tuch unter dem Hals zusammengeknotet und fror an Leib und Seele. Die Hand ihres großen, guten Jungen zu fühlen, tat ihr unendlich wohl. Aber auch Maria Amalia brauchte Wärme. Sie lehnte sich leicht an Niklas Jochim an und schloss die Augen. Was Pastor Wilde gepredigt hatte, war sicher gut gewesen, aber sie hatte nicht zugehört. Ihr Geist ging seinen Worten voraus, sie kämpfte sich in das neue Jahr hinein mit einem neuen, zweiten Leben, ebnete seine Bahn und stelle es in Gottes Hand, ganz bewusst in vollem Glauben. Als hätte der Anbruch des neuen Jahres für sie das Signal zu einem letzten Aufbruch gegeben. Sie wollte sich fordern lassen, denn sie dachte an ihren dreifachen Eid: Ich will, ich will, ich will.

Sie ging dann zu den Kranken, sie kochte für die Hungernden, sie ging für die Armen betteln – und hatte doch selber nichts. Sie arbeitete beim Torfstechen, beim Fischräuchem, beim Rohrbinden in strengem Frost, bis die Hände schmerzten und die geschwollenen Finger aneinanderklebten.

Dies alles blieb nicht unbemerkt. Medikus Krüger und Pastor Wilde sprachen darum mehrfach über diese beherzte Frau und zogen auch den Landphysikus von Willich mit ins Gespräch. Dieser sagte: „Mir ist sie schon seit Längerem bekannt. Was denkt Ihr, Krüger, was sollen wir aus ihr machen?"

„Wenn sich schon kein Arzt auf dieser Insel installieren lassen will", gab Krüger zu bedenken, „so sollte wenigstens eine Hebamme her. Ich traue es ihr zu, und Ihr, von Willich, als hochangesehener Physikus, wärt als Einziger befähigt, diese Schlucksche in der Hebammenkunst zu unterweisen. Sie ist, soweit ich informiert bin, keine dieser unfreien Herrschaftsinventarien. Also hat auch niemand über sie zu verfügen als nur sie selber."

Moritz von Willich wiegte nachdenklich sein Haupt: „Dieser Gedanke scheint mir gut zu sein, ich stimme ihm bei, nur", er hob bedeutungsvoll seinen Finger, „ob ich selber den Unterricht erteilen werde, weiß ich noch nicht. Er erfordert viel Zeit und will fein überlegt sein. Denn wenn das Frauenzimmer versagt, wird man es mir vorhalten. Ihr wisst, unguter Leumund ist schnell auf den Lippen. Außerdem muss sich das Frauenzimmer vorher einem gewissen Tauglichkeitsexerzitium stellen. Das allerdings obliegt mir."

„Wir werden mit Giesen reden müssen. Der hat zu entlohnen."

„Wir werden sie zunächst selber fragen müssen, Krüger. Wollt Ihr das übernehmen?" „Morgen ist Arzttag auf der Insel. Ich werde zu ihr gehen."

Am nächsten Tag lenkte Medikus Krüger den Einspänner vor Maria Amalias Katen. Die war so überrascht, als der Doktor vor ihr stand und sie zu sprechen wünschte, dass sie vor ihm ins Haus lief und rasch ein frisches Linnen über den Tisch warf. „Ick weiß nich, Doktor, dat Ihr zu mir kommt ... is dat wat Schlimmes?"

Sie bot ihm einen Stuhl an, selbst aber lehnte sie sich gegen die Wand, abwartend, verlegen, und es kam ihr unartig vor, sich so mir nichts dir nichts mit diesem studierten Mann sitzend zu unterhalten. Krüger winkte ihr und griff nach ihrer Hand. „Schluck'sche, setz Sie sich", begann er und zog sie dicht an sich heran. „Schau Sie mir mal in die Augen. Glaubt Sie, dass wir es gut mit Ihr meinen?"

„Warum fragt Ihr mich so, Dokter. Ick weiß nich, aber ick hoffe." Sie ließ es sich gefallen, dass er ihre Hand hielt.

„Sie weiß nicht, Sie weiß nicht. Natürlich weiß Sie! Wir halten Sie für ein Frauenzimmer, das nicht am eigenen Leben vorbeitranen will und versauern. Wir glauben, dass Sie ihr Herz am rechten Fleckchen trägt. Wir denken nämlich, dass Sie mehr kann als Fische pulen und Spinnweben zwirbeln. Wir wissen, wie gut Sie zu den Menschen steht und niemanden fragt nach Lohn und Dank. Das sagte der Willich, das sagt der Pastor, und das sag auch ich."

Maria Amalia schoss die Röte ins Gesicht. Sie wollte bescheiden abwehren, aber Krüger drückte still ihre Hand zurück und schüttelte sie unwillig. „Sei Sie ruhig und lass Sie mich ausreden. Wir wollen Sie fragen, Schluck'sche – eine Antwort erwarten wir jetzt nicht, nicht gleich, aber bald – will Sie hier auf der Insel bleiben und – Hebamme werden? Hebamme? Gehört? Ob Sie sich das zutraut? Wir trauen Ihr das zu. Wir fragen aber erst, bevor wir die Antwort weitersagen. Natürlich muss Sie Unterricht bekommen. Wenn Sie ja sagt, regeln wir alles weitere. Eins ist jedoch vonnöten. Sie muss sich beim Physikus von Willich vorstellen dieserhalb. Nun weiß Sie es."

Er ließ ihre Hand fahren. Soll sie jetzt nachdenken, er gab ihr Zeit dafür, beobachtete sie aber, wie es mit ihr umging. Maria Amalia sah ihn an und sah durch ihn hindurch. Sie kaute auf der Unterlippe, sie atmete schwer.

„Dokter", tonlos klang ihre Stimme. „Ick? Wat soll ick? Hebamme? Wirklich richtige Hebamme? Ick – weiß nich."

„Ja", sagte er und ermunterte sie mit heiterem Lächeln.

„Ick?"

„Wer sonst, Schluck'sche. Ich doch nicht!", lachte er.

Wie eine Brandungswelle fuhr es über sie weg, die alles um- und umwirft. Sie strich sich über die Haare – ick weiß nich. Sie wackelte mit dem Kopf – ick kann dat nich. Sie zupfte an der Tischdecke – ick schaff dat nie und nimmer nich. Schließlich aber stieß sie mit zitternder Stimme hervor:

„Dokter, wenn Ihr mir dat zutrauen tut, denn – denn tu ick dat auch mir zutrauen. Ick sage also – ja, sag ick, ick will dat." Bei diesen Worten hatte sie sich aufgerichtet. Mit ganzem Bewusstsein wiederholte sie dann noch einmal: „Ja, Hebamme, ick mach dat."

Mit diesem Bescheid fuhr Crüger nach Bergen zurück und besprach sich mit von Willich. Der verfasste einen Brief an die Herrschaft und bekam postwendend dessen Einverständnis. Dies gab Thuro von Giese umso lieber, als sich in diesen Tagen ein Hauptmann und Ritter von Bagevitz auf Ralow für das Inselgut zu interessieren schien. Dieser verfügte zwar schon über erheblichen Landbesitz im Westen Rügens, trachtete aber danach, sein persönliches Ansehen durch Erweiterung seines Besitztums zu erhöhen. Thuro konnte ihn jetzt sogar damit reizen, eine Hebamme sei in Bälde auf der Insel zu erwarten, die mit dieser Kunst dann auch über andere medizinische Kenntnisse verfügen würde. Dies sollte in Bagevitzens Ohren wohlklingend tönen. Um das voranzutreiben, lag er von nun an von Willich drängend in den Ohren, mit dem Unterricht so rasch wie irgend möglich zu beginnen. Die entstehenden Kosten warf Thuro nun nicht mehr ins Gewicht, er würde für sie nicht mehr aufkommen müssen, wenn Bagevitz kauft, womit er stark rechnete.

Von Willich aber dachte nicht daran, die Dinge so schnell anzugreifen. Er hatte gute Gründe dafür. Aber Maria Amalia dachte daran und konnte den Tag nicht erwarten, der sie vor den Landphysikus zitierte. Vieles ging jetzt in ihr um, kreuz und quer, auf und ab. Sie wird, dachte sie, den Unterricht selber bezahlen müssen. Doch wovon? Sie wird sich auch selber ernähren müssen, nur wie, denn sie wird keine Zeit haben, dazuzuverdienen. Also wird sie schon jetzt tüchtig rackern müssen, noch mehr als bisher, und ein paar erhaschte Kröten in den Sparstrumpf stecken.

Von da an machte sie die Nacht zum Tag. Nachts spann sie oder webte, tags verdingte sie sich bei Wintherson und arbeitete über die Maßen, sodass Mutter Anna sich um sie ernste Sorgen machte.

„Kind“, warnte sie, „du marachst dich ab, wofür du dat gar nich brauchst. Mit eins hast du die Auszehrung weg und was is dann? Ruh dich doch mal aus. Auszehrung und Hebamme verträgt sich nich!“

Darüber lief das Jahr in die Zeit, den Winter löste der Frühling ab, der die Sonne höher steigen ließ und die Fischer wieder in ihre Reusen schickte. Da rupften die Schafe und Gänse das erste Grün, der Kormoran strich dicht über das Wasser weg auf seinem Raubzug nach dem Hering oder hockte mit steil gehaltenem Kopf auf den Spitzen der Netzstangen und ließ sonnigwarme Winde durch sein nasses Gefieder strömen. Der alte Wintherson gab Auftrag, das Land zu bebauen, und der Geruch dampfender Erde stieg aus den Pflugfurchen der Äcker, aus denen Dohlen und Krähen sich ihre fetten Würmer pickten.

Da war auch für Niklas Jochim die Zeit gekommen, sich auf sein Schiff zu bequemen. Oh, wie gern tat er das, wie hatte er darauf gelauert. Diesmal war der Abschied von seiner Mutter inniger als sonst, er hatte ihr eine lange, zärtliche Umarmung gegönnt. Als seine Hand dabei über ihren Rücken fuhr, spürte er mit Schrecken, wie mager sie geworden war. Er sagte es ihr auch: „Ick fühl alle deine Knochens, Mudding. Du musst mich mehr essen, sonst kippst mich eines Tages um. Versprich mich, dat du mehr isst."

„Ach", sagte sie, „essen, essen, wat redst du. Dat is der Gram um dich, dat du mich wieder zurückkommst. Kannst dat nich verstehn?" Als sie über sein wuschiges Haar strich, flehte sie ihn noch mal an: Komm mich bloß wieder, mein guter Jung, und lass du mich nich auch noch allein. Denn hab ick keinen Menschen mehr auf diese Welt, der mich gehört."

„Wat du all redest, Mudding. Verlass dich auf mich, ick komm zurück."

Damit griff er seine Karre, auf der die Seekiste stand, und schob ab zum Ufer. Sein Weg führte an der Kajüt vorbei. Er warf einen scheuen, hastigen Blick hin. Das Schilf war noch nicht nachgewachsen, der Sand auf dem Kuhlenboden noch gelb, lag frei da und das kleine Hügelchen rundherum um die Kuhle, der er vor Jahren mit Gretchen ... aach, Gretchen ...

Eilig zog es ihn vorbei, trieb ihn weg von diesem Ort, von der *Kajüt,* mit ihren schmerzlichen, heftigen Erinnerungen, weil Gretchen ... Oder etwa nicht? Hatte seine Eile einen anderen Grund? Vielleicht weil er befürchtete, Lenchen Beyers könnte hinter dem Wacholder kauern? Lenchen? Ach Lenchen ...

Gestern Abend war es gewesen, gestern Abend erst. Die Seekiste stand gepackt, und er war eigentlich bereit loszuziehen, als ihm noch etwas in den Sinn kam. Er rief seiner Mutter in der Stube zu:

„Ick geh noch eins rum zu Jochen Höbner. Wart man nich auf mich, es kann spät werden." Er nahm die Mütze vom Haken und trat vor die Tür. Er wollte wirklich nicht hinunter nach Plogshagen. Doch seine Füße wanderten diesen Weg mit ihm, als folgten sie einer Fährte. Als er sich seiner bewusst wurde, fand er sich vor der Tür des Beyer'schen

Hauses wieder, vor dem Haus, in dem Lenchen wohnte, seine Schwägerin.

Es war dunkel gewesen auf dem Weg, doch hatte sie ihn kommen gesehen. War es ihre Ahnung gewesen? Oder war es mehr? Sie war vors Haus getreten und hatte sich gegen den Türpfosten gelehnt und ihn erwartet. Als er dann vor ihr stand, winkte sie ihm stumm mit den Augen, ihr zu folgen. Sie hatte eine Laterne in der Hand, ging um das Haus herum und in den Stall, wo das Schweinchen im Stroh lag, wo es wärmlich war und düster und doch hell genug, in des andern Angesicht lesen zu können. Lenchen lehnte sich gegen die Wand, die vollen Brüste vorgedrückt, die Arme abgespreizt, von den Händen, die sich an eingelassenen Haken hielten, getragen. Niklas Jochim stand ihr gegenüber, zwei kleine Schritte nur entfernt, so nahe. Er blickte sich um, er suchte auch etwas zum Anlehnen, er fand die Wand des Kobens und legte die Ellbogen drauf. Dann sahen sich die beiden an und ließen ihre Augen ineinander blicken, tief und fragend. Hinter ihm schnurchelte das Tier, warf den Kopf und grunzte leise. Von der Diele kam das Gnurren der Hühner her, von draußen der Ruf eines Nachtvogels.

„N'abend", sagte Niklas Jochim, nur um etwas zu sagen. Er war mit sich schrecklich im Unklaren, ob es recht sei, hier zu stehen oder nicht.

Lenchens Antwort klang bestimmter. „Ick wusst, dat du kommst."

Niklas Jochim schüttelte den Kopf. Er hatte doch gar nicht kommen wollen. Aber nun war er doch da und stand vor ihr und musste sie ansehen, immer wieder ansehen. Er fand sie schön, sogar die Augen, auch wenn sie schielten. Vielleicht gerade darum. Er wusste es nicht, er fand sie einfach schön. Scheu glitt sein Blick über ihren Leib, fand Gefallen, fing sich wieder und wollte vergessen. Sie war Gretchens Schwester, war seine Schwägerin und nicht mehr. Durfte auch nicht mehr sein als seine Schwägerin. Aber – Gretchen ist doch nicht mehr. Hatte der Tod sie nicht voneinander geschieden? Er schloss die Augen, um nichts zu sehen, und fühlte dennoch ihren Blick auf seinen Lidern brennen, ein verlangendes Augenpaar, ein junges Gesicht, glatt noch und unverbraucht, voller lustiger Sommersprossen bis hoch unter die Stirn, wie bei Gretchen damals, dazu das Haar, ein bisschen ins Rötliche und über den Ohren weg hinten zusammengetütert, der Mund etwas breitgezogen und formschön, das linke Auge nach außen gerichtet, wie sie so dastand ...

Lenchen erbebte. Sie fühlte sich angesehen. Das tat ihr so unendlich gut. Leicht öffnete sie den Mund, Zähne und Lippen glänzten.

„Warum kommst, Nicker?“ Und ihre Stimme flabberte leise.

„Ick?“

„Hm.“

„Ick – ick wollt bloß man sagen, dat ick fahr morgen wieder weg. Gleich in der Früh.“

„Sehr früh?“

Er nickte. „Dat is nu mal so.“

„Bleiben kannst ja nich.“

„Nee, kann ick nich.“

Unbeweglich standen die beiden, nur ihre Augen bewegten sich aufeinander zu. Er stand am Schweinekoben, sie an der Wand gegenüber, die Hände hielten die Arme am Haken ...

„Eigentlich wollt ick ... ick weiß auch nich, ick wollt ... Ick geh auch gleich wieder.“

„Kannst doch noch bleiben.“

„Naja, ein bisschen.“

„Wann – willst denn – wiederkommen?“

„In zwei Jahren, denk ick. Nich eher. Gottschalk will weit weg.“ Lenchen schloss die Augen. „Zwei Jahr!“, flüsterte sie vor sich hin. Das galt nicht ihm, das galt ihr selbst. Sie blickte auf den Boden und zog mit der Zehe Kreise im Lehmstaub. „Kannst nich doch eher?“

Mit dieser Frage drang sie in ihn ein und schaute ihn an mit einem Blick, den er sein Leben lang nicht mehr vergessen sollte. Beim Hinausgehen verstellte sie ihm leicht den Weg. Er musste sich dicht an ihr vorbeidrücken, streifte ihren Körper dabei und erbebte wie bei einem Blitzschlag. Einen Augenblick stand er still, dicht vor ihr, einen Augenblick nur, atmete den Duft ihres Leibes, sog ihn tief ein, und es fehlte nicht viel, und er hätte sich vergessen.

Dieses alles war gestern in den Abendstunden geschehen, das hatte ihn die ganze Nacht nicht schlafen lassen, hatte ihm Zwiesprache geschenkt mit der seligen Greten und seine Seele in einer Art durcheinander gewürfelt, dass er am nächsten Morgen nicht mehr wusste, was Wirklichkeit war. Darum trieb es ihn jetzt weg von diesem Ort, von der *Kajüt*, weg, weg, weg ...

Da begann für Lenchen Beyers die schlimme Zeit des Wartens. Wenn sie nun ins Nachdenken kam, faltete sie kindlich fromm ihre Hände und bettelte Gott an. „Vergib mich, wat ick tu. Ick kann doch nich dafür, dat ick ihm so schrecklich lieb hab."

Das Erste, was Niklas Jochim tat, als er wieder auf der PEGASUS war – er klappte seine Seekiste auf, nahm das Kuhpferd heraus und pinnte es mit dem Bammelbändsel an den alten Platz am Decksbalken über seiner Koje. Dabei redete er vor sich hin, als spräche er zu diesem kleinen Ding: „Wat is dat all mit dich und mit mich, wat bist du mich doch teuer. Mein Herz kommt nich zur Ruh. Nu klappert dat wieder los, diesmal wegen dat Lenchen. Immer wenn ick dich seh, muss ick an zu Haus denken. Ick kenn mich selbst nich wieder."

Als Gottschalk nach ihm rief, stieg er verstört den Niedergang hinauf, und erst an Deck wurde er wieder Seemann.

1800

DER Direktor der Stralsunder Depositenbank fuhr mit dem Finger die Zeile ab, auf der das neue Guthaben für den Capitain Thuro von Giese gebucht stand. „Hier, Kapitän, Ihr mögt Euch vergewissern. Es hat doch alles seine Ordnung?“

Thuro beugte sich über das Kontenblatt, um die fünfstellige Ziffer auf ihre Richtigkeit zu prüfen. Genugtuung spiegelte sein verhaltenes Lächeln wider, als die Zahlen vor seinen Augen ihren verheißungsvollen Reigen auftanzten. „O ja, es hat seine Ordnung, durchaus“, bestätigte er, richtete sich auf und warf dem Direktor eine Handbewegung zu, die ihn wissen ließ: Diese Geschichte ist für mich ausgestanden. Packt sie nur weit, weit weg, ich will von all dem nichts mehr hören.

Es folgten noch ein paar Bemerkungen, die nichts mit der Sache von Hiddensee zu tun hatten, dann wandte sich Thuro grüßend zur Tür und verließ das Bureau. Beschwingt ging er nach Hause, ihm war, als wandelte er auf federndem Boden, so leicht war ihm geworden, vogelleicht. Fünfzehn Jahre? Ist das wahr? Hatte er die erste Annonce vor fünfzehn Jahren aufgegeben? Und fünfzehn Jahre lang hatte niemand die Hand ernsthaft nach der Insel ausgestreckt. So lange also hatte er durchgehalten, um Mutters willen, um des Giese'schen Namens willen. Er hatte damit Mutters Lebensunterhalt gesichert, bar in bar das Erbe quasi abbezahlt. Diese Investition wollte er nun zurückerstattet haben. Eben darum hatte er so verbissen an den 36 000 Reichstalern festgehalten. 36 000 Taler für Hiddensee hatte er gefordert. 37 000 Taler hatte Klinckowström für Niederhof auf den Tisch gelegt, ohne Wenn und Aber. Gewiss, Hiddensee war nicht Niederhof, darum hatte er auch 1000 Taler abgesetzt, in den Augen der Öffentlichkeit nur ein Klacks, aber was wollte man – von Bagevitz hatte doch gezahlt.

Nun notariell alles bis auf den letzten i-Punkt geregelt war, hatte er mit der Insel, dem Land, dem Gut, dem Pastor, der Schule und mit der Kirche, auch mit der Kirche, nichts mehr zu schaffen. Unter seinen Füßen knirschte der gefrorene Schnee auf dem Trottoir, als er nach Hause ging. Seine Frau Angelika konnte er nun getrost zusichern, dass sie beide für die nächsten Jahre ausgesorgt hätten.

Dafür nannte sich jetzt ein Hauptmann und Ritter Wilhelm von Bagevitz, auch Herr auf Ralow, mit Beginn des neuen Jahrhunderts die Herrschaft auf dem Gut Hiddensee. Bagevitz meinte zu wissen, dass aus diesem Ländchen durchaus etwas zu machen sei, er, ein Landwirt par excellence mit jahrelanger Praxis als Erb- und Grundherr auf Ralow. Sein Herrensitz hat eine Filiale erhalten, und er wird sich nach eingefahrenem Muster jener Menschen bedienen, die mit dem Kauf in sein persönliches Eigentum übergegangen sind. Er wird für sie sorgen und für sie denken, und sie werden für ihn arbeiten.

Hiddensee in Besitz zu nehmen, hieß für ihn, über das Gut mit Haus und Hof und allen Untertanen zu verfügen, Kontrolle führen über alles, was auf der Insel geschieht. Pastor und Pfarre gehören dazu, denn er selber war der Patronatsherr. Das letzte Wort wird er, Ritter von Bagevitz, auch hier behalten.

An einem milden Januartag machte er sich auf den Weg von Ralow über den *Kleinen Troch* nach Kloster. Er hatte sein Kommen angemeldet und gefordert, dass um die Mittagsstunde sich alle, die seine Untertanen heißen, auf dem Hof einzufinden hätten. Die laufenden Arbeiten dürfen für eine halbe Stunde unterbrochen werden.

Diese Nachricht ließ die Leute aufhorchen. Die neue Herrschaft will uns kennenlernen, hieß es. Sie will uns wat sagen. Die Frauen rieten ihren Männern, treckt euch 'n neues Hemd über und wascht euch die Pfoten. Und die Männer rieten ihren Frauen: Strackt euch die Haar und bindt euch 'ne neue Schürz um.

Pastor Wilde dagegen zog die Brauen hoch: „Was will das? Will uns das eine Rede halten? Wenn seine Herrschaft zu uns ins Haus kommen will, ist's gut. Aber besonders Feines brauchst du nicht auf den Tisch zu stellen“, sagte er zu

Käthe. „Mach's nur so wie immer. Vor Gott sind alle Menschen gleich."

Wie von Bagevitz gefordert hatte, sammelten sich die Leute, Männer, Frauen, Kinder auf dem Hof. So hatten sie schon einmal gestanden, alle, vor der Freitreppe am Gutshaus, damals, als Sophie Giese hatte von ihnen gehen wollen. Damals aber hatte ihnen niemand zu kommen befohlen. Heute haben sie kommen müssen.

Als sich die Gutstür öffnete, verstummte das Gemurmel unter ihnen. Sie sahen, wie er heraustrat, der hochgewachsene junge Mann, und sie hörten ihn große Worte reden.

„Meine Leute", sagte er, und dann sprach er zu ihnen in kurzen Sätzen, in einfach gewählten Worten, und während er sprach, strich er sich immer dann die langen Haare zurück und ruderte mit den Armen, wenn er auf etwas Besonderes zu sprechen kam:

„Manches wird nun anders werden, vieles wird anders werden. Vieles! Ihr sollt euch freuen, dass ich gekommen bin. Freuen. Auf dem Land erzählt man sich, das Leben auf Hiddensee ist beschissen. Das soll nun aufhören. Aufhören soll das. Wir, die neue Herrschaft, werden für ein besseres Leben sorgen. Besser soll es werden, viel besser als bisher. Noch besser. Die neue Herrschaft versteht Not zu lindern, die neue Herrschaft wird ... überhaupt ... und überhaupt ... "

Mit wohlschmeckenden Ankündigungen von Veränderungen würzte er Versprechen um Versprechen, und indem er redete, zog er sich selbst an seinen Worten in die Höhe und glaubte auch, was er sagte.

Die Leute hatten zugehört, reglos, stumm, ergeben. Doch diesem und jenem fuhr ein Frösteln unter die Haut, als Bagevitz seine Rede beendet hatte und aufmunternd in die Hände klatschte: „Und nu, Leute, nu geht man alle wieder an eure Arbeit", und wedelte seine Leute vom Hof, wie man eine Schar dummer Gössel vor sich hertreibt – husch-husch.

Er hatte gesagt, was er hatte sagen wollen. Er drehte sich nach Wintherson um, winkte ihm und ging ins Haus. Ihm wollte er nun erklären, wie er sich die Veränderungen im

Haus wünschte. Der Wink aber, der dem Inspektor galt, war gleich dem, wie man einen Hund bei Fuß befiehlt. Mit großen Schritten durchmaß er das Haus, und seine Tritte hallten wider in den leeren Räumen, in denen sonst Sophies stiller Geist regiert hatte.

Während er sprach, und seine Hinweise beschränkten sich auf wenige Erklärungen, klangen hier und da abfällige Bemerkungen über seine Vorgänger durch, die Wintherson absichtlich überhörte. Bagevitz missfiel vieles in diesem Haus, und das ließ er deutlich wissen. „Diese Tür – was soll das? Neu machen, aber anderer Riegel und vor allem der Schließer ... Was soll diese Wand? Weg damit. Ich weiß, ich weiß, alt ist der Kasten noch nicht, fünfundsiebzig gebaut. Wir wissen: Können wir aber nicht so hinnehmen. Grundlegende Renovation. Grundlegend ... Vor allem diese dummen Kacheln. Geschmacklos. Naja, versteht man ja, war aus seiner Fabrik. Geschmacklos. Weg damit, alle raus. Diesen Raum wünschen wir besonders hübsch. Hübsch, ja. Weg die Kacheln. Sorgt dafür, Wintherson, baldigst. Baldigst."

Wintherson schwieg. Er hatte von Bagevitz bereits gewogen und zu leicht befunden.

„Nicht einverstanden? He? Warum sagt Ihr nichts?"

Er lächelte süffisant und stupste ihn aus wohlwollender Laune heraus leicht am Arm. „Ihr werdet sicher gutheißen, was wir wünschen. Ihr werdet auch für eine baldige Fertigstellung sorgen, wie wir vermuten dürfen."

Wintherson blieb stehen. „Euer Hochwohlgeboren werden erlauben, ich bin zwar Inspektor hier und kenne alles von Grund auf. Zuständig aber bin ich lediglich für die Vorgänge in Hof und Stall. Legt mir den Umbau der Stallungen auf, dort ist mein Ressort. Nicht dieses hier. Ich sehe mich nicht befugt, Euch Maler und Zimmerer zu verpflichten." Von Bagevitz blickte ihn scharf an. „Was sind das für Worte, Wintherson? So etwas kennen wir nicht. Die Befugnis erhaltet Ihr von uns. Von uns. Wir ordnen an, Ihr gebt die Verordnungen weiter. Nach unten. So kennen wir das. So wird es auch hier geschehen."

Rasch aber wechselte er den Ton und lachte auf: „Aber ich

verstehe, ich verstehe. Das eben war ja nur Eure Bescheidenheit. Nein, mein Lieber. Ihr seid zu allem befugt." Gönnerhaft wollte er ihm auf die Schulter klopfen, aber Wintherson wich dieser Vertraulichkeit mit leichter Bewegung aus. Wie ein Blitz fuhr es über Bagevitzens Gesicht, und misstrauisch fragte er: „Ihr wollt uns doch nicht widersprechen?"

Winthersons Stimme klang fest: „In diesem Punkte ja, Euer Hochwohlgeboren."

Von Bagevitz lächelte, doch nur mit dem Mund. Seine Augen waren kalt und undurchschaubar. „Wie kommt Ihr auf diese abstruse Idee? Abstrus, Wintherson, abstrus!" Verunsichert wandte er sich ab, rief aber beim Hinausgehen unmissverständlich über die Schulter zurück:

„Also? Weg mit den Kacheln, Maurer her. Die Wände neu verputzt und Tapeten rauf. Besorge ich, schöne Tapeten. Nicht diese dämliche Ceramique." Auf der Türschwelle drehte er sich ein weiteres Mal um und wies lebhaft mit dem Arm auf den Kachelofen:

„Sorgt mir dafür, dass die Räume durchgeheizt werden. Durchgeheizt. Der feuchte Muff ist ja nicht zu ertragen. Wenn Unsere Meublen kommen ... also Ihr wisst."

Raus war er. Wintherson blies die Backen auf und blieb lange so stehen. Als er Bagevitz nachher bei einem kurzen Blick durchs Fenster über den Hof schreiten sah, pfiff er durch die Zähne. Seine Gestalt straffte sich, und ohne Eile verließ er das Haus. Der Schlag der Haustür, hell und scharf, verhallte hinter ihm in den Zimmern.

Was Wintherson von dieser Minute an durch den Kopf schwirrte, behielt er zunächst für sich. Still in seinem Zimmer zurückgezogen verfasste er einen Brief an seinen Vetter Roald Wintherson in Katrineholm, und erst, als sie am Abend still beieinander saßen, las er seiner Marie vor, was er geschrieben hatte.

Marie streichelte seine Hand und sagte ungerührt: „Schön hast du das geschrieben, Sven. Das gefällt mir. Und wo liegt dieser Ort Katrineholm?"

„Nicht viele Meilen südwestlich von Stockholm, in einem

wunderschönen Land, das Södermanland heißt und dergleichen kein anderes auf Erden ist, Marie. Viele Schlösser gibt es dort und Herrensitze, tausendmal schöner als unser Gutshaus hier."

„Auch schöner als Niederhof?"

„Viel schöner als das."

„Erzähl mir von das alles, Sven, damit ich mich darauf freuen kann. Und dann lass uns da wohnen, ja?"

Wintherson erzählte nun, wie ihm von Kindheit an sein Heimatland bis heute in der Erinnerung lebendig war, und gestand, er habe nur deswegen nie darüber gesprochen, um sein eigenes Heimweh nicht zu nähren. Nun aber erzählte er von Schloss Gripsholm, das aus rot gebrannten Ziegeln erbaut sei und von drei dicken, runden Türmen umfasst, von dem mittelalterlichen Burgbau Nyköpinghus, von der Domkirche in Strängnäs und von vielem, vielem anderen. Dabei ging sein Herz auf, sein Blick verlor sich in ferne Lande voller Seen und Berge, und ihm war zumute, als täten sich bereits alle Türen auf, ihn, den verlorenen Sohn seiner Heimat mit Freuden zu empfangen.

Bei diesem Erzählen wurde ihm bewusst, dass sich der Kreis seines Lebens schließen will. Denn nun er alt geworden, nimmt er die Stätten seiner Kindheit wieder in Besitz. Der Krieg nur hatte ihn hierher geführt. Die Zeit ist nun abgelaufen, jetzt heißt es zurückzueilen, ehe die Uhr stehen bleibt.

Dieser Entschluss, nach Katrineholm zu ziehen, war gefasst, der Brief an den Vetter geschrieben. Da umschlang er sein Weib, seine dicke, pummelige Marie Pagel und zog sie auf seinen Schoß. Es tat ihm unendlich wohl, wie sie sich an ihn kuschelte und tat wie in jungen Jahren.

„Katrineholm", flüsterte sie, „wie das klingt, so schön, so sauber ... "

Die Winthersons brachen ihre Zelte ab. Nichts drang davon nach draußen. Erst als die Antwort seines Vetters Roald Wintherson auf dem Tisch lag, teilte er seiner Herrschaft in einem Aufkündigungsschreiben sein Vorhaben mit, *daß aus Grundt fortgeschrittenen Altherns ... und Ew. Hoch-*

wohlgebohren mögen ihm nichts in den weg stellen, die Reiße in seine Heimath zurück zu ende seines Lebens an zu treten.

Das hatte von Bagevitz ja nun nicht erwartet. Er hatte sich auf Wintherson Widerstand eingestellt und hätte ihn sich erzogen. Solchem Antrag aber konnte er nichts entgegensetzen. Dennoch erhob er Einspruch dergestalt, dass er ihn mit einer Frist belegte. Sechs Monate habe Wintherson als Inspektor noch seinen Dienst zu leisten, die Frühjahrsbestellung sei vorzunehmen und alle anderen landwirtschaftlichen Belange. Meldete auch an, nächstens zu einer Kontrolle in Betreff der Naturalabgaben sämtlicher Untertanen und Pächter zu kommen. Wintherson habe ihm die Listen vollständig vorzulegen. Was die Bauarbeiten im Gutshaus belange, habe er sich vertragsgemäß zu kümmern.

Wintherson nahm die gewünschten Listen zur Hand. Er hatte sie bis auf den heutigen Tag genauestens geführt. Obwohl er jeden Buchstaben selber geschrieben, ging er abends beim Lampenschein noch einmal alle Zeilen durch, Zeilen mit Namen, die Seite um Seite füllten. Mit jedem dieser Namen erstand vor seinen Blicken eine lebendige Person, ob es ein alter Mann war, eine abgearbeitete Frau, ein blond gezopftes Mädchen oder ein verpickelter Jüngling. Auch Kinder sah er, ausgenommen die ganz kleinen vom ersten Lebensjahr an, die noch nicht in seinen Listen zu stehen hatten. Fein in Rubriken geführt waren diese Namen, wann, wie oft und wo die Grieben'schen und die Vitter Hofdienste geleistet, was verlangt und was sie bekommen, was sie der Herrschaft schuldig waren an Fischen, Hafer, Korn, Torf und Gewebtem und manch anderem mehr. Das waren nicht nur Zahlen, nicht nur Forderungen. Das waren Spuren lebendigen Menschenlebens, niedergeschlagen in ein paar Tintenklecksen, Schnörkeln und Strichen.

Wintherson schob die Bogen von sich weg. „Soll er haben. Ich habe nichts veruntreut. So war es gewesen, so ist es, so wird es bleiben. Was er damit anfängt, ist nicht mehr meine Sache."

Neulich, als von Bagevitz die Auseinandersetzung mit dem Inspektor gehabt hatte, war er direkt vom Gutshaus zum Pastor hinübergestiefelt, verstimmt darüber, dass der Pastor seiner Ansprache an seine Leute nicht beigewohnt hatte. Von Bagevitz war nicht der Mann, der eine Verärgerung so mir nichts dir nichts verknusen konnte. Was in ihm nagte, nagte lange. So klang denn auch der Gruß, mit dem er Pastor Wilde entgegentrat, nicht gerade freundlich.

„Ihr wart nicht gekommen, meine Rede anzuhören, mein lieber Wilde. Wir hatten doch darum ersucht."

Wilde nahm diesen Vorwurf unbeeindruckt zur Kenntnis. „Euer Hochwohlgeboren stets zu Diensten. Das sollte wohl so sein. Der Hiddenseer Pastor weiß, was er seiner Herrschaft schuldet. Doch denke ich wohl nicht zu unrecht, wenn Ihr Euren Leuten und Untertanen sozusagen ex cathedra eine Ansprache haltet, dass diese Worte den Leuten gelten und nicht eben dem Pastor. Es ist doch nicht so, Kapitän, dass Ihr mich Euren Leuten in allen Fragen gleichzustellen beabsichtigt?"

Bagevitz lachte kurz auf. „Trefflich geantwortet, lieber Pastor. Trefflich. Natürlich stelle ich Euch meinen Leuten nicht gleich. Ihr seid ein studierter Mann, dagegen ... Streusand drauf. Vieles unterscheidet. Vieles. Dennoch hätten meine Worte Euer Interesse haben dürfen."

„Das dürfte wohl sein, Euer Hochwohlgeboren. Ich werde Euch gern mein Ohr leihen. Ich darf aber hoffen, dass auch Ihr mich anhöret?"

Von Bagevitz fühlte, hier wird etwas ausgespielt. „Ihr zielt mir, glaube ich, auf etwas Bestimmtes? Oder irre ich mich?"

„Ihr irrt nicht."

„So. Na, dann schießt los, Pastor Wilde, mein Ohr ist offen."

„Dann, Hochwohlgeboren, öffnet bitte Eure Augen. Unsere Kirche – da hapert es. Würden Euer Hochwohlgeboren mir folgen? Ein paar Minütchen?"

„Jetzt? Sogleich?"

„Ein paar Minütchen nur."

Mit forschem Griff nahm er den Kirchenschlüssel vom Kleiderriegel und stürmte hinaus, seinem Patronatsherrn ungebührlich voran, das Gotteshaus in seinem desolaten Zustand in flagranti vorzuführen. In diesem Augenblick lernte von Bagevitz in seinem hiddenseeschen Pastor einen entschlossenen, zu keinem Kompromiss neigenden Mann kennen. Wilde schien ihm durchaus nicht ein Irgendwerpastor zu sein.

Die Luft in der Kirche stieß ihm unangenehm entgegen, nach Pilz stank es und nach feuchtem Brodem. Wilde brauchte nicht viel zu erklären, auch nicht zu betteln. Bagevitz fuhr mit der Hand durch die Luft:

„Unverzüglich kommen hier Luftlöcher in die Wände. Warum nicht längst geschehen! Kosten trägt selbstverständlich die Herrschaft. Wir erwarten baldigsten Bescheid. Baldigsten! Und alles unter Angabe der Kosten. Natürlich."

Wilde schmunzelte zufrieden. Das hier war erst der Anfang. Seine Hochwohlgeborenheit werden mir auch weitere Forderungen nicht abschlagen dürfen. Wenige Tage später war gemacht, was seit Jahren hätte gemacht sein müssen. Und von Bagevitz hatte unverzüglich gezahlt. Einer Mahnung hatte es nicht bedurft.

Die *lütte Pastersch,* Maria Hedwig Collwitz, bewohnte im Pfarrwitwenhaus seit Kurzem eine Bodenkammer, kalt und eng, aber wohlgepflegt. Manch junger Mann aus den Dörfern, der um sie warb, hätte sich nachts zu gern bei ihr eingefunden, aber sie hielt ihre Tür sittsam verschlossen. Nicht allein, um sich mit ihrer guten Pfarrfrau Hedwig Crüger nicht zu überwerfen, die immer wieder ein wachsames Auge auf das nun fünfundzwanzigjährige Frauenzimmer hielt, sondern weil ein gewisser Berend Jacob Niemann, ein Matrose aus der Vitte, ein herzensguter Junge, sich redlicher als alle anderen um sie bemühte. Berend Jacob Niemann, der die Collwitz'sche für ein achtbares Geschöpf hielt, fand es an der Zeit, sein Verhältnis zu ihr offen darzulegen. Er sprach darum mit der Witwe Crüger und zeigte seine Verlobung mit der *lütten Pastersch* an.

In den Jahren, in denen das Mädchen bei den lieben Crügers gedient hatte und in Anhänglichkeit bei der Witwe geblieben war, hatte sie Pfennige um Pfennige zurückgelegt. Nun, da sie ihrem Glückstag entgegengehen sollte, konnte sie händevoll auf den Tisch schütten und sagen: „Dies is mein, dat leg ick zu seins, denn reicht dat für uns beide."

Von da an wartete ihr Herz noch viel heißer auf den Liebsten als bisher. Warten, eine Aufgabe für viele, die ihre Leute draußen wussten.

Nicht anders erging es Lenchen Beyers. Sie begann, das Warten zu erlernen. Aber sie lief nicht hinunter an das Ufer wie ihre Schwester es getan hatte. Sie zwang sich drein. Zwei Jahre, hatte er gesagt, zwei Jahre sollten vergehen. Und die waren wohl zu schaffen.

Was ihr die Schwester hinterlassen hatte, war ein wackeliges Haus, zerkratztes, windschiefes Meublement und Wäsche, geflickt und nochmal geflickt. Dazu irdenes und zinnernes Geschirr. Viel war es nicht. Aber sie hatte zwei geschickte Hände und Arme und einen ausgesprochenen Sinn für das Praktische. Um nun nicht zu versauern, hatte sie sich bei der Frau Pastor Wilde angeboten. Die fand an ihr Gefallen, stellte sie bei der Obsternte an, beim Einstampfen des Sauerkohles, beim Gänseschlachten und beim Federnreißen, und als die Kartoffeln aus der Erde mussten, schickte sie Lenchen vorweg in die erste Reihe und entlöhnte sie ehrlich. Was Lenchen dann nach Hause brachte, war nicht allein ein Körbchen guter Sachen, es war der Beginn einer guten Freundschaft mit dem Pfarrhaus.

Eines Tages, es war kaum zu fassen, stand völlig unerwartet Niklas Jochim vor der Tür. Johann Jacob Gottschalk hatte die PEGASUS sehr früh in den Winterhafen gesteuert, heftige Rückenschmerzen mochten ihn dazu getrieben haben, er sprach aber darüber nicht.

Niklas Jochim war erschüttert über den Zustand der Mutter. Er suchte Jochen Höbner auf, um von ihm die Wahrheit zu erfahren. Dieser alte Freund wusste, dass die Frau krank geworden war durch das Warten ihr Leben lang.

„Krank gewartet hat sie sich, von dem Tag an, wo Maria Amalia in die Stadt ging wegen ihre Hebammenkunst. Da hat sie nich mehr essen wollen, hat alle Körperpflege versäumt, ick konnt reden wat ick wollte, Nicker. Zuletzt ist sie ins Bett gegangen und hat gesagt: Ick wart noch auf ihn, aber dann hab ick genug von dat Leben." Niklas Jochim konnte das nicht wahrhaben.

„Doch", sagte Jochen Höbner. „So ist dat. Und nu bist du da. Pass auf, dat dauert nu nich mehr lang, dann kannst ihr adieu sagen. Ick kenn mich damit aus."

Medikus Krüger verordnete stärkende Arzneien, redete ihr gut zu, aber sie siechte dahin unter seinen Händen, auch wenn Niklas Jochim nicht von ihrer Seite wich. Sie starb wie ein Vögelchen, entkräftet, ausgebrannt, verzehrt von innerem Weh. Krüger schrieb auf den Totenschein Nervenfieber und überließ Pastor Wilde alles andere.

Pastor Wilde war in dem Schluck'schen Katen kein Fremder gewesen. Er wusste um alle Nöte, die über diesem Haus lagen. In seiner Leichpredigt versuchte er, die Ursache der Erkrankung beim Namen zu nennen. Er sprach vom Einssein des Leibes mit der Seele, und wie eins aufs andere höre, und wie Jesus Christus stets auch der Menschenseele Krankheiten zugelastet hatte. Ihre kranke Seele hätte zuletzt nur noch gelitten, sagte er. „Das Ziel ihrer Sehnsüchte, ihren einzigen Jungen noch einmal zu sehen, war ihr geschenkt worden. Nun sie ihn gesehen hatte, war für sie der Weg in die Ewigkeit frei geworden, dorthin, wo alle ihre Lieben aufgehoben sind ... "

Am Grabe geschah etwas Wunderbares. Niklas Jochim nahm Lenchen an die Hand und führte sie, nachdem das Gefolge die Stätte verlassen hatte, an des Grabes Rand. Hier nun, als sollte es die Tote sehen, steckte er ihr einen Ring auf den Finger, und der Ring war aus Gold. Lenchen verstand nicht. „Wat soll dat, Nicker, und denn hier!"

Er nahm ihre beiden Hände und drückte sie fest. „Einen hab ick man bloß gekriegt für dat Geld. Dat is nu deiner, und kein einer soll mich von dich trennen, bis dat ick tot bin. Ick will dat so, und Mutter soll dat sehen."

Am Grab der Mutter hatten sie sich anverlobt, still, ohne Aufwand. Niklas Jochim war es müde, nur noch Abschied nehmen zu müssen. Er wollte noch einmal mit dem Leben neu beginnen. In Lenchen sah er das Geschenk eines neuen Anfangs. Im Dorf redete man lange darüber. Die einen sagten, sowat schickt sich nich, dat Trauerjahr, und denn an der offnen Kuhle. Die andern fragten warum nich, er ist doch alt genug.

Es war offenbar: Moritz von Willich setzte seine ganze Kraft hinter den Unterricht, um Maria Amalia voranzubringen. Vier Wochen hatte er sich zugestanden, in denen wollte er ein gewaltiges Pensum abarbeiten. Vier Wochen, nicht mehr. Darüber durfte er seine anderen Arbeiten nicht vernachlässigen. Für sie beide bedeutete das nun ein pausenloses Arbeiten. Für ihn: Dozieren, Korrigieren, Praktizieren, Examinieren. Für sie: Hören, Behalten, Fragen, Lernen, Lesen, Zusehen, selber Tun. Unzählige Einzelgespräche über die Praktiken der Geburtshilfe und der Nachpflege hatten zu geschehen, ein Wissensbereich tat sich auf wie ein Meer, dessen Ufer endloser in der Weite verschwamm, je weiter sie auf ihm hinausfuhr.

Es war für von Willich sehr mühevoll. Das Honorar, mit dem er seitens der Herrschaft rechnete, blieb aber aus. Am 23. Oktober schrieb von Willich an Bagevitz unter anderem, und mit einem verborgenen Ton der Klage:

> *„... die mir von Ihnen zugeschickte Hebamme macht mir viel zu schaffen, theils weil jetzt andere Geschäfte mich so sehr bedrängen – keine Zeit zum Unterricht, dieselbe zuzurüsten, theils weil es mir und ihr sehr schwer wird, den Unterricht ihr allein zu geben und allein entgegen zu nehmen. Auch muß sie ganz anders unterrichtet werden, dazu Kenntniß haben von schweren und widernatürlichen Geburten, sondern auch Unterricht von aller möglichen Hülfe bey derselben haben und muß Kennt-*

nisse von den Krankheiten der Kinder und Wöchnerinnen. Ein weitläufiges und beschwerliches Werk, dieser persönliche Unterricht. Ich will mir Mühe geben, den vorgestreckten Plan auszuführen, was besonders schwer ist bey dieser Jahreszeit ..."

Es folgte noch eine Woche strenger Praxis, bei der Maria Amalia so hart gefordert wurde, dass er es kaum selber hatte verantworten können. Sah er denn wirklich nicht, wie diese Wochen die junge Frau ausgelaugt hatten, die ohnehin nichts zuzusetzen hatte? Dass sie blass war wie eine gekalkte Wand, und zum Umfallen müde? Und immer gespannt wie ein Bogen kurz vor dem Zerbrechen?

Mit Beginn des neuen Monats schloss er den Unterricht ab. Er erklärte ihr den Verlauf des Examens, wie er es sich dachte, und wie es hierzuland gehandhabt wird, und setzte den 13. November als den entscheidenden Tag fest. Bis dahin sollte sie noch fleißig die Theoretica studieren, sich noch mal mit der Anatomia befassen, dabei aber nicht vergessen, sich auszuruhen, weil er glaube, sie habe es nötig.

Unter dem 2. November schrieb er an von Bagevitz, der Unterricht an der Schluck'schen sei beendigt, und er wolle sie examinieren. *Das Protokoll würde von Herrn von Saaten geführt werden, oder Ew. Hochwohlgeborn soll einen andern bestimmen.* Zugleich fügte er diesem Schreiben einen Antrag auf Lieferung *eines guten, brauchbaren Geburtsstuhles und einer zinnernen Klistierspritze* bei.

Jetzt hätte Maria Amalia in den vor ihr liegenden unterrichtsfreien Tagen Gelegenheit gehabt, zu Hause nach dem Rechten zu sehen. Stattdessen vergrub sie sich in ihre Bücher, rekapitulierte und studierte am Wachsmodell, das bei von Willich im kalten Keller stand, und richtete sich auf den Tag aus, der über ihr künftiges Leben entscheiden wird.

Am 13. November trat sie, von Medikus Krüger begleitet, zur gesetzten Stunde in das Untersuchungszimmer des von Willich. Krüger, sichtlich bemüht, ihr die verständliche Erregung durch lustiges Geplauder wegzublasen, führte sie vor die Herren, die der Prüfung beiwohnen sollten, die Professoren von Weigel und Rudolphi, und deren abwartendes Begrüßen sie scheu erwiderte.

Willich trat seiner Schülerin mit Mut machender Herzlichkeit entgegen, leugnete aber selbst nicht die Spannung, die auch ihn überfallen hatte. Denn versagte das Frauenzimmer, war aller Einsatz umsonst gewesen, und auf ihn fiele dann eine Portion Blamage, die er sich gern ersparen wollte.

Von Willich setzte sich hinter seinen Schreibtisch und gab dem Schreiber, der mit Herr von Saaten vorgestellt wurde, das Zeichen des Beginns. Er diktierte mit flüssigen Worten, was über dem Prüfungsprotokoll zu stehen hätte ...

Actum in dem Hause des Herrn Land-Physici,
Doctoris von Willich,
Bergen den 13. Nov. 1800

daß die Amalia Karstens, verwittwete Schlucken, eine freye Person, 37 Jahre alt, unterm Herrn Capitaine von Bagevitz auf Hiddensee wohnhaft, in der Hebammenkunst von dem Herrn Assessor von Willich unterrichtet worden und nunmehro, um auf Hiddensee eine approbierte Hebammenstelle zu erhalten, sich der vorschriftsmäßigen Prüfung unterzogen hat, wozu heute der Termin angesetzet, so sind derselben nachstehende Fragen vorgelegt worden.

Ohne weitere Vorrede begann von Willich, seine Fragen an Maria Amalia zu richten, gab ihr auch den Rat, sich des Skeletts und der Wachsmodelle hilfreich zu bedienen. Maria Amalia kannte seine Art zu fragen, kurz und prägnant, wie er auch sonst redete, und in gleicher Weise antwortete sie. Es gab kein überflüssiges Wort, es ging alles in überraschender Kürze. Von Willich führte seine Fragen, beglückt über die Antworten, vom Allgemeinen fort bis in die kompliziertesten Bereiche, und es kam nicht eine einzige falsche Antwort, eine Tatsache, die die Herrn Beisitzer zu hohem Erstaunen brachte.

Die Feder von Saatens zog in Windeseile über das Papier und füllte Bogen um Bogen. So geschwind, wie die Fragen und Antworten durch den Raum flogen, flogen seine Buchstaben die Zeilen ab, kaum mehr als solche zu erkennen, vielmehr als langgezogene Strichkurven, selten mehr als drei, vier Worte auf einer Linie. Am Ende lag dann Wort für Wort vor, ohne Auslassung, was gefragt, was geantwortet worden war vor den Augen und Ohren der Prüfenden. Von Saaten massierte sich hinterher die Hand, weil das pausenlose Schreiben und Hasten sie verkrampft hatte.

Maria Amalia hatte es geschafft.

Von Willich erhob sich und mit ihm die anwesenden Professoren vor der jungen Frau von der Insel, die nicht begreifen konnte, was soeben geschehen war. Von Willich blickte voller Anerkennung auf sie, trat auf sie zu, griff nach ihren beiden Händen und drückte sie mit offensichtlichem Wohlwollen. In seiner überherzlichen Lobrede flocht er einige so nette Liebenswürdigkeiten ein, dass sie ihren Blick verschämt zu Boden senkte. Plötzlich packte sie ein Schwindel, ein inneres Zittern, die Worte ihres Meisters strichen an ihren Ohren vorüber wie ein Pulk flüchtiger Vögel. Sie sah nichts mehr, sie hörte nichts mehr, dunkel wurde es vor ihr, und hätten die erfahrenen Augen von Willichs ihren Schwächeanfall nicht wahrgenommen, wäre sie vor seinen Füßen hingesackt wie ein luftgeleerter Ballon. Er fing sie auf, Krüger sprang herzu, sie führten sie fort, lagerten sie beinhoch, kopfunten und warteten neben ihr, bis sie sich leidlich erholt hatte. Krüger brachte sie dann im eigenen Wagen nach Hause und begleitete sie bis in ihr Zimmer.

„Sie hat sich tüchtig geschlagen", sagte er. „Sie ist überhaupt eine wunderbare Frau. Aber sag Sie das keinem weiter, sonst wird Sie mir noch eitel und eingebildet, und das steht ihr beileibe nicht. Oder?"

Die Arme musste sich jetzt erst wieder in der Welt zurechtfinden. Alles war mit einem Mal anders geworden. Vergangenheit fiel ab, Zukunft öffnete sich wie ein schönes, helllichtes Tor. Sie packte ihre Siebensachen zusammen und machte sich auf den Weg, heim, nach Hause, auf ihre liebe Insel hin zu Mutter Anna, zu den verehrten Pastorsleuten, zu der Witwe Hedwig. Zu Hause wird sie das Haus herrichten, die Wintertage sind kurz und kühl, es soll gemütlich bei ihr werden. Noch einmal leben, einmal noch, ein bisschen leben ...

Die Kunde von Mutter Annas Tod in diesen Tagen traf sie wie ein Stich ins Herz. Anna? Warum hatte ihr das niemand geschrieben? War sie darum zurückgekehrt, um das zu erfahren? Schon lag ihre Freude zu Scherben gegangen am Boden und zertreten. Die Wirklichkeit, die sie hier wieder umfing, war die alte Wirklichkeit, hart und kalt wie Eis. Ein Sturz aus dem Himmel auf die Erde.

Nachbarn sagten ihr, der Niklas Jochim sei gekommen und wäre sicher in Plogshagen zu finden. Da knallte sie ihre Haustüre zu und rannte los, rannte und rannte, um wenigstens einen einzigen Menschen, den sie noch zu eigen hatte, zu sehen, zu fühlen, zu haben. Sie rannte, rannte gegen Dunkelheit und Regen an, sie achtete nicht mehr auf den Weg, auf Pfützen, auf Dreck, sie rannte und rannte, der Rock klatschte ihr um die Beine, von den Haaren troff es in Strömen, in den Schuhen quietschte das Wasser, zerrupft und zerzaust und bis aufs Hemd durchnässt kam zu sie später Stunde in Plogshagen an, ausgepumpt bis zum letzten Atemzug. Sie bollerte gegen die Tür von Beyers Haus und wimmerte: „Nicker, lieber Nicker ... “

Als Niklas Jochim die Tür öffnete, fiel ihm ein nasses Bündel Mensch in die Arme. Er nahm sie hoch und trug sie ins Haus, stand vor ihr und schüttelte nur mit dem Kopf, und in seinem Hinterhirn flüsterte es wehmutsvoll: meine Schwester, meine liebe Schwester.

Unter Lenchens Pflege erholte Maria Amalia sich. Zum Arzttag in Kloster, zu dem Medicus Krüger sie beordert hatte, musste sie aber gefahren werden. Ihre körperliche Schwäche ließ es noch nicht zu, den weiten Weg allein zu schaffen. Sie hatte ins Gutshaus kommen sollen, um dort aus Krügers eigener Hand das Approbationsdiplom zu empfangen, das sie berechtigte, auf der Insel die Arbeit einer Hebamme ausüben zu dürfen, ein amtliches Papier, das sehr schön geschrieben war und die Unterschriften der Greifswalder Universitätsprofessoren von Weigel und Rudolphi trug.

Krüger überreichte es ihr mit voller Anerkennung.

„... Und prächtig hat Sie ihre Sache gemacht! Laudatio, ein treffliches Examen, Frauenzimmerchen. Aber niemalen soll Sie vergessen: Leben geben und Leben nehmen – alles ist des Herrn Gnade."

Bereits in der nächsten Nacht kam in Neuendorf die Schlieker'sche nieder und gebar unter Maria Amalias Beistand ihr erstes Kind.

NEUNTES KAPITEL
1801 – 1804

DIE Insel stand wieder einmal unter dem Gesetz eines strengen Winters. Pastor Wilde hatte sich in seine Amtsstube zurückgezogen und arbeitete noch immer über ungeordneten Akten. Jetzt, im Februar, kam er erst dazu, einen Strich unter das vergangene Jahr zu ziehen und in Zahlen festzuhalten, was geschehen war. Da sprach nun in Ziffern zu ihm, was sich das Leben im letzten Jahr geleistet hatte, die Geburten, die Vermählungen, die Konfirmationen, der Tod. Jetzt saß er an dem Nachruf für die Verunglückten, den er in der üblichen Form in einer Kanzelabkündigung festzuhalten gedachte, und bei dessen Niederschrift ihm das Herz besonders blutete.

1801, d. 1. Febr. sind folge im vorigen Jahr in der See verunglückten Leute nach hiesiger Gewohnheit abgeläutet und ist ihnen Abdankung gehalten worden:

1. *Der Schiffer in Vitte Niclas Moritz Schumacher, alt $36^{1}/_{4}$ Jahr, welcher mit seinem Jagdschiff in October voriges Jahres von Amsterdam auf hier abgegangen, und dort, wie man vermuthet, in dem, in folgendem November Monath erfolgten starken Sturme, mit seinen Leuten, d. Steuermann, d. Matrosen u. Schiffsjungen untergegangen ist.*
2. *der verheirathete unterthänige Matrose in Vitte Carsten Schluck alt $41^{1}/_{2}$ Jahr*
3. *der Schiffsjunge Clas Johann Gau aus Plogshagen, frey, alt $16^{3}/_{4}$ Jahr*
4. *der junge Seefahrer Hans Jacob Gau aus Neuendorff, alt $22^{1}/_{4}$ Jahr, welcher im Canal das Unglück gehabt hat, vom Boogspriet zu fallen und jämmerlich zu ertrinken.*

Diese Abkündigung geschah am letzten Sonntag nach Epiphanias.

Nachdem er dieses geschrieben hatte, klappte er das Register zu, ließ es auf dem Schreibpult liegen und begab sich in die Küche, um sich von der Brühe geben zu lassen, die Käthchen auf dem Herde hatte.

In glitzernden, pelzigen Eiskristallen setzte sich der Kochwrasen an den Küchenwänden ab. Feuchte Kälte stand in dem Raum, in dem Katharina wirtschaftete. Sie hatte sich Stroh in die Holzpantoffeln geschoben, weil ein eisiger Zugwind über den steinernen Fußboden fuhr. Frostbeulen waren die Folge. Katharina Wilde behandelte sie mit Eichenrindenbädern, aber heilen wollten sie unter diesen Umständen nicht. Auf schmerzenden Füßen humpelte die Frau durch das Haus.

„Gut, dass du kommst", sagte sie. „Ich brauche Holz."

Jacob Wilde nickte, aber seine Gedanken waren anderswo.

„Weißt du, Käthchen, eines ist mir rätselhaft. Der Bagevitz hat meinen Bitten ebenso wenig Gehör geschenkt wie der Giese zuvor. Was haben diese Leute für Vorstellungen, wie lange das hier noch so gehen soll? Natürlich benutzen wir die Kirche jetzt nicht. Es ist zu kalt. Der Saal genügt – dieser Stall. Aber jetzt frage ich dich, wie ist es möglich, das Gutshaus im Handumdrehen aufs Nobelste umzubauen, und für die Kirche – nichts. Nicht das Schwarze unterm Fingernagel, und das ist bei diesen Leuten gewiss nicht viel. Morgen früh werde ich einen Brief aufsetzen an den Herrn der Herrschaften, einen Brief, an dem er sich Hände und Füße wärmen kann."

„Hat er denn kalte Hände und Füße? Ich glaube nicht."

„Ich auch nicht. Was du aber glauben kannst, Herzchen, ist das: Ich lasse nicht zu, dass der Schwamm mir meine ganze Kirche auffrisst. Oh, mein Gott und Herr, dabei hatte ich schon ganz zart von einem Örglein geträumt, einem Portativ, preiswert, niedlich und schön. Und du solltest es spielen. Ich armer Irrer. Aber das sage ich dir, so viel auch schon wegen der Kirche geschrieben worden ist, ich lasse und lasse und lasse nicht nach!"

Katharina zog den Knoten des Kopftuchs fester: „Johann Jacob Wilde! Musst du mir hier mit solchem Kram ankommen, wo ich dir gerade so schöne Brühe geben wollte! Trink bitte und lasse deine aggressiven Gedanken, und dann hole mir Holz, sonst gibt's heute mittag nur Kaltgekochtes."

Gehorsam griff er nach der Kiepe, rutschte sich über den glatt getretenen Steig zur Remise hinüber, sammelte die Kloben und brachte Holz. Danach trank er artig die Brühe aus. Bevor er aber die Küche verließ, wandte er sich noch einmal und sagte mit Nachdruck:

„Also – morgen der Brief."

Wilde nahm sein Amt ernst. Verschlunst wurde nichts. Ordnung und Recht hatten das Primat. Präpositus Picht hatte nicht fehlgeurteilt, wenn er sagte, Wilde sei für diese von aller Welt verlassene Insel der von Gott eigens auserwählte und präparierte Hirte.

NICLAS Jochim verbrachte diesen Winter, so hart er auch über dem Land stand, auf praktische Weise. So lange es das Tageslicht erlaubte, hämmerte er und sägte er und setzte allerlei instand, was unter Mutters Hand nicht mehr gediehen war. Aber sein Gesicht war ernst. Er musste über vieles nachdenken. Hier, in diesem Katen, hier war er zur Welt gekommen, hier war er Kind gewesen, hier hatten Vater und Mutter gewohnt, gelebt, geliebt, hier hatte er Gretchen gestreichelt, hier war ihm Heimat, wenn er draußen war auf See, hier liebte er jede Ecke, jeden Winkel, jedes Spinngewebe, der Geruch des Schafs von nebenan, den Dauerton gnurrender Hühner, die in die Stube kamen und auf den Boden schissen. Dieser liebe olle Katen – jetzt will er ihn verkaufen. Ist das Verrat an den Alten? Durfte er das tun? Er setzte instand, um beim Verkauf niemanden übers Ohr zu hauen.

Als er mit Lenchen beieinandersaß, kam ihr Reden auch auf die lütte Collwitz bei der Pfarrwitwe Crüger. Lenchen sagte ihm, sie hätte sich einen von den Vitter Seeleuten geangelt, den Berend Niemann.

„Ach den? Der segelt bei Dornhager auf der Ceres."

„Sie will ihm und der Niemann will ihr auch."

„Sie is ja auch ein gutes Mädchen." Niklas schnalzte mit der Zunge. Lenchen guckte plietsch.

„Bist neidisch?"

„Dösbattel."

„Mulap."

Plötzlich fasste er sich an den Kopf. „Weißt wat, Lenchen? Niemann hat kein richtiges Zuhause nich. Der soll meinen Katen haben, wo ick nu bei dir wohnen tu. So denk ick dat und so mach ick dat auch."

„Hat er denn Geld dazu?"

„Geld? Wat Geld. Ick treck ihm doch nich die Büxen aus. Gleich morgen geh ick zu ihm hin und verklar ihm dat."

Berend Niemann führte die Zeit, wenn Dornhagers CERES im Winterlager war, stets auf die Insel und zu seiner Anverlobten. Niklas wusste wenig von ihm, aber dass er seinen Alten zur Last lag, oben in der Ook, das wusste er. Jetzt kreuzte er bei ihm auf.

„Ick komm bei dich, Niemann", sagte er. „Ick muss da wat klar haben."

Niemann führte ihn über die Stiege auf den Boden, vorbei an allerlei abgestelltem Fischereigerät, zu der kleinen Kammer, die er seine Wohnung nannte. Eng war es darin nur einmal, gerade Platz für ein Bett, für den Tisch, für die beiden Stühle.

„Setz dich hin, Schluck, und vertell, wat anliegt."

Niklas Jochim musste sich erst im Raume umsehen. Unter der Dachschräge entdeckte er Niemanns Seekiste, an einem Balken bammelte ein Buddelschiff, und das Bett, das blau karierte Bezüge hatte, war verwühlt. „Naja", begann er nach einer Weile, „die lütte Pastersch, Niemann, is dat deine oder is dat nich deine?"

Niemann glubschte ihn an. „Wat willst? Stört dich dat?"

„Ick frag man bloß so. Will dat wat werden mang euch zwei beiden?"

„Wat geht dich dat an. Mach mich da kein Menkenker nich und fuchtel mich nich dazwischen." Er sah ihn scharf an. „Kommst deswegen her?"

Niklas Jochim hob beschwichtigend die Hand. „Nich so, kiek mich nich so an, ick tu dich nischt. Ick frag ja nur, wo du willst mit ihr wohnen. Im Pfarrwittum geht dat doch nich und hier geht dat doch auch nich."

„Wat kümmert dich dat, Mann, dat is doch unsre Sach."

„Ruhig, ruhig, Niemann. Ick frag dich, weil ick dich fragen will. Wie sieht dat aus mang euch zwei beiden. Wo willst wohnen?"

Niemann bewegte den Kopf unschlüssig hin und her. „Dat hat so seine Kinken und Klinken. Im Pfarrwittum geht dat nich und hier auch nich. Dat is wahr. Neu bauen kann ick nich und wegziehen von meine Insel will ick auch nich."

„Siehste, dat is, wat ick wollt wissen. Weißt wat? Ick biet dir mein Haus an, weil ick will nach Plogshagen runterziehen. Da hab ick mein süßes Pferd im Stall. Nobel is dat Haus nich, aber heil und in Ordnung. Und mit dem Preis – deinen Kopp lass ick dir oben."

„Dat will ick mich denn ja gar nich lang überlegen, Schluck. Da segg ick glieks ja, deinen Katen kaufen. 'n Dach übern Kopp, dat Frauenzimmer im Bett, dat is besser, als mit dem blanken Mors den Mond anbeten."

„Hand drauf?"

„Hand drauf." Ein Händedruck besiegelte den beiderseitigen Vertrag. „Allet anner denn später."

Niemann stand auf, zwängte sich durch die Enge in eine Ecke und griff hinter einen Dachsparren. Er zog ein dickbäuchiges Flacon hervor, schüttelte es und reichte es Niklas Jochim. Ein kräftiger Zug, wohliges Ausatmen, danach ein lautstarker Rülpser, die beiden Männer strahlten sich an. Am Ende war die Buddel leer.

„Der is gut, mannich?"

„Schlundbohrer, fünf Zoll. Den spürst im großen Zeh."

Die Geleise waren für beide gelegt. Maria Hedwig Collwitz hatte in der Vitte ein Haus in Aussicht. Nun stand einer Hochzeit nichts mehr im Weg. Wortreich berichtete Niklas Jochim dem Lenchen von seinen Erfolgen. Lenchen sagte nur darauf: „Hauch mich eins an!"

„Du!", warnte er, „fang mich nich mit so wat an. Ick bin kein Suffkopp. Aber mal eins wat hinterkippen, dat gehört ins menschliche Leben von einen jeden Seemann."

VON Bagevitz hatte das Sagen. Er verfuhr mit seinen Leuten in seiner eigenen Art. Es begann damit, dass anstelle des Wintherson ein neuer Inspektor den Hof führte, einer, der ganz nach seinem Geschmack war. Er selbst, von Bagevitz, erschien zweimal in der Woche auf der Insel und sah alles.

Mit dem neuen Inspektor, von dem er übrigens die gleiche Ergebenheit erwartete wie von allen, besprach sich von Bagevitz, in welcher Weise er die Arbeitsformen auf dem Hof umzustellen gedachte. Kritik ertrug er nicht, Vorschläge mochte er nicht, Einwände fegte er grundsätzlich vom Tisch. Dem Inspektor sagte er vor, was dieser an die Leute weiterzugeben hätte.

Das war das Eine. Das Andere: Er erhöhte die Abgabenpflichten der Halbbauern und Kommünen, er forderte von den Seeleuten ein Schutz- und Matrosengeld, eine Abgabe, von der er behauptete, es wäre eine Versicherung, und er würde sich für sie verwenden, wenn ihnen etwas Böses auf See passiere. Weiterhin sah er strengstens darauf, dass keiner der seefahrenden Unfreien sich je ohne seine ausdrückliche Genehmigung unterstehen dürfe, zur See zu fahren, eine Genehmigung, die in jedem Jahr neu bei ihm einzuholen sei. Als Nächstes ließ er durchblicken, dass jeglicher von Land aus gefangene Fisch Eigentum der Herrschaft bleibe. Verstöße gegen diese Verordnung würde er wie Diebstahl bestrafen. Zuletzt und als erschreckende Überraschung sogar für den Inspektor, verlangte er, dass ein Drittel des Jahrs der hiddenseesche Untertan sich auf das herrschaftliche Gut Ralow zu verfügen habe, um dort zu arbeiten. Diese Forderung gelte der Frau und dem Mädchen in gleicher Weise wie dem Mann und dem Jüngling, ausgenommen seien Kranke und Schwangere.

„Das, Inspektor, sagt den Leuten mit Euren Worten, aber in aller Deutlichkeit und ohne Abstriche. Sagt ihnen aber auch von ihren Vorteilen und guten Aussichten für ihr eigenes Leben, das meine Herrschaft garantiert. Erstens – sie haben eine Hebamme, zweitens sie haben einen geregelten Arzttag, drittens – dass eine Ziegelei geplant sei. Geplant, sagt ihnen das. Und viertens – vergesst mir nicht, darauf hinzuweisen, dass das Gut Ralow für die Ackerei eine Dampfmaschine bekommt, für Hiddensee sei sie auch vorgesehen. Sagt ihnen das, Inspektor."

Dieser Mann hielt tags drauf eine lange Rede und schloss mit den schwärmerisch vorgespielten Aussichten: „Dat könnt ihr euch nich vorstellen, wie schön dat is, wenn der Dampf zischt und faucht, und ihr könnt seitab stehen und zukieken, woans dat Ding für euch arbeiten tut. Dat lässt euch die gnädige Herrschaft kundtun und euch freundlich grüßen. Ick hoff, ihr wisst dat zu schätzen."

Pastor Wilde erfuhr natürlich davon. Seine Meinung über Bagevitz bestätigte sich nur. Picht gegenüber äußerte er: „Dieser Mensch entpuppt sich zu einer gefräßigen Raupe!"

Unter den Hiddenseern gab es so manchen, der sein Ohr nach draußen richtete und aufschnappte, was in der Welt an Besonderem vor sich ging. Neuerdings machte ein Name von sich reden, Arndt, Ernst Moritz, ein Rügen'scher, ein Mann, der sich kritisch über das armselige Leben der Bauern ausließ, schriftlich und in kernigen Reden. Am Biertisch beim alten Blössing wurde man sich bald einig:

„Wir maken uk Upstand!"

Aufstand – das war ein beflügelndes Wort. Sie verschworen sich, holten tief Luft, gaben sich die Hand darauf und legten den nächsten Montag fest, damit jeder, der für den Aufstand beten wollte, sonntags noch zu Pastor Wilde in die Kirche gehen konnte. Der Gedanke, sich einer großen Bewegung anzuschließen, erhob ihre Seelen und straffte ihr Selbstgefühl.

Wer von ihnen nun zu viel, zu laut, zu angeberisch gequatscht hatte, war vielleicht zu ahnen. Der Inspektor zog ihn sich zur Seite, grinste sich eins und schrieb eine Anzeige an den Gendarm in Gingst. Clas Collwitz, aus dessen Mund er von dieser interessanten Geschichte erfahren hatte, schickte er selbsteigen los, dem Gendarm einen Brief zu überreichen und ja nicht ohne Antwort zurückzukehren. Die Anschrift setzte er mit verschmitztem Lächeln auf den Lippen sehr deutlich auf das Couvert: *An die Königl. schwed. Gendarmeriestation in Gingst.*

Der nichtsahnende Clas Collwitz, stolz über solchen außergewöhnlichen Auftrag, lief spornstreichs los und half sogar dem Peter Tode über den *Kleinen Troch* zu rudern, damit er schneller ans Ziel käme. Als der Gendarm den Brief las, setzte er eine amtliche Miene auf und schrieb die Rückantwort in einer einzigen, kurzgefassten Zeile. Collwitz hastete sich ab, diese dem Inspektor zu bringen, in der Hoffnung, er würde mehr als nur ein in Lächeln gerahmtes Lob erhalten, sah sich aber um den heiß verdienten Groschen geprellt.

Ungesehen und in der Nacht fand sich der Gendarm auf den Montag hin beim Inspektor ein, um rechtzeitig an Ort und Stelle den geplanten Aufstand zu brechen und die Widerspenstigen zu arretieren. „Der Ungeist des Schoritzer Arndt nimmt überhand!“, meinte er sagen zu müssen als getreuer Ordnungshüter auf der Rügen'schen Insel.

Der Montag brach an. In der Morgenfrühe scharten sich die Verschworenen vor dem Gutshaus zusammen, eine immer noch überschaubare Menge meist junger Leute, unter ihnen auch eine Handvoll Mädchen, die sich ihren Jünglingen mehr an die Seite stellten, als einen Aufstand zu unterstützen. Alle aber waren sie untertänige Arbeiter und Knechte vom Hof und aus der Vitte. Sie hatten ihre Arbeit gar nicht erst aufgenommen, denn das gehörte zu ihrem Programm.

Nun standen sie vor dem Gutshaus, standen da und

schwiegen. Sie sagten nichts, sie taten nichts, sie standen nur und schoben sich gegenseitig in die Seiten, ein Bild gedrosselter Ruhe, gezwungener Spannung, drohenden Abwartens.

Gendarm und Inspektor standen lauschend hinter einem verhangenen Fenster und warteten ab, was draußen nun vor sich gehen würde. Sie hatten mit einem burrenden Bienenschwarm gerechnet, mit Aufrührern, Meuterern, Schreihälsen, die mit Knüppeln und Sensen losbrechen würden. Doch nichts von alledem. „Ihr Tun besteht im Nichtstun, wie artig!“, schmunzelte der Inspektor. „Lass sie man machen, sie hören von selber wieder auf.“

Es tat sich wirklich nichts vor dem Haus. Die Leute standen und schoben sich, schauten auf die breite Hausfront und warteten, dass sich der Inspektor zeigen würde. Der trat dann auch nachher vor die Tür, spielte den Hocherstaunten und rief vergnügt: „Woans is dat? Warum seid ihr nich bei der Arbeit? Is wat?“

Die Aufständischen schauten einander an. Das war eine Frage, auf die muss geantwortet werden. Einer muss jetzt was sagen. Aber wer? Sie schoben sich das Wort gegenseitig zu. Zuletzt stupsten sie Collwitz in die Seite: „Nu red, Collwitz, nu segg ihm wat, nu gib ihm Sauret!“

Collwitz sträubte sich tüchtig. „Nich ick, ick kann dat nich!“ Doch kurzerhand stießen sie ihn an Schultern und Hintern vor ihren Haufen und stichelten von hinten: „Segg ihm, wat wir wolln!“

„Hallo, Collwitz, bist du auch hier?“, rief der Inspektor und winkte ihm zu kommen. „Willst du mir wat seggen?“

„In-inn-speckter“, stotterte er, „dat is ja man bloß – wi maken Upstand.“ Donnerwetter, er trat sogar mutig dabei mit dem Fuß auf die Erde, um damit einen gemeinsamen Entschluss auszudrücken. Jetzt murmelten sie hinter ihm: gib ihm, gib ihm, und einige wiederholten das Schlagwort: „Wi maken Upstand!“ –

Da hob der Inspektor die Hand: „Seid mal ’n Moment still, Kinnings. Wisst ihr auch, dat ihr da erst fragen müsst?“

Sie aber blieben dabei: „Wi maken Upstand!“

Das Zauberwort hatte sie gepackt, eine Faust aber ballte sich nicht, nicht eine einzige. Es wurde kein Knüppel geschwungen, es rückte auch keiner dem Inspektor entgegen, ihn von seinem Sockel zu zerren. Der schmunzelte und winkte, halb nach hinten gewendet, den Gendarm aus dem Haus. „Segg du wat, is egal, wat, aber segg wat Amtliches."

Der Polizist legte die Hände in die Hüften, baute sich breitbeinig auf wie einer, der etwas Großes sagen will, und fragte: „Wat wollt ihr, wat schall dat? Red du, Collwitz, wiederhol mich noch eins, wat du seggt hast."

Lautstark und tapfer kam es jetzt von seinen Lippen: „Wi maken Upstand!"

„Ick weiß", erwiderte der Polizeimann, „dat hast du schon mal seggt. Aber warum heut?"

„Heut? Ja – heut. Da kannst nischt machen, dat is so."

„Warum habt ihr denn dat nich gestern gemacht? Heut scheint die Sonn so schön, dat is gar kein Wetter nich für so wat!"

„Wir wolln aber dat heut machen."

Einen Augenblick überlegte der Gendarm, dann richtete er sich hoch auf: „Tjaa", sagte er, „wenn ihr heut euren Upstand macht, denn is dat ja man gut. Aber nu habt ihr dat gemacht, und wir freuen uns über eure Anständigkeit, und nu is ja auch allet in Ordnung. Nu geht wieder nach Haus und an die Arbeit. Und du, Collwitz, bist einen klugen Kerl. Du hast mich selbeigen die Nachricht überbracht. Nu segg man auch deinen Leuten, der Upstand war gut, aber nu is er zu End. Ick segg dat, und die Herrschaft seggt dat auch. Nich, Inspekter?"

Der nickte, winkte seinen Leuten zu und ging mit dem Gendarm ins Haus zurück. Die Leute waren verunsichert und zufrieden zugleich. Wenn der Inspekter dat seggt und die Herrschaft auch, denn könn'n wir nischt dagegen machen, war ihre allgemeine Meinung. Sie zogen ab und nahmen ihre Arbeit wieder auf. Dass Collwitz aber eine gehörige Tracht Prügel bezogen hatte, drang bis zum Inspektor, und der lachte sich ins Fäustchen.

Als von Bagevitz von dieser Geschichte erfuhr, kam er ins Nachdenken. War dies ein Anfang? Wann wird sich so was wiederholen? Dieser Arndt, dieser Ernst Moritz, was sät der für aufmöpfige Gedanken unter dieses unmündige Volk!

Von Bagevitz war ein scharfer Richter, und Recht, vor allem sein Recht als Grundherr und überhaupt, ging ihm über alles. Prozessieren war seine Linie, die er abfuhr, wo immer er nur konnte. Diesmal ließ er Gnade vor Recht ergehen. Er hatte mit anderem genug zu tun: mit dem Brückenkieper in Stralsund, wegen der verunglückten und abgesoffenen Frachtschute, oder wegen der schlecht angelieferten Säcke Getreide oder wegen nicht eingelöster Abgaben von Gläubigern seines eigenen Standes zum gesetzten Termin – von Bagevitz prozessierte um des Rechthabens willen. Darum verlangte er auch von der Schifferkanzlei unnachgiebig, dass nur dann einer seiner Untertanen sich zu einer Seereise anheuern lassen dürfe, wenn dieser eine eigenhändig von ihm unterschriebene Erlaubnis vorweisen könnte, eine Maßnahme, die von den Gieses nur nachlässig beachtet worden war, wenn überhaupt. ‚Das ist mein Recht!‚ ließ er die Kanzlisten wissen. Und diese hatten sich zu fügen.

Einmal befand sich von Bagevitz auf einer Inspektionsfahrt hinab zum Gellen, um nach den Kühen zu sehen, von denen dort an die Hundert auf der Wiese lagen. Locker führte er die Zügel und schwenkte sie nur ein wenig hüh und hott, wenn das Tier in allzu müden Trab verfiel. Leicht federte der Wagen in dem ausgefahrenen Sandweg.

Zur gleichen Stunde war Maria Amalia auf dem Weg nach Neuendorf. Bagevitz erkannte sie an ihrem kräftigen Schritt und an der dicken Tasche, mit der sie sich schleppte und die ihr, von einem Riemen gehalten, von der Schulter hing. Als er nahe herangekommen war, ließ er das Pferd im Schritt gehen und rief sie von hinten an:

„Steig Sie auf, Schluck'sche, wenn Sie nach Neuendorf will. Ist noch ein gutes Stück bis dahin."

Bereitwillig rutschte er zur Seite, nahm ihr die Tasche ab und half ihr mit leichter Bewegung herauf. Maria Amalia sagte: „Die Greten Collwitz erwartet ihr Viertes. Zwei sind ihr bei der Halsbräune tot geblieben, aber ein Junge is noch da. Der hat ein zu kurzes Bein und lahmt. Die Schliekersch haben dat gar nich gut."

„Hm", meinte von Bagevitz, „dann helft ihr man, gut durchzukommen."

„Da is viel Not, Hochwohlgeborn. Denen fehlt es an alles. Was ich tun kann, will ich tun, verdienen tu ich ja nischt dabei, aber darum geht's ja nich. So'ne Mutter hat doch alle Liebe. Und ein Kind hergeben – ich kenn das. Haben Euer Hochwohlgeborn schon mal ein Kind hergeben müssen?" Von Bagevitz schüttelte vemeinend den Kopf. „Wir haben bisher immer Glück gehabt."

„Glück? Nich Glück, Euer Hochwohlgeborn. Gnade is das, sagt Paster Wilde. Glück is das nich. Für mich jedenfalls heißt das immer, wie es in der Bibel steht: Der Herr hat's gegeben, der Herr hat's genommen, der ... "

Von Bagevitz winkte ab. „Ich weiß, ich kenne das Wort." Er wollte jetzt keine Predigt hören. „Erzähl Sie mir von Ihrer Arbeit. Mich interessiert das."

Maria Amalia erzählte ihm, aber sie redete in einer Art und über Leben und Tod, die ihn verunsicherte. Mit leisem Unwillen musste er sich gestehen, dass er ihr mit besonderer Aufmerksamkeit zuhörte. Denn sie schwatzte nicht, wie Frauen schwatzen, sie redete ihm auch nicht in der sonst üblichen Weise nach dem Mund. Sie hatte eine feste Meinung, klar und fromm.

Bevor sie vor dem Schlieker'schen Haus Halt machten, ermunterte er sie mit einem freundlichen Blick und fragte, ob sie Wünsche habe, Wünsche persönlicher Art, die er erfüllen könnte. Diese Frage überfiel sie so unvermittelt, dass sie erschrak. Wünsche? Erfüllen? Er ihr? „Euer Hochwohlgeborn sind sehr gütig. Ich habe keinen Wunsch, ich bin sehr zufrieden."

„Sie ist bescheiden, Schluck'sche. Ich glaube Ihr das nicht. Kein Mensch auf dieser Welt ist wunschlos. Sie ist doch wohl noch nicht zu alt für einen ganz persönlichen Wunsch?"

Maria Amalia schwieg. Sie verstand ihn nicht. Was fragt er nur. Sollte sie jetzt vom Wagen springen und davonlaufen? Plötzlich aber kam ihr ein Gedanke: „Ihr seid sehr gütig, Euer Hochwohlgeborn. Ja, ich hab einen Wunsch, aber nich für mich. Wenn ich mich erlauben darf, was der Niclas Schluck is, so macht es doch möglich, dass er kann seine Hochzeit auf dem Gutshof feiern. Er is mich wie ein leibhaftiger Bruder und mich als Einzigen verblieben von allen meinen Leuten. Auch bei ihm sind alle tot geblieben, Vater, Mutter, Frau und Sohn und auch von seiner Braut sind alle nicht mehr, Vater, Mutter, Schwester. Außerdem, der Gottschalk von der Vitte wollte am selben Tag freien, die Gau'sche Else. Könnt Ihr nich ... "

„Solch einen Wunsch habt Ihr? Ha, da muss ich doch lachen. Sie ist mir ein bravouröses Frauenzimmer. Da biete ich Ihr die Hand, und sie reicht sie einfach weiter. Meinetwegen, auch wenn's sonst ja nicht üblich ist. Das weiß sie doch?"

Maria Amalia nickte freudig. „Danke, Euer Hochwohlgeborn. Das wird ihn freuen." Mehr sagte sie nicht, sie sprang vom Wagen, nahm ihre Tasche und stapfte dem Schlieker'schen Haus zu. Bagevitz rief ihr noch nach: „Ich werde den Inspektor instruieren! Hüh, Zossen, nu lauf." Er schwenkte die Zügel und fuhr weiter.

Die Hochzeit fand auf der geräumigen Tenne des Gutshofes statt, ein Fest für die ganze Insel. Bis tief in die Nacht hinein ging's mit Hopphei und Rumstralalala, und wenn auch der Schweiß in Strömen floss, wenn auch der Staub und das blakende Funzellicht den Raum so düster machten, dass einer den andern kaum erkennen konnte, das war doch gerade für das junge Volk das Rechte. Die Jungs brummelten, die Mädchen quiekten, wenn die Bengels sie irgendwo anfassten, die Männer gluckten bierselig müde am Tisch und die Frauenzimmer kreischten auf pommersche Art, wenn ihnen ein anzüglicher Witz unter den Rock fuhr. Da verdrückten sich die Pärchen und auch Berend Niemann krallte sich seine *lütte Pastersch* und verschwand mit ihr in einer unentdeckbaren Ecke. Für beide Hochzeitspaare wurde dieser Tag zu einer unvergesslichen Feier. Pastor Wilde hatte das Gröhlen und Schreien und den unverkennbaren Singsang pommerscher Kehlen, wie der Nachtwind es vom Gutshof zum Pfarrhaus herübertrug, mit Schmunzeln angehört. „Mögen sie feiern, mögen sie alles vergessen, was haben sie sonst in ihrem bisschen Leben hier“, sagte er zu seiner Frau und erinnerte sich an die Worte eines Franziskanermönches um die Mitte des 15. Jahrhunderts, der da gesagt hatte:

> *Die weltliche Vocalmusik der Pommern besteht im Hervorbringen von Tönen, die mit unterschiedlicher Kunstfertigkeit und ohne Rücksicht auf die festgelegten und überkommenen Vorschriften vorgetragen werden. Diese Musik ist auch nicht in der offiziellen und ernstzunehmenden Literatur zu finden. Es handelt sich um Lieder und Tanzweisen ungeschliffener Laien, die wie Vogelgekrächze oder wie das Brüllen von Elefanten anmuten.*

Naja, dachte Wilde, ganz so schlimm ist es ja nun doch nicht. Und schließlich lobt auch die krächzende Krähe den Schöpfer nicht anders als die wohlklingende Nachtigall. Er griff zur Feder und trug in das Register der Copulierten die Namen seiner Pfarrkinder ein:

d. 18. October auf dem Hofe beym Erndtefeste

Niclas Jochim Schluck – Seefahrer in Vitte frey
Maria Helena Beyers in Neuendorf frey
Christoph Schluck, Cossate und Kirchenvorsteher in Vitte +
Anna Druckrey +
Jean Beyers, Einwohner in Neuendorf +
Magdalene Wolters +
Johann Jacob Gottschalk, Cossate in Vitte unterthan
Anna Else Gauen, in Vitte unterthan
Jacob Gottschalk, Cossate und Kirchenvorsteher in Vitte +
Maria Gauen

Jochim Gau, Cossate in Vitte +
Ilse Gottschalks +

Diese für die Insel ungewöhnliche Hochzeitsfeier hatte Maria Hedwig Collwitz, die *lütte Pastersch,* in besonderer Weise erregt. Denn nur wenige Wochen noch, im Advent, heißa, dann wird auch sie unter die Haube kommen. Jetzt suchte sie nach einer günstigen Gelegenheit, in die Stadt zu segeln, um ein Brautkleid zu kaufen, auf das hin sie so lange gespart hatte, und mit dem sie ihren herzliebsten Berend Niemann überraschen wollte. Da hörte sie eines Tages, wie der Kirchenvorsteher Carsten Zierow zu einem anderen sagte:

„Morgen in der Früh gehn wir nach Stadt mit der ollen Schute. Clas Höbner und Peter Witte wollen auch hin."

Da purrte ihn die *lütte Pastersch* an: „Carsten, denn nimmst mich eins mit, ick will all lang nach Stadt."

„Mädchen", erwiderte er, „nich bei dies Wetter. Gibt Regen!"

„Ick kann was ab, ick bin nich aus Zucker."

Zierow zögerte. „Ne Lustpartie wird dat nich!" Weil sie aber so bettelte, meinte er: „Denn bis beim ersten Morgenschein an der Vitte. Warten tun wir nich, hörst?"

Noch vor Tagesanbruch machte sich das Mädchen auf den Weg und bestieg beim ersten Morgenschein mit den andern das Schiff. Hans Clas Höbner, der Seemann, ging ans Ruder, die andern an die Fallen und Schoten, und unter stark gerefftem Zeug schob ein böiger Nordwest die Schute durch die Rinnen, die sich zwischen den Untiefen und Flachs eingespült hatten, und die mal steuerbords, mal backbords durch Pricken markiert waren. Die Männer kannten ihre Gewässer und die Schiffe auch, und es fehlte nicht viel, dass diese den Weg auch ohne Mann und Ruder finden würden.

Um vor dem wilden Windbeschuss und dem drüschenden Regen ein bisschen Schutz zu haben, klemmte sich Maria Hedwig Collwitz hinter das Dollbord. Die Männer hatten sich die Kappen ihrer geölten Mäntel weit über die Ohren heruntergezogen. Aufmerksam blickten sie gegen den Himmel, gegen das unheimliche Wolkengrau, unter dem das Boot mit rauschender Fahrt seine Bahn zog. Von Nordwest her, wo der Wind steckte, zog eine pechschwarze Wand auf und vor ihr her ein schauerlich zerfetzter Windkragen. Keinem der Leute auf dem Schiff entging das. Höbner hielt das Boot dicht unter Land, um in dessen Windabdeckung zu segeln. Als die Bö kam, befanden sie sich in der Höhe der Parower Schanze. Die Bö warf sich mit voller Wucht gegen das Segel, eine grobe, klotzige, brandende Welle riss das Heck herum, und die Schute lief aus dem Ruder. Eine zweite Bö und Welle zugleich traf breitseits, und das Boot schlug um. Die See brandete drüber weg, das Schiff sank, ein Werk weniger Sekunden. Der Schrei der Ertrinkenden zerstob im Brüllen des Sturms.

Nach Tagen beobachteten Stralsunder Fischer eine Mastspitze, die aus dem Wasser herausstach, an der ein Mann hing, festgebunden, erstarrt. Sein toter Körper pendelte, von der See hin und her geworfen, als wäre noch volles Leben in ihm.

Die auf der Insel warteten auf die Rückkehr ihrer Leute. Tage brauchte es, bis die Kunde des Unglücks zu ihnen hinaufdrang. Hedwig Crüger wollte es das Herz brechen. Sie hatte die kleine Collwitz wie ihr eigen Kind geliebt. Berend Niemann, der hoffnungsvolle Bräutigam, lief zum Gellen hinunter, seinem Mädchen entgegenzusehen, denn er konnte ihren Tod nicht für wahr haben. Andrer Art als Berend Niemanns und Hedwig Crügers Leid war das der Höbner'schen Witwe. Die ging mit einem Kind im achten Monat. Maria Amalia rang um sie mit Bärenkräften, damit sie nichts Unsinniges anfange. Durch ihr Schreien hätte ihr das Kind abgehen können, und das hätte für Mutter und Kind den sicheren Tod bedeutet und sieben bettelarme Weisen zurückgelassen.

Das ganze Entsetzen kam erst ans Licht, als man die Toten anbrachte. Die Spuren des unerbittlich schreitenden Todesengels, der sich wiedermal des Meeres bedient hatte, blieben für lange auf der Insel sichtbar. Als die Ertrunkenen auf dem Friedhof beerdigt waren, gab Pastor Wilde in dem

Register der Gestorbenen einen knappen Bericht, bei dessen Niederschrift ihm jedes einzelne Wort physische Schmerzen bereitete:

den 3 ten November entstand ein heftiger Sturm aus Nordwest und ein Vitter nach Stralsund segelndes Boot hatte das Unglück, in der Gegend bei Parow vom Winde umgeworfen zu werden und alle darauf befindlichen Leute mußten jämmerlich ertrincken. Es waren folgende Personen:

Kirchenvorsteher Careten Zierow, verheirathet, unterthänig, 53 Jahr

Seefahrer Hans Clas Höbner, verheirathet, unterthänig 40 Jahr

Einlieger Jochim Peter Witte, verheirathet, unterthänig 32 Jahr

Johann Gau, verheirathet, unterthänig 61 Jahr

das frei Dienstmädchen der verw. Frau Pastorin Crüger, Maria Hedwig Collwitz 26 Jahr

Von diesen Personen wurde der Einlieger Peter Witte, der sich am Boot festgebunden hatte, von Stralsunder Fischern gefunden, am 7. Nov. hierher gebracht und am 9. November mit einer Collecte und Nachpuls auf hiesigem Friedhof begraben. Die übrigen vier wurden von den Vitter Leuten aus dem gesunkenen Boote am 10. November ausgefischt und den 1 ten darauf beerdigt, wobey besonders der Maria Collwitzen auf Verlangen ihres Bräutigams, des Seefahrers Berend Jac. Niemann, aus Vitte, eine Leichpredigt gehalten wurde. Gott wolle dergleichen Unfälle fernhin in Gnade verhüten, und einen jeden für einen bösen schnellen Tod bewahren um Christi willen!

Am 25. Dezember dann, am Heiligen Weihnachtstag, gebar die Höbnersch und brachte ihr achtes Kind zur Welt. Ihr Lebensmut war gebrochen. Für wen? Wozu?, fragte sie, und nur der herrische Zuspruch Maria Amalias brachte sie wieder auf die Beine. Dieser Hebamme nahm sie es ab, die redete nicht nur so daher. Die wusste, was es heißt, den Mann zu verlieren. Ihr allein hatte sie es zu danken, dass das Kind drei Tage drauf getauft werden konnte. Pastor Wilde, der den Eintrag im Taufregister vornahm, dachte daran, was es heißt, acht Kinder ohne Verdiener und Ernährer großziehen zu müssen. Darum setzte er in tiefem Mitgefühl hinter die übliche Taufeintragung die ganze schreckliche Wahrheit:

gebohren 25. Dec abends Hans Jochim Peter 8 tes Kind getaufet 28. Dec. Vater Hans Clas Höbner, gewesener unterthäniger Cossate in Vitte – ertrunken am 3 ten November d. J. auf der Reise nach Stralsund.

1802

PASTOR Wilde stürmte verärgert zu seiner Käthen in die Küche, um sich wenigstens bei ihr entladen zu können. Mit Armen und Beinen dirigierend rannte er durch den Raum und schöpfte sich Luft:

„So geht es nicht, so geht es nicht! Worte sind das, leere Worte, ein hohles Gewäsch! Aber Käthchen, ich sage dir, gefallen lasse ich mir das nicht!“ Krach – Tür zu. Er war schon wieder draußen.

Katharina wusste, jetzt schreibt er wieder einen geharnischten Brief an Hochwohlgeboren Herrn der Herrschaften, wegen der Kirche, wegen dieses stinkigen Kastens. Was hatte Jacob nicht schon alles angestellt, um Bagevitzens Herz zu erweichen. Mit den Kirchenvorstehern hatte er heftig gestritten, aber diese lieben, guten Herren wollten sich mit niemandem überwerfen, der Jochen Schluck aus Grieben, der Jochen Gau aus Neuendorf, der Johann Beier aus Vitte – Carsten Zierow war ja in der See geblieben – sie hielten den einfältigen Frieden für angenehmer als das streitbare Wort. Wilde musste seinen Kampf mutterseelenallein ausfechten.

Dabei ging es nur um das liebe Geld, um die Bewilligung einiger hundert Taler, die dem Bagevitz, diesem Milchgesicht, lose in der Tasche klimperten.

In dem Augenblick, in dem Wilde die Küchentür hinter sich zuschlug, war ihm ein Gedanke gekommen. Sein aus der Bergener Amtszeit bekannter Hauptmann von Bohlen sollte seinen Einfluss auf Bagevitz, der sein Vetter war, geltend machen. Darum schrieb er einen Brandbrief per express an von Bohlen, sich für die Kirchsache Hiddensees bei dem erlauchten Cousin verwenden zu wollen.

Von Bohlen tat es. In einem im familiären Ton gehaltenen Schreiben an seinen Vetter auf Ralow schilderte er den Zustand der hiddenseeschen Kirche auf seine Weise und nahm Bagevitz mit einem Tröpfchen Ironie am Jackenknopf: „*... daher hoffe ich und zwar um so mehr als ich von Ihrer* *großen Theilnahme an der Hiddenseeschen Kirche überzeugt bin, keine Fehlbitte zu thun, die Kirchenrenovation selbeigen zu finanzieren*". Beim Schreiben dieser letzten Worte glaubte von Bohlen seinen eigenen Worten nicht, er wollte aber bei Bagevitz etwas erreichen, darum packte er ihn bei seiner verflixten Eitelkeit. Von Bagevitz aber schien taube Ohren zu haben. Was auch an Bitten und Klagen geschrieben wurde, er rührte sich nicht. Im Gegenteil, er erfrechte sich, uralte Verfügungen ans Licht zu zerren, mit denen er rechtlich manövrierte, und die ihn von der Pflicht, für die Kirche geradezustehen, als Grundherr freisprachen. In einer Antwort an Pastor Wilde berief er sich tatsächlich auf eine Matrikel aus dem Jahre 1585, in der es hieß: *nach dem aus eingenommenen Klostermitteln ihn eine feste Kirche zu halten ...*

Als Wilde diesen Unsinn las, lachte er bitter auf: „Klostermittel!

Ach du liebe Zeit. Was sind mir Klostermittel! Da steht doch nur noch ein lausiger Torbogen, gegen den die Betrunkenen pissen. Was liefert der mir sonst als Schutt, Brennnessel, Dorn und Distel, gerade genug, eine Herde Esel mager zu füttern. Will der Herr der Herrschaften denn, dass ich mit rumliegendem Geröll meine Kirche erneuere? Begreift er nicht, dass ein Kloster gar nicht existiert?"

Wilde wandte sich an das Konsistorium und legte eine Abschrift des Briefs von Bagevitz zur Einsicht bei. Das Konsistorium in Greifswald ermahnte seinerseits von Bagevitz als den zuständigen Patronatsherrn, die Kirchreparation finanziell endlich anzuzeigen. Was tat Bagevitz darauf? Er strengte einen Prozess an gegen das hochwohllöbliche Institut, eine Maßnahme, die im Weiteren das Verhältnis zwischen Pfarre und Herrschaft Hiddensee schwer belastete. Dummerweise hatte Bagevitz auch der Kirchenbehörde jene alte Matrikel von 1585 als maßgeblich unter die konsistoriale Nase gerieben, *da er nicht der Schuldige sey daran, daß das Kloster nicht mehr da stünde.*

Die Greifswalder Kirchenbehörde fand diese Erklärung

für mehr als ungezogen, antwortete jedoch gemäßigt, diese alte Ordnung kann hierbey wohl von keinem rechtlichen Einflusse sein, und drängte nochmals auf vernunftmäßiges Handeln.

Von Bagevitz, den Prozess mit Pauken und Trompeten zwar verloren, weigerte sich nun erst recht, Unterstützung zu gewähren. *Es gibt*, schrieb er, *genügend wohlhabende Leute auf der Insel, die wohl im stande seyen, ihre Pfarrhäuser zu erhalthen.* Er frage an, *warum der Pastor nicht den Muth habe, diese Leute anzugehen*, wie überhaupt dieser Geistliche *bey der Meinung verharre, die Reparation der Kirche sey Angelegenheit der Grundtherrschaft. Wir dagegen meinen, die Erhaltung der Kirche liege uneingeschränkt in den Händen der Eingepfarrten.*

Mit dieser letztgültigen Antwort hatte sich Wilde also abzufinden. Verbittert über seinen herrschaftlichen Gönner sagte er:

„Also werden wir, liebes Käthchen, in das Gewand unserer Altvorderen schlüpfen und auf unsere liebe Kirche verzichten und tun, wie sie getan haben, denn wie geschrieben steht“ – er hielt ein vergilbtes Blatt in den Händen und las mit übertriebenem Pathos daraus, wie der Visitationsbericht aus dem Jahre 1585, und zwar vom 27. März, es beschrieb:

> *bei der Visitation wird festgesetzt, wen der Pfarrherr im Vorjar und sonst zu den Leuten uf den Strandt oder das Wasser kompt, da sie fischen, so verehret ein jeder dem Predeger mit 1 soeden fisches oder Heringes. Noch im Herbst, wan Gott der Herr mit dem Heringkfange seine gnade gibt, geht der Pfarrherr auf den Strandt, wen er will, predigt alsda, wens den Leuten und ihm gelegen ist.*

„Das, liebes Käthchen, sind unsere Aussichten. Gehen wir also wieder an den Strand, wenn unser liebes Gotteshaus aufgefressen ist. Ist das nicht ein großartiges Tauschangebot, Hering gegen Gottes Wort? Wenn's uns und den Leuten gelegen ist? O Gott, wohin wird das noch führen!“

Dies nun sollte nicht Wildes einzige Sorge sein. Eines Morgens nämlich klopfte ein Kind an seine Tür und überbrachte ihm einen verschlossenen Brief. „Ick soll dich dat geben, Paster", sagte der Junge. „Is von Schullehrer Carow."

Als Wilde die kurze Notiz las, die dieser Brief enthielt, funkelten seine Augen. Carow ist ausgerissen? Bei Gottes Gerechtigkeit, den hol ich mir vor. Aufgebracht lief er zu Käthchen, sagte ihr, er wolle kurz mal nach nebenan, und begab sich schnurstracks ins Küsterhaus. Drinnen hörte er die Kuhschnabbel keifen. Er klopfte gar nicht erst an die Tür. Er riss sie auf und trat ins Haus.

„Wo ist Euer Mann, Carow'sche!" Sein Ton war äußerst scharf.

„Weg. Weg is er."

„Und wohin?"

„Fragt mich nischt, Paster, ick weiß nischt."

„Ihr müsst doch wissen, wo Euer Kerl steckt. Er kann doch nicht einfach davonrennen."

„Kann er. Hat er aber."

„Aber – das sieht ja alles so leer hier aus. Wo sind denn die Möbel und alles andere? Ihr lügt mich an, Carow'sche!"

„Hat er mitgenommen. Nur ick und die Gören sind hier. Mehr weiß ick nich. Mehr sag ick auch nich."

Wilde schob die Frau beiseite wie nichts und hastete durch die Räume. Außer den Betten und einer Wäschekiste war tatsächlich das gesamte Mobiliar verschwunden. Er trat dicht an die Frau heran und seine Stimme hatte es in sich: „Auf Ehr und Gewissen, Carow'sche, was wird hier gespielt? Wo ist das Zeug, das hier gestanden hat?"

Sie aber hob mit theatralischer Übertreibung die Arme und wiederholte: „Ick weiß nischt, Paster, und ick sag auch nischt."

Wilde ließ sie stehen. Zu Hause angekommen, erfuhr er, auch der Clas Tode habe über Nacht das Weite gesucht, habe auch nichts stehen lassen, aber Weib und Kinder mitgenommen. Zurückgeblieben sei nur die alte Witwe Tode, des verstorbenen Fährmanns Frau. Mittellos hatte er sie ihrem Schicksal ausgeliefert, von jeglicher Barschaft beraubt.

Sie selbst, die alte Tode, hat die Flucht ihres Sohnes dem Statthalter bereits angezeigt.

Wilde blieb nichts anderes übrig, als diesen Sachverhalt der Herrschaft auf Ralow mitzuteilen, und er schrieb darum unverzüglich:

> *Heute Morgen erhalte ich durch einen vom Küster Carow hinterlassenen mir ausgehändigten Brief die unerwartete Anzeige, daß er genöthiget worden, von hier heimlich wegzureisen, und bald darauf zeiget die alte Wittwe Todsche von Grieben, dem Statthalter an, wie Ihr Sohn Clas Tode mit seiner Frau und Kindern in dieser vergangenen Nacht ebenfalls mit des Küsters Boot abgesegelt wären. Wohin sie ihren Cours gerichtet haben, ist nicht bekannt. Doch soll Clas Tode alles im Haus ausgeräumt und mitgenommen haben, so wie es auch im Küsterhause, wie ich selbst es nun gesehen, überall leer aussiehet. Die Küsterin mit den zwei Kindern sind noch hier.*

Wilde verschwieg auch nicht seine Vermutung, Carow hätte sich so tief in Schulden hineinlaviert, dass er hätte fliehen müssen. Doch weil die Gerechtigkeit nicht schlafen darf, empfehle er, *um die Schulden gerichtlich liquidieren zu lassen, diesen bösen Sachverhalt von den Kanzeln, zumindest in Hiddensee, Schaprade und Wiek anzukündigen.* Auf diese Weise könnten sich die Gläubiger melden. Von Bagevitz setzte die Polizei auf Carow an, weniger jedoch auf diesen als auf den unfreien Clas Tode und seine Frau samt Kindern. Sie haben mit ihrer Flucht gegen seine Verordnung verstoßen, aufgrund dieser sich niemand der Untertanen ohne Erlaubnis von der Insel fortbewegen dürfe.

Clas Tode wurde gestellt, als er auf dem Weg von der Alten Fähre nach Stralsund übersetzte. Er wurde sofort ins Gewahrsam gebracht. Von Carow jedoch fehlte jede Spur. Dass seine Frau und die beiden Kinder kurze Zeit darauf ebenfalls verschwunden waren, nahm Pastor Wilde mit Erleichterung auf. Den Kirchendienst mit Beiern und Abläuten versah nun er oder Katharina oder einer der Dorfleute. Schlimmer stand es um die Kinder, denen nunmehr ein geordneter Schulunterricht fehlte bis auf unbestimmt lange Zeit. Die Lene Schluck aus Plogshagen bot sich an, wenigstens für die Kinder aus den Süderdörfern Lese- und Schreibstunden zu halten, und Maria Amalia nahm dieses Geschäft ebenfalls wieder auf, wie es ihr die Zeit erlaubte.

Lenchen Schluck verstand es auf diese Weise, die Zeit umzubringen, in der Niklas Jochim auf See war. Seitdem ging die Rede um, Hiddensee braucht keinen Schullehrer. Wer lesen und schreiben kann, der stirbt, und wer es nicht kann, der stirbt auch.

Eines Tages sagte Maria Amalia zu Lenchen: „Hör mich jetzt auf mit den Schulstunden, du wirst mich all zu rund. Setz dich hin und schneid dir Windeln zurecht."

Sie hatte Lenchen zwar untersucht, hatte sie aber zur Arztstunde nach Kloster befohlen und dem Medikus vorgestellt. Krüger hatte sie sich angesehen und gesagt: „Schluck'sche, bei dir is alles in Ordnung. Sorg Sie nun dafür, dass Sie 'ne Kripp hat für sie."

„Ne Kripp für sie? Wat heißt sie? Wird er ein Mädchen?"

„Nach einem Bengel sieht mir das nicht aus, kleine Madame. Aber wart sie eins ab. Wenn's nicht dies ist, ist es eben das."

Mit Furcht und Freuden sah Lenchen diesem Tag entgegen. Am 22. September, als die Insel unter einer gedämpften Spätsommerhitze stand, die Brombeeren in herrlicher Schwärze lachten, in den Gärten die Herbstastern zu blühen begannen und im Pfarrgarten die Äpfel reiften, fühlte Lenchen ihre Stunde gekommen. Maria Amalia stand ihr zur Seite und half einem Mädchen auf die Welt, wie Medikus Krüger es vorausgesagt hatte. Derweil segelte Niklas Jochim auf der PEGASUS weit im Süden.

Mit der Taufe des Kindes verhielt es sich so wie bei Niklas Jochim vor fast dreißig Jahren. Die junge Mutter lag im Bett, Tisch wurde Altar, die Schluck'sche Bibel lag aufgeschlagen und ein würziger Kranz aus grünem Mohrrübenkraut um die alte Taufschale gelegt. Diesmal waren es Plogshagener und Neuendorfer Kinder, die sich an den Fenstern die Nasen plattdrückten.

Pastor Wilde hatte seine Katharina mitgebracht, weil Lenchen sie so herzlich zur Gevatterin gebeten hatte. Da stand dann doch am nächsten Tag im Taufregister:

Anna Maria Hanna, 1. Kind
gebohren 22. September nachts, getauft 24. September

Niklas Jochim Schluck, Seefahrer, frey
Maria Helena Beyers, frey

Gevattern sind:

meine Frau die Pastorin Catharina Maria Wilde des Pächters Michel Beyers zu Neuendorf Ehefrau geb. Catharina
Tönnings und Johann Jacob Schlieker, Pächter zu Plogshagen.

Als Niklas Jochim im November auf die Insel zurückkehrte, überraschte ihn Lenchen mit diesem kleinen Glück. Er nahm sein Mädelchen sanft in den Arm, wiegelte es sachte und versprach, ihm sein eigen Leben zu geben, wo immer er nur konnte. Später fiel ihm etwas Lustiges ein. Er grabbelte in seiner Seekiste herum, fand, was er suchte, und legte es dem Kind auf das Deckchen: „Sollst mit spielen, hat die Gau'sche gesagt, sollst immer mit spielen!" Und stupste seinen dicken Finger auf den lütten Nasenknopp.

Der Winter ließ sich kalt an und wollte lange dauern. An sternklaren Abenden traten die beiden glücklichen Menschen vor die Tür und schauten in den Himmel. Da lernte Lenchen die Namen einiger Planeten und die Sternbilder kennen.

„Und da, kiek eins, dat is der Pullarstern. Wenn du die Hinterachs von dat große Wagen fünfmal multiplokierst, hast ihm genau im Kurs. Merk dich dat. Und wenn du ihm ankieken tust, und ick auch, denn sind wir vereinigt mit unsere Seelen."

Lenchen versprach, so oft sie konnte, nach dem Polarstern zu sehen, und sagte: „Dat is schön, dat du mich so wat zeigst. Da lern ick dich sehen, und du bist mich denn ganz nah."

Maria Amalia versah ihren Dienst als Hebamme in unschätzbarer Treue. Doch wenn der Winter ihr die Arbeit schwer machte, spürte sie oft eine eigenartige Schwäche. Der Ertrag ihrer Arbeit war schmal, denn so viele Kinder brachte die Insel auch nicht hervor, dass sie hätte davon leben können. Medikus Krüger trug darum der Herrschaft an, der Hebamme ein monatliches Fixum zu gewähren, damit, wie er schrieb, *der Wohlstand dieses Frauenzimmers nicht von der Nachgeburt der Gebährenden abhängig wäre.*

Von Bagevitz antwortete in beinahe obszöner Weise dem Arzt, er wäre wohl nicht dafür in Verantwortung zu setzen, wenn andere Frauen auf seiner Insel Kinder kriegten. Er wisse wohl, wie nötig eine Hebamme auf seiner Insel zu gebrauchen wäre. Die Schluck'sche aber sei als freie Person für ihren Lebensunterhalt selber aufkommenspflichtig.

Die wenigen Schillinge, die Maria Amalia für ihre Dienste erhielt, legte sie zurück, um sich, weil es nötig wurde, neues Schuhzeug anfertigen zu lassen, oder eine Pellerine gegen den Regen. Darüber hinaus blieb sie weitgehend allein, um ihre Kräfte für ihre schweren Aufgaben aufzuheben.

1803

In den Tagen nach Okuli füllten die Rufe der Kraniche den Inselhimmel. Das Jahr der Vögel begann mit ihrem Gesang. Ihre Unruhe, die zum Leben hin drängte, trieb auch die Seeleute wieder auf ihre Schiffe. Sie schmeckten die salzige Luft, schnupperten schon im Vorgeschmack kommender Seefahrt den süßherben Firnissduft, der dem geölten Holz ihrer Seekisten entströmte, sie erlaubten ihren Frauen, neue Sweater oder Troyer, eigengestrickt aus eigner Wolle eigner Schafe mit einzulegen, oder die Tuchhosen, oder das, was sie als Liebesgaben ihren scheidenden Liebchen mitzugeben gedachten.

Als die Kraniche kamen, sagte Niklas Jochim zu Lenchen: „Übermorgen geh ick an Bord."

„Willst all weg? Nicker, lass mich nich allein."

Niklas kannte solche flehenden Bitten, die nichts einbrachten, weil der Weg vorbestimmt war. Erst bei Mutter, dann bei Gretchen, und nun gings wieder los.

„Weißt, Lenchen, dat is so as dat is. Bei Jahresend bin ick wieder hier."

„Dat seggt jeder, und mit eins kommt er nicht mehr."

„Ick bin aber allewege zurückgekommen. Oder nich?"

Lenchen suchte Geborgenheit an seinem mächtigen Leib und kuschelte sich fest an ihn. Den Dunst, der aus seiner Kleidung stieg, sog sie ein wie einen betörenden Trunk.

„Bist nicht bang, Lenchen", beruhigte er sie und streichelte ihr über den Kopf. „Die Pegasus ist einen feinen Schipp, da is Verlass auf."

„Schon, schon, aber hierbleiben is gar nich so schön, as du dat denkst."

„Soll ick aussteigen und bei der Kommün gehen und Katzenfisch fangen? Bleib du man bei der lütt Anna, lass sie tüchtig supen und pupen und kiek auch hoch mal an den Pullarstern. Denn siehst du mich und ick dich."

Lenchen stopfte ihm in einer Ecke der Seekiste heimlich das Kuhpferd zwischen Troyer und Rauchschinken. Er sollte es finden, wenn er draußen ist, und bei sich haben, wie all die Jahre. Sie dachte: Kuhpferd, Pullarstern und Beten, das hält sie zusammen, und war darin ganz sicher.

Bald darauf segelte Niclas Jochim Schluck unter Schwedens Flagge auf Johann Jacob Gottschalks PEGASUS. Er war ein freier Mann, ihm stand die Welt offen und er genoss diesen Vorzug in vollem Maß. Was er jedoch nicht wissen konnte und was sein Glück unendlich gesteigert hätte, war, dass Lenchen wieder guter Hoffnung war, ein zweites Mal. Davon erfuhr der gute Junge erst, als er gegen Wintereinbruch nach Hause fand.

Winterabende, ausruhen, liebhaben und erzählen, erzählen, so stand es im Hause der Schlucks in Plogshagen. Eines Abends war Lenchens Cousin, der Niklas Beyer, mit dabei, der Sohn ihres Onkels Clas aus Plogshagen, ein strohblonder Bengel, dem wie Lenchen die Sommersprossen bis weit auf die Stirn gewachsen waren, und der eine kecke Nase trug. Sein noch sehr spärlicher Flaum über den Mundwinkeln und die fiepende Stimme, die nicht wusste, ob sie nach oben oder nach unten quietschen sollte, verrieten sein noch unausgegorenes Alter.

Niklas Jochim fragte ihn mal so nebenbei: „Segg eins, Piefke, willst du nich bei uns anheuern? Die Pegasus kann noch einen wie dich brauchen. Wirst doch bei Palmarum konfirmiert, frei bist du auch. Wat steht dem in der Wege?“

„Dat is ja all meine Frage, Nicker. Wenn ick’t man könnt. Wollen woll ick schon.“

„Wat heißt, wenn ick könnt. Können kannst du doch. Segg mich ja oder segg mich nein. Ein oder dat anner.“

„Da muss ick erst meinen Ollen fragen. Wat Mutter is, die is dagegen.

„Ick wär auch dagegen“, fiel Lenchen ein. „So’n lütten Piepsgössel willst du auf dat nasse Wasser lassen.“

„Du schweig still. “

„Aber – ick bin dagegen!“

„Wat du nich redst! Fass ihn doch mal eins an, wat der für Knochens hat. Dat wird mal ein Seemann, da wird der Schipper noch neidisch auf.“

„Du kannst immer nur schwärmen von deine See, die mehr Menschen frisst as Fische. Lass ihm doch erst mal Mann werden. Denn kann er selber sagen, wat er will."

„Ha, der is gar kein Gör nich mehr, wat sich in die Hosen macht. Bald kieken sich die Mädchens nach ihm um, und denn sollst sehen, wie ihm die Segels auf Raumwind stehen." Er wandte sich dem Jungen zu: „Segg du mich eins noch mal genau, willst du dat, zur See fahrn, oder willst du dat nich? Ja oder nee."

„Eigentlich – ja."

„Dat klingt mich zu kläglich. So wat heißt bei mich nee. Segg dat noch mal."

Da sprang Niklas Beyer auf ihn zu und stieß dem Vetter so derb gegen die Schulter, dass der beinahe vom Stuhl flog. Vor Erregung überschlug sich seine Stimme in fistelnder Höhe: „Ick will dat in Dreidüwelsnamen. Mach dat klar bei Vaters und Mutters und beim Paster. Damit ick kann gleich nach der Insegnung bei die Pegasus an Bord."

Niklas Jochim sah den Jungen straff an. „Is gut. Ick geb dir Nachricht. Gottschalk wollt einen Jungen an Bord nehmen. Nächstes Jahr geht's wieder einen langen Törn auf den Atlantischen. Jetzt wird die Pegasus in der Werft überholt und kriegt ein neues Kleid, schööön blau und weiß, so as die pommerschen Farben sind. Und sollst sehen, Gottschalk is einen feinen Mann. Bei dem lernst du dat, wat ick dich nich lernen kann."

Niklas Jochim ließ diese Angelegenheit nicht schleifen. Noch vor Weihnachten brachte er Onkel Clas einen Brief. In dem stand, dass

sein Sohn Niclas sich nach seiner confermation auf der Galeasse einfinden sol welche gleich nach Ostern in Wolgast liegt. Mit Seekist und andere noth wendigkeiten. Ich empfele das der Junge sich hält an sein Cousin Niclas Schluck welcher ein verläslich Seemann ist.

Joh. Jac. Gottschalk

Von da an verging kein Tag, an dem der künftige Schiffsjunge Niclas Beyer nicht in Nickers Umgebung herumströpte, um mitzukriegen, was ihm an Wissen um die Seefahrt noch fehlte. Niklas Jochim erzählte zwar von den Schönheiten der Meere, sparte aber auch nicht mit Warnungen darüber, wie es einem sein kann, wenn ein Sturm über Deck pfeift, wenn die Rahen in die See stippen oder die Wellen bis in den Masttopp steigen.

„Und schön is't auch nicht, wenn dich dat große Kotzen kommt und dich der grüne Schaum vorm Maul stehen bleibt."

„Wat kannst denn machen dabei?", kam die Frage.

„Runterschlucken, immer wieder runterschlucken und aufpassen, wenn der braune Ring kommt. Dat is denn nämlich dein büttelstet End."

1804

UM die Tage nach Neujahr schaute Maria Amalia öfter als bisher bei Lenchen ein, denn sie wusste, dass deren Zeit gekommen war. Dann, während einer stillen Nacht, in der ein dünner, kalter Schnee vom Himmel fiel, rief Lenchen nach ihr: „Ick glaub, ick kann't nich mehr halten." Maria Amalia tröstete sie: „Ein zweites Gör kommt leichter auf die Welt als ein erstes, Lenchen. Flutsch – wird es machen, und denn is't da. Und quälen brauchst dich nich."

So kam es dann. In der Nacht zum 23. Januar schrie ein kleiner Schluckjunge seinen ersten Schrei. Niklas Jochim meldete die Geburt beim Pastor persönlich an und bat ihn zur Taufe ins Haus. Am 26. Januar dann, an einem sonnigen Nachmittag, standen der Steuermann Johann Jacob Beyer aus der Vitte, Jacob Peter Gau, ein Knecht vom Gutshof, und der Kossate Berend Schluck als Gevattern neben dem Kind.

Maria Amalia war auch zur Tauffeier geladen, hielt sich aber im Hintergrund. Niklas Jochim wusste, warum ihr beim Singen die Stimme brach. Sie selber fühlte sich nur noch als Handlanger für anderer Leute Glück. Das Leben schien sie verurteilt zu haben, nur als Zuschauer aufzutreten, außerhalb von Wärme, Liebe und zärtlichem Zulangen.

Der Winter verging, das Frühjahr kam und drängte dem Land seine lieblichen Gerüche auf von Dung und brackigem Wasser. Zu Palmarum, dem Sonntag vor Ostern, wurde in der Hiddenseer Kirche konfirmiert. Pastor Wilde nannte die Namen der Jungen, die in die Welt der Arbeit entlassen werden, die einen in die Fischerei, die andern auf den Gutshof. Zwei aber durften hinaus in die Seefahrt. Der eine war Henning Niemann. Der ging nach Barth. Der andere war Niklas Beyer, der ging mit dem Seemann Niklas Jochim Schluck nach Wolgast auf die PEGASUS von Schiffer Johann Jacob Gottschalk.

Schön sah sie aus, die PEGASUS, blau-weiß gepönt die

Aufbauten, die Reling und die Außenhaut, fein in Linien abgesetzt, gerade so, wie Gottschalk es vorgezeichnet hatte, der Stolz des Schiffers. Blau-weiß, Pommerns eigene Bilder, blauer Himmel, weiße Wolken, blaue See, weiße Möwen, blaues Besäufnis, weißer Kater achterher. Noch war die Ölfarbe nicht getrocknet, da lagen schon die Frachtbriefe unterschrieben an Bord und das Duplikat im Wolgaster Contoir. Die Spedition belud das Schiff mit den ersten Gütern, da geschah etwas, mit dem niemand hatte rechnen können. Schiffer Gottschalk verunglückte. Er stolperte über einen Tampen und schlug auf eine harte Kante. Ein Schmerz durchstach ihn, der bis in die Fußsohle fuhr. Der Schmerz blieb im Kreuz stecken, und eine Lähmung blieb im rechten Bein zurück.

Zuerst konnte er weder liegen noch stehen. Er half mit Wärme nach, sie linderte nicht. Er legte eiskalte Beutel auf, sie machten es noch schlimmer. Er ließ den Arzt kommen. Der sprach von angebrochenem Kreuzbein, vermutlich, und verbot ihm die Ausfahrt. Sagte auch, dass so etwas nicht heilen würde. Linderung verschafften nur Bäder in heißen Quellen.

Gottschalk merkte selber, dass er unter diesen fürchterlichen Schmerzen nicht ausfahren konnte. Er kämpfte mit sich und kam zu keinem Schluss. Da sah sein Neffe Hans Peter seine Stunde gekommen. „Onkel“, sagte er, als er an seiner Koje stand. „Segg nich vor vornerein nee, aber ick muss dich wat fragen.“

„Frag, wat du willst, aber reib mich erst nochmal dat Kreuz ein mit dat Stinkezeug.“ Und wies auf eine Dose mit breiiger Salbe.

„Onkel“, begann der junge Seemann noch einmal. „Ick denk, nächstet Jahr bist du wieder ollreut. Aber dies Jahr lass mich mal dein Schiff steuern. Du hast dich immer auf mich können verlassen. Nu kannst du beweisen, dat du Vertrauen zu mir hast.“

Johann Jacob Gottschalk sagte nichts.

Hans Peter dremmelte. „Gib mich die PEGASUS für dies eine Jahr. Sollst sehen, ick mach dich kein Defizit, und wat ick nach Haus bring, dat kriegst du auf Groschen und Pfennig.“

„Du hast wohl dat Patent, mein Jung. Ick weiß. Aber gesetzlich geht das nich. Wenn ick dat auch wollt.“

„Onkel!“ Hans Peter gab nicht auf. „Hat dich schon je ein nach deine Papiere gefragt? Wer dies Schiff sieht, der weiß, dat kann nur einen orrentlichen Schipper gehörn. Und ick bin ein orrentlichen Schipper, dat weißt du.“

Gottschalk überlegte. „Lass mich dat eins eine Stund lang kalfatern. Nach einer Stund komm wieder. Dann segg ick dir, wat anliegt. Kiek eins weiter nach den Stauern, dat sie dat orrentlich machen und so packen, dat dat bei Seegang nich rutschen kann.“

Eine Stunde später teilte Schiffer Johann Jacob Gottschalk seinem Neffen mit: „Hör zu, Bengel, und segg kein ein wat von dat, wat ick dich jetzt segg. Du fährst mit der Pegasus. Ick übertrag dich alle Gerechtigkeit, auch wenn ick dat nich darf, wie du weißt. Aber nur für dieset Jahr. Sag Hopp und Collwitz, sie sollen auf dat letzte Laden passacht geben und du fährst glieks hoch zur Insel und klarierst da allet. Um mich kümmer dich man nich. Nach Ostern fährst du los. Wenn du die Leinen los hast und aus dem Hafen bist, bin ick all lang weg. Sollst aber wissen, wie weh mich dat tut.“ Er zeigte dabei nicht auf seinen schmerzenden Rücken, sondern auf sein Herz.

Hans Peter Gottschalk verstand ihn nur zu gut. Er dankte ihm noch für alles Vertrauen, versprach, nicht leichtsinnig zu sein, und verschwand, die handgeschriebene Zertifikation des Schiffseigners in der Tasche, das Schiff Pegasus aus Gründen der Erkrankung des Schiffers führen zu dürfen. Als er von Hiddensee zurückkehrte, fand er seinen Onkel nicht mehr an Bord.

Von der Petrikirche her ging der Schlag der Glocken über die Peenestadt. Karfreitag wurde eingeläutet. Die Matrosen Hopp und Vollstorf und Johann Jacob Collwitz aus Grieben gingen in die Kirche, das Heilige Mahl zu nehmen.

Hans Peter Gottschalk war allein an Bord geblieben. Er

feierte die Sterbestunde des Gekreuzigten auf seine Weise. Vorn am Ankerspill saß er und betrachtete Onkels Schiff, ließ seine Augen wandern von vorn nach achtern und von achtern nach vorn und über Topp und Takel. Die erste Reise, peeneabwärts und rund Rügen nach Svendborg im Dänischen lag bereits klariert vor. Danach soll es weitergehen, rund Skagen durch die Nordsee, vielleicht aber auch nach Riga. Mal eins kieken, wat die Fracht bringt, dachte er und freute sich über seine gute Besatz, alles treue Jungs, Niklas Jochim eingeschlossen, den er Ostern erwartet.

Seine stille Gedankenwelt wurde jäh unterbrochen, als der jung angeheuerte Niclas Beyer die PEGASUS betrat. Er hatte das Schiff schon von Weitem erkannt, kam angerannt und wollte den Schiffer mit Hallo überraschen. Es kam aber anders. Ein kurzes Gespräch zwischen den beiden und schon war's aus mit der Karfreitagsruhe. Als Peter Gottschalk klar kriegte, dass der Bengel zu Hause ausgerissen war, ging bei ihm die Hölle los. Der Junge kriegte eins ins Maul, dass ihm Hören und Sehen verging. Und während er sich die Backe hielt, hörte er es auf sich herabdonnern:

„Du Lausangel, fieser. Mit Unordnung willst du bei mich an Bord! Daraus wird nischt. Wecker hat dich dat erlaubt? Hast du die Ohrfeig verdient oder hast du die Ohrfeig nich verdient? Segg mich dat auf der Stell!"

„Verdient."

Doch dieses Geständnis genügte dem Schiffer nicht. Da war noch mehr zu bereden. „Noch eins, Bengel. Segg mich, wat is heut für'n Tag?"

„Freitag, Schipper", kam die klägliche Antwort.

„Wat für ein Freitag? Nenn mich den Namen von diesem Freitag."

„Freitag, der – sechste April."

„Wie heißt der Freitag vor Ostern? Nenn mich den Namen."

„Karfreitag."

„Und? Woans heißt der so?"

„Weil ... " Er wusste sich nicht auszudrücken.

„Dat weiß du nich und bist ingesegnet bei deinen Pastor

Wilde? Dat weiß du nich, dat heutigen Tags unser Herr und Heiland an't Kreuz genagelt worden is? Und so wat will bei mich an Bord. Hüte dich vor Gottlosigkeit!"

„Ick bin aber ... "

„Willst mich noch widersprechen?" Rums, landete eine neue Salve auf seiner Backe. „Segg mir eins, wat ein rechtschaffener Schiffer am Karfreitag tut und wat er nich tut."

Der Junge kriegte das Greinen. „Ein rechtschschaffener Schiffer dürf nich – am Heiligen Karfreitag – an Bord oder in See gehn!"

„Und wat willst du bei mir an Bord? In See gehn." Gottschalk schlug sich die Hände. „Kommt sich der Quaas hier am heiligen Karfreitag angekleckert. Wenn dat keine gute Reise wird, denn will ick nich mehr Schipper sein auf dies Schipp. Mach, dat du von Bord kommst und lass dich nich eher sehn, bis die annern da sind. Wird dat keine gut Fahrt mit dich, schmeiß ick dich über Bord wie Jonassen bei Ninive. Verhol dich!"

Wie ein getretener Hund schlich sich der Junge von Bord. Wo er die Tage bis zur Ankunft von Niklas Jochim untergekrochen war, verriet er nicht. Irgendwann erschien er, ausgehungert, ungewaschen und übernächtigt, wie ausgespuckt.

Als Niklas Jochim sein verschwiemeltes Gesicht sah, kniff er bloß die Augen zusammen und zog ihn am Arm beiseite: „Hör zu, noch so einen Faxen, und ick steck dich in'n Sack und – außenbords mit dir. 'n Köter legt man noch'n Stein mit ein, aber für dich wär jeder Stein zu schade. Beleidigt hast du den lieben Gott. Mach dat wieder gut vor ihm und geh in dich, sonst hast du uns alle miteinanner auf deinen Gewissen. Wird dat keine gute Fahrt, ick garantier dich nischt Gutes."

Dem Jungen kamen die Tränen. Fing so die Seefahrt an? Ist er wirklich in Schande geraten? Er hat doch bloß an Bord gehen wollen, er hat doch so'n Jibber gehabt.

„Nicker", fragte er kleinlaut, ja er wimmerte wie ein kleines Kind.

„Kannst mich nochmal vergeben?"

„Wasch dich und iss dich wat und schlaf dich aus. Siehst aus wie ausgereiertes Eulengewölle, du löchriges Handtuch."

Am Dienstag nach Ostern nahm die PEGASUS die Leinen über. Das Sagen hatte der junge Schiffer Hans Peter Gottschalk. An Bord stand ein blonder, sommersprossiger Junge und griff in die Fallen, und seine Augen und Ohren waren nur auf den Schiffer gerichtet. Niklas Jochim stupste Gottschalk in die Seite: „Aus diesem Ei wird mal ein gutes Huhn. Ick versteh mich auf dat."

ZEHNTES KAPITEL
1805 – 1806

Der alte Krugwirt Blössing hatte auf seine alten Tage die *Stralsundische Zeitung* abonniert. Seitdem kamen sie zu ihm, das Neueste aus der weiten Welt zu erfahren. Wer lesen konnte, schaute hinein und las. Wer nicht lesen konnte, dem las Blössing vor. Auf diese Weise erfuhren die Hiddenseer von Napoleon, der sich, so sagte Blössing, beim Papst Piussen die französische Kaiserkron selber auf seinen kaiserlichen Kopp gestülpt hat. Und von ihm hörten sie auch, dass er eine militärische Landung auf dem britischen Eiland heimlich vorbereitet, so heimlich, dat man dat auf Hiddensee schon weiß.

Sie erfuhren aber auch von dem Franzosen, der in der Biscaya friedvolle Schiffe kapert und der sich mit den Spaniern und Portugiesen, aber auch mit den Preußen und Schweden keilt.

„Gehört hab ick davon“, sagte Johann Jacob Beyer mit bedenklichem Gesicht. „Denn is dat nämlich für die Schiffer unter unserer schönen schwedischen Fahn so'ne Sach. Dat Spanien hält sich mit den Franzosen, und wenn du in der Biscaya segelst, kann dat sein, dat dich der Spanier auf den Kanthaken nimmt. Und wenn nich der Spanier, denn der Franzos. Einer von die is immer da.“

Steuermann Beyer wusste aber noch mehr zu berichten. So erzählte er von einem verheerenden Orkan südlich der englischen Küste, der unzählig viele Schiffe auf den Meeresgrund geschickt hat.

„Ob da eine hiddenseesche Galeass dabei gewesen is, will ick nich behaupten, aber möglich is dat schon. Die Pegasus von Gottschalken war jedenfalls unnerwegens.“

Mit Schaudern dachte er an die letzte Begegnung mit der Pegasus. Seite an Seite haben sie gelegen, in Fredrikshavn, im Dänischen. Er muss Tage später dem Unwetter geradewegs in die Arme gesegelt sein, befürchtete er. Und nach dem, was man sich erzählt hatte, hat kein Schiff, so sturmfest es auch war, den Orkan durchstehen können.

Steuermann Johann Jacob Beyer fühlte sich berufen, hierin Klarheit zu schaffen. Er nahm sich vor, die Angehörigen von der Besatz der PEGASUS aufzusuchen, um zu erfahren, ob und wann sie einen Gruß vom Schiff bekommen hätten, Vetter Clas Beyer aus Plogshagen, dessen lütter Bengel seinen ersten Törn auf dem Schiff macht, oder die Schluck'sche Lene, oder die Witwe Collwitz aus Grieben, die mit ihren acht Gören. Und zuletzt wird er zum Pastor gehen. Der muss dann, so schlimm es für alle ist, das Schiff hier verschollen erklären. Nach seiner Meinung muss das Schiff mallört sein, etwas anderes gibt es nicht.

Wochen später machte er sich auf, dieses schwere Amt wahrzunehmen. Als er bei Lenchen Schluck ins Haus trat, verwünschte er den Tag, an dem er geboren war. Er fand seine Nichte mit den Kindern spielend im Haus. Sie empfing ihn mit der frohsinnigen Frage: „Na, Onkel Johann, du willst mich wat von meinem Nicker bestellen, stimmt dat?"

Er sagte nichts, aber seine Augen sprachen. Er konnte ihr nicht frei ins Gesicht blicken. In Lenchen stieg die Angst hoch. „Wat is? Hast du Nicker getroffen?"

„Ja, getroffen hab ick ihn."

„Und? Wat hat er gesagt?"

„Ach – weiß ick nich mehr."

Sie nahm ihre Kinder fest an die Hand und starrte ihn an: „Onkel. Du sagst mich, wat is. Wat verschweigst du mich?"

Beyer tat ein paar tiefe Atemzüge, ehe er sprach. „Lenchen, hör zu, dat war nämlich so."

„Oh!", rief sie, „sag schnell – oder nee, sag nischt. Ick weiß schon Bescheid."

Beyer schüttelte den Kopf. „Nischt weiß du. Lass dir eins vertellen." Er berichtete ihr von der letzten Begegnung mit der PEGASUS im Hafen von Fredrikshavn. Nebeneinander hätten sie gelegen, Bord an Bord. Von da aus wollte Gottschalk weiter nach Lissabon.

„Von Riga kam er herunter und nun wollte er nach Portugal, eine weite, weite Strecke. Tja ... "
„Und? Wie weiter?"
„Im Kanal, da kam der Sturm, und Lenchen, diesen Sturm hat kein Schiff können durchstehen. Kiek, dat muss ick dir doch sagen. Aber, sicher, sicher is dat auch nich. Hoffnung gibt dat noch immer." Lenchens Finger falteten sich, lösten sich, zerrten und rissen am Rockstoff, ihr Blick ging ins Leere: „Nein", hauchte sie, „nein, dat kann nicht sein. Dat – dat geht nich." Steuermann Beyer zog wortlos die Schultern. Was sollte er darauf antworten. Hatte ihr Gesicht auch alle Farbe verloren, sagte sie doch mit merklich fester Stimme:

„Onkel Johann, ick glaub dich dat nich. Weil ick nich will, dat dat stimmt. Du hättest mir dat gar nich zu sagen brauchen." Damit fasste sie ihn am Arm und führte ihn zur Tür. „Geh man und lass uns allein. Ick kann dat so schnell nich ab."

In dieser Nacht, während die Kinder schliefen und ihr der Schlaf nicht kommen wollte, stand sie auf und trat vor das Haus unter den klaren Novemberhimmel. Die Sterne glitzerten und der Große Wagen stand schräg auf der Deichsel mitten im Gefunkel. Sie suchte den Polarstern, fünfmal die Hinterachse aneinandergelegt, und fand sich in keiner Weise verrückt, als sie sich mit einem Mal laut reden hörte: „Schön Nicker, dat du mir dat gesagt hast mit deinen Stern. Wie immer, ick seh dich und du siehst mich auch. Und du bist am Leben. Ick weiß, du lässt mich nich allein. Ick hab dich doch um dat gebettelt."

Ruhig, als hätte er sie dazu ermutigt, ging sie zurück ins Haus, legte sich nieder und schlief einen tiefen Schlaf.

Dennoch – das Jahr schlug zu. Nicht eine einzige Nachricht über Schiff und Mannschaft gelangte auf die Insel. Von dem Sturm, der die Schiffe gefressen hätte, erzählten sie alle, die zum Winter heimkamen. Einer sagte sogar, er hätte darüber in der *Times* gelesen.

Jetzt sah sich Pastor Wilde gefordert. Als das Jahr zu

Ende war, konnte er der Gemeinde die Wahrheit nicht mehr verschweigen. Und die Wahrheit für ihn war: Das Schiff war verschollen, und alle, die darauf gesegelt hatten, mit ihm. In das Buch der Gestorbenen schrieb er die Namen derer ein, die er zu seinen hiddenseeschen Pfarrkindern zählte. Er schrieb:

Den 5. Januar 1806, am Sonntag nach Neujahr, sind abgeläutet und zugleich Leichpredigt und Abdankung gehalten worden

1. *dem Schiffer Hans Peter Gottschalk, gebohren 1777, 30 July alt 28 Jahr 5 Monat*
2. *dem Steuermann Johann Joachim Gau aus Plogshagen, ein Sohn des Einwohners Peter Gau, geb. 1779 9. Nov. alt 26 Jahr, 2 Monate*
3. *dem freyen Matrosen Niclas Jochim Schluck aus Plogshagen, ein Sohn des Christoffer Schluck zu Vitte, gebohren 1773 13. July alt 32 Jahr 6 Monate*
4. *dem unterthänigen Matrosen Johann Jacob Collwitz aus Grieben, ein Sohn des Einliegers Jacob Collwitz, geb. 1770, d. 1. März, alt 35 Jahr, 10 Monate*
5. *dem Schiffsjungen Niclas Beyer aus Neuendorf, ein Sohn des Schiffers Clas Beyer zu Plogshagen, gebohren 1790, den 23. July, alt 15 Jahr 6 Monate*

Wie man vermuthet, so sind dieselben auf ihrer von Riga nach Lissabon vorgehabten Seereise unglücklich geworden und mit ihrem Schiffe und sämmtlicher Haabe elendiglich umgekommen. Der allgütige Gott bewahre doch fernerhin unser Land für solche traurige Ereignisse.

Pastor Wildes Frau Katharina stand neben ihm und blickte, als er dieses schrieb, über die Schulter. „Du schreibst das so hin, Jacob, und weißt nicht, wie ich das mitempfinde. Der Schluck war ein so prächtiger Mann, und der junge Beyer, seine erste Ausfahrt, und gerade erst konfirmiert. Und ebenso die Collwitz'sche aus Grieben. Den Mann nicht, die lütte Pastersch nicht, den Sohn nicht. Sag du mir, mein lieber Pastor, mir persönlich, glaubst du fest an Gottes unendliche Liebe?"

Wilde erhob sich schwer, nahm das liebe Gesicht seiner Käthen in beide Hände und sagte leise : „Lass uns stillhalten der Heimsuchung unseres Gottes, Käthchen. Es hat alles seine Zeit. Leben hat seine Zeit, Sterben hat seine Zeit, Freuen hat seine Zeit, Leiden hat seine Zeit. Alles hat seine Zeit. Ich kann nur rufen: Christ Kyrie, komm zu uns auf die See, denn Gottes sind Wogen und Wind. – Lass uns schlafen gehen, es ist genug, dass ein jeglicher Tag seine eigene Plage hat."

Zart drückte er ihr seine warmen Lippen auf die Stirn. Dann löschte er das Licht, und sie verließen die Amtsstube, in der die Winterkälte stand, ein unerträglicher Hauch kraftloser Wärme.

Was war nun Wirklichkeit gewesen? Steuermann Beyers Vermutungen trafen sie nicht.

Bei kräftigen Winden hatte die PEGASUS Fredrikshavn verlassen, segelte um das dänische Kap bei Skagen, nahm die Nordsee raumschots und hielt Kurs auf den Kanal. Querab von Brighton begann sich der Himmel sonderbar zu verfärben und brachte bald eine Veränderung, die dem Schiffer nicht gefiel. Er hatte bei seinem Onkel gelernt, dass Vorsicht die heiligste Vernunft eines guten Schiffers sei, Leichtsinn aber sein Untergang. Diesem Gebot gehorsam lief er den englischen Hafen Brighton an und kroch dort im letzten Augenblick vor dem Orkanwirbel unter. Bei diesem Unwetter, das unsagbares Leid über die Seeleute gebracht hatte, hatte die PEGASUS nicht eine einzige Schramme bekommen.

Nach Wetterbesserung setzte der Schiffer die Reise fort, Kurs südwest, den Kanal hinunter. Gottschalk hielt sich klugerweise unterhalb der englischen Küste auf, um Begegnungen mit den Franzosen zu entgehen. Er mied auch die Nähe Cherbourgs, die Ecke bei Brest und atmete erst auf, als er nach Tagen die weit auslaufenden Wellen des Atlantiks unterm Kiel spürte.

Da war Niclas Beyer, der Schiffsjunge, nicht mehr von der Reling wegzukriegen. Er träumte mal von Seeschlangen, mal von Walfischen, konnte aber nicht verhindern, dass die Wirklichkeit ihn mit unsanften Pfoten einholte, wenn ihm das Essen aus dem Munde fiel, weil das Schiff gemächlich aufschaukelte, und das Gesicht grün und gelb verfärbte. Schlimm war, dass Niklas Jochim ihn dazu noch fragen musste, ob er den braunen Ring schon geschmeckt hätte. Wütend stieß er mit dem Fuß nach und zwischen Gurgeln und grüner Galle brachte er nur heraus: „Leck mich ... “

Die PEGASUS machte täglich ihre guten Meilen, der Schiffer war mit dem Etmal zufrieden. Begegnete ihnen ein Schiff, war's ein holländisches oder englisches. Darüber hinaus grüßte sie nichts als die Weite des Ozeans.

Der Wind wehte mäßig bis stark, was in der Biscaya nicht anders zu erwarten war. Rahtoppsegel und Außenklüver waren angezeist, und unter dem restlichen Tuch marschierte die PEGASUS bei sieben bis acht Knoten oder mehr Kurs südsüdwest zu west.

Gegen Mittag des 19. Juni sichteten sie backbords an der östlichen Kimm einen mächtigen Segler, bald darauf einen zweiten, einen dritten, einen vierten und erkannten das Herannahen einer Flottille, einer französischen, wie sich bald erwies. Mit wachsender Unruhe beobachteten sie, wie sich ihnen die großen Schiffe in geordneter Formation näherten. Der Gedanke, die PEGASUS sei ja nur ein harmloser Frachtsegler und friedlich gesinnt, beruhigte nicht, denn sie hatten über die französischen Attacken schon zu viel Unangenehmes gehört. Werden sie das Schiff inspizieren und weitersegeln lassen?

Vornan fuhr eine wuchtige Fregatte, dahinter die Zahl der kleineren Korvetten. Deutlich war die mächtig ausschlagende Flagge der Franzosen auszumachen. Weil nun kein Zweifel mehr darüber bestand, dass sie kursgerecht auf die PEGASUS zusteuerten, verwarnte Gottschalk seine Leute: „Wenn der Franz uns kaschen will, schlag ihm man nicht gleich in die Fress. Erstens sind dat mehr as wir, zweitens haben wir nischt verbrochen. Wat immer ihr seggen tut, macht keinen Krawall nicht. Umso eher lässt er uns wieder los."

Dann befahl er: „Gau, geh ans Ruder. Du bist Steuermann. Ihr annern treckt euch wat an. Wir wissen nich, wat noch kommen tut. Besser is besser."

Er scheuchte seine Mannschaft unter Deck. Niklas Jochim stieg in die Kajüt wie einer, der nicht wusste, warum. Er zog seine Seekiste aus der Ecke, kippte den Deckel auf, starrte hinein und überlegte. Schließlich nahm er eine dunkle Hose und den von Lenchen gestrickten Troyer und klemmte sich das unter den Arm. Beim Schlingern des Schiffs fiel der Kistendeckel von selber zu, für Niklas Jochim das Zeichen, es sei genug. Da kam schon von Gottschalk der Ruf: „Oll Händs an Deck, wir müssen beidrehn!"

Ohne sich dessen bewusst zu sein, riss er das am Decksbalken bammelnde Kuhpferd an sich, stopfte es in die Tasche und stürzte nach oben. Was er draußen sah, fuhr ihm mächtig in den Magen. Die französischen Schiffe hatten sich ihnen stark genähert, das größte unter ihnen hielt direkt Kurs auf sie. Wich es nicht in nächster Minute aus, würde es zu einer für die PEGASUS tödlichen Ramming kommen. Doch da legte das Kriegsschiff Ruder und zeigte seine volle, nackte Breitseite. Plötzlich zündete ein roter Feuerstrahl, und mit dem Kanonenknall zischte ein Geschoss vor dem Bug der PEGASUS über das Wasser.

„Ruder rum! Beidrehn!", schrie er Gau am Steuerrad zu, „Vorschoten back und dann lass ihn zeesen!" Das Schiff ging in den Wind, kam zum Stehen und legte sich breitseits mit leichtem Abtrieb nach Lee in die Wellen. Gottschalk mahnte noch einmal eindringlich: „Haut keinen von diesen Krawallern in die Fress, damit die Sach gut ausgeht." Schon ging von drüben ein Prisenboot ab, sechs Ruderer hielten auf die PEGASUS zu, in ihrer Mitte ein Offizier in glänzend blauer Uniform. Auf Rufweite gekommen gab er Befehl, die Besatz habe das Schiff mit dem eigenen Beiboot zu verlassen und sich an Bord der Fregatte zu begeben. Dem unerbittlichen Kommandoton entnahmen sie, was sie tun sollten. Verstanden hatte ihn keiner.

Gottschalk drängte: „Macht fix, Jungs, wenn euch dat Leben lieb is. Ick bleib an Bord, ick verlass mein Schiff nich."

Gau wollte die Gefährlichkeit der Lage nicht wahrhaben. „Die wolln uns nur verhörn. Dat dauert nich lang, denn sind wir wieder an Bord."

Der Schiffer aber flüsterte vor sich hin: „Ick hab so wat kommen sehn. Der Jung is am Karfreitag an Bord kommen. Nu nimmt das Schicksal seinen Lauf."

Niklas, Hose und Troyer blitzschnell angezogen, sprang als Letzter in die Gig, die außenbords im Wasser schwabbelte. Dann ruderten sie auf den Segelkoloss zu, die Prise folgte ihnen mit Gottschalk, den der Offizier zu sich ins Boot befohlen hatte. Was jetzt in dem Schiffer vor sich ging, verriet sein Gesicht. Er hätte sich auf den Offizier stürzen können und die Matrosen allesamt ersäufen. Klugheit riet ihm, sich friedlich zu zeigen. Mit jedem Ruderschlag entfernten sie sich von der PEGASUS, die nun auf dem Ozean trieb ohne Mann und ohne Steuer. Und ihr herrliches Blauweiß winkte, als weinte es selber vor dem Unausweichlichen.

An der Fregatte angelangt, trieb sie ein Soldat das Fallreep hinauf, und seine Langlaufpistole verriet den Ernst der Lage. Oben wurden sie mit Faustschlägen empfangen, niedergestoßen, hochgerissen und, ehe sie zur Besinnung kamen, unter Deck gescheucht mit hetzenden Kommandos, hinunter in den Kielraum, dorthin, wo sich kein Lichtstrahl mehr hinverirren konnte, wo der Gestank feuchten Holzes, von Teer und Petroleum getränkt, das Atmen schwer machte. Gefangene waren sie geworden, Gefangene der Franzosen, schuldlos und ohne Schutz eines Gesetzes, die Matrosen Niklas Jochim Schluck, Peter Hopp, Collwitz, der Steuermann Johann Joachim Gau und der Schiffsjunge Niclas Beyer.

Den Schiffer Hans Peter Gottschalk hatte der Offizier von ihnen getrennt. Mit ihm hatte er noch etwas Besonderes vor. Gefesselt, spitze Degen auf den Rücken gerichtet und mit dem Blick auf sein Schiff musste er an der Reling stehen, bereit für ein brutales Schauspiel. Noch einmal sollte er seiner PEGASUS nachsehen dürfen, die, beigedreht im Wind, fernab trieb und auf ihren Herrn wartete.

Da ging eine Salve los, und noch eine und noch eine. Gottschalk zuckte zusammen. Brandgeschosse verfingen sich in der Takelage, züngelnde Flammen erfassten die Segel, flatterten an den geteerten Wanten abwärts und loderten auf. Als die farbenprächtige blaugelbe Nationalflagge versengte, als das Deck anfing zu knöstern, der Mast umkrachte und die ersten Flammen aus den blauweiß gelackten Planken schlugen, brach es ihm das Herz. Vor seinen Augen sollte das Schiff sterben, seine Geliebte, seines Onkels Schiff, er sollte seinen Todeskampf ansehen bis zum letzten verlöschenden Atemzug.

Dann stießen sie ihn in eine dunkle Last, gebunden an Händen und Füßen, in einen Raum, in den kein Tageslicht fiel. Über den Verbleib seiner Mannschaft erfuhr er nichts wie auch über sein weiteres Schicksal. Das war der Krieg zur See.

Jedes Schiff, das unter schwedischer Flagge segelte, war ein Feind und wurde versenkt, die Mannschaft als Gefangene behalten und bei passender Gelegenheit an Land gespien. So und nicht anders lautete der Befehl Seiner Majestät, des Kaisers von Frankreich, Napoleon des Ersten, dieses kleinen, unerbittlichen Gernegroß von Korsika. In seinen Meeren herrschte das Kriegsrecht, und damit ging Gewalt vor Recht.

Den Gefangenen unten wurde erklärt, sie seien Kriegsgefangene der französischen Flotte unter dem Kommando des Contreadmirals L'allmang. Was man mit ihnen vorhatte, blieb im Ungewissen. Von da an begann sie das furchtbare Dunkel einzufangen. Zweimal nur am Tag wurde die Tür geöffnet, einmal um den Pisspott zu wechseln, ein andermal um Brot und Wasser hineinzugeben. Gesagt wurde kein einziges Wort. Wer etwas fragte, bekam einen Tritt. Die Welt der süßen Töne und des himmlischen

Sonnenlichts war ausgelöscht. Tage noch klang mal hier mal da ein Stöhnen auf, ein Schrei, ein Gebet. Dann hörte auch das auf. Enge im Raum, Enge in der Seele. Übrig blieb bleierner Schlaf, gedankenloses Dösen.

Was draußen auf dem Kriegsschiff geschah, ließ sich unten nur ahnen. Jede Veränderung wurde für Augenblicke mit Hoffnung begrüßt, bevor die Trostlosigkeit sie wieder packte. Lag das Schiff in einem Hafen, war es still um sie. War es auf See, ging ein Trappeln über Deck von Füßen und Stiefeln, oder mal ein unverständlicher Ruf. Dann fühlten sie unten das Wiegen der Wellen, verfolgten das Rauschen schölender Brandung an der Bordwand. Krachte ein Schuss, wussten sie, dass wieder ein Schiff aufgebracht worden war. Die Überlebenden wurden ihnen in die Enge vorgeworfen wie Fraß den Raubtieren, Gefangene, meist Schweden, auch Deutsche und Portugiesen. Warum? Warum? Sie zählten da unten schon zweiunddreißig!

Über all das schlich die Zeit, schleppend und lahm wie die zähen Tropfen, die die Ewigkeit füllen sollten. Tag um Tag, Woche um Woche, Monat um Monat. Wer erkrankte und starb, wurde über Bord gekippt wie ein Eimer Unrat. Wer stark war und die Nerven behielt, hatte vielleicht Hoffnung, diese Hölle zu verlassen. Wer das Beten nicht gelernt hatte, hier lernte er es nicht. Wer das Fluchen nicht gelernt hatte, hier lernte er es. Hier wurde der Menschenhass geboren, hier ballten sich die Fäuste gegeneinander, Verwünschungen, Mordabsichten, wenn die überreizten Nerven die Spannung nicht mehr ertrugen. Dazu der unerträgliche Gestank aus ungepflegten Mäulern, aus der immer vollen Scheißpütz, aus verschwitzten Jacken und vollgemachten Hosen. Kein Wunder, wenn die Wachmänner schon umkehrten, bevor sie eingetreten waren. Hätte nur ein Einziger ein Messer, einen Handspaken, eine eiserne Kralle bei sich, er hätte die Bordwand durchstoßen, um wenigstens Luft, Luft, Luft und einen fadendünnen Strahl Sonnenlicht hereinzuholen.

Fünf Monate dauerte diese Irrfahrt, die Küste auf, die Küste ab, mal Seegang, mal Stille, mal ein Toter, mal ein

Schrei, ein dumpfer Schlag, wenn der Wahnsinn zugepackt hatte, sonst nur Brot und Wasser. Niklas Jochim hatte seinen Neffen Niclas Beyer an seine Seite gezogen. Die Hiddenseer hielten sich alle fest aneinander und traten füreinander ein, wenn Streit aufkam.

An einem Morgen, irgendwann, wurden Stimmen laut, man öffnete und eine Eskorte erschien, trieb sie alle hoch, führte sie an Deck und hieß die vom Licht Geblendeten, vom Hunger Geschwächten hinter dem Schanzkleid bei den Wanten anzutreten. Hier fesselte man sie je zwei zu zwei mit Ketten an den Händen und führt sie an Land. Irgendwo stand zu lesen *Port de Rochefort.* Wer es las und mehr wusste, konnte sich alles weitere zusammenreimen. Rochefort, als Hafen bekannt, lag südlich von La Rochelle. Hiddensee dagegen weit, weit entfernt, zu weit, um es jemals wieder zu erreichen. Das Weihnachtsfest – wann war es gewesen? Zählte man jetzt das Jahr 1806 ? Einer, der zu ihnen gestoßen war, hatte noch die Tage zählen können. Nach seiner Berechnung könnte heute der 21. Januar sein.

Klar stand die Sonne im Osten über frostigem Land. Winterluft, die ihnen mit eisigem Hauch entgegenschlug, brannte auf ihren entwöhnten Gesichtern. Niklas Jochim schlug den Rollkragen seines Troyers hoch bis über die Ohren. Er hatte es noch gut. Einige Schweden trugen buchstäblich nur ein Hemd, mit dem sie gerade ihre Blöße bedecken konnten. Sie waren die Ersten, die die Kälte hinraffte.

Jetzt, bei Tageslicht, versuchten sie sich wiederzuerkennen. Gesichter, grau die Haut und borstig wuchernder Bartwuchs, Schwären am Kopf und Gliedern, borkig verharschte, eiternde Wunden und einen Blick in den Augen, leer wie der von Gehenkten. War das noch der lebenslustige Schiffsjunge Niclas Beyer? War das der stämmige Niklas Jochim Schluck? Der Steuermann Gau, Vollstorf, Collwitz, Hopp? Waren sie es wirklich?

Ihren Schiffer Hans Peter Gottschalk bekamen sie nicht zu Gesicht. Was hatten sie mit ihm gemacht? Es wurde ihnen nicht gesagt, als sie, ein kettenklirrender Haufen, durch die Gassen Rocheforts getrieben wurden.

Rochefort war eine Festung. Hoch über der Stadt lag die Burg, ein graues Ungeheuer, in dessen Mauern die Gefangenen für einige Zeit verwahrt wurden. Wasser und bemessen Brot wurde auch hier zur einzigen Nahrung. Nach wenigen Tagen ging es weiter, wieder auf die Straße, an Händen und Füßen zusammengekettet. Eisenringe schlossen die Glieder ein, die Ketten klirrten und scheuerten die Haut auf bis auf die Knochen. Die harte Winterkälte im französischen Hochland ließ auch die stärksten Männer wimmern wie kleine Kinder. Schutz gab es nicht und Ruhepausen nur in verlassenen Ställen abgelegener Dörfer. Tag um Tag, Nacht um Nacht das Gleiche, immer das Gleiche, quer durch die französischen Provinzen, über Berge, durch Täler ... Wo ein geschwächter Körper zu Boden sank, öffnete man das Schloss nur, um einen anderen hineinzubinden. Der Tote wurde am Rand der Straße verscharrt. Von der PEGASUS hatte noch keiner aufgegeben. War das hiddenseesche Natur? Oder war das der aufmunternde Zuspruch Niklas Jochims mit seinem Geheimnis? Er hatte ihnen von dem Polarstern gesagt, er hatte ihnen das Kuhpferd gezeigt, und sie hatten das zerbrochene Ding angesehen wie etwas unbeschreiblich Köstliches, ein aller-, allerletzter Gruß von ihrer lieben Insel. Wenn Niklas Jochims Hand über seine Tasche strich und er das lütte Ding fühlte, hörte er die Worte der lahmen Gau'schen: Wenn du ihm bei dir hast, is alles gut. Verlier ihn nich, verlier ihn nich ...

Einmal, als sie durch ein Dorf kamen, in dem verarmte Kriegsinvaliden wie eine Horde hungriger Wölfe auf sie lauerten, handelte ihm ein Gauner den von Lenchen gestrickten Pullover, so verlaust und verdreckt er auch war, für ein paar Sous ab. Niklas Jochim konnte sich nicht wehren, sie rissen ihm das Stück vom Leib. Das Geld, das er dafür bekam, schnappte ihm ein andrer weg und machte sich lachend davon. Die Hose mit dem Kuhpferd hatte er behalten.

Und weiter gings. Wie sie ihre Füße noch setzen konnten, war keinem mehr bewusst. Blutstropfen im Schnee zeichneten die schauerlichste Spur über das Land, fort von der Küste des Atlantik, ostwärts, im Norden der Höhenzüge der Auvergne, durch Hochtäler, die die Loire durchstieß, in die Niederungen der Saône hinein bis dort, wo die Feste Auxonne auf sie wartete, Auxonne an der Côte d'Or. Hier endlich sollte der Wanderzug der Übriggebliebenen sein Ziel gefunden haben.

DIE Kanzelabkündigung vom 5. Februar, die der Gemeinde von Hiddensee die Verunglückung der Gottschalk'schen Galeass anzeigte, hat all dem Bangen und Hoffen der Betroffenen ein Ende gesetzt.

Wer jetzt noch sagte, es wäre doch möglich ... man kann nie wissen ... der machte sich selbst zum Narren. Die Wirklichkeit stand gegen ihn. War doch kein einziges Lebenszeichen von ihnen oder über sie auf die Insel gelangt. Nein, der Tod der Hiddensee'schen ist bestätigt worden. Der Pastor selbst hat es getan.

Mit dieser Abkündigung schlug den Hinterbliebenen eine düstere Zukunft entgegen. In Johann Jacob Gottschalk, dem Eigner der PEGASUS, schwelte ein Schmerz besonderer Art. Da war wohl die tiefe Trauer um den Neffen Hans Peter, da war der arge Verlust seines schönen Schiffes, da war aber noch etwas anderes. Da waren Selbstbeschuldigung einerseits, und Enttäuschung, bittere Enttäuschung über den Jungen andererseits. Er hatte ihm Vertrauen geschenkt, ein Vertrauen, das er nicht verdiente. Wie denn hätte solch Unglück geschehen können? Hatte er, Johann Jacob Gottschalk, dieses Schiff nicht durch jeden Sturm, durch jeden Orkan mit Geschick hindurchgebracht, ohne dass es Schaden genommen hatte? Hatte sich dieses gute Schiff nicht in allen Lagen bewiesen? Gottschalk kam zu dem Schluss: Der Junge war entweder besoffen, hatte gewettet oder leichtfüßig navigiert. Etwas anderes gab es für ihn nicht.

Er war sich zuletzt ganz darin sicher: Hans Peter hat weder Wind noch Wetter genügend beobachtet und seine Lehren, die eines alten Segelmeisters, großkotzig mit Füßen getreten. Die PEGASUS hätte durchgestanden, und wenn Pech und Schwefel vom Himmel gefallen wären. Das war Johann Jacob Gottschalks schwerster Schmerz.

Dieses Unglück traf aber auch Maria Amalia und es zerstörte in ihr den Gottesglauben mit einer Gewalt, wie sie es nie für möglich gehalten hätte. Ihr letzter Freund und Bruder, Niklas Jochim, war tot. Sie hatte ihn auf ihren Kinderarmen gewiegt, nun wiegen seinen Leichnam die nassen Wellen. Sie hatte ihn einst das Beten gelehrt, jetzt waren diese Gebete Hohngesänge. Sie hatte mit ihm und um ihn geweint, jetzt konnte sie nur noch irrsinnig lachen. Maria Amalia begann vor sich selbst zu fliehen, vor all den Bildern, die ihr Glaube ihr bisher so tapfer gemalt hatte. Sie floh vor ihrer Arbeit, sie verfluchte die Mütter, die Kinder in die Welt setzten, sie floh vor Gott und nannte ihn einen Götzen, eine Lüge, und ihre Gebete nannte sie Selbstbetrug. Sie mied den Pastor, mied sein Haus, seine Gottesdienste.

Ein einziger Mensch war noch da, dessen Nähe sie anfangs noch suchte, Lenchen Schluck. Aber auch zwischen ihnen baute sich eine Wand auf, denn Lenchen trug, gegen jeden Widerspruch erhaben, den Kopf wie eine Fürstin hoch und war auf den Tod ihres Mannes nicht anzusprechen. Die aus den Dörfern waren entrüstet und nannten sie unverschämt und gefühllos. Eben darum, weil sie sich nicht mit dem schwarzen Trauertuch umgab. Nein, Lenchen Schluck trauerte nicht, sie lebte weiter, als wäre nichts geschehen. Sie sprach mit ihren Kindern über den Vater in einer Art, als könnte er schon am nächsten Tag lebendig und gesund vor ihnen erscheinen.

Maria Amalia sagte ihr ins Gesicht, sie sei irre, denn sie ließe nicht ab von ihrem dämlichen Polarstern. Und in der Tat, Lenchen behauptete steif und fest, sie habe mit ihm da oben geredet, und er habe ihr geantwortet. Und immer, wenn sie den Polarstern sehe, stehe ihr Niklas Jochim leibhaftig vor Augen.

Das alles hatte die Kanzelabkündigung des Pastors Wilde getan. Sie hatte Menschenherzen zerbrochen, hatte Trümmer und Scherben und eine kaputte Welt hinterlassen. Hätte er aber schweigen sollen?

WAS die gefangenen Seeleute in Auxonne erwartete, war nicht besser und nicht schlechter als alles vorige. Einen Kerker gab es, einen Raum für alle, Steine oben, Steine unten, Steine rechts und Steine links, feuchte, kalte, harte Steine. Zum Lagern nur ein breit gedrückter Haufen von altem Stroh, staubig und verlaust. Das Lichtloch, ein eckiges Fenster in dreifacher Mannshöhe, war unzureichend, und nur für Stunden drang in dieser Winterzeit ein heller Schatten Tageslicht zu ihnen ein.

Durch einen schmalen, aus Feldsteinen erbauten Gang hatte man sie hierher getrieben, an dessen Ende eine Tür stand, schwereichen und mit Eisen beschlagen. Ein dummer, dickbäuchiger Kerl, der sie hier erwartete, war eigens dazu bestellt, ihnen die eisernen Ringe abzunehmen. Als die Ketten zu Boden klirrten, glaubten sie zu träumen, so leicht wurde ihnen. Waren sie frei? Da ließen sie sich fallen, wo sie standen, riefen nach Wasser und Brot oder fielen in einen todesähnlichen Schlaf vor Erschöpfung.

In diesem Gefängnis schien sich eine Ordnung einzuspielen ähnlich der in Rochefort. Zweimal kam einer, den Eimer zu leeren, zweimal wurde Wasser und Brot hereingegeben. Wer aber kräftig genug war, durfte hinaus und ein paar Runden auf dem Burghof schreiten. Wenige nur waren es. Fieber und Schwäche hatten den meisten unter ihnen so arg zugesetzt, dass sie kaum mehr einen Fuß vor den andern brachten. Wer sich heute noch auf den Beinen hat halten können, konnte morgen schon vom Arzt hinausbefohlen und ins Lazarett gebracht werden. Wer dort nicht genas, fand einen abgelegenen Platz für seinen Kadaver. Für die, die wegblieben, gab es keine Tränen mehr.

Der dumme, dicke Mann, der täglich nach dem Rechten sah, blieb eines Tages aus. An seiner Stelle erschien ein anderer, ein Offizier, der bald von den Gefangenen einen unvergesslichen Namen bekam. Dieser zeigte, wenn er durch die Tür trat, eine Art Gruß, fragte auch nach den Kranken, doch war das wohl das Einzige, was ihm zu fragen erlaubt war.

Von dieser Person ging etwas aus, was die Gefangenen aufmerken ließ, etwas Menschliches, etwas Anrührendes, etwas Verständnis wohl, etwas, was sie seit Monaten nicht mehr empfangen haben, ein mitleidiger Blick. Einer hat es dann zuerst gesagt, und bald sagten sie es alle: Der Engel kommt, er ist unser Engel.

Niemand wusste, wer den kühnen, vielleicht lebensrettenden Gedanken zuerst ausgesprochen hatte. Der Schwede Lars Stierna? Niklas Jochim Schluck? Ihre Absicht, die Wachmannschaft zu überrumpeln und auszubrechen, hatten sie längst begraben. Eine Flucht zu überstehen, wäre unmöglich gewesen. Jetzt war ihnen der Engel erschienen. Einer hatte es gedacht, ein anderer gesagt, nun sollte, nun musste es geschehen.

Als es Abend geworden war, erschien der Engel wieder. Sie erkannten ihn schon, bevor er eintrat, an seinem ruhigen Schritt, wie er den Riegel beiseiteschob und wie er die Tür öffnete. Und dann stand er vor ihnen. Lars Stierna taumelte ihm entgegen und hob die Hand mit der Gebärde eines Bettelnden, machte Bewegungen, als wolle er schreiben, flüsterte „papjeh“ und „lettre“ und blickte den Offizier mit Augen an, die da flehten: Tu es bitte, bitte.

Der Engel stand unbeweglich. Hatte er nicht verstanden? Sein Blick ging über die Gefangenen hinweg, als hätte er nicht gehört. Langsam wandte er sich um und ging hinaus.

Jetzt folgte eine schreckliche Nacht. Hoffnung und Niederschlag wechselten einander ab. Sagten die einen, er ist Offizier, er hat seinen Auftrag, er ist unbestechlich, sagten die andern, wenn es nichts geholfen hat, hat es auch nichts geschadet. Niklas Jochim führte seine Hand über die

Hosentasche, nahm das Kuhpferd heraus, sprach mit ihm wie ein Kind mit seiner Puppe und glaubte am Ende, dass er seiner Sinne nicht mehr mächtig sei.

Den anderen Tag warteten sie vergebens. An der Stelle des Engels kam ein feister Grobian zu ihnen. Der warf nur einen kurzen Blick in das Verlies, hielt sich die Nase zu, brüllte etwas Unverständliches und knallte die Tür hinter sich zu, als müsste er der Pest ausweichen.

Tage später erst sahen sie den Engel wieder. Er trat zu ihnen ein mit undurchsichtiger Miene, eine Miene, die auf alles und auf nichts hoffen ließ. Sein Blick ging über die auf dem Erdboden Kauernden, glitt über jeden hinweg und verhielt endlich bei dem Schweden. Er hatte Stierna erkannt. Er winkte ihn zu sich heran, griff in die Rocktasche und zog ein geknifftes Papier hervor, dazu ein Fläschchen Tinte und eine Feder. Er drückte es dem Schweden in die Hand, legte den Finger auf die Lippen und bedeutete ihm zu schweigen. Drehte sich um und ging hinaus.

Lars Stierna betrachtete Papier und Fläschchen in seinen Händen, als trüge er einen Gruß aus einer Welt, die es nicht mehr gab. Er faltete das Blatt auseinander und fand auf einem Zettel angegeben, wo sie sich befinden, Ort, Land, Haus und sogar das Datum. Der Engel hatte ihre Gebete erhört.

Da war es ihnen, als hätte ein Lichtstrahl sie aufgespürt, um ihre verdunkelten Seelen noch einmal zu erhellen. Niklas Jochim und Lars Stierna entwarfen einen Brief. Lars stellte das Fässchen auf die Erde, legte das Blatt daneben, kniete sich davor und wollte schreiben. An den König von Schweden wollten sie schreiben. Der König selbst, Seine Majestät selbst sollte zu wissen bekommen, unter welchen schmählichen Misshandlungen sie als seine Landeskinder hier Monat um Monat verbringen. Denn nur durch ihn, ihren König, konnte ihnen Hilfe werden.

Lars Stierna schrieb mit ungelenker Hand, was Niklas Jochim ihm in die Feder gab. Ein Deutscher diktierte, ein Schwede schrieb, und jeder dachte in seiner Heimatsprache.

„Und, wo wohnt der König? In Stockholm?"

„Schreib nich nach Stockholm, schreib nach Hiddensee. Schreib so:

Pastor Johann Jacob Wilde.
Insel Hiddensee bei Stralsund im Schwedischen Vorpommern, Östersjön.
Ärevördige och Hoglärde Herr Pastores …

Starr standen die anderen neben dem am Boden Schreibenden und verfolgten jeden Schriftzug, den die Feder vollbrachte. Bis zum Ende. Ein ganzes Blatt hatte sich gefüllt, und jeder wusste, was geschrieben war. Eben wollte Stierna den Brief zusammenfalten, als Collwitz bat: „Nikker, lass uns alle unterschrieben, sonst glauben's dat nich."

„Is ja auch nich zu glauben. Von Juni vorchtes Jahr, und jetz is März."

Gau kroch heran: „Gib her, meinen Namen krieg ick noch hin."

„Gib mich die Feder zuerst", sagte Vollstorf und riss sie Stierna aus der Hand. „Ick hab den längsten Namen."

Ein Brief war geschrieben, ein erster Brief, ein Schrei durch die Mauern, ein Zeichen, dass sie noch sind, irgendwie sind. Joachim Gau hatte die rechte Hand verbunden, fauliger Eiter sickerte durch das schmutzstarrende Leinen, und mit dieser Hand mühte er sich, auch seinen Namen aufs Papier zu bringen.

Am 29. März 1806, am späten Abend, nach einem voller Ungeduld verwarteten Tag, verließ dieser Brief auf heimlichem Weg, verborgen in der Tiefe einer Offiziersjacke, das Verlies. Der Engel hatte das Papier, ohne einen Blick darauf zu geben, an sich genommen. Bevor er die Tür hinter sich schloss, wandte er sich noch einmal um, lächelte unmerklich und nickte. Dann fiel die Tür mit dumpfem Laut ins Schloss, der Riegel kreischte und hallend entfernten sich seine Schritte.

Lange war es drinnen still, so still, dass jeder seinen Herzschlag pulsen hörte. Bis einer aufheulte wie ein Hund, ein anderer seinem Nachbarn um den Hals fiel und ihm in das bärtige Gesicht Kuss um Kuss schlug, ein dritter eine Kirchenhymne sang und mancher sich übers Gesicht fuhr, um das Nasse abzuwischen.

Es war das letzte Mal, dass ihnen der Engel erschienen war. Am andern Tag trat wieder der dumme feiste Wärter ein, machte seine Runde und ließ die Armen mit der Gebärde der Verachtung in ihrem Dreck zurück.

Hoffnung lässt sich nicht für immer tragen. Die Not und das Unveränderliche forderten die Männer heraus. Gebete wandelten sich wieder in Flüche, Kranke wurden ins Lazarett geschafft, wo sie genesen sollten oder sterben. Wasser und Brot waren noch immer nur einzige Nahrung, die Zähne bluteten und fielen aus, Läuse plagten sie bis zum Wahnsinn, das Fleisch drückte sich in wässrigen Beulen ein, und Fieber griff um sich. Der Engel mit den hellen Flügeln war entwichen, ein anderer mit dunklen Flügeln hatte seinen Platz eingenommen. Er trug die Sense und mähte.

Der erste von der PEGASUS, der verstarb, war der Junge Niclas Beyer. Ihm folgten Gau und Collwitz, beide in der gleichen Nacht. Niklas Jochim Schluck war so geschwächt, dass er sich kaum mehr erheben konnte. Vollstorf ging bald weg und auch Hopp. Sie siechten dahin und atmeten aus. Und wo – wo war Hans Peter Gottschalk abgeblieben? Niklas Jochim weinte nicht mehr, er war ausgedörrt wie ein Rohrkamp im Winter.

Wie ein zerbrechliches Spielzeug barg er das Kuhpferd in seinen Händen. Das war das Letzte, das er besaß. Ist nun wahr geworden, was die lahme Gausche gesagt hatte? Oder wird wahr, was das Geheimnis des Karfreitags im Seemannsleben is? Lenchen? Sieht sie noch nach dem Polarstern? Oder hat sie aufgegeben?

Er war des Denkens müde geworden. Was ein neuer Tag bringen wird, war ihm gleich. Neun Männer waren sie von zweiunddreißig. Neun! Und ein Tag wird auch sein letzter sein. Morgen? Übermorgen?

Mit aufsteigender Frühlingssonne begann sich das Leben auf der Insel in seinen alten, vorgegebenen Formen wieder zu regen. Tauwind hatte die sperrigen Eisbarren zwischen Hiddensee und Rügen nach Norden abgeschoben. Ungehindert konnte Peter Tode wieder seinen Fährkahn durch den *Kleinen Troch* treiben. Die Garnkommünen holten den ersten Fastenhering ein, die Räucherei begann zu knöstern, der Wechsel der Graugänse hing längst wieder unter dem Himmel und im Röhricht bereiteten die Stockentenerpel sich mit imponierendem Flügelschlag auf ihre Paarung vor. Der Schulunterricht fiel wieder aus. Ein im Vorjahr gewonnener ungelernter Schuhmacher hatte nach einigen Monaten die Nase voll und war wieder abgezogen.

Pastor Wilde, längst unter dem Eindruck, von Bagevitz interessiere sich für alles andere als für die hiddenseesche Schule, schrieb sich die Finger krumm. Bei den Süderdörfern geschah nichts, nachdem Lenchen ihre Lesestunden nicht mehr hatte halten wollen. Mit Maria Amalia war nichts mehr anzufangen. Allein die Pastersch Katharina Wilde mühte sich, wenigstens die Griebener Kinder um sich zu sammeln. Was aber war das schon?

Von Bagevitz hatte anderes vor. Er trug sich mit dem Gedanken, eine Kornbrennerei auf dem Gutshof einzurichten. Diese sollte den Krug mit stärkeren Spirituosen versehen. Auch hatte er die Erweiterung der Backstube auf eine Weizenbäckerei hin vor. Noch in diesem Jahr sollte das erste wohlfeile Weißbrot auf der Insel hergestellt werden, ein Brot, das auf dem Festland seit langem schon begehrte Backware war. Die Mühle allerdings stand zu Bagevitzens Ärger still, weil Müller Hans Gau wegen eines Rückenschadens nicht mehr laufen und arbeiten konnte. Er zog ein Bein nach und hatte heftige Schmerzen im Kreuz.

Doch mehr als alles andere machte ihm das Weitergreifen jener von Ernst Moritz Arndt ausgelösten freiheitlichen Gedanken Bauchschmerzen, denn er fürchtete, sie würden auch seine herrschaftlichen Grundsysteme untergraben.

Darum griff er energisch und mit fester Hand zu, wo er nur die leiseste Regung einer Rebellion gegen sich verspürte. Auf Rügen, sogar im näheren Umkreis von Ralow, hatten bereits einige Grundherren ihren Untertanen die Freiheit zugesagt, eine Maßnahme, die gegen sein Verständnis stand. Wie sollte das wohl auf Hiddensee aussehen! Bei seinen naiven, ungebildeten Dummchen. Mit kurzem Prozess würde er aufwarten, war die oberste Gerichtsbarkeit doch er selber, er, Capitain Ritter Wilhelm von Bagevitz, Grundherr auf Ralow und Hiddensee.

Seitdem das schwedische Postschiff statt wie in alter Zeit in Wittow nun in Stralsund anlegte und seinen fahrplangetreuen Kurs nach Ystad segelte, brachte die Hofjacht die Post für die Insel direkt von der Stadt herauf. Von Bagevitz, um seinen Inspektor und den Pastor über das Geschehen in der Welt zu informieren, legte die Monatsjournale, wenn er sie durchgesehen hatte, von Zeit zu Zeit der Briefpost bei.

Am achten Juni gelangte wieder ein solches Paket gebündelter Post ins Pfarrhaus. Die Pfarrfrau nahm dem Boten die Zeitungen aus der Hand und brachte sie, nachdem sie einen flüchtigen Blick auf die Überschriften geworfen hatte, ihrem Mann ins Zimmer.

„Wildechen, die Post! Ich lege sie aufs Kommödchen!“, rief sie und ging wieder hinaus.

Wilde, der im Augenblick andere Dinge im Kopf bewegte, als sich für die Journale zu interessieren, ließ sie unbeachtet liegen. Stunden später erst nahm er sich ihrer an. Dabei entdeckte er einen von Schmutzfingern beglabberten Brief, an ihn gerichtet, der einen kaum lesbaren Absender trug. „Als wenn ein Ferkel seine Pfoten daran versucht hatte“, brummelte er. „Schau an, aus Frankreich!“

Er öffnete den Umschlag, warf einen Blick auf die verzitterten Zeilen, die in schwedischer Sprache verfasst waren, und mit denen er nichts anzufangen wusste. Gerade wollte er ihn beiseite legen, als er auf der Rückseite Namen bemerkte, die er, weil sie deutsch und ihm bekannt waren, kurz überlas. Mit einem Mal aber, als hätte ihn der Blitz getroffen, fuhr er zusammen. Das ist nicht wahr, flüsterte er entsetzt, das kann nicht sein! Er trat näher ans Fenster, um deutlicher lesen zu können, und las und las und begann zu zittern. Diese Namen! Er stürzte hinaus und schrie in den Garten: „Käthchen, das – das – diese Namen – sieh her!"

Seine Hand zitterte, das Blatt flatterte, er ließ den Finger über die Namen fahren und las sie einzeln ab: „Niklas-Jochim-Schluck, Johann-Jacob-Coll-witz – o Gott! Das sind die von Gottschalk seinem Schiff. Alle sind sie da, o mein, Gott, sie leben ... "

Erst nachdem sich der erste Schreck gelegt hatte, kamen ihm klarere Gedanken. Wann wurde dieser Brief geschrieben? Im März? Die Abkündigung am Jahresbeginn? O Gott, dann habe ich ja gelogen! Was habe ich da angerichtet? Wie soll ich das nur begreifen!

Er ließ alles stehen und liegen, rannte zum Inspektor hinüber und verlangte, dass er ihn sofort, sofort zum Wittower Posthaus segeln lasse: „Schiewer, der Postinspektor dort, ist des Schwedischen kundig. Er muss mir sofort die Übersetzung liefern, Wort für Wort!"

Johann Bernhard Schiewer mühte sich sehr, die fehlerhafte und kaum lesbare Zitterschrift ins Deutsche zu übertragen. Wilde wich nicht eine Sekunde von ihm, jedes einzelne Wort erwartete er mit Ungeduld. Der Postinspektor war tief erschüttert. Auf einer Landkarte Frankreichs suchten sie die Stadt Auxonne im französischen Departement Côte d'Or. Da war eine Festung angegeben zweiten Ranges mit Schloss, Artillerieschule und einem Militärhospital, gelegen zwischen Dijon und Besançon.

„Wilde, Pastor!", rief er entsetzt, „das ist von Rochefort über 120 englische Meilen entfernt. Solch ein Weg, und in Ketten. Wer kann das überstehen? Was gibt es nur für Menschen, die arme unschuldige Seeleute derartig peinigen!"

Auf seine Insel zurückgekehrt, fertigte Pastor Wilde sofort eine Abschrift. Und während er schrieb, rannen ihm die Tränen über die Backen und tropften aufs Papier. Es war eine ergreifende, eine schreckliche Geschichte.

Auxonne, d. 27. März 1806
adreß Pressionier de guerre
Auxonne i. Departement de la Côte d'Or

In die traurigste Lage versetzt, nicht allein als Gefangene sondern auch als hülf- und trostlose Gefangene wagen wir es Ihnen demühtig zu schreiben – überzeugt, daß S.K.H. *diesen Brief nicht ungnädig aufnehmen werden, da Sie doch geneigt fur die Noth des Leidenden das schönste Gefühl haben.*

Ich ging im vorigen Jahr mit dem Capitain Hans Peter Gottschalk aus – und war nach Lissabon bestimmt – aber – ehe wir unsere Heimath wieder erreichen konnten, wurden wir von einer Französischen Flotte, die von einem Contreadmiral L'allmang commendiert war, d. 19. July 1805 genommen. Dem Capitain so wie der Besatzung wurde sogleich befohlen in ihre Schaluppen zu gehen und als das geschehen war, wurde Schiff und Gut verbrannt – und wir in Mangel unserer Kleidungsstücken und unseren wenigen loses Eigenthum – welches alls ein Raub der Flammen wurde, – waren nun 5 Monate lang auf einem Schiff der Flotte.

Man sprach kein Wort vom Kriege, weder mit uns noch mit den übrigen von der Mannschaft, welche hier war, aber, als wir zu Rochefort landeten – wurden wir, mit den übrigen Schweden zusammen 32, zusammen gebunden je 2 und 2 mit Eisen, und das war so stark und grausahm, daß wenn der Weg noch länger gewesen wäre, hätte gewiß das Blut durch die Nägel hervorgespritzt – und auf diese Art führte man uns in ein schaudererregendes Gefängnis bei Wasser und Brod. Am 21. Januar bekamen wir Ordre wieder hinauf in das Land zu marschieren – dann wurden wir noch mehr entblößt, denn unsere wenigs noch übrigen Kleider wurden theils für einen äußerst geringen Preis verkauft – theils auf die Landstraße geworfen – dies war aber noch nicht genug – mehr als den halben Weg – die Hälfte an 121 Meilen mußten wir bloß auf Wasser und

Brod zurücklegen – und es war oft der Fall, daß wir in mehrern Tagen nacheinander nicht ein Bissen Brod bekamen, um unsern Hunger zu stillen. Zuletzt bekamen wir doch einige Tage lang – jeden Tag 5 Sous und 1 1/2 Pfd. Brod – bis wir hierher zu Auxonne ankamen, wo wir in die Festung einquartiert wurden, d. 4. März dieses Jahres.

Auf diese Art haben uns die Franzosen gemartert – und die Regierung hat uns bis jetzt nicht mehr zu unserem Unterhalt bewilligt als 3 Sous und 1 1/2 Pfd. Brod täglich.

Die meisten von uns sind durch diese Behandlung krank geworden und haben länger oder kürzer sich im Lazarett aufhalten müssen. Noch sind wir nicht alle gesund, wenn einige auch sich bessern, so erkranken doch andere wieder.

Wir sind aller Hilfe beraubt und müssen vergehen, wenn der Krieg länger dauern würde.

Nehmen Sie also meine demüthige Bitte nicht ungnädig auf sollte wohl nicht die Gemeinde, da gewiß doch mehrere von Vermögen sind, und viele, die gutes zu thun, für ihre Freunde halten – wenn ihnen unsere Noth und Elend bekannt wird, einen kleinen Zusammenschuß machen wollen – mich und meine armen Cameraden haben bey diesem Gedanken die süßeste Hoffnung belebt.

Wenn auch jeder nur einen Pfennig geben wollte, würde es uns doch immer gesammelt eine wichtige und bedeutende Hülfe. Wenn also S.K.H. *gütigst uns hierüber eine hülfreiche Hand reichen wollten, möchte vielleicht ein Handelsmann so edelmütig seyn, und durch eine Assignation auf irgend ein Handlungscontoir hier in Frankreich gestellt dieses Geld addressieren – und uns das Contoir und den Kaufmann nennen durch mitbeygefügte adresse wird der Brief uns sicher treffen und wir werden mit dankbarstem Herzen (das einzige was wir thun können) – und mit Segnungen in unseren gebeten zu Gott, unsere Antwort so gleich darauf schreiben.*

Und eigenhändig unterschrieben mit den Namen: *Nicklas Jochim Schluck, Hans Hindric Vollstorf, Joach. Gau, Joh. Jac. Kollwitz, Nicklas Beyer, Peter Hopp.*
Jetzt galt es, alle verfügbaren Mittel aufzuspüren, mit denen den Armen umgehend geholfen werden könnte. Unverzüglich machte sich Wilde daran, von Bagevitz über diese Geschichte in Kenntnis zu setzen. Er schrieb:

Hiddensee, d. 14. Juni 1806

Hochwohlgebohrener
Hochzuehrender Herr!

Am vergangenen Dienstage erhielt ich einen in Schwedischer Sprache an mich geschriebenen Brief, der von Auxonne datiert und Im Namen 6 Seefahrer, von denen – 3, hiesige Leute, die drei anderen vermuthlich Schwedische Leute, – aufgesetzt war. Diese beschrieben den Zustand, worin sie als Gefangene sich dort befinden und bitten um Hilfe. Ich übersende Ew. H. die abgeschriebene Schwedische Copie als auch die mir verschafte Übersetzung. In der Schwedischen Abschrift können vielleicht, da ich der Sprache nicht kundig bin, einige Fehler vorgefallen seyn, die Sie gütigst ergäntzen wollen. Auch ist die Übersetzung wie mich deucht, nicht nach den Worten, doch hauptsächlich nach dem Sinn abgefaßt.

Ich bin der Meynung, daß es nützlich seyn könne, dieses bedeutende Schreiben bekannt werden zu lassen und habe daher das Original mit einer beygelegten Eingabe an die L. Regierung gerichtet. Hoffentlich mag die Regierung es dem Könige zur Kenntnis bringen, wie hart man mit unseren Schweden in Frankreich verfährt, und auch ein Mittel lassen, wodurch diesen bedaurenwürdigen, Hilfe geschieht. Ich bin so frei, Ew. H. diesen Brief an die Regierung zu überreichen, und bitte, die Güte zu haben, selbigen mit dem ersten an Herr Erst-Secr. Linsig, meinen Academischen Bekannten befördern zu lassen. Die von hier erwartende Hilfe, daran sich diese guten Leute getrösten, wird freylich nicht beträchtlich sein, da die wenigsten nur zu geben im Stande sind. Dies ist auch die Veranlassung warum ich es für nöhtig hielt, öffentlich es bekannt werden zu lassen. Ew. H. werden gewiß auch nach ihrer edelmächtigen Ersinnung der Johann Jacob Collwittschen in Grieben, die gantz verdienstlos mit ihren Kindern lebt, einige Hülfe wiederfahren zu lassen. Sie war selbst schon in Willen, dieser wegen nach Ralow zu gehen. Ich habe sie aber damit vertröstet, daß Engelbrecht, der ja doch hinreichlich ihr Ansuchen noch besser beschreiben könnte. – Für die zwey mir mitgetheilten Monatsjournals, (welche unversehrt hierbey erfolgen) sage ich Ihnen den schuldigsten Dank. Ich habe mit vielem Vermögen mir daraus den gängigen Bestand der Politischen Angelegenheiten wissend machen können …

Um die Zurücksendung des Schwedischen Briefes bittet übrigens mit der gebührenden Hochachtung Ew. Hochwohlgebohren ergebenster Diener

J. J. Wilde

Vom Inspektor verlangte er, dass dieser Brief morgen in der Frühe per Eilkourier dem Capitain von Bagevitz persönlich überbracht wird. Dann griff er sich das Register der Verstorbenen aus dem Schrank, schlug die Seite auf, die die Namen der verunglückten Seeleute trug und strich sie alle mit dicker Tintenfeder mehrfach durch, schräg und kreuz und quer, und setzte die Worte an den Rand:

Nach itziger Nachricht sind diese Leute nicht tod, sondern von einem französischen Kriegsschiffe gekapert und als Gefangene nach Rochefort und Auxonne gebracht worden.

Er schloss das Buch, steckte es an seinen Ort zurück und begab sich schnurstracks auf den Weg zu den Angehörigen. Dass der Name von Schiffer Gottschalk sich nicht unter den Unterschriften befand, drängte sich ihm schmerzlich ins Bewusstsein, als er unterwegs war. Sein erster Weg führte ihn nach Grieben ins Haus der Collwitz'schen Witwe. Die schrie auf, als sie das erfuhr, klammerte sich unanständig mit ihren verkrümmten Gliedern an den Pastor und bedeckte Hände und Gesicht mit Küssen. Wilde hatte Mühe, sich ihrer Freude zu erwehren. Danach fuhr er in gestrecktem Galopp nach Süden. Er informierte Johann Jacob Gottschalk über diesen Brief und gab ihm mit tiefem Schmerz zu bekennen, dass er den Namen seines Neffen darauf vermisse. Gottschalk hatte lange daran zu denken, um das alles zu begreifen, sagte aber mit Nachdruck:

„Paster, wat in meiner Macht steht, will ick helfen. Du kannst mit mich rechnen."

Erschütterung und Freude mischten sich mit dem Unglaublichen bei den Gau'schen sowie bei den Beyer'schen in Plogshagen. Lenchen Schluck fand er, als sie ihre Kinder vor dem Haus spielen ließ. Er suchte in ihrem Gesicht immer wieder einen Punkt, auf den er beim Sprechen ruhig blicken konnte. Es fiel ihm stets schwer, sich mit ihr zu unterhalten. Dass sie nicht als trauernde Witwe einherging, hatte sie ihm entfremdet.

Sie traten ins Haus, und die Kinder folgten ihnen. Wilde sah das für diesen Moment nicht gern und riet ihr: „Schick sie erst raus, Schluck'sche, ich kann sonst nicht mit dir reden."

„Is wat wegen der Schul, Paster? Soll ick sie wieder machen?" Er winkte ab. Er erzählte von dem Brief und dass er Niklas Jochims eigenhändige Unterschrift gelesen hätte, und wie doch alles so glaubhaft wäre, und sie solle nun auf seine Rückkehr warten. Was an ihm liege, solle geschehen, er hoffe, eine beträchtliche Summe zusammenzuscharren, auch sei die Herrschaft in Kenntnis gesetzt worden, und der König in Schweden würde auch tun, was er könne, denn er liebe doch sein Volk.

Lenchen hatte zugehört. Sie glich einem aus Stein gehauenen Bild. Ihr kranker Blick glitt mal hier, mal dorthin, und unmerklich hob und senkte sich die Brust, so ruhig atmete sie. Als Wilde geendet hatte, streckte sie ihm beide Hände entgegen:

„Aber nu muss ick eins wat sagen, Paster, und du sollst dat hören. Die andern glauben mir ja nich und halten mich für irre. Ick hab immer gewusst, dat er leben tut.“ Sie erzählte ihm, wie sie sich auf den Polarstern ausgerichtet hatten, und wie der Stern mit ihr geredet hatte, als wäre es Nickers eigene Stimme gewesen. „Und denn war dat für mich auch Gottes Stimme, Paster. Gott hat doch die Sterne an den Himmel gesetzt. Oder nich?“

Wilde fasste sich an die Stirn und sagte verwirrt: „Ja, ja, so ist das denn.“ Er fragte sich, ob das Resultat aller evangelischen Predigten und Lehren sei, dass sie sich jetzt ihren Götzen an den Himmel schreiben und zu ihnen aufsehen wie zu einem Zauber. Andrerseits fragte er sich auch, woher die junge Schluck solche Sicherheit nehme, und ob nicht doch die Gedanken Liebender über alle vorstellbaren Grenzen hinweg und selbst durch Kerkermauern dringen. Er kam zu dem Schluss, dass der lebendige Gottesglaube auf einem unbegrenzten Bereiche liege, und er nicht das Recht besitze, ihn theologisch einzuengen.

Von dieser Zeit an ging auf der Insel das schreckliche Warten wieder an, das Hängen zwischen glühender Hoffnung und dunkelsten Bängnissen. Lenchen lief wieder hinunter zum Binnenstrand, um Ausschau zu halten nach einer blauweißen Galeass, die es nicht mehr gab. Doch weder sie noch ein anderes Schiff brachte die Seeleute wieder heim.

Darüber sollte das Jahr bis zum allerletzten Tag verstreichen. Die Hoffnung, noch einmal trügerisch angeheizt, brannte aus wie ein Öllämpchen, und die schreckliche Leere herrschte wieder in den Häusern und schmerzte schlimmer als zuvor.

In diesen Monaten hatte sich Pastor Wilde die Füße wund gelaufen. Er war, was auch für Wetter blies, über die rügensche Insel gewandert, von Dorf zu Dorf, von Gemeinde zu Gemeinde, und hatte wie ein Bettler gepredigt, um das im Brief erbetene Lösegeld zusammenzuscharren. Immer wieder kam er, hielt die Hand auf und gab sich und der Welt keine Ruhe. Meine Ordination, mein Pfarrgelöbnis, auf meine Pfarrkinder hin, und keiner soll sie mir aus der Hand reißen, ich muss, ich muss, ich muss ...

Schon lief ihm der Ruf des hiddenseeschen Bettelmönches nach. Er erfuhr davon, es bekümmerte ihn nicht. Er kämpfte weiter mit seinem glühenden Wort, mit heißem Gebet und unerbittlicher Forderung an sich selbst.

Neben ihm hielt der alte Schiffer Johann Jacob Gottschalk Schritt. Nicht, dass er den Pastor auf seinen Predigtreisen begleitete, aber auch er machte sich auf den Weg und klapperte mit dem Beutel in der Hand vor den Türen seiner Verwandten und Bekannten. Getragen von Stock und Krücke, lahmte er mit seinem schmerzenden Rücken über die Straßen und Wege. Auch er holte Münze um Münze herbei und sorgte dafür, dass die Geschichte seiner PEGASUS, seiner Mannschaft und seines lieben Neffen unter die Leute kam.

Was Pastor Wilde durch seine Kollektenpredigten zusammentrug, gab er Johann Jacob Gottschalk in Verwahr. Der quittierte jeden einzelnen Eingang, doch beim Zusammenzählen reichte es bei Weitem nicht an die geforderte Kaution. Hätte sich das Königshaus in Stockholm wenigstens einmal gemeldet! Das aber schwieg. So blieb nichts andres übrig, als die Selbsthilfe mit allen Kräften weiter zu betreiben. Wilde stapfte weiter über die Insel bis weit hinein in das pommersche Hinterland.

Bei Jahresende hatte er sich verausgabt. Von Willich, der greise Doktor, verordnete ihm dringend Ruhe, holte ihn zu sich nach Bergen und behandelte ihn mit herzstärkenden Kuren in seinem Lazarett.

Im Festungskerker von Auxonne aber warteten sie fiebernd, doch mit schwindender Hoffnung auf eine Antwort – und warteten vergebens. Der Brief, den Wilde an die vorgegebene Adresse abgesandt hatte, ist in den Kriegswirren verschollen.

ELFTES UND LETZTES KAPITEL
1807

DAS grauenvolle Jahr hatte sein Ende mit einem harten Winter eingeleitet. Scharfe Winde gingen übers Land, das Eis machte es den Fischern schwer, die vertraglich abzuliefernde Menge Fisch aus den Löchern zu holen. Peter Tode stellte seinen Fährverkehr ein, die Mühle bekam nichts zu mahlen und die Weißbrotbäckerei kein frisches Mehl. Wer im Sommer nicht genügend Torf eingefahren hatte, musste geizen, um nicht im Februar seine steifen Finger um erkaltete Ofenrohre legen zu müssen. Einsichtsvoll beließ von Bagevitz die Männer, die er sonst nach Ralow bestellt hätte, auf der Insel. Der Winter befahl auch hier hauszuhalten.

Maria Amalia kämpfte sich durch, besuchte ihre Wöchnerinnen, ersetzte hier und da den immer fehlenden Arzt und holte, wo die Zeit gekommen war, die Kinder auf die Welt. Dass ihr die Wege zu Fuß und mit voller Tasche immer beschwerlicher wurden, klagte sie niemandem. Sie biss die Zähne zusammen und stemmte sich gegen die sie immer neu verfolgenden Nöte, gegen ein Leben, das sie sich einst so anders erträumt hatte.

Bald nach Neujahr fasste sie sich ein Herz und suchte Pastor Wilde auf. Die Spannung, die sie selbst durch ihre Gott und Glauben gelöste Widerborstigkeit erzeugt hatte, ertrug sie nicht mehr. Sie brauchte ihn, brauchte ihren Pastor, ihren Seelsorger. Und Wilde hörte sie an und sprach sie frei von aller Schuld. „Glaub nich, Schluck'sche“, bekannte er ihr, „dass wir frei von Anfechtungen sind! Niemand hat sich ganz in der Hand, auch wenn es so aussieht.“

Sie fühlte sich verstanden. „Ich wollte meinem Glauben davonlaufen, aber er hat mich eingeholt.“

Bei Pastor Wilde erfuhr sie vom Stand der Verhandlungen, und dass der mit dem Transfergeschäft beauftragte Kommerzienrat Christian Banck sich noch einmal ins Geschirr geworfen hatte.

Zehn Monate seien nun vergangen seit dem Empfang des Briefes aus Auxonne. Zehn Monate! Zum Verzweifeln! Für die, die nach Errettung dürsteten. Es musste endlich etwas in Bewegung kommen und auf den Weg gebracht werden, Gelder, Gottschalks Guthaben, der Ertrag der Kollektenpredigten und eine von Bagevitz aus unbekannten Quellen zugesteuerte Spende.

Pastor Wilde drängte den Kommerzienrat, und der schrieb nun seinerseits an von Bagevitz am 6. Januar 1807

Herrn von Bagevitz
Hochwohlgebohren auf Ralow

Hochwohlgebohrener Herr
Hochzuverehrender Herr!

Unter dem 1. Sept. v. Jahres zeigten dieselben mir an, wie die Verwandten, wen die Besatzung des P. H. Gottschalk welche in Frankreich sich befindet 41 Rth. zusammen gebracht hätten wie auch daß sie 12 Rth. collectiert hätten, also in allen Rth. 53, bey Ihnen stünden, und mir ersuchten diese Ohngeseferen Betrag nach Frankreich zu übermachen, welches ich sogleich befolget, und daß dieses geschehen wird ihnen einliegender Brief von dem Schiffer bestätigen. Sie haben dahero die güte obige Rth. an den Schiffer J. J. Gottschalk abzugeben, welcher die sonstigen Gelder wegen Obengenandten für mich eincassieret, da bey Jahres Schluß solches gern in Ordnung sehe ...

Wie lange sollte das nur noch dauern, es war zum Verrücktwerden. Hier lag das Geld, dort warteten die Verzweifelten. Wer weiß denn, wer von ihnen noch am Leben ist. Nachrichten aus anderer Leute Mund bestätigten die unmenschlichen Verhältnisse, unter denen die Franzosen ihre Gefangenen hielten.

Entgegen dem ärztlichen Gebot, sich aller Aufregungen zu enthalten, trieb Pastor Wilde die Geschäfte voran. Vom

Bett aus entwarf er ein kurzes Schreiben an von Bagevitz, in dem er die Herrschaft dringend ersuchte, er möge doch selbst zum Gouverneur gehen in dieser Angelegenheit und mit demselben besprechen, *meinen an den Herrn Erstsecretär geschriebenen Brief an die Landesregierung, die nichts anderes, als was zur Sache gehört, erwähnen.*

Mit einem Hinweis auf den Kommerzienrat Banck fügte er hinzu: *wie uns gesagt, will Beyersch und Schlucken von Vitte auch noch eine Summe dazu geben. Sie werden die Güthe haben, sobald Sie den Gouverneur darüber gesprochen, mir Ihre Meinung zu schreiben und dadurch es möglich machen, daß am künftigen, Sonnabend mit dieser Post den dort ängstlich auf Hilfe wartenden die erwähnte Unterstützung endlich zukomme.*

Doch die Überweisung kam zu spät. Die erbettelten Gelder verrannen zweckentfremdet in französischen Kassen.

Auch dieser Winter verging. Treibeis, nach Norden abgezogen, kam noch einmal bei nordwestlichen Stürmen zurück, aber nur, um die bereits ausgefahrenen Netze der Fischer und Kommünen zu zerreißen und die Reusen zu zerbrechen. Ein Schaden entstand, von dem sich die Garnpartien so schnell nicht erholen konnten. Das hinderte jedoch von Bagevitz nicht daran, die Naturalabgaben zur rechten Zeit und ungeschmälert einzufordern.

Von Bagevitz war verärgert. Was er in den sechs Jahren seiner Herrschaft eingerichtet hatte, brachte lange nicht den gewünschten Erfolg. Dazu kamen die nicht ausbleibenden Bettelbriefe des Pastors, die er ja nun gar nicht liebte. Wilde aber genierte sich nicht, seine Herrschaft an seine eigenen Worte zu erinnern, mit denen er zu Beginn des Jahrhunderts den Leuten *ein noch besseres Leben* versprochen hatte.

Sie sind meine Eingepfarrten, Euer Hochwohlgebohren, sind meine Kinder, für denen mein Hertz, so Gott es mir zu schlagen aufgegeben, lebt. Dann nannte er Namen, *die der Herrschaft längst bekannt* sein dürften, die *wagabundierenden Gaus, aus Grieben,* denen das öffentliche Bettelsingen *laut Decretum beym Königl. hohen Tribunal in Greifs-*

wald untersagt worden war, *die aber so sind, daß sie umkommen,* von seiten des Kirchspiels aber kein Unterstützung erfahren dürfen, da *unsere cassa leer wie ein ausgefressener Sack.* Und obwohl die *Gauschen Eingepfarrten und Wagabunden laut decretum vom December verstrichenen Jahres genüg getan,* seien sie doch *in unvorstellbare Armuth verfallen.*

Pastor Wilde schrieb Brief um Brief und verwandte sich in einer so kräftezehrenden Weise für seine Pfarrkinder, dass der Landphysikus energisch einzuhalten gebot. Dieser schon recht betagte Mann hob warnend den Finger:

„Lieber Pastor Wilde, seid mir kein wilder Pastor! Ich verstehe wohl Eure Anstrengungen. Was aber soll geschehen, wenn Ihr nicht mehr seid? Haltet Haus mit Eurer Gesundheit. Steht nicht geschrieben, der Mensch solle seinen Nächsten lieben wie sich selbst? Ich entnehme dem, dass der Mensch sich selber auch zu lieben habe. Vergesst das nicht!"

Am 7. Dezember 1807, bei einsetzendem Schneefall, segelte ein kleines, nach Stralsund gehörendes Boot nach Norden, der Insel Hiddensee entgegen. In seinem Bug kauerte ein Mann, dessen verwilderte Gestalt und vor allem seine irre blickenden Augen so abstoßend wirkten, dass sich jeder voll Unbehagen abgewendet hätte. Der Stralsunder Schiffer hatte ihm seinen eigenen Mantel über die knöchrigen Schultern gelegt, denn er dauerte ihn.

Dieser Mann hockte nun im Bug der Jolle und blickte dem Land entgegen, das seine Seele suchte. Was die Augen fassen konnten, tranken sie, wie ein Verdurstender trinkt, die Ufer, die Hügel, die Türme ferner Kirchen. Als nachher aus winterlichem Dunst heraus die Anhöhe des Dornbuschs erkennbar wurde, in zartes Blaugrau getaucht, hatte der Schiffer sein Fahrzeug längst über die flachen Grunde hinweg mit Kurs auf Neuendorf gerichtet. Dort, am grasigen, von zerbrochenen Muscheln übersäten Ufer setzte er die Jolle auf den Strand. Der Heimgekehrte stieg aus. Ein kurzer Gruß nur zurück, die Gedanken waren bereits vorausgeflogen, die zu umfangen, nach denen sein Herz gehungert hatte, drei Jahre, drei von Schrecken erfüllte, lange Jahre ...

An Lenchens Haustür spielten zwei Kinder. Ein kleiner Junge wippte, eingepümpelt in dickes Wollgestricke, auf einem roten Schaukelpferd, umsprungen von einem Mädchen mit wehendem, blondem Haar. Als der Fremde sich ihnen näherte, liefen sie erschreckt davon und riefen ängstlich nach ihrer Mutter. Lenchen trat aus dem Haus, sah ihn auf sich zukommen, flog mit einem Schrei auf ihn zu und sank in seinen Armen zusammen.

Niklas Jochim war zu schwach, sie auf seinen Armen ins Haus zu tragen. Er zog sie hinter sich her in die Stube, bettete sie, kniete sich neben ihr auf den Fußboden und drückte ihr das Kuhpferd in die Hand, das kleine Ding, dem alle Beine abgebrochen waren und der Kopf zur Hälfte fehlte, das aber sagen sollte, ich bin da und werde von nun an bei dir bleiben. Leise fuhren seine harten Finger über die Hände der geliebten Frau.

Niklas Jochim war heimgekehrt. Er war der einzig Überlebende aus der Besatz der PEGASUS, zerschlagen und krank an Leib und Seele. Menschliche Trümmer wurden offenbar. Der, den es in früheren Jahren mit brennender Lust in die Weite der Welt hineingezogen hatte, setzte von nun an keinen Fuß mehr auf ein Segelschiff. Ihm genügte, in der Garnpartie Teilhaber zu sein. Er erzog auch seinen Jungen Johann Peter zu einem dem Wasser abgewandten Beruf, untersagte der Anna Maria Hanna, einen Seemann zu freien, und baute sich auf diese Weise sein Haus, darin er sein und Lenchens Leben auszuleben gedachte.

Von allen, die er überlebt hatte, war ihm Maria Amalia als Einzige geblieben. Die hatte sich, als ihre schwindenden Kräfte es nicht mehr erlaubten, nach Grieben begeben. Der Katen in der Vitte, einstmals den Carstens zugehörig, war bruchfällig und wurde abgerissen. Die Zeit tilgte unaufhaltsam die Spuren, die menschliches Leben und Wirken in die Erde geschrieben hatten.

Pastor Johann Jacob Wilde, verbraucht durch pausenloses Arbeiten in seinem Amte, musste die Insel bald verlassen. Er hatte nicht mehr gesunden können. Sein Nachfolger Ike Haase übernahm ein schweres Erbe, ein Kampffeld, auf dem er und von Bagevitz mit unsichtbaren Degen fochten. Bagevitz hatte zum Hohne Arndt'scher Freiheitsgedanken sich noch im vergangenen Jahr einiger Grieben'scher Bauern bemächtigt und sie unter seine Stiefel getan. Das Pfarrhaus war dem Verfall nahe, die Kirche vom Schwamm zerfressen, der Schrei auf der Insel nach neuem, besserem Leben verhallte weiter über den Wassern.

Und der Wind ging über die Rohrdächer und die Kraniche strichen über das Land, die Graugänse in wehenden Pfeilen, in den grünen Wiesen am Binnenufer baute der gaukelnde Kiebitz sein Nest, und das Meer warf seine Wellen gegen die Insel. Und die Insel hielt ihr kleines, kostbares Leben fest.

WAS DIE REGISTER DANACH NOCH ANZEIGEN

1810 Präpositus Picht stirbt am 4. Oktober in Gingst.

1812 Übernahme des Pfarramts Kloster durch Magister Ike Haase.

1821 Die ersten Schulhelfer werden in Kloster eingestellt. Es sind die Schiffer Johann Jacob Collwitz und Johann Peter Gau. Johann Andreas Gau von der Fähre wird in Wundarzeneikunde unterrichtet, gibt aber auf, weil ihm der Unterricht zu schwer wird.

1825 Der erste geprüfte Lehrer wird auf Hiddensee eingestellt. *Die seit 1796 verwittwete Hiddenseesche Pastorin Hedwig Crügern, geb. v. Gagern, von Stubben, stirbt zu Schapprode, wo sie lange gewohnet am 10. März, 71 ihrer Jahre.*

1830 Erstmals wird eine Schulstube in Plogshagen eingerichtet. 1830 24. September: Maria Amalia Karstens, Witwe des Matrosen Hans Schluck, Hebamme, stirbt 66-jährig an Auszehrung in Grieben.

1835 Ritter Wilhelm von Bagevitz stirbt mit 62 Jahren, er ist begraben im Schlosspark des Gutes Ralow.

1836 Die Insel gelangt zum Preis von 68 000 Talern an das Kloster *Zum Heiligen Geist* und wird damit städtisches Eigentum.

1845 Maria Helena, geb. Beyer, verehelichte Schluck in Plogshagen, Ehefrau des Fischers Niklas Jochim Schluck, stirbt mit 66 Jahren an Wassersucht.

1854 Niklas Jochim Schluck, Fischer in Plogshagen, Geburtsort Vitte, geb. 13. 6. 1773, stirbt am 5. April 1854 mittags 11 Uhr mit 81 Jahren in Plogshagen an Altersschwäche.

1887 Erstes massives Schulhaus in Vitte.

1891 Am 22. Januar stirbt Johann Joachim Peter Schluck, Sohn des Seemanns Niklas Jochim Schluck in Plogshagen und der Maria Helena Beyer, im 87. Jahr seines Lebens.

1905 Erster Arzt auf Hiddensee – dieser bleibt allerdings nur sieben Monate.

1952 31. Dezember: Die Bootsfähre über den *Kleinen Troch* wird stillgelegt.